CB069669

MORRER SOZINHO
EM BERLIM

Hans Fallada

Morrer sozinho
em Berlim

Tradução
Claudia Abeling

2ª edição

Estação Liberdade

Título original: *Jeder stirbt für sich allein*

Nova edição sem cortes baseada no original datilografado de 1946 e publicada pela primeira vez em 2011

© Aufbau Verlag GmbH & Co. KG, Berlim 2011
© Editora Estação Liberdade, 2018, para esta tradução

PREPARAÇÃO Cacilda Guerra
REVISÃO Huendel Viana e Gabriel Joppert
COMPOSIÇÃO E SUPERVISÃO EDITORIAL Letícia Howes
EDIÇÃO DE ARTE Miguel Simon
PRODUÇÃO Edilberto F. Verza
DIREÇÃO EDITORIAL Angel Bojadsen

GOETHE INSTITUT A TRADUÇÃO DESTA OBRA CONTOU COM UM SUBSÍDIO DO GOETHE-INSTITUT, QUE É FINANCIADO PELO MINISTÉRIO DAS RELAÇÕES EXTERIORES DA ALEMANHA.

CIP-BRASIL. CATALOGAÇÃO NA PUBLICAÇÃO
SINDICATO NACIONAL DOS EDITORES DE LIVROS, RJ

F182m

    Fallada, Hans, 1893-1947
        Morrer sozinho em Berlim / Hans Fallada ; tradução Claudia Abeling. - São Paulo : Estação Liberdade, 2018.
        640 p. : il. ; 23 cm.

    Tradução de: Jeder stirbt für sich allein
    Apêndice
    ISBN 978-85-7448-275-0

    1. Ficção alemã. I. Abeling, Claudia. II. Título.

18-53026   CDD: 833
                                                CDU: 82-3(430)

Vanessa Mafra Xavier Salgado - Bibliotecária - CRB-7/6644

05/10/2018   15/10/2018

Todos os direitos reservados à Editora Estação Liberdade. Nenhuma parte da obra pode ser reproduzida, adaptada, multiplicada ou divulgada de nenhuma forma (em particular por meios de reprografia ou processos digitais) sem autorização expressa da editora, e em virtude da legislação em vigor.

Esta publicação segue as normas do Acordo Ortográfico da Língua Portuguesa, Decreto nº 6.583, de 29 de setembro de 2008.

EDITORA ESTAÇÃO LIBERDADE LTDA.
Rua Dona Elisa, 116 | Barra Funda
01155-030 São Paulo – SP | Tel.: (11) 3660 3180
www.estacaoliberdade.com.br

Sumário

Nota do autor 13

Primeira parte | Os Quangels

Capítulo 1 O correio traz uma notícia ruim 17
Capítulo 2 O que Baldur Persicke tem a dizer 24
Capítulo 3 Um homem chamado Barkhausen 28
Capítulo 4 Trudel Baumann revela um segredo 40
Capítulo 5 A volta para casa de Enno Kluge 46
Capítulo 6 Otto Quangel larga seu posto 59
Capítulo 7 Arrombamento noturno 68
Capítulo 8 Pequenas surpresas 76
Capítulo 9 Conversa noturna na casa dos Quangels 83
Capítulo 10 O que aconteceu na manhã de quarta-feira 87
Capítulo 11 Ainda é quarta-feira 101
Capítulo 12 Enno e Emil depois do choque 107
Capítulo 13 Dança da vitória no Elysium 114
Capítulo 14 Sábado: inquietação entre os Quangels 122
Capítulo 15 Enno Kluge volta a trabalhar 129
Capítulo 16 O fim da sra. Rosenthal 135
Capítulo 17 Anna Quangel também se liberta 153
Capítulo 18 O primeiro cartão é escrito 165
Capítulo 19 O primeiro cartão é encaminhado 176

Segunda parte | A Gestapo

Capítulo 20 O caminho dos cartões 183
Capítulo 21 Seis meses depois: os Quangels 196
Capítulo 22 Seis meses depois: o delegado Escherich 202
Capítulo 23 Seis meses depois: Enno Kluge 209

Capítulo 24 *O interrogatório* 225
Capítulo 25 *O delegado Escherich se ocupa do caso do solerte* 238
Capítulo 26 *A sra. Häberle se decide* 250
Capítulo 27 *Medo e terror* 259
Capítulo 28 *Emil Barkhausen se torna útil* 273
Capítulo 29 *Uma bela chantagenzinha* 286
Capítulo 30 *O despejo de Enno* 295
Capítulo 31 *Emil Barkhausen e o filho Kuno-Dieter* 301
Capítulo 32 *Visita à casa de Anna Schönlein* 312
Capítulo 33 *Escherich e Kluge vão passear* 321

Terceira parte | O jogo está contra os Quangels

Capítulo 34 *Trudel Hergesell* 335
Capítulo 35 *Karl Hergesell e Grigoleit* 341
Capítulo 36 *O primeiro alerta* 347
Capítulo 37 *A queda do delegado Escherich* 355
Capítulo 38 *O segundo alerta* 365
Capítulo 39 *O terceiro alerta* 370
Capítulo 40 *O juiz de instrução Zott* 378
Capítulo 41 *Otto Quangel fica inseguro* 384
Capítulo 42 *O velho correligionário Persicke* 388
Capítulo 43 *Barkhausen é enganado pela terceira vez* 395
Capítulo 44 *Entreato: um idílio no campo* 400
Capítulo 45 *O juiz Zott é afastado* 413
Capítulo 46 *O delegado Escherich está livre novamente* 417
Capítulo 47 *A segunda-feira funesta* 421
Capítulo 48 *Segunda-feira, o dia do delegado Escherich* 430
Capítulo 49 *A prisão de Anna Quangel* 434
Capítulo 50 *A conversa com Otto Quangel* 442
Capítulo 51 *O delegado Escherich* 450

Quarta parte | O fim

Capítulo 52 *Anna Quangel no interrogatório* 457
Capítulo 53 *Os desconsolados Hergesells* 465
Capítulo 54 *A carga mais pesada de Otto Quangel* 476
Capítulo 55 *Anna Quangel e Trudel Hergesell* 481

Capítulo 56 Baldur Persicke faz uma visita 488
Capítulo 57 O outro colega de cela de Otto Quangel 498
Capítulo 58 A vida na cela 506
Capítulo 59 O bom pastor 511
Capítulo 60 Trudel Hergesell, nascida Baumann 517
Capítulo 61 A audiência: um reencontro 525
Capítulo 62 A audiência: o presidente Feisler 531
Capítulo 63 A audiência: o promotor Pinscher 538
Capítulo 64 A audiência: a testemunha Ulrich Heffke 544
Capítulo 65 A audiência: os defensores 550
Capítulo 66 A audiência: o veredicto 556
Capítulo 67 A Casa da Morte 560
Capítulo 68 Os pedidos de clemência 567
Capítulo 69 A mais difícil decisão de Anna Quangel 574
Capítulo 70 Chegou a hora, Quangel 584
Capítulo 71 O último percurso 589
Capítulo 72 O reencontro de Anna Quangel 597
Capítulo 73 O garoto 599

Anexos

Glossário 607
Dados biográficos 612
Imagens 615
Posfácio 625
Sobre esta edição 637
Crédito das imagens 638

Putlitzstr.
Stett. Bf.
Lehrter Bf.
Stadt Bf.
Charité
ALT MOABIT
Bellevue
Schloss Park Bellevue
Königs Platz
Kleiner Stern
CHARLOTTENBURGER
Gr. Stern
Sieges Säule
CHAU SSEE
Unter den Linden
Bf. Friedr. Str.
Hermann Göring
LEIPZI GER
Potsd. Bf.
Potsd. Ringbf.
Anhalter Bf.
Prinz Albrecht S.
BUDAPESTER
Kurfürsten
Lützow
Bülow
Winterfeldt
Sport Palast
Yorck
Yorckstr.
Groß-Görschenstr.
Monumenten
SCHÖNEBERG
Grunewald
Verkehrs u. Bau Mus.
Magdebg. Köln Aachen Frankfurt Strassbg. Metz Paris
Halle Frankfurt Basel Leipzig München Dresden Wien
Stendal Hannover Köln Lübeck Bremen Hamburg Kiel

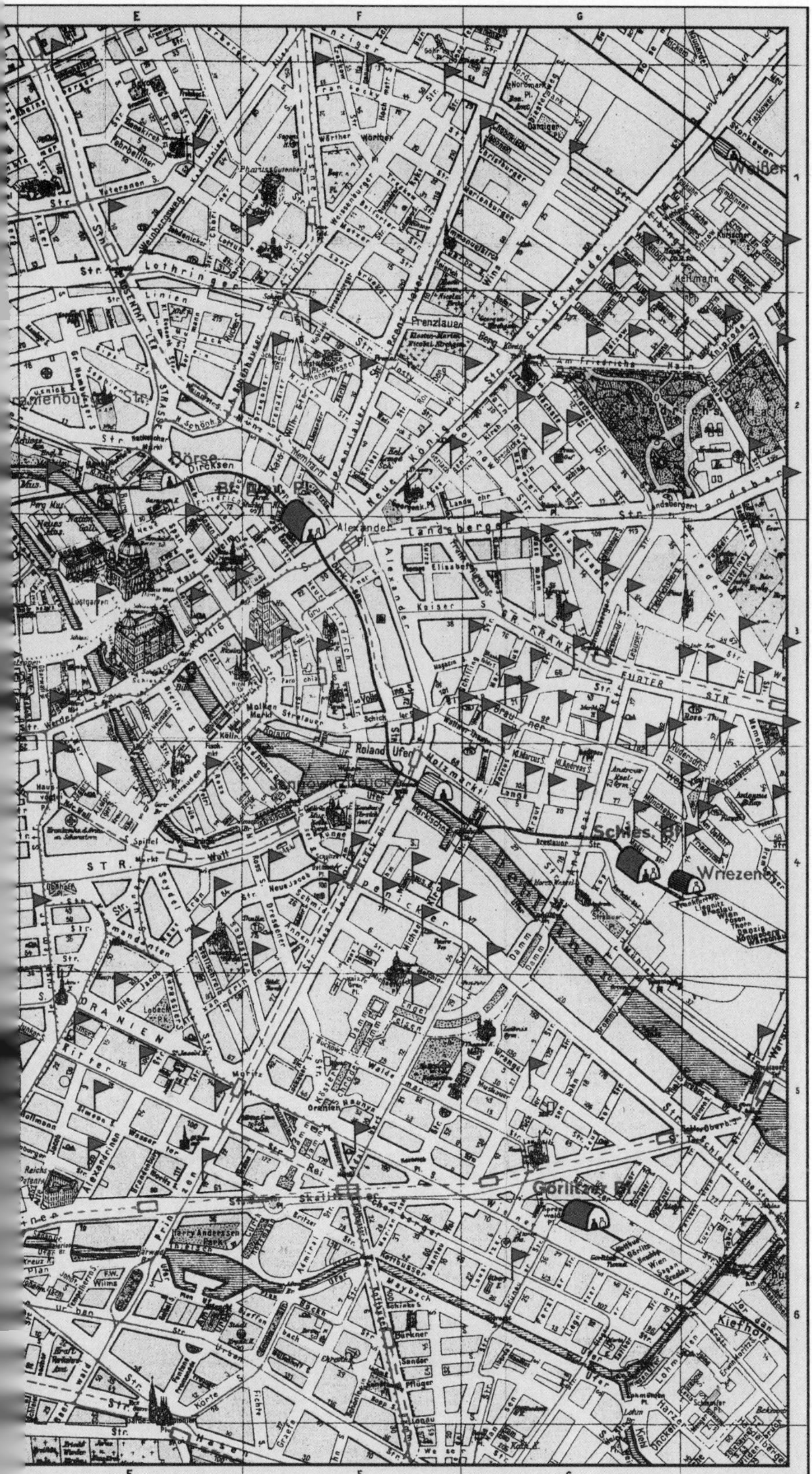

Os ACONTECIMENTOS DESTE LIVRO reproduzem, em linhas gerais, arquivos da Gestapo*[1] sobre a atividade ilegal de um casal de trabalhadores berlinense durante os anos 1940-1942. Apenas em linhas gerais — um romance tem leis próprias e não pode seguir a realidade no todo. Por essa razão, o autor também evitou descobrir fatos autênticos sobre a vida privada dessas duas pessoas. Ele teve de descrevê-las como lhe apareceram diante dos olhos. Trata-se de dois frutos da imaginação, assim como todas as demais personagens da história foram inventadas livremente. Apesar disso, o autor acredita na "verdade interior" da narrativa, mesmo que algumas particularidades não correspondam exatamente aos eventos reais.

Alguns leitores acharão que neste livro se tortura e se morre demais. O autor pede que se leve em conta o fato de que a obra se refere, quase exclusivamente, a pessoas que lutaram contra o regime hitlerista; elas e seus seguidores. Entre 1940 e 1942, e antes e depois disso, muito se morreu nesse círculo. Cerca de um terço do livro se passa em prisões e hospícios, e também neles a morte era uma constante. Por vezes o autor também ficou desgostoso em pintar um cenário tão sombrio, mas acrescentar-lhe resplendor seria mentira.

II. F.
Berlim, 26 de outubro de 1946

---

1. Os termos e expressões seguidos por um asterisco (*) são explicados no Glossário que consta no final deste livro (p. 607 em diante). [N.E.]

PRIMEIRA PARTE
———
Os Quangels

Capítulo 1
O correio traz uma notícia ruim

A carteira Eva Kluge sobe devagar os degraus da escadaria na Jablonskistrasse, 55. Sua lentidão não se deve ao cansaço do trajeto, mas porque há em sua bolsa uma daquelas cartas que ela detesta entregar, e daqui a pouco, dois lances acima, será preciso entregá-la aos Quangels. A mulher, ansiosa, certamente já está à espreita; há mais de duas semanas pergunta por um aerograma militar.

Antes de entregar o aerograma datilografado, a carteira ainda tem de deixar, nesse andar, o jornal *Völkischer Beobachter** para os Persickes. Persicke ocupa um cargo no partido*, é dirigente ou sabe-se lá o quê — embora Eva Kluge também seja membro do partido desde que começou a trabalhar no correio, ela sempre confunde esses postos. De todo modo, é preciso cumprimentar com "*Heil* Hitler" na casa dos Persickes e ficar muito alerta com o que se diz. Na verdade, porém, é preciso agir assim em todos os lugares, é rara a pessoa para quem Eva Kluge possa dizer o que realmente pensa. Ela não se interessa por política, é simplesmente uma mulher. E, como mulher, acha que não se põem filhos no mundo para serem mortos a tiros. Um lar sem marido também não tem valor. No momento ela não tem nada, nem os dois filhos, nem o marido, nem a casa. Em vez disso precisa ficar de boca calada, ser muito cuidadosa e entregar asquerosos aerogramas militares, que não foram escritos à mão, mas à máquina, e cujo remetente é o ajudante de ordens do regimento.

Toca a campainha na casa dos Persickes, diz "*Heil* Hitler!" e dá ao velho pinguço seu jornal. A lapela do casaco do homem ostenta os distintivos do partido e de mérito — ela sempre se esquece de prender o seu distintivo do partido — e ele pergunta:

— Quais são as novidades?

— Eu é que não sei. Acho que a França se rendeu — responde ela, cautelosa. E acrescenta rapidamente a pergunta: — Será que tem gente na casa dos Quangels?

Persicke não presta atenção à pergunta. Ele se apressa em abrir o jornal.

— Ei, está aqui: a França capitulou. Puxa vida, e você diz isso como se estivesse vendendo pãezinhos! Espalhe aos quatro ventos! Avise todas as casas, a notícia vai convencer os últimos reclamões! A gente vai conseguir ganhar a segunda *blitzkrieg* também, e agora, já para a Inglaterra! Em três meses a inglesada estará nocauteada e daí você verá a vida indo de vento em popa com nosso Führer! Os outros podem sangrar à vontade; seremos os donos do mundo! Entre, tome um trago! Amalie, Erna, August, Adolf, Baldur, venham todos! Hoje vamos ficar na flauta, hoje ninguém pega no batente! Hoje vamos molhar a garganta, hoje a França capitulou, e hoje à tarde podemos passar na judia velha do quarto andar e a cretina vai ter de servir café e bolo para a gente! Estou dizendo, agora a velha vai ver quem é que manda, a França está de quatro e não tenho mais misericórdia! Agora somos os donos do mundo e todos têm de lamber nossas botas!

Enquanto Persicke, rodeado pela família, se exalta com afirmações cada vez mais inflamadas e começa a entornar as primeiras doses de aguardente, a carteira há tempos foi para o andar de cima e tocou no apartamento dos Quangels. Já com a carta na mão, está pronta para sair logo em seguida. Mas tem sorte; quem abre a porta não é a mulher, que geralmente troca algumas palavras amáveis com ela, mas o homem de rosto estreito, parecido com o de um pássaro, lábios finos e olhar frio. Ele pega a carta em silêncio e fecha a porta diante do nariz dela, como se a carteira fosse uma ladra contra quem é preciso se precaver.

Eva, porém, apenas dá de ombros e põe-se a descer as escadas. Algumas pessoas são desse jeito; durante todo o tempo em que tem entregue correspondência na Jablonskistrasse, esse homem nunca lhe disse sequer uma palavra, nem mesmo "*Heil* Hitler" ou "bom dia", embora ela saiba que ele também tem um cargo na Frente Alemã de Trabalho.*

Bem, dane-se, ela não pode mudá-lo, não conseguiu mudar nem o próprio marido, que queima dinheiro nos bares e nos cavalos e só aparece em casa quando está na pior.

Em sua excitação, os Persickes deixaram a porta do corredor aberta. É possível ouvir copos tilintando e o barulho dos festejos da vitória. A carteira fecha a porta com delicadeza e continua descendo. Ao mesmo tempo, pensa que a notícia, na verdade, é boa, pois com essa rápida vitória a paz está mais próxima. Seus dois garotos voltarão para casa e ela poderá novamente lhes proporcionar um lar.

Ela se incomoda, porém, com a sensação desagradável que acompanha essa esperança — a de que, quando chegar a hora, pessoas como os Persickes estarão por cima. Também não lhe parece certo ter de obedecer a essa gente e ficar sempre de boca fechada, sem nunca dizer o que realmente sente.

Seu pensamento se volta rápido para o homem com o rosto frio de abutre, ao qual acabou de entregar o aerograma militar e que então provavelmente também receberá uma promoção no partido, e se lembra da velha judia Rosenthal, do quarto andar, cujo marido foi levado pela Gestapo há quatro semanas. Dá para ter pena dessa mulher. Antes os Rosenthals tinham uma loja de roupas na Prenzlauer Allee, que foi arianizada. Depois levaram o marido, que deve estar perto dos setenta. Os dois velhos com certeza não fizeram mal a ninguém; sempre vendiam a crédito, também para Eva Kluge nas vezes em que não havia dinheiro para a roupa das crianças, e no comércio dos Rosenthals a mercadoria não era mais cara ou mais barata do que nos outros lugares. Não, a cabeça de Eva Kluge não consegue entender que um homem como Rosenthal possa ser pior do que os Persickes apenas por ser judeu. E agora a mulher fica sentada lá no apartamento, sozinha, sem coragem de andar na rua. Usando sua estrela amarela, faz compras apenas quando está escuro, e provavelmente passa fome. Não, pensa Eva Kluge, mesmo vencendo a França dez vezes, as coisas não estão justas entre nós...

E chega ao próximo prédio para continuar as entregas.

Enquanto isso, o encarregado de oficina Otto Quangel vai até a sala com o aerograma e o coloca sobre a máquina de costura.

— Aqui! — diz apenas.

Sempre deixa para ela a prerrogativa de abrir a correspondência, afinal sabe o quanto é apegada ao único filho, Otto. Agora ele está à sua frente; puxou o fino lábio inferior entre os dentes e aguarda o rosto dela resplandecer de alegria. Com seu jeito calado, sereno, nada carinhoso, seu amor por essa mulher é enorme.

Ela abre o aerograma, por um instante seu rosto brilha e depois se apaga ao se deparar com as letras da máquina de escrever. Sua expressão torna-se assustada, ela lê devagar, cada vez mais devagar, como se tivesse medo da palavra seguinte. O marido se curva para a frente e tira as mãos dos bolsos. Os dentes pressionam com firmeza o lábio, ele pressente a desgraça. A sala está totalmente em silêncio. E a mulher começa a arquejar...

De repente ela solta um grito abafado, um som que o marido nunca ouviu. A cabeça dela tomba para a frente, bate primeiro no carretel de linha da máquina e pousa sobre as dobras da costura, cobrindo a correspondência fatídica.

Ele dá dois passos e está atrás dela. Com uma precipitação totalmente desconhecida, coloca sua mão grande, calejada, nas costas dela. Sente o corpo da mulher tremer por inteiro.

— Anna! — diz. — Anna, por favor! — Espera um instante e depois arrisca: — O que aconteceu com Otto? Foi ferido? É grave?

O corpo da mulher continua a tremer, mas nenhum som escapa de seus lábios. Ela não faz nenhum esforço para levantar a cabeça e encará-lo.

Ele olha para a risca do cabelo dela, que se tornou tão ralo ao longo dos anos, desde que se casaram. Agora os dois são velhos. Se algo realmente aconteceu com Otto, ela não terá ninguém a quem se afeiçoar, somente a ele. E ele sente o tempo todo que não tem muito a oferecer nesse sentido. Nunca consegue lhe dizer, com nenhuma palavra, o tamanho de seu amor. Mesmo agora não consegue fazer um afago, ser um pouco carinhoso, consolá-la. Apenas pousa a mão pesada, forte, sobre a risca do cabelo dela, força suavemente a cabeça para cima, diante da sua própria, e diz a meia-voz:

— Anna, você vai me contar o que está escrito, não é?

Embora os olhos de ambos estejam muito próximos uns dos outros, ela mantém os seus fechados com firmeza, sem encarar o marido. O rosto está pálido, amarelado, suas cores tão vivazes sumiram. A carne ao redor dos ossos parece quase desmanchar; é como se ele estivesse diante de uma caveira. Apenas as bochechas e a boca tremem, como o corpo inteiro, que parece sacudido por um misterioso terremoto interior.

Ao olhar para esse rosto familiar, agora tão estranho, ao sentir o coração bater cada vez mais forte e perceber sua própria incapacidade de oferecer um mínimo de consolo, Quangel é tomado por um medo profundo. Na realidade, um medo ridículo em relação a essa dor profunda da mulher, o medo de que ela possa começar a gritar, muito mais alto e descontroladamente do que há pouco. Ele sempre gostou do silêncio, ninguém devia ouvir nada dos Quangels no prédio, nem os sentimentos podiam ser manifestados em voz alta: não! Apesar desse medo, o homem não consegue dizer mais nada além do que disse antes, ou seja:

— O que está escrito? Diga logo, Anna!

A correspondência está aberta, mas ele não ousa pegá-la. Se o fizesse, teria de soltar a cabeça da mulher, e ele sabe que essa cabeça, cuja testa já mostra duas manchas ensanguentadas, tombaria novamente sobre a máquina. Faz um esforço, pergunta mais uma vez.

— Como está o Ottinho?

Ouvir o apelido, quase nunca usado pelo marido, como que resgata a mulher do mundo da dor e a traz de volta para esta vida. Ela soluça algumas vezes, chega a abrir os olhos muito azuis, mas que agora parecem totalmente embaçados.

— O Ottinho? — diz ela, quase sussurrando. — Como o Ottinho poderia estar? Ele não existe mais, é isso!

O marido diz apenas um "oh!", um "oh!" grave, do fundo do coração. Sem se dar conta, soltou a cabeça da mulher para pegar a carta. Seus olhos se fixam nas linhas, sem conseguir decifrá-las.

A mulher arranca o aerograma das suas mãos. Furiosa, rasga o papel em pedaços, em pedacinhos, em pedacinhos minúsculos, ao mesmo tempo que sua fala, alterada, se atropela ao dizer:

— Você ainda quer ler essa sujeira, essas mentiras nojentas que todos eles escrevem? Que ele teve uma morte de herói, por seu Führer e por seu povo? Que foi um exemplo de soldado e de companheiro? Você vai deixar que digam isso, quando nós dois sabemos que o Ottinho gostava mesmo era de ficar montando seus rádios e que chorou quando teve de se alistar? Quantas vezes ele me contou, durante o tempo de recruta, das maldades do pessoal e de que daria a mão direita para escapar dali! E agora é um exemplo de soldado e morte de herói! Mentiras, só mentiras! Vocês são os responsáveis por isso, você e seu Führer, com essa guerra de merda!

Agora ela está na frente do marido, menor do que ele, mas seus olhos lançam raios de ódio.

— Eu e o meu Führer? — murmura ele, totalmente desconcertado pelo ataque. — Como assim, de repente ele é o *meu* Führer? Não sou membro do partido, apenas faço parte da Frente de Trabalho, o que é obrigatório. Sempre votamos nele, os dois, e você também está na Liga das Mulheres.*

Fala do seu jeito ponderado, lento, menos para se defender do que para esclarecer os fatos. Não entende como a mulher, de uma hora para outra, passou a atacá-lo assim. Afinal de contas, sempre pensaram igual...

Mas ela retruca, exaltada:

— De que adianta você ser o homem da casa e determinar tudo, de que adianta tudo precisar ser do seu jeito, mesmo quando peço apenas uma proteção para as batatas no porão no inverno: tem de ser como você quer, não como eu quero. E justo nessa questão tão importante você decide do jeito errado? Mas você é um covarde, quer apenas seu sossego, sem chamar a atenção de maneira nenhuma. Você faz o que todos fazem, e quando gritam "O Führer mandou, nós obedecemos!" você corre atrás feito um cachorrinho. E nós temos de segui-lo! Mas agora o meu Ottinho está morto e Führer nenhum do mundo, nem você, vai conseguir trazê-lo de volta para mim!

Ele escutava tudo sem retorquir. Nunca fora homem de brigar; além disso, sentia que aquilo era apenas a dor da esposa se expressando.

Estava quase aliviado por ela estar furiosa, por ainda não ter dado vazão ao seu luto. Respondendo às acusações, disse apenas:

— Alguém vai ter de contar para a Trudel.

Trudel era a namorada de Ottinho, quase sua noiva; chamava os pais dele de mãezinha e paizinho. Às noites, visitava-os com frequência para conversar, mesmo quando Ottinho estava fora. Durante o dia, trabalhava numa fábrica de uniformes.

A menção a Trudel fez com que Anna Quangel pensasse em outros assuntos. Ela lançou um olhar para o relógio brilhante na parede e perguntou:

— Vai conseguir chegar na hora do seu turno?

— Hoje é da uma às onze — respondeu ele. — Vou.

— Bom — disse ela. — Então vá e peça apenas para ela passar aqui. Não fale nada sobre o Ottinho. Vou contar pessoalmente. Seu almoço estará pronto ao meio-dia.

— Então vou e digo a ela para passar aqui hoje à noite — disse, mas não foi embora. Antes, olhou para o rosto branco-amarelado, enfermiço. Ela retribuiu o olhar e durante um tempo ficaram assim, olhando-se em silêncio, esses dois seres humanos que tinham passado trinta anos juntos, sempre em harmonia, ele silencioso e calmo, ela trazendo um pouco de vida à casa.

Apesar de se olharem tão intensamente, não tinham o que dizer um ao outro. Por fim, ele fez um movimento com a cabeça e partiu.

Ela escutou a porta do corredor batendo. E, no instante seguinte, voltou-se novamente para a máquina de costura e juntou os pedacinhos do maldito aerograma. Tentou remontá-lo, mas logo percebeu que demoraria muito; a prioridade era fazer o almoço do marido. Por isso, meteu os pedaços de papel dentro do envelope que guardava no hinário. À tarde, enquanto Otto estivesse fora, ela teria tempo de juntá-los e colá-los. Mesmo sendo mentiras idiotas, mentiras maldosas, era a última notícia de Ottinho! Ela guardaria o aerograma de qualquer jeito e o mostraria a Trudel. Talvez então conseguisse chorar; agora, seu coração estava em chamas. Seria tão bom conseguir chorar!

Balançou a cabeça, furiosa, e foi para a cozinha.

Capítulo 2
O que Baldur Persicke tem a dizer

Quando Otto Quangel passou pelo apartamento dos Persickes, ouviu expressões de júbilo misturadas com gritos de *Sieg Heil*. Apressado, seguiu em frente para não esbarrar com ninguém daquela turma. Moravam havia dez anos no mesmo prédio, mas nesse período Quangel tinha tentado evitar qualquer contato, especialmente com os Persickes — mesmo antes, quando o velho Persicke ainda era dono de um pequeno bar bastante decadente. A família tinha se tornado importante, o pai colecionava todos os cargos possíveis no partido e os dois filhos mais velhos estavam na SS*; dinheiro não parecia ser problema por ali.

Mais um motivo para evitá-los, pois todos nessa situação tinham de manter o prestígio no partido, algo que só era possível agindo em prol dele. Agir em prol dele significava denunciar outras pessoas, avisando, por exemplo: este e aquele ouviram uma rádio estrangeira. Por isso, havia muito Quangel queria ter tirado todos os rádios do quarto de Otto e os metido no porão. Naqueles tempos em que um era delator do outro e a Gestapo estava de olho em todos, o campo de concentração em Sachsenhausen ficava cada vez mais cheio e a guilhotina na prisão Plötzensee trabalhava sem parar, era impossível ser suficientemente precavido. Ele, Quangel, não precisava de rádio, mas Anna era contra sumir com os aparelhos. Ainda acreditava no antigo ditado segundo o qual a consciência tranquila é o melhor travesseiro. Mas essas coisas não tinham mais serventia... se é que algum dia tinham tido.

Pensando nisso, Quangel desceu as escadas apressado, atravessou o pátio e chegou à rua.

A gritaria na casa dos Persickes se devia ao fato de o orgulho da família, Baldur — que estava numa boa escola e, se o pai conseguisse, através de seus contatos, frequentaria um dos internatos Napola*, os institutos de educação nacional-socialistas, voltados à formação de lideranças —, bem, se devia ao fato de ele ter encontrado uma foto no *Völkischer Beobachter*. A foto mostrava o Führer e Göring*, marechal do Reich, e a legenda dizia: "No momento em que a notícia da capitulação da França é ouvida." Göring tinha um sorriso estampado no rosto gordo e o Führer aparecia batendo com as mãos nas coxas de tanta satisfação.

Os Persickes estavam tão felizes quanto a imagem e riam, mas Baldur, o iluminado, perguntou:

— Ei, não estão vendo nada de especial nesta foto?

De tão convencidos da superioridade intelectual do garoto de dezesseis anos, eles o encaram, cheios de expectativa, e ninguém tem coragem de expressar uma hipótese.

— Ora! — diz Baldur. — Pensem! A foto foi feita por um fotógrafo de jornal. Será que ele estava bem ao lado dos dois quando veio a notícia da capitulação? Ela deve ter sido transmitida pelo telefone ou por um mensageiro, ou ainda por um general francês, mas não se vê nada disso. Os dois estão sozinhos no jardim, felizes...

Os pais e os irmãos de Baldur continuam sentados em silêncio, olhando para a foto. Seus rostos estão quase idiotizados pela sobrecarga de concentração. O velho Persicke bem que gostaria de tomar mais uma dose de aguardente, mas não ousa fazê-lo enquanto o filho está falando. Por experiência, sabe que Baldur pode se tornar muito desagradável quando as pessoas não prestam atenção suficiente nos seus discursos políticos.

Enquanto isso, Baldur continua:

— Bem, a foto é montada, não foi feita no instante da divulgação da notícia, mas algumas horas mais tarde ou até no dia seguinte. E vejam como o Führer está contente, dando um tapa nas coxas! Vocês acreditam que um homem tão importante como o Führer continuaria contente desse jeito um dia depois da notícia? Faz tempo que ele já está pensando na Inglaterra e em como dobrar a inglesada. Não, a foto é uma encenação completa, do instante em que foi tirada até o tapa nas coxas. Ou seja, estão jogando areia nos olhos dos idiotas!

Agora eles olham para Baldur como se fossem os idiotas com a areia nos olhos. Se fosse qualquer outra pessoa que não Baldur, eles a teriam denunciado à Gestapo por causa dessa observação.

Mas Baldur prossegue:

— Eis o que é genial no nosso Führer: ele não deixa ninguém adivinhar seus planos. Agora todos estão pensando que ele está comemorando a vitória na França, mas talvez já esteja reunindo os navios para invadir a Inglaterra. Vejam o que temos de aprender com ele: não devemos anunciar aos quatro ventos quem somos e quais nossas intenções! — Os outros concordam com um aceno de cabeça; finalmente parecem ter compreendido aonde Baldur quer chegar. — Sim, vocês concordam — diz Baldur, irritado —, mas fazem o oposto! Não faz nem meia hora que escutei papai dizendo na frente da carteira que a velha Rosenthal lá de cima tinha de nos servir café e bolo...

— Ah, a judia velha! — diz o pai, mas com um tom de desculpas na voz.

— Tudo bem — concorda o filho —, a velha não vai espernear muito se lhe acontecer alguma coisa. Mas para que falar essas coisas para as pessoas? Seguro morreu de velho. Note o sujeito que mora em cima da gente, o Quangel. Você não consegue tirar uma palavra dele, mas mesmo assim tenho certeza de que ele vê e ouve tudo e também tem um lugar para onde encaminhar as denúncias. Se ele disser que os Persickes não conseguem manter a boca fechada, que não são confiáveis, que não dá para contar com eles, estaremos perdidos. Pelo menos em relação a você, papai, e eu não vou mexer uma palha para tirá-lo do campo de concentração, da prisão de Moabit, de Plötzensee ou seja lá onde você estiver.

Todos ficam em silêncio e até alguém tão convencido como Baldur percebe que esse silêncio não significa concordância irrestrita. Por isso acrescenta rápido, ao menos para trazer os irmãos para o seu lado:

— Queremos todos ser um pouquinho mais do que papai... e qual é o caminho? Somente pelo partido. E por isso temos de agir como o Führer: jogar areia nos olhos dos outros, fazer de conta que somos amistosos e depois, por trás, dar o bote quando ninguém estiver esperando.

O partido tem de achar que dá para contar com os Persickes para tudo, tudo mesmo!

Olha mais uma vez para a fotografia com Hitler e Göring radiantes, faz um movimento mínimo com a cabeça e se serve de aguardente, sinalizando que a palestra política está encerrada. Diz, com um sorriso:

— Não vá ficar de cara amarrada, papai, só por eu ter expressado minha opinião!

— Você tem apenas dezesseis anos e é meu filho — começa o pai, ainda emburrado.

— E você é meu velho, que já vi bêbado vezes demais para fazer com que eu baixe a cabeça — diz Baldur Persicke rapidamente, trazendo as risadas, até as da mãe, eternamente amedrontada, para o seu lado. — Ora, deixe estar, papai, algum dia vamos ter um carro e você vai poder entornar champanhe todos os dias, até enjoar!

O pai quer retrucar algo, mas dessa vez só contra o champanhe, do qual não gosta tanto quanto sua aguardente de cereais. Baldur, porém, não para de falar, com a voz mais baixa:

— Suas ideias até que não são tão ruins, papai, só que não é para falar sobre elas com ninguém, exceto conosco. Talvez seja possível ir mais longe com a Rosenthal, mais do que só pedir café e bolo. Deixe eu pensar um pouco; é preciso ter jeito. Talvez mais gente esteja de olho nela, talvez em melhor situação do que nós.

A voz fica cada vez mais baixa e, no final, está quase inaudível. Baldur Persicke conseguiu angariar mais uma vez todos para o seu lado, até o pai, que no começo estava emburrado. E, assim, o jovem diz:

— Um viva à capitulação da França! — E como ao mesmo tempo bate com as mãos nas coxas, rindo, eles percebem que o que está em jogo é algo bem diferente; na verdade, é a velha Rosenthal.

Todos riem, fazem algazarra, levantam brindes e bebem muita aguardente, um copo atrás do outro. Mas esse antigo dono de bar e seus filhos aguentam, firmes, o tranco.

Capítulo 3
Um homem chamado Barkhausen

QUANGEL, O ENCARREGADO DE OFICINA, saiu para a Jablonskistrasse e topou com Emil Barkhausen parado na frente da porta do prédio. Parecia que o único ofício de Emil Barkhausen era estar sempre rondando por onde houvesse algo para ser visto ou ouvido. Nem a guerra, com suas obrigações militares e seu trabalho compulsório, tinha alterado alguma coisa nisso: Emil Barkhausen continuava à espreita.

Estava parado ali, um sujeito alto e magro, rosto pálido, de terno puído, observando desanimado a Jablonskistrasse, quase vazia àquela hora. Ao ver Quangel, como que se reavivou e foi até ele, estendendo-lhe a mão.

— Aonde vai, Quangel? — perguntou. — É seu horário na fábrica?

Quangel não viu a mão do outro e murmurou, de maneira quase incompreensível:

— Estou com pressa! — E saiu andando na direção da Prenzlauer Allee. Esse fofoqueiro chato era mesmo o que faltava!

Mas o homem não desistia assim tão fácil. Deu uma risada queixosa e disse:

— Então temos o mesmo caminho pela frente, Quangel! — E quando o outro, olhando fixamente para diante, não diminuiu o passo, ele acrescentou: — O doutor mandou que eu me movimentasse bastante por causa da minha constipação; ficar perambulando sozinho é um tédio!

Em seguida começou a descrever exatamente tudo o que já fizera contra o problema. Quangel não prestava atenção. Estava ocupado com dois pensamentos, e um deles reprimia constantemente o outro: ele não tinha mais filho e Anna lhe dissera "você e seu Führer". Quangel admitiu intimamente que nunca amara o garoto como um pai tem de amar o filho. Desde o nascimento, havia considerado a criança um estorvo para sua tranquilidade e sua relação com Anna. E, se agora sentia dor, era devido à inquietude em relação a Anna, em como ela reagiria a essa morte e tudo que se transformaria por causa disso. Afinal, Anna lhe dissera: você e seu Führer!

Não era verdade. Hitler não era seu Führer, ou não mais do que para Anna. Sempre foram da mesma opinião de que, em 1930, quando sua pequena marcenaria quebrou, tinham saído do atoleiro graças ao Führer. Depois de quatro anos de desemprego, ele tinha se tornado encarregado de oficina numa grande fábrica de móveis e agora todas as semanas trazia quarenta marcos para casa. Era uma quantia suficiente para se virarem bem. Isso acontecera por intermédio do Führer, que havia colocado a economia de volta nos eixos. Sempre compartilharam da mesma opinião.

Mesmo assim não haviam ingressado no partido. De um lado, ressentiam-se das contribuições partidárias compulsórias, pois a sangria já vinha de todos os lados, de campanhas de inverno*, de todo tipo de coleta, da Frente de Trabalho. Sim, e ele recebera um cargo menor na Frente de Trabalho, o outro motivo para o casal não ter se filiado. Pois ele via como, a cada oportunidade, se fazia uma distinção entre os cidadãos comuns e os companheiros de partido. Mesmo o pior companheiro de partido era mais bem-visto na Frente de Trabalho do que o melhor dos cidadãos comuns. Uma vez no partido, era possível se permitir de tudo: não era fácil sofrer um revés. A isso se dava o nome de lealdade pela lealdade.

Mas ele, o encarregado de oficina Otto Quangel, acreditava em justiça. Na sua visão, cada homem era um homem, independente de estar ou não no partido — isso não lhe dizia respeito. A indignação era sempre a mesma ao vivenciar na oficina, o tempo todo, situações em que o pequeno erro de uns era amplificado e alardeado, enquanto outros ficavam impunes mesmo tendo cometido as maiores falhas. Pousava os dentes no lábio inferior e o mordia com raiva — se pudesse, já estaria há tempos longe daquele empreguinho.

Anna sabia muito bem disso, e por essa razão nunca poderia ter dito "você e seu Führer"! No caso de Anna tudo fora bem diferente, ela havia assumido o cargo na Liga das Mulheres como voluntária, e não obrigada, como ele. Meu Deus, sim, ele entendia o que acontecera com a esposa. Por um tempo ela havia trabalhado só em casa; primeiro no campo e depois ali, na cidade. E no casamento também não tinha muita voz ativa, não porque ele a tivesse sob seu comando, mas simplesmente porque tudo devia girar em torno dele, o provedor.

Agora, porém, ocupava aquele cargo na Liga das Mulheres e, se também ali recebia ordens do alto, por sua vez havia subordinadas, uma porção de moças, mulheres e até senhoras, sob seu comando. Ela se divertia quando uma daquelas folgadas de unhas pintadas de vermelho tinha um chilique e podia mandá-la para uma fábrica. Se a expressão "você e seu Führer" cabia a algum dos Quangels, então Anna vinha em primeiro lugar.

Certo, certo, havia tempos ela também encontrara um fio de cabelo na sopa e percebera que algumas dessas madames simplesmente não podiam receber ordens de trabalhar, porque tinham bons amigos. Ou se indignava quando sempre as mesmas eram agraciadas na hora da distribuição de roupas íntimas mais quentes — aquelas com a caderneta do partido. Também Anna achava que os Rosenthals eram gente digna e que não mereciam tal sorte, mas não era por isso que ela pensava em abandonar seu posto. Pouco tempo antes, dissera que o Führer não fazia ideia das sujeiras do seu pessoal nos escalões inferiores. O Führer não podia saber de tudo, seu pessoal mentia para ele.

Mas Ottinho tinha morrido e Otto Quangel percebeu com inquietação que tudo se tornaria diferente dali em diante. Vê diante de si o rosto enfermiço, amarelado, de Anna Quangel, escuta novamente sua acusação; ele se encontra fora de casa a uma hora totalmente incomum, com o fofoqueiro Barkhausen a seu lado; hoje à noite Trudel estará com eles, correrão lágrimas, conversas sem fim — e ele, Otto Quangel, ama tanto a regularidade da vida, a rotina do dia de trabalho, de preferência sem qualquer acontecimento especial. O domingo lhe é quase um transtorno. E agora tudo ficará confuso durante um tempo e é provável que Anna nunca volte a ser quem era. Esse "você e seu Führer" tinha vindo de uma parte muito íntima. Soara como ódio.

Ele tem de repassar tudo isso na mente com muito cuidado mais uma vez, mas Barkhausen não deixa. E o homem diz, de supetão:

— Parece que você também recebeu um aerograma militar. Foi do seu Otto?

Quangel volta para o outro os olhos argutos, escuros, e murmura:

— Fuxiqueiro! — Mas como não quer briga com ninguém, nem mesmo com um pobre-diabo como o desocupado Barkhausen, acrescenta, a contragosto: — As pessoas falam demais!

Emil Barkhausen não está melindrado, não é fácil melindrar Barkhausen, que concorda com veemência:

— Tem razão, Quangel! Por que a Kluge, a carteira, não consegue ficar de boca fechada? Mas não, ela tem de contar para todo mundo: os Quangels receberam uma carta do front escrita à máquina! Para mim, basta ela me dizer que a França capitulou! — Faz uma pequena pausa e depois pergunta, com uma voz curiosamente baixa, solidária: — Ferido, desaparecido, ou...?

Ele se cala. Mas Quangel — depois de uma pausa mais longa — responde de maneira apenas indireta à pergunta do outro:

— Então a França capitulou? Puxa, bem que poderiam ter feito isso um dia antes, daí meu Ottinho ainda estaria vivo...

Barkhausen responde de uma maneira estranhamente animada:

— Mas foi graças à morte heroica de tantos milhares que a França capitulou tão rápido. E é por isso que muitos milhões continuam vivos. Como pai, dá para ter orgulho de um sacrifício desses!

Quangel pergunta:

— Seus filhos são todos pequenos demais para estar no front, vizinho?

Quase ofendido, Barkhausen responde:

— Você sabe disso, Quangel! Mas se todos eles morressem de repente, por causa de uma bomba ou coisa parecida, eu estaria orgulhoso. Não acredita em mim, Quangel?

O encarregado não responde à pergunta, mas pensa: Posso não ser um pai de verdade e nunca ter amado Otto do jeito certo, mas seus filhos são um estorvo para você. Acredito que você ficaria aliviado de se livrar de todos ao mesmo tempo por causa de uma bomba, ah, se acredito!

Não fala nada desse gênero e Barkhausen, que já desistiu de esperar por uma resposta, diz:

— Pense, Quangel, primeiro os Sudetos e a Tchecoslováquia e a Áustria, e agora a Polônia e a França e metade dos Bálcãs. Vamos ser o povo mais rico do mundo! Que importam algumas centenas de milhares de mortos? Vamos ser ricos, todos!

A resposta de Quangel vem inusitadamente rápida:

— E o que faremos com a riqueza? Posso comê-la? Vou dormir melhor sendo rico? Sendo rico não vou mais à fábrica... e o que vou fazer o dia todo? Não, Barkhausen, *eu* nunca vou querer ser rico, muito menos desse jeito. Uma riqueza dessas não vale um morto!

De súbito, Barkhausen lhe segura o braço, seus olhos piscam, ele sacode Quangel enquanto sussurra, ansioso:

— Como pode dizer isso, Quangel? Não sabe que posso mandar você para um campo de concentração por uma reclamação dessas? Afinal, acabou de contrariar diretamente o nosso Führer! E se eu fosse alguém desse tipo e denunciasse você...?

Quangel também está assustado com as próprias palavras. A questão com Otto e Anna deve tê-lo tirado dos eixos muito mais do que imaginou, senão nunca teria abandonado sua cautela natural, sua atitude sempre alerta. Mas o outro não percebe nada de seu susto. Com as mãos fortes de trabalhador, Quangel solta o braço da pegada frouxa de Barkhausen e, devagar e com indiferença, diz:

— Por que está tão nervoso, Barkhausen? O que eu disse que você pode denunciar? Nada! Estou triste porque meu filho Otto morreu e porque minha mulher está sofrendo muito. Se quiser, denuncie; e, se quiser, siga em frente! Vou junto e assino embaixo!

Mas ao mesmo tempo que suas palavras saem aos borbotões, coisa incomum nele, Quangel pensa: Macacos me mordam se esse Barkhausen não for um informante! Mais um para se ter cuidado! Afinal, com quem não é preciso tomar cuidado? E também não sei como as coisas vão ficar com a Anna...

Nesse meio-tempo, chegam ao portão da fábrica. Mais uma vez, Quangel não oferece a mão para Barkhausen. Diz apenas:

— Passe bem! — e faz menção de entrar.

Barkhausen, porém, o segura pelo casaco e sussurra, impaciente:

— Vizinho, o que aconteceu são águas passadas. Não sou dedo-duro e não quero deixar ninguém em maus lençóis. Mas me faça um favor: preciso levar um pouco de dinheiro para minha mulher comprar comida e não tenho um centavo no bolso. As crianças ainda não comeram nada hoje. Me empreste dez marcos; na próxima sexta você recebe de volta, com certeza. Palavra de honra!

Como antes, Quangel se solta do outro. Pensa: Então você é um desses que ganham seu dinheiro dessa maneira! E: Não vou dar nada, senão ele vai achar que estou com medo dele e nunca mais vai me deixar em paz.

Em voz alta, diz:

— Levo trinta marcos por semana para casa e preciso de cada um deles. Não posso lhe dar dinheiro.

E sem uma palavra ou um olhar a mais, passa pelo portão da fábrica. O porteiro o reconhece e permite que entre sem lhe fazer perguntas.

Barkhausen, na rua, segue-o com o olhar e pensa no que fazer. Sua vontade é ir até a Gestapo e fazer uma denúncia contra Quangel; já valeria alguns cigarros. Melhor não. Hoje se apressou demais, deveria ter deixado Quangel soltar a língua à vontade — depois da morte do filho, o homem estava disposto a isso.

Mas não avaliou Quangel direito, não dá para blefar com ele. A maioria das pessoas agora vive com medo, na verdade todas, porque todas fazem, em algum lugar, alguma coisa proibida e temem que alguém saiba. É preciso apenas surpreendê-las no momento certo — daí, está no papo, elas pagam. Quangel provavelmente não tem medo de nada; blefar é impossível. Não, vai abrir mão do homem, talvez nos próximos dias dê para conseguir alguma coisa com a mulher. A morte do único filho perturba as mulheres de um jeito totalmente diferente! E elas começam a falar.

Bem, a mulher nos próximos dias — mas o que ele vai fazer agora? É preciso mesmo levar dinheiro para Otti, hoje pela manhã ele comeu às escondidas o último pão da despensa. Mas Barkhausen não tem dinheiro, e de onde conseguir algum rapidamente? A mulher é uma Xantipa, capaz de transformar a vida dele num inferno. Antigamente prostituía-se na Schönhauser Allee e às vezes conseguia ser realmente simpática e carinhosa. Agora eles têm cinco pirralhos — quer dizer, a maioria nem deve ser dele — e ela sabe xingar feito um estivador. A víbora também bate nas crianças, e quando o casal briga vira uma pequena troca de bordoadas; embora seja a que mais apanhe, ela não se emenda.

Não, não dá para voltar para Otti sem dinheiro. De repente, ele se lembra da velha Rosenthal, que agora vive sozinha, sem qualquer proteção, na Jablonskistrasse 55. Ora, por que não se lembrou antes da judia velha? Afinal, é um negócio bem melhor do que Quangel, o abutre! É uma mulher bondosa, ele se recorda de quando o casal judeu tinha a loja de roupas, então a primeira tentativa será delicada. Mas se ela não quiser, ele simplesmente vai arrebentar a cara da velha! E acabará encontrando alguma coisa, uma joia, dinheiro ou comida, qualquer coisa que apazigue Otti.

Enquanto pensa o tempo todo no que irá encontrar — pois os judeus ainda têm tudo; apenas escondem dos alemães, de quem roubaram —, Barkhausen caminha cada vez mais rápido de volta para a Jablonskistrasse. Ao chegar ao pé da escada, fica um bom tempo tentando ouvir algo vindo do alto. Não quer que ninguém o veja na parte da frente do prédio, já que mora nos fundos, no cômodo que chamam com desdém de "casa do jardim", no *souterrain*: o porão, na verdade. Ele próprio não se incomoda com isso. Se às vezes fica constrangido, é por causa dos outros.

Não se ouve nada na escadaria e Barkhausen começa a subir os degraus com rapidez, mas em silêncio. Um alarido daqueles sai do apartamento dos Persickes, gritos e risadas, estão festejando de novo. Precisaria dar um jeito de se aproximar de gente como os Persickes, que têm as relações certas, daí também iria para a frente. Mas é claro que eles não dão a menor importância a um informante de ocasião como ele; principalmente os garotos da SS e Baldur, que são de uma arrogância inacreditável. O velho é melhor; às vezes, quando está bêbado, solta cinco marcos...

No apartamento dos Quangels está tudo em silêncio e um lance acima, nos Rosenthals, também não se ouve nem um pio durante o tempo em que ele mantém a orelha grudada na porta. Assim, toca rápido e profissionalmente a campainha, como se fosse um carteiro com pressa de seguir em frente.

Mas nada acontece, e depois de esperar por um, dois minutos, Barkhausen decide tocar uma segunda vez; em seguida, uma terceira. Nos intervalos aguça os ouvidos, não ouve nada, mas sussurra através do buraco da fechadura:

— Sra. Rosenthal, abra a porta! Tenho notícias do seu marido! Rápido, antes que alguém me veja! Estou ouvindo a senhora, abra logo!

E continua tocando, mas sem sucesso. Por fim, é tomado pela raiva. Não dá para ir embora de mãos abanando mais uma vez, a confusão com Otti será dos diabos. A judia velha que lhe entregue aquilo que roubou dele! Volta a tocar, furioso, e grita pela fechadura:

— Venha logo, sua judia velha, ou vou esmurrar sua cara e vai ser impossível você abrir os olhos! Se não vier agorinha, despacho você ainda hoje para o campo de concentração, judia maldita!

Se tivesse gasolina, atearia fogo imediatamente na porta daquela canalha!

De repente, porém, Barkhausen se cala. Escutou uma porta se abrir mais embaixo e ele se encosta firmemente à parede. Ninguém pode vê-lo por ali. Alguém quer sair para a rua, ele precisa ficar quieto.

Mas os passos vêm subindo, sem parar, mesmo que lentos e trôpegos. Trata-se, claro, de algum dos Persickes — e um Persicke bêbado é exatamente do que Barkhausen não precisa no momento. Quem quer que seja, está vindo em direção ao sótão, mas o sótão está trancado com uma porta de ferro e não há onde se esconder. A única esperança é que o bêbado passe por ele sem notá-lo; se for o velho Persicke, é possível.

Não é o velho Persicke, é o garoto nojento, Baldur, o pior do bando! Que vive a perambular em seu uniforme de líder da Juventude Hitlerista*, esperando que o cumprimentem, embora não passe de um sujeitinho insignificante. Devagar, Baldur sobe os últimos degraus apoiando-se no corrimão, de tão bêbado. Apesar dos olhos vidrados, é claro que já notou Barkhausen colado à parede, mas só lhe dirige a palavra quando está bem na sua frente:

— O que você está procurando aqui na parte da frente do prédio? Não quero saber disso, suma daqui, vá ficar com a sua puta lá no porão! Vamos, desapareça!

Ele ergue o pé, o sapato com solado de cravos, mas logo o baixa de novo: está bamboleando demais para chutar.

Barkhausen simplesmente não consegue suportar um tom desses. Quando leva uma bronca, ele se encolhe todo, com medo.

— Desculpe, sr. Persicke! Só queria brincar um pouco com a judia velha! — sussurra, humilde.

Com o esforço de pensar, a testa de Baldur se franze. Depois de um tempo, ele diz:

— Você queria é roubar, seu pulha, essa é sua brincadeira com a judia velha. Cai fora!

Apesar de rudes, as palavras são sem dúvida embaladas num tom simpático; Barkhausen tem uma percepção aguçada para tais sutilezas. Por isso, diz com um sorriso, desculpando-se pela piada:

— Mas eu não roubo, sr. Persicke, só faço uma arrumação de vez em quando.

Baldur Persicke não retribui o sorriso. Não se envolve com esse tipo de gente, mesmo que possam ser úteis vez ou outra. Apenas desce a escada com cuidado atrás de Barkhausen.

Ambos estão tão mergulhados em seus pensamentos que não percebem que a porta dos Quangels está só encostada. E que se abre imediatamente após passarem por ela. Anna Quangel se apressa até a escadaria e fica escutando.

Diante da porta dos Persickes, Barkhausen ergue a mão estendida para a saudação alemã:

— *Heil* Hitler, sr. Persicke! E muito obrigado!

Barkhausen nem ao menos sabe por que motivo está agradecendo. Talvez por não ter levado um chute no traseiro e ter sido jogado escada abaixo. Algo que ele também teria de engolir, tamanha sua insignificância.

Baldur Persicke não retribui a saudação. Encara o outro com o olhar vidrado, fazendo com que Barkhausen comece a piscar e baixe os olhos.

— Então você queria fazer uma brincadeira com a velha Rosenthal? — pergunta Baldur.

— Sim — responde Barkhausen, em voz baixa e olhando para baixo.

— Que tipo de brincadeira? — Persicke continua a interrogar. — Algo como subtrair e afanar?

Barkhausen arrisca um olhar rápido ao rosto do interlocutor.

— Ora! — diz. — Eu também poderia ter metido a mão na fuça dela.

— Ah! — responde Baldur apenas. — Ah!

Ficam em silêncio por um tempo. Barkhausen se pergunta se já pode ir embora, mas na verdade ainda não recebeu a ordem. Por isso continua à espera, calado, mais uma vez olhando para baixo.

— Entre aí! — diz Persicke subitamente, com a língua muito enrolada. Aponta com o dedo a porta aberta do apartamento. — Talvez eu ainda tenha algo a dizer para você. Talvez!

Barkhausen marcha para dentro do apartamento dos Persickes, como que dirigido pelo dedo indicador. Baldur Persicke o segue, um pouco trôpego, mas com postura marcial. A porta bate atrás dos dois.

No alto, Anna Quangel se afasta da escada e volta em silêncio para o seu apartamento, cuja porta fecha com delicadeza. Não sabe por que ficou ouvindo a conversa deles, primeiro diante do apartamento da sra. Rosenthal e depois do dos Persickes. Em geral, segue fielmente o lema do marido: não se importar com o que os outros moradores fazem ou deixam de fazer. Seu rosto continua morbidamente pálido e suas pálpebras tremem de um jeito irritante. Por vezes ela bem que gostaria de ter se sentado e chorado, mas não consegue. Sua cabeça é inundada por frases do tipo: "Meu coração está dilacerado", ou "Foi um baque", ou ainda "Sinto um frio na barriga". E sofre com todas. Mas há outra: "Eles não podem ficar impunes depois de assassinarem meu filho. Posso virar outra pessoa..."

De novo, não sabe o que realmente está querendo dizer com virar outra pessoa, mas aquele espreitar talvez já tenha sido um início. Otto também não poderá mais decidir tudo sozinho, pensa. Também quero poder fazer o que tiver vontade, mesmo se lhe desagradar.

Ela se apressa em preparar o almoço. A maior parte dos alimentos, aos quais ambos têm direito por meio de cupons, é ele quem recebe. O marido não é mais jovem e em geral precisa trabalhar além de suas forças; como ela consegue ficar sentada por muito tempo e fazer serviços de costura, essa divisão é natural.

Enquanto ela está lidando com as panelas, Barkhausen deixa o apartamento dos Persickes. Assim que desce as escadas, sua postura perde toda a submissão que mantinha diante deles. Empertigado, atravessa o pátio; seu estômago está agradavelmente aquecido por duas doses de aguardente e o bolso carrega duas notas de dez marcos — uma delas suavizará o mau humor de Otti.

Mas quando entra no cômodo do porão, Otti não está de mau humor. Uma toalha branca cobre a mesa e Otti está sentada no sofá com um homem que Barkhausen desconhece. O estranho, que até não está tão malvestido, tira rápido o braço que rodeava o ombro de Otti. Mas não é preciso, Barkhausen não se incomoda com esse tipo de coisa.

Ele pensa: Vejam só, a velha pilantra consegue agarrar uns desses também! Bancário ou professor, no mínimo.

Na cozinha, as crianças choram e gritam. Barkhausen dá para cada uma delas uma fatia grossa do pão que está sobre a mesa. Em seguida começa a tomar seu café da manhã; há pão, chouriço e aguardente. Como um putanheiro tem utilidade! Ele esquadrinha o homem no sofá com um olhar satisfeito. O homem não parece se sentir tão à vontade quanto Barkhausen.

Por essa razão, logo depois de ter comido, Barkhausen sai rápido. Não quer ser desmancha-prazeres, pelo amor de Deus! O bom é que agora pode ficar com os vinte marcos. Ele se dirige à Rollerstrasse; ouviu falar de um bar onde as pessoas parecem conversar de maneira especialmente imprudente. Talvez dê para fazer alguma coisa. Por essa época, é possível pegar uns peixes em quase toda Berlim. Se não de dia, então de noite.

Toda vez que Barkhausen pensa na noite, um sorriso se forma atrás de seu bigode de pontas soltas. Esse Baldur Persicke, todos esses Persickes, que cambada! Mas que não o façam de bobo, não ele! Que não pensem que foi dobrado com vinte marcos e dois tragos. Talvez chegue o tempo em que todos os Persickes venham comer da sua mão. É preciso apenas ser humilde e esperto.

E Barkhausen se lembra de que antes da noite ainda é preciso achar um tal de Enno; Enno talvez seja o homem certo para algo assim. Mas nada de se apavorar, acabará encontrando Enno. O sujeito bate ponto diariamente em três ou quatro estabelecimentos frequentados pelos pequenos apostadores em cavalos. Barkhausen não sabe seu nome verdadeiro. Ele o conhece apenas do punhado de lugares onde todos o chamam por Enno. Ele o encontrará, e talvez seja até o homem certo.

Capítulo 4
Trudel Baumann revela um segredo

A FACILIDADE COM QUE OTTO QUANGEL chega à fábrica é inversamente proporcional à dificuldade em chamar Trudel Baumann para conversar. Lá o pessoal não ganha apenas por produção; cada unidade precisa também alcançar determinada meta — aliás, como no caso de Quangel —, e muitas vezes um minuto faz diferença.

Mas, por fim, Quangel alcança seu objetivo: afinal, o outro é encarregado como ele. É difícil demover um colega de um intento desses, principalmente se um filho acabou de morrer. Quangel teve de fazer a revelação para conseguir se encontrar com Trudel. Consequentemente, também terá de contar a novidade para Trudel, contra o pedido da mulher, senão o encarregado o fará. Tomara que não haja gritaria e, principalmente, nada de desmaios. Na verdade, é um milagre como Anna conseguiu se segurar — bem, Trudel também tem os pés no chão.

Lá vem ela. E Quangel, que nunca se relacionou com outra mulher exceto a esposa, tem de confessar que a moça é encantadora, com seu cabelo cheio e encaracolado, escuro, o rosto redondo do qual atividade fabril nenhuma consegue tirar o frescor, os olhos sorridentes e os seios empinados. Mesmo vestindo calça comprida azul por causa do trabalho e um pulôver velho, bastante cerzido, com restos de linha pendurados, mesmo agora está encantadora. O mais bonito, porém, talvez seja seu jeito de se movimentar, tudo exala vida, ela parece gostar de dar cada passo: esbanja alegria de viver.

É um verdadeiro milagre, pensa Otto Quangel de maneira fugaz, que um moleirão feito o Otto, um filhinho de mamãe tão paparicado, tenha conseguido arranjar uma moça admirável feito essa. Mas, ele se corrige logo em seguida, o que sei do Otto? Na realidade, nunca prestei muita atenção nele. Meu filho deve ter sido muito diferente do que eu imaginava. E o rapaz tinha realmente jeito para os rádios, todos os técnicos o disputavam.

— Bom dia, Trudel — diz e estende a mão, na qual a dela, quente e macia, logo se aninha, rápida e decidida.

— Bom dia, paizinho — responde ela. — O que aconteceu na casa de vocês? A mãezinha está com saudades de mim de novo ou foi o Ottinho quem escreveu? Vou arrumar um jeito de aparecer por lá o quanto antes.

— Tem de ser hoje à noite, Trudel — diz Otto Quangel. — A questão é que...

Mas ele não termina a frase. Com seu jeito agitado, Trudel já está mexendo no bolso da calça azul, de onde tira um calendário, que passa a folhear. Está ouvindo apenas parcialmente, não é o momento certo de ele lhe dar uma notícia dessas. Por isso, Quangel espera, com paciência, até ela encontrar o que está procurando.

Esse encontro dos dois acontece num corredor longo e atravessado por uma corrente de vento. As paredes caiadas estão totalmente cobertas por cartazes. Sem querer, o olhar de Quangel se fixa num cartaz pendurado na diagonal atrás de Trudel. Lê algumas palavras, o título em negrito: "Em nome do povo alemão", depois três nomes, e "foram condenados à morte por enforcamento por crimes de lesa-pátria e alta traição. As execuções aconteceram hoje pela manhã no presídio Plötzensee."

De maneira totalmente involuntária, segura Trudel com ambas as mãos e a puxa para o lado até ela sair da frente do cartaz.

— O que foi? — ela pergunta, surpresa, para depois seu olhar seguir o dele e também ler o cartaz. A exclamação que solta pode significar tudo: protesto contra o que foi lido, desaprovação do ato de Quangel, indiferença; ao menos, porém, ela não volta para o lugar onde estava. — Hoje à noite é impossível, paizinho, mas amanhã estarei na casa de vocês lá pelas oito — diz, guardando de volta o calendário no bolso.

— Mas tem de ser hoje à noite, Trudel — Otto Quangel insiste. — É que chegaram notícias sobre o Otto. — Seu olhar fica mais incisivo e ele percebe como o dela perde a alegria. — O Otto morreu.

É curioso, do peito de Trudel sai o mesmo som que Otto Quangel emitiu ao receber a notícia, um "Oh...!" profundo. Por um instante ela olha com olhos marejados para o homem, os lábios dela tremem; em seguida, seu rosto se volta para a parede, ela encosta a testa ali. Chora, mas baixinho. Quangel nota os ombros se erguendo, mas não ouve nada.

Garota corajosa!, pensa. Como era ligada ao Otto! Ele também foi corajoso, a seu modo; nunca andou com aqueles rapazinhos de merda, não deixou que a Juventude Hitlerista o incitasse contra seus pais, sempre foi contra brincadeiras de soldados e contra a guerra. Maldita guerra!

Ele se assusta com o que acabou de pensar. Será que também já está mudando? Afinal, isso foi muito parecido com Anna dizendo "Você e seu Hitler!".

A testa de Trudel está apoiada no cartaz do qual ele acabou de afastá-la. Acima da cabeça dela, as letras grossas: "Em nome do povo alemão." Os nomes dos três executados estão encobertos...

E, feito uma visão, ele imagina que certo dia um cartaz como esse estará afixado nas paredes com o nome dele e o de Anna. Balança a cabeça, desolado. É um simples trabalhador, não quer se meter em política, quer apenas seu sossego, Anna se ocupa exclusivamente da casa e uma moça bonita como Trudel logo terá encontrado um novo namorado...

Mas a visão é persistente, não desaparece. Nossos nomes na parede, pensa, totalmente assustado. E por que não? Acabar na forca é pior que ser estraçalhado por uma granada ou agonizar com uma bala na barriga? Nada disso importa. A única coisa urgente é: preciso entender o que acontece com Hitler. No começo parecia estar tudo bem; de repente, tudo está mal. De repente, vejo apenas opressão e ódio, imposição e sofrimento, tanto sofrimento... Alguns milhares, foi o que disse aquele covarde dedo-duro do Barkhausen. Como se o que importasse fosse o número! Se apenas um homem está sofrendo injustamente e tenho condições de mudar isso, e não o faço apenas porque tenho receio e gosto demais do meu sossego, então...

Não ousa continuar pensando. Está com medo, medo de verdade, de onde pode chegar ao final de uma reflexão dessas. Talvez tenha de mudar toda a sua vida!

Em vez disso, olha novamente para a moça acima de cuja cabeça se lê "Em nome do povo alemão". Ela não deveria chorar encostada justo nesse cartaz. Ele não consegue resistir à tentação, gira os ombros dela para longe da parede e diz, da maneira mais suave possível:

— Vamos, Trudel, não perto deste cartaz...

Por um instante ela olha para as palavras impressas sem compreendê-las. Seus olhos já estão secos novamente, seus ombros não tremem mais. A vida retorna ao seu olhar, não com o brilho antigo, alegre, com o qual ela entrou nesse corredor, mas com uma brasa menos viva. De maneira firme, porém suave, pousa a mão sobre o lugar onde está a palavra "enforcados".

— Nunca me esquecerei, paizinho — diz —, que chorei por Otto justamente na frente de um cartaz desses. Talvez... não é o que eu quero, mas talvez meu nome também apareça algum dia num anúncio igual.

Trudel o encara. Ele tem a impressão de que ela não sabe direito do que está falando.

— Garota! — ele diz, assustado. — Veja o que fala! Como você e um cartaz desses... Você é jovem, tem a vida toda pela frente. Você vai voltar a sorrir, vai ter filhos...

Ela balança a cabeça, birrenta.

— Não terei filhos enquanto não souber com certeza absoluta que não serão tirados de mim e assassinados. Não enquanto um general qualquer puder dizer: marche e morra! Paizinho — ela continua, segurando a mão dele com força —, paizinho, você consegue continuar vivendo, agora que seu Ottinho foi fuzilado?

Fixa os olhos nele, que mais uma vez se rebela contra o estranhamento que o assola.

— Os franceses — murmura.

— Os franceses! — ela exclama, indignada. — Está usando isso como desculpa? Quem atacou os franceses? Quem, paizinho? Diga!

— Mas o que podemos fazer? — Otto Quangel se defende da pressão, aflito. — Somos apenas alguns e todos os milhões estão do lado dele, principalmente agora, depois dessa vitória contra a França. Não podemos fazer nada!

— Podemos fazer muita coisa! — ela sussurra, rápido. — Podemos sabotar as máquinas, trabalhar mal e devagar, arrancar os cartazes e colar outros, nos quais dizemos às pessoas que estão sendo enganadas e traídas. — E sussurrando ainda mais baixo: — Mas o principal é que somos diferentes deles, que nunca nos permitiremos ser ou pensar como eles. Não seremos nazistas, mesmo se eles vencerem o mundo inteiro!

— E o que ganhamos com isso, Trudel? — pergunta Otto Quangel com um fio de voz. — Não vejo o que ganhar.

— Paizinho — responde ela. — No começo eu também não entendia, e até agora continuo não entendendo direito. Mas, sabe, formamos secretamente uma célula comunista aqui na fábrica, bem pequena, três homens e eu. Um deles tentou me explicar. Somos, ele disse, como a semente boa num pedaço de terra cheio de mato. Se não fosse a semente boa, toda a terra estaria cheia de mato. E a boa semente pode se espalhar.

Ela parou, como se estivesse profundamente assustada com alguma coisa.

— O que foi, Trudel? — pergunta ele. — A ideia da semente não é má. Vou pensar a respeito, tenho muito para pensar nos próximos tempos.

Mas ela diz, cheia de vergonha e arrependimento:

— Agora dei com a língua nos dentes sobre a célula, logo quando tinha feito uma promessa sagrada de não contar nada a ninguém!

— Não se preocupe com isso, Trudel — diz Otto Quangel, e sua tranquilidade se transfere espontaneamente à jovem angustiada. — No caso de Otto Quangel, uma coisa como essa entra por um ouvido e sai pelo outro. Já não sei de mais nada. — E encara o cartaz com um ar decidido, furioso. — Poderia vir a Gestapo inteira, mas não sei de mais nada. E — acrescenta —, se quiser e isso acalmá-la, a partir de agora você não me conhece mais. Não precisa ir ao encontro da Anna hoje à noite, vou dar um jeito de explicar sem contar nada a ela.

— Não — responde ela, mais segura. — Não. Vou ver a mãezinha ainda hoje, à noite. Mas terei de contar aos outros que revelei nosso segredo e talvez alguém o interrogue, a fim de saber se você é mesmo confiável.

— Que venham — diz Otto Quangel, em tom ameaçador. — Não sei de nada. Nunca tive de me envolver com política durante toda a minha vida. Adeus, Trudel. Acho que não vou vê-la hoje, quase nunca volto do trabalho antes da meia-noite.

Ela aperta a mão dele e percorre o corredor de volta até o interior da fábrica. Não irradia mais tanta vivacidade, mas ainda tem muita força. Boa garota!, pensa Quangel. Corajosa!

Quangel está sozinho no corredor, os cartazes farfalham o tempo todo por causa da incessante corrente de ar. Ele se apronta para partir. Antes, porém, faz algo que surpreende a si mesmo: com uma firmeza irritada, meneia a cabeça em direção ao cartaz junto ao qual Trudel estava chorando.

No instante seguinte, envergonha-se do seu ato. Que arrogância idiota! E se põe a caminho de casa. Está mais do que na hora, é preciso inclusive pegar o elétrico, algo que seu senso de economia — que beira a sovinice — abomina.

Capítulo 5
A volta para casa de Enno Kluge

Às duas da tarde, a carteira Eva Kluge tinha terminado a distribuição da correspondência. Até as quatro, ficou ocupada com o acerto dos vales postais e das ordens de pagamento: quando estava muito cansada, os números a confundiam e ela sempre errava nas contas. Com os pés em brasa e um vazio dolorido na cabeça, pegou o caminho para voltar para casa; não queria nem pensar no que ainda tinha para fazer até enfim conseguir se deitar. No trajeto, fez algumas compras com o cartão de racionamento; no açougueiro, teve de esperar por um longo tempo na fila, de modo que já eram quase seis horas quando subiu, devagar, os degraus de seu prédio em Friedrichshain.

Um homem baixo, de sobretudo claro e boné esportivo, estava parado diante de sua porta. O rosto não tinha cor nem qualquer expressão, as pálpebras pareciam ligeiramente inflamadas, os olhos, baços; um rosto daqueles que se esquece no instante seguinte.

— É você, Enno? — perguntou, espantada, e sem querer apertou com mais força a chave do apartamento. — O que você quer de mim? Não tenho dinheiro nem comida, e também não deixo você entrar em casa.

O baixinho fez um movimento apaziguador.

— Por que está tão nervosa, Eva? E por que a crueldade? Só quero dar um alô, Eva. Boa noite, Eva!

— Boa noite, Enno! — respondeu ela a contragosto, pois conhecia muito bem o marido. Esperou por um tempo e deu uma risada curta e maldosa. — Já nos cumprimentamos, como você queria, Enno, agora pode ir. Mas estou vendo que você não se decide, então o que é?

— Olha, Evinha — começou ele, cheio de lábia. — Você é uma mulher responsável, com quem dá para conversar... — E passou a lhe explicar, com muitos detalhes, que a caixa de previdência deixaria de pagá-lo, pois já tinham expirado suas 26 semanas de afastamento por doença. Que precisava voltar a trabalhar, senão seria mandado de volta ao Exército, que o tinha colocado à disposição da fábrica porque era mecânico de precisão, profissional que estava em falta. — Então os fatos são esses e a coisa está desse jeito — encerrou sua explicação —, nos próximos dias preciso apresentar um endereço fixo. E daí pensei...

Ela balançou a cabeça, resoluta. Estava a ponto de desmaiar de cansaço e ansiava chegar no apartamento, onde mais trabalho a esperava. Mas não deixou que o marido entrasse, não ele, mesmo que tivesse de ficar metade da noite parada do lado de fora.

Ele disse rápido, mas monocórdio como sempre:

— Não negue ainda, Evinha, não acabei de falar. Apenas me deixe dormir no sofá. Também não preciso de roupa de cama. Não vou dar trabalho.

Novamente Eva fez que não com a cabeça. Ele que parasse de falar, pois devia saber que ela não acreditava em nenhuma de suas palavras. Afinal, nunca tinha cumprido promessa alguma.

— Por que não se vira com uma das suas namoradas? — perguntou. — Afinal, de resto elas são boas o suficiente para você!

Enno balançou a cabeça:

— Estou farto da mulherada, Evinha, não quero mais saber delas, já chega. Colocando tudo na balança, você sempre foi a melhor de todas, Evinha. Tivemos bons anos, naquela época, quando os meninos ainda eram pequenos.

Involuntariamente, o rosto dela se iluminou com a recordação dos primeiros anos de casados. Foram realmente bons, na época em que ele ainda trabalhava como mecânico de precisão, trazia sessenta marcos para casa toda semana e não tinha medo de acordar cedo.

Enno Kluge percebeu de pronto sua vantagem.

— Está vendo, Evinha? Você gosta de mim pelo menos um pouquinho, e por isso vai me deixar dormir no sofá. Prometo que vou arranjar um trabalho bem rápido, afinal, também não estou achando graça nisso. Só até eu voltar a receber o auxílio-doença e não precisar me juntar aos prussianos. Em dez dias vou conseguir que me coloquem na caixa de novo!

Fez uma pausa e olhou para ela, no aguardo. Dessa vez ela não balançou a cabeça, mas seu rosto estava impenetrável. Assim, ele prosseguiu:

— Dessa vez não vou inventar sangramentos do estômago, senão a gente não recebe nada para comer nos hospitais. Minha aposta será nas cólicas de vesícula. Vai ser impossível comprovar, vão apenas tirar uma radiografia e *não é* necessário ter pedras para sentir cólicas. Acontece e basta. Me explicaram direitinho. Vai dar certo. Só que primeiro tenho de trabalhar os dez dias.

Mais uma vez ela não disse nada e ele continuou, pois acreditava que era possível vencer as pessoas pelo cansaço, que elas sempre acabavam cedendo, bastava ser insistente o bastante.

— Estou com o endereço de um médico judeu na Frankfurter Allee que fornece todo tipo de atestado; ele só não quer confusão para o lado dele. Com ele vou conseguir: em dez dias estarei de novo no hospital e você estará livre de mim, Evinha!

Cansada de tanta conversa mole, ela retrucou:

— Mesmo que você fique parado aqui, falando até a meia-noite, não vou acolher você de novo, Enno. Nunca mais, e você pode dizer o que quiser, fazer o que quiser. Não vou estragar tudo de novo por causa da sua preguiça de trabalhar, suas apostas nos cavalos e suas mulheres safadas. Passei por isso três, quatro vezes, outra e mais outra vez, e estou farta, acabou! Vou me sentar aqui na escada; estou bastante cansada, estou de pé desde as seis. Se quiser, sente-se também. Se quiser, fale, se não quiser, fique de boca fechada, para mim tanto faz. Mas no apartamento você não entra!

E Eva realmente se sentou no degrau, no mesmo degrau em que antes ele estivera esperando. E suas palavras soaram tão decididas que ele sentiu que dessa vez todo o palavrório não levaria a nada. Assim, entortou um pouco o boné de jóquei e disse:

— Bem, então, Evinha, se você não quer de jeito nenhum, se não quer nem me fazer um favorzinho, sabendo que seu marido está passando necessidade, aquele com quem você teve cinco filhos, três enterrados no pátio da igreja e dois na luta pelo Führer e pelo povo... — Ele emudeceu, tinha soltado o verbo de maneira mecânica porque estava acostumado com a torrente de palavras dos bares, embora tivesse percebido que nessa hora isso de nada adiantava. — Bom, então estou indo, Evinha. E saiba que não levo a mal nada que venha de você; posso ser do jeito que sou, mas levar a mal não levo.

— Porque você não liga para nada, exceto para suas corridas — ela acabou respondendo. — Porque nada mais no mundo lhe interessa, porque você não consegue gostar de nada nem de ninguém, nem de você mesmo, Enno. — Mas ela se interrompeu imediatamente; era tão inútil falar com aquele homem. Esperou um tempo e disse: — Você não estava querendo ir embora, Enno?

— Estou indo, Evinha — disse ele, surpreendentemente. — Cuide-se. Não te levo a mal. *Heil* Hitler, Evinha!

— *Heil* Hitler! — respondeu ela de maneira mecânica, ainda totalmente convencida de que essa despedida era apenas uma jogada, apenas uma introdução para um novo falatório, interminável. Para seu espanto sem limites, porém, ele realmente não disse mais nada e começou a descer a escada.

Durante um, dois minutos, ela continuou ali, como que anestesiada, sem conseguir acreditar na vitória. Depois, levantou-se e tentou escutar alguma coisa na escadaria. Ouviu claramente os passos dele na parte inferior; ele não tinha se escondido, estava indo realmente embora! Depois, a porta do prédio bateu. Com a mão trêmula, ela abriu a porta do apartamento. Estava tão nervosa que a princípio não conseguia encontrar o buraco da fechadura. Uma vez dentro, prendeu a correntinha da porta e desabou numa cadeira da cozinha. Seus braços estavam caídos, essa luta havia consumido suas últimas energias. Os ossos pareciam ocos; bastaria alguém encostar um único dedo para que ela escorregasse da cadeira.

Pouco a pouco, porém, a força e a vitalidade retornaram. Afinal, ela havia conseguido fazer sua vontade prevalecer sobre a inabalável teimosia dele. Mantivera sua casa somente para si. Ele não ficaria mais sentado por ali, falando sem parar dos cavalos, surrupiando cada marco e cada pedaço de pão que estivessem ao alcance de suas mãos.

Ela se levantou, animada por uma nova energia vital. Esse pedacinho de vida tinha sido preservado. Depois do trabalho interminável no correio, necessitava desse par de horas para ficar a sós. A entrega da correspondência era penosa, muito penosa, cada vez mais. No passado ela já tivera problemas com o baixo-ventre, os três filhos mais novos não estavam no cemitério por acaso: todos prematuros. As pernas também não queriam mais colaborar direito. Não era mulher de trabalhar fora, mas uma perfeita dona de casa. Porém, tivera de ganhar dinheiro quando o marido subitamente parou de trabalhar. Naquela época, os dois garotos ainda eram pequenos. Ela os tinha criado, montado esse lar: sala conjugada à cozinha e dormitório. E sustentara o marido quando ele não estava entocado na casa de uma das amantes.

Evidentemente ela poderia ter se divorciado fazia tempo, afinal ele não escondia as traições. Mas o divórcio não mudaria nada: divorciado ou não, Enno continuaria grudado nela. Para o marido, nada tinha importância; ele não tinha nem uma centelha de honra no corpo.

Só aconteceu de ela botá-lo de vez para fora de casa depois que os dois garotos foram para a guerra. Até então, ela ainda acreditava precisar manter ao menos as aparências de uma vida em família, apesar de os rapagões saberem de tudo. Ela tinha vergonha que os outros percebessem algo desse desentendimento. Quando lhe perguntavam sobre o marido, ela sempre respondia que estava em meio a uma montagem. Às vezes até visitava os pais de Enno, levando-lhes algo de comer ou alguns marcos, como uma espécie de indenização pelo dinheiro que o filho rapinava vez ou outra de suas parcas aposentadorias.

No íntimo, porém, estava farta do marido. Ele poderia até se modificar, passar a trabalhar e voltar a ser como era nos primeiros anos do casamento — nem assim ela o aceitaria de volta. Não o odiava, era um vadio tão completo que era impossível sentir raiva dele; ele simplesmente lhe era repugnante, assim como as aranhas e as cobras. Ele que a deixasse em paz, queria apenas não ter mais de vê-lo: já era o suficiente!

Enquanto pensava nessas coisas, Eva Kluge colocou a comida no fogão e arrumou o conjugado sala-cozinha. O cômodo com sua cama era ajeitado logo no começo da manhã. Enquanto escutava o caldo borbulhar e o aroma começava a se espalhar por toda a cozinha, pegou o cesto de costura. As meias eram uma tragédia eterna, muitas vezes rasgando mais durante o dia do que ela era capaz de remendar à noite. Mas não se irritava com esse trabalho, pois amava a meia hora sossegada antes do jantar, quando podia ficar sentada confortavelmente na cadeira de vime, usando sapatinhos macios de feltro, os pés doloridos esticados e ligeiramente virados para dentro — essa era a melhor maneira de descansá-los.

Depois de comer, escreveria para seu preferido, o mais velho. Queria mandar uma carta para Karlemann, que estava na Polônia. Não concordava de maneira alguma com o filho, principalmente desde que ele ingressara na SS. Ouvia-se tanta coisa ruim sobre a SS nos últimos tempos — pareciam ser especialmente maldosos com os judeus. Mas não acreditava que seu garoto, que ela um dia carregara debaixo do coração, violasse meninas judias para logo depois assassiná-las. Karlemann não fazia uma coisa dessas! Onde teria aprendido isso? Ela nunca fora durona ou mesmo rude, e o pai era simplesmente um banana. Numa das cartas, porém, tentaria aconselhá-lo a permanecer um rapaz digno. Claro que a recomendação haveria de ser muito cuidadosa, de maneira a ser inteligível apenas para Karlemann. Pois se a carta caísse nas mãos do censor, ele acabaria tendo problemas. Bem, ela teria alguma ideia, talvez lembrando-o de um acontecimento da infância, quando ele roubara dois marcos para comprar bombons, ou, melhor ainda, quando, aos treze anos, se metera com Walli, que não passava de uma prostituta safada. Como tinha sido complicado afastá-lo dessa mulher naquela época — às vezes Karlemann era tão irascível...

Mas ela sorri ao pensar nessas dificuldades. Hoje, tudo que se refere à infância dos garotos lhe parece tão bonito. Naquela época, Eva ainda tinha energia; podia defender os meninos contra o mundo todo e trabalhar dia e noite, apenas para não deixar que lhes faltasse nada daquilo que outras crianças com um pai digno recebiam. Nos últimos anos, porém, foi ficando cada vez mais fraca, principalmente desde que os dois tiveram de ir para a guerra. Não, essa guerra não podia estar acontecendo; se o Führer era mesmo um homem tão genial, deveria tê-la evitado. Aquele pedacinho de Danzig e o corredor tão estreito... colocar, dia após dia, a vida de tantos milhões de pessoas em jogo por isso? Um homem realmente genial não faria uma coisa dessas!

Sim, corriam boatos de que ele era filho ilegítimo. Provavelmente nunca tivera uma mãe que se preocupasse de verdade com ele. Por isso não sabia como as mães sofrem com esse medo constante, sem fim. Em seguida a um aerograma militar a situação melhorava por um, dois dias, depois vinham as contas de quanto tempo fazia que a carta fora postada, e o medo recomeçava do zero.

Há tempos deixou a meia cerzida de lado, estava devaneando. Então se levanta mecanicamente, transfere o caldo do queimador mais forte para outro de chama mais fraca e põe a panela com as batatas no mais forte. Nisso, a campainha toca, e ela congela. Enno!, pensa, Enno!

Eva ajeita a panela e, pisando de leve com seus sapatinhos de feltro, vai sem fazer barulho até a porta. Seu coração volta a bater mais devagar: no corredor, um pouco afastada para poder ser vista pelo olho mágico, está a vizinha, a sra. Gesch. Certamente quer algo emprestado de novo, farinha ou um pouco de gordura, que sempre se esquece de devolver. Mas Eva Kluge continua desconfiada. Esquadrinha o corredor, na medida do permitido pelo olho mágico, e presta atenção em cada ruído. Mas tudo está nos conformes, vê somente a sra. Gesch, que vez ou outra balança os pés, impaciente, ou olha na direção do olho mágico.

Eva Kluge se decide. Abre a porta, mas só o tanto do vão da corrente, e pergunta:

— Tudo bem, sra. Gesch?

A sra. Gesch, uma mulher fatigada, que se mata de tanto trabalhar, cujas filhas vivem no bem-bom graças a ela, despeja-lhe imediatamente uma torrente de queixas sobre o trabalho sem fim da lavanderia, ficar lavando roupa suja dos outros sem parar e nunca ter o suficiente para comer, e a Emmi e a Lilli que não fazem nada. Depois da janta, simplesmente se levantam e deixam toda a louça por conta da mãe.

— É isso. E, ah, sra. Kluge, o que eu queria lhe pedir, estou com algum problema nas costas, acho que é um furúnculo ou outra coisa purulenta. Temos apenas um espelho e minha vista é muito ruim. A senhora poderia dar uma olhada? Afinal, não posso ir ao médico por causa disso... quando é que tenho tempo para um médico? Mas talvez a senhora possa até espremer se não tiver nojo, alguns são meio nojentos.

Enquanto a sra. Gesch continua desfiando seus queixumes, Eva Kluge solta mecanicamente a corrente e a mulher entra na cozinha. Quando Eva vai fechar a porta, um pé se mete no vão, e num instante Enno Kluge está no apartamento. O rosto inexpressivo continua como sempre; mas, pelo forte tremor das pálpebras quase sem cílios, é possível perceber que ele está, sim, um pouco nervoso.

Os braços de Eva Kluge estão caídos, seus joelhos tremem tanto que ela preferiria se ajoelhar. O jorro de palavras da sra. Gesch interrompeu-se de repente, ela olha para os dois rostos. A cozinha está em absoluto silêncio, apenas a panela borbulha baixinho.

Por fim, a sra. Gesch diz:

— Bem, lhe fiz o favor, sr. Kluge. Mas digo: é só desta vez. E se não mantiver a promessa e começar de novo com a vagabundagem, os bares e as apostas nos cavalos... — Ela se cala, viu a expressão da sra. Kluge, então diz: — E caso tenha feito bobagem, serei a primeira a ajudá-la a expulsar esse homem, sra. Kluge. Nós duas conseguimos isso num piscar de olhos.

Eva Kluge faz um movimento de descaso.

— Ora, sra. Gesch, não importa!

Vai devagar e com cuidado até a cadeira de vime e se solta nela. Também pega novamente a meia a ser cerzida, mas fica olhando para ela como se não soubesse o que fazer.

— Então boa noite, ou *Heil* Hitler, de acordo com a preferência da freguesia! — diz a sra. Gesch, um pouco magoada.

— *Heil* Hitler! — responde Enno Kluge, rápido.

Lentamente, como se estivesse acordando, Eva Kluge diz:

— Boa noite, sra. Gesch. — Então se lembra: — E se realmente tiver alguma coisa nas costas... — acrescenta.

— Não, não — responde de pronto a sra. Gesch, já diante da porta. — Não tenho nada nas costas, falei por falar. Mas não vou mais me meter nos assuntos dos outros. Afinal, nunca me agradecem.

E vai saindo pela porta; está aliviada em se afastar dessas duas pessoas mudas; sua consciência está um pouco pesada.

Mal a porta se fecha, o homenzinho começa a se mexer. Com a maior naturalidade, abre o armário, libera um cabide ao pendurar uma roupa da mulher sobre outra, e coloca o sobretudo no cabide. O boné fica no alto do armário. Sempre foi muito cuidadoso com suas coisas, detesta estar malvestido e sabe que não tem condições de comprar nada novo.

Em seguida, esfrega as mãos com um satisfeito "hum!", vai até o fogão e xereta as panelas.

— Muito bom! — diz. — Batatas assadas com carne, muito, muito bom!

Faz uma pausa, a mulher está sentada, imóvel, de costas para ele. Volta a tampar a panela com cuidado, posta-se ao lado de Eva de maneira a falar-lhe do alto:

— Eva, não fique aí sentada como uma estátua de mármore! O que foi? Por alguns dias você está com um marido em casa de novo, e não vou causar confusão. E aquilo que prometi, vou cumprir. Também não quero nada das batatas... no máximo um restinho, se sobrar. Mesmo assim, só se quiser me dar por vontade própria. Não vou pedir.

A mulher não lhe diz nada. Devolve a cesta de costura ao armário, coloca um prato fundo sobre a mesa, serve-se das panelas e começa a comer, devagar. O homem sentou-se na outra extremidade da mesa, tirou alguns jornais de esportes do bolso e faz anotações numa caderneta grossa, ensebada. Enquanto isso, de tempos em tempos lança um olhar furtivo à mulher. Ela come muito devagar, mas já repetiu duas vezes, talvez não sobre muito para ele, que está faminto feito um lobo. Não comeu nada durante todo o dia, não, desde a noite passada. O marido de Lotte, que voltou das férias no campo, enxotou-o aos socos da cama, sem qualquer consideração por seu café da manhã.

Mas não ousa comunicar sua fome a Eva; está com medo do silêncio da mulher. Antes de conseguir se sentir verdadeiramente em casa ali de novo, muita coisa precisa acontecer. O momento vai chegar, disso ele não duvida nem por um segundo: é possível dobrar qualquer mulher, basta ter persistência e engolir muitos sapos. Por fim, em geral de repente, elas cedem, simplesmente porque não aguentam mais se defender.

Eva Kluge raspa os restos das panelas. Conseguiu, deu conta de comida para dois dias numa única noite, e agora ele não pode mendigar os restos! Em seguida lava a louça e começa a fazer uma grande arrumação. Diante dos olhos dele, carrega tudo o que tem qualquer valor para ela até o quartinho. O cômodo tem um cadeado resistente, ele nunca conseguiu entrar ali. Carrega a comida da despensa, as roupas boas e os sobretudos bons, os sapatos, as almofadas do sofá, sim, até a fotografia com os dois filhos — tudo diante dos olhos dele. Não está preocupada com o que ele pensa ou diz. Ele chegou ao apartamento por meio de um estratagema, mas não terá chance de se aproveitar disso.

Em seguida, tranca a porta e leva papel e caneta até a mesa. Sente-se cansadíssima, gostaria mesmo é de estar na cama, mas se propôs a escrever para Karlemann nessa noite e assim será. Sabe ser dura não somente com o marido, mas também consigo mesma.

Mal rabiscou algumas frases, o marido se curva sobre a mesa e pergunta:

— Para quem está escrevendo, Evinha?

— Para o Karlemann... — ela responde involuntariamente, apesar de ter se proposto com firmeza a não falar com ele.

— Ah — diz o marido, soltando os jornais. — Ah, você está escrevendo para ele e provavelmente também vai mandar um pacote, mas para o pai dele, faminto do jeito que está, não sobra nem uma batata nem um naco de carne.

Sua voz perdeu um pouco o tom indiferente, ele soa como se estivesse seriamente magoado e ferido em seu direito porque ela dá ao filho algo que sonega ao pai.

— Não se meta, Enno — ela diz com calma. — É coisa minha, o Karlemann é um bom menino...

— Ah! — exclama o marido. — Ah! E você, claro, já se esqueceu de como ele se portou com os pais ao ser nomeado líder de grupo? Como nunca mais deu razão a você e nos ridicularizou como gente velha, burra... se esqueceu de tudo, foi, Evinha? O Karlemann é um bom menino, verdade!

— Ele nunca me ridicularizou! — ela defende o filho em voz baixa.

— Não, claro que não! — desdenha Enno. — E claro que você também se esqueceu de que ele não reconhecia a própria mãe quando ela passava pela Prenzlauer Allee com o carrinho pesado do correio! Como virava a cara quando estava com a namorada, o bacana!

— Não se pode levar a mal quando um jovem faz uma coisa dessas — diz ela. — Eles querem se apresentar da melhor maneira possível para as pretendentes, todos são assim. Mais tarde isso passa e ele acaba voltando para a mãe que o amamentou.

Por um instante ele a olha com hesitação, em dúvida se deveria acrescentar mais alguma coisa. Em geral, não carrega ressentimentos, mas dessa vez ela o magoou demais, primeiro por não lhe dar comida e depois por ter guardado todas as coisas de valor no quarto. Assim, diz:

— Eu, se fosse mãe, não ia querer um filho desses nos braços nunca mais. Um filho que virou um canalha! — Observa os olhos dela, arregalados de medo, e se lança impiedosamente contra seu rosto pálido. — Nas últimas férias ele me mostrou uma foto dele, tirada por um colega. E se gabou. Seu Karlemann está segurando uma criança judia de uns três anos pelas pernas, batendo a cabeça dela contra o para-choque de um carro...

— Não! Não! — grita Eva. — É mentira! Você está inventando isso como vingança porque não lhe dei comida! O Karlemann não faria uma coisa dessas!

— Como eu poderia ter inventado isso? — pergunta ele, já mais tranquilo depois de ter desferido o golpe. — Minha cabeça não chega a esse ponto! E se não acredita em mim, vá até a bodega do Senftenberg; ele mostrou a foto para todo mundo por lá. O gordo Senftenberg e seus cupinchas também viram...

Para de falar. Não tem sentido continuar conversando com essa mulher; está sentada com a cabeça apoiada na mesa, chorando. Bem feito, e além do mais ela também está no partido e sempre apoiou o Führer e tudo o que ele fez. Não é de admirar que Karlemann tenha ficado desse jeito.

Enno Kluge passa alguns instantes olhando para o sofá; nada de coberta nem de almofadas! A noite promete! Mas não seria esse o momento certo para arriscar alguma coisa? Está em dúvida, olha para a porta trancada do quartinho e se decide. Simplesmente enfia a mão no bolso do avental da mulher chorosa e tira a chave. Abre a porta e começa a revirar o lugar, e nem se preocupa em não fazer barulho...

Eva Kluge, a carteira esgotada, cansadíssima, ouve tudo; sabe que está sendo roubada, mas não se importa. Seu mundo caiu, seu mundo nunca voltará a ser o mesmo. Qual é o sentido de se viver neste mundo, qual é o sentido de se pôr filhos nele, de se alegrar com seus sorrisos, suas brincadeiras, se eles se transformam em animais? Ah, o Karlemann... um loirinho tão doce! Como ficou com dó dos pobres cavalos durante uma apresentação do circo Busch, quando os pocotós tiveram de se deitar em fila no chão... os pocotós estavam doentes? Teve de acalmá-lo, os pocotós apenas dormiam.

E agora ele fazia aquilo com filhos de outras mães! Eva Kluge não duvidou nem por um minuto da veracidade da história da foto, Enno realmente não seria capaz de inventar uma coisa dessa gravidade. Não, ela havia perdido o filho também. Era muito pior do que se ele tivesse morrido, pois então poderia prantea-lo. Agora não teria mais como acolher o próprio filho nos braços, precisaria manter a casa fechada também para ele.

Enquanto isso, o homem achou o que procurava e supunha estar fazia tempo em posse da mulher: uma caderneta de poupança. Com 632 marcos depositados, uma mulher diligente, mas para que tanta diligência? Algum dia ela receberá aposentadoria e tudo o mais que economizou... Amanhã ele vai apostar vinte marcos no Adebar e talvez dez no Hamilkar... Continua folheando a caderneta: não apenas uma mulher diligente, mas também organizada. Está tudo junto: a plaqueta de segurança encontra-se no final da caderneta e não faltam também os impressos para os saques.

Está prestes a guardar a caderneta no bolso quando a mulher aparece. Ela simplesmente a tira de suas mãos e joga-a sobre a cama.

— Fora! — diz apenas. — Fora!

E ele, que ainda havia pouco julgava certa a vitória, sai do quartinho sob o olhar furioso da mulher. Com as mãos trêmulas e sem ousar abrir a boca, pega o sobretudo e o boné do armário e passa quieto por ela, abre a porta e sai em direção à escada escura. A porta é fechada, ele acende a luz da escada e desce os degraus. Graças a Deus alguém deixou a porta do prédio aberta. Resolve ir ao bar de sempre; em caso de necessidade, se não encontrar ninguém que o ajude, o dono permite que ele durma no sofá. Sai caminhando, entregue ao seu destino, acostumado a receber os golpes. Já quase se esqueceu da mulher lá em cima.

Mas ela está junto à janela, os olhos fixos na escuridão da noite. Que beleza. Que complicado. Karlemann também está perdido. Ela tentará com Max, o filho mais novo. Max sempre foi mais opaco, puxou mais ao pai do que seu brilhante irmão. Talvez consiga ter em Max um filho. Se não, tudo bem, ficará sozinha. Mas digna. Então aquilo que alcançou na vida foi ter se mantido digna. Amanhã mesmo vai se informar sobre como sair do partido sem ser enviada a um campo de concentração. Será difícil, mas talvez consiga. E se não houver outro jeito, irá para o campo de concentração. Talvez isso seja um mínimo de expiação pelo que Karlemann fez.

Amassa a carta começada, molhada de lágrimas, para o filho mais velho. Pega outra folha e começa a escrever:

"Querido filho Max! Está na hora de escrever uma cartinha para você. Ainda estou bem, o que também espero de você. Papai acabou de passar por aqui, mas lhe mostrei a porta da rua, afinal ele queria apenas se aproveitar de mim. Da mesma forma, me desobriguei do seu irmão Karl por causa das barbaridades que ele cometeu. Agora você é meu único filho. Seja digno sempre, é o que peço. Também farei de tudo por você. Me escreva logo. Lembranças e beijos,

Sua mãe."

Capítulo 6
Otto Quangel larga seu posto

Até o início da guerra, a oficina da fábrica de móveis, que empregava cerca de oitenta trabalhadores, homens e mulheres, e que era supervisionada por Otto Quangel, ocupava-se apenas de peças únicas sob encomenda, enquanto o restante dos departamentos produzia móveis em série. Com a guerra, todo o empreendimento foi remodelado para produzir artefatos de exército e a oficina de Quangel foi encarregada de fazer caixas específicas, muito pesadas e grandes, as quais, dizia-se, serviam para transportar bombas.

Para Otto Quangel, tanto fazia o uso que faziam das caixas; considerava o novo trabalho tosco, indigno e desprezível. Ele era um mestre marceneiro, a quem os veios de uma madeira e a produção de um armário bem talhado podiam satisfazer profundamente. Para alguém com seu temperamento frio, esses trabalhos proporcionavam o máximo de alegria que conseguia sentir. Mas tinha sido rebaixado a um mero capataz e vigia, que só precisava fazer com que a oficina desse conta da cota e, de preferência, a superasse. Coerentemente com seu jeito, nunca falara com ninguém sobre esse sentimento, e seu rosto estreito, de pássaro, nunca expressara o desdém que ele reservava a essa marcenaria barata. Se alguém o observasse mais atentamente, perceberia que o pouco falante Quangel tinha passado a não falar mais nada, e que sob esse sistema de capatazia a tendência era fechar os olhos para as imperfeições.

Mas quem prestava muita atenção num homem tão seco e fechado como Otto Quangel? Ele dava a impressão de ter sido, ao longo da vida inteira, um autêntico pé de boi, sem qualquer outro interesse a não ser o serviço que precisava ser feito. Nunca tivera um amigo na fábrica, nunca dissera uma palavra simpática para ninguém ali. Trabalho, apenas trabalho; não importava se homens ou máquinas: bastava executar seu trabalho!

Apesar de ter de supervisionar o serviço na oficina e atiçar os empregados para o trabalho, não era malvisto. Nunca xingava, não delatava ninguém para os chefes. Se o trabalho não lhe parecia estar transcorrendo de acordo em algum setor, ia até lá e resolvia o que estava errado em silêncio, com suas mãos habilidosas. Ou se postava ao lado de alguns fofoqueiros; os olhos escuros, quase inexpressivos, se mantinham fixos nos tagarelas até que estes perdessem a vontade de continuar conversando. Irradiava uma constante sensação de frieza. Nos curtos períodos de descanso, os trabalhadores procuravam se sentar longe dele, e dessa maneira ele acabava se tornando o centro das atenções — o que lhe parecia absolutamente natural —, coisa de que nenhum outro encarregado seria capaz, independente de qualquer tanto de orientações e de incentivos.

Os chefes da fábrica certamente também sabiam o valor de Otto Quangel. Sua oficina alcançava sempre os melhores índices, nunca havia problemas com os trabalhadores e Quangel tinha disposição. Teria avançado havia muito, caso tivesse tomado a decisão de entrar no partido. Mas sempre se recusava.

— Não tenho dinheiro sobrando para isso — dizia. — Preciso de cada marco. Sustento uma família.

Às suas costas, era motivo de piada pelo pão-durismo. Esse Quangel parecia morrer de amargura a cada centavo que tinha de doar para uma coleta. Talvez não percebesse que, ao se filiar, acabaria ganhando no aumento de salário mais do que perderia com as contribuições partidárias. Mas o dedicado encarregado de oficina era um idiota político sem salvação e por essa razão mantê-lo nesse pequeno cargo gerencial, apesar de não ser membro do partido, não preocupava ninguém.

Na realidade, não era o pão-durismo de Otto Quangel que o impedia de entrar no partido. Certo, ele era muito escrupuloso com a questão do dinheiro e podia ficar irritado durante semanas por causa de uma despesa impensada. Mas, exatamente por ser tão escrupuloso com suas coisas, julgava os outros pela mesma régua — e o partido parecia ser tudo menos escrupuloso na execução de seus princípios gerais. Aquilo que, durante a educação do filho, vivenciara na escola e na Juventude Hitlerista, aquilo que ouvira de Anna, o que ele mesmo tinha visto — que todos os cargos bem remunerados na fábrica eram preenchidos com camaradas do partido, de cujo caminho os valorosos trabalhadores não filiados sempre tinham de sair —, tudo isso reforçava sua convicção de que o partido não era escrupuloso, quer dizer, não era justo, e ele não queria se haver com uma coisa dessas.

Por essa razão a frase de Anna, "você e seu Führer", o tinha magoado tanto. Certo, até o momento ele acreditara na vontade honesta do Führer, em sua grandeza e em suas boas intenções. Era preciso apenas afastar de seu entorno as moscas varejeiras e os lambe-botas, que só se interessam por ganhar dinheiro e desfrutar da vida, que tudo ficaria melhor. Enquanto isso, não participaria, ele não, e Anna sabia disso, a única com quem às vezes trocava uma palavra, sabia muito bem. Certo, em seu nervosismo ela havia dito aquilo, mas com o tempo ele se esqueceria; não lhe era possível guardar ressentimento contra ela.

Precisava ainda refletir bem a respeito do papel exato do Führer nessa guerra. Coisas assim demoravam um tempo para serem assimiladas por ele. Outros se impressionavam de imediato com acontecimentos surpreendentes, saíam falando, gritavam ou faziam algo; nele o efeito era muito, muito retardado.

Ao caminhar por entre o zunido e os chiados da oficina, com a cabeça ligeiramente erguida e o olhar vagando devagar da plaina até a serra de fita e o pessoal incumbido de martelar, furar e carregar as tábuas, percebe como a notícia da morte de Otto e, principalmente, o comportamento de Anna e de Trudel continuam a perturbá-lo. Na verdade, não está realmente pensando nisso; sabe muito bem que o desleixado marceneiro Dollfuss saiu da oficina há sete minutos e que o trabalho na sua linha está parado porque o homem precisa fumar mais um cigarro no banheiro ou ficar conversando. Mais três minutos e irá buscá-lo pessoalmente.

E enquanto seu olhar mira os ponteiros do relógio de parede e confirma que em três minutos Dollfuss realmente terá matado dez minutos de serviço, ele se lembra daquele odioso cartaz acima da cabeça de Trudel; não apenas matuta sobre o que exatamente seriam traição à pátria e alta traição e onde coisas assim são descobertas, mas também se lembra de que no bolso da jaqueta há uma carta, entregue pelo porteiro. Nela, o encarregado Quangel é convocado, sem maiores rodeios, a comparecer pontualmente às cinco na cantina da administração.

Não que essa carta o deixe nervoso ou irritado. Antigamente, quando a produção de móveis ainda estava ativa, teve de comparecer com frequência à direção da fábrica a fim de discutir a elaboração de uma peça. Cantina da administração é novidade, mas tanto faz, faltam apenas seis minutos para as cinco e até lá ele gostaria de ver o marceneiro Dollfuss de volta ao trabalho. Por isso, sai para procurá-lo um minuto antes do pretendido.

Mas não encontra o homem nem no banheiro nem nos corredores, nem nas oficinas ao lado; ao voltar à própria oficina, o relógio mostra um para as cinco. Está mais do que na hora, caso ele não queira ser impontual. Tira o excesso de pó de serragem da jaqueta e segue apressado para o prédio da administração, em cujo térreo encontra-se a cantina.

O lugar está evidentemente preparado para uma apresentação, há uma tribuna de orador, uma mesa comprida para os diretores e o salão inteiro está ocupado por filas de cadeiras. Quangel conhece tudo isso das reuniões da Frente de Trabalho, das quais teve de participar muitas vezes, só que essas reuniões aconteciam sempre na cantina das oficinas. A única diferença é que lá em vez de cadeiras eram bancos de madeira, e as pessoas, em sua maioria, usavam trajes de trabalho, enquanto aqui há mais uniformes marrons e também cinzentos; os empregados com roupas civis desaparecem entre eles.

Senta-se numa cadeira bem próxima da porta, para voltar à oficina o quanto antes após a apresentação. O salão já está bem cheio, parte dos homens já se acomodou, enquanto outros tantos permanecem nos corredores e junto à parede, conversando em grupinhos.

Todos ali ostentam a suástica. Quangel parece ser o único sem o distintivo do partido (exceto, claro, pelos uniformes do Exército, mas esses carregam o emblema nacional). Deve ter sido convidado por engano. Quangel vira a cabeça para os lados, cauteloso. Alguns rostos são familiares. O gordo pálido aboletado na mesa da diretoria é o diretor-geral Schröder, que ele conhece de vista. E o baixinho do nariz arrebitado com o pincenê é o caixa, de quem ele recebe todo sábado o envelope com o salário e com quem já brigou feio algumas vezes por causa de descontos excessivos. Engraçado, ele nunca usa o distintivo do partido no guichê!, pensa Quangel rapidamente.

A maioria dos rostos, porém, lhe é totalmente desconhecida. Devem ser, quase todos, funcionários dos escritórios. De repente, o olhar de Quangel se torna afiado e penetrante: descobre num grupo o indivíduo que ele há pouco procurou em vão no banheiro, o marceneiro Dollfuss. E agora Dollfuss — que já despertou sua atenção várias vezes na oficina por causa das conversinhas moles — também está ostentando uma suástica! Então é isso!, pensa Quangel. Trata-se de um informante. Provavelmente nem é marceneiro de verdade, nem se chama Dollfuss. O nome do chanceler austríaco assassinado não era Dollfuss?* Tudo faz de conta... e eu nunca percebi nada; eu, burro e idiota!

E começa a se perguntar se Dollfuss já estava na oficina quando Ladendorf e Tritsch foram dispensados e todos começaram a comentar que tinham acabado no campo de concentração.

A postura de Quangel se empertiga. Atenção!, uma voz lhe diz. E: Estou entre assassinos! Em seguida, pensa: Não vou deixar que esses sujeitos me peguem. Sou apenas um encarregado idoso, estúpido, não entendo de nada. Mas participar, não, não vou. Hoje cedo vi como isso afetou Anna e depois Trudel; disso não participo. Não quero que uma mãe ou uma noiva sejam julgadas por mim. Eles que me deixem de fora dessas coisas...

É o que pensa. A essa altura, o salão está lotado. A mesa da diretoria ficou apertada para tantos uniformes marrons e casacos pretos, e o púlpito do orador está ocupado agora por um major ou comandante (Quangel nunca aprendeu a distinguir uniformes e insígnias) que fala do momento da guerra.

Claro que esse momento é fantástico, a vitória sobre a França é festejada merecidamente e deve ser questão de semanas para a Inglaterra também estar de joelhos. Depois, pouco a pouco, o orador se concentra nos pontos que lhe interessam: se o front está colhendo tantos êxitos, espera-se que a pátria também cumpra com sua tarefa. O que se segue soa quase como se o major (ou comandante, ou tenente) tivesse vindo diretamente do quartel-general para passar um recado do Führer aos trabalhadores da Movelaria Krause & Cia.: é imperioso incrementar a produção. O Führer espera que em três meses a fábrica aumente os números em 50% e que em seis meses os tenha duplicado. Sugestões oriundas dessa reunião para se alcançar a meta são bem-aceitas. Quem não participar, porém, será considerado sabotador e tratado como tal.

Enquanto o orador ainda exclama um "*Sieg Heil*" para o Führer, Otto Quangel pensa: Eles são burros, burros feito portas! A Inglaterra estará de joelhos em algumas semanas, a guerra vai acabar e em seis meses aumentaremos nossa produção em 100%! Quem acredita nisso?

Mas, obediente, também grita seu "*Sieg Heil*", senta-se novamente e olha para o próximo orador a se aproximar do púlpito, o peito decorado com medalhas, ordens e insígnias. Esse orador do partido é de um tipo totalmente diferente do antecessor militar. No começo, fala de um jeito ríspido e enfático sobre o espírito pernicioso que ainda reina nas fábricas, apesar de todo o estrondoso sucesso do Führer e das Forças Armadas. Expressa-se de maneira tão ríspida e enfática que parece apenas gritar, e não faz uso de eufemismos para se referir a pessimistas e reclamões. Agora, o restante deles deverá ser — e será — banido, tratado a ferro e fogo, levará tanta pancada que nunca mais conseguirá abrir a boca! "*Suum cuique*" era o que estava escrito na fivela dos cintos da Primeira Guerra. "A cada um o que é seu" é o que está escrito hoje sobre os portões dos campos de concentração! Acabarão por aprender a lição, e quem conseguir enviar um homem ou uma mulher para lá terá prestado um serviço ao povo alemão, é um homem do Führer.

— Mas todos vocês reunidos aqui — berra o orador ao final —, encarregados de oficina, supervisores de seção, diretores... Responsabilizo todos pessoalmente pela limpeza de seus locais de trabalho! E limpeza é pensamento nacional-socialista! Simples assim! Os moleirões, os delicados e todos que não informarem tudo, até a menor das questões, também serão enviados aos campos de concentração. Essa é minha palavra, tanto faz se diretores ou encarregados, vou dar um jeito em vocês, mesmo que tenha de usar minhas botas para arrancar a delicadeza de seus corpos!

O orador fica ali por mais alguns instantes, as mãos crispadas de ódio erguidas, o rosto vermelho-azulado. Após a explosão, todos estão num silêncio sepulcral, com uma expressão muito consternada; eles, que foram transformados de maneira tão súbita e tão clara em informantes de seus colegas. O orador desce do púlpito com passos pesados, as condecorações no peito tilintam baixinho e o pálido diretor-geral Schröder se levanta e pergunta com voz suave e delicada se alguém deseja falar mais alguma coisa.

Um suspiro de alívio perpassa os presentes, um ajeitar de corpos... como se um pesadelo tivesse acabado e o dia retomasse seu transcorrer. Parece não haver mais ninguém querendo se manifestar, todos devem estar desejosos de sair o mais rápido possível do salão e o diretor-geral está prestes a encerrar a reunião com um "*Heil* Hitler" quando, ao fundo, um homem de camisa azul de trabalhador levanta-se e afirma que, em relação a sua oficina, o aumento de produção seria muito simples. Bastaria apenas instalar essa e aquela máquina, diz quais são e explica como proceder na instalação. Sim, e depois seria preciso também dispensar uns seis ou oito homens da oficina, todos vagabundos e obtusos. Assim, em três meses ele já daria conta dos 100%.

Quangel está tranquilo e sereno; retomou a luta. Sente que todos olham em sua direção, o trabalhador simples que não faz exatamente parte dessa turma de senhores finos. Mas ele nunca se importou com as pessoas, tanto faz ser encarado ou não. Agora que acabou de falar, as cabeças da mesa da diretoria se juntam por sua causa. Os oradores querem saber quem é o homem de camisa azul. Em seguida, o major ou comandante se levanta e diz a Quangel que a direção técnica entrará em contato com ele para falar sobre as máquinas, mas o que ele quis dizer sobre os seis ou oito homens que têm de sair de sua oficina?

Devagar e com firmeza, Quangel responde:

— Sim, alguns não conseguem trabalhar dessa maneira e outros não querem. Um deles está logo ali! — E sem rodeios aponta com o indicador longo, duro, para o marceneiro Dollfuss, sentado algumas fileiras à sua frente.

Alguns caem na risada, entre eles o marceneiro Dollfuss, que vira a cabeça em sua direção e lhe sorri.

Mas Quangel diz friamente, sem mudar de expressão:

— Sim, ficar de conversa, fumar no banheiro e matar o serviço; isso você sabe fazer, Dollfuss.

As cabeças voltaram a se reunir na mesa da diretoria, falando sobre essa confusão. Mas agora nada mais segura o orador de marrom, que se ergue e grita:

— Você não é do partido. Por quê?

E Quangel responde o que sempre respondeu:

— Porque preciso de cada centavo, porque tenho família, por isso não posso!

O camisa-marrom berra:

— Porque você é um cachorro mesquinho! Porque você não dá nada para seu Führer e seu povo! Qual é o tamanho da sua família?

Encarando-o, Quangel responde friamente:

— Hoje é melhor não falar da minha família comigo, meu caro! Acabei de receber a notícia de que meu filho morreu.

Por um instante o salão mergulha num silêncio mortal. Sobre as filas de cadeiras, o reizinho marrom e o encarregado idoso se confrontam. De repente, Otto Quangel se senta, como se tudo estivesse resolvido, e um pouco depois o camisa-marrom também se senta. Mais uma vez o diretor-geral Schröder se levanta e finalmente consegue articular o *"Sieg Heil!"* para o Führer; soa meio frouxo. Em seguida a reunião está encerrada.

Cinco minutos mais tarde, Quangel está novamente na oficina; com a cabeça ligeiramente erguida, o olhar vagando devagar da plaina até a serra de fita e o pessoal incumbido de martelar, furar e carregar as tábuas... Mas quem está ali não é o velho Quangel. Ele sente, sabe que passou a perna em todos eles. Talvez tenha feito isso de um modo não muito bonito, tirando partido da morte do filho, mas como ser correto com esses abutres? Não!, diz para si mesmo, quase alto demais. Não,

Quangel, você nunca mais será o mesmo. Estou curioso para saber a opinião de Anna sobre isso tudo. Será que o Dollfuss voltará ao posto de trabalho? Se não voltar, terei de arrumar outro hoje mesmo. Estamos atrasados...

Mas Dollfuss volta, sem dúvida. E volta na companhia de um chefe de setor, e o encarregado Otto Quangel é informado de que, embora continue à frente da parte técnica da oficina, seu cargo na fábrica será passado ao sr. Dollfuss, e que ele deve ficar bem longe da política.

— Entendido?

— E como! Estou aliviado por você assumir meu cargo, Dollfuss! Minha audição está ficando cada vez pior, e em meio a todo esse barulho não consigo mais manter os ouvidos afiados, como aquele senhor nos ordenou agora há pouco.

Dollfuss assente com a cabeça e diz de supetão:

— E nem uma palavra com ninguém sobre aquilo que você acabou de ver e ouvir, senão...

Quase magoado, Quangel responde:

— Com quem eu falaria, Dollfuss? Já me viu conversando com alguém? Não me interessa, só meu trabalho me interessa, e a esse respeito sei que hoje estamos bastante atrasados. Está na hora de voltar à sua máquina! — E olhando para o relógio: — Já perdeu uma hora e 37 minutos!

Pouco depois, o marceneiro Dollfuss está junto da serra, e ninguém sabe como se espalha na oficina, com a rapidez de um rastilho de pólvora, o boato de que ele levou um belo esculacho por causa dos cigarros e das conversas constantes.

O encarregado Otto Quangel, por sua vez, caminha atento de uma máquina a outra, põe a mão na massa, vez ou outra encara um tagarela e pensa: Desses eu me livrei — para todo o sempre! E nem suspeitam, para eles sou apenas um velho! E ter chamado o camisa-marrom de "meu caro" foi a cereja do bolo! Estou curioso para saber o que vou começar a fazer agora. Pois é certo que vou começar alguma coisa. Só não sei bem o quê...

Capítulo 7
Arrombamento noturno

À TARDINHA, NA VERDADE JÁ ERA NOITE, na verdade já era tarde demais para o assunto em pauta, Emil Barkhausen acabou se encontrando com Enno no bar Azarão por causa da fúria da carteira Eva Kluge. Os homens se sentaram numa mesa de canto com um copo de cerveja e lá cochicharam, cochicharam por tanto tempo — com *um* copo de cerveja — que o taberneiro chamou a atenção deles, dizendo que já tinha avisado três vezes sobre o horário do fechamento obrigatório e que estava mais do que na hora de darem um jeito de voltarem para suas mulheres.

Na rua, os dois continuaram a conversa; primeiro caminharam um trecho em direção à Prenzlauer Allee e depois Enno quis voltar, achando que talvez realmente fosse melhor tentar ficar com uma das antigas amantes, chamada Tutti. Tutti, a babuína. Melhor do que aquelas histórias podres...

Emil Barkhausen quase explodiu de tanta insensatez. Assegurou a Enno pela décima, pela centésima vez, que não se tratava de histórias podres. Que estava mais para uma apreensão — quase legal —, que acontecia sob a proteção da SS, e além disso era apenas uma judia velha, que não tinha importância para ninguém. Eles se arranjariam por um tempo e nem a polícia nem o tribunal tinham nada a ver com isso.

Por sua vez, Enno retrucou que não, não, não, nunca se metera nessas coisas, não entendia nada daquilo. Mulheres e corridas de cavalo certamente que sim, mas nunca tinha lidado com peixes podres. Tutti sempre fora muito bondosa, mesmo sendo chamada de "babuína"; certamente nunca o cobraria pela ajuda que lhe dera no passado (sem se dar conta disso) com um pouquinho de dinheiro e cartões de racionamento.

Nesse meio-tempo, chegaram à Prenzlauer Allee.

Barkhausen, esse sujeito que na verdade estava sempre oscilando entre bajulação e ameaças, disse irritado enquanto puxava o bigode longo e ralo:

— Diabos, quem exigiu que você entendesse da coisa? Vou dar conta do recado sozinho, por mim você pode ficar de lado com as mãos nos bolsos. Até arrumo suas malas, se você quiser! De uma vez por todas, entenda que só estou levando você, Enno, para me proteger de uma batida da SS, como uma espécie de testemunha, para que a partilha seja correta. Pense apenas em tudo o que é possível arrancar de uma negociante judia tão rica, mesmo se a Gestapo já tiver carregado umas coisinhas quando levou o marido.

De repente, Enno Kluge disse sim, sem maiores resistências e senões, sem meias palavras. Agora tinha se tornado impossível andar ainda mais rápido para chegarem à Jablonskistrasse. Mas o que o levou a superar o medo e dizer um "sim" tão sem reservas não foi nem o falatório de Barkhausen nem a perspectiva de um rico butim, mas apenas a fome. Pensou de repente na despensa dos Rosenthals e no fato de que os judeus sempre gostaram de comer bem, e que não havia nada mais apetitoso no mundo do que pescoço de ganso recheado, como aquele que um rico judeu comerciante de roupas lhe pagara certo dia.

De repente suas fantasias de fome estavam profundamente impregnadas da convicção de que ele encontraria um desses pescoços de ganso recheados na despensa dos Rosenthals. Vê nitidamente diante de si a tigela de porcelana onde a iguaria está servida, e o pescoço deitado num molho gorduroso endurecido, bem recheado e amarrado nas duas extremidades com barbante. Ele vai pegar a tigela e esquentar na chama do fogão, e o resto não lhe interessa. Barkhausen pode fazer e deixar de fazer o que quiser, pouco importa. Ele vai molhar o pão no molho quente, gorduroso, bem temperado e o pescoço de ganso será comido com a mão, para que a gordura escorra por todos os lados.

— Anda logo, Emil, estou com pressa!

— Por que assim tão de repente? — perguntou Barkhausen, mas na verdade estava de acordo, e de bom grado se apressou mais um pouco. Também ficaria aliviado quando a coisa estivesse terminada, afinal, aquele não era exatamente seu ramo. Não tinha medo da polícia ou da judia velha (o que de muito grave poderia acontecer a ele, caso arianizasse os bens dela?), mas dos Persickes. Este, sim, um bando maldito, traidor, do qual dava para imaginar que meteria até um companheiro em dificuldades. Era apenas por causa dos Persickes que estava levando consigo aquele bobalhão, Enno, uma testemunha desconhecida deles; sua presença ia refreá-los.

Na Jablonskistrasse, tudo correu sem incidentes. Deviam ser umas dez e meia quando abriram a porta do prédio com uma chave autêntica, legal. Em seguida, ficaram prestando atenção na escada e, no instante em que não ouviram mais nada, acenderam a luz. Iluminados por ela, tiraram os sapatos.

— Afinal, temos de respeitar o descanso noturno dos outros inquilinos — disse Barkhausen, e riu.

Quando a luz se apagou de novo, galgaram a escada de forma rápida e silenciosa, sem incidentes. Não cometeram nenhum erro de principiante, como chutar alguma coisa ou fazer barulho com o sapato, nada disso, galgaram os quatro andares em silêncio absoluto. Bem, tinham realizado um belo trabalho na escada, embora nenhum deles fosse ladrão e estivessem bastante nervosos, um por causa do pescoço de ganso recheado e outro por causa do butim e dos Persickes.

Barkhausen imaginara que o momento junto à porta da sra. Rosenthal seria cem vezes mais complicado, mas ela estava apenas fechada, muito fácil de abrir, em vez de trancada à chave. Que mulher mais leviana, visto que, como judia, teria de ser especialmente cuidadosa! Mal perceberam como entraram no apartamento, de tão rápido que tudo aconteceu.

Muito à vontade, Barkhausen acendeu a luz no corredor; muito à vontade mesmo, foi avisando:

— Se a velha judia der um pio, simplesmente arrebento a cara dela.

— Exatamente como tinha dito pela manhã a Baldur Persicke. Mas ela não piou. Primeiro examinaram com toda a calma o pequeno corredor, bastante abarrotado de móveis, malas e caixas. Bem, os Rosenthals tinham morado antes em um apartamento maior próximo à sua loja, e quando se precisa sair de uma hora para outra e o único imóvel disponível é um de dois cômodos com cama e cozinha, as coisas começam a transbordar, certo? Compreensível.

Os dedos deles coçaram de vontade de começar a revirar, procurar e embalar, mas Barkhausen achou mais prudente descobrir antes o paradeiro da sra. Rosenthal e tapar sua boca com um pano, para não haver problemas. O lugar estava tão atulhado que era difícil até se mexer, e eles já tinham percebido que nem em dez noites conseguiriam levar tudo aquilo — era preciso escolher o que havia de melhor. Só não encontraram a mulher, a cama estava intocada. Para não haver dúvidas, Barkhausen ainda verificou a cozinha e o banheiro, mas ela não se encontrava ali e isso era o que se chama de golpe de sorte, pois economizava momentos desagradáveis e facilitava enormemente o trabalho.

Barkhausen voltou ao primeiro cômodo e começou a mexer nas coisas. Nem percebeu que o entusiasmo do comparsa, Enno, tinha arrefecido. Ele estava junto à despensa, amargamente decepcionado por não haver ali nenhum pescoço de ganso recheado, mas apenas duas cebolas e meio pão. No entanto, decidiu comer mesmo assim: fatiou as cebolas e meteu-as sobre o pão, e sua fome transformou aquilo numa iguaria.

Enquanto Enno Kluge mastigava, seu olhar recaiu sobre a parte inferior da prateleira, e de repente ele percebeu que, embora os Rosenthals não tivessem mais nada de comer, ainda tinham algo de beber. Ali havia garrafas e mais garrafas. Enno, que sempre fora uma pessoa comedida quando não se tratava de corrida de cavalos, pegou uma bebida e passou a umedecer vez ou outra seu pão com vinho doce. Sabe-se lá como foi que aconteceu, mas de repente Enno — que conseguia ficar sentado por três horas com um mesmo copo de cerveja — enjoou daquilo. Assim, abriu uma garrafa de conhaque e rapidamente tomou vários goles, esvaziando metade dela em cinco minutos. Talvez tivesse sido a fome ou o nervosismo que o tornara tão diferente. A comida foi deixada de lado.

Depois o conhaque também deixou de interessá-lo e ele se pôs a procurar Barkhausen, que ainda estava revirando o cômodo grande, tinha aberto os armários e as malas, jogado no chão tudo que estava guardado ali, sempre em busca de algo ainda melhor.

— Olha isso, parece que carregaram toda a loja de roupas! — exclamou Enno, espantado.

— Fique quieto e ajude! — foi a resposta de Barkhausen. — Com certeza há joias e dinheiro escondidos. Afinal de contas os Rosenthals eram ricos, milionários. E você ficou falando de peixes estragados, como é burro!

Por um tempo os dois ficaram trabalhando em silêncio, quer dizer, não paravam de jogar coisas no chão, que já estava tão coberto de roupas e objetos que eles acabaram pisoteando tudo. Enno, totalmente grogue por causa da bebida, disse:

— Não estou enxergando mais nada. Preciso tomar alguma coisa para clarear as ideias. Pegue um pouco de conhaque da despensa para mim, Emil.

Barkhausen foi sem reclamar e voltou com duas garrafas de aguardente; em sintonia, os dois se sentaram juntos sobre as roupas, entornaram um gole atrás do outro e discutiram o caso com seriedade e rigor.

— Está bem claro, Barkhausen, que não vamos conseguir levar embora essa tranqueira toda tão rápido, e também é melhor não ficarmos muito tempo aqui. Acho que cada um pode pegar duas malas e a gente cai fora. Amanhã é outra noite.

— Tem razão, Enno, é melhor não ficarmos muito tempo aqui, até por causa dos Persickes.

— Quem são esses?

— Ah, um pessoal aí... Mas quando penso que vou sair daqui com duas malas cheias de roupa suja, deixando para trás uma mala com dinheiro e joias, dá vontade de arrancar minha cabeça. Você precisa me deixar procurar um pouquinho mais. Saúde, Enno.

— Saúde, Emil! E por que você não poderia procurar um pouquinho mais? A noite é uma criança e não estamos pagando a conta de luz. Mas o que eu queria perguntar é o seguinte: para onde você vai com as malas?

— Como assim? O que está querendo dizer, Enno?

— Ora, para onde você vai levar as malas? Para o seu apartamento?

— Ora, acha que vou levá-las ao serviço de achados e perdidos? Claro que vou levar para o meu apartamento, para a minha Otti. E amanhã cedo corro até a Münzstrasse para passar isso nos cobres e o passarinho voltar a cantar!

Enno fez barulho com a rolha no gargalo da garrafa.

— É melhor você escutar como canta este passarinho aqui! Saúde, Emil! Se fosse você, eu não faria isso: ir até o apartamento, principalmente com a mulher estando lá. Por que ela tem de ficar sabendo de suas atividades paralelas? Não, se fosse você, eu faria como estou planejando, guardaria as malas no maleiro da estação Stettiner e enviaria o recibo de depósito para mim mesmo, mas para ser retirado no correio. Daí nunca encontrariam algo comigo e ninguém poderia me acusar de nada.

— Você não é bobo, Enno — assentiu Barkhausen. — E quando você vai resgatar as coisas?

— Ora, quando as coisas estiverem calmas de novo, Emil, nessa hora!

— E como vai viver até lá?

— Já disse que vou morar com a Tutti. Se eu contar para ela no que eu me meti, vai me acolher de pernas abertas.

— Bom, muito bom! — concordou Barkhausen. — E quando você for à estação Stettiner, eu vou para a Anhalter. Chama menos a atenção, sabe?

— Nada mau também, Emil. Você tem uma cabeça boa!

— A gente acaba convivendo com umas pessoas — disse Barkhausen, modesto. — E escuta isso e aquilo. O ser humano é como uma vaca, está sempre aprendendo.

— Tem razão! Saúde, Emil!

— Saúde, Enno!

Por um tempo ficaram se encarando em silêncio, com olhares de satisfação, e de vez em quando tomavam um gole. Então, Barkhausen disse:

— Quando você se virar, Enno, mas não precisa ser agora, repare aí atrás num rádio com pelo menos dez válvulas. Eu gostaria de levar.

— Faça isso, faça isso, Emil! Rádio é sempre bom, para ficar com a gente e para vender! Rádio é sempre bom!

— Bem, então vamos ver se a gente consegue meter esse negócio numa mala, daí a gente enfia roupas em volta.

— Já ou vamos antes tomar mais um gole?

— Mais um a gente pode tomar, Enno. Mas só mais um.

Então eles tomaram mais um e mais outro e mais um terceiro, e depois se levantaram devagar e começaram a guardar o grande rádio de dez tubos numa mala de mão que acomodaria apenas um daqueles rádios populares. Depois de um tempo de trabalho exaustivo, Enno disse:

— Não dá, não tem como! Esquece essa merda de rádio, Emil. Em vez dele, leve uma mala com ternos!

— Mas minha Otti gosta de ouvir rádio!

— Você não pretende contar nada dessa história para sua velha, certo? Você está bêbado, Emil!

— E você e sua Tutti? Vocês todos estão bêbados! Como a Tutti vai ficar nessa?

— Ela é pinguça! Estou dizendo, é uma pinguça e tanto! — E repete de novo o barulho da rolha úmida no gargalo da garrafa. — Vamos tomar mais um gole!

— Saúde, Enno!

Bebem, e Barkhausen continua:

— Mas quero levar o rádio. Se essa velharia não entrar na maleta de jeito nenhum, vou pendurar no pescoço. Daí continuo com as mãos livres.

— Faça isso, homem. Bem, então vamos ajeitar as coisas.

— Sim, vamos. Está na hora.

Mas permanecem parados, olhando um para o outro e rindo bestamente.

— Se a gente pensar — recomeça Barkhausen —, a vida até que é boa. Todas essas coisas bacanas aqui — ele balança a cabeça — e podemos pegar o que quisermos e ainda estamos fazendo uma boa ação. Tirando de uma judia, que afinal roubou tudo isso...

— Tem razão, Emil. Estamos fazendo uma boa ação, para o povo alemão e o nosso Führer. São os bons tempos que ele nos prometeu.

— E o Führer tem palavra, ele tem palavra, Enno!

Eles se olham, comovidos, com lágrimas nos olhos.

— O que vocês dois estão fazendo aqui? — uma voz irritada vem da direção da porta.

Eles levam um susto e avistam um rapaz baixo de uniforme marrom.

Em seguida, Barkhausen acena devagar com a cabeça para Enno, de um jeito triste.

— Esse é o sr. Baldur Persicke, do qual lhe falei, Enno! Agora vêm as dificuldades!

Capítulo 8
Pequenas surpresas

ENQUANTO OS DOIS BÊBADOS CONVERSAM entre si, toda a ala masculina da família Persicke se reuniu no cômodo maior. Perto de Enno e Emil está Baldur, baixo e musculoso, os olhos faiscando por trás dos óculos muito bem polidos, pouco atrás dele os dois irmãos, com uniformes da SS, mas sem os quepes, e perto da porta, como se não confiasse totalmente na paz, o velho ex-taberneiro Persicke. A família Persicke também está alcoolizada, mas entre eles o álcool teve um efeito essencialmente diferente daquele sentido pelos dois ladrões. Os Persickes não se tornaram sentimentais, bobos e esquecidos, mas estão ainda mais raivosos, impacientes e brutais do que em seu estado normal.

Baldur Persicke pergunta, decidido:

— Podem responder de uma vez? O que vocês dois estão fazendo aqui? Ou o apartamento é de vocês?

— Mas, sr. Persicke! — diz Barkhausen, em tom queixoso.

Baldur faz de conta que reconhece o homem apenas nesse instante.

— Ah, é o Barkhausen, do apartamento do porão nos fundos do prédio! — avisa, fingindo surpresa, aos irmãos. — Mas o que está fazendo aqui, sr. Barkhausen? — Seu ar de surpresa se transforma em desdém. — Já que estamos no meio da noite, não seria melhor se o senhor se ocupasse um pouquinho da sua mulher, a boa Otti? Escutei algo sobre umas festas com senhores mais bem situados, e parece que seus filhos estavam reinando no pátio, tarde da noite, bêbados. Ponha seus filhos na cama, sr. Barkhausen!

— Dificuldades! — murmura ele. — Logo soube quando vi a raposa de óculos: dificuldades. — Triste, meneia a cabeça mais uma vez para Enno.

Enno Kluge está sem ação, com cara de bobo. Transfere seu peso de uma perna para a outra sem fazer barulho, a garrafa de conhaque nas mãos largadas para baixo, flácidas, sem entender nada do que está sendo dito.

Barkhausen se dirige novamente a Baldur Persicke. O tom de sua voz não é mais tão sofredor ou acusador, de repente ele se mostra profundamente magoado.

— Se minha mulher faz algo que não é certo — diz —, então a responsabilidade é minha, sr. Persicke. Sou o marido e o pai... segundo a lei. E se meus filhos estão bêbados, o senhor também está, e o senhor também é criança; sim, senhor, é mesmo!

Encara Baldur com raiva. Baldur faz o mesmo, com chispas nos olhos, em seguida faz um sinal imperceptível para os irmãos ficarem a postos.

— E o que o senhor está fazendo aqui no apartamento da Rosenthal? — pergunta incisivo o Persicke mais jovem.

— Foi tudo combinado! — Barkhausen se apressa em assegurar. — Tudo combinado. Eu e meu amigo estamos indo. Na verdade, já estávamos de saída. Ele para a estação Stettiner, eu para a Anhalter. Cada um com duas malas. Sobra bastante para o senhor.

As últimas palavras são murmuradas, ele está quase adormecendo.

Baldur observa-o atentamente. Talvez seja possível não usar de violência, afinal os dois sujeitos estão imbecilmente embriagados. Mas sua cautela o alerta. Pega Barkhausen pelos ombros e pergunta:

— E quem é esse homem? Como se chama?

— Enno! — responde Barkhausen com a língua pesada. — Meu amigo Enno...

— E onde mora seu amigo Enno?

— Não sei, sr. Persicke. Só o conheço do bar. Amigo da cerveja no balcão. Lá do Azarão...

Baldur se decidiu. De repente, soca o peito de Barkhausen, fazendo com que ele solte um grito baixo e caia de costas sobre os móveis e as roupas.

— Porco maldito! — berra. — Como pôde me chamar de raposa de óculos? Vou lhe mostrar quem é criança.

Mas seu xingamento já não tem serventia, os dois não ouvem mais nada. Ambos os irmãos da SS aproximaram-se num salto e derrubaram cada um deles com um golpe bruto.

— Isso! — diz Baldur, satisfeito. — Numa horinha vamos entregar os dois à polícia como ladrões pegos em flagrante. Enquanto isso vamos levar o que pode ser útil para nós. Mas silêncio na escada! Fiquei prestando atenção, mas não ouvi o velho Quangel voltar do turno da noite.

Os irmãos concordam, balançando a cabeça. Baldur olha primeiro para as vítimas fora de combate, ensanguentadas, depois para todas as malas, as roupas, o rádio. De repente, ri e dirige-se ao pai:

— Ora, papai, viu como ajeitei as coisas? Você e seu eterno medo! Veja...

Então se cala. Na porta não está o pai, como esperado; este desapareceu, sumiu sem deixar pistas. No lugar dele está o encarregado Quangel, o homem de rosto estreito de pássaro, frio, encarando-o em silêncio com seus olhos escuros.

Ao chegar ao prédio, voltando do turno da noite — embora tivesse ficado até muito tarde por causa do atraso, não pegara o bonde, a fim de economizar os trocados —, Otto Quangel viu que, apesar da ordem de apagar as luzes, o apartamento da sra. Rosenthal estava iluminado. E, ao olhar com mais cuidado, percebeu que havia luz também no apartamento dos Persickes e no de baixo, dos Fromms: os contornos das cortinas brilhavam. No caso do juiz Fromm, da corte de apelação, do qual não se sabia se tinha se aposentado em 1933 por idade ou por causa dos nazistas, sempre havia luzes acesas durante metade da noite, isso não era novidade. E os Persickes ainda deviam estar festejando a vitória sobre a França. Mas havia algo de errado com o fato de o apartamento da velha Rosenthal estar iluminado e ainda por cima com todas as janelas descobertas. A velha era tão medrosa e assustada que nunca iluminaria sua casa daquele jeito.

Tem algo estranho!, pensou Quangel enquanto destrancava a porta do prédio e começava a subir lentamente as escadas. Como sempre, não acendera as luzes — não fazia economia apenas para si. Economizava para todos, também para o síndico do prédio. Tem algo estranho. Mas e eu com isso? Não tenho nada a ver com essas pessoas! Vivo somente para mim. Junto com Anna. Somente nós dois. Além disso, é possível que a Gestapo esteja fazendo uma busca lá em cima. É mais prudente não aparecer ali de repente! Não, vou é dormir...

Mas seu senso de correção — tão aguçado pela acusação "você e seu Führer" que chegava quase a ser senso de justiça — julgou medíocres aquelas reflexões. Segurando a chave, ficou parado diante da porta do apartamento, a cabeça erguida. A porta lá do alto devia estar aberta, havia uma leve claridade, também se ouvia uma voz aguda. Uma mulher idosa totalmente sozinha, pensou de repente, para seu próprio espanto. Sem qualquer proteção. Sem piedade...

Nesse instante, uma pequena porém forte mão masculina agarrou-o pelo peito e o tirou da escuridão, girando seu corpo na direção da escada. A voz muito polida, cultivada, acrescentou:

— Siga na frente, sr. Quangel. Vou em seguida e aparecerei no momento adequado.

Sem hesitar, Quangel subiu as escadas; a voz e a mão carregavam imensa força de convencimento. Só pode ter sido o juiz Fromm, pensou. Um homem tão estranho. Em todos esses anos que moro aqui, acho que não o vi nem vinte vezes, e agora o velho me aparece perambulando à noite pelas escadas!

Envolto nesses pensamentos, subiu sem hesitar e parou na frente do apartamento dos Rosenthals. Ao chegar, vislumbrou uma figura mais corpulenta — talvez o velho Persicke — entrando rápido na cozinha; também ouviu as últimas palavras de Baldur, falando da situação que havia sido arranjada e que não se devia ter medo o tempo todo... Agora os dois, Quangel e Baldur, encaravam-se em silêncio.

Por um instante, Baldur Persicke achou que tudo estava perdido. Em seguida, porém, lembrou-se de um dos lemas de sua vida, "O atrevimento vence", e disse, desafiador:

— Ora, o senhor está surpreso! Mas chegou um pouco tarde demais, sr. Quangel, *nós* pegamos os ladrões e os neutralizamos. — Fez uma pausa, mas Quangel continuou quieto. Baldur acrescentou, um pouco menos enfático: — Um dos dois meliantes parece ser Barkhausen, que tolera o meretrício aqui no nosso pátio.

O olhar de Quangel acompanhou o dedo em riste de Baldur.

— Sim — disse Baldur secamente —, um dos meliantes é Barkhausen.

— No mais — o irmão da SS, Adolf Persicke, se fez notar subitamente, de maneira inesperada —, o que está fazendo aqui, só olhando? Vá calmamente à delegacia e dê parte do roubo, para que busquem os homens! Enquanto isso ficamos vigiando.

— Calado, Adolf! — vociferou Baldur, irritado. — Você não tem direito de dar ordens ao sr. Quangel! Ele já sabe o que fazer.

Mas era exatamente isso que Quangel não sabia nesse momento. Se estivesse ali por conta própria, teria tomado uma decisão imediata. Mas houvera aquela mão no seu peito, aquela gentil voz masculina; ele não fazia ideia de qual era a intenção do juiz, o que o homem esperava dele. Não queria estragar o jogo do velho. Se ele soubesse...

Nesse exato instante o velho apareceu em cena, não como Quangel imaginava, ao seu lado, mas do interior do apartamento. De repente, estava entre eles feito a aparição de um fantasma, assustando novamente — e ainda mais — os Persickes.

Aliás, a aparência desse senhor era muito peculiar. O corpo delicado, quase baixo, estava todo envolto num roupão de seda preto e azul, com debruns vermelhos, fechado por grandes botões vermelhos de madeira. O velho tinha um cavanhaque grisalho e um bigode branco curto, bem aparado. O cabelo muito fino, ainda castanho, estava cuidadosamente penteado sobre o crânio branco, mas não conseguia recobrir toda a calvície. Atrás dos óculos de estreitos aros dourados, olhos divertidos, desdenhosos, cintilavam entre milhares de ruguinhas.

— Não, meus senhores — disse ele, sereno, parecendo continuar uma conversa iniciada havia muito e altamente satisfatória para todos os envolvidos. — Não, meus senhores, a sra. Rosenthal não está no apartamento. Mas talvez o jovem sr. Persicke possa ir até o toalete. O senhor seu pai não parece estar passando muito bem. No mínimo está tentando se enforcar com uma toalha. Não consegui demovê-lo...

O juiz sorriu, mas os dois Persickes mais velhos deixaram o cômodo com tanta pressa que a situação se tornou quase cômica. O jovem Persicke ficou muito pálido e totalmente sóbrio. O idoso que acabou de aparecer e que fala com tanta ironia é um homem cuja superioridade até Baldur reconhece. Não age assim de caso pensado, pois é realmente superior. Baldur Persicke quase suplica:

— Compreenda, senhor juiz, papai está, para ser franco, totalmente bêbado. A capitulação da França...

— Compreendo, compreendo totalmente — diz o velho conselheiro e faz um gesto de desprezo com as mãos. — Somos todos humanos, só que não saímos correndo para nos enforcar quando estamos bêbados. — Cala-se por um instante, sorri e continua: — Ele também falou de tudo um pouco, mas quem dá crédito a conversa de bêbado? — E volta a sorrir.

— Senhor juiz! — implora Baldur Persicke. — Eu lhe peço que tome as rédeas dessa situação! O senhor foi juiz, sabe o que deve ser feito...

— Não, não — recusa Fromm. — Sou velho e doente — complementa; entretanto, não parece estar como diz. Ao contrário: sua aparência é ótima. — E por isso vivo totalmente recolhido, quase não tenho mais contato com o mundo. Mas o senhor, o senhor e sua família, foram vocês que surpreenderam os ladrões. Entregue-os à polícia e proteja os bens aqui no apartamento. Consegui ter uma ideia geral ao circular rapidamente por aqui. Por exemplo, contei dezessete malas e 21 caixas. E muito mais coisas...

Fala cada vez mais devagar. Cada vez mais devagar. E arremata, suave:

— Imagino que a apreensão de ambos os ladrões trará fama e honra ao senhor e à sua família.

O juiz fica em silêncio. Baldur está muito pensativo. Então também se pode fazer desse jeito — esse Fromm é mesmo esperto! Sem dúvida desconfia de tudo, com certeza o pai deu com a língua nos dentes, mas ele quer é ter sossego, não quer saber nada dessa história. O juiz não oferece perigo. E Quangel, o velho encarregado de oficina? Nunca se preocupou com ninguém do prédio, nunca cumprimentou ninguém, nunca trocou uma palavra com ninguém. Quangel é um autêntico trabalhador à moda antiga, emaciado, exaurido, sem pensamentos próprios na cabeça. Não vai arrumar confusão à toa. Esse, sim, é inofensivo.

Restam apenas os dois bêbados idiotas, deitados ali. Claro que é possível entregá-los à polícia e negar tudo que Barkhausen relatar sobre incitação. Se ele depuser contra membros do partido, da SS e da Juventude Hitlerista, com certeza não será levado a sério. E depois basta dar parte do caso à Gestapo. Daí talvez seja possível receber legalmente parte dessas coisas; de maneira legal e sem correr perigo. E ainda receber elogios.

Um caminho sedutor. Mas talvez seja ainda melhor deixar a poeira assentar. Fazer uns curativos em Barkhausen e nesse tal de Enno e mandá-los embora com alguns marcos. Não abrirão a boca. Trancar o apartamento do jeito que está, sem se importar se a Rosenthal volta ou não. Talvez mais tarde se possa fazer alguma coisa... Está com uma sensação muito forte de que as ações contra os judeus ficarão ainda mais duras. Sentar e esperar. Talvez em seis meses seja possível fazer coisas que agora são impossíveis. Hoje, eles — os Persickes — exageraram um pouco. Não haverá uma acusação formal, mas acabarão virando assunto de fofoca no partido. Não serão mais considerados totalmente confiáveis.

— Quase me dá vontade de liberar os dois sujeitos. Tenho pena deles, senhor juiz, são só uns pés-rapados — diz Baldur Persicke.

Olha ao redor, está sozinho. Tanto o juiz quanto o encarregado foram embora. Como tinha imaginado: não querem se envolver. É a atitude mais inteligente. Ele, Baldur, não agirá de maneira diferente. Os irmãos que esperneiem à vontade.

Com um suspiro profundo por todas as belas coisas das quais tem de abrir mão, Baldur se prepara para ir à cozinha, a fim de chamar o pai à razão e fazer com que os irmãos desistam do que já foi amealhado.

Enquanto isso, na escada, o juiz diz para o encarregado Quangel, que o seguiu em silêncio para fora do apartamento:

— E se tiver dificuldades por causa da Rosenthal, sr. Quangel, me procure. Boa noite.

— Que me importa a Rosenthal? Nem a conheço! — protesta Quangel.

— Então, boa noite! — E o juiz Fromm desaparece escada abaixo.

Otto Quangel abre a porta de seu apartamento escuro.

Capítulo 9
Conversa noturna na casa dos Quangels

QUANGEL MAL ABRIU A PORTA DO quarto e Anna exclama, assustada:

— Não acenda a luz, Otto! Trudel está dormindo na sua cama. Arrumei um lugar para você no sofá da sala.

— Tudo bem, Anna — responde Quangel, espantado com a novidade de Trudel dormindo na sua cama. Antes ela dormia no sofá.

Mas só volta a falar depois de tirar a roupa e se deitar. Debaixo das cobertas, pergunta:

— Anna, já vai dormir ou quer conversar um pouquinho?

Ela hesita um instante e em seguida responde pela porta aberta do quarto.

— Estou tão cansada, Otto, cansada mesmo!

Então ainda está irritada comigo — mas por quê?, pensa Otto Quangel, que, no entanto, responde, sem mudar o tom:

— Então dorme, Anna. Boa noite!

E da cama dela volta o eco:

— Boa noite, Otto!

E Trudel também sussurra baixinho:

— Boa noite, paizinho!

— Boa noite, Trudel! — ele responde, deitando-se de lado, desejando apenas adormecer logo, pois está muito cansado. Talvez excessivamente cansado, assim como também é possível estar excessivamente faminto. É difícil conciliar o sono. Às suas costas há um longo dia com infinitos acontecimentos, um dia como nenhum outro antes em sua vida.

Mas não um dia que ele teria desejado. Sem falar no fato de que todos os acontecimentos foram desagradáveis, exceto a perda do posto na Frente de Trabalho, ele detesta essa inquietude, essa imperiosidade em falar com todo o tipo de pessoas, das quais não suporta nenhuma. E lembra-se do aerograma militar com a notícia da morte de Ottinho, entregue pela sra. Kluge; lembra-se do informante Barkhausen, que quis enrolá-lo de maneira tão desastrada; lembra-se do corredor da fábrica de uniformes com os cartazes balançando na corrente de ar, contra os quais Trudel apoiou a cabeça. Lembra-se do marceneiro impostor Dollfuss, fumante inveterado. As medalhas e insígnias voltam a soar no peito do orador camisa-marrom, a mão firme, pequena, do juiz aposentado Fromm volta a agarrar seu peito e empurrá-lo em direção à escada. Lá está o jovem Persicke com suas botas brilhantes pisoteando as roupas, cada vez mais pálido, e no canto estertoram e gemem os dois bêbados ensanguentados.

Ele se levanta, depois de quase ter adormecido. Mas ainda há uma coisa que o perturba nesse dia, algo que ele tem certeza de que ouviu, mas acabou esquecendo. Senta-se no sofá e passa um tempo aguçando os ouvidos. Está certo, não há engano. Imperioso, chama:

— Anna!

Ela responde, queixosa, de um jeito que não é o seu:

— Por que está me incomodando de novo, Otto? Não quer que eu descanse? Já disse que não quero conversar.

Ele continua:

— Por que tenho de dormir no sofá se a Trudel está com você, na sua cama? Então a minha está livre, não?

Um silêncio total reina por um instante do outro lado, até que a mulher quase implora:

— Mas, Otto, Trudel está mesmo dormindo na sua cama! Estou sozinha, minhas juntas estão doendo tanto...

Ele a interrompe:

— Não minta para mim, Anna. Ouvi muito bem que há três pessoas respirando aí. Quem está dormindo na minha cama?

Silêncio, um longo silêncio. Daí a mulher diz, com firmeza:

— Não faça tantas perguntas. O que os olhos não veem o coração não sente. É melhor ficar quieto, Otto.

E ele, inflexível:

— Nesta casa quem manda sou eu. Nesta casa não se guardam segredos de mim. Porque tenho de ser responsável por tudo, simples assim. Quem está dormindo na minha cama?

Longo silêncio, longo. Uma voz feminina grave, idosa, diz por fim:

— Eu, sr. Quangel, a sra. Rosenthal. E não quero que o senhor e sua mulher tenham problemas por minha causa. Estou me vestindo e logo voltarei lá para cima.

— Não dá para voltar para seu apartamento agora, sra. Rosenthal. Os Persickes estão lá, com mais dois sujeitos. Continue aí na minha cama. E amanhã cedo, bem cedo, lá pelas seis ou sete, desça até o juiz Fromm e bata na porta dele, no mezanino. Ele vai ajudá-la; foi o que me disse.

— Muito obrigada, sr. Quangel.

— Agradeça ao juiz, não a mim. Estou pondo você para fora da minha casa. Bem, agora é sua vez, Trudel...

— Também preciso sair, paizinho?

— Sim, precisa. Esta foi sua última visita e você sabe o motivo. Talvez Anna vá ver você às vezes, mas acho que não. Não depois que ela tiver voltado à razão e eu conversar direito com ela.

Quase gritando, a mulher diz:

— Não admito isso, vou embora também. Daí você pode ficar sozinho no seu apartamento! Só pensa no seu sossego...

— Isso mesmo! — atalha ele, ríspido. — Não quero problemas, e acima de tudo não quero ser envolvido nos problemas dos outros. Se eu tiver de sacrificar meu pescoço, não quero que seja pela bobagem dos outros, mas por algo que escolhi ter feito. Não estou dizendo que fiz alguma coisa. Mas, se fizer, será apenas com você e com mais ninguém, nem mesmo uma jovem tão simpática quanto a Trudel ou uma senhora idosa e desprotegida como a sra. Rosenthal. Não estou dizendo que meu jeito é o certo. Mas não sei fazer diferente. Sou assim e não quero mudar. Bem, agora vou dormir.

E Otto Quangel se deita de novo. No outro cômodo, as mulheres ficam conversando baixinho, mas isso não o incomoda. Sabe que sua vontade será cumprida. Amanhã o apartamento estará limpo novamente e Anna também vai obedecer. Chega de histórias complicadas. Apenas ele. Ele e mais ninguém. Sozinho!

Adormece, e quem pudesse vê-lo nesse momento encontraria seu sorriso, um sorriso exasperado sobre o rosto de pássaro, duro, seco; um sorriso exasperado, combativo, mas não maldoso.

Capítulo 10
O que aconteceu na manhã de quarta-feira

Os ACONTECIMENTOS RELATADOS ATÉ AQUI tinham se passado numa terça-feira. Na manhã do dia seguinte, muito cedo, entre cinco e seis horas, a sra. Rosenthal deixou o apartamento dos Quangels, acompanhada por Trudel Baumann. Otto Quangel ainda dormia profundamente. Trudel levou a desajeitada sra. Rosenthal, de estrela amarela no peito, muito apavorada, quase até a porta do apartamento do juiz Fromm. Em seguida, subiu meio lance da escada, decidida a defender a mulher — com a própria vida e a própria honra, se necessário — contra algum Persicke que porventura estivesse descendo.

Trudel observou a sra. Rosenthal tocar a campainha. A porta foi aberta quase de imediato, como se alguém estivesse por ali, à espera. Algumas palavras foram trocadas em voz baixa, a sra. Rosenthal entrou, a porta foi fechada e Trudel Baumann passou por ela na direção da rua. O prédio já estava aberto.

Ambas as mulheres tiveram sorte. Apesar de ainda ser bem cedo e de os Persickes não terem o hábito de madrugar, os dois rapazes da SS tinham passado pelas escadas havia pouco menos de cinco minutos. Levando-se em conta a burrice contumaz e a brutalidade deles, cinco minutos evitaram um encontro desastroso, pelo menos para a sra. Rosenthal.

Além disso, os dois não estavam sozinhos. Haviam recebido do irmão Baldur a incumbência de tirar Barkhausen e Enno Kluge (nesse meio-tempo, Baldur verificou seus documentos) do apartamento e levá-los às suas mulheres. Os gatunos amadores ainda estavam meio grogues pelo excesso de bebida e pela surra que tinham levado. Mas Baldur Persicke conseguira fazê-los compreender que haviam se comportado feito porcos, que apenas graças ao grande amor ao próximo dos Persickes eles não estavam sendo entregues imediatamente à polícia, o que, porém, inevitavelmente aconteceria se não ficassem de boca fechada. Também nunca mais deveriam aparecer no apartamento dos Persickes nem fazer qualquer menção a eles. E, caso se atrevessem a voltar ao apartamento da sra. Rosenthal, seriam entregues à Gestapo na hora.

Baldur repetiu isso muitas vezes, com muitas ameaças e xingamentos, até a mensagem parecer estar bem impregnada em seus cérebros abobalhados. Sentaram-se frente a frente à mesa do apartamento dos Persickes, quase à meia-luz, Baldur entre eles a desfiar sua ladainha infinita, ameaçador, furibundo, enquanto os dois rapazes da SS dormitavam no sofá, figuras intimidadoras, terríveis, apesar dos cigarros sempre acesos. Sentiam-se inseguros, como se diante de um tribunal para ouvir uma sentença; a morte parecia estar rondando. Escorregavam nas cadeiras, para lá e para cá, tentando compreender o que tinham de compreender. De vez em quando caíam no sono, e eram imediatamente acordados por um doloroso tapa de Baldur. O que haviam planejado, executado, sofrido parecia um sonho irreal; ansiavam apenas descansar e esquecer tudo aquilo.

Por fim, Baldur mandou-os embora escoltados pelos irmãos. Nos bolsos, tanto Barkhausen quanto Kluge carregavam, sem saber, cerca de cinquenta marcos em notas de baixo valor. Baldur havia se decidido por esse novo sacrifício, doloroso, através do qual a investida contra a sra. Rosenthal se transformara em puro prejuízo para os Persickes. Mas, dissera a si mesmo, se os sujeitos bêbados voltassem para suas mulheres sem dinheiro, surrados e incapacitados para o trabalho, haveria muito mais confusão e perguntas do que se estivessem com algum dinheiro. E Baldur contava que as mulheres fossem procurá-lo, dado o estado dos maridos.

O Persicke mais velho, incumbido de levar Barkhausen para casa, concluiu a tarefa em dez minutos — naqueles dez minutos em que a sra. Rosenthal chegara ao apartamento dos Fromms e Trudel Baumann, à rua. Simplesmente agarrou o quase prostrado Barkhausen pelo colarinho, arrastou-o pelo pátio e largou-o no chão em frente ao apartamento. Depois acordou a mulher com fortes batidas na porta.

Quando, assustada, ela deparou com a terrível figura intimidadora, o rapaz berrou:

— Estou trazendo seu homem, sua vaca! Expulse seu cliente da cama e ponha seu marido no lugar! Ficar na escadaria bêbado, vomitando em tudo...!

E foi embora, deixando todo o trabalho para Otti. Ela teve dificuldade para tirar a roupa de Emil e metê-lo na cama; o idoso endinheirado que era sua visita teve de ajudar. Em seguida este foi impiedosamente mandado embora, apesar da hora imprópria. Também lhe foi proibido voltar lá; talvez pudessem se encontrar outra vez num café, mas ali, não, nunca mais.

Pois a pequena Otti foi acometida de pânico desde o instante em que viu o Persicke da SS à sua porta. Sabia de algumas colegas que tinham sido usadas por aqueles homens de preto, mas que, em vez de receberem pagamento, foram consideradas antissociais, indolentes e encaminhadas para um campo de concentração. Achava que seu escuro apartamento de porão lhe proporcionasse uma existência totalmente discreta, mas havia descoberto que era constantemente espionada — como todos na época. Aquele Persicke sabia até que ela estava com um estranho na cama! Não, por enquanto a pequena Otti não queria mais saber de homens estranhos. Pela centésima vez na vida, prometeu se endireitar.

Essa decisão se tornou mais fácil quando ela encontrou 48 marcos no bolso de Emil. Colocou o dinheiro na meia e decidiu aguardar o relato dos acontecimentos pela boca do marido. De qualquer maneira, fingiria não saber nada sobre o dinheiro.

A tarefa do segundo Persicke foi bem mais difícil, principalmente porque o caminho a ser percorrido era muito mais longo; os Kluges moravam do outro lado de Friedrichshain. Enno estava tão trôpego quanto Barkhausen, mas Persicke não podia carregá-lo pelo colarinho ou arrastá-lo em plena rua. Ainda por cima, estava absolutamente constrangido por ser visto na companhia daquele homem surrado, bêbado, pois o respeito que sentia por si mesmo e os outros era inversamente proporcional à veneração que tinha por seu uniforme.

Era igualmente inútil mandar Kluge caminhar um pouco à frente ou um passo atrás, pois ele estava sempre prestes a se sentar no chão, tropeçar, segurar-se em árvores e paredes ou encostar em passantes. Qualquer safanão, qualquer ordem, mesmo a mais dura, não surtia efeito, o corpo simplesmente não obedecia, e as ruas estavam cheias demais para Persicke lhe passar um corretivo que talvez o tirasse desse torpor. A testa de Persicke estava suada, os músculos do queixo movimentavam-se tensionados de raiva e ele prometeu a si mesmo que diria com todas as letras ao irmão Baldur, aquela pequena rã venenosa, sua opinião sobre esse tipo de tarefa.

Teve de evitar as ruas principais, desviando por sossegadas ruas secundárias. Então pegava Kluge pelo braço e o carregava por dois, três quarteirões, até não aguentar mais. Um policial, talvez notando esse transporte matinal um tanto forçado, incomodou-o durante algum tempo, seguindo-o por todo o distrito, forçando Persicke a ter um comportamento delicado e cuidadoso.

Chegando a Friedrichshain, porém, ele se vingou. Jogou Kluge atrás de um arbusto e bateu tanto no homem que este ficou dez minutos deitado ali, inconsciente. Aquele apostadorzinho que na realidade não se interessava por nada neste mundo exceto as corridas de cavalos, os quais em toda a sua vida vira somente nos jornais; aquela criatura que não conseguia sentir amor nem ódio; aquele vagabundo que empregava todos os neurônios do esquálido cérebro para escapar de esforços reais; aquele Enno Kluge, pálido, modesto, apagado, guardou do encontro com os Persickes um pânico de qualquer uniforme do partido, um medo que passaria a paralisar seu espírito e sua mente na hora de se relacionar com essa gente, como se veria mais tarde.

Alguns chutes na costela fizeram com que despertasse de sua inconsciência, alguns socos nas costas o puseram em movimento, e assim ele marchou diante de seu algoz, covarde feito um cachorro surrado, até a casa da mulher. Mas a porta estava trancada: a carteira Eva Kluge, que durante a noite havia se desesperado por causa do filho e da própria vida, retomara a rotina, com a carta para Max no bolso, mas muito pouca esperança e fé no coração. Entregar a correspondência, como vinha fazendo havia anos, ainda era melhor do que ficar prostrada em casa, torturada por pensamentos sombrios.

Persicke, após ter se convencido de que a mulher não estava em casa, bateu na porta vizinha, casualmente a porta da sra. Gesch, que ajudara Enno a entrar no apartamento da mulher com um ardil. Quando ela abriu, Persicke simplesmente empurrou o infeliz para os seus braços e disse:

— Tome! Ocupe-se do sujeito, ele deve ser daqui! — E foi embora.

A sra. Gesch estava firmemente decidida a não se meter mais nos assuntos dos Kluges. Mas a violência dos homens da SS era tamanha e tamanho era o medo que impunham a qualquer pessoa do povo que ela acolheu Kluge sem resistência no apartamento, sentou-o na mesa da cozinha e serviu-lhe café e pão. (O marido já tinha saído para trabalhar.) A sra. Gesch certamente notou a exaustão do pequeno Kluge, notou também as marcas dos maus-tratos contínuos no seu rosto, a camisa rasgada, a mancha do sobretudo. Como Kluge havia sido entregue por um homem da SS, ela teve medo de fazer qualquer pergunta. Sim, preferiria colocá-lo para fora de sua casa a ouvir o relato do ocorrido. Não queria saber de nada. Se não soubesse de nada, não poderia falar nada, dizer o que não podia, fazer fofoca — ou seja, não poderia se pôr em perigo.

Kluge mastigou o pão devagar, bebeu o café. Pesadas lágrimas de dor e cansaço corriam por seu rosto. Vez ou outra, a sra. Gesch olhava-o de soslaio, em silêncio. Depois de ele enfim ter terminado, ela perguntou:

— E para onde quer ir agora? Sua mulher com certeza não vai aceitá-lo, o senhor sabe disso!

Sem responder, ele ficou apenas olhando o vazio à sua frente.

— E comigo o senhor também não pode ficar. Primeiro porque o Gustav não permite e nem eu porque não quero ficar trancando tudo por sua causa. Então, para onde quer ir?

Mais uma vez ele não respondeu.

A sra. Gesch disse, nervosa:

— Se é assim, vou colocá-lo para fora, na escada! Imediatamente! Ou...?

Ele fez um esforço para dizer:

— Tutti... uma velha amiga... — E pôs-se a chorar de novo.

— Deus do céu, que molenga! — exclamou a sra. Gesch com desdém. — Ah, se eu resolvesse me abater cada vez que algo dá errado! Tudo bem, Tutti. Mas qual é o nome verdadeiro dela, e onde mora?

Depois de muitas perguntas e ameaças, ela descobriu que Enno Kluge não sabia o nome verdadeiro de Tutti, mas estava confiante em que acharia seu apartamento.

— Ora essa! — disse a sra. Gesch. — Mas desse jeito o senhor não pode ir sozinho, qualquer policial vai prendê-lo. Vou levá-lo. Caso haja algum problema para encontrar o apartamento, deixo o senhor na rua. Não tenho tempo para gastar procurando, preciso trabalhar!

Ele mendigou:

— Queria primeiro dormir um pouquinho!

Depois de uma breve hesitação, ela se decidiu:

— Mas não mais de uma hora! Em uma hora, a porta da rua será serventia da casa! Deite-se no sofá, vou cobrir o senhor!

Ela ainda nem tinha voltado com o cobertor e ele já estava dormindo profundamente.

Foi o juiz Fromm em pessoa que abriu a porta para a sra. Rosenthal. Ele a levou ao escritório, cujas paredes eram totalmente cobertas de livros, e fez com que se sentasse numa poltrona. Havia uma luminária de leitura acesa, um livro repousava aberto sobre a mesa. O velho trouxe uma bandeja com uma jarrinha de chá e uma xícara, mais açúcar e duas fatias fininhas de pão, dizendo à amedrontada senhora:

— Primeiro coma algo, por favor, sra. Rosenthal; depois conversamos! — E quando ela fez menção de ao menos lhe dizer uma palavra de agradecimento, ele a interrompeu de maneira amistosa: — Não, por favor, primeiro realmente coma algo. Sinta-se em casa, como eu!

Em seguida voltou ao livro sob a luminária de leitura e começou a ler, enquanto sua mão esquerda cofiava de cima para baixo, mecanicamente, o cavanhaque grisalho. Parecia ter se esquecido completamente da visita.

Pouco a pouco a assustada idosa recuperou a tranquilidade. Havia meses vivia em meio ao medo e à confusão, entre coisas arrumadas em malas, sempre na expectativa de um atentado violento. Havia meses não sabia o que era um lar, sossego, paz ou conforto. E agora estava sentada com o velho que mal vira antes nas escadas; nas paredes, as capas duras marrom-claras ou escuras dos muitos livros, uma grande mesa de mármore junto à janela, móveis que ela também tivera nos primeiros tempos de casada, um carpete um pouco gasto no chão. E mais aquele senhor lendo, sem parar de alisar a barbicha, um cavanhaque igualzinho aos que os judeus gostavam de usar, e ainda aquele roupão longo, que lembrava vagamente o *caftan* de seu pai.

Era como se depois de uma palavra mágica o mundo de sujeira, sangue e lágrimas tivesse submergido e ela vivesse novamente no tempo em que judeus ainda eram pessoas respeitáveis, honradas, não vermes que tinham de ser eliminados.

Inconscientemente, passou a mão pelo cabelo e seu rosto assumiu uma nova expressão. Então ainda havia paz no mundo, mesmo em Berlim.

— Sou-lhe muito grata, senhor juiz — disse. Até sua voz tinha outro tom, mais confiante.

Ele rapidamente ergueu os olhos do livro.

— Por favor, tome seu chá enquanto está quente e coma seu pão. Temos muito tempo, não estamos perdendo nada.

E voltou à leitura. Obediente, ela bebeu o chá e também comeu o pão, apesar de preferir muito mais conversar com o velho. Mas queria obedecer-lhe totalmente, não perturbar a paz na casa alheia. Voltou a olhar ao redor. Não, tudo aquilo deveria permanecer como estava. Ela não era uma ameaça. (Três anos mais tarde, uma bomba acabaria por explodir esse lar, e o distinto senhor sucumbiria no porão, numa morte lenta e torturante...)

Ao devolver a xícara vazia à bandeja, ela disse:

— O senhor é muito bom comigo e muito corajoso. Mas não quero colocá-lo em situação de perigo, nem a sua casa. Não adianta nada. Vou voltar ao meu apartamento.

O velho olhou-a atentamente enquanto falava, e agora fazia a sra. Rosenthal voltar à poltrona da qual ela tinha se levantado.

— Por favor, sente-se mais um instante, sra. Rosenthal!

Relutante, ela aceitou.

— Verdade, senhor juiz, estou falando sério.

— Primeiro me escute. Aquilo que irei dizer também é sério. Primeiro, no que diz respeito ao perigo que eu correria por sua causa, minha vida esteve em perigo desde o dia em que comecei a trabalhar. Sempre fui juiz na corte de apelação, e em alguns círculos só me chamavam de "o Fromm sanguinário" ou "o carrasco Fromm". — Sorriu ao perceber o espanto dela. — Sempre fui um homem tranquilo e provavelmente também delicado, mas quis o destino que durante minha trajetória profissional eu confirmasse ou ordenasse 21 sentenças de morte. Tenho uma dona à qual devo obediência, ela me conduz, conduz a senhora, o mundo, inclusive o mundo lá fora, como atualmente se encontra; essa dona é a justiça. Sempre acreditei nela e continuo acreditando hoje. Sempre usei apenas a justiça como fio condutor de minhas ações...

Ao falar, o juiz andava em silêncio para lá e para cá no escritório, as mãos nas costas, sempre permanecendo no campo de visão da sra. Rosenthal. As palavras brotavam tranquilas e desapaixonadas de seus lábios, ele falava de si como de um homem do passado, que não existia mais. A sra. Rosenthal acompanhava, atenta, cada uma de suas frases.

— Mas — continuou o juiz — estou falando de mim e não da senhora; um costume feio daqueles que vivem muito sozinhos. Perdão, vamos falar um pouco do perigo. Recebi cartas com ameaças, fui atacado, atiraram em mim, por dez, vinte, trinta anos... Bem, sra. Rosenthal, agora estou sentado aqui, um velho, e leio meu Plutarco. O perigo não significa nada para mim, não me mete medo, não ocupa nem meu coração nem minha mente. Não fale de perigos, sra. Rosenthal...

— Só que as pessoas hoje em dia são outras — retrucou a sra. Rosenthal.

— Não lhe disse que essas ameaças vinham de criminosos e seus cúmplices? Então! — Ele abriu um discreto sorriso. — Não se trata de outras pessoas. Elas se tornaram um pouco mais numerosas, e as demais um pouco mais covardes, mas a justiça continua a mesma, e espero que nós dois ainda sejamos testemunhas de sua vitória. — Ficou parado por um instante, muito ereto. Em seguida, retomou a perambulação. Disse em voz baixa: — E a vitória da justiça não será a vitória do povo alemão! — Calou-se por um instante e depois recomeçou, com um tom mais brando: — Não, a senhora não pode voltar ao seu apartamento. Os Persickes estiveram lá a noite passada, o pessoal do partido aqui de cima, sabe? A chave está com eles, que vão manter sua casa sob constante vigilância. Ali a senhora estaria correndo um perigo desnecessário.

— Mas preciso estar lá quando meu marido voltar! — suplicou a sra. Rosenthal.

— Seu marido — disse o juiz, amistosamente. — Por ora seu marido não pode voltar. No momento, está no centro de prisão preventiva de Moabit sob a acusação de ter ocultado diversos bens estrangeiros. Ou seja, está em segurança enquanto for possível manter o interesse do Ministério Público e do fisco nesse processo.

O velho juiz riu baixinho, olhou de uma maneira encorajadora para a sra. Rosenthal e retomou a caminhada.

— Mas como o senhor sabe disso? — perguntou a sra. Rosenthal. Ele fez um gesto tranquilizador com a mão.

— Um velho juiz sempre escuta isso e aquilo, mesmo sem estar na ativa. A senhora também vai gostar de saber que seu marido tem um advogado capaz e está sendo tratado de maneira relativamente digna. Não direi o nome ou o endereço do advogado, ele não quer visitas relacionadas ao caso...

— Mas talvez eu possa visitar meu marido em Moabit! — exclamou a sra. Rosenthal, nervosa. — Poderia levar roupas limpas... Quem está cuidando das roupas dele? Artigos de higiene pessoal, talvez algo de comer...

— Minha cara sra. Rosenthal — disse o juiz aposentado, pousando a mão cheia de manchas senis e veias azuis saltadas sobre os ombros dela. — A senhora não pode visitar seu marido, assim como ele também não pode visitá-la. Uma visita dessas não vai ajudá-lo em nada, pois a senhora não chegaria até ele e iria apenas se prejudicar.

    Olhou para ela. De repente, seus olhos não sorriam mais, sua voz estava dura. Ela compreendeu que aquele homem baixo, suave, bondoso, certo dia fora o sanguinário Fromm, chamado de "carrasco Fromm", que seguia uma lei implacável dentro de si, talvez essa justiça à qual havia se referido.

    — Sra. Rosenthal — prosseguiu o sanguinário Fromm, baixinho —, a senhora é minha convidada enquanto seguir as regras da hospitalidade, a respeito das quais logo direi algumas palavras. O primeiro mandamento da hospitalidade é o seguinte: no instante em que a senhora agir sem autorização, no primeiro instante, uma única vez apenas, em que a porta deste apartamento se fechar às suas costas, ela nunca mais se abrirá para a senhora, seu nome e o de seu marido estarão apagados para sempre na minha cabeça. Entendeu?

    Tocou de leve a fronte, cravando os olhos na mulher.

    Ela sussurrou um "sim".

    Só então o juiz tirou a mão do ombro dela. Seus olhos, escurecidos pela seriedade, voltaram a clarear, e aos poucos ele retomou a perambulação.

    — Peço-lhe — continuou, com mais suavidade — que, durante o dia, não deixe o quarto que vou lhe mostrar em seguida, nem fique na janela. Minha empregada é confiável, mas... — Aborrecido, interrompeu-se e olhou para o livro debaixo da luminária de leitura. Prosseguiu: — Tente fazer como eu, transformar a noite em dia. A senhora encontrará um sonífero leve sobre a mesa. À noite lhe providencio comida. Vamos?

    Ela o seguiu através do corredor. A velha senhora estava novamente um pouco confusa e amedrontada com seu anfitrião agora tão mudado. Mas se lembrou de que aquele senhor amava sua paz acima de tudo e praticamente não estava mais acostumado a lidar com pessoas. Ele estava cansando dela, queria voltar ao seu Plutarco — independentemente de quem fosse esse autor.

    O juiz abriu uma porta, acendeu a luz.

— As persianas estão fechadas — disse. — A iluminação também é fraca, e por favor a mantenha assim, pois senão alguém dos fundos do prédio poderia vê-la. Creio que a senhora encontrará aqui tudo de que necessita.

Permitiu que ela analisasse por um instante o quarto claro, alegre, com móveis de madeira clara, uma penteadeira de pernas altas cheia de objetos e uma cama com dossel de chintz florido. O juiz olhou para o aposento como se fosse algo que não via fazia muito tempo e que estava reconhecendo. Depois, muito sério, disse:

— É o quarto da minha filha. Ela morreu em 1933... não aqui, não, não aqui. Não fique assustada! — E lhe estendeu rapidamente a mão. — Não vou trancar a porta — disse —, mas lhe peço que faça isso imediatamente. A senhora tem um relógio? Ótimo! Bato às dez. Boa noite!

E se foi. Junto à porta, voltou-se mais uma vez.

— Nos próximos dias a senhora ficará muito sozinha. Tente se acostumar. Estar a sós pode ser bom. E não se esqueça: tudo depende de cada um dos sobreviventes, e também da senhora, principalmente da senhora! Não se esqueça de trancar a porta!

Afastou-se em silêncio e no mesmo silêncio fechou a porta, de modo que ela percebeu tarde demais que não lhe dissera boa-noite nem lhe agradecera. Correu até a porta, mas durante o caminho mudou de ideia. Apenas a trancou e depois se sentou, com as pernas trêmulas, na cadeira mais próxima. No espelho da penteadeira via um rosto pálido, inchado por lágrimas e pela insônia. Lentamente, balançou a cabeça para esse rosto.

Essa é você, Sara, disse uma voz dentro dela. Lore, que agora é chamada de Sara.[1] Você foi uma comerciante competente, sempre ativa. Teve cinco filhos, um vive na Dinamarca, um na Inglaterra, dois nos Estados Unidos e um está no cemitério judeu na Schönhauser Allee. Não me irrito quando chamam você de Sara. Lore transformou-se cada vez mais numa Sara; sem terem essa intenção, eles me transformaram

---

1. Mulheres judias eram forçadas a mudar seus nomes para Sara, de acordo com as leis de Nurembergue de 1935. [N.E.]

numa filha do meu povo, apenas sua filha. Ele é um homem bom, culto, mas tão estranho, tão estranho... Nunca conseguiria falar com ele como falo com Siegfried. Acho que ele é frio. Apesar de bondoso, é frio. Mesmo sua bondade é fria. É resultado da lei que o domina, essa justiça. Somente uma lei me dominou: a de amar os filhos e o marido e ajudá-los a vencer na vida. E agora estou sentada aqui na casa desse senhor e tudo que sou me foi tirado. Essa é a solidão da qual ele falou. Ainda não são nem seis e meia da manhã e não vou revê-lo antes das dez da noite. Quinze horas e meia comigo mesma; o que aprenderei sobre mim que ainda não sei? Estou com medo, com tanto medo! Acho que vou gritar, vou gritar de medo durante o sono! Quinze horas e meia! Ele bem que poderia ter ficado aqui por essa meia hora. Mas não queria outra coisa senão voltar ao seu livro antigo. Apesar de toda a sua bondade, as pessoas não significam nada para ele; apenas a justiça tem algum significado. Está fazendo o que ela exige, não por minha pessoa. Para mim, isso só teria valor se ele agisse por minha causa.

Acenou lentamente com a cabeça para esse rosto sofredor de Sara no espelho. Olhou para a cama. O quarto da minha filha. Ela morreu em 1933. Não aqui!, não aqui!, ela se lembrou. Estremeceu. A maneira como ele falou. Certamente a filha também morreu por causa deles, mas ele nunca falará a respeito e nunca vou ousar lhe perguntar nada. Não, não posso dormir neste quarto, é terrível, inumano. Que ele me permita ficar no cômodo da empregada, uma cama ainda quente do corpo de um ser humano de verdade que dormiu ali. Nunca conseguirei dormir aqui. Aqui, só consigo gritar...

Bateu com os dedos nas latinhas e caixinhas sobre a penteadeira. Cremes ressecados, pós crestados, batons com bolor verde — e ela está morta desde 1933. Sete anos. Tenho de fazer alguma coisa. Estou tão agitada, é o medo. Agora que cheguei nesta ilha de paz, meu medo emerge. Tenho de fazer alguma coisa. Não posso ficar tão sozinha comigo mesma.

Remexeu na bolsa. Encontrou papel e lápis. Vou escrever para meus filhos, Gerda em Copenhague, Eva em Ilford, Bernhard e Stefan no Brooklyn. Mas não tem sentido, o correio não funciona mais, é a guerra. Vou escrever para Siegfried, de algum jeito conseguirei fazer a carta chegar a Moabit. Se essa velha empregada for realmente de confiança... O juiz não precisa saber de nada e posso dar a ela dinheiro ou joias. Ainda tenho o suficiente.

Tirou isso também da bolsa, deixou na sua frente. O dinheiro embrulhado em pacotes, as joias. Pegou uma pulseira. Foi presente de Siegfried quando dei à luz Eva. Foi meu primeiro parto, foi duro. Como ele gargalhou ao ver a filha! A barriga balançava de tanto rir. Todos começaram a rir quando viram o bebê com seus cachinhos pretos e os lábios carnudos. Uma negrinha branca, disseram. Achei Eva bonita. Naquela época, ele me deu a pulseira. Tinha sido cara; custou todo o dinheiro de uma semana de trabalho. Eu estava muito orgulhosa de ser mãe. Não dava importância à pulseira. Agora Eva já tem três meninas e sua Harriet fez nove anos. Com que frequência será que ela pensa em mim, lá em Ilford? Mas, a despeito do que possa pensar, nunca imaginaria a mãe sentada aqui, num quarto fúnebre do sanguinário Fromm, aquele que só obedece à justiça. Totalmente sozinha...

Soltou a pulseira, pegou um anel. Ficou o dia inteiro sentada diante de suas coisas, murmurando, prendendo-se ao seu passado; não queria pensar em quem era no presente.

De tempos em tempos, ocorriam explosões de um medo selvagem. Chegou a ficar junto à porta, dizendo para si mesma: Ah, se eu apenas soubesse que a tortura não dura muito, que o processo é rápido e indolor, iria até eles. Não suporto mais essa espera e provavelmente não adianta nada. Algum dia vão acabar chegando em mim. Por que qualquer sobrevivente importa tanto, por que justo eu sou importante? Os filhos vão pensar em mim mais raramente, os netos nunca, Siegfried logo também vai morrer em Moabit. Não entendo o que o juiz está pensando, tenho de perguntar hoje à noite. Mas provavelmente ele irá apenas sorrir e dizer alguma coisa que não vai me servir de nada, pois sou uma pessoa de verdade, ainda hoje, de carne e osso, uma Sara envelhecida.

Ela se apoiou com uma das mãos na penteadeira, observou séria o rosto recoberto por uma trama de sulcos. Ruguinhas traçadas por preocupação, medo, ódio e amor. Depois, voltou à mesa, às joias. Contava e recontava as cédulas, apenas para passar o tempo; mais tarde, tentou ordená-las por séries e números. De vez em quando, escrevia também uma frase na carta ao marido. Mas aquilo não se tornou uma carta, eram apenas algumas perguntas: como estava instalado, qual era a comida, será que ela não podia cuidar das roupas? Perguntas pequenas, irrelevantes. E: ela estava passando bem. Estava em segurança.

Não, nada de carta, seria conversa fiada, desnecessária, ainda por cima falsa. Ela não estava em segurança. Nos últimos meses, terríveis, nunca se sentira em tamanho perigo como naquele quarto silencioso. Sabia que ali tinha de se transformar, escapar era impossível. E tudo em que poderia se tornar lhe metia medo. Talvez tivesse de sofrer e suportar coisas ainda mais horríveis; ela, que tinha já se transformado, contra a vontade, de Lore em Sara. Não queria, estava com medo.

Mais tarde acabou se deitando na cama, e quando seu anfitrião bateu à porta, por volta das dez da noite, ela estava dormindo tão profundamente que não o escutou. Ele abriu a porta cuidadosamente com uma chave que empurrava o trinco, e quando a viu adormecida balançou a cabeça e sorriu. Pegou uma bandeja com comida, deixou-a sobre a mesa, e ao empurrar as joias e o dinheiro para o lado novamente balançou a cabeça e sorriu. Saiu do quarto em silêncio, voltou a fechar o trinco, deixou-a dormir...

E foi assim que, nos primeiros três dias de "prisão preventiva", a sra. Rosenthal não viu ninguém. Passava as noites dormindo e acordava para um dia terrível, torturada pelo medo. No quarto dia, de maneira quase irrefletida, acabou fazendo uma coisa...

Capítulo 11
Ainda é quarta-feira

A SRA. GESCH ACABOU NÃO CONSEGUINDO acordar o homenzinho no sofá depois de uma hora. Em seu sono exausto, o estado dele era lamentável; as manchas do rosto começavam a se tornar vermelho-azuladas. O lábio inferior estava esticado para a frente, feito o de uma criança triste, às vezes as pálpebras tremiam e o peito erguia-se num suspiro profundo, como se ele quisesse começar a chorar mesmo dormindo.

Depois de aprontar o almoço, ela o despertou e lhe deu de comer. Ele murmurou algo parecido com um agradecimento. Comeu feito um leão enquanto lhe lançava olhares, mas não falou nada sobre o acontecido.

Por fim, ela disse:

— Bem, mais eu não posso lhe dar de comer, senão não vai sobrar o suficiente para o Gustav. Deite-se no sofá e durma mais um pouquinho. Depois vou falar com a sua mulher...

Ele tornou a murmurar algo, não deu para ela entender se aceitava ou não a sugestão. Mas foi para o sofá sem reclamar, e dali a um minuto já estava novamente em sono profundo.

No fim da tarde, quando a sra. Gesch escutou a porta da vizinha se abrir e fechar, foi em silêncio até lá e bateu. Eva Kluge abriu imediatamente, mas se postou de tal maneira que era impossível entrar.

— O que foi? — perguntou, hostil.

— Desculpe, sra. Kluge — começou a outra —, se estou incomodando de novo. Mas seu marido está no meu apartamento. Um homem da SS o trouxe hoje pela manhã, a senhora devia ter acabado de sair.

Eva Kluge manteve o silêncio hostil, e a sra. Gesch continuou:

— Deram uma bela surra nele, não há nenhum centímetro que não tenha sido machucado. Seu marido pode ser o que for, mas a senhora não pode deixá-lo na rua nesse estado. Dê ao menos uma olhada!

— Não tenho mais marido, sra. Gesch. Já lhe disse, não quero saber mais dele — respondeu ela, inflexível.

E fez menção de fechar a porta. A outra retrucou, ansiosa:

— Não seja tão impulsiva. Afinal, é seu marido. A senhora teve filhos com ele…

— Disso tenho muito orgulho, sra. Gesch, muito orgulho!

— Podemos também agir com desumanidade, e o que a senhora está querendo fazer é desumano. Seu marido não pode ir para a rua nesse estado.

— E o que ele fez comigo durante todos esses anos foi humano? Ele me torturou, estragou minha vida inteira, por fim acabou me tirando meu garoto preferido… e eu tenho de ser humana com alguém assim, só porque levou uns cascudos da SS? Nem me passa pela cabeça. Ele não muda, não importa o quanto apanhe!

Após essas palavras veementes e raivosas, a sra. Kluge simplesmente fechou a porta na cara da vizinha, encerrando assim a conversa. Não suportaria mais qualquer falatório. Se aceitasse o marido de novo em casa, seria para se livrar exatamente disso… e para se arrepender para todo o sempre!

Ela se sentou numa cadeira na cozinha e, observando a chama azulada do gás, rememorou o dia. Falatório, nada mais que falatório. Desde que avisara o chefe da repartição de que queria sair do partido, sair imediatamente, o falatório não parou mais. Fora liberada de entregar a correspondência e acabara sendo interrogada; queriam saber, acima de tudo, quais eram seus motivos para se desligar do partido. Por quê?

Eva Kluge respondera de maneira obstinada e sempre igual:

— Não é da conta de ninguém. Não falo sobre meus motivos. Muito menos hoje!

Mas quanto mais ela se recusava a falar, mais implacáveis os outros se tornavam. Nada além do "porquê" parecia lhes interessar. Por volta do meio-dia, surgiram mais dois homens em trajes civis, com maletas, que não paravam de fazer perguntas. Ela teve de desfiar toda a sua vida, a dos pais, dos irmãos, do casamento...

Primeiro se sentiu disposta, aliviada por escapar dos questionamentos intermináveis sobre os motivos de seu desligamento. Mas na hora de falar sobre seu casamento, ela se tornara renitente de novo. Depois do casamento seria a vez dos filhos e ela não poderia falar de Karlemann sem que essas raposas argutas descobrissem que havia algo de errado.

Não, sobre isso ela também não disse nada. O assunto também era da esfera privada. Seu casamento e seus filhos não eram da conta de ninguém.

Mas esse pessoal era persistente. Conheciam muitos caminhos. Um deles pegou a maleta e começou a ler um documento. Eva Kluge gostaria de saber o que ele estava lendo: não deveria existir nenhum tipo de ficha policial sobre ela, mas era evidente que os homens em trajes civis tinham alguma relação com a polícia.

Em seguida, voltaram a fazer perguntas e ficou claro que a ficha se referia a Enno. Pois o tema do interrogatório passou a ser as doenças dele, sua aversão ao trabalho, sua paixão pelas apostas e suas mulheres. Como das outras vezes, o começo foi muito suave; de repente ela pressentiu o perigo, fechou a boca e não disse mais nada.

Não, isso também era assunto privado. Não era da conta de ninguém. Sua relação com o marido era uma coisa particular. Aliás, viviam separados.

Nesse instante ela se enredou de novo. Desde quando estava separada? Quando o vira pela última vez? Seu desejo de sair do partido tinha alguma relação com o marido?

Ela apenas dizia "não" com a cabeça. Mas pensava, com horror, que também iriam interrogar Enno e em meia hora teriam conseguido arrancar tudo daquele moleirão! E ela exporia, como que nua e indefesa, sua desonra diante dos outros, da qual ninguém fazia a menor ideia até aquele instante. Em seguida, provavelmente surgiriam relatórios, e os boatos no partido sobre a mãe que tinha parido um filho daqueles não teria fim.

— Assunto particular! Totalmente particular!

Perdida em pensamentos, observando a chama azulada tremer e oscilar, a carteira leva um susto. Cometeu um erro crasso: teve a oportunidade de esconder Enno por algumas semanas. É preciso apenas lhe dar algum dinheiro por algumas semanas e orientá-lo a procurar refúgio na casa da namorada.

Toca no apartamento da sra. Gesch.

— Escute, pensei de novo no assunto, quero ao menos trocar algumas palavras com meu marido.

A outra está fazendo o que lhe foi pedido, mas a sra. Gesch se irrita.

— Devia ter pensado nisso antes. Seu marido já se foi, há uns vinte minutos. Está atrasada.

— Para onde ele foi?

— Como vou saber? Foi a senhora que não o quis! Para alguma das outras mulheres, provavelmente.

— A senhora não sabe qual? Por favor, me diga! É realmente importante…

— De repente! — E, com má vontade, a sra. Gesch acrescenta: — Ele comentou algo sobre uma tal de Tutti…

— Tutti? — pergunta a carteira. — Pode ser Trudel, Gertrude… A senhora não sabe o outro nome?

— Nem ele sabia! Não sabia direito nem onde ela morava. Deve ter pensado que acabaria encontrando. Mas no estado em que seu marido está…

— Talvez ele volte — diz Eva Kluge, pensativa. — Daí a senhora o manda para mim. De todo modo, muito obrigada. Boa noite!

Mas a sra. Gesch não retribui o cumprimento, apenas fecha a porta. Não se esqueceu de como a outra lhe bateu a porta na cara há pouco. Ainda não tem certeza de que vai mandá-lo à vizinha, caso realmente apareça por ali de novo. Uma mulher dessas tem de se decidir em tempo, às vezes se deixar para depois fica tarde demais.

A sra. Kluge volta para a cozinha. Curioso: embora a conversa com a vizinha não tenha tido nenhum resultado prático, ela está aliviada. Afinal, as coisas têm de tomar seu rumo. Fez o que estava a seu alcance para se manter longe de confusões. Ela se livrou tanto do marido quanto do filho, vai conseguir apagá-los do coração. Anunciou sua saída do partido. E o que tiver de acontecer, que aconteça. Isso ela não pode mudar; depois do que passou, nada mais consegue assustá-la.

Também não ficou muito assustada quando aqueles dois homens em trajes civis passaram das perguntas inúteis às ameaças. Certamente ela sabia que a saída do partido significava a perda do emprego no correio, não? E muito mais: se saísse do partido recusando-se a mencionar os motivos, ela se tornaria politicamente não confiável, e para esse tipo de gente havia o campo de concentração! Será que ela sabia disso? Num lugar daqueles era possível transformar com muita rapidez as pessoas politicamente não confiáveis em confiáveis — e para toda a vida. Entendido?

A sra. Kluge não ficou com medo. Manteve sua posição segundo a qual o que era privado permaneceria assim, e não falava sobre coisas privadas. Por fim, foi liberada. Não, a saída do partido ainda não tinha sido aceita; ela receberia notícias a respeito. Estava provisoriamente suspensa do trabalho no correio. Mas teria de se manter à disposição em seu apartamento...

Quando Eva Kluge finalmente põe sobre a chama de gás a panela de sopa, por tanto tempo esquecida, de repente se decide a não obedecer nesse ponto. Não vai ficar sentada no apartamento, sem fazer nada, esperando pelos torturadores. Não, no dia seguinte pela manhã tomará o trem das seis e irá ao encontro da irmã, em Ruppin. Lá será possível ficar por duas, três semanas sem avisar as autoridades sobre seu paradeiro, e com a comida se dá um jeito. O pessoal tem uma vaca, porcos e plantação de batatas. Ela irá trabalhar, no curral e no campo. Isso lhe fará bem, melhor do que ficar carregando cartas o tempo todo, dia sim e o outro também.

Desde que resolveu ir para o interior, seus movimentos se tornaram mais leves. Pega uma mala de mão e começa a arrumá-la. Por um instante, pensa se deve ao menos comunicar à sra. Gesch que vai viajar, não é preciso informar o destino. Mas decide-se: não, é melhor não falar nada. Tudo que fizer daqui em diante será apenas para si mesma.

Não quer envolver ninguém. Também não dirá nada à irmã e ao cunhado. Vai viver sozinha, como nunca antes. Até agora sempre houve alguém que precisou dela: os pais, o marido, os filhos. Agora está sozinha. E lhe parece muito possível que acabe gostando dessa solidão. Talvez, sozinha, consiga realizar algo — agora que é enfim dona de seu tempo e não precisa mais se esquecer de si em função dos outros.

Nessa noite em que a sra. Rosenthal está tão amedrontada com sua solidão, a carteira Eva Kluge volta a sorrir enquanto dorme. Sonhando, ela se vê em meio a um gigantesco campo de batatas, segurando uma enxada. Até onde a vista alcança, apenas batatas, e ela sozinha: é preciso carpir a plantação. Abre um sorriso, ergue a enxada, a pedra atingida faz um barulho agudo, uma erva daninha é arrancada, ela continua carpindo e carpindo.

Capítulo 12
Enno e Emil depois do choque

O GOLPE FOI MUITO MAIS DURO PARA o pequeno Enno Kluge do que para seu alto e magro "companheiro" Emil Barkhausen, que depois dos eventos da noite levou uma mulher para a cama, independente de quem fosse e de tê-lo roubado logo em seguida. O debilitado apostador também recebeu muito mais golpes do que o informante ocasional. Não, a partilha foi mais desfavorável para Enno.

E enquanto Enno anda pelas ruas, procurando temeroso por sua Tutti, Barkhausen levanta-se da cama, vai atrás de algo para comer na cozinha e mata a fome, pensativo e melancólico. Depois encontra no roupeiro um maço de cigarros, acende um, mete o maço no bolso e volta a se sentar à mesa, com a cabeça entre as mãos, taciturno.

É assim que Otti o encontra depois de voltar das compras. É claro que logo percebe que ele se serviu de comida; também sabe que ele não tinha cigarros nos bolsos antes de ela sair, e descobre de imediato o furto no roupeiro. Imediatamente começa a ralhar, apesar de muito amedrontada.

— Essa é boa, adoro gente assim: o homem acaba com minha comida e rouba meus cigarros! Vai me devolver o maço agora mesmo, vai me devolver e é já! Ou então pague por ele! Passe o dinheiro para cá, Emil!

Aguarda, tensa, pelo que ele vai dizer, mas está bastante segura de seu modo de agir. Gastou quase todos os 48 marcos, ele não tem muito que fazer a respeito.

E por sua resposta, descontando a irritação, percebe que Emil realmente não sabe nada sobre o dinheiro. Ela se sente muito superior a esse sujeito idiota; aproveitou-se dele e o besta nem percebe!

— Cala essa boca! — Barkhausen apenas grunhe, sem erguer a cabeça. — E cai fora daqui, senão quebro todos os seus ossos!

Da porta da cozinha, simplesmente porque a última palavra sempre tem de ser a sua e porque se sente muito superior (embora esteja com medo dele), ela retruca:

— Você é que tem de dar um jeito de a SS não quebrar todos os seus ossos! Foi por pouco.

Em seguida entra na cozinha e desconta nos filhos a raiva por ter sido banida da sala.

Mas o homem continua sentado, pensativo. Sabe muito pouco do que aconteceu à noite, mas esse pouco já lhe é suficiente. E pensar que lá em cima fica o apartamento da Rosenthal, agora provavelmente já esvaziado pelos Persickes, enquanto ele poderia ter se fartado a valer! Foi sua própria parvoíce que estragou tudo!

Não, o culpado foi Enno, Enno é quem começou com a bebida, Enno ficou bêbado logo no começo. Se não fosse por Enno, estaria cheio de coisas, tecidos e roupas; lembra-se vagamente também de um rádio. Se Enno estivesse lá naquele instante, acabaria com ele, aquele fracote covarde que estragou tudo!

Um instante depois, porém, Barkhausen dá de ombros. Afinal, quem é Enno? Um chupim covarde que vive de sugar o sangue de mulheres! Não, o culpado de verdade é Baldur Persicke! Esse rapazola, esse aprendiz da Juventude Hitlerista, tinha, desde o início, o propósito de enganá-lo! Tudo foi premeditado para haver um culpado e ele conseguir agarrar o butim sem maiores problemas! A rã venenosa de óculos fundo de garrafa pensou direitinho! Enganá-lo desse jeito, maldito rapazola de merda!

Barkhausen não compreende direito por que não está numa cela na delegacia da Alexanderplatz, mas no próprio apartamento. O plano deve ter dado errado de alguma maneira. Muito vagamente, lembra-se de duas pessoas, mas a semi-inconsciência daquele momento não permitiu que soubesse quem e como eram... e agora é que não sabe mesmo.

Uma coisa, porém, é certa: nunca perdoará Baldur Persicke. Não importa quantos degraus o sujeito galgar no partido, Barkhausen estará sempre atento. Barkhausen sabe esperar. Barkhausen não se esquece de nada. Um fedelho desses — algum dia vai conseguir pôr as mãos nele e o moço estará ferrado! Mas terá de se ferrar mais do que Barkhausen, para não se erguer nunca mais. Trair um companheiro? Não, nunca vai esquecer nem perdoar isso! Todas as coisas boas do apartamento da Rosenthal, malas, caixas e o rádio... tudo aquilo podia ser seu!

Barkhausen continua a quebrar a cabeça, sempre envolto nos mesmos pensamentos, e então pega secretamente o espelho de mão prateado de Otti, última lembrança de um cliente generoso de seus tempos de prostituição, observa e toca o rosto.

Nesse meio-tempo, o baixinho Enno Kluge também viu o próprio rosto no espelho de uma loja de roupas. A imagem deixou-o apenas com mais medo e totalmente desorientado. Não ousa olhar para ninguém, mas tem a sensação de que todos estão olhando para ele. Esgueira-se por ruas secundárias, a procura por Tutti se torna cada vez mais caótica, não sabe mais onde ela morava, mas também não sabe onde ele próprio se encontra no momento. Atravessa todas as entradas escuras de prédios e, nos pátios internos, observa as janelas. Tutti... Tutti...

Está escurecendo rapidamente e antes que a noite chegue ele precisa ter encontrado um abrigo, senão acabará preso pela polícia; quando virem seu estado, farão picadinho dele até que confesse tudo. E se ele confessar o envolvimento dos Persickes — com medo, é claro que vai dar com a língua nos dentes —, os Persickes vão matá-lo a porradas.

Continua caminhando sem destino, sempre em frente...

Por fim, está exausto. Senta-se num banco e fica ali, incapaz de continuar e pensar numa saída. Começa a remexer nos bolsos procurando algo de útil. Um cigarro lhe traria algum alento.

Não há cigarros no bolso, mas ele acaba encontrando algo inesperado: dinheiro. Quarenta e seis marcos. A sra. Gesch poderia ter lhe dito horas atrás que ele tinha dinheiro no bolso, isso teria injetado um pouco mais de confiança naquele homenzinho amedrontado. Mas é claro que ela não quis revelar que havia revirado seus bolsos enquanto ele dormia. A sra. Gesch é digna, devolveu o dinheiro, mesmo que após uma pequena subtração. Se tivesse encontrado o dinheiro com o seu Gustav, ela o teria confiscado sem mais, mas com um homem estranho, não, ela não era dessas! Claro que, dos 49 marcos que achou, a sra. Gesch ficou com três. Mas isso não era roubo, era seu direito pela comida dada a Enno. Também teria lhe dado a comida sem receber pagamento, mas onde já se viu dar de comer de graça a um homem estranho que tem dinheiro? Ela também não era dessas.

De todo modo, os 46 marcos fortalecem enormemente o intimidado Enno Kluge, que agora sabe que, se for preciso, poderá se hospedar em algum lugar. Sua memória também recomeça a funcionar. Embora ainda não se lembre de onde fica o apartamento de Tutti, subitamente se lembra de que a conheceu num pequeno café onde ela é cliente habitual. Talvez o pessoal de lá tenha seu endereço.

Ele se levanta, volta a caminhar. Procura descobrir onde está e, quando vê um bonde que pode levá-lo até próximo de seu objetivo, ousa entrar na escura plataforma anterior ao primeiro carro. Lá dentro está tão escuro e cheio que ninguém ficará reparando no seu rosto. Em seguida, dirige-se ao café. Não, ele não quer comer nada, vai direto até o balcão e pergunta à senhorita se ela sabe onde está a Tutti, a Tutti ainda continua aparecendo por lá?

A senhorita pergunta com a voz cortante, aguda, que se ouve em todo o estabelecimento, de qual Tutti ele está falando. Há uma porção de Tuttis em Berlim!

— Ah, Tutti e só, está sempre por aqui! Cabelos escuros, meio gordinha... — responde o homenzinho tímido, constrangido.

Ah, é dessa Tutti que ele está falando! Não, eles não querem mais saber dessa Tutti por ali! Ela que não se atreva a dar as caras no café! Dela, não querem ouvir nem mais um pio!

Dito isso, a senhorita, indignada, se afasta de Enno. Ele murmura algumas palavras de desculpas e resolve sair dali. É noite, ele está na rua sem saber o que fazer, quando outro homem sai do café, um homem mais velho, bastante abatido, na opinião de Enno. Esse homem vai em sua direção, para de repente, tira o chapéu e pergunta-lhe se ele não é o senhor que acabou de perguntar por uma certa Tutti no café.

— Talvez — diz Enno, cauteloso. — Por que a pergunta?

— Ah, por nada. Pode ser que eu saiba lhe dizer onde ela mora. Também posso levá-lo até o apartamento dela; o senhor só precisaria me prestar um pequeno favor.

— Que tipo de favor? — pergunta Enno, mais cauteloso ainda.

— Não sei que favor posso lhe prestar. Afinal, nem conheço o senhor.

— Ah, vamos caminhar um pouco! — diz o homem mais velho. — Não me atrapalha se formos por aqui. A questão é a seguinte: a Tutti está com uma mala cheia de coisas minhas. Será que o senhor poderia me entregar a mala rapidamente amanhã cedo, enquanto ela estiver dormindo ou tiver saído para fazer compras?

(O homem mais velho parece ter certeza de que Enno passará a noite no apartamento de Tutti.)

— Não — diz Enno. — Não dá. Não faço essas coisas. Sinto muito.

— Mas posso lhe dizer exatamente o que há dentro da mala. É de fato minha mala!

— Por que o senhor não pede diretamente à Tutti?

— Ora, falando assim — diz o velho, contrariado —, então o senhor não conhece a Tutti. É uma mulher danada, o senhor deve saber! Com ela não se brinca, nem se pensa em brincar! Morde e cospe feito um babuíno; por isso o apelido!

E enquanto o senhor mais velho constrói uma amável descrição de Tutti, Enno Kluge leva um susto ao se lembrar de que a Tutti realmente é desse jeito e que da última vez ele sumiu com a carteira e os cartões de racionamento dela. Ela realmente morde e cospe feito um babuíno quando está irada e provavelmente vai soltar toda essa ira sobre Enno quando ele chegar lá. Tudo o que ele imaginou de uma noite no apartamento dela é só mesmo imaginação...

Subitamente Enno Kluge decide, sem mais nem menos, que a partir desse minuto vai viver de um jeito diferente, nada mais de mulheres, nada mais de pequenos golpes e nada mais de corridas de cavalos. Ele tem 46 marcos no bolso, o suficiente para se virar até o próximo dia de pagamento. Amanhã ele ainda se dará um dia de ócio de presente e no outro começará a trabalhar sério. Eles perceberão o seu valor, ele não será mais enviado ao front. Depois de tudo o que passou nas últimas 24 horas, realmente não dá para arriscar ter uma recepção nesse estilo babuíno no apartamento da Tutti.

— Sim — diz Enno, pensativo, ao senhor mais velho. — Correto: a Tutti é assim. E porque ela é assim, acabei de tomar a decisão de não procurá-la. Vou pernoitar naquele pequeno hotel do outro lado da rua. Boa noite, senhor... Sinto muito, mas...

E se afasta devagar, com os ossos moídos; apesar de sua aparência esfarrapada e da falta de bagagem, ele consegue arrumar com o mal-ajambrado gerente uma cama por três marcos. Aninha-se na cama estreita, fedida, cujos lençóis já serviram a muitos antes dele; espreguiça-se, dizendo a si mesmo: A partir de agora, quero viver de um jeito totalmente diferente. Fui um sujeito desprezível, principalmente para a Eva, mas a partir deste minuto serei diferente. Mereci os cascudos, mas a partir de agora quero ser diferente.

Ele está deitado imóvel na cama estreita, as mãos ao longo da costura das calças, encarando o teto. Treme de frio, de exaustão, de dor. Mas não sente nada disso. Ele pensa no trabalhador respeitado e querido que foi no passado e que agora não passa de um baixinho desleixado, alvo de cusparadas. No seu caso, a surra ajudou e tudo será diferente. E enquanto imagina a nova vida, adormece.

Nessa hora, os Persickes também estão dormindo, as sras. Gesch e Kluge estão dormindo, o casal Barkhausen está dormindo — ele permitiu silenciosamente a Otti que se deitasse ao seu lado.

A sra. Rosenthal dorme com medo e a respiração pesada. A pequena Trudel Baumann também está dormindo. À tarde, ela conseguiu sussurrar a um de seus aliados que tinha algo imperioso a dizer e que todos deviam se encontrar na noite seguinte no Elysium, de preferência sem chamar a atenção. Ela está um pouco receosa porque terá de confessar sua indiscrição, mas acabou adormecendo.

Anna Quangel está na cama, no escuro, enquanto o marido, como sempre a essa hora, encontra-se na oficina, observando atentamente cada passo do trabalho. No final das contas, ele não foi convocado pela diretoria para discutir o aumento de produção. Melhor assim!

Deitada, mas sem conseguir conciliar o sono, ela ainda considera o marido totalmente frio e desalmado. A maneira como ele recebeu a notícia da morte de Ottinho, como pôs a pobre Trudel e a sra. Rosenthal para fora de casa: frio, desalmado, só pensando em si mesmo o tempo todo. Ela nunca mais conseguirá ser tão boa para ele como no passado, quando ainda pensava que, ao menos, ele gostava dela. Ela entendeu a situação. Só porque estava ofendido pela impensada frase "você e seu Führer", só porque estava magoado. Ela não voltará a magoá-lo tão rapidamente, pois não voltará a falar com ele nos próximos tempos. Hoje não trocaram nenhuma palavra, nem mesmo um bom-dia.

O juiz aposentado Fromm ainda está desperto, como sempre está desperto no meio da noite. Com sua letra miúda e angulosa, escreve uma carta cuja saudação é a seguinte: "Excelentíssimo senhor advogado do Reich..."

Sob a luminária de leitura, seu Plutarco o aguarda, aberto.

Capítulo 13
Dança da vitória no Elysium

O SALÃO DE BAILE NO ELYSIUM, a grande casa de dança no norte de Berlim, estampava naquela noite de sexta-feira uma imagem que deveria alegrar os olhos de qualquer alemão médio: uniformes e mais uniformes. Ela não estava assim tão colorida apenas pelas Forças Armadas, que garantiam o fundo bem marcado com seus verdes e cinzas, mas principalmente pelos uniformes do partido e suas subdivisões, com o marrom, o marrom-claro, o marrom-dourado, o marrom-escuro e o preto. Dava para distinguir, ao lado das camisas marrons da SA*, as camisas bem mais claras da Juventude Hitlerista; havia representantes da Organização Todt*, bem como do Serviço de Trabalho do Reich*; além disso, avistavam-se os uniformes marrom-amarelados dos líderes especiais, chamados de faisões dourados, e os dos líderes políticos, ao lado dos responsáveis pela segurança aérea. Não só os homens vestiam-se de maneira tão exultante; muitas moças estavam de uniforme: da Liga das Jovens Alemãs*; da Frente Alemã de Trabalho, da Organização Todt — parecia que todas as suas líderes, subalternas e seguidoras tinham sido enviadas para lá.

Os poucos civis perdiam-se completamente em meio à balbúrdia. Eles eram insignificantes, enfadonhos entre aqueles uniformes, assim como o povo civil do lado de fora, nas ruas e nas fábricas, nunca teve importância para o partido.

Dessa maneira, uma mesa no canto do salão com uma mulher e três homens jovens quase não foi notada. Nenhum dos quatro usava uniforme, não se via nem um distintivo do partido.

O casal, a moça e o rapaz, tinha chegado primeiro; mais tarde, outro homem pediu licença para se sentar ali e, por fim, apareceu mais um quarto civil. O jovem casal fez uma tentativa de dançar no meio da multidão. Nesse meio-tempo, os dois outros tinham começado a conversar, uma conversa da qual o casal, que retornou à mesa amassado e acalorado, vez ou outra também participava.

Um dos homens, de trinta e poucos anos, testa alta e cabelo que começava a rarear, tinha afastado a cadeira e se recostado nela, e passou a observar em silêncio a pista de dança lotada. Com olhar fugidio, disse:

— Um lugar de reunião mal escolhido. Somos praticamente a única mesa de civis por aqui. Estamos chamando a atenção.

O acompanhante da moça disse sorrindo para ela, embora suas palavras fossem dirigidas ao homem da testa alta:

— Ao contrário, Grigoleit, ninguém repara na gente, no máximo nos desdenha. O pessoal só pensa que essa suposta vitória sobre a França lhes garantiu por algumas semanas permissão para dançar.

— Nada de nomes! Sob nenhuma circunstância! — retrucou, áspero, o homem da testa alta.

Todos ficaram em silêncio por um tempo. A moça desenhava algo na mesa com o dedo, sem levantar o rosto, embora pressentisse que todos olhavam para ela.

— De todo modo, Trudel — disse o terceiro homem, que tinha o semblante inocente de um nenezão e era chamado de Bebê —, agora é o momento certo para sua comunicação. O que aconteceu? As mesas em volta estão quase todas vazias, todos estão dançando. Comece!

O silêncio dos outros homens só podia significar concordância. Trudel Baumann falou gaguejando, sem erguer o olhar.

— Acho que cometi um erro. Não mantive minha palavra. Aos meus olhos, não se trata de um erro...

— Ah, pare com isso! — disse o homem da testa alta com desprezo. — Você está querendo imitar os gansos? Não fique grasnando, conte logo o que aconteceu!

A moça levantou a cabeça. Encarou demoradamente cada um dos três homens, que, em sua percepção, olhavam friamente para ela. Duas lágrimas brotaram de seus olhos. Ela queria falar, mas não conseguia. Procurou o lenço...

O da testa alta recostou-se, soltando um assovio longo, abafado.

— Não era para ela não abrir o bico? Já abriu! Basta olhar.

O rapaz ao lado de Trudel retrucou, rapidamente:

— Impossível. A Trudel é de total confiança. Diga a eles que você não abriu a boca, Trudel! — E num gesto encorajador, apertou a mão dela.

Na espera, de uma maneira quase inexpressiva, Bebê fixou seus olhos muito azuis, redondos, na moça. O altão da testa comprida sorriu com desdém. Apagou o cigarro no cinzeiro e disse, zombeteiro:

— E então, senhorita?

Trudel tinha se recomposto e sussurrou, corajosa:

— Sim, ele tem razão. Abri a boca. Meu sogro veio me trazer a notícia da morte de meu Otto. Isso me tirou dos eixos. Eu lhe disse que trabalho numa célula comunista.

— Citou nomes? — Ninguém imaginava que Bebê pudesse fazer uma pergunta tão incisiva.

— Claro que não. Não disse mais nada além disso. E meu sogro é um velho trabalhador, que nunca dirá nada.

— Seu sogro é o capítulo seguinte, o de agora é você! Não citou nomes...

— Você vai ter de acreditar em mim, Grigoleit! Não minto. Confessei voluntariamente.

— Srta. Baumann, você acabou de citar um nome de novo!

Bebê disse:

— Mas vocês não percebem que tanto faz se ela citou nomes ou não? Ela falou que trabalha numa célula, abriu o bico uma vez, vai abrir de novo. Na hora em que os homens certos puserem a mão nela, torturarem um pouquinho, ela vai falar, independente do quanto já tenha revelado.

— Nunca vou falar com essa gente, mesmo que tenha de morrer! — disse Trudel, com o rosto em fogo.

— Oh! — exclamou o da testa alta. — Morrer é muito simples, srta. Baumann, mas às vezes ainda acontecem coisas muito desagradáveis antes da morte!

— Vocês são impiedosos — disse a moça. — Cometi um erro, mas...

— Também acho — concordou o homem ao seu lado no sofá. — Vamos dar uma investigada no seu sogro, e se ele for confiável...

— Ninguém é confiável nas mãos de torturadores — afirmou Grigoleit.

— Trudel — disse Bebê, sorrindo com suavidade. — Trudel, você disse que nunca citou um nome?

— Nunca.

— E disse que estaria disposta a morrer antes de fazer isso?

— Sim! Sim! Sim! — ela respondeu, passional.

— Então — disse Bebê, sorrindo vitorioso —, então, Trudel, que tal morrer ainda hoje, antes de continuar abrindo o bico? Isso nos daria certa segurança e nos economizaria um bocado de trabalho...

Um silêncio mortal envolveu os quatro. O rosto da moça empalideceu. Seu acompanhante disse "não" de repente e pousou com suavidade a mão sobre a dela. Mas logo a retirou.

Os dançantes retornaram às suas mesas e, por um instante, tornaram impossível a continuidade da conversa.

O homem da testa alta acendeu mais um cigarro, Bebê riu imperceptivelmente ao notar como a mão do outro tremia. Depois disse para o moreno ao lado da moça pálida, calada:

— Você disse "não". Mas por quê? É a solução quase satisfatória da tarefa e uma solução que, pelo que entendi, foi sugerida por sua acompanhante em pessoa.

— A solução é insatisfatória — disse o moreno, devagar. — Já se morre demais. Nossa tarefa não é fazer esse número aumentar.

— Espero — disse o da testa alta — que você se lembre dessa frase quando estivermos, você, eu e ela, diante do Tribunal do Povo...

— Silêncio! — disse Bebê. — Dancem um pouco. Esta me parece uma música boa. Enquanto isso, vocês discutem entre si e nós fazemos o mesmo aqui.

O jovem moreno levantou-se, relutante, e fez uma pequena mesura para a acompanhante. Relutante, ela pôs a mão no braço dele e ambos entraram, pálidos, no meio do burburinho da pista de dança. Dançaram sérios, em silêncio, e ele ficou com a impressão de que dançava com uma morta. Arrepiou-se. Os uniformes ao seu redor, as faixas com as suásticas, as bandeiras vermelho-sangue nas paredes com o odioso símbolo, a imagem do Führer adornada com a cor verde, a melodia ritmada do suingue.

— Você não vai fazer isso, Trudel — disse ele. — Exigir algo assim é loucura. Me prometa...

Eles se movimentavam quase sem sair do lugar na pista cada vez mais cheia. Talvez por estarem em contato constante com os outros casais, ela não falava nada.

— Trudel! — ele implorou mais uma vez. — Me prometa! Você pode se transferir para outra fábrica, trabalhar lá, a fim de sumir da vista deles. Me prometa...

Ele tentava fazer com que ela o encarasse, mas os olhos da moça, teimosos, se mantinham fixos sobre os ombros dele.

— Você é a melhor de nós — ele disse subitamente. — Você é a humanidade, ele é apenas o dogma. Você tem de continuar viva, não ceda a ele!

A maneira como ela balançou a cabeça podia significar um sim e um não.

— Quero voltar — disse ela. — Perdi a vontade de dançar.

— Trudel — disse Karl Hergesell rápido quando eles se afastaram dos dançantes —, Otto morreu ontem, ou somente ontem você recebeu a notícia. É muito cedo. Apesar disso você sabe que eu sempre te amei. Nunca esperei nada de você, mas agora espero que ao menos fique viva. Viva, não por mim, mas viva!

Mas ela apenas balançou de novo a cabeça, e mais uma vez o que pensava sobre o amor dele, o desejo dele de vê-la viva, não estava claro. Eles chegaram à mesa.

— Então? — perguntou Grigoleit, o da testa alta. — Foi gostoso dançar? Um pouco lotado, não?

A moça havia se sentado novamente. Ela disse:

— Estou indo embora. Adeus. Eu teria gostado muito de trabalhar com vocês...

Ela se virou para partir.

Nesse momento, o homem com cara de nenezão gordo e inofensivo foi o primeiro a ir atrás dela. Pegou no seu pulso e disse:

— Mais um minuto, por favor! — Seu pedido foi cortês, mas o olhar era ameaçador.

Eles voltaram à mesa. Sentaram-se. Bebê perguntou:

— Estou entendendo direito o significado da sua despedida, Trudel?

— Você entendeu muitíssimo bem — respondeu a moça, olhando-o com dureza.

— Então me permita que eu a acompanhe pelo resto da noite.

Ela fez um movimento assustado de recusa.

— Não quero me intrometer, mas acho que na execução de tal intenção podem ser cometidos erros — disse ele, muito polidamente. E continuou, ameaçador: — Não quero que nenhum idiota resgate você da água ou que você amanheça num hospital como suicida malograda. Quero estar presente!

— Certo! — confirmou o da testa alta. — Concordo. É a única segurança...

— Ficarei hoje, amanhã e todos os próximos dias ao seu lado — disse o moreno, convicto. — Farei de tudo para impedir a execução dessa intenção. Pedirei ajuda; se vocês me obrigarem, até da polícia!

O da testa alta soltou mais um assovio: longo, estendido, baixinho e bravo.

— Ah, agora estamos com o segundo boquirroto na mesa. Apaixonado? Foi o que sempre imaginei. Venha, Grigoleit, a célula foi dissolvida. Não há mais célula. A isso vocês chamam de disciplina, mulherzinhas! — disse Bebê.

— Não, não! — exclamou a moça. — Não dê ouvidos a ele! É verdade, ele me ama. Mas eu não o amo. Quero estar com vocês esta noite...

— Basta! — disse Bebê, agora realmente bravo. — Vocês não perceberam que agora não dá para fazer mais nada, já que ele... — E fez um movimento de cabeça na direção do moreno. — Ah!, esqueça — completou. — Ele é carta fora do baralho! Venha, Grigoleit!

O da testa alta já estava de pé. Juntos, dirigiram-se à saída. De repente, porém, uma mão pousou no braço de Bebê. Ele viu o rosto liso, ligeiramente inchado, de alguém de uniforme marrom.

— Um momento, por favor! O que o senhor acabou de falar sobre dissolução da célula? Estou muito interessado...

Bebê soltou seu braço com um puxão.

— Me deixe em paz! — disse, alto. — Se o senhor quiser saber sobre nossa conversa, pergunte à jovem ali! Ontem o noivo dela foi morto em combate e hoje ela já está com outro em mira! Malditas mulheres!

Bebê se encaminhou para a saída, que Grigoleit já tinha alcançado. Agora também estava fora. O gordo passou um tempo olhando para ele. Depois, foi até a mesa onde estavam a moça e o moreno, pálidos. Isso o acalmou. Talvez eu tenha cometido um erro ao deixá-lo partir. Ele usou de força comigo. Mas...

Ele pediu com educação:

— Posso me sentar com os senhores por um instante e lhes fazer algumas perguntas?

— Não tenho nada diferente para dizer do que aquilo que aquele homem acabou de lhe contar. Ontem soube da notícia da morte de meu noivo e hoje este rapaz quer me pedir em casamento — disse Trudel Baumann.

Sua voz estava firme e soava segura. Agora que o perigo se sentava à sua mesa, o medo e a inquietação tinham sumido.

— A senhora se importaria de me dizer o nome de seu falecido noivo? E a formação dele? — Ela obedeceu. — E o seu nome? Endereço? Local de trabalho? A senhora está com algum documento? Obrigado! E o senhor?

— Trabalho na mesma fábrica que ela. Meu nome é Karl Hergesell. Aqui está minha caderneta de trabalho.

— E os outros dois?

— Não os conhecemos. Eles se sentaram à nossa mesa e de repente se meteram na nossa briga.

— E qual foi o motivo da briga?

— Não quero ficar com ele.

— Por que o outro homem ficou tão indignado ao saber disso?

— Como vou saber? Talvez não tenha acreditado nas minhas palavras. E também ficou bravo por eu ter dançado com ele.

— Tudo bem — disse o homem inchado, fechando a caderneta de anotações e olhando para os dois. Eles realmente pareciam mais enamorados que tinham acabado de brigar do que criminosos pegos em flagrante. A começar pelo jeito como, cheios de medo, evitavam se olhar... Embora suas mãos estivessem muito próximas uma da outra sobre o tampo da mesa. — Tudo bem. As informações serão verificadas, claro, mas estou matutando... De todo modo, desejo que a noite transcorra melhor daqui para a frente...

— Não comigo! — disse a moça. — Não comigo! — Ela e o rapaz levantaram-se ao mesmo tempo. — Vou para casa.

— Eu acompanho você.

— Não, obrigada. Prefiro ir sozinha.

— Trudel! — ele pediu. — Vamos conversar mais um pouquinho, dois minutos!

O homem de uniforme olhou sorrindo para os dois. Eles realmente eram enamorados. Uma verificação superficial dos dados seria suficiente.

Subitamente, ela se decidiu:

— Tudo bem, mas só mais dois minutos.

Eles finalmente conseguiram sair daquele salão terrível, daquela atmosfera de confronto e ódio. Olharam ao redor.

— Eles não estão por aqui.

— Não os veremos mais.

— E você pode viver. Não, agora você tem de viver, Trudel! Um passo impensado de sua parte colocaria os outros em perigo, muitos outros. Pense sempre nisso, Trudel!

— Sim — ela retrucou —, agora tenho de viver. — E sem se deter: — Cuide-se, Karl!

Ela se encostou no peito do rapaz por um instante, sua boca tocou a dele. Antes de ele entender o que acontecia, ela já estava atravessando a rua em direção ao bonde elétrico que chegava ao ponto. O veículo parou.

Ele fez um movimento como se quisesse correr atrás dela. Mas mudou de ideia.

Vez ou outra vou vê-la na fábrica, pensou. Há uma vida inteira pela frente. Tenho tempo. E agora sei que ela me ama.

Capítulo 14
Sábado: inquietação entre os Quangels

O CASAL QUANGEL PASSOU TAMBÉM A sexta-feira sem trocar uma palavra — três dias de silêncio entre eles, nem mesmo para pedir o jornal, era algo inédito em todo o seu casamento. Embora não fosse de muito falar, em geral ele soltava uma frase, algo sobre um trabalhador na oficina ou pelo menos sobre o tempo ou que a comida estava particularmente gostosa naquele dia. E agora, nada!

Com o passar do tempo, Anna Quangel percebeu que a profunda tristeza que sentia pelo filho perdido começava a se dissipar diante da inquietação pelo marido tão mudado. Ela queria pensar apenas no rapaz, mas ao observar esse homem, seu marido havia muitos anos, Otto Quangel, o homem a quem ela dedicara a maior parte — e os melhores anos — da sua vida, não conseguia. O que tinha acontecido com ele? O que o fizera mudar tanto?

Na hora do almoço da sexta-feira, toda a raiva e censura de Anna Quangel em relação a Otto tinham desaparecido. Caso intuísse ao menos a menor chance de sucesso, ela teria pedido desculpas pelo apressado "você e seu Führer". Mas estava evidente que Quangel não pensava mais nessa acusação; parecia até que não pensava mais nem nela. Seu olhar passava ao seu lado ou a atravessava. Ele estava parado perto da janela, as mãos nos bolsos da jaqueta de trabalho, e assoviava, aéreo, fazendo grandes pausas, um comportamento inédito até então.

Em que pensava esse homem? O que o inquietava tanto? Ela lhe serviu o almoço, ele começou a comer. Durante um tempo, observou-o da cozinha. Seu rosto estreito estava curvado sobre o prato, mas a colher era levada mecanicamente à boca, os olhos escuros miravam algo que não estava ali.

Ela voltara para a cozinha a fim de aquecer um resto de repolho. Ele gostava de repolho quente. Ela estava firmemente decidida a lhe dirigir a palavra ao chegar à mesa com a comida. Ele podia responder atravessado à vontade, mas era preciso quebrar esse silêncio maldito.

Ao chegar com o repolho quente à sala, Otto havia partido. Sobre a mesa, o prato meio vazio. Ou Quangel percebera sua intenção e resolvera escapar feito uma criança que quer continuar a fazer birra, ou o motivo de seu desassossego o levara a se esquecer de comer. De qualquer maneira, havia partido e ela teria de esperar até a noite por ele.

Na noite de sexta para sábado, porém, Otto chegou tão tarde em casa que ela, apesar de todas as suas boas intenções, já tinha adormecido. Anna despertou apenas mais tarde, com a tosse dele. E perguntou, cuidadosa:

— Otto, você já está dormindo?

E nada, nenhuma resposta. Ambos ficaram deitados em silêncio durante muito tempo. Um sabia que o outro não dormia. Eles não se atreveram a mudar de posição para não se traírem. Por fim, caíram no sono.

O sábado foi ainda pior. Otto Quangel acordou muito mais cedo do que de costume. Antes de ela conseguir lhe servir seu café de cevada, ele já tinha saído para uma daquelas caminhadas afobadas, indecifráveis, que nunca fazia antes. Da cozinha, ela escutou-o voltar e caminhar de um lado para o outro na sala. Quando ela entrou com o café, ele dobrou cuidadosamente uma grande folha de papel branca que estava lendo junto à janela e guardou-a no bolso.

Anna tinha certeza de que não se tratava de um jornal. Havia brancos demais na folha e a letra também era maior do que de costume. O que o marido poderia estar lendo?

Ela se irritou novamente com ele, com seus segredinhos, todas as mudanças que tinham trazido tanta inquietação e novas preocupações para se juntar às antigas, mais do que suficientes. Apesar disso, chamou:

— Café, Otto!

Ao escutar sua voz, ele virou o rosto e olhou para ela como se estivesse surpreso por não estar sozinho naquele apartamento, surpreso com quem falava com ele. Ele olhou para ela, mas não a viu. Não era para sua mulher, Anna Quangel, que ele estava olhando, mas para alguém que conhecera algum dia e que era preciso se esforçar a fim de reconhecer. Um sorriso se estampava no seu rosto, nos seus olhos; esse sorriso atípico ocupava toda a face. Anna quase disse: Otto, ah, Otto, não se afaste de mim você também!

Mas antes ainda de ter se decidido a agir, ele já havia passado por ela e saído do apartamento. Mais uma vez sem tomar o café, que mais uma vez ela teve de levar de volta à cozinha para requentar. Anna soluçava baixinho: Que homem! Será que não lhe restaria mais nada? Depois de perder o filho, perderia também o pai dele?

Enquanto isso, Quangel se apressava em direção à Prenzlauer Allee. Achou que era melhor ver um prédio daqueles antes, para saber se sua ideia sobre aquele tipo de imóvel estava correta. Senão, teria de pensar em outra coisa.

Reduziu o passo ao chegar a seu destino; os olhos esquadrinhavam as portas dos prédios como se procurassem por algo determinado. Num edifício de esquina, viu as placas de dois advogados e de um médico ao lado de muitas outras.

Ele empurrou a porta, que se abriu de pronto. Certo: nada de porteiro num prédio tão movimentado. Subiu os degraus devagar, segurando-se no corrimão; aquela era uma escada de carvalho antiga, mas cujo grande trânsito e a guerra já lhe tinham extirpado qualquer sinal de nobreza. Agora ela era apenas uma escada gasta e suja; a passadeira já tinha sumido havia tempo, provavelmente retirada no início da guerra.

Otto Quangel passou por uma placa de advogado na sobreloja, balançou a cabeça, continuou subindo. Não estava sozinho na escada; pessoas passavam o tempo todo por ele, ultrapassando-o ou vindo em sua direção. Ele não parava de escutar campainhas tocando, portas batendo, telefones chamando, máquinas tamborilando, vozes falando.

Mas no meio de tudo isso sempre havia um instante em que Otto Quangel tinha a escada só para si ou o lance em que se encontrava estava vazio, toda a movimentação parecia ter se concentrado dentro dos escritórios. Esse teria sido o momento ideal para a ação. Tudo estava nos conformes, exatamente como ele imaginara. Pessoas apressadas que não se olhavam nos olhos, vidros sujos nas janelas que permitiam a entrada apenas de uma luz acinzentada, nada de porteiro, ninguém em posição de vigilância.

Ao ver a placa do segundo advogado no primeiro andar e topar com uma seta que apontava para o médico no andar acima, ele fez que sim com a cabeça. Deu meia-volta, como se estivesse saindo do escritório do advogado, e deixou o prédio. Era desnecessário continuar observando, tratava-se exatamente da construção de que ele necessitava, e havia milhares delas em Berlim.

O encarregado Otto Quangel está novamente na rua. Um jovem moreno de pele muito branca vem em sua direção.

— Sr. Quangel, certo? — pergunta ele. — Sr. Otto Quangel, da Jablonskistrasse, certo?

Quangel rosna um "E daí?", que pode significar duas coisas: concordância e negação.

O jovem assume se tratar de concordância.

— Trudel Baumann pediu que eu lhe dê um recado. Esqueça-a completamente. Que sua mulher não a visite mais. Não é necessário, sr. Quangel, que...

— Não conheço nenhuma Trudel Baumann e não quero que venham falar comigo...

Seu punho acerta exatamente a ponta do queixo do jovem, que cai feito um pano molhado. Quangel caminha indiferente por entre pessoas que começam a acorrer, passa bem ao lado de um policial, segue direto para o ponto do bonde. O bonde chega, ele sobe, desce depois de duas estações. Em seguida, pega outro bonde de volta na direção contrária, dessa vez na parte da frente do carro. É como ele imaginou: nesse meio-tempo, a maior parte das pessoas já se dispersou, dez, doze curiosos ainda estão diante do café para o qual a sua vítima deve ter sido levada.

Ele já voltou a raciocinar. Pela segunda vez em dois dias, Karl Hergesell teve de se identificar para uma autoridade.

— Realmente não foi nada, seu guarda — ele assegura. — Devo ter pisado no pé do homem sem querer e ele veio logo me batendo. Não faço ideia de quem seja, não deu tempo de eu me desculpar porque ele já tinha soltado meu braço.

Mais uma vez Karl Hergesell consegue ir embora incólume, não há nenhuma suspeita contra ele. Entretanto, sabe que não pode continuar pondo sua sorte à prova dessa maneira. Ele também só foi falar com Otto Quangel, o ex-sogro de Trudel, para se certificar da segurança dela. Bem, no que diz respeito ao homem, é possível ficar tranquilo. Um sujeito duro na queda, ainda por cima bravo. E certamente não é fofoqueiro, apesar do narigão feito bico de pássaro. Como ele bateu, rápido e furioso!

E porque uma pessoa dessas talvez pudesse dar com a língua nos dentes, Trudel quase foi despachada para a morte. O homem nunca daria com a língua nos dentes — nem diante deles! E certamente não se preocuparia com Trudel, pois pareceu não querer saber mais nada dela. Quanta coisa um rápido gancho daqueles pode esclarecer rapidamente!

Karl Hergesell vai para a fábrica, totalmente despreocupado, e quando descobre, após uma sondagem cuidadosa, que Grigoleit e Bebê pediram as contas, respira aliviado. Agora está tudo seguro. Não há mais célula, mas nem isso é motivo de lamentação. Trudel, por sua vez, continuará viva!

Quangel volta de bonde para seu apartamento. Na hora de descer, porém, passa da Jablonskistrasse. Seguro morreu de velho; caso haja realmente alguém o seguindo, ele quer tratar com a pessoa sozinho, não em casa. Anna não está em condições de lidar com uma surpresa ruim. Ele precisa falar com ela. Claro, fará isso, Anna tem um grande papel no que ele está planejando. Mas primeiro é necessário resolver outros assuntos.

Quangel decidiu não voltar para casa hoje depois do trabalho. Vai abrir mão do café e do almoço. Anna ficará um tantinho inquieta, mas vai esperar e não fará nada de maneira apressada. Hoje é preciso resolver um assunto. Amanhã é domingo, tudo tem de estar pronto.

Ele muda novamente de linha e segue para o centro. Não, Quangel não está muito preocupado com aquele jovem em quem bateu tão rapidamente. Ele não acredita seriamente que haja alguém no seu encalço; acha que o rapaz veio da parte de Trudel. Ela já havia feito menção a algo nesse sentido, de que tinha de confessar ter quebrado seu juramento. Depois, é claro que todos lhe proibiram qualquer tipo de contato com ele e ela mandou esse jovem como mensageiro. Criancice total, são realmente crianças que entraram num jogo do qual não têm qualquer noção. Ele, Otto Quangel, entende um pouco mais do riscado. Sabe o que vai encontrar pela frente. Mas não vai jogar o jogo feito uma criança, vai refletir sobre todas as cartas.

Ele revê Trudel encostada naquele cartaz do Tribunal do Povo, alheia a tudo. Mais uma vez está com aquela sensação de inquietude que o acometeu quando a cabeça da moça esteve coroada pela inscrição "Em nome do povo alemão" e consegue ler os nomes: em vez daqueles estranhos, o seu próprio — não, não, essa tarefa é para ele executar sozinho. E para Anna, claro que também para Anna. Ele já vai lhe mostrar quem é o "seu" Führer!

Chegando ao centro, Quangel primeiro faz algumas compras. Somente coisas muito baratas, alguns cartões-postais, uma caneta, algumas penas de aço, um vidrinho de tinta. E mesmo essas compras são distribuídas entre uma loja de departamentos, uma filial da Woolworth e uma papelaria. Por fim, após muito pensar, adquire ainda um par de luvas bem simples, finas, de pano, que lhe é entregue sem o comprovante de venda.

Depois se senta num desses grandes restaurantes que servem cerveja na Alexanderplatz, toma um copo de cerveja, consegue comer sem ter de usar vales. O ano é 1940, a exploração dos povos invadidos começou, o povo alemão não precisa passar tanta necessidade. Na realidade, ainda é possível arranjar quase tudo e os preços nem estão excessivamente altos.

E no que se refere especificamente à guerra, ela é conduzida em países distantes de Berlim. Sim, de vez em quando uns aviões ingleses sobrevoam a cidade. Então caem algumas bombas e, nos dias seguintes, a população faz longas caminhadas para visitar as ruínas. A maioria ri e diz:

— Se é assim que eles querem acabar conosco, precisarão de centenas de anos. Nesse meio-tempo, vamos varrer as cidades deles do mapa!

Assim falam as pessoas; desde que a França pediu o cessar-fogo, o número das que repetem esse discurso aumentou muito. A maioria segue a onda do sucesso. Um homem como Otto Quangel, que abandona o jogo que se está ganhando, é exceção.

    Ele está sentado. Tem tempo, ainda não precisa se dirigir à fábrica. Mas agora sente-se livre da inquietação dos últimos dias. Desde que visitou aquele edifício, desde que fez aquelas pequenas compras, está tudo decidido. Não é mais preciso refletir muito sobre o que ainda há para ser feito. As coisas andarão sozinhas, o caminho está claro. Ele tem apenas de trilhá-lo, os primeiros e decisivos passos já foram dados.

    Quando chega a hora, ele paga a conta e segue para o trabalho. Embora a distância desde a Alexanderplatz seja grande, Quangel percorre o trajeto a pé. Já gastou dinheiro suficiente hoje com condução, compras, comida. Suficiente? Demais! Apesar de ter se decidido por uma vida totalmente diferente, ele não vai mudar nada em seus hábitos atuais. Continuará econômico e mantendo as pessoas afastadas de si.

    Por fim está novamente em sua oficina, alerta e vivo, silencioso e distante, como sempre. Não se nota nada do que se passou com ele. Um fumante feito o falso marceneiro Dollfuss não vai perceber nada. Para este, a imagem dele está consolidada: um velho pateta, pão-duro, que só se interessa por seu trabalho. É essa a imagem e ela deve se manter assim.

Capítulo 15
Enno Kluge volta a trabalhar

Quando Otto Quangel começou seu expediente na oficina de marcenaria, Enno Kluge já estava havia seis horas junto a um torno. Sim, o baixinho não tinha aguentado mais ficar na cama e, apesar da fraqueza e das dores, apresentara-se no serviço. A recepção lá não foi muito amistosa, mas não se esperava coisa muito diferente.

— Ora, você nos visitando de novo, Enno? — perguntou o chefe. — Por quanto tempo vai ficar desta vez? Uma ou duas semanas?

— Estou totalmente curado agora, chefe — assegurou Enno Kluge, zeloso. — Estou apto a trabalhar e vou trabalhar, o senhor vai ver!

— Pois não! — disse o chefe com uma boa dose de incredulidade, já se afastando. Mas resolveu ficar mais um pouco por ali, olhou bem para o rosto de Enno e perguntou: — E o que você fez com sua cara, Enno? Levou uma prensa em casa, foi?

Enno baixou a cabeça sobre sua peça e, sem encarar o chefe, finalmente respondeu:

— Sim, chefe, uma prensa...

O chefe ficou pensativo diante dele, sempre a observá-lo. Por fim, chegou a uma conclusão e disse:

— Bem, talvez isso realmente tenha ajudado e você esteja com gás para o trabalho, Enno!

O chefe foi embora e Enno Kluge sentiu-se aliviado pelo fato de a surra ter sido interpretada dessa maneira. Que o outro continuasse pensando assim, que ele tinha levado umas lambadas por causa da vagabundagem — melhor! Ele não queria falar com ninguém a respeito do assunto. E se essa fosse a ideia geral, ele seria poupado de mais perguntas. No máximo ririam dele pelas costas, e que o fizessem, tudo bem. Ele queria trabalhar, eles que se espantassem!

Com um sorriso discreto e não sem orgulho, Enno Kluge colocou seu nome na lista para o turno voluntário do domingo. Dois colegas mais velhos, que o conheciam de antes, fizeram observações desdenhosas. Ele simplesmente acompanhou as risadas e gostou de ver o chefe sorrindo também.

Aliás, a suposição errônea do chefe de que a surra tinha sido motivada por sua vagabundagem certamente também o ajudou com a diretoria. Ele foi convocado para ir lá logo após o intervalo do almoço. Ficou em pé feito um réu, e seu medo aumentou ainda mais por causa do uniforme do Exército de um de seus juízes e o da SA de outro — evidentemente ornamentados com vistosas condecorações —, enquanto apenas o terceiro usava trajes civis.

O oficial do Exército folheou alguns papéis e recitou os pecados de Enno com uma voz tão indiferente quanto enojada. Dia tal liberado do Exército para servir na indústria de armamentos, dia tal primeira apresentação na fábrica indicada, onze dias trabalhados, licença médica por causa de sangramentos estomacais, visita a três médicos e dois hospitais. Dia tal alta, cinco dias trabalhados, três dias sem aparecer no serviço, um dia trabalhado, novos sangramentos estomacais, etc., etc.

O oficial do Exército deixou os papéis de lado, olhou com desdém para Kluge — quer dizer, dirigiu seu olhar ao botão superior da jaqueta de Enno, e disse, levantando a voz:

— O que você pensa da vida, seu rato? — De repente ele estava gritando, mas dava para perceber que gritar era um hábito seu, que não havia exaltação. — Quem você acha que está enganando por aqui com esses estúpidos sangramentos? Vou mandá-lo para uma companhia correcional, lá eles vão arrancar seus miúdos fedidos e daí você finalmente vai aprender o que é um sangramento estomacal de verdade!

O oficial continuou gritando por mais algum tempo. Enno estava acostumado com os seus tempos do Exército, isso não o assustava especialmente. Escutou o sermão com os braços para baixo e as mãos ao longo da costura lateral da calça, os olhos fixos com atenção no repreensor. No instante em que o oficial teve de tomar ar, Enno, no tom prescrito, sem sarcasmo nem atrevimento, mas de maneira muito objetiva, disse:

— Sim, senhor primeiro-tenente! Às ordens, senhor primeiro-tenente!

Num dado momento, ele conseguiu inclusive acrescentar a frase (embora sem qualquer efeito visível):

— Comunico estar apto para o trabalho, senhor primeiro-tenente! Comunico que vou trabalhar!

Da mesma maneira súbita com que começara a gritaria, o oficial a interrompeu. Ele abriu a boca, desgrudou o olhar do botão superior da jaqueta de Kluge e dirigiu-o a seu vizinho de marrom.

— Mais alguma coisa? — perguntou, com repugnância.

Sim, esse senhor também tinha algo a dizer, ou melhor, a gritar — todos aqueles chefes pareciam só saber gritar com seus subordinados. Este berrava sobre o povo traído e sabotagem no trabalho, sobre o Führer, que não tolerava traidores em suas próprias colunas, e os campos de concentração, onde seria seu lugar de direito.

— E como você chegou até nós? — gritou de repente o de marrom. — Em que você se meteu, seu rato? Você chega para trabalhar com essa cara? Você ficou na putaria, safado! É lá que você gasta sua energia e nós temos de pagar seu salário. Onde você esteve, onde entrou em confusão, seu gigolô miserável?

— Levei uma prensa — disse Enno, intimidado pelo olhar do outro.

— Quero saber quem fez isso com você! — gritou o da camisa marrom, sacudindo o punho sob o nariz de Enno enquanto batia o pé.

Nesse momento, qualquer pensamento estruturado abandonou a cabeça de Enno Kluge. Ameaçado por uma nova surra, ele perdeu tanto suas boas intenções quanto a cautela, e sussurrou, cheio de medo:

— Comunico ter sido a SS que fez isso comigo.

Havia algo tão convincente no medo daquele homem que os três à mesa imediatamente acreditaram nele. Seus rostos estamparam um sorriso compreensivo, de aprovação. O de marrom ainda gritou:

— E você chama isso de levar uma prensa? Você levou foi um merecido corretivo! Qual é o nome certo?

— Comunico chamar-se merecido corretivo!

— Espero que você aprenda a lição. Da próxima vez, não vai se safar tão fácil! Retire-se!

Meia hora depois, Enno Kluge ainda tremia tanto que lhe era impossível trabalhar junto ao torno. Ele passou um bom tempo no banheiro, onde o chefe finalmente o achou e, com uma descompostura, mandou-o de volta à oficina. O chefe postou-se ao seu lado e, xingando, observou Enno Kluge estragar uma peça após a outra. Na cabeça do baixinho, tudo ainda estava rodando: xingado pelo chefe, humilhado pelos colegas, ameaçado com o campo de concentração e a companhia correcional, ele não conseguia ver mais nada com clareza. As mãos outrora tão hábeis se negavam a trabalhar. Ele não conseguia, mas era obrigado, do contrário estaria totalmente perdido.

Por fim, o chefe acabou reconhecendo que o caso ali não era de má vontade e vagabundagem.

— Se você não tivesse estado doente, eu lhe diria para ficar alguns dias de cama até melhorar. — Com essas palavras, o chefe foi embora, não sem antes acrescentar: — Mas você sabe o que aconteceria então!

Sim, ele sabia. Continuou a trabalhar, tentando não pensar nas dores, na pressão insuportável na cabeça. Por algum tempo, o ferro brilhante, girando, atraiu-o feito mágica. Ele tinha apenas de meter os dedos no meio daquilo e acabaria na cama, poderia relaxar, descansar, esquecer! Mas logo em seguida se lembrou de que aquele que se mutilava voluntariamente era punido com a morte, e a mão retrocedeu...

E assim foi: morte na companhia correcional, morte num campo de concentração, morte num presídio, todas, ameaças diárias das quais ele tinha de se afastar. E suas forças eram tão reduzidas...

De um jeito ou de outro, a tarde passou, de um jeito ou de outro logo após as cinco ele compunha o fluxo daqueles que voltavam para casa. Queria tanto ficar sossegado e dormir, mas, quando chegou ao seu apertado quarto de hotel, não conseguiu se deitar. Saiu novamente, a fim de comprar algo para comer.

De volta ao quarto, a comida à sua frente na mesa e a cama ao seu lado, viu que era impossível ficar ali. Ele se sentia acuado naquele espaço insuportável. Era preciso comprar alguns artigos de higiene e tentar arranjar, numa loja de roupas usadas, uma camisa azul para trabalhar.

Saiu mais uma vez. Na drogaria, lembrou-se de que deixara uma pesada mala de mão com todas as suas coisas no apartamento de Lotte, cujo marido o despejara de lá tão rudemente ao voltar das férias. Saiu correndo da drogaria, tomou um bonde; arriscou tudo: simplesmente foi até lá. Afinal, não podia abrir mão dos seus pertences! A ideia de levar outra surra o aterrorizava, mas ele tinha de ir até Lotte; essa ânsia era mais forte do que tudo.

E teve sorte, encontrou Lotte em casa, o marido não estava.

— Suas coisas, Enno? — perguntou ela. — Meti tudo no porão para que ele não encontrasse nada. Espere, vou buscar a chave.

Mas ele continuou abraçado a ela, a cabeça encostada no seu peito farto. As confusões da última semana foram demais para ele, que desatou a chorar.

— Ah, Lotte, eu simplesmente não aguento viver sem você! Estou com tanta saudade!

Todo o seu corpo tremia enquanto ele soluçava, o que a deixou bem assustada. Estava acostumada a lidar com homens, mesmo com os lamurientos, mas estes sempre estavam bêbados, e aquele ali estava sóbrio... E depois a conversa de estar com saudade e de não aguentar viver sem ela: fazia uma eternidade que ninguém lhe dizia algo desse naipe! Se é que um dia tinha acontecido!

Ela o acalmou da melhor maneira possível.

— Ele só vai ficar três semanas de férias e depois você pode voltar, Enno! Agora se acalme, pegue suas coisas antes de ele chegar. Você sabe!

Ah, como ele sabia, sabia muito bem de todas as ameaças que pairavam sobre sua cabeça.

Ela o acompanhou até o bonde e o ajudou com a mala.

Enno Kluge voltou ao hotel, já um pouco mais aliviado. Só mais três semanas, das quais quatro dias já tinham se passado. Depois o marido voltaria ao front e ele poderia se deitar na cama do outro! Enno pensara que conseguiria viver sem mulher, mas era simplesmente impossível. Até lá, daria uma passada também na sua Tutti; ele percebeu que um pouco de choramingo na frente delas as tornava menos bravas. E passavam a ajudá-lo! Talvez pudesse ficar as três semanas com a Tutti, o solitário quarto de hotel era horrível demais!

Apesar das mulheres, porém, ele iria trabalhar, trabalhar, trabalhar! Não faria mais asneiras, não, nunca mais! Estava curado!

Capítulo 16
O fim da sra. Rosenthal

NA MANHÃ DE DOMINGO, A SRA. ROSENTHAL acordou de um sono profundo com um grito de horror. Mais uma vez tinha sonhado com algo terrível, que a perseguia quase todas as noites: ela estava fugindo com Siegfried. No sonho, eles se escondiam, os perseguidores passavam por eles; mas estavam tão mal escondidos que os outros pareciam estar brincando com os dois.

De repente, Siegfried começava a correr, ela atrás dele. Mas não conseguia acompanhá-lo. Ela pedia:

— Não tão rápido, Siegfried! Não consigo alcançar você! Não me deixe sozinha!

Ele se erguia da terra, começava a voar. Voava primeiro um pouco acima do asfalto, depois ia subindo e subindo, até sumir sobre os telhados. Ela estava sozinha na Greifswalderstrasse. As lágrimas escorriam. Uma mão grande e fedida apertava seu rosto, uma voz sussurrava em seu ouvido:

— Judia velha, será que finalmente peguei você?

Ela encarou as cortinas, a luz do dia penetrava pelas frestas. Os sustos da noite eram sucedidos pelos do dia que estava diante dela. Já havia clareado novamente! Mais uma vez dormira em vez de ver o juiz da corte de apelação, a única pessoa com a qual podia conversar! Ela se propusera a ficar acordada, mas tinha pegado no sono! Mais um dia sozinha — doze, quinze horas! Oh, ela não aguentava mais! As paredes daquele quarto a oprimiam, sempre o mesmo rosto no espelho, sempre contando o mesmo dinheiro. Não, não dava mais para continuar assim! O pior não era tão ruim quanto esse encarceramento, sem nada para se fazer.

A sra. Rosenthal se veste apressadamente. Em seguida, vai até a porta, solta a trava, abre-a com cuidado e espia o corredor. O apartamento está em silêncio e o prédio também. As crianças ainda não fazem barulho nas ruas. Deve ser muito cedo. Será que o juiz ainda está na biblioteca? Será que ela pode lhe desejar bom-dia, trocar duas, três frases com ele, que a encorajarão a suportar o dia infindável?

Ela se atreve; contra a proibição dele, se atreve. Atravessa rápido o corredor e entra no quarto dele. Assusta-se um pouco com a claridade que vem da janela aberta, com a rua, o espaço público, o ar fresco. Mas se assusta mais ainda ao ver uma mulher limpando o tapete com uma vassoura mágica. Uma mulher magra, de meia-idade; o pano na cabeça e a vassoura mágica confirmam que ela é a faxineira.

A mulher interrompe o trabalho com a entrada da sra. Rosenthal. Por um instante, ela encara a visita inesperada, piscando várias vezes, como se não conseguisse acreditar em seus olhos. Em seguida, encosta a vassoura na mesa e começa a agitar as mãos e os braços para se defender, soltando de tempos em tempos um "xô, xô!", como se estivesse espantando galinhas.

A sra. Rosenthal, já saindo, implora:

— Onde está o juiz? Preciso falar um minuto com ele!

A mulher aperta os lábios e balança a cabeça vigorosamente. Em seguida, retoma os movimentos para espantar a outra e o "xô, xô!", até a sra. Rosenthal ter voltado para seu quarto. Enquanto a faxineira fecha a porta em silêncio, ela se senta na cadeira da mesa e desata a chorar, incrédula. Tudo em vão! Condenada a mais um dia de espera sem sentido, solitária! No mundo, muitas coisas estão acontecendo — talvez Siegfried esteja morrendo justo nesse instante ou uma bomba alemã mate sua filha Eva —, mas ela tem de ficar sentada no escuro, sem fazer nada.

A sra. Rosenthal balança a cabeça, desgostosa: basta. Basta! Se é para ser infeliz, se é para viver eternamente sobressaltada e com medo, então que seja à sua própria maneira. Que essa porta se feche para sempre atrás dela, não há outro jeito. A hospitalidade foi bem-intencionada, mas não está lhe fazendo bem.

Já perto da porta, ela se lembra. Retorna até a mesa e pega a pulseira grossa, dourada, com safiras. Talvez assim...

Mas a mulher não se encontra mais no escritório, as janelas foram fechadas de novo. A sra. Rosenthal está no corredor, aguardando, perto da porta de entrada do apartamento. Em seguida, ouve barulho de pratos e segue o som até encontrar a mulher lavando louça na cozinha.

— Preciso mesmo falar com o juiz. Por favor, por favor! — ela suplica, estendendo-lhe a pulseira.

Por causa da nova interrupção, a empregada franze a testa. Lança um olhar furtivo à joia. E volta a espantar a outra, com amplos movimentos dos braços e dizendo "xô, xô!". Confrontada com tal reação, a sra. Rosenthal foge para o seu quarto. Ela vai direto até a mesinha de cabeceira e pega o sonífero que o juiz lhe deu.

Põe todos os comprimidos, doze ou catorze, no côncavo da mão, vai até a pia e os engole com um copo d'água. Ela tem de atravessar o dia dormindo... Então, à noite, conseguirá falar com o juiz e ouvir suas instruções. Deita-se vestida, cobre-se ligeiramente. Em silêncio e deitada de costas, com os olhos colados no teto, espera pelo sono.

E o sono realmente parece chegar. Os pensamentos torturantes, as imagens assustadoras sempre iguais que nasceram do medo em sua cabeça desaparecem. Fecha os olhos, seus membros relaxam, perdem o tônus, ela está quase dormindo.

No limiar para esse outro lado, é como se uma mão a empurrasse de volta para o estado de vigília. Ela assusta-se de verdade, tamanha a sacudida. Seu corpo estremece, como se tomado por um súbito espasmo.

E mais uma vez ela está deitada, encarando o teto, de costas, o moto-perpétuo de sempre faz os mesmos pensamentos torturantes e as imagens de terror desfilarem em sua mente. Pouco a pouco, isso se esmaece, os olhos se fecham, o sono está próximo. E, no limiar, outro empurrão, a sacudida, o estremecimento que perpassa todo o corpo. Mais uma vez ela foi banida da calma, da paz, do esquecimento...

Depois que isso se repete umas três ou quatro vezes, ela desiste de esperar pelo sono. Levanta-se. Um pouco zonza, os braços e pernas moles, vai devagar até a mesa e se senta. O olhar está parado. Reconhece o papel branco à sua frente como a carta para Siegfried, começada três dias atrás e que não passou das primeiras linhas. Continua a olhar: reconhece as cédulas, as joias. Lá atrás está também a bandeja com a comida que lhe foi servida. Antes, atacava os alimentos, esfaimada; agora aquilo lhe é indiferente.

Enquanto está sentada, percebe vagamente que os comprimidos de fato operaram uma transformação interna: mesmo não lhe garantindo o sono, ao menos acabaram com a inquietação matinal. Ela está na poltrona, um tanto avoada, quase cochilando às vezes, para despertar em seguida. Algum tempo se passou, não sabe se foi pouco ou muito, mas com certeza algum tempo daquele medo horrível se passou...

Então, mais tarde, ela escuta passos na escada. Leva um susto — num momento de auto-observação, tenta entender se de dentro daquele quarto é possível ouvir alguém caminhando na escada. Mas esse minuto crítico também passa e ela acompanha, tensa, os passos na escada, os passos de alguém que sobe com dificuldade, parando a toda hora, para se puxar pelo corrimão novamente depois de uma tossida.

E ela passa não apenas a ouvir, mas também a ver. Com muita nitidez, observa Siegfried se esgueirando escada acima até o seu apartamento. É evidente que ele foi vítima de maus-tratos de novo, a cabeça está envolta num curativo feito às pressas, já saturado de sangue, e o rosto está ferido e manchado dos golpes. É assim que Siegfried vai se arrastando. Seu peito chia e resfolega, esse peito que foi ferido pelos chutes deles. Ela vê como Siegfried desaparece no final de uma série de degraus...

A sra. Rosenthal permanece sentada por um tempo. Provavelmente não está pensando em nada, nem no juiz nem no que combinaram. Mas ela tem de subir até o seu apartamento — o que Siegfried vai pensar se o vir vazio? Mas ela está tão cansada, é quase impossível se levantar da poltrona!

Por fim, fica de pé. Pega o molho de chaves de dentro da bolsa, pega a pulseira de safiras como se fosse um talismã que pudesse protegê-la e sai cambaleando, devagar, do apartamento. A porta se fecha às suas costas.

O juiz, acordado finalmente por sua funcionária, que passou muito tempo hesitando em fazê-lo, chega tarde demais para impedir que sua hóspede empreenda essa viagem a um mundo perigoso demais.

Ele fica por alguns instantes junto à porta aberta com cuidado, tenta escutar algo no alto, embaixo. Nada. Quando percebe um ruído, passos rápidos e enérgicos de botas, ele se fecha no apartamento. Mas não se afasta do olho mágico da porta. Se houver uma possibilidade de salvar aquela infeliz, ele lhe abrirá mais uma vez a porta, apesar de todo o perigo.

A sra. Rosenthal não notou que ultrapassou alguém na escada. Ela só pensava em se encontrar logo com Siegfried no apartamento. Mas o líder da Juventude Hitlerista Baldur Persicke, que está na escada a caminho de um toque de alvorada, fica boquiaberto, absolutamente espantado, pelo fato de a mulher passar por ali, quase roçando nele. A sra. Rosenthal, desaparecida há dias, fora de casa nessa manhã de domingo, com uma blusa escura de tricô e *sem* a estrela de davi, um molho de chaves e uma pulseira numa mão, a outra agarrada ao corrimão para ajudar na subida — tão bêbada está a mulher! Manhã de domingo, e já tão bêbada!

Baldur fica imóvel por um instante, em estado de absoluto estarrecimento. Mas quando a sra. Rosenthal faz a volta na escada, os pensamentos do rapaz retornam à sua mente e a boca se fecha. Ele está com a sensação de ter chegado o momento certo — e de que não pode fazer nada de errado! Não, dessa vez ele vai resolver o assunto sozinho; nem os irmãos nem um Barkhausen qualquer estragarão tudo.

Ele espera até estar seguro de que a sra. Rosenthal chegou ao andar dos Quangels e volta até sua casa. Todos ainda estão dormindo e o telefone fica no corredor. Ele levanta o auscultador e disca, pede um determinado número. Está com sorte: apesar de ser domingo, consegue encontrar com o homem certo. Ele diz em poucas palavras o que há para ser dito; depois, encosta uma cadeira na porta, abre uma fresta e se enche de paciência para ficar de tocaia por meia ou uma hora, para garantir que o passarinho não saia voando de novo...

Nos Quangels, somente Anna se levantou; ela está arrumando o apartamento. De vez em quando, dá uma olhada em Otto, que continua num sono profundo. Mesmo dormindo, ele parece cansado e atormentado. Como se algo não o deixasse em paz. Anna olha pensativa para o rosto do homem com o qual vive faz quase três décadas, dia após dia. Há muito que já se acostumou com aquelas feições, o perfil de pássaro, a boca fina, sempre fechada — nada disso a assusta mais. Essa é a aparência do homem a quem dedicou toda a sua vida. A aparência pouco importa...

Nessa manhã, porém, ela tem a impressão de que o rosto está ainda mais anguloso, a boca parece mais fina, como se as rugas estivessem ainda mais fundas. Ele anda preocupado, muito preocupado, e ela não conseguiu conversar com ele, dividir a carga. Nessa manhã de domingo, quatro dias depois de terem recebido a notícia da morte do filho, Anna Quangel está novamente convencida de que não apenas tem de aguentar estar ao lado desse homem como também foi injusta ao começar com a birra. Ela deveria conhecê-lo melhor: ele preferiria ficar em silêncio a falar. Ela sempre precisou incentivá-lo a soltar a língua. De moto próprio, esse homem não fala nunca.

Hoje, porém, ele irá falar. Prometeu isso a ela, na noite anterior, quando voltou do trabalho. Anna tinha passado um dia difícil. Depois de ele sair sem tomar o café da manhã, depois de ela ficar horas em vão à sua espera, e depois também de ele não aparecer para o almoço, depois de ela perceber que, pelo horário, o expediente dele já tinha começado e que por isso não voltaria tão cedo, ela ficou completamente transtornada.

O que tinha acontecido com esse homem desde que ela disparara aquelas palavras apressadas, impensadas? O que o deixava tão inquieto? Afinal, ela o conhecia: desde que dissera aquilo, ele vinha fazendo de tudo para lhe mostrar que o outro não era o "seu" Führer. Como se ela tivesse falado a sério! Ela deveria ter explicado que a frase só fora proferida no início de sua raiva enlutada. Ela poderia ter dito tantas outras coisas contra aqueles criminosos que haviam roubado seu filho de maneira tão inútil — mas foram exatamente aquelas palavras que saíram de sua boca!

Mas foi o que bastou para que ele começasse a perambular por aí, expondo-se a todos os tipos de perigo a fim de manter a razão, a fim de lhe mostrar, da maneira mais palpável possível, a injustiça que ela cometera! Talvez ele nem voltasse para casa. Provavelmente havia feito ou dito algo que tinha posto a direção da fábrica ou a Gestapo nos seus calcanhares — talvez já estivesse preso! A julgar pelo jeito inquieto daquele homem calado já no começo da manhã!

Anna Quangel não aguenta, não consegue ficar à espera dele sem fazer nada. Resolve preparar alguns pães e se põe a caminho da fábrica. Ela é uma esposa tão conscienciosa que mesmo nesse instante, quando cada minuto é crucial para sua tranquilidade, não toma o bonde. Não, ela vai a pé, economizando cada centavo, assim como ele.

O porteiro da fábrica de móveis lhe informa que o encarregado Quangel apareceu pontualmente no trabalho. Ela pede a um portador que entregue ao marido os pães que ele "esqueceu" e espera pelo retorno do funcionário.

— E o que ele disse?

— Era para ele dizer alguma coisa? Ele nunca diz nada!

Agora ela pode voltar mais sossegada para casa. Não aconteceu nada de mais, apesar de toda a inquietação matinal dele. E à noite falará com ele...

Ele chega tarde. Pelo seu rosto, ela percebe que está cansado.

— Otto — suplica —, eu não quis dizer aquilo. Saiu sem querer, por causa do meu choque. Esqueça a braveza.

— Eu? Bravo? Com você? Por causa disso? Nunca.

— Mas você quer fazer alguma coisa, eu sinto! Otto, não faça, não caia em desgraça por algo assim! Nunca vou me perdoar.

Ele olha para a mulher, quase sorrindo. Depois pousa rapidamente as duas mãos nos ombros dela. E as retira de novo, como se se envergonhasse por esse carinho fugaz.

— O que vou fazer? Vou é dormir! E amanhã digo o que *nós* vamos fazer!

E amanhã chegou, e Quangel está dormindo. Mas meia hora a mais ou a menos não fará diferença. Ele está com ela, não pode fazer nada de perigoso, está dormindo.

Ela se afasta da cama, retoma os afazeres domésticos...

Enquanto isso, a sra. Rosenthal chegou faz tempo à porta do seu apartamento, apesar de ter subido as escadas muito devagar. Não se surpreende ao encontrá-la trancada — e a destranca. Uma vez dentro de casa, não fica muito tempo à procura de Siegfried nem chama por ele. Também não presta muita atenção na total desordem, assim como também já se esqueceu de que chegou ao apartamento seguindo os passos do marido.

Seu atordoamento está num crescendo lento, implacável. Não dá para dizer que ela está dormindo, mas tampouco está acordada. Assim como só consegue mover devagar e de maneira desajeitada os braços e pernas pesados, pois parecem estar inertes, seu cérebro também está inerte. As imagens surgem feito flocos de neve e desaparecem antes mesmo de se tornarem realmente visíveis. Ela está sentada num canto do sofá, os pés sobre as roupas espalhadas, olhando para os lados em total lassidão. A mão ainda segura as chaves e a pulseira de safira que Siegfried lhe deu por ocasião do nascimento de Eva. O lucro de toda uma semana... Ela sorri de leve.

Em seguida, escuta a porta do corredor sendo aberta com cuidado e sabe: é Siegfried. Ele está chegando. Foi por isso que subi. Quero ir ao seu encontro.

Mas permanece sentada, com um sorriso cobrindo o rosto macilento. Ela vai recepcioná-lo sentada, como se nunca tivesse saído, como se tivesse ficado o tempo todo ali, à sua espera.

Finalmente a porta se abre e em vez do aguardado Siegfried surgem três homens. Ao vislumbrar um odioso uniforme marrom entre os três, ela sabe: não é Siegfried, Siegfried não está ali. Um certo medo começa a se agitar dentro dela, mas só um pouco. Chegou a hora!

Aos poucos o sorriso desaparece de seu rosto, que toma uma coloração verde-amarelada.

Os três estão bem na sua frente. Ela escuta um homem grande e pesado de paletó preto dizer:

— Não está bêbada, meu rapaz. Provavelmente intoxicada com soníferos. Vamos ver o que podemos espremer dela, o que há para arrancar. Escute, é a sra. Rosenthal?

— Sim, senhor, Lore, ou melhor, Sara Rosenthal. Meu marido está preso em Moabit, dois filhos nos Estados Unidos, uma filha na Dinamarca, uma casada na Inglaterra... — responde ela.

— E quanto dinheiro a senhora enviou para eles? — pergunta em seguida o delegado de polícia Rusch.

— Dinheiro? Para que dinheiro? Todos têm o suficiente! Para que tenho de mandar dinheiro para eles?

Ela balança a cabeça, séria. Seus filhos estão bem de vida. Poderiam até sustentar os pais. De repente, ela se lembra de algo que precisa dizer sem falta a esses homens.

— É minha culpa — diz desajeitadamente com a língua pesada, com cada vez mais dificuldade —, é tudo minha culpa. Siegfried queria sair da Alemanha há tempos. Mas eu lhe disse: "Por que deixar as coisas boas aqui, vender um negócio que vai bem por uma ninharia? Não fizemos mal a ninguém; ninguém vai mexer conosco." Eu o convenci, senão já teríamos ido embora.

— E onde a senhora deixou o seu dinheiro? — pergunta o delegado, um tanto impaciente.

— O dinheiro? — Ela tenta se concentrar. Realmente ainda sobrou um pouco. Onde ficou? Manter a concentração é cansativo, por isso ela tem outra ideia. Simplesmente estende a pulseira de safira para o inspetor. — Aqui — diz apenas. — Aqui!

O delegado Rusch olha de relance para a joia, em seguida para seus dois acompanhantes, o enérgico líder da Juventude Hitlerista e Friedrich, seu próprio subordinado, verdadeiro auxiliar de carrasco, um gordo atarracado. Percebe que ambos o observam, tensos. Então ele empurra a mão com a pulseira para o lado, segura a mulher pelos ombros e a sacode com força.

— Acorde, sra. Rosenthal! — grita ele. — Estou mandando! Acorde!

Em seguida, solta-a. A cabeça dela cai para trás e bate no encosto do sofá, o corpo desaba e ela balbucia algo incompreensível. Essa maneira de acordá-la não parece ter sido muito adequada. Os três ficam um tempo olhando em silêncio para a mulher, largada e inconsciente.

— Leve-a para a cozinha, dê um jeito de ela acordar! — sussurra baixinho o delegado.

O auxiliar de carrasco Friedrich faz que sim com a cabeça e pega a pesada mulher no colo feito uma criança; carregando-a com cuidado, desvia dos obstáculos largados pelo chão.

Quando chega à porta, o delegado ainda diz:

— Cuide para ela ficar calma! Não quero confusão na manhã de domingo num prédio de apartamentos! Senão vamos direto para a Gestapo. Vou levá-la para lá de qualquer jeito.

A porta se fecha atrás do gordo, e o delegado e o líder da Juventude Hitlerista estão a sós.

O delegado Rusch está junto à janela, olhando para fora.

— Uma rua tranquila — diz. — Um verdadeiro paraíso para as crianças, não?

Baldur Persicke concorda que a Jablonskistrasse é uma rua tranquila.

O delegado está ligeiramente tenso, mas não por causa daquilo que Friedrich está fazendo com a velha na cozinha. Qual nada, coisas desse tipo e ainda mais vigorosas estão de acordo com seu temperamento. Rusch é um advogado frustrado, que acabou fazendo carreira na polícia. Mais tarde, foi transferido para a Gestapo. Ele gosta do trabalho. Teria gostado de servir a qualquer um, mas os métodos rudes desse governo em particular agradam-no sobremaneira. Nada de sentimentalismo, ele diz às vezes para um novato. Nossa obrigação só está cumprida quando alcançamos nosso objetivo. O caminho para se chegar lá não importa.

Não, o delegado não está nada preocupado com a judia velha; ele não tem nenhuma inclinação para o sentimentalismo.

É esse Persicke, líder da Juventude Hitlerista, que não combina na história. Ele não gosta de ter a companhia de gente de fora nesses momentos, pois nunca se sabe como essas pessoas vão reagir. Parece que o rapaz é do tipo certo, mas a certeza só vem no final.

— O senhor viu, delegado? — pergunta Baldur Persicke, ansioso. — Viu que ela não estava usando a estrela de davi?

— Vi ainda mais — responde o delegado, pensativo. — Por exemplo, vi que a mulher tinha os sapatos limpos, embora lá fora o tempo esteja horrível.

— Sim — confirma Baldur Persicke, ainda sem entender.

— Então alguém aqui do prédio deve tê-la escondido desde quarta-feira, se ela realmente esteve fora do apartamento desde então, como você diz.

— Tenho quase certeza — começa Baldur Persicke, um pouco inseguro diante desse olhar pensativo, que não desgruda dele.

— Quase certeza não vale, rapaz — diz o delegado Rusch com desdém. — Não vale.

— Tenho certeza absoluta! — replica Baldur rapidamente. — Posso jurar a qualquer momento que desde quarta-feira a sra. Rosenthal esteve ausente do seu apartamento.

— Tudo bem. Evidentemente você sabe que é impossível ter mantido o apartamento sob vigilância, sozinho, desde quarta-feira. Nenhum juiz vai aceitar isso.

— Tenho dois irmãos na SS — acrescenta Baldur.

— Fique tranquilo. — O delegado parece satisfeito. — As coisas seguirão seu rumo. Aliás, só vou poder revistar o apartamento à noite. Será que você pode ficar de olho nele até lá? Você tem a chave?

Baldur Persicke confirma, animado, que fará o solicitado com prazer. Seus olhos deixam transparecer uma profunda alegria. Então... esse é o outro jeito de arranjar as coisas, ele bem que sabe, e o melhor: na total legalidade!

— Seria muito bom — diz o delegado, entediado, olhando novamente pela janela — se tudo ficasse como está. Claro, você não é responsável pelo conteúdo dos armários e das malas, mas fora isso...

Antes de Baldur responder, ouve-se um grito de medo agudo e muito alto de dentro do apartamento.

— Merda! — exclama o delegado, sem se mexer.

Baldur olha para ele, pálido e com os joelhos trêmulos.

O grito de medo é imediatamente sufocado, apenas as imprecações de Friedrich pairam no ar.

— O que eu queria dizer... — recomeça o delegado, devagar.

Mas ele não prossegue. De repente, um xingamento em voz alta na cozinha, muito barulho, passos indo e voltando. E Friedrich berra:

— Você vai! Ah, se vai!

Em seguida, um grito alto. E mais palavrões. A porta é aberta, passos pesados no corredor, e Friedrich aparece na sala, dizendo:

— O que acha disso, delegado? Eu tinha feito com que ela começasse a falar de um jeito razoável, mas daí a safada me pula da janela!

Furioso, Rusch dá um tapa no rosto do subordinado.

— Maldito paspalho, vou arrancar suas bolas! Vamos, rápido!

E sai da sala para descer as escadas correndo.

— Para o pátio! — parece suplicar Friedrich enquanto vai correndo atrás. — Ela caiu no pátio, não na rua! Não vai chamar nenhuma atenção, delegado!

Ele não recebe resposta. Os três descem as escadas, esforçando-se para fazer o mínimo de barulho possível no prédio mergulhado no silêncio de uma manhã de domingo. O último da fila, distante meio lance da escada, é Baldur Persicke. Ele não se esqueceu de fechar com cuidado a porta do apartamento dos Rosenthals. Mesmo assustado até o último fio de cabelo, sabe que é o responsável por todas as coisas valiosas que há lá dentro. Nada pode sumir!

Os três passam pelo apartamento dos Quangels, pelo dos Persickes, pelo do juiz aposentado Fromm. Para alcançar o pátio faltam apenas mais dois lances.

Nesse meio-tempo, Otto Quangel acordou, se lavou e está observando a mulher preparar o café da manhã. Depois do café eles vão conversar, até o momento trocaram apenas um bom-dia, mas com simpatia.

Subitamente, os dois estremecem. Há uma gritaria na cozinha acima deles. Tentam ouvir melhor enquanto se olham, tensos e preocupados. Em seguida, a janela escurece por alguns segundos, algo pesado parece estar caindo; e então escutam um baque surdo no pátio. Alguém grita... um homem. E silêncio mortal.

Otto Quangel abre a janela da cozinha, mas se retrai ao ouvir os passos na escada.

— Ponha a cabeça para fora rápido, Anna! — diz. — O que você consegue ver? Uma mulher chama menos atenção ao fazer essas coisas. — Ele a segura pelos ombros e aperta-a com força. — Não grite! — suplica ele. — Não grite! E agora feche a janela de novo.

— Meu Deus, Otto — geme Anna Quangel e encara, pálida, o marido. — A sra. Rosenthal caiu da janela. Está deitada no pátio. O Barkhausen está ali com ela e...

— Quieta! — diz o marido. — Fique quieta. Não vimos nada e não ouvimos nada. Sirva o café!

Já na sala, ele repete, enfático:

— Não sabemos de nada, Anna. Quase nunca víamos a sra. Rosenthal. E agora coma! Coma, estou dizendo. Se chegar alguém, não podemos deixar transparecer nada!

O juiz Fromm ainda estava em seu posto de observação. Ele vira dois civis subir a escada e depois três homens — entre eles o jovem Persicke — desceram. Ou seja, algo havia se passado; além disso, sua faxineira, vindo da cozinha, lhe dera a notícia de que a sra. Rosenthal tinha acabado de cair no pátio. Ele a encarou, assustado.

Ficou em absoluto silêncio por um instante. Depois, balançou a cabeça devagar algumas vezes.

— É, Liese — disse ele. — É assim mesmo. Não é preciso apenas querer salvar. O outro também precisa concordar inteiramente em ser salvo. — E logo em seguida: — Você fechou a janela da cozinha de novo? — Liese fez que sim. — Rápido, Liese, arrume o quarto da senhorita; ninguém pode perceber que foi utilizado. Guarde a louça! Dê um jeito nas roupas!

Liese fez que sim mais uma vez.

— E o dinheiro e as joias sobre a mesa, senhor juiz? — perguntou ela depois.

O juiz Fromm parecia perdido; o sorriso desconcertado em seu rosto lhe dava uma aparência lamentável.

— Sim, Liese — disse, afinal. — Será difícil. É quase certo que nenhum herdeiro virá se manifestar. E para nós isso é um fardo...

— Vou jogar no lixo — sugeriu Liese.

Ele fez que não com a cabeça.

— Eles são espertos o suficiente, Liese — ponderou. — Afinal, revirar o lixo é a sua especialidade! Bem, a princípio, vou dar um jeito de guardar. Arrume rápido o quarto! Eles podem chegar a qualquer minuto!

Por enquanto, ainda estavam no pátio; Barkhausen encontrava-se por ali também.

Barkhausen foi o primeiro a ser tomado pela comoção e o mais duramente atingido. Desde o começo da manhã ele circulava por ali, torturado por seu ódio pelos Persickes e sua avidez pelas coisas perdidas. Ele queria ao menos saber o que acontecera — e se pusera a observar a escadaria, as janelas da frente...

De repente, algo caiu bem perto dele, tão perto e de tão alto que quase o atingiu. O susto foi tamanho que ele se apoiou na parede do pátio e logo em seguida, com a visão turva, teve de se sentar no chão.

Depois se levantou num salto, ao perceber que estava no pátio ao lado da sra. Rosenthal. Deus, a velha tinha se jogado pela janela e ele sabia quem era o culpado.

Barkhausen percebeu imediatamente que a mulher estava morta. Um pouquinho de sangue escorria da sua boca, mas ela não estava desfigurada. O rosto estampava uma expressão de tamanha paz que até o desprezível informante de terceira categoria teve de virar o rosto. Foi então que ele reparou que uma das mãos dela segurava uma joia de pedras brilhantes.

O homem olhou para lados, desconfiado. Se quisesse agir, tinha de ser naquele instante. Ele se curvou; afastando-se da morta a fim de não ter de encará-la, tirou a pulseira de safiras da mão dela e guardou-a no bolso da calça. Voltou a olhar para os lados, desconfiado. Achou que a janela da cozinha dos Quangels tinha sido fechada com cuidado.

E então eles apareceram no pátio, três homens, e ele logo soube quem eram os outros dois. O fundamental no momento era se comportar direito desde o começo.

— A sra. Rosenthal acabou de se jogar pela janela, delegado — disse ele, como se reportasse algo absolutamente corriqueiro. — A mulher quase caiu na minha cabeça.

— De onde o senhor me conhece? — perguntou o delegado Rusch casualmente, enquanto se curvava com Friedrich sobre a morta.

— Não o conheço — respondeu Barkhausen. — Intuí. Porque às vezes faço uns serviços para o delegado Escherich.

— Ah! — foi tudo o que o delegado disse. — Tudo bem. Você, meu jovem — prosseguiu, dirigindo-se a Persicke —, fique atento para que esse homem não desapareça. Friedrich, não deixe ninguém entrar no pátio. Instrua o motorista a ficar de olho no portão de entrada. Vou subir ao apartamento dela para dar um telefonema!

Quando o delegado Rusch voltou ao pátio depois da ligação, porém, o estado das coisas tinha, sim, se alterado um pouco. Havia rostos em todas as janelas dos fundos do prédio, além de mais pessoas no pátio, embora mantivessem distância. O corpo tinha sido coberto com um lençol um pouco curto, pois as pernas da sra. Rosenthal continuavam à mostra do joelho para baixo.

Barkhausen, porém, estava lívido; tinha sido algemado. De um dos lados do pátio, sua mulher e os cinco filhos observavam-no em silêncio.

— Protesto, delegado! — disse Barkhausen em tom de lamúria. — É certeza que não joguei a pulseira no buraco do porão. O jovem Persicke tem tanto ódio de mim...

Acontecera o seguinte: Friedrich, voltando do cumprimento de suas tarefas, havia começado imediatamente a procurar pela pulseira. Afinal, na cozinha a sra. Rosenthal estava segurando a joia na mão — e tinha sido exatamente por causa da pulseira, que ela não queria largar por nada, que Friedrich havia se irritado um pouco. E nessa irritação ele acabara relaxando sua vigilância e a mulher pôde enganá-lo, saltando da janela. Ou seja, a pulseira tinha de estar em algum lugar por ali.

Quando Friedrich começou a procurar, Barkhausen estava encostado na parede do prédio. De repente, Baldur Persicke viu algo brilhar e, ao mesmo tempo, ouviu um ruído vindo do buraco do porão. Ele foi verificar do que se tratava e — vejam só! — a pulseira estava jogada lá.

— Não fui eu que joguei o negócio ali, delegado — afirmou Barkhausen, cheio de medo. — Deve ter caído da mão da sra. Rosenthal diretamente no buraco!

— Ora! Então você é dessa laia! Alguém dessa laia trabalha para o meu colega Escherich! Ele ficará muito contente em saber!

Mas, enquanto o delegado ponderava tranquilamente, seu olhar ia e voltava, várias vezes, entre Barkhausen e Baldur Persicke. Em seguida, continuou:

— Bem, acho que você não vai se importar de nos acompanhar num pequeno passeio, certo? Ou vai?

— Claro que não! — assegurou Barkhausen, tremendo, ainda mais lívido. — Acompanho com prazer! Sou o maior interessado em que tudo seja esclarecido!

— Tudo certo, então! — disse o delegado secamente. E após um rápido olhar para Persicke: — Friedrich, tire as algemas do homem. Ele virá de livre e espontânea vontade, não?

— Claro que irei! Claro, com prazer! — confirmou Barkhausen, ansioso. — Não vou fugir. Mesmo que quisesse... o senhor me pegaria em qualquer lugar!

— Certo — o delegado foi seco de novo. — Um sujeito da sua laia não nos escapa nunca! — Ele se interrompeu. — A ambulância chegou. E a polícia. Vamos ver se conseguimos resolver tudo rapidamente. Tenho mais coisas a fazer hoje pela manhã.

Mais tarde, depois de tudo ter sido "rapidamente resolvido", o delegado Rusch e o jovem Persicke subiram mais uma vez até o apartamento dos Rosenthals. "Apenas para fechar a janela da cozinha!", dissera o delegado.

O jovem Persicke parou de repente no meio da escada.

— O senhor se deu conta de uma coisa? — perguntou ele, sussurrando.

— De muitas coisas. Mas o que o inquieta, meu rapaz?

— O senhor reparou como a parte da frente do prédio está em silêncio? Ninguém meteu a cabeça pela janela, enquanto a parte dos fundos estava cheia de curiosos! Muito suspeito. O pessoal aqui da frente deve ter percebido algo. O senhor deveria revistar esses apartamentos imediatamente!

— E eu começaria pelo dos Persickes — respondeu o delegado, continuando a subir com tranquilidade. — Também do apartamento deles ninguém meteu a cabeça para fora.

Baldur riu, constrangido.

— Meus irmãos da SS — explicou ele — se embebedaram tanto ontem à noite...

— Filho — prosseguiu o delegado, como se não tivesse ouvido nada. — O que eu faço é problema meu e o que você faz é problema seu. Conselhos de sua parte não são bem-vindos. Para isso você ainda é muito verdinho. — Rindo por dentro, ele se virou para trás e olhou o rosto crispado do jovem. — Meu rapaz — ele disse em seguida —, se eu não revistar o apartamento, é só porque o pessoal teve tempo demais para eliminar tudo o que fosse comprometedor. E por que fazer tanto escarcéu com a morte de uma judia velha? Tenho trabalho suficiente com os vivos.

Nesse meio-tempo, chegaram ao apartamento dos Rosenthals. Baldur destrancou a porta. Na cozinha, a janela estava fechada e a cadeira que caíra tinha sido erguida novamente.

— Certo — disse o delegado Rusch, olhando ao redor. — Tudo na mais perfeita ordem!

Ele entrou na sala e sentou-se no sofá, bem no lugar onde a velha sra. Rosenthal perdera os sentidos. Espreguiçou-se confortavelmente e disse:

— Bem, meu filho, comece pegando uma garrafa de conhaque e dois copos para nós!

Baldur foi, voltou, serviu a bebida. Eles brindaram.

— Muito bem, meu filho — disse o delegado, satisfeito, e acendeu um cigarro —, agora me conte o que você e o Barkhausen já aprontaram aqui neste apartamento. — Ao notar a reação indignada do jovem Persicke, ele acrescentou rapidamente: — Pense bem, meu filho! Não tenho problema nenhum em levar um líder da Juventude Hitlerista até a Gestapo na Prinz-Albrecht-Strasse* se ele ficar me olhando de um jeito insolente demais. Pense bem e talvez você prefira dizer a verdade. Talvez a verdade fique entre a gente; vamos ver o que você tem a dizer. — E como percebeu a hesitação de Baldur: — Observei algumas coisas; chamamos isso de observações. Por exemplo, vi as marcas das suas botas lá atrás, sobre os lençóis. E até *aquele* canto você não foi hoje. E como você poderia saber de primeira que havia conhaque ali e onde estava guardado? E o que você acha que o Barkhausen, molhado de medo, vai me contar? E eu preciso ficar sentado aqui, ouvindo suas mentiras? Não, você ainda é verde demais para isso.

Baldur concordou e soltou a língua.

— Ah! — exclamou o delegado, por fim. — Ah, claro. Cada um faz o que pode. Os idiotas fazem idiotices e os inteligentes muitas vezes fazem idiotices ainda maiores. Ah, meu filho, por fim você acabou ficando esperto e não mentiu para o papai Rusch. Isso não vai passar em branco. O que você gostaria de levar daqui?

Os olhos de Baldur se acenderam. Havia pouco estava completamente arrasado, mas agora voltava a enxergar uma luz.

— O aparelho de rádio com a vitrola e os discos! — sussurrou ele, ansioso.

— Tudo bem — concordou o delegado, generoso. — Já lhe disse que antes das seis não volto aqui. Mais alguma coisa?

— Talvez uma ou duas malas de mão com roupas! — pediu Baldur. — As roupas da minha mãe estão no fim.

— Deus, que comovente! — disse o delegado, em tom de zombaria. — Que filho prestativo! Um perfeito filhinho da mamãe! Por mim... Mas, depois, chega! Você é responsável por todo o resto! Tenho uma memória muito precisa para as coisas e seus lugares; você não vai me tapear! E, como já disse, em caso de dúvida: vistoria na casa dos Persickes. Encontrados, no mínimo: um aparelho de rádio com vitrola, duas malas de mão com roupas. Mas não tenha medo, filho, enquanto você for confiável eu também serei.

Ele foi até a porta. E acrescentou, virando a cabeça:

— Aliás, caso esse Barkhausen apareça de novo aqui, não haverá confusão com ele. Não gosto dessas coisas, entendeu?

— Sim, senhor delegado — respondeu Baldur Persicke, obediente, e os dois se separaram, após uma manhã tão bem-sucedida.

Capítulo 17
Anna Quangel também se liberta

Para os Quangels, aquele domingo não foi igualmente bem-sucedido; o casal não conseguiu conversar, como era o desejo de Anna.

— Não — disse Quangel, respondendo aos pedidos dela. — Não, mulher, hoje não. O dia começou errado e não consigo fazer as coisas que tinha planejado. E se não consigo fazer, também não quero falar a respeito. Talvez no próximo domingo. Está ouvindo? Sim, um dos Persickes deve estar se esgueirando novamente pela escadas. Ora, não ligue! Basta que eles nos deixem em paz!

Mas Otto Quangel estava estranhamente delicado naquele domingo. Anna pôde falar à vontade do filho morto, ele não mandou que se calasse. Até olhou com ela as poucas fotos que eles tinham do filho; quando ela começou a chorar, ele pousou a mão no ombro dela e disse:

— Não chore, mulher, não chore. Quem sabe se não foi melhor assim; de quantas coisas ele não está sendo poupado.

Ou seja: o domingo foi bom, mesmo sem a conversa. Havia tempos Anna Quangel não via o marido tão sensível, era como se o sol estivesse brilhando mais uma vez, uma última vez, antes de começar o inverno, que escondia a vida debaixo de sua coberta de neve e gelo. Nos meses seguintes, que tornaram Quangel cada vez mais calado e taciturno, ela voltaria a se lembrar desse domingo que lhe trouxera alívio e encorajamento.

Daí a semana de trabalho recomeçou, uma dessas semanas de trabalho sempre iguais, uma parecida com a outra, independente se as flores estivessem desabrochando ou se a neve cobrisse as ruas. O trabalho era o mesmo e as pessoas continuavam a ser quem eram.

Otto Quangel passou por apenas um pequeno percalço, minúsculo, nessa semana de trabalho. No caminho para a fábrica, Fromm, o juiz aposentado da corte de apelação, veio ao seu encontro na Jablonskistrasse. Quangel o teria cumprimentado, mas se esquivou por causa dos olhares dos Persickes. Ele também não queria que Barkhausen — que tinha sido levado pela Gestapo, segundo Anna — visse alguma coisa. É que Barkhausen tinha retornado, se é que alguma vez tinha estado fora, e passava o tempo perambulando diante do prédio.

Assim, Quangel passou pelo juiz, sem olhá-lo. Este, por sua vez, parecia não ter muitas preocupações; pelo menos, acenou levemente com o chapéu para o vizinho, sorriu com os olhos e entrou no prédio.

Perfeito!, pensou Quangel. Quem viu está pensando: o Quangel não muda, é sempre o sujeito tosco, e o juiz é um homem fino. Mas nunca vai imaginar que os dois têm alguma relação.

Naquela semana, Anna Quangel tinha uma tarefa difícil a cumprir. Na hora de dormir, no domingo, o marido havia lhe dito:

— Trate de sair da Liga das Mulheres. Mas de um jeito que não chame a atenção de ninguém. Também me livrei do meu cargo na Frente de Trabalho.

— Oh, Deus! — exclamou ela. — Como fez isso, Otto? Como eles deixaram você sair?

— Por causa de imbecilidade física congênita — respondeu Quangel, bem-disposto, algo raro, e encerrou o assunto.

Mas ela tinha sua tarefa diante de si. Eles nunca a liberariam por causa de imbecilidade; afinal, conheciam os Quangels bem demais. Era preciso pensar em outra saída. Anna Quangel passou a segunda e a terça-feira quebrando a cabeça, na quarta pareceu descobrir uma solução. Já que imbecilidade não era o seu caso, que tal perspicácia desmedida? Esperteza em excesso, saber coisas demais, ser inteligente demais eram atributos mais inconvenientes para eles do que um pouquinho de imbecilidade. E perspicácia desmedida aliada à avidez desmedida? Sim, devia ser o suficiente.

Decidida, Anna Quangel se pôs a caminho. Queria resolver o assunto o mais rápido possível; de preferência, avisar Otto ainda naquela noite de que tinha feito como ele, quer dizer, sem levantar suspeitas no partido. Precisava desencorajar para sempre aquelas pessoas a se meter com ela. Ao ouvir o nome Quangel, teriam de pensar: Ah, ela não serve para isso!, independente do que "isso" pudesse significar!

Visto que a importação de gente para trabalhos forçados ainda não estava bem azeitada na época e ninguém com status de ministro havia sido nomeado pelo Führer para os negócios com escravos, uma das principais atividades de Anna naqueles dias era descobrir, entre a população alemã, aqueles que não se habilitavam a trabalhar nas fábricas de armamentos, tornando-se — na terminologia habitual do partido — traidores do Führer e do próprio povo. Havia pouco o ministrozinho Goebbels* apontara de maneira maldosa para aquelas madames cujas unhas pintadas de vermelho não as eximiam de modo algum de trabalhar para o povo — e esse trabalho não se restringia aos escritórios!

Evidentemente, num outro artigo o ministro (decerto pressionado pelas mulheres de seu próprio círculo) apressara-se em acrescentar que unhas vermelhas e uma aparência bem cuidada não eram, a priori, características de pessoas desajustadas ou indolentes. Ele alertava urgentemente contra afrontas baseadas apenas em tais motivos! O partido averiguaria a veracidade de cada caso relatado! Com isso, ele escancarava de maneira premeditada as portas para uma enxurrada de denúncias.

Como tantas vezes antes e depois, porém, com o primeiro artigo o ministro despertara os mais baixos instintos de grosseria, e Anna Quangel enxergou ali suas possibilidades. Embora seu bairro fosse quase todo habitado por pessoas simples, ela conhecia uma mulher que combinava à perfeição com a descrição do ministro. Anna Quangel sorriu ao pensar no efeito de sua visita.

A mulher procurada por ela morava numa casa ampla em Friedrichshain e a sra. Quangel dirigiu-se à empregada, que lhe abriu a porta com uma rispidez que devia, entre outras coisas, ocultar seu súbito ataque de insegurança.

— Ah, nada de ver se a patroa pode atender! Venho por parte da Liga das Mulheres e tenho de falar com ela. E falarei! Aliás, senhorita

— acrescentou ela, com a voz repentinamente mais baixa —, por que patroa? No Terceiro Reich isso não existe mais! Trabalhamos todos para nosso amado Führer, cada um em seu lugar! Quero falar com a sra. Gerich!

Não se sabe ao certo o motivo de a sra. Gerich ter atendido a enviada da Liga das Mulheres Nazistas, se foi porque tinha ficado ligeiramente inquieta com o relato de sua empregada ou se apenas por estar entediada, querendo preencher meia hora da tarde enfadonha. De todo modo, recebeu a sra. Quangel.

Até o meio de sua exuberante sala, ela veio ao seu encontro com um sorriso amável e Anna Quangel confirmou, com apenas um olhar, que a sra. Gerich realmente era a pessoa que procurava: uma loira de pernas longas, bem-vestida e perfumada, cachos e cachinhos de cabelo cuidadosamente penteados. Metade daquilo era falso!, percebeu Anna Quangel de pronto. A constatação lhe devolveu um pouco de sua segurança, que tinha sido abalada à primeira visão daquele aposento elegantíssimo; em toda a sua vida, nunca vira nada igual — tapetes de seda, poltronas, sofás e pufes, mesas e mesinhas, ornamentos na parede e uma miríade de luminárias —, nem mesmo naquelas famílias finas para as quais ela trabalhara havia mais de vinte anos.

A mulher cumprimentou Anna Quangel de maneira apropriada, mas o braço foi levantado com desleixo.

— *Heil* Hitler!

Séria e precisa, Anna Quangel corrigiu o descuido com seu enérgico "*Heil* Hitler".

— A senhora vem da parte da Liga das Mulheres, não é, senhora...? — A mulher fez uma pausa, mas, como não lhe foi dito nenhum nome, ela deu um sorriso quase imperceptível e prosseguiu: — Por favor, sente-se! Certamente trata-se de um donativo. O que faço com prazer, se estiver dentro das minhas possibilidades.

— Não se trata de donativo! — Anna Quangel soltou essas palavras quase com raiva. De repente, ela passou a sentir uma profunda aversão por aquela mulher lindíssima, que era apenas isso, e que nunca se tornaria mulher e mãe como Anna Quangel tinha sido e ainda era. Ela a odiava e desprezava porque a outra nunca reconheceria as relações que sempre foram sagradas e intocáveis para Anna Quangel. A mulher era uma farsa, incapaz de amar de verdade, e só valorizava aquilo que Anna, em seu casamento com Otto Quangel, considerava a parte menos importante do casamento. — Não, nada de donativo! — repetiu, impaciente. — Trata-se...

Anna foi interrompida mais uma vez.

— Mas, por favor, sente-se! Não posso ficar sentada se a senhora se mantiver em pé, principalmente sendo a mais velha...

— Não tenho tempo! — disse Anna Quanguel. — Se preferir, se levante, ou então fique sentada, sem problema. Não me importo!

A sra. Gerich apertou ligeiramente os olhos e, surpresa, esquadrinhou aquela carrancuda mulher do povo, que a tratava com tamanha brutalidade. Ela deu de ombros e disse, ainda num tom educado, mas não tão amável:

— Como quiser! Então ficarei sentada. A senhora estava dizendo...

— Quero lhe fazer uma pergunta — disse a sra. Quangel, decidida. — Por que a senhora não trabalha? Certamente leu as convocatórias, nas quais todos que não exercem uma atividade são exortados a trabalhar na indústria de armamentos, não? Por que não trabalha? Quais são seus motivos?

— Tenho um motivo muito bom — respondeu a sra. Gerich, agora com uma leveza animada, observando não sem desprezo as mãos calejadas e encardidas da outra. — Nunca me dediquei a um trabalho físico em toda a minha vida. Não sou apta para esse tipo de atividade.

— Já tentou?

— Nem penso em ficar doente por causa de uma experiência dessas. A qualquer momento posso apresentar um atestado médico...

— Acredito! — interrompeu Anna Quangel. — Um atestado por dez ou vinte marcos! Mas, nesse caso, os atestados de médicos particulares não são válidos; será o médico da fábrica para a qual a senhora for designada que decidirá sobre sua aptidão ou não para o trabalho.

Por um instante, a sra. Gerich ficou observando a expressão irritada da outra mulher. Depois, deu de ombros.

— Tudo bem. Então me designe para alguma fábrica! A senhora vai ver o resultado!

— É a senhora quem vai ver!

Anna Quangel pegou um caderno, um caderno encapado, como os de crianças de escola. Ela foi até uma mesinha, empurrou irritada um vaso com flores para o lado e, antes de começar a escrever, umedeceu o lápis com a ponta da língua. Ela agia de maneira consciente, queria enervar a outra; o objetivo de sua visita não estaria cumprido antes de quebrar a tranquilidade zombeteira da mulher e irritá-la também.

Qual tinha sido a profissão do pai? Marceneiro, muito bem — e nunca fez um trabalho físico em toda a vida! Ora, vamos ver. Quantas pessoas moram aqui? Três? A empregada conta? Na verdade, então, duas pessoas...

— A senhora realmente não consegue cuidar do seu marido sozinha? Mais uma trabalhadora fora da indústria de armamentos, vou anotar! Filhos, claro que não tem, certo?

O sangue da outra também lhe subiu às faces, mas só era possível notar isso nas têmporas, tão carregada era sua maquiagem. Porém, uma veia na testa que seguia em direção ao nariz começou a inchar e a pulsar.

— Não, claro que não tenho filhos! — disse a sra. Gerich, agora também muito ríspida. — Mas a senhora pode anotar também que cuido de dois cachorros!

Anna Quangel se empertigou e encarou-a com olhos faiscantes. (Naquele momento, ela tinha se esquecido completamente do motivo de sua visita.)

— Diga uma coisa! — ela exclamou, com a voz propositalmente calma. — A senhora está tentando zombar de mim e da Liga das Mulheres? Quer fazer troça das determinações de trabalho e do nosso Führer? Tome cuidado!

— Não sou eu quem tem de tomar cuidado! — gritou a sra. Gerich em represália. — A senhora parece não saber onde está pisando! Eu, troçando de alguma coisa? Meu marido é oficial de quatro estrelas da SS!

— Ah, isso! — exclamou Anna Quangel. — Ah, isso! — Sua voz se tornou muito calma de repente. — Tudo bem, já tenho seus dados. A senhora receberá uma notificação! Ou será que há mais algum impedimento? Talvez cuidar de uma mãe doente?

A sra. Gerich fez um movimento de desdém.

— Antes de a senhora partir — pediu ela —, gostaria de ver seus documentos. Também quero anotar seu nome.

— Por favor! — disse a sra. Quangel, entregando seus documentos. — Está tudo aí. Infelizmente não tenho cartão de visitas.

Dois minutos mais tarde, Anna Quangel tinha partido; nem três minutos mais tarde, um ser desesperado, banhado em lágrimas, ligava para o tenente-coronel Gerich, relatando, entre soluços e às vezes também batendo os pés no chão de raiva, a ofensa inacreditável de que tinha sido vítima por parte de alguém da Liga das Mulheres.

— Não, não, não — conseguiu dizer por fim o oficial, apaziguador. — Claro que vamos verificar isso com o partido. Mas esteja sempre ciente de que os controles são necessários. Claro que foi uma idiotice terem importunado você. Vou dar um jeito para que isso não se repita nunca mais!

— Não, Ernst! — ouviu-se um grito do outro lado da linha. — Você não vai fazer nada disso! Você vai é fazer com que essa mulher me peça perdão. A começar pelo tom com que ela falou comigo! "Filhos, claro que não tem": ela disse isso. E assim ela insultou você também, Ernst. Você não se dá conta?

O tenente-coronel foi obrigado a se dar conta também e prometeu tudo à "doce Claire", a fim de acalmá-la. Sim, a mulher lhe pediria perdão. Sim, ainda hoje. Claro que ele arranjaria os ingressos para a ópera e depois talvez fossem à casa de espetáculos Femina ouvir música, para que ela relaxasse um pouco. Sim, ele reservaria imediatamente uma mesa; ela podia chamar algumas amigas e amigos...

Depois de ter acenado à mulher com uma atividade tão divertida, ele ligou para a direção central da Liga das Mulheres e censurou, com a maior severidade, o constrangimento a que fora submetido. Será que realmente não havia ninguém melhor do que mulheres tão maldosas para se dedicarem a tais tarefas? O caso precisaria ser minuciosamente verificado! Sim, essa tal de Quangel-Quingel-Quengel deveria pedir desculpas à sua esposa! Naquela mesma noite, e isso era imprescindível! Ele exigia também ser comunicado imediatamente do desenrolar dos acontecimentos!

Por fim, quando desligou, o oficial não estava apenas roxo de raiva como também convencido de que havia sido indesculpavelmente constrangido da pior maneira possível. Em seguida, ligou para a sua doce Claire, mas teve de insistir ao menos umas dez vezes antes de completar a ligação, pois ela estava diligentemente colocando todas as amigas a par do que tinha se passado.

O telefonema do seu marido, porém, infiltrou-se na rede de Berlim e se disseminou. Informações foram coletadas; investigações, realizadas; sussurrava-se muito. Às vezes, parecia que a conversa se desviava bastante de seu objetivo primeiro, mas, graças à precisão e à infalibilidade do sistema de autoavaliação, sempre se corrigia, até que, agigantada à proporção de uma avalanche, trombou contra o pequeno núcleo da Liga de Mulheres do qual Anna Quangel fazia parte. Naquele momento, duas integrantes estavam em serviço (voluntário). Uma era grisalha e magra, portando a Cruz de Honra das Mães Alemãs; a outra, roliça e ainda jovem, de cabelo bem curto, trazia o distintivo do partido no peito macio.

A avalanche atingiu primeiro a grisalha, que foi quem atendeu o telefone. Ela foi completamente soterrada e passou a agitar os braços, desamparada. Também lançava olhares suplicantes à roliça e tentava fazer pequenas observações:

— Mas Anna Quangel... uma mulher muito confiável. Conheço-a há anos...

Em vão, nada podia socorrê-la! Ninguém tentou fazer uso de eufemismos, tampouco na Liga das Mulheres, e ela teve de ouvir com todas as letras que tipo de administração porca reinava em seu núcleo. Ela devia agradecer se conseguisse sair mais ou menos ilesa daquela situação! E no que dizia respeito àquela mulher de nome Quangel, claro que precisaria ser dispensada ainda naquele dia, para todo o sempre, além de ser obrigada a pedir desculpas, na mesma noite! Sim, compreendido, *Heil* Hitler!

Mal a ligação se encerrara, a grisalha começou a relatar o ocorrido à roliça, ainda tremendo feito vara verde, quando o telefone tocou de novo e outro departamento hierarquicamente superior se sentiu na obrigação de gritar, reprimir, ameaçar.

Dessa vez a vítima foi a roliça. Ela também tonteou sob a enxurrada e passou a tremer, pois, mesmo sendo membro do partido, seu marido era considerado politicamente não confiável, visto que antes de 1933 tinha defendido, na condição de advogado, vários "vermelhos" nos tribunais. Uma ocorrência daquelas podia lhes quebrar os pescoços. Ela tentou usar de humildade, solicitude, da mais profunda lealdade.

— Sim, um engano lamentável... Essa mulher deve ter ficado louca... Claro, as providências serão tomadas, ainda nesta noite. Vou pessoalmente...

Em vão, tudo em vão! A avalanche também a atingiu e fraturou todos os seus ossos. Ela tinha sido reduzida a um trapo molhado.

E seguiram-se ligações após ligações. O inferno na Terra! Elas mal conseguiam respirar, tão rapidamente alternavam-se os telefonemas. Por fim, fugiram do escritório, simplesmente incapazes de continuar ouvindo aqueles repetidos xingamentos. Enquanto trancavam a porta, ouviram o aparelho anunciar mais reprimendas, mas não voltaram. Não o fariam por dinheiro nenhum do mundo! Seu quinhão tinha sido alcançado: por aquele dia, o dia seguinte, o próximo ano!

Durante algum tempo, caminharam em silêncio até seu destino, o apartamento dos Quangels. Até que uma delas disse:

— Essa aí vai se dar mal. Imagine só, colocar a gente nessa enrascada!

E a outra, com o distintivo do partido:

— É mesmo. Não estou nem um pouco preocupada com a Quangel! A gente já tem tantos problemas!

— Certamente! — disse a da Cruz de Honra das Mães Alemãs, pensando num de seus filhos na Espanha, mas o filho errado, aquele que combatera do lado vermelho.

A conversa com Anna Quangel, porém, transcorre de maneira muito diferente do esperado. A sra. Quangel não se deixa intimidar nem reprimir.

— Expliquem-me primeiro o que foi que fiz de errado. Aqui estão minhas anotações. A sra. Gerich é elegível para a lei de trabalho compulsório...

— Mas, querida — explica a roliça —, não se trata disso. Ela é esposa de um tenente-coronel. Dá para entender?

— Não! O que importa? Onde está escrito que as mulheres de oficiais graúdos estão livres? Não fui informada a respeito!

— Não seja tão imbecil! — diz a grisalha, brava. — Como esposa de um alto oficial, a sra. Guerich tem determinadas obrigações. Ela precisa cuidar do marido, consumido pelo trabalho.

— Eu também.

— Ela tem grandes obrigações representativas.

— O que é isso?

Não há o que fazer com a mulher, ela simplesmente não entende o que fez de errado. Não quer compreender que oficiais de alta patente e toda a parentela estão liberados das suas obrigações em relação ao Estado e à comunidade.

A roliça com a suástica é quem imagina saber o verdadeiro motivo da teimosia de Anna Quangel. Ela descobre na parede a foto de um jovem pálido, subnutrido, emoldurada com uma coroa e uma fita de luto.

— Seu filho? — pergunta.

— Sim — responde Anna Quangel, de maneira seca e ríspida.

— Seu único... morto?

— Sim.

A grisalha com a Cruz de Honra das Mães Alemãs diz, com suavidade:

— É por isso que não se deve pôr apenas um filho no mundo!

Anna Quangel tem uma resposta na ponta da língua. Mas engole em seco. Não quer estragar tudo.

As duas mulheres trocam olhares. Elas entenderam: a outra perdeu seu único filho, e então vê uma senhora elegante daquelas e que, na sua opinião, quer se safar de qualquer obrigação, não se dispõe a nenhum sacrifício... É coisa que tem tudo para dar errado mesmo.

— A senhora vai se decidir a apresentar um pequeno pedido de desculpas? — pergunta a roliça.

— Assim que vocês me provarem que estou errada.

— Mas eu lhe provei! — afirma a grisalha.

— Então não entendi. Acho que sou burra demais.

— Tudo bem. Então teremos de fazer isso sozinhas. Um caminho difícil.

— Não sou *eu* que estou pedindo!

— Agora, sra. Quangel, é preciso se resguardar. Já basta ficar o tempo todo subindo e descendo escadas. E agora, mais essa preocupação. A senhora sempre foi das nossas companheiras mais ativas.

— Vocês estão me botando para fora! — conclui Anna Quangel. — Porque eu disse a verdade para uma mulher daquelas!

— Mas não, pelo amor de Deus, não entenda assim! A princípio está dispensada para se resguardar. Iremos reincorporá-la...

As duas percorrem o caminho até Friedrichshain em silêncio. Estão ocupadas com seus pensamentos. Deviam ter sido muito mais duras com Anna Quangel, deviam ter berrado e feito um escarcéu. Mas não é da natureza delas — são do tipo que sempre apazigua, são indefesas. E, por saberem disso, tornam-se o capacho daqueles que sabem gritar. Se pelo menos essa visita à senhora fina for bem-sucedida, se pelo menos conseguirem um resultado favorável (mesmo sem a presença da principal culpada).

Mas elas têm sorte. Depois de tantos telefonemas, broncas, visitas, já é tarde da noite. A patroa está se vestindo, vai à ópera. Mas podem esperar em dois banquinhos no vestíbulo.

Depois de quinze minutos, a empregada lhes pergunta o assunto da visita. Elas informam à empregada com sussurros desolados e são orientadas a continuar esperando.

Na realidade, porém, o assunto mal interessa à mulher do tenente--coronel Gerich. Ela passou três horas falando ao telefone com as amigas, tomou banho, a ópera a espera, em seguida terá uma noite agradável na Femina — nessas circunstâncias, como é que uma mulher do povo vai ter algum interesse para a dama da alta sociedade? Assim, após mais quinze minutos, Claire diz a Ernst:

— Ah, vá lá, esculhambe as mulheres e mande-as embora! Não quero estragar minha noite.

Assim, o oficial se dirige ao vestíbulo e passa uma descompostura nas duas. Ele nem faz ideia de que nenhuma delas é a verdadeira culpada. Não importa. Ele grita com elas e depois as coloca para fora. O caso está encerrado, definitivamente!

As duas vão para casa.

— Na verdade, bem que consigo entender uma mulher como a Anna Quangel — diz a roliça.

A grisalha pensa no filho e pressiona os lábios com força.

A roliça continua:

— Às vezes eu gostaria de ser apenas uma simples trabalhadora e desaparecer no meio da massa. Este eterno estado de atenção, o medo que nunca diminui, isso acaba com a gente...

A mulher com a condecoração balança a cabeça.

— Prefiro não falar sobre essas coisas — ela diz, secamente. E acrescenta, quando a outra fica em silêncio, magoada: — Pelo menos demos um jeito na situação mesmo sem a participação da Quangel, na medida do possível. Ele disse explicitamente que o caso está encerrado e vamos reportar esse desfecho aos nossos superiores.

— E dizer que a Anna Quangel está fora!

— Claro, isso também! Nunca mais quero vê-la no nosso escritório!

E ambas nunca mais a viram. Anna Quangel, porém, conseguiu anunciar seu êxito ao marido. E a partir do interrogatório minucioso ao qual ele a submeteu, realmente parecia ter sido um êxito. Os Quangels tinham perdido seus cargos, sem qualquer risco...

Capítulo 18
O primeiro cartão é escrito

O RESTANTE DA SEMANA TRANSCORREU sem maiores sobressaltos e o domingo chegou de novo, aquele domingo tão ansiosamente aguardado por Anna Quangel para a conversa havia tanto adiada com Otto sobre os planos dele. Ele se levantou tarde, mas estava de bom humor e calmo. Durante o café da manhã, ela vez ou outra lançava um olhar de esguelha na sua direção, talvez uma espécie de encorajamento, mas ele parecia não perceber nada. Otto comia seu pão, mastigava devagar enquanto mexia o café.

Foi difícil para Anna se decidir a tirar a mesa. Mas dessa vez não era ela quem devia proferir a primeira palavra. Ele havia combinado com ela essa conversa para o domingo e manteria sua promessa. Qualquer insistência por parte dela seria considerada pressão.

Assim, ela se levantou com um suspiro baixinho e levou os pratos e as xícaras até a cozinha. Ao voltar para recolher o cesto do pão e o bule, o marido estava ajoelhado diante de uma gaveta da cômoda, remexendo no seu conteúdo. Anna Quangel não conseguia se lembrar o que havia ali dentro. Só podiam ser coisas velhas, esquecidas.

— Está procurando algo específico, Otto? — perguntou.

Mas, ao ouvir o resmungo como resposta, ela se voltou para a cozinha a fim de lavar a louça e preparar o almoço. Ele não queria conversar. De novo, não queria. E mais do que nunca ela estava convicta de que alguma coisa estava sendo gestada dentro dele — da qual ela não sabia de nada, mas de que era imperioso saber!

Mais tarde, ao retornar à sala para descascar as batatas na companhia dele, ela o encontrou junto à mesa, já sem a toalha, com várias goivas espalhadas sobre o tampo. Lasquinhas de madeira recobriam o chão ao seu redor.

— O que está fazendo, Otto? — perguntou ela, espantadíssima.

— Vamos ver se ainda sei entalhar — respondeu ele.

Ela estava muito decepcionada e um pouco irritada. Mesmo não sendo um grande conhecedor da alma humana, Otto devia ao menos ter uma pequena noção do que se passava com ela, da expectativa que alimentava por uma conversa. E agora ele tinha achado as goivas de seus primeiros anos de casados e estava entalhando a madeira como antes, quando a levava ao desespero com seu silêncio eterno. Naquela época, ela ainda não estava tão acostumada com o seu jeito calado, mas agora — justo agora, já acostumada —, o silêncio lhe parecia absolutamente insuportável. Entalhar, Deus do céu! Se isso era tudo o que esse homem sabia fazer depois de tudo o que tinha acontecido! Se ele quisesse retomar um silêncio tão enciumadamente guardado com horas e mais horas de trabalhos manuais... Não, isso seria uma profunda decepção para ela. Ele já a decepcionara profundamente em muitas ocasiões, mas dessa vez ela não aceitaria isso calada.

Enquanto pensava nisso, muito inquieta e desesperada, olhou com curiosidade para o pedaço espesso e comprido de madeira que ele virava cuidadosamente entre os dedos, desbastando-o vez ou outra com sua faquinha. Não, dessa vez seria diferente.

— No que vai dar isso, Otto? — perguntou ela, meio a contragosto. Ela tivera o estranho pensamento de que ele estava fazendo algum instrumento, talvez uma peça de uma bomba. O mero pensamento era absurdo. O que Otto tinha que ver com bombas? Além disso, era improvável a possibilidade de se usar madeira em bombas. — No que vai dar isso, Otto? — repetiu.

A princípio, pareceu que ele iria responder com um novo resmungo, mas talvez ele tivesse percebido que já exagerara na dose essa manhã com sua Anna. Talvez também estivesse simplesmente disposto a dar a informação.

— Fornilho — disse ele. — Vamos ver se ainda sei entalhar um fornilho. Antigamente entalhei muitos fornilhos de cachimbo.

E continuou a girar e a desbastar.

Fornilhos de cachimbo! Anna deu voz à sua indignação, dizendo, muito irritada:

— Fornilhos de cachimbo! Mas, Otto! Tome jeito! O mundo está acabando e você pensando em cachimbos! Que horrível ouvir isso!

Ele parecia não estar prestando muita atenção nem nas palavras nem na raiva dela. E disse:

— Claro que não será um fornilho de cachimbo. Quero ver se consigo fazer algo um pouco parecido com nosso Ottinho!

O humor dela mudou na hora. Ou seja, ele estava pensando no Ottinho, e quando pensava no Ottinho e em entalhar sua cabeça, ele estava pensando também nela e em lhe fazer um agrado. Ela se levantou da cadeira e empurrou rápido a bacia com as batatas para o lado:

— Espere, Otto, vou buscar umas fotos para você se lembrar bem da aparência do Ottinho.

Ele balançou a cabeça, recusando.

— Não quero ver fotos — disse. — Quero entalhá-lo da maneira como ele está aqui dentro. — E bateu com o dedo na testa alta. Depois de uma pausa, ainda acrescentou: — Se eu conseguir!

Ela se comoveu mais uma vez. Ele carregava Ottinho dentro de si e tinha uma imagem nítida do jovem. Agora ela estava curiosa para saber como o fornilho de cachimbo ficaria quando pronto.

— Claro que você vai conseguir, Otto! — disse.

Por ora, a conversa entre os dois havia se encerrado. Anna teve de retornar à cozinha para preparar o almoço e deixou-o sentado à mesa. Otto girava o pedaço de tília entre os dedos e o desbastava bem aos poucos, com uma paciência silenciosa, lasca por lasca.

Pouco antes do almoço, ao entrar na sala para pôr a mesa, ela ficou bastante surpreendida ao vê-la com a toalha no lugar e já arrumada. Quangel estava perto da janela, olhando para a Jablonskistrasse, onde as crianças faziam barulho ao brincar.

— E então, Otto? — perguntou ela. — Já terminou?

— Chega por hoje — ele respondeu; no mesmo instante ela soube que a conversa estava prestes a acontecer, que Otto tinha algo em vista.

Otto, esse homem teimoso, incompreensível, que nunca faria nada às pressas, que sempre soubera esperar pela hora certa.

Almoçaram em silêncio. Depois, ela voltou à cozinha para arrumá-la; enquanto isso Otto estava no canto do sofá, com o olhar fixo para a frente.

Meia hora mais tarde ele continuava na mesma posição. Mas ela não queria esperar mais até que ele finalmente se decidisse; a paciência do marido e sua própria impaciência inquietavam-na. Era bem provável que às quatro da tarde ele continuasse sentado ali, depois do jantar também! Era impossível continuar esperando!

— Bem, Otto — começou ela. — O que há? Você não vai tirar um cochilo depois do almoço, como sempre faz aos domingos?

— Hoje não é um domingo comum. O "domingo comum" ficou para trás, para sempre. — Ele se levantou de repente e saiu da sala.

Mas Anna não estava em condições de deixá-lo simplesmente se afastar, num daqueles seus passeios misteriosos, dos quais ela nada sabia. Assim, foi atrás dele.

— Não, Otto... — começou ela.

Ele estava na porta, cuja correntinha havia acabado de fechar. Ergueu a mão, pedindo silêncio, e ficou um tempo tentando apreender algum ruído no prédio. Em seguida, fez um movimento de cabeça para ela e retornou para a sala. Logo em seguida, já estava instalado de novo no seu lugar e ela se sentou ao seu lado.

— Caso a campainha toque, Anna — disse ele —, não abra até eu...

— Quem poderia tocar, Otto? — perguntou ela, impaciente. — Quem viria aqui? Vamos, diga logo o que tem a dizer.

— Já vai, Anna — respondeu ele, com uma suavidade incomum. — Mas se você me pressionar, será mais difícil.

Ela tocou a mão dele, a mão desse homem que tinha tanta dificuldade em revelar o que se passava em seu íntimo.

— Não vou pressioná-lo, Otto — disse ela, acalmando o marido. — Vá no seu ritmo.

Logo em seguida, porém, ele começou a falar, e falou por quase cinco minutos ininterruptamente, devagar, com frases curtas, muito pensadas, cerrando os lábios finos após cada uma delas, como que cravando um ponto-final a cada vez. E, enquanto falava, seu olhar estava fixo em algo atrás de Anna, na diagonal.

Anna Quangel, porém, não desviou os olhos do rosto dele, e estava quase agradecida por ele não a encarar. Era difícil ocultar sua decepção, que não parava de aumentar. Meu Deus, o que esse homem tinha inventado! Ela imaginara feitos grandes (e também os temia), um atentado contra o Führer, ou ao menos uma batalha ativa contra os figurões do partido e o partido em si.

E o que ele queria fazer? Nada, algo risivelmente pequeno, algo muito condizente com seu jeito, algo silencioso, secundário, que garantisse a sua tranquilidade. Ele queria escrever cartões. Cartões-postais, postais com exortações contra o Führer e o partido, contra a guerra, para o esclarecimento das outras pessoas — isso era tudo. E esses cartões não seriam enviados a determinados destinatários ou colados como cartazes nas paredes. Não, ele queria deixá-los em escadas de prédios muito movimentados, largá-los ao léu, sem saber quem os pegaria ou se logo seriam pisoteados, rasgados... Tudo nela se indignava nessa guerra inofensiva e obscura. Ela queria ser ativa, fazer algo com um resultado palpável!

Depois de terminar de falar, Quangel pareceu não esperar qualquer objeção por parte da mulher, sentada em silêncio no sofá, lutando consigo mesma. Não seria melhor se ela lhe dissesse alguma coisa?

Ele se levantou para colar novamente o ouvido na porta. Ao voltar, tirou a toalha da mesa, dobrou-a e pendurou-a cuidadosamente sobre o encosto da cadeira. Em seguida, foi até a escrivaninha de mogno, procurou o molho de chaves no bolso e abriu-a.

Enquanto mexia no móvel, Anna se decidiu. Hesitante, perguntou:

— Será que o que você está querendo fazer não é pequeno demais, Otto?

Ele parou com o que estava fazendo e virou a cabeça para a mulher, ainda agachado.

— Tanto faz se é pequeno ou grande, Anna — disse. — Se formos descobertos, custará nossos pescoços do mesmo jeito...

Havia algo de tão terrivelmente convincente nessas palavras, no olhar escuro e inescrutável de ave de rapina que Anna estremeceu. E naquele instante ela viu com nitidez diante de si o pátio de pedras cinza da prisão, o patíbulo preparado; na luz mortiça da manhã, seu aço não brilhava, mas era uma ameaça muda.

Anna Quangel sentiu um tremor. Tornou a olhar para Otto. Talvez ele tivesse razão: fosse a ação grande ou pequena, ninguém podia arriscar mais do que própria vida. Cada um agia de acordo com suas forças e condições. O principal: a resistência.

Quangel continuava a encará-la, mudo, como se observasse a batalha que se desenrolava dentro dela. O olhar dele se iluminou, ele tirou as mãos do móvel, ergueu-se e disse, quase sorrindo:

— Mas não vão nos pegar assim tão fácil! Se eles são espertos, também podemos ser. Espertos e cuidadosos, Anna, sempre alertas. Quanto mais lutarmos, maior será o efeito de nossas ações. Morrer cedo não adianta nada. Queremos viver e vivenciar a queda deles. Queremos poder dizer que também fizemos parte disso, Anna!

Ele tinha proferido as palavras com muita facilidade, quase brincando. Quando voltou a mexer na escrivaninha, Anna se recostou no sofá, aliviada. Um peso havia saído de suas costas; agora também estava convencida de que Otto tinha algo grande em mente.

Ele levou para a mesa o vidrinho de tinta, os cartões-postais guardados dentro de um envelope e as luvas brancas imensas. Destampou o frasco, aqueceu a pena com um fósforo e mergulhou-a na tinta. Ouviu-se um crepitar baixinho. Ele observou a pena com atenção e assentiu com a cabeça, satisfeito. Depois, calçou as luvas com dificuldade, tirou um cartão do envelope e colocou-o diante de si. Meneou de novo a cabeça, dessa vez lentamente e na direção de Anna. Ela acompanhara esses movimentos vagarosos, havia muito pensados, com atenção. Ele apontou para as luvas e disse:

— Por causa das impressões digitais, sabe?

Em seguida, pegou a pena e disse em voz baixa, mas enfático:

— A primeira frase do nosso primeiro cartão será: "MÃE! O FÜHRER MATOU O MEU FILHO..."

E mais uma vez ela estremeceu. Havia algo de tão terrível, tão obscuro, tão decidido nas palavras que Otto acabara de proferir. Num átimo, ela compreendeu que essa frase era uma declaração de guerra, para hoje e para sempre, e também que essa guerra envolvia dois lados; de um lado, eles, os trabalhadores pobres, insignificantes, que podiam ser exterminados por causa de uma palavra; do outro, o Führer, o partido, todo o monstruoso aparato com seu poder, seu brilho e com três quartos (ou até quatro quintos) do povo alemão por trás. E os dois ali, naquele pequeno cômodo na Jablonskistrasse, sozinhos!

Ela olha para o marido. Enquanto pensava em tudo isso, ele chegou à terceira palavra da frase. Traça, com uma paciência infinita, o "F" de Führer.

— Deixe que eu escreva, Otto! — pede ela. — Sou muito mais rápida.

A princípio, ele apenas resmunga. Mas depois acaba dando uma explicação.

— Sua letra — diz ele. — Cedo ou tarde eles nos pegariam por causa da sua letra. Esta é uma escrita diferente, não é manuscrita. Um tipo de letra de fôrma...

Ele emudece novamente, continua a escrever. Sim, foi desse jeito que ele planejou as coisas. Não deve ter se esquecido de nada. Lembrou-se do tipo de letra usado nos projetos de móveis dos arquitetos de interiores, cuja autoria é impossível reconhecer. Claro que no seu caso as letras são toscas e desajeitadas. Mas não faz mal, isso não o trai. Ao contrário, talvez seja até bom; o cartão-postal fica com um jeito de pôster e chama imediatamente a atenção. Ele continua a escrever, pacientemente.

E ela também se tornou paciente. Começa a imaginar que a guerra será longa. Anna está tranquila, Otto pensou em tudo, dá para confiar em Otto, sempre. Como pensou em tudo! O primeiro cartão-postal naquela guerra surgiu com a morte do filho, fala dele. Em algum momento de suas vidas tiveram um filho, o Führer o matou e agora eles escrevem postais. Um novo momento. Por fora, nada mudou. Os Quangels e sua calmaria. Por dentro, porém, tudo está diferente. É guerra...

Ela pega o cesto de costura e começa a cerzir meias. De vez em quando olha para Otto, que traça as letras devagar, sem acelerar a escrita. A cada vez que termina um cartão, ele ergue o mesmo com o braço esticado, observando-o com os olhos apertados. Em seguida, balança a cabeça.

Por fim, mostra a ela a frase terminada, que ocupa uma linha e meia do cartão.

— Você não vai conseguir escrever muita coisa nesse tipo de postal — diz ela.

— Tudo bem! Vou escrever muitos cartões — responde ele.

— E escrever um cartão desses demora.

— Vou escrever um, talvez dois cartões a cada domingo. A guerra ainda não acabou, os assassinatos continuam.

Ele não se abala. Tomou a decisão e irá agir de acordo com isso. Nada pode mudar sua opinião, ninguém vai impedir o caminho de Otto Quangel.

Ele diz:

— A segunda frase: "MÃE! O FÜHRER VAI MATAR OS SEUS FILHOS TAMBÉM, ELE NÃO VAI PARAR ANTES DE LEVAR O SOFRIMENTO A TODOS OS LARES DO MUNDO..."

— "Mãe, o Führer vai matar os seus filhos também!" — repete ela.

Ela pensa na diretora da Liga das Mulheres, na grisalha com a condecoração, que lhe disse que a solução era não ter apenas um, mas muitos filhos. A resposta estava na ponta de sua língua: "Para que meu coração seja rasgado aos poucos, não é? Não, prefiro perder tudo de uma só vez." Ela reprimiu a resposta, agora é Otto quem a diz: "Mãe! O Führer vai matar os seus filhos também!"

— Escreva isso! — diz ela, concordando. E reflete: — Seria preciso deixar os cartões nos lugares frequentados por mulheres.

Ele pensa um pouco e depois balança a cabeça:

— Não. As mulheres que se assustam são imprevisíveis. Na escada, um homem vai meter um cartão desses rapidamente no bolso. Mais tarde, vai lê-lo com cuidado. Além disso, todos os homens são filhos de mães.

Ele volta a fazer silêncio, recomeça seus traçados. A tarde passa, eles não se lembram do lanche. Por fim, chega a noite e o cartão está pronto. Ele se levanta. Olha de novo para seu trabalho.

— Isso! — diz ele. — Por hoje é só. No domingo que vem, o segundo.

Ela assente.

— Quando você vai levá-lo? — sussurra ela.

Ele a encara.

— Amanhã antes do almoço.

— Me deixe ir junto nessa primeira vez! — pede ela.

Ele faz que não.

— Não — diz ele. — Justamente na primeira vez, não. Preciso verificar como a coisa vai funcionar.

— Sim! — pede ela. — É o meu cartão! É o cartão de uma mãe!

— Tudo bem! — decide-se ele. — Venha. Mas somente até o prédio. Lá dentro, quero estar sozinho.

— Combinado.

Em seguida, o cartão é cuidadosamente deixado entre as páginas de um livro; o material de escrita, guardado; as luvas, metidas na sua embalagem.

Eles jantam, mal se falam. Nem Anna percebe que estão muito silenciosos. Ambos sentem-se cansados, como se tivessem realizado um trabalho braçal ou feito uma longa viagem.

— Vou me deitar — diz ele, levantando-se da mesa.

— Tenho apenas de arrumar a cozinha. E também vou. Deus, estou tão cansada e não fizemos nada!

Ele olha para ela com um leve sorriso e depois dirige-se rápido para o quarto, onde começa a se despir.

Mas, ambos já deitados, quando está escuro, não conciliam o sono. Reviram-se na cama, prestam atenção na respiração um do outro e, por fim, começam a conversar. É mais fácil conversar no escuro.

— O que você acha que vai acontecer com os nossos cartões? — pergunta Anna.

— Primeiro, as pessoas vão levar um susto ao ver o cartão e ler as primeiras palavras. Afinal, hoje em dia todo mundo tem medo.

— Sim — diz ela. — Todo mundo...

Mas ela exclui os dois, os Quangels. Quase todos têm medo, pensa. Nós, não.

— Aqueles que o encontrarem — ele repete aquilo que pensou umas cem vezes — ficarão com medo de estar sendo observados na escada. Guardarão o cartão rapidamente e irão embora. Ou vão deixá-lo lá mesmo, até o próximo passar...

— É, vai ser assim — diz Anna, e imagina a escada à sua frente, uma escada de um prédio qualquer em Berlim, mal iluminada; e todos com um cartão-postal igual a esse nas mãos se sentirão, de repente, criminosos. Porque, na realidade, todos pensam como o autor dos cartões, e pensar dessa maneira é proibido... e castigado com a morte.

— Alguns — Quangel continua — vão entregá-lo imediatamente ao vigia do quarteirão ou à polícia, querendo se livrar rápido do cartão. Mas isso também não tem importância: indo parar no partido ou não, nas mãos do líder político ou do policial, todos lerão o cartão e ele vai agir neles. E mesmo que seu efeito seja somente o de essa gente perceber novamente que ainda há resistência, que nem todos seguem o Führer...

— Não — diz ela. — Nem todos. Nós, não.

— E se tornarão mais, Anna. Por nosso intermédio, se tornarão mais. Talvez façamos os outros pensarem em escrever cartões parecidos. No final, serão dezenas, centenas, sentados, escrevendo. Vamos soterrar Berlim com os cartões, vamos interromper o curso da máquina, vamos derrubar o Führer, acabar com a guerra...

Ele para, comovido com as próprias palavras, com esses sonhos que ainda encontram o caminho até seu coração gelado, embora tão tarde.

— E teremos sido os primeiros! Ninguém saberá, mas nós saberemos — diz Anna, empolgada com a visão.

De repente, ele atalha, sóbrio:

— Talvez muitos já pensem como nós; milhares de homens já devem ter morrido. Talvez já existam pessoas escrevendo cartões. Não importa, Anna! Que diferença faz? Nós vamos agir!

— Sim — concorda ela.

E ele, mais uma vez arrebatado pelo futuro do empreendimento recém-iniciado:

— E vamos pôr a polícia em ação, a Gestapo, a SS, a SA. O misterioso escritor de cartões será assunto em todos os lugares. As autoridades vão investigar, levantar suspeitas, observar, revistar casas... em vão! Continuaremos escrevendo, sem parar!

E ela:

— Talvez o próprio Führer chegue a ver os cartões. Ele vai lê-los, estamos acusando-o! Ele ficará furioso! Parece que o homem se enfurece facilmente quando algo não está de acordo com suas vontades. Ele vai mandar que sejamos encontrados, e não seremos! Ele terá de ler nossas acusações!

Ambos ficam em silêncio, ofuscados por esse instante. O que eram até pouco tempo atrás? Pessoas desconhecidas; faziam parte do grande formigueiro humano. Agora estão ambos totalmente sozinhos, apartados, apartados dos outros, inconfundíveis. Há muito frio à sua volta, tamanha sua solidão.

E Quangel se vê na oficina, como sempre na mesma toada, atiçando e sendo atiçado, a cabeça atenta, acompanhando máquina por máquina. Para os demais, será sempre o Quangel velho e idiota, tomado apenas por seu trabalho e sua mesquinharia sórdida. Em sua cabeça, porém, existem pensamentos que não são divididos com nenhum deles. Qualquer um morreria de medo de ter esses pensamentos. Mas ele, o Quangel velho e idiota, não tem medo. Ele está lá, enganando a todos.

Anna Quangel, por sua vez, está pensando no caminho que ambos trilharão amanhã para levar o primeiro cartão. Ela está um pouco insatisfeita consigo mesma por não ter insistido em entrar no prédio. Pergunta-se se deve insistir. Talvez. No geral, Otto Quangel não é sensível a esse tipo de pedido. Mas talvez nessa noite, em que ele parece estar com um humor tão bom. Talvez bem nesse instante.

Mas ela demora muito a se decidir. Anna Quangel percebe: o marido já adormeceu. Então ela também se prepara para dormir; amanhã verá o que se pode fazer. Se for possível, certamente externará seu pedido.

E ela também adormece.

Capítulo 19
O primeiro cartão é encaminhado

ELA SÓ TEM CORAGEM DE TOCAR NO assunto quando estão na rua, tamanho o laconismo de Otto.

— Para onde vai levá-lo, Otto?

— Não fale disso agora. Não na rua — responde ele com um resmungo. E depois acrescenta, a contragosto: — Escolhi um prédio na Greifswalderstrasse.

— Não — diz ela, decidida. — Não, não faça isso, Otto. O que você está querendo fazer é errado!

— Venha — diz ele, bravo, pois ela estacou o passo. — Já disse, não no meio da rua!

Ele vai em frente, ela o segue e faz questão de exercer seu direito de ter voz ativa.

— Não tão perto de casa — reforça ela. — Se cair nas mãos da polícia, logo vão estar revirando as redondezas. Vamos descer até a Alexanderplatz...

Ele reflete. Talvez; não, com certeza ela tem razão. É preciso levar tudo em conta. Mas essa mudança súbita nos planos não lhe agrada. Se forem caminhando até a Alexanderplatz, ele não terá muito tempo para agir, e precisa chegar na hora no trabalho. E ele também não conhece nenhum prédio adequado por lá. Certamente há muitos, mas é preciso procurar primeiro... coisa que é melhor fazer sozinho do que com a mulher, que o atrapalha.

Mas, de repente, ele se decide.

— Tudo bem — diz. — Você tem razão, Anna. Vamos até lá.

Ela olha para o marido de soslaio, agradecida. Está feliz por uma sugestão sua ter sido aceita. E porque ele acabou de deixá-la tão feliz, ela não vai pedir para acompanhá-lo no prédio. Que vá sozinho. Anna ficará um pouco amedrontada durante a espera por sua volta — mas por quê? Ela não tem qualquer dúvida de que Otto vai voltar. Ele é tão calmo e frio, não será pego. Mesmo nas mãos da polícia ele nunca confessaria nada; lutaria por sua liberdade.

Enquanto ela caminha ao lado do marido, mergulhada em seus pensamentos, eles deixam a Greifswalderstrasse e chegam à Neue Königstrasse. Anna está com a mente tão ocupada que não nota os olhos de Otto Quangel esquadrinhando com atenção os prédios pelos quais passam. Ele para de repente — falta um bom trecho até a Alexanderplatz — e diz:

— Bem, fique olhando aquela vitrine ali; volto logo.

E ele atravessa a rua e vai em direção a um prédio de escritórios grande e claro.

O coração dela começa a bater mais forte. Tem vontade de gritar: Não, não, a gente combinou Alexanderplatz! Vamos ficar juntos até lá! E me diga ao menos: Até mais! Mas a porta do prédio já se fechou às suas costas.

Sim, tenho medo, ela pensa. Pelo amor de Deus, ele nunca poderá perceber que tenho medo! Senão não terei mais permissão de acompanhá-lo. Mas meu medo não é verdadeiro, ela continua a pensar. Não tenho medo por mim. Tenho medo por ele. Ah, se ele não voltar!

Ela não consegue evitar, tem de se virar na direção do prédio de escritórios. A porta é aberta, pessoas entram, pessoas saem. Por que Quangel não vem? Ele entrou há cinco, não, há dez minutos. Por que o homem que acabou de sair do prédio está correndo desse jeito? Será que vai chamar a polícia? Será que Quangel foi preso logo na primeira vez?

Oh, não suporto isso! O que ele foi inventar?! E eu que pensei que era coisa pouca! Pôr a vida em perigo uma vez por semana, e quando ele começar a escrever dois cartões, duas vezes! E ele não vai querer me levar junto sempre! Percebi isso já hoje cedo, na realidade minha presença não foi muito bem-vinda. Ele irá sozinho, distribuirá os cartões sozinho e em seguida seguirá para a fábrica sozinho (ou então nunca mais aparecerá por lá!) e eu estarei sentada em casa, à sua espera, com medo. Acho que esse medo nunca vai desaparecer, não irei me acostumar a ele. Lá vem o Otto! Finalmente! Não, não é ele. Nem aquele outro! Agora vou atrás dele; que fique bravo o quanto quiser! Com certeza aconteceu alguma coisa; ele entrou lá já faz quinze minutos; impossível demorar tanto! Agora vou procurá-lo!

Ela dá três passos em direção ao prédio... e volta. Posta-se diante da vitrine e fica olhando para ela.

Não, não vou atrás dele, não vou procurá-lo. Não posso fracassar já na primeira vez. Estou apenas imaginando que algo aconteceu; as pessoas entram e saem do prédio como de costume. Certamente não faz quinze minutos que Otto entrou. Vou prestar atenção no que há nessa vitrine. Sutiãs, cintos...

Enquanto isso, Quangel entrou no prédio. Ele se decidiu tão rapidamente apenas porque a mulher estava ao seu lado. Ela o inquietou, pois a qualquer instante poderia voltar a falar "daquilo". Ele não queria ficar procurando muito na presença dela. Anna certamente voltaria a falar, sugerir um prédio, desqualificar outro. Não, basta! Ele preferia entrar no primeiro prédio que visse pela frente, mesmo se fosse o pior deles.

E foi o pior. Um prédio claro, moderno, certamente com muitas empresas, mas também com um porteiro de uniforme cinza. Quangel passa por ele, olhando-o com indiferença. Está ciente de que o outro lhe perguntará aonde vai; notou que o advogado Toll tem um escritório no quarto andar. Mas o porteiro não lhe pergunta nada, pois está falando com um homem, e apenas lança um olhar superficial ao visitante. Quangel se vira para a esquerda e está prestes a subir a escada quando ouve o barulho de um elevador. Ele não contava com o fato de haver elevadores e de a escada mal ser utilizada num prédio moderno.

Mas Quangel sobe as escadas. O garoto no elevador pensará: é um velho, não confia em elevadores. Ou pensará que ele quer ir apenas até o primeiro andar. Ou não pensará nada. De todo modo, a escada está quase às moscas. Quangel chegou ao segundo andar e até esse instante cruzou apenas com um contínuo, que descia apressado carregando pacotes e cartas. Otto Quangel poderia deixar seu cartão em qualquer lugar, mas não se esquece de que há esse elevador e que ele pode ser observado a qualquer instante pelas suas paredes transparentes. Ele agirá depois de subir ainda mais e no instante em que o elevador estiver no térreo.

Ele para junto a uma das janelas altas entre dois andares, olhando para a rua. Tira uma luva do bolso e veste-a na mão direita; enfia a mão novamente no bolso com cuidado, muito cuidado, para não amassar o cartão. Segura-o com apenas dois dedos...

Enquanto está fazendo tudo isso, ele notou que Anna não está no seu lugar na frente da vitrine, mas se aproximou do meio-fio... com seu rosto pálido e o olhar dirigido para o prédio, chama a maior atenção possível. Ela não olha para o alto, onde ele está. Certamente está mirando a porta da entrada. Ele balança a cabeça, desolado, firmemente decidido a nunca mais trazer a mulher para um trabalho desses. Claro que ela está com medo por ele. Mas por quê? Ela deveria ter medo por si própria, tão inadequado é seu comportamento. Anna é quem põe os dois em perigo.

Ele sobe mais um pouco. Ao passar pela próxima janela, volta a olhar para a rua, mas dessa vez Anna está observando a vitrine. Bom, muito bom, ela conseguiu domar o medo. É uma mulher corajosa. Ele não tocará no assunto. Então, de repente, Quangel pega o cartão e o deposita no parapeito da janela; em seguida, tira a luva e a coloca no bolso.

Ao descer os primeiros degraus, olha de novo para trás. Lá está ele, na clara luz do dia; mesmo dessa distância ainda é possível enxergar como uma escrita grande e legível recobre seu primeiro cartão! Qualquer um conseguirá ler! E entender também! Quangel dá um sorriso amargo.

Ao mesmo tempo, escuta uma porta se abrir num andar acima. O elevador desceu há um minuto. Se a pessoa do alto, que acabou de sair do escritório, achar tedioso esperar a volta do elevador, descerá pela escada e encontrará o cartão... e Quangel está logo ali. Se a pessoa correr, conseguirá alcançá-lo, talvez já no térreo, mas conseguirá com certeza, pois Quangel não pode correr. Um velho descendo as escadas feito um colegial — não, isso chama muito a atenção. E ele não pode chamar a atenção, ninguém deve se lembrar de ter visto um homem com a sua aparência entrando nesse prédio.

Apesar disso, ele desce com muita rapidez os degraus de pedra e em meio ao barulho de seus passos tenta ouvir se a pessoa lá do alto realmente usou a escada. Se sim, sem dúvida viu o cartão, é impossível não notá-lo. Mas Quangel não tem certeza. Acha que ouviu passos. Mas há algum tempo não os ouve mais. E agora está muito distante para escutar qualquer coisa. O elevador, iluminado, sobe passando por ele.

Quangel chega na saída. Na mesma hora, um grande grupo de pessoas vem da direção do pátio; trabalhadores de alguma fábrica. Quangel se mete no meio deles. Dessa vez ele tem certeza de que o porteiro não o viu.

Atravessa a rua e para ao lado de Anna.

— Pronto! — diz ele. E, quando percebe o brilho no olhar dela, o tremor dos seus lábios, acrescenta: — Ninguém me notou! — E por fim: — Vamos embora. Ainda dá tempo de eu chegar na fábrica no horário, a pé.

Eles saem. Mas ambos ainda lançam um olhar para aquele prédio de escritórios no qual o cartão de Quangel inicia sua trajetória no mundo. Balançam a cabeça numa espécie de despedida. É um bom prédio; independentemente de em quantos prédios eles entrarão com o mesmo propósito nos próximos meses e anos, esse lhes será inesquecível.

Anna Quangel quer acariciar rapidamente a mão do marido, mas não ousa. Assim, apenas a toca como que sem querer e diz, assustada:

— Perdão, Otto!

Ele a olha de lado, espantado, mas fica em silêncio.

Eles continuam seu caminho.

SEGUNDA PARTE

A Gestapo

Capítulo 20
O caminho dos cartões

O TELHADO DO ATOR MAX HARTEISEN ainda tinha muito vidro da época pré-nazista — como seu amigo e advogado Toll gostava de dizer. Ele atuara em filmes de diretores judeus e em filmes pacifistas, e um dos seus principais papéis no teatro havia sido aquele maldito fracote, o príncipe de Homburg, a quem qualquer autêntico nazista reservava apenas uma cusparada na cara. Ou seja, Max Harteisen tinha todos os motivos para ser muito cuidadoso; durante algum tempo, inclusive, pairaram dúvidas sobre se ele poderia continuar trabalhando durante o regime nacional-socialista.

No fim, porém, deu certo. Claro que o bom rapaz teve de exercitar por um tempo uma certa discrição e permitir o protagonismo de atores autenticamente tingidos de marrom, mesmo que fossem de um nível bem abaixo do seu. Mas foi exatamente essa discrição que falhou; o jovem ingênuo atuou tão bem que chamou a atenção até do ministro Goebbels. Sim, o ministro tinha se tornado fã de Harteisen. E qualquer criança sabia o que isso significava, pois não havia homem mais temperamental e imprevisível do que o dr. Joseph Goebbels.

Tudo o que estava previsto aconteceu. Primeiro a situação exalava alegria e brilho, pois, quando o ministro se mostrava interessado por alguém, tanto fazia se esse alguém era homem ou mulher. O dr. Goebbels ligava todas as manhãs para Harteisen, como se ele fosse sua amante: perguntava do seu sono, enviava flores e bombons como a uma diva. Quase todos os dias, Goebbels reservava um tempinho para Harteisen. Chegou a levar o ator para Nurembergue, no congresso do partido, e lhe explicou o que era o nazismo "correto". Harteisen, por sua vez, entendeu tudo o que tinha de entender.

Só que ele não entendeu que no nazismo correto um simples homem do povo não contraria um ministro, pois um ministro — só pelo fato de ser ministro — é dez vezes mais inteligente do que qualquer outra pessoa. Numa questão cinematográfica sem importância, Harteisen contradisse seu ministro e ainda afirmou que aquilo que o sr. Goebbels dizia era bobagem. Fica a dúvida sobre se a questão realmente banal e puramente teórica relacionada ao cinema levou o ator a uma discussão tão ardorosa ou se a crescente bajulação do ministro simplesmente tinha passado dos limites e ele quis acabar com aquilo. De todo modo, apesar de alertado, o ator manteve sua opinião: era bobagem e continuaria sendo bobagem, tanto fazia se proferida por um ministro ou não.

Ah, como o mundo mudou a partir dali para Max Harteisen! Nada de telefonemas matinais querendo informações sobre a qualidade de seu sono, nada de bombons, flores, visitas à casa do dr. Goebbels, nada mais de ensinamentos sobre o nazismo! Tudo isso seria até suportável, sim, talvez fosse até desejável, mas de repente Harteisen não recebia mais propostas de trabalho, contratos já assinados para filmes eram rompidos, convites sumiam no ar, não havia mais nada para fazer.

Visto que Harteisen era um homem que gostava do trabalho não apenas porque ganhava seu dinheiro, mas também porque era um verdadeiro ator, cujos pontos altos da vida aconteciam no palco e diante das câmaras, ele ficou completamente desesperado por causa da inatividade compulsória. Não conseguia nem queria acreditar que o ministro, que durante um ano e meio fora seu melhor amigo, tinha se tornado um inimigo tão sem escrúpulos, até maldoso; que, por causa de um desacordo, usava da força de seu cargo para acabar com toda a alegria de viver de outra pessoa. (Em 1940, o bom Harteisen ainda não compreendera que, a qualquer tempo, todo nazista estava disposto a tirar de qualquer alemão de opinião divergente não só a alegria de viver como até a própria vida.)

Mas, como o tempo passava e não apareciam oportunidades de trabalho, Max teve (enfim) de acreditar nisso. Amigos lhe contaram que, por ocasião de uma conferência sobre cinema, o ministro avisara que o Führer não queria mais ver Harteisen no papel de oficial. E que ele tinha sido oficialmente declarado um ator "indesejável". Fim, acabou, meu caro. Aos trinta e seis anos, incluído na lista negra — de um império de mil anos!

Agora, o telhado do ator era, realmente, de vidro. Mas ele não deixou por menos, insistia e questionava; queria saber a todo custo se esses julgamentos impiedosos vinham do Führer ou se tinham sido inventados pelo baixinho, a fim de acabar com o inimigo. E naquela segunda-feira Harteisen se dirigiu totalmente confiante ao escritório de Toll, seu advogado, dizendo:

— Descobri! Descobri, Erwin! O canalha mentiu. O Führer não viu o filme em que faço o papel de oficial prussiano e nunca disse nenhuma palavra sobre mim.

E explicou, agitado, que a notícia era absolutamente fidedigna, pois provinha do próprio Göring. Uma amiga de sua mulher tinha uma tia cuja prima recebera um convite dos Görings para visitá-los na sua casa de campo. Lá ela havia tocado no assunto e Göring falara a respeito, como relatado.

O advogado lançou um olhar de leve desdém para o empolgado ator.

— E daí, Max? Isso muda o quê?

— Mas Goebbels mentiu, Erwin! — murmurou Harteisen, absolutamente desconcertado.

— E...? Você chegou a acreditar que aquilo que o manquitola diz é verdade?

— Não, claro que não. Mas se levarmos o caso até o Führer... Afinal, ele fez mau uso do nome do Führer!

— Sim. E o Führer vai expulsar o velho companheiro de partido e ministro da propaganda só porque ele prejudicou o Harteisen?

O ator dirigiu ao indiferente e altivo advogado um olhar suplicante.

— Mas é preciso que se faça algo em meu favor, Erwin! — disse, afinal. — Quero trabalhar! E Goebbels está me impedindo, injustamente!

— Sim — disse o advogado. — Sim! — E se calou novamente. E quando Harteisen olhou-o com expectativa, ele acrescentou: — Você é infantil, Max. Sério, é só uma criança grande!

O ator, que sempre se gabara da própria sofisticação, jogou a cabeça para trás, indignado.

— Estamos a sós, Max — prosseguiu o advogado. — A porta tem boa vedação, podemos falar francamente aqui. Você também sabia, pelo menos em parte, das injustiças gritantes, sanguinárias, humilhantes que são cometidas hoje em dia na Alemanha. E que ninguém abre o bico. Ao contrário, todos se gabam disso. Mas quando o ator Harteisen tem um dodói, ele descobre de repente que o mundo é injusto e clama por justiça. Max!

— O que devo fazer, Erwin? Alguma coisa tem de acontecer! — retrucou Harteisen, desconsolado.

— O que você deve fazer? Ora, está muito claro! Você vai com sua mulher para uma cidade do interior e fica bem quietinho. E, o mais importante, você para com essa conversa mole de "seu" ministro e deixa de espalhar o que Göring disse. Senão pode acontecer de o ministro resolver inventar algo bem diferente para você.

— Mas por quanto tempo terei de ficar no interior, de braços cruzados?

— Os humores de um ministro vão e vêm. Algum dia, terão ido. Esteja certo disso. Algum dia você atrairá novamente os holofotes.

O ator estremeceu.

— Isso, não! — pediu. — Isso, não! — Ele se levantou. — Você tem certeza de que não pode fazer nada para me ajudar?

— Nada de nada! — disse o advogado, sorrindo. — A não ser que você esteja a fim de ir para o campo de concentração como mártir do seu ministro.

Três minutos mais tarde, o ator Max Harteisen encontrava-se na escada do prédio, segurando, confuso, um cartão nas mãos: "MÃE! O FÜHRER MATOU O MEU FILHO…"

Pelo amor de Deus!, pensou. Quem é que escreve algo assim? Deve ser um louco! Está assinando sua sentença de morte. Automaticamente, ele virou o cartão. Mas não havia remetente nem destinatário, apenas: "FAÇA ESTE CARTÃO CIRCULAR PARA QUE MUITOS O LEIAM! — NÃO DOE NADA PARA A CAMPANHA DE INVERNO! — TRABALHE DEVAGAR, AINDA MAIS DEVAGAR! JOGUE AREIA NAS MÁQUINAS! TODA AÇÃO A MENOS FAZ COM QUE ESTA GUERRA TERMINE MAIS CEDO!"

O ator olhou para cima. O elevador passou, iluminado, por ele. Harteisen teve a impressão de ser observado por muitos olhos.

Rapidamente meteu o cartão no bolso e mais rapidamente ainda o tirou. Talvez as pessoas o tivessem visto a partir do elevador, com o cartão nas mãos — e seu rosto era bem conhecido. O cartão seria achado, seriam localizadas testemunhas que jurariam que ele o teria deixado ali. Afinal, ele realmente o deixara lá; quer dizer, colocara de volta. Mas quem acreditaria nele, justamente agora, quando estava acontecendo a briga com o ministro? Seu telhado já era de vidro... e mais essa!

Suor brotou na sua testa, pois de súbito ele percebeu que não apenas o remetente do cartão corria risco de morrer, mas também ele. Talvez fosse o mais atingido. Sua mão tremeu; ele queria devolver o cartão, queria mais ainda levá-lo embora, queria rasgá-lo, imediatamente... Mas será que haveria alguém no alto da escada a observá-lo? Nos últimos dias, Harteisen tivera várias vezes a sensação de estar sendo observado; entretanto, sempre a classificara como nervosismo por causa do ódio do ministro Goebbels...

E se toda a situação fosse uma armadilha daquele homem? Para provar ao mundo como o ministro estava correto em seu julgamento sobre o ator Harteisen? Oh, Deus, ele estava enlouquecendo, vendo fantasmas! Um ministro não fazia coisas desse tipo! Ou fazia?

Mas ele não podia ficar parado ali por uma eternidade. Era preciso se decidir, não havia tempo para pensar em Goebbels, era preciso pensar em si próprio!

Harteisen sobe correndo meio lance da escada, por ali não há ninguém a observá-lo. E toca a campainha do advogado Toll. Passa rapidamente pela recepcionista, joga o cartão sobre a mesa do advogado, diz:

— Olhe isso! Achei na escada!

O advogado olha de relance para o cartão. Em seguida, levanta-se e fecha cuidadosamente a porta dupla de seu escritório, que em seu nervosismo o ator deixou aberta. Retorna para sua escrivaninha. Pega o cartão e começa a ler devagar e com atenção, enquanto Harteisen anda de um lado para o outro, impaciente.

Toll solta o cartão e pergunta:

— Onde mesmo você disse que encontrou o cartão?

— Aqui na escada, meio lance para baixo.

— Na escada! Nos degraus?

— Não seja tão literal, Erwin! Não nos degraus, mas no peitoril de janela.

— E posso perguntar por que você teve de trazer essa encantadora mensagem para o meu escritório?

A voz do advogado está mais aguda e o ator responde, em tom suplicante:

— E o que eu deveria fazer? O cartão estava lá, peguei-o sem pensar em nada.

— E por que você não o colocou de volta? Teria sido o mais natural!

— O elevador estava subindo enquanto eu o lia. Fiquei com a sensação de estar sendo observado. Meu rosto é muito conhecido.

— Melhor ainda! — exclamou o advogado, amargo. — E daí você veio até mim com este cartão à mostra? — O ator assentiu, pesaroso. — Não, meu amigo — disse Toll, decidido, devolvendo-lhe o cartão —, por favor, pegue-o de volta. Não quero ter nenhuma relação com isso. E note que você não pode me envolver no caso. Nunca vi este cartão. Pegue-o de volta logo!

Pálido, Harteisen olhou para o amigo.

— Acho que você não é apenas meu amigo — disse, por fim —, mas também é meu advogado e defende meus interesses!

— Não esses; ou melhor: não mais. Você é uma bomba-relógio, tem um talento inacreditável para se meter nas piores enrascadas. E vai estourar os outros junto. Pegue isso de volta logo!

Ele esticou o cartão para Harteisen de novo.

Harteisen, porém, estava impassível, o rosto branco e as mãos enfurnadas nos bolsos. Depois de um longo silêncio, disse em voz baixa:

— Não tenho coragem. Nos últimos dias, tive várias vezes a sensação de estar sendo observado. Faça o favor de rasgar o cartão para mim. Meta-o no meio do lixo do seu cesto de papéis!

— Perigoso demais, meu caro! O contínuo ou a faxineira... e estou em maus lençóis.

— Queime!

— Você se esquece de que o aquecimento aqui é central.

— Pegue um fósforo, queime o cartão no seu cinzeiro. Ninguém saberia.

— Você saberia.

Eles se encararam, pálidos. Eram velhos amigos, desde o tempo de escola, mas agora havia esse medo entre eles, e o medo trouxera a desconfiança. Os dois se olhavam em silêncio.

Ele é ator, pensou o advogado. Talvez esteja encenando alguma coisa para me comprometer. O objetivo é testar minha confiabilidade. Há pouco, naquela infeliz defesa diante do Tribunal do Povo, passei raspando. Mas desde então desconfiam de mim...

Em que medida Erwin é meu advogado?, pensou o ator por sua vez. Não quer me ajudar no caso com o ministro e agora chegaria até a dar um falso testemunho, ao dizer que nunca viu o cartão. Não me representa. Age contra mim. Quem sabe esse cartão... as pessoas estão caindo em armadilhas o tempo todo. Mas que bobagem, ele sempre foi meu amigo, um sujeito confiável...

E os dois retomaram o juízo, olharam-se de novo, começaram a rir.

— Ficamos loucos, um desconfiando do outro!

— Nós, que nos conhecemos há mais de vinte anos!

— Passamos juntos todo o tempo da escola!

— Sim, e chegamos bem longe!

— E agora? O filho acusa a mãe, a irmã acusa o irmão, o namorado acusa a namorada...

— Mas nós, não!

— Vamos pensar no que é melhor a fazer com este cartão. Se você está se sentindo observado, seria realmente irresponsável sair à rua com ele no bolso.

— Pode ter sido só nervosismo. Me passe o cartão, vou dar um jeito!

— Você e seu incurável pendor para a loucura! Não, o cartão fica aqui!

— Você tem mulher e dois filhos, Erwin. Talvez seus funcionários não sejam todos absolutamente confiáveis. Quem é confiável hoje em dia? Me passe o cartão. Ligo para você em quinze minutos para avisar do destino dele.

— Pelo amor de Deus! Esse é você, Max. Fazer uma ligação para falar disso! Por que não telefona logo para Himmler?* É mais eficiente!

Eles se olham de novo, minimamente consolados por não estarem sozinhos, por ainda terem um no outro um amigo confiável.

De repente, o advogado bate no cartão, furioso.

— O que será que o idiota que escreveu isso e deixou na escada estava pensando? Em botar outras pessoas na fogueira?

— E o motivo? Qual é a mensagem, afinal? Nada que todo mundo já não saiba! Deve ser um louco!

— Esse povo se tornou um povo de loucos, um contamina o outro!

— Ah, se a gente pegasse o sujeito que mete os outros nessas enrascadas! Eu ficaria bem feliz...

— Deixa estar! Com certeza você não gostaria de ver mais um morrendo. Mas como vamos sair dessa encrenca?

O advogado olhou pensativo para o cartão. Em seguida, pegou o telefone.

— Temos uma espécie de líder político aqui no prédio — explicou. — Vou entregar o cartão oficialmente a ele, relatar o caso em seus detalhes, mas sem dar grande importância ao ocorrido. Você está seguro do que vai dizer?

— Totalmente.

— E os seus nervos?

— Fique tranquilo, meu caro. Nunca fiquei nervoso no palco. Antes, sempre! Que tipo de homem é esse líder político?

— Não faço ideia. Não me lembro de tê-lo visto antes. Provavelmente é um chefete qualquer. De todo modo, vou ligar para ele agora.

Mas o homenzinho não tinha jeito de chefete, parecia mais uma raposa, e se sentiu muito honrado em conhecer o famoso ator, que já vira tantas vezes no cinema. De pronto, citou seis filmes — nenhum dos quais da sua filmografia. Max Harteisen admirou a memória do homenzinho, e em seguida eles passaram para a parte dos negócios da visita.

A raposinha leu o cartão e não era possível decifrar, a partir de seu rosto, o que estava pensando. O homem era esperto. Em seguida, ouviu o relato sobre a descoberta do cartão e a entrega no escritório do advogado.

— Muito bom. Muito correto! — elogiou o líder. — E quando foi que isso aconteceu?

O advogado hesitou por um instante, lançando um rápido olhar para o amigo. Melhor não mentir, pensou. Ele fora visto entrando, muito nervoso, com o cartão nas mãos.

— Há pouco mais de meia hora — disse.

O homenzinho ergueu as sobrancelhas.

— Há tanto tempo? — perguntou, admirado.

— Tínhamos outros assuntos a discutir — explicou o advogado. — Não demos muita importância ao fato. Ou será que é importante?

— Tudo é importante. Teria sido importante pegar a pessoa que deixou o cartão. Mas depois de meia hora já é tarde demais.

Cada uma de suas palavras soava como uma leve repreensão por esse "tarde demais".

— Sinto pelo atraso — disse o ator Harteisen. — Culpa minha. Coloquei meus interesses na frente dessa... porcaria!

— Eu deveria ter feito diferente — disse o advogado.

A raposinha deu um sorriso apaziguador.

— Bem, meus senhores, o atrasado permanece atrasado. De qualquer maneira, fico feliz por ter tido a oportunidade de conhecer pessoalmente o sr. Harteisen. *Heil* Hitler! — Erguendo-se num salto, disse de novo e bem alto: — *Heil* Hitler!

E quando a porta se fechou atrás dele, os dois amigos se entreolharam.

— Graças a Deus estamos livres daquele cartão infeliz!

— E ele não desconfiou da gente!

— Não por causa do cartão! Mas com certeza percebeu que ficamos em dúvida entre entregá-lo ou não.

— Você acha que o caso vai ter desdobramentos?

— Acho que não. Na pior das hipóteses, um interrogatório inofensivo, onde e quando você achou o cartão. E não há nada a esconder a respeito disso.

— Sabe, Erwin, agora estou até bem aliviado por sair um pouco desta cidade.

— Não é?

— Esta cidade deixa a gente doente!

— Ficamos doentes! Já estamos! E bastante!

Enquanto isso, a raposinha se dirigiu até sua sede local. Um camisa-marrom passou a segurar o cartão.

— Isso só diz respeito à Gestapo — disse o camisa-marrom. — É melhor você ir até lá com isso, Heinz. Espere, vou escrever um bilhete. E os dois homens?

— Completamente fora de questão! Claro que não são politicamente confiáveis. Estavam suando em bicas quando me entregaram o cartão.

— Parece que o Harteisen caiu em desgraça com o ministro Goebbels — disse o camisa-marrom, pensativo.

— Mesmo assim! — disse a raposinha. — Ele nunca ousaria algo dessa gravidade. É medroso demais. Citei seis filmes nos quais ele não apareceu e admirei sua atuação primorosa. Curvou-se seis vezes e estava radiante de felicidade. Enquanto isso, percebi claramente como ele suava de medo!

— Todos têm medo! — disse o camisa-marrom, com desprezo. — Mas por quê? O papel deles é tão fácil, só têm de fazer o que lhes é ordenado.

— As pessoas não conseguem parar de pensar. Elas sempre acham que pensando vão chegar mais longe.

— Elas têm apenas de obedecer. O pensamento fica a cargo do Führer. — O camisa-marrom bateu o dedo sobre o cartão. — E isso aqui? Qual é seu palpite, Heinz?

— O que posso dizer? Provavelmente alguém realmente perdeu o filho...

— E daí? Os que escrevem e fazem isso são só incitadores. Querem alguma coisa para si mesmos. Filhos e a Alemanha como um todo não interessam a eles. Deve ter sido algum velho socialista ou comunista...

— Não acho. Essa gente não consegue largar suas palavras de ordem, fascismo e reação, solidariedade e proletariado, mas não há nada disso neste cartão. Sinto o cheiro de um socialista ou de um comunista a dez quilômetros de distância e contra o vento...

— Mas eu acho. Todos eles se disfarçaram...

Mas os homens da Gestapo também não concordavam com o camisa-marrom. Aliás, o relatório da raposinha foi recebido com tranquilidade. O pessoal de lá já estava acostumado com essas coisas.

— Tudo bem — disseram. — Vamos verificar. Se o senhor puder ir até o delegado Escherich... vamos avisá-lo por telefone e ele levará o caso adiante. Relate a ele com exatidão o comportamento dos dois homens. Claro que neste momento não há nada contra eles, mas isso pode ser útil como material para eventuais investigações futuras, compreende?

O delegado Escherich — um homem alto, magro, de bigode comprido cor de areia, vestido num terno cinza-claro: tudo naquele sujeito era tão sem cor que dava facilmente para imaginá-lo como cria do pó dos arquivos —, bem, o delegado Escherich girou o cartão entre os dedos para lá e para cá.

— Um disco novo — disse, por fim. — Ainda não tenho na minha coleção. Mão pesada, não escreveu muito na vida, sempre trabalhou executando tarefas manuais.

— Um comunista? — perguntou a raposinha.

O delegado Escherich soltou uma risadinha.

— Não faça piada! Este cartão-postal e um comunista! Veja, se tivéssemos uma polícia de verdade e o caso fosse realmente importante, em 24 horas seu autor estaria atrás das grades.

— E como o senhor faria isso?

— Muito simples! Eu verificaria em toda Berlim quem perdeu um filho na guerra nas últimas duas, três semanas; um filho único, bem entendido, pois o remetente tinha apenas um filho.

— Como dá para saber?

— Muito simples! Está dito na primeira frase, quando o remetente fala de si próprio. Na segunda, quando fala dos outros, são filhos. Bem, e eu ficaria de olho naqueles que se encaixam no critério da pesquisa... não devem ser tantos assim em Berlim. O remetente estaria entre eles.

— Mas, então, por que não agir?

— Já lhe disse, porque não temos estrutura e porque não vale a pena. Veja, há duas possibilidades. O sujeito vai escrever mais dois, três cartões e depois vai parar. Porque é muito cansativo ou porque o risco é alto demais. Daí o estrago não foi grande e também não investimos muito trabalho nele.

— O senhor acha que ele vai distribuir todos os cartões por aqui?

— Todos, não. Mas a maioria. O povo alemão é bastante confiável...

— Porque todos têm medo!

— Não, não foi isso que eu disse. Por exemplo, não acredito que esse homem — e bateu com o nó dos dedos no cartão — tenha medo. Acho, porém, que existe uma segunda possibilidade: ele vai escrever cada vez mais. Vamos deixar que faça isso, quanto mais ele escrever, mais vai se acusar. Agora ele se revelou apenas ligeiramente. Não preciso fazer muito. Tenho apenas de ficar sentado aqui, prestando um pouco de atenção nele e, vupt!, peguei o homem! Aqui, no nosso departamento, é necessário ter paciência. Às vezes demora um ano, às vezes mais do que isso, mas por fim descobrimos toda a nossa freguesia. Ou quase toda.

— E depois?

O homem cor de pó tinha pegado um mapa de Berlim e o afixou na parede. Em seguida, espetou uma bandeirinha vermelha exatamente no lugar do prédio de escritórios da Neue Königstrasse.

— Veja, isso é tudo o que posso fazer no momento. Mais bandeirinhas serão afixadas nas próximas semanas, e onde sua concentração for maior é a área em que está nosso caro solerte. Porque com o tempo ele ficará mais relaxado e porque não vale a pena percorrer uma distância muito grande por causa de apenas um cartão. Veja, o solerte não está pensando mais nesse cartão. E é tão simples! Darei um bote e ele estará preso.

— E depois? — perguntou a raposinha, movida por uma excitante curiosidade.

O delegado Escherich encarou o outro com um ligeiro desprezo.

— Quer mesmo ouvir os detalhes? Bem, vou lhe fazer o favor: Tribunal do Povo e fim! O que me importa? O que move o sujeito a escrever um cartão idiota desses, que ninguém lê nem quer ler? Realmente, não me importa a mínima. Recebo o meu salário, tanto faz se vendendo selos ou espetando bandeirinhas. Mas não vou me esquecer de você, vou me lembrar que foi quem me trouxe a primeira ocorrência. E quando tiver pegado o sujeito e chegar a hora, envio-lhe um convite para a execução.

— Não, muito obrigado. Não era o que eu queria dizer.

— Claro que era. Por que você se constrange na minha frente?! Ninguém precisa se constranger comigo, pois sei como é o ser humano! Se não soubéssemos disso aqui, quem saberia? Nem mesmo Deus! Então, combinado, vou lhe enviar um convite para a execução. *Heil* Hitler!

— *Heil* Hitler! E não se esqueça, hein?

Capítulo 21
Seis meses depois: os Quangels

Seis meses depois, a escrita de postais aos domingos havia se transformado num hábito dos Quangels, um hábito sagrado, que era parte de sua vida cotidiana, assim como a profunda calma que os envolvia ou a economia férrea com cada centavo. Eram as horas mais gostosas da semana: os dois sentados juntos aos domingos, ela num canto do sofá ocupada com algum tipo de costura ou cerzimento, ele sentado rígido na cadeira e a pena na manzorra, escrevendo lentamente cada palavra.

Quangel duplicara sua produção inicial de um cartão por semana. Sim, em domingos bons ele conseguia fazer até três. Mas nunca escrevia a mesma coisa. Quanto mais escreviam, mais erros do Führer e do partido os Quangels descobriam. Coisas que, quando aconteciam, eram tidas como simplesmente deploráveis — como a repressão a todos os outros partidos — ou apenas excessivas ou aplicadas de maneira muito bruta — como as perseguições aos judeus (pois, como a maioria dos alemães, os Quangels, no íntimo, não eram simpáticos aos judeus; ou seja, estavam de acordo com essas medidas). Agora, transformados em inimigos do Führer, essas ações ganhavam um rosto e um peso totalmente diferentes. Elas lhes atestavam a hipocrisia do partido e de seu líder. E, como todo recém-convertido, eles tinham o afã de converter outros, e por isso o tom desses cartões nunca se tornou monótono e não lhes faltava assunto.

Anna Quangel abandonara havia tempos seu posto de ouvinte silenciosa; ficava sentada no sofá, falava animadamente, sugeria temas e pensava em frases. Trabalhavam na melhor das parcerias, e essa profunda e íntima associação, que conheceram apenas após tantos anos de casados, tornou-se uma grande felicidade para eles, irradiando sua luz durante toda a semana. Olhavam-se nos olhos, sorriam, cada um sabia quando o outro estava pensando no próximo cartão ou no efeito desses postais, no número sempre crescente de seus seguidores e que as notícias deles já eram aguardadas com impaciência.

Ambos não duvidavam nem por um segundo que seus cartões agora passavam secretamente de mão em mão, que Berlim começara a falar desses combatentes. Estavam cientes de que parte dos cartões acabava nas mãos da polícia, mas supunham que fosse um a cada cinco ou seis. Pensavam com frequência nesse efeito e conversavam bastante a respeito, de modo que a multiplicação de suas notícias, o impacto que causavam lhes parecia absolutamente natural, inquestionável.

Entretanto, os Quangels não tinham nenhum ponto de referência para tais conjecturas. Não importava se Anna Quangel estivesse na fila diante de uma mercearia, ou se o encarregado de oficina se aproximasse, mudo e com seu olhar frio, de um grupo de conversadores e os fizesse parar apenas por causa de sua presença — eles nunca ouviam sequer uma palavra sobre o novo combatente opositor ao Führer, sobre as mensagens que ele enviava ao mundo. Mas esse silêncio sobre o seu trabalho não os fazia fraquejar na firme convicção de que os cartões estavam sendo discutidos e que surtiam efeito. Berlim era uma cidade muito grande e a distribuição dos cartões acontecia numa área ampla, algum tempo era necessário para que eles se tornassem conhecidos em todos os lugares. Resumindo, os Quangels eram como todos os homens: acreditavam naquilo em que tinham esperança.

Dos procedimentos de segurança que Quangel considerou indispensáveis no início de seu trabalho, apenas as luvas foram abandonadas. Reflexões mais aprofundadas o convenceram de que aqueles apetrechos tão incômodos e que atrasavam tanto sua atividade não serviam para nada. Antes de acabarem na polícia, supostamente seus cartões passavam por tantas mãos que mesmo o policial mais dedicado ficaria impossibilitado de descobrir quais eram as impressões digitais do remetente. Claro que Quangel continuava mantendo o máximo cuidado. Antes de começar o trabalho, sempre lavava as mãos e segurava os cartões com muita delicadeza e apenas nas bordas; ao escrever, havia sempre um mata-borrão debaixo da mão com a caneta.

Em relação à distribuição dos cartões nos grandes prédios de escritórios, havia muito a excitação da novidade tinha desaparecido. O ato, que no começo lhe parecera tão perigoso, provou ser a parte mais simples de toda a tarefa. Bastava entrar num prédio movimentado, esperar pelo momento certo e em seguida descer as escadas de novo — um pouco mais aliviado, livre de uma pressão no estômago, o pensamento "deu certo mais uma vez" na cabeça, mas não especialmente nervoso.

No início, Quangel distribuía os cartões sozinho. A presença de Anna lhe parecia até indesejável. Mas depois, num movimento natural, Anna se tornou uma ativa colaboradora. Quangel fazia questão de que os cartões escritos, fossem um, dois ou até três, sempre saíssem de casa no dia seguinte. Às vezes, porém, ele sentia dificuldade em caminhar por causa do reumatismo que lhe acometia as pernas. Além disso, a cautela exigia que os cartões fossem deixados em áreas da cidade bem distantes entre si. O preço disso eram viagens de bonde que consumiam muito tempo, difíceis de serem cumpridas por apenas uma pessoa.

Dessa maneira, Anna Quangel assumiu sua parte também nesse trabalho. Para sua surpresa, ela descobriu que era muito mais assustador ficar diante de um prédio, à espera, do que propriamente distribuir os cartões. Nesse momento, ela era a calma em pessoa. Assim que entrava num prédio, sentia-se confiante em meio ao movimento de sobe e desce das escadas. Esperava pacientemente por sua oportunidade e depositava os cartões com rapidez. Ela sempre estava totalmente segura de nunca ser observada nessa hora, de ninguém poder reconhecê-la ou descrevê-la. Na verdade, era muito menos chamativa do que o marido, com seu rosto de pássaro. Era uma mulher normal, como tantas outras, que estava dando uma corridinha ao médico.

Apenas uma única vez os Quangels foram incomodados na escrita dos domingos. Mas mesmo nessa ocasião não houve nervosismo nem desespero. Como já haviam combinado tantas vezes, quando ouviram a campainha Anna Quangel se aproximou da porta em silêncio e observou o corredor pelo olho mágico, enquanto Otto Quangel guardava o material de escritório e metia o cartão começado no meio do livro de construção de rádios de seu filho. As primeiras palavras traçadas eram:

"O FÜHRER ORDENA — NÓS OBEDECEMOS! SIM, OBEDECEMOS, NOS TORNAMOS UM BANDO DE CORDEIROS QUE NOSSO FÜHRER PODE CONDUZIR A QUALQUER MATADOURO. DESISTIMOS DE PENSAR..."

Quando as duas visitas entraram — um baixinho corcunda e uma mulher morena, magra e de fisionomia cansada —, Otto estava sentado, entalhando o busto do filho, já bem adiantado, e que na opinião de Anna estava ficando cada vez mais parecido com o jovem. O baixinho corcunda era o irmão de Anna; quase trinta anos haviam se passado desde que os irmãos se encontraram pela última vez. Ele sempre trabalhara numa fábrica de equipamentos ópticos em Rathenow e fora transferido havia pouco para Berlim, a fim de atuar como especialista numa fábrica de algum tipo de equipamento para submarinos. A mulher cansada e morena era a cunhada de Anna, e esta nunca a vira pessoalmente até então. Otto Quangel não conhecia esses dois parentes da mulher.

Nesse domingo, a atividade de escrita foi suspensa; o cartão iniciado, incompleto, ficou dentro do livro de Ottinho. Apesar de serem tão contrários a todo tipo de visita, fosse de amigos ou de parentes, a fim de manter o sossego no qual eles queriam viver, esse insuspeitado irmão e a mulher, surgidos do nada, não lhes desagradaram. De um jeito próprio, os Heffkes também eram gente sossegada. Faziam parte de algum tipo de seita e dava para concluir, a partir de algumas insinuações, que ela era perseguida pelos nazistas. Mas eles mal falavam disso, assim como qualquer assunto político era temerosamente evitado.

Quangel, porém, escutou admirado Anna e seu irmão Ulrich Heffke trocarem lembranças de infância. Pela primeira vez ele se deu conta de que Anna também tinha sido criança, uma criança cheia de vida, animada e arteira. Ele havia conhecido a mulher já moça; nunca pensara que ela tivesse sido bem diferente — antes de sua existência queixosa e aborrecida de empregada doméstica, que lhe roubara tanto de suas forças e esperanças.

Enquanto os irmãos conversavam, ele viu diante de si o vilarejo, pequeno e pobre; soube que ela tinha de cuidar dos gansos, que sempre se escondia do odiado trabalho de colher batatas e que levara muitas surras por causa disso. Descobriu também que ela era bastante querida no vilarejo porque, teimosa e cheia de coragem, sempre se opunha a tudo o que lhe parecia injusto. Lançando bolas de neve, Anna chegara a derrubar três vezes seguidas o chapéu da cabeça de um professor tirano... e nunca foi pega. Apenas ela e Ulrich sabiam disso, mas Ulrich não era dedo-duro.

Não, não foi uma visita desagradável, embora tivessem sido escritos dois cartões a menos do que de costume. E os Quangels estavam sendo verdadeiros ao prometerem aos Heffkes, na hora da despedida, uma retribuição da visita. E também mantiveram a promessa. Cerca de cinco ou seis semanas depois, foram até o pequeno apartamento provisório dos Heffkes na zona oeste da cidade, próximo a Nollendorfplatz, que fora desocupado para o casal. Os Quangels aproveitaram a visita para finalmente deixar um cartão também nessa área; embora fosse domingo e os prédios comerciais não estivessem muito movimentados, tudo correu bem.

A partir de então, as visitas recíprocas aconteciam a cada seis semanas aproximadamente. Não eram momentos emocionantes, mas promoviam alguma mudança de ares na vida dos Quangels. Em geral, Otto e a cunhada ficavam em silêncio na mesa, escutando a conversa em voz baixa dos irmãos, que não se cansavam de falar da infância. Conhecer essa outra Anna fazia bem para Quangel; apesar disso, ele nunca encontrou uma ponte entre a mulher que vivia ao seu lado e aquela garota que entendia da vida no campo, fazia travessuras e que mesmo assim era considerada a melhor aluna da pequena escola rural.

Eles descobriram que os pais de Anna, bem velhinhos, ainda viviam na sua cidade natal. Ulrich mencionou de passagem que lhes enviava dez marcos por mês. Anna Quangel estava prestes a dizer ao irmão que passaria a fazer o mesmo, mas percebeu o olhar de repreensão do marido em tempo e ficou em silêncio.

Apenas no caminho de casa, ele disse:

— Não, melhor não, Anna. Por que mimar gente velha? Eles têm aposentadoria e se o cunhado ainda está mandando dez marcos por mês, é suficiente.

— Mas temos tanto dinheiro na poupança! Nunca iremos usá-lo todo. Antigamente pensávamos que ficaria para o Ottinho, mas agora... Vamos fazer, Otto! — pediu Anna. — E mesmo que sejam apenas cinco marcos por mês!

— Agora que estamos metidos nessa coisa grande, não sabemos para que vamos precisar de nosso dinheiro algum dia. Talvez acabemos gastando cada marco, Anna. E os velhos viveram até hoje sem nossa ajuda, por que não continuar assim? — respondeu Otto Quangel, impassível.

Ela ficou em silêncio, um pouco magoada, talvez não tanto pelo amor aos pais, pois mal pensava neles, enviando-lhes por obrigação uma carta por ano, na época do Natal. Mas se sentia um pouco envergonhada e miserável diante do irmão. O irmão não deveria pensar que eles não podiam ajudar também.

— O Ulrich vai achar que não temos condições, Otto — disse Anna, teimosa. — Ele vai achar que você tem um empreguinho qualquer, que não dá dinheiro.

— Não importa o que os outros pensam de mim — retrucou Quangel. — Não vou tirar dinheiro do banco para uma coisa dessas.

Anna sentiu que essa última frase era incontornável e calou-se; como sempre, toda vez que Otto proferia frases como essa ela as acatava, mas restava um tantinho de mágoa pelo fato de o marido nunca respeitar os seus sentimentos. Anna Quangel, porém, rapidamente se esqueceu desse desgosto quando eles voltaram a trabalhar na grande obra.

Capítulo 22
Seis meses depois: o delegado Escherich

SEIS MESES DEPOIS DE TER RECEBIDO o primeiro cartão, o delegado Escherich alisava seu bigode cor de areia diante do mapa de Berlim, no qual marcara com bandeirinhas vermelhas os locais onde os cartões de Quangel tinham sido achados. Havia agora 44 bandeirinhas daquelas espetadas no papel; dos 48 que os Quangels haviam escrito e distribuído naqueles seis meses, apenas quatro postais não tinham ido parar nas mãos da Gestapo. E mesmo esses quatro provavelmente não passaram de mão em mão, mas haviam sido, quase sem ser lidos, rapidamente rasgados, jogados no vaso sanitário ou queimados por causa do medo.

A porta se abriu e entrou Prall, general da SS, o chefe de Escherich:

— *Heil* Hitler, Escherich! Ei, por que você está mordiscando o bigode desse jeito?

— *Heil* Hitler, general! É o autor dos cartões-postais, meu caro solerte, como eu o chamo.

— E por que solerte?

— Não sei. Veio à minha cabeça. Talvez porque ele queira assustar as pessoas.

— E como anda o caso, Escherich?

— Veja... — disse o delegado, ganhando tempo. Ele voltou a olhar, pensativo, para o mapa. — A julgar pelo raio de distribuição, ele deve estar em algum lugar ao norte da Alexanderplatz, que é onde apareceu a maioria dos postais. Mas o lado leste e o centro também foram bem servidos. Nada no sul; apareceram dois no oeste, um pouco ao sul da Nollendorfplatz. Ele deve ter algum compromisso eventual por ali.

— Ou seja: com esse mapa não se chega a conclusão nenhuma! Não damos nem um passo adiante.

— Aguardemos! Daqui a seis meses, se meu solerte não tiver dado nenhuma escorregada até lá, o mapa vai nos fornecer indicações muito mais claras.

— Seis meses! Você é genial, Escherich! Quer deixar esse porco ficar chafurdando na lama e grunhindo por mais seis meses, sem fazer nada além de espetar suas bandeirinhas, na maior calma do mundo!

— No nosso trabalho é preciso ter calma, general. É a mesma coisa que ficar de tocaia esperando pela presa. Não há alternativa senão esperar. Impossível atirar antes de ela aparecer. Mas quando aparecer, eu atiro. Pode ter certeza.

— Minha paciência está no limite, Escherich! Você acha que os homens acima de nós têm tanta paciência? Acho que vamos levar um esculacho daqueles, que será difícil de esquecer. Pense, 44 cartões em seis meses: são quase dois por semana que chegam até nós. Os homens estão vendo isso. E me perguntam: E daí? Ainda não pegaram? Por que não pegaram? O que vocês estão fazendo, afinal? Espetando bandeirinhas e girando os polegares, respondo. E daí eu levo uma reprimenda e recebo a ordem de agarrar o sujeito em duas semanas.

O delegado Escherich sorriu debaixo de seu bigode cor de areia.

— Em seguida, o senhor me esculhamba, general. E me dá a ordem de agarrar o sujeito em uma semana!

— Não ria dessa maneira tão ridícula, Escherich! Se um caso desses chegar aos ouvidos de Himmler, por exemplo, mesmo a mais brilhante das carreiras pode patinar. E talvez algum dia nós dois estejamos amuados em Sachsenhausen, pensando nos bons velhos tempos em que ainda podíamos espetar bandeirinhas vermelhas.

— Não se preocupe, general! Sou um velho criminalista e sei que ninguém pode fazer melhor do que estamos fazendo, que é esperar. Esses espertalhões que nos sugiram um caminho melhor de se chegar no meu solerte. Mas é claro que não conhecem nenhum.

— Escherich, lembre-se: se há 44 cartões por aqui, isso quer dizer que pelo menos o mesmo tanto, mas talvez mais de cem, esteja em circulação hoje em Berlim. Semeando insatisfação, incentivando a sabotagem. Não dá para ficar assistindo de camarote!

— Cem cartões em circulação! — Escherich riu. — O senhor tem noção do que é o povo alemão? Mil desculpas, eu não queria dizer isso, escapou. Claro que um general conhece muito bem o povo alemão, provavelmente mais do que eu, mas as pessoas andam com tanto medo! Elas os entregam! Com certeza não há mais que dez cartões circulando por aí.

Depois de uma expressão irada por causa da afirmação injuriosa de Escherich (essa gente que vinha da polícia era um tanto burra demais e se permitia liberdades demais!), quer dizer, depois de o general Prall revidar a afirmação injuriosa de Escherich com um olhar irado e uma sacudida impaciente do braço, ele disse:

— Mas dez já são muitos! Um já é muito! Não deve haver nenhum em circulação! Você tem de pegar o homem, Escherich. E rápido.

O delegado ficou em silêncio. Sem erguer o olhar dos bicos brilhantes das botas do alto oficial, ficou mexendo no bigode cor de areia e teimosamente se manteve calado.

— Você fica aí, mudo! — disse Prall, bravo. — E também sei o que está pensando. Está pensando que sou um desses sabichões que só sabem ficar cuspindo ordens porque não têm nada mais inteligente para dizer.

Fazia muito tempo que o delegado Escherich não se ruborizava, mas, naquele momento em que seus pensamentos secretos tinham sido flagrados, ele estava perigosamente perto de ficar vermelho feito um pimentão. E também se sentia constrangido, pois fazia uma eternidade que não passava por algo parecido.

O general Prall percebeu tudo claramente. Animado, disse:

— Ora, não quero deixá-lo constrangido, é evidente que não! E também não quero sair dando conselhos. Sabe, não sou criminalista; fui apenas designado para chefiar este lugar. Mas me instrua um pouco. Com certeza terei de fazer um relatório sobre esse caso nos próximos dias e seria bom estar informado. O homem nunca foi observado ao distribuir os cartões?

— Nunca.

— E não se levantou nenhuma suspeita nos prédios onde os cartões foram encontrados?

— Suspeita? Uma sobre a outra! Hoje em dia, a suspeita brota de todos os cantos. Mas por trás disso não há nada além do que um pouco de raiva dos vizinhos, mania de espionagem, festival de denúncias. Não, desse mato não sai coelho!

— E aqueles que os encontraram? Todos insuspeitos?

— Insuspeitos? — Escherich retorceu a boca. — Ah, Deus, ninguém é insuspeito hoje em dia. — E depois de olhar rapidamente o rosto do chefe: — Ou todos são. Investigamos todos aqueles que os encontraram, várias e várias vezes. Ninguém tem nenhuma relação com o remetente dos cartões.

O general suspirou.

— Você deveria ser padre. Sabe consolar lindamente, Escherich! — disse. — Então só restam os cartões. E as outras pistas?

— Poucas. Pouquíssimas — respondeu Escherich. — Não, padre, não, mas vou lhe dizer a verdade! Depois da primeira escorregada que ele deu com o único filho, pensei que se enforcaria sozinho. Mas ele é uma raposa esperta.

— Escherich — disse Prall subitamente —, você já pensou que o remetente poderia ser uma mulher? Tive essa ideia quando você mencionou o filho único.

Por alguns instantes, o delegado olhou surpreso para o chefe. Refletiu. Depois disse, balançando a cabeça:

— Não, general. Esse é justo um dos pontos que considero absolutamente seguros. Meu solerte é viúvo ou, pelo menos, um homem que vive sozinho. Se fosse uma mulher, há muito tempo teria havido alguma fofoca. Lembre-se: já faz seis meses. Mulher nenhuma consegue ficar calada tanto tempo!

— Mas e uma mãe que perdeu o único filho?

— Também não. Muito menos nessa situação! — prosseguiu Escherich. — Quem está sofrendo quer ser consolado. E para receber consolo é preciso falar. Não, com certeza não há nenhuma mulher envolvida. Só há uma pessoa inteirada da história e ela sabe manter silêncio.

— Como eu disse, é um padre! E quanto a pistas?

— Precárias, muito precárias. Com muita certeza o homem é avarento ou já se meteu em confusão com a campanha de inverno. Pois os cartões podem trazer todo tipo de mensagem, mas nunca falta o aviso: Nada de doações à campanha de inverno!

— Bom, se formos procurar em Berlim por aqueles que não gostam de fazer donativos para a campanha de inverno, Escherich...

— É o que eu digo, general. Pista precária, muito precária.

— E o que mais?

O delegado deu de ombros.

— Pouco. Nada — disse ele. — Podemos supor com bastante segurança que o distribuidor não tem emprego fixo, pois os cartões foram descobertos em várias horas do dia, entre oito da manhã e nove da noite. E, como as escadas que meu solerte usa são muito movimentadas, os cartões foram imediatamente descobertos. E o que mais? Um trabalhador que escreveu pouco na vida, mas cuja formação escolar não é ruim, quase não comete erros de ortografia, se expressa com precisão...

Escherich calou-se; ambos ficaram mudos por um bom tempo, encarando o mapa com as bandeirinhas vermelhas sem pensar em nada.

Em seguida, o general Prall disse:

— Um osso duro de roer, Escherich. Para nós dois.

— Não existe osso duro demais. Sempre há dentes à altura! — retrucou o delegado, consolador.

— Alguns acabam mordendo a própria língua, Escherich!

— Tenha paciência, general, apenas um pouco de paciência!

— Não é por mim, Escherich, mas pelos homens lá de cima. Vamos lá, quebre um pouco a cabeça, talvez você tenha uma ideia melhor do que ficar só nesse compasso de espera. *Heil* Hitler, Escherich!

— *Heil* Hitler, general!

Sozinho, o delegado Escherich ficou mais algum tempo diante do mapa enquanto, pensativo, passava a mão no bigode. A situação não era bem aquela que ele tentara vender ao chefe. Nesse caso, ele não se sentia apenas como o experiente criminalista, impassível diante de tudo.

Ele estava particularmente interessado naquele mudo remetente de cartões, que infelizmente ainda lhe era desconhecido, e que entrara de maneira tão cuidadosa, calculada, naquela batalha quase sem perspectiva. A princípio, o caso do solerte tinha sido considerado apenas mais um entre tantos. Depois Escherich se animara. Era preciso encontrar esse homem que compartilhava a cidade com ele sob um de seus dez mil tetos; era preciso ficar cara a cara com o homem que fazia com que todas as semanas dois ou três cartões-postais pousassem sobre sua escrivaninha, com a regularidade de uma máquina — na segunda-feira à noite ou, no máximo, na terça pela manhã.

Havia muito que Escherich não dispunha mais daquela paciência que aconselhara ao general. Escherich caçava; o velho criminalista era um autêntico caçador. Estava no sangue. Corria atrás de gente como outros caçadores corriam atrás de animais. Para ele, o fato de que porcos e homens tinham de morrer no final da caçada não importava. O porco estava predestinado a morrer dessa forma, assim como o homem que escrevia cartões. Ele já tinha quebrado a cabeça para saber como chegar mais rápido ao solerte. Aquela orientação do general Prall fora desnecessária. Mas ele não encontrou nenhum caminho, pois só havia a paciência. Não era possível mobilizar todo o aparato policial de Berlim por causa de algo tão insignificante, revistar cada apartamento da cidade. Isso sem contar que ele não tinha permissão para levantar tamanha inquietação entre os seus moradores. Era preciso continuar tendo paciência...

E, se houvesse paciência suficiente, alguma coisa aconteceria de repente: quase sempre era assim. O criminoso cometia um erro ou o acaso lhe pregava uma peça. Era preciso aguardar — o acaso ou o erro. Um dos dois acontecia sempre, ou quase sempre. Escherich torcia para que nesse caso não houvesse nenhum "quase sempre". Ele estava interessado, ah!, muito interessando. No fundo, era-lhe absolutamente indiferente se a ação partia de um criminoso ou não. Escherich, como já foi dito, era um caçador. Não pela presa em si, mas pelo prazer do ato. Sabia que, no instante em que o criminoso estivesse preso e sua culpa fosse suficientemente comprovada, ele perderia o interesse no caso.

O animal estava abatido, o homem em prisão preventiva — a caçada tinha chegado ao fim. Próxima tarefa!

Escherich desviou seu olhar baço do mapa. Estava sentado diante da escrivaninha e comia devagar e pensativo o pão que trouxera para o café da manhã. Quando o telefone tocou, atendeu, hesitante. Ainda indiferente, escutou a apresentação:

— Sou da delegacia da Frankfurter Allee. O delegado Escherich está?

— É ele.

— É o encarregado do caso dos cartões-postais desconhecidos?

— Sim. O que há? Agilize.

— É bem provável que tenhamos prendido o distribuidor deles.

— Enquanto os distribuía?

— Quase. Ele nega, claro.

— Onde ele está?

— Ainda aqui na delegacia.

— Mantenha-o aí, chego em dez minutos com a viatura. E não o interrogue mais! Deixe o homem em paz! Quero falar pessoalmente com ele. Entendido?

— Sim, delegado.

— Estou a caminho.

Por um instante Escherich ficou sem reação. O acaso — o bom e misericordioso acaso! Ele sabia que era preciso apenas ter paciência.

Ele se dirigiu rapidamente ao primeiro interrogatório do distribuidor de cartões.

Capítulo 23
Seis meses depois: Enno Kluge

SEIS MESES DEPOIS, O MECÂNICO DE precisão Enno Kluge estava sentado, impaciente, na sala de espera de um consultório médico. Havia mais outras trinta ou quarenta pessoas no recinto. Uma auxiliar, sempre irritada, tinha acabado de chamar o paciente de número 18. A senha de Enno era número 29. Faltava mais de uma hora para chegar a sua vez e o bar Azarão já o aguardava.

Enno Kluge não conseguia ficar muito tempo sentado. Sabia muito bem que não podia ir embora antes de o médico lhe passar um atestado de afastamento por doença, senão haveria confusão no trabalho. Na verdade, porém, não dava mais para esperar muito: o horário das apostas nos cavalos estava para se encerrar.

Enno quer andar para cima e para baixo na sala de espera. Mas o lugar está cheio demais, as pessoas reclamam. Por essa razão, refugia-se no corredor. E quando a auxiliar o descobre lá e lhe pede, muito tensa, que volte ao seu lugar, ele pergunta onde é o banheiro.

Ela mostra o lugar com muita má vontade e está disposta a esperar até que o homem volte. Mas a seguir a porta do consultório se abre algumas vezes e ela tem de recepcionar o 43º, o 44º e o 45º paciente, verificar seus documentos, preencher fichas, carimbar atestados.

É assim do começo da manhã até tarde da noite. Ela está quase morta, o médico está quase morto, e ela nunca sai desse infeliz estado de irritação contínua em que se encontra há semanas. Por essa razão, desenvolveu um verdadeiro ódio contra esse fluxo contínuo de pacientes que não lhe dão sossego, que já esperam junto à porta às oito da manhã, quando ela chega, e que ainda estão ali às dez da noite, preenchendo a sala de espera com seus odores desagradáveis. Todos homens que querem se safar do trabalho, se safar do front, pessoas que pretendem conseguir mais alimentos e alimentos melhores por meio de um atestado médico. Todas pessoas que querem se safar de suas obrigações. Ela, porém, não tem como fazer isso. Tem de aguentar ali, não pode ficar doente (como o doutor iria se virar sem ela?), e ainda precisa ser simpática com esses malandros, que sujam tudo com catarro, vômito! O banheiro está sempre cheio de cinzas de cigarro.

De repente, ela se lembra do malandro ao qual mostrou há pouco o caminho do banheiro. Certamente ainda está lá, fumando. Ela se levanta, vai até lá, sacode a porta.

— Ocupado! — manifesta-se uma voz.

— Saia logo daí! — ordena ela, brava. — O senhor acha que pode ficar horas trancado no banheiro? Outras pessoas também querem usá-lo!

Enquanto Kluge passa rapidamente por ela, ouve as palavras irritadas:

— Claro que está tudo cheio de fumaça! Vou contar ao doutor o quanto o senhor está doente! E daí veremos só!

Desalentado, Enno Kluge se apoia numa das paredes da sala de espera. Sua cadeira foi ocupada nesse meio-tempo. O médico está atendendo o paciente de número 22. Provavelmente não vale a pena continuar esperando. A louca está disposta a fazer com que o médico não lhe passe o atestado de afastamento por doença. E então? A temperatura na fábrica vai esquentar! Já é o quarto dia que ele falta; o pessoal de lá é mesmo capaz de enviá-lo a uma companhia correcional ou a um campo de concentração — os companheiros sempre são capazes! Sim, ele precisa conseguir um atestado ainda hoje e o mais inteligente é continuar esperando, já que está faz tanto tempo ali. Qualquer outro médico estará igualmente ocupado; ele terá de ficar num consultório até a noite e pelo menos esse tem a fama de soltar os atestados com facilidade. Não vai apostar nos cavalos hoje; o Enno não vai aparecer hoje, não tem jeito...

Tossindo, ele se apoia na parede, uma criatura frágil. Ou melhor, um zero à esquerda. Depois daquela sova que levou do Persicke da SS ele nunca conseguiu se recuperar totalmente. Sim, as coisas no trabalho melhoraram depois de alguns dias, embora suas mãos nunca mais tivessem recuperado a antiga destreza. Ele havia se tornado um trabalhador mediano. Nunca mais apresentaria a mesma habilidade manual, nunca mais seria um homem respeitado em sua profissão.

Talvez fosse isso que o tornara tão indiferente ao trabalho, talvez também ele não gostasse mais de trabalhar. Não conseguia compreender muito bem seu sentido e objetivo. Para que se esforçar tanto, se dava para viver de maneira razoável sem trabalhar? Para a guerra? Eles que fizessem sua guerra de merda sozinhos, ele não estava interessado. Se resolvessem enviar seus oficiais gordos para o front, talvez a guerra acabasse bem rápido!

Não, também não era a pergunta sobre o sentido de seu trabalho que o fazia odiar todas aquelas tarefas. É que Enno, naqueles dias, podia viver sem trabalhar. Sim, ele tinha sido fraco, admitia, voltara para as mulheres, primeiro para Tutti, depois para Lotte, e elas também estavam dispostas a sustentar por algum tempo esse homem pequeno e dengoso. E assim que ele se envolvia com as mulheres, qualquer tipo de trabalho organizado cessava. Elas começavam a brigar logo cedo, quando ele pedia seu café às seis da manhã: o que era aquilo? Nessa hora estava todo mundo dormindo; ele tinha mesmo necessidade daquilo? Que voltasse para sua cama quentinha!

Bem, sendo ele Enno Kluge, dava para ganhar uma briga dessas uma ou duas vezes; três, não. Ele cedia, voltava para a cama da mulher e dormia mais uma, duas ou até três horas.

Se fosse muito tarde, ele não ia à fábrica e faltava naquele dia. Se fosse mais cedo, chegava um pouco atrasado, munido de alguma desculpa esfarrapada. Levava uma descompostura (mas estava acostumado com isso havia tempos, nem dava ouvidos), trabalhava durante algumas horas e voltava para casa a fim de levar mais broncas: Para que servia ter um homem em casa se ele ficava o dia inteiro fora? Por um punhado de marcos? Havia jeito mais fácil de ganhá-los! Não, se era para trabalhar, ele que tivesse ficado no seu apertado quarto de hotel. Mulheres e trabalho eram irreconciliáveis. Havia uma exceção, Eva — e claro que Enno Kluge tinha feito mais uma tentativa de receber acolhida na casa da mulher, a carteira. Mas lá soube pela sra. Gesch que Eva viajara. A vizinha recebera uma carta dela, dizendo que estava com parentes em algum lugar em Ruppin. Sim, a sra. Gesch estava com a chave do apartamento, mas não tinha a menor intenção de entregá-la a Enno Kluge. Quem pagava o aluguel regularmente? Ele ou a mulher? Ora, por isso o apartamento era dela, não dele! A sra. Gesch já tinha se metido em confusões demais por causa do ex-vizinho e nem lhe passava pela cabeça liberar o lugar para ele.

Aliás, se ele quisesse fazer algo pela mulher, que desse uma passada no correio, foi o que disse a vizinha. O pessoal de lá já tinha vindo algumas vezes atrás dela e havia pouco chegara também um pedido de comparecimento por parte de algum tribunal do partido. A sra. Gesch simplesmente o devolvera com a observação "Destinatário viajou para local desconhecido". No correio, porém, seria bom ajeitar a situação. Sua mulher certamente tinha alguns direitos ali.

Essa história dos direitos o deixou alerta. Afinal, podia comprovar ser o marido. Os direitos de Eva também eram seus direitos. Mas essa estratégia provou ser errada; no correio, ele levou outra enquadrada. Eva devia ter aprontado alguma com o partido; eles estavam furiosos! Enno perdeu totalmente a pressa em se identificar como marido de Eva. Ao contrário, esforçou-se ao máximo para provar que estava havia tempo separado dela e que não tinha conhecimento das suas atividades.

Por fim, eles o liberaram. Afinal, o que tirar daquele homenzinho sempre disposto a chorar e que começava a tremer na primeira bronca? Então ele podia ir; que desse o fora dali. E, caso visse a mulher de novo, foi instruído a mandá-la se apresentar imediatamente no correio. Melhor ainda: ele deveria informar onde ela estava morando; o resto seria organizado lá mesmo.

A caminho da casa de Lotte, Enno Kluge voltou a sorrir. Então a esforçada Eva estava metida numa enrascada, tinha se refugiado em Ruppin com os parentes, sem coragem de dar as caras em Berlim! Claro que Enno não cometeu a burrice de dizer ao pessoal do correio para onde Eva tinha viajado; ele era tão esperto como a sra. Gesch. Havia uma última saída. Se algum dia as coisas em Berlim se tornassem absolutamente insustentáveis para ele, seria possível procurar Eva; talvez ela o acolhesse. Diante dos parentes, ela se constrangeria em rechaçá-lo de maneira muito brusca. Eva ainda se importava com as aparências e o bom nome. E, por fim, ele também tinha alguma ascendência sobre ela por causa dos atos heroicos de Karlemann; ela não permitiria que ele os relatasse aos parentes; iria preferir aceitá-lo de volta.

Uma última saída, se tudo de fato desse errado. Provisoriamente, Lotte ainda estava disponível. Ela era mesmo muito simpática; fora a boca, que não conseguia manter fechada nem por um segundo, e fora seu maldito costume de levar homens o tempo todo para o apartamento. Por isso, às vezes ele tinha de passar metade da noite (ou até a noite inteira) na cozinha. E, no dia seguinte, de novo era impossível trabalhar.

O trabalho não engrenava direito e ele sabia que nunca mais engrenaria. Mas talvez essa guerra terminasse mais rápido do que se pensava e Enno conseguisse se manter a salvo até lá. Dessa maneira, voltou gradualmente a flanar e a matar o serviço. Bastava o encarregado avistá-lo para ele ficar vermelho de raiva. Então veio a segunda reprimenda por parte da direção, mas dessa vez ela não surtiu efeito. Enno Kluge bem que percebia o que se passava — mais trabalhadores eram necessários todos os dias; ele não seria despedido tão cedo.

Depois vieram três dias seguidos de vagabundagem. Ele conhecera uma viúva encantadora, não tão jovem, um tanto quanto fora de forma, mas decididamente melhor do que as mulheres que tinha à sua disposição no momento. Afinal, era proprietária de uma próspera loja de animais perto de Königstor! Trabalhava com pássaros, peixes e cachorros; vendia ração, coleiras, areia, biscoitos caninos e vermífugos. Havia também tartarugas, sapos, salamandras, gatos... Uma loja que realmente funcionava e ela era uma mulher capaz, uma verdadeira executiva.

Ele se apresentara a ela como viúvo e também fez com que acreditasse que Enno era seu sobrenome. Ela o chamava de Hänschen. Suas chances com a mulher eram boas, o que ficou comprovado nos três dias em que a auxiliara na loja. Um homenzinho daqueles, que exigia um pouco de carinho, era exatamente do que ela precisava. Ela estava naquela idade em que as mulheres ficam com medo de não ter uma companhia masculina para seus dias de velhice. Claro que gostaria de se casar com ele e ele daria um jeito de tornar isso possível. Afinal, existiam os casamentos de guerra, em que os documentos não eram verificados de maneira muito minuciosa, e Eva não levantaria objeções. Ela ficaria feliz em se livrar dele para sempre; manteria a boca fechada!

De repente, porém, sobreveio-lhe de supetão o desejo de primeiro se libertar totalmente da fábrica. Enno Kluge tinha mesmo de se fingir de doente, agora que faltara três dias no trabalho sem justificativa. Então queria ficar doente de verdade! E durante essa doença ajeitaria direitinho as coisas com a viúva Hete Häberle. Deixara de se sentir confortável com Lotte; não aguentava mais sua companhia, seu falatório, seus homens e muito menos seus carinhos de quando estava bêbada. Não, em três, quatro semanas ele queria estar casado e ter uma casa para chamar de sua! O médico tinha de ajudá-lo nisso.

O número da vez é o 24; vai demorar mais meia hora até Enno ser chamado. Mecanicamente, ele passa por cima de todos os pés e está novamente no corredor. Apesar da auxiliar irritada, ele vai fumar mais um cigarro no banheiro. Tem sorte de chegar lá sem ser visto, mas mal dá as primeiras tragadas e a mulher já está sacudindo a porta do reservado.

— De novo no banheiro! De novo fumando! — grita ela. — Sei muito bem que é o senhor! Saia já! Ou tenho de chamar o doutor?

Como ela grita! Que insuportável é esse seu jeito de gritar! Ele prefere ceder logo; sempre prefere ceder a resistir. Acaba sendo enxotado do banheiro de volta à sala de espera e não diz sequer uma palavra para se desculpar. Está encostado novamente na parede, esperando chegar sua vez de ser atendido. Essa vaca maldita vai dedurá-lo ao médico, maldita, com certeza!

A auxiliar, tendo enxotado o pequeno Enno Kluge de volta ao seu lugar, está retornando pelo corredor. Ah, esse sujeito não perde por esperar!

Nesse instante ela repara no cartão-postal no chão, um pouco distante da abertura da caixa de correio. Há cinco minutos, quando abriu a porta para o último paciente, o cartão não estava ali, ela tem certeza. E a campainha não tocou, não é hora da entrega da correspondência!

Tudo isso passa pela cabeça da auxiliar enquanto ela se curva para pegar o cartão; mais tarde, também saberá muito bem que, já nesse momento — antes ainda de estar com o cartão nas mãos, antes de ver do que se tratava —, estava com a sensação de que aquele homem pequeno, dissimulado, tinha alguma relação com aquilo.

Ela olha de relance para o texto, lê algumas palavras e vai, nervosa, até a sala de consulta.

— Doutor! Doutor! Acabei de achar isso no nosso corredor!

Ela interrompe a consulta, faz com que o paciente, semidespido, vá para uma sala ao lado e depois dá o cartão para o médico. Mal consegue esperar que ele o leia até o fim e já está aventando sua suspeita:

— Realmente, não pode ter sido outro além daquele baixinho fingido! De cara peguei antipatia por ele e seu olhar tímido! E a consciência pesada estava visível, ele não conseguiu ficar quieto nem por um minuto, sempre saindo para o corredor. Foi ao banheiro duas vezes! E depois de eu tirá-lo de lá na segunda vez, ele largou o cartão no corredor! Não dá para ter sido jogado de fora; estava muito longe da caixa de correspondência! Doutor, ligue imediatamente para a polícia antes que o sujeito desapareça. Oh, Deus, pode ser que ele já tenha ido, preciso averiguar...

E sai apressada do consultório, deixando a porta atrás de si escancarada.

O médico fica imóvel, segurando o cartão. Sente-se extremamente constrangido por algo assim acontecer justo no seu horário de atendimento! Fica aliviado por ter sido a auxiliar a descobrir o cartão e ele poder provar que não saiu da sala por duas horas, nem mesmo para ir o banheiro. A moça tem razão, o melhor a fazer é ligar logo para a polícia. Ele começa a procurar o número da delegacia do bairro na lista telefônica.

A moça espia pela porta ainda aberta.

— Ele ainda está aqui, doutor! — sussurra ela. — Claro que está pensando que assim pode evitar suspeitas. Mas tenho certeza absoluta...

— Tudo bem — interrompe-a o médico. — Feche a porta, por favor. Vou falar com a polícia.

Ele registra a ocorrência, recebe a orientação de segurar o homem ali até a chegada de alguém da delegacia, transmite a orientação à auxiliar, diz a ela que quer ser chamado no instante em que o homem fizer menção de ir embora, e volta a se sentar na sua cadeira. Não, não dá para continuar a consulta, está nervoso demais.

Por que isso tinha de acontecer justo com ele? O autor desses postais era alguém sem a mínima noção de nada, estava expondo as pessoas ao maior dos perigos! Será que não pensava nas dificuldades que causava com seu maldito cartão?

Realmente, aquele cartão era o que lhe faltava! A polícia estava a caminho, talvez ele acabasse se tornando suspeito, seria feita uma busca no prédio e, mesmo que essa suspeita se mostrasse infundada, havia o quartinho dos empregados nos fundos...

O médico se levantou, tinha ao menos de informá-la.

E sentou-se novamente. Como ele se tornaria suspeito? E, além disso, mesmo que ela fosse encontrada, era apenas a empregada, como atestavam seus documentos. Tudo havia sido pensado e conversado umas cem vezes, desde que quase um ano antes ele tivera de se divorciar da mulher, judia — a mando dos nazistas. Ele o fizera principalmente por causa dos pedidos dela, a fim de assegurar uma existência aos filhos. Mais tarde, depois de ter mudado de apartamento, tinha trazido a mulher de volta com documentos falsos de empregada. Na verdade, não podia acontecer nada, a aparência dela não era muito judia...

Maldito cartão! Tinha de bater justo nele! Mas provavelmente era sempre assim: onde quer que o postal aparecesse, disseminava susto e medo a torto e a direito. Naqueles tempos, todo mundo tinha algo a ocultar!

Mas seria mesmo esse o objetivo, assustar e amedrontar? Teria sido o cartão distribuído entre suspeitos com o diabólico propósito de descobrir como eles se comportavam? Estaria ele sendo observado havia muito, e esse era apenas um dos meios para saber se os suspeitos se traíam?

Bem, de todo modo ele tinha se comportado da maneira correta. Avisara a polícia cinco minutos depois de o cartão ser descoberto.

E podia inclusive apresentar um suspeito, talvez um pobre coitado sem qualquer relação com a história. Bem, não dava para fazer nada, o homem é que tinha de dar um jeito de se safar da encrenca! O principal era se manter incólume.

Embora essas reflexões tenham tranquilizado o médico, ele se levanta e, por via das dúvidas, aplica em si mesmo uma pequena injeção de morfina. Isso fará com que consiga enfrentar os homens que estão vindo com calma e até um pouco de tédio. Essa pequena injeção é a fuga à qual o médico recorre cada vez com maior frequência desde a vergonha de seu divórcio — como ele chama internamente esse passo. Ele ainda não se tornou viciado, longe disso, mas sempre que surgem dificuldades em sua vida, e dificuldades estão cada vez mais abundantes desde o início da guerra, faz uso da substância. Ela ainda o ajuda; sem essa muleta, ele perde o autocontrole. Não, ainda não é um viciado. Mas está a caminho de se tornar. Ah, se essa guerra tivesse terminado, se fosse possível deixar esse país lamentável! O mais inferior dos cargos de médico auxiliar no exterior já o satisfaria.

Alguns minutos mais tarde, um médico pálido, um tanto cansado, recepciona os dois homens da delegacia. Um deles é apenas o guarda, uniformizado, que fica tomando conta do lugar a partir da porta do corredor. Ele dispensa imediatamente a auxiliar.

O outro está em trajes civis: investigador Schröder. No consultório, o médico lhe entrega o cartão. O que ele tem a dizer? Bem, não tem nada a dizer; está há mais de duas horas tratando ininterruptamente os pacientes, cerca de vinte ou 25, um atrás do outro. Mas vai chamar sua auxiliar imediatamente.

A auxiliar chega e tem coisas a dizer. Muitas coisas. Ela descreve o fingido, como passa a chamá-lo, com um ódio incompatível com duas idas ao banheiro para fumar. O médico observa atentamente seu testemunho; ela está nervosa, a voz às vezes falha. Ele pensa: tenho de dar um jeito de ela tratar seriamente esse hipertireoidismo. Está cada vez pior. De tão nervosa, não dá mais para confiar nela.

O investigador parece perceber algo semelhante.

— Obrigado! Por enquanto, é o suficiente — interrompe-a. — Agora a senhorita pode me mostrar o lugar do corredor onde encontrou o cartão. Com a maior precisão possível, por favor!

A moça põe o cartão num ponto em que é impossível, ao que parece, lançá-lo a partir da abertura da caixa de correspondência. Mas, apoiado pelo vigia, o investigador tenta jogar o cartão até conseguir deixá-lo perto do lugar indicado. Quase, faltam cerca de dez centímetros...

— Ele poderia ter estado aí também, moça? — pergunta o investigador.

A auxiliar está claramente decepcionada pelo fato de a tentativa do investigador ter sido bem-sucedida. Ela declara, decidida:

— Não, é impossível que o cartão estivesse tão perto da porta! Era mais para dentro no corredor, no lugar que mostrei antes. Agora acho que ele estava bem perto da cadeira. — E indica um ponto meio metro mais distante. — Estou quase certa que trombei com essa cadeira quando fui pegá-lo.

— Ah, sei! — diz com frieza o investigador, encarando a moça nervosa. Em seu íntimo, ele está desprezando todo o testemunho dela. É uma histérica, pensa. Falta de homem, claro. Bom, estão todos no front e ela também não é nenhuma beldade.

Ele se volta para o médico e diz em voz alta:

— Quero ficar uns três minutinhos na sala de espera como um paciente qualquer e dar uma boa olhada no acusado, sem que ele saiba quem sou. Dá para fazer isso, não?

— Claro que sim. A srta. Kiesow vai lhe dizer onde ele está sentado.

— Está em pé — explica a auxiliar, irritada. — Um sujeito desses não se senta! Prefere ficar pisando nos pés dos outros! Sua consciência pesada não lhe dá trégua! Esse fingidor...

— Então, onde ele está em pé? — interrompe-a mais uma vez, de maneira não muito educada, o investigador.

— Antes estava junto do espelho, perto da janela — diz ela, magoada. — Mas, do jeito que ele é irrequieto, não posso lhe dizer onde está agora!

— Já vou encontrá-lo. Você o descreveu. — E vai para a sala de espera.

O lugar está um pouco agitado. Há mais de vinte minutos nenhum paciente é chamado pelo médico — por mais quanto tempo as pessoas têm de ficar sentadas ali? Todas têm mais o que fazer! Provavelmente o doutor está tratando de pacientes particulares, que pagam bem, e o pessoal do atendimento público pode ficar esperando até mofar! Mas é assim que todos os médicos trabalham, Deus do céu, não dá para fugir disso! O dinheiro tem preferência em todos os lugares!

Enquanto os relatos sobre o suborno dos médicos ecoam cada vez mais alto, o investigador observa em silêncio o seu homem. Ele o reconheceu de primeira. O homem não está nem tão inquieto nem é tão dissimulado como a auxiliar o descreveu. Está muito sossegado junto ao espelho; não participa da conversa dos outros. Parece nem ouvir o que as pessoas estão dizendo, algo que se faz com prazer a fim de matar o tédio da espera. Ele parece um pouco obtuso e um tantinho amedrontado. Não é trabalhador braçal, decreta o investigador. Não, talvez mais qualificado, as mãos parecem hábeis, marcas de trabalho, mas não de trabalho duro... Terno e sobretudo mantidos com grande cuidado, mas não dá para esconder que já estão muito usados. No geral, não tem o aspecto de um homem que se imagina distribuindo os cartões. O remetente escreve com um estilo muito vigoroso, e esse coelhinho desamparado...

Mas o investigador sabe há muito tempo que as pessoas muitas vezes são diferentes do que aparentam. E, de todo modo, esse homem está tão comprometido pela acusação da auxiliar do médico que é preciso ao menos investigá-lo. O remetente dos cartões deve ter deixado os chefes muito nervosos, pois não faz muito tempo que recebeu outra daquelas ordens do tipo "Secreto! Sigilo total", informando que a menor pista em relação a esse caso devia ser seguida.

Seria bem bom conseguir um pequeno sucesso aqui!, pensa o investigador. Está mais do que na hora de receber uma promoção.

No meio da reclamação geral, ele se aproxima quase despercebido do homem junto ao espelho, dá uma batidinha no seu ombro e diz:

— Venha até o corredor, por favor. Quero lhe fazer uma pergunta.

Obediente, Enno Kluge o segue, assim como segue obedientemente qualquer ordem. Mas, enquanto caminha atrás do desconhecido, é tomado pelo medo: O que está acontecendo? O que ele quer de mim? Parece policial, fala feito policial. O que tenho que ver com a lei? Não fiz nada!

No mesmo instante, lembra-se da invasão do apartamento da sra. Rosenthal. Não há dúvida, Barkhausen o delatou. E o medo aumenta, afinal, jurou que não diria nada, não quer dizer nada, e, se acabar falando, aquele homem da SS vai surrá-lo de novo, dessa vez com mais violência! Ele não pode dizer nada, mas se não disser nada esse policial vai pressioná-lo e ele acabará abrindo a boca. Se correr o bicho pega, se ficar... Ah, esse medo!

Chegando no corredor, quatro rostos olham para ele cheios de expectativa, mas ele não os vê, repara apenas no uniforme do guarda e deduz que o medo tem razão de ser, que ele está mesmo numa sinuca.

E o medo empresta a Enno Kluge características de que não dispõe no dia a dia, como capacidade de decisão, força e rapidez. Ele empurra o investigador — completamente surpreendido pelo ato do fracote — contra o guarda, passa correndo pelo médico e a auxiliar, abre a porta do corredor e chega à escada.

Atrás dele, porém, o apito do guarda está em ação e ele não é mais rápido do que aquele jovem de pernas longas. Enno Kluge é alcançado no lance inferior, o policial derruba-o com um golpe; depois de ter a mente invadida por sóis girando e círculos de fogo, quando consegue voltar a enxergar, o guarda lhe diz de maneira amistosa:

— Pois bem, estique essa patinha delicada! Vai ganhar uma pulseira de presente. Da próxima vez damos um passeio juntos, certo?

E a algema de aço se fecha em volta de seu punho e ele volta a subir a escada, entre um guarda de olhar silencioso e sombrio e o outro, que acha tudo divertido.

No alto — onde os pacientes já não estão mais bravos por causa da demora no atendimento do doutor, visto que uma prisão é sempre algo interessante, e, como a auxiliar disse, o homem é um político, um comunista, e essa gente tem mais é que ser tratada assim —, no alto ele passa desfilando por todos esses rostos e chega até o consultório do médico. A srta. Kiesow logo é mandada para fora pelo investigador, mas o doutor pode presenciar o interrogatório. Ele escuta o investigador Schröder dizer:

— Então, meu filho, agora sente-se aqui e descanse um pouco da correria. Você passa a impressão de estar muito agitado! Guarda, tire as algemas dele. Você não vai sair correndo de novo, vai?

— Não, não — assegura Enno Kluge, desesperado, e as lágrimas já começam a rolar pelo seu rosto.

— Seria o meu conselho também! Da próxima vez alguém atira e eu sei atirar, meu filho! — O investigador continua a chamar Kluge, com certeza uns vinte anos mais velho, de "filho". — Ora, pare de chorar desse jeito! O que você fez não foi tão terrível assim, foi?

— Não fiz nada! — diz Enno Kluge, aos prantos. — Nada!

— Mas é claro, meu filho! Por isso é que você deu no pé feito um coelho assim que viu o uniforme do guarda! Doutor, o senhor não tem nada para ajudar esse coitadinho a ficar menos combalido?

Agora que sente que todo o perigo está longe do seu pescoço, o médico olha com sincera comiseração para o infeliz. Qualquer obstáculo derruba alguém tão castigado pela vida. O doutor fica tentado a ministrar uma injeção de morfina no baixinho, uma dose bem baixa. Por causa do investigador, porém, não tem coragem de fazê-lo. É melhor um pouco de brometo...

Mas enquanto o brometo de potássio está se dissolvendo na água, Enno Kluge diz:

— Não preciso de nada! Não quero tomar nada. Não serei envenenado. Prefiro confessar...

— Então! — diz o investigador. — Eu sabia que você seria responsável, filho! Então conte...

E Enno Kluge seca as lágrimas do rosto e começa a contar...

No início do choro, as lágrimas eram absolutamente verdadeiras, simplesmente porque seus nervos o deixaram na mão. Mas, mesmo sendo lágrimas verdadeiras, Enno sabe, por seu convívio com as mulheres, que durante o choro é possível refletir muitíssimo bem. E a partir dessa reflexão concluiu que era muito improvável ter sido tirado da sala de espera de um consultório por invasão. Se realmente estivesse sendo espionado, então poderia ter sido preso na rua ou na escada; não teriam de deixá-lo duas horas sentado, esperando...

Não, provavelmente isso não tem a menor relação com a invasão do apartamento da sra. Rosenthal. É possível que a prisão esteja baseada num engano, e Enno Kluge imagina que a auxiliar do médico esteja envolvida nisso.

Bem, mas a confusão está armada e ele nunca conseguirá convencer um investigador desses de que saiu correndo apenas por nervosismo, que ele perde o bom senso assim que vê um uniforme. Nenhum policial vai acreditar nele. Então é preciso confessar algo crível, comprovável — e ele sabe de pronto o quê. Claro que é ruim falar a respeito e as consequências são imprevisíveis; mas, dos males, é o menor.

Tendo sido instado a falar, ele seca as lágrimas e começa a falar com voz firme sobre seu trabalho como mecânico de precisão, da irritação dos chefes com o tanto de tempo que ele ficou doente e que agora eles querem enviá-lo a um campo de concentração ou a uma companhia correcional. Evidentemente, Enno Kluge não fala de sua aversão ao trabalho, mas imagina que o investigador certamente chegará a essa conclusão.

E tem razão, o investigador compreende bastante bem o tipo não-me-toques que é Enno Kluge.

— Sim, e quando vi o senhor e o uniforme do guarda, eu, que estava esperando para falar com o doutor e pedir um atestado de afastamento por doença, pensei que tinha chegado a hora, que estavam vindo me buscar, e saí correndo...

— É isso, então — diz o investigador. — É isso! — Ele pensa por um tempinho e depois prossegue: — Mas me parece, meu filho, que você não está completamente convencido de que estamos aqui por causa disso.

— Não, na verdade, não — confessa Kluge.

— E por que não, meu filho?

— Porque seria mais simples me buscar na fábrica ou em casa.

— Ah, então você também tem casa, meu filho?

— Claro. Minha mulher trabalha no correio, sou legalmente casado. Meus dois meninos estão no front, um é da SS, está na Polônia. Também estou com documentos, posso comprovar tudo o que disse, do trabalho e da casa.

E Enno Kluge saca do bolso sua carteira desgrenhada, gasta, e começa a procurar pelos documentos.

— Deixe os documentos aí, meu filho — ordena friamente o investigador. — Fica para mais tarde...

Ele mergulha em pensamentos e todos ao seu redor fazem silêncio.

O médico, em sua escrivaninha, começa a escrever apressadamente. Talvez ainda tenha uma oportunidade de entregar às escondidas um atestado ao homenzinho, constantemente escaldado em água quente. Afinal, são tempos em que é preciso ajudar o próximo sempre que possível!

— O que o senhor está escrevendo aí, doutor? — pergunta o investigador, despertando de repente de suas reflexões.

— Relatórios médicos — explica o médico. — Quero aproveitar um pouquinho o tempo, tem um monte de gente esperando lá fora.

— Certo, doutor — diz o investigador, levantando-se. Ele tomou sua decisão: — Então não vamos mais ficar atrapalhando o senhor.

A história desse tal Enno Kluge pode ser verdadeira; muito provavelmente é verdadeira, mas o investigador não se livra da sensação de que há algo mais, de que ele não ouviu a história inteira.

— Bem, venha, meu filho! Você pode nos acompanhar? Oh, não até a Alexanderplatz, mas apenas até nossa delegacia. Quero conversar mais um pouquinho, meu filho, afinal você é um rapaz tão animado e não podemos atrapalhar mais o doutor. — Ele diz ao guarda: — Não, sem algemas. Ele vai se comportar direitinho; é uma criança inteligente. *Heil* Hitler, doutor, e muito obrigado!

Eles já se encontram na porta e tudo indica que realmente estão de saída. Mas nesse instante o investigador tira o cartão do bolso, o cartão de Quangel, segura-o diante do rosto assustadíssimo de Enno Kluge e lhe diz, de maneira muito incisiva:

— Aqui, leia isso para nós, meu filho! Mas bem rápido, sem titubear nem gaguejar!

Ele fala feito um investigador de verdade. Mas percebe, com bastante certeza, que esse homem nunca viu o cartão, não conhece seu conteúdo e muito menos seria capaz de escrevê-lo: é idiota demais. Tudo isso apenas pelo jeito de Kluge segurar o cartão, os olhos cada vez mais arregalados e sua leitura vacilante:

— "Alemão, não se esqueça! O começo veio com a anexação da Áustria! Seguiram-se os Sudetos e a Tchecoslováquia. A Polônia foi atacada, a Bélgica, a Holanda."

Irritado, o investigador Schröder arranca o cartão das mãos de Enno Kluge, diz um breve "*Heil* Hitler!" e sai do consultório com o guarda e seu preso.

Devagar, o médico rasga o atestado para Enno Kluge. Não houve oportunidade de entregá-lo! Mas provavelmente isso não o teria ajudado, talvez esse homem, que parecia tão aturdido com os acontecimentos desse dia, esteja mesmo condenado à decadência. Talvez nenhuma ajuda vinda de fora possa ajudá-lo, visto que nada nele é firme.

Pena...

Capítulo 24
O interrogatório

SE O INVESTIGADOR SCHRÖDER, APESAR de sua firme convicção de que Enno Kluge não era o remetente nem o agente distribuidor dos cartões, deixou transparecer ao delegado Escherich, durante uma ligação telefônica, que Kluge talvez fosse mesmo o distribuidor, ele o fez apenas porque um subordinado inteligente nunca deve se adiantar às opiniões do chefe. Contra Kluge havia uma forte denúncia da auxiliar do médico, a srta. Kiesow, e o delegado que descobrisse se ela era justificada ou não.

Confirmando-se sua veracidade, o investigador se sairia como um homem capaz e a satisfação do delegado estaria assegurada. Caso contrário, o delegado se revelaria alguém mais inteligente que o investigador, e a afirmação da inteligência superior do chefe é, para o subordinado, mais favorável a este do que sua própria competência.

— Então? — perguntou o alto e cinzento Escherich, entrando na delegacia com seu passo duro de cegonha. — Então, colega Schröder? Onde está seu peixe?

— Na última cela à esquerda, delegado.

— O solerte confessou?

— Quem? Que solerte? Ah, entendo. Não, delegado; depois de nosso telefonema, eu o trouxe imediatamente para cá.

— Bom! — elogiou Escherich. — E o que ele sabe dos cartões?

— Pedi que lesse o cartão — começou o investigador, cuidadoso. — O início, quer dizer.

— Impressão?

— Não quero ser precipitado, delegado.

— Sem tanto medo, colega Schröder! Impressão?

— Bem, me parece improvável que ele seja o autor desse cartão.

— Por quê?

— Não é muito esperto. Além disso, está terrivelmente apavorado.

Insatisfeito, o delegado Escherich alisou o bigode cor de areia.

— Não é muito esperto. Está terrivelmente apavorado — repetiu ele. — Bom, meu solerte é esperto e com certeza não se apavora. Por que você acha que pegou a pessoa certa? Diga!

O investigador Schröder começou a falar. Repetiu principalmente as acusações da auxiliar do médico e reforçou também a tentativa de fuga.

— Eu não podia agir de maneira diferente, delegado. Depois das ordens recebidas, tive de prendê-lo.

— Certo, colega Schröder. Agiu corretamente. Eu faria o mesmo.

Escherich se sentiu um pouco reencorajado depois desse relato, que soava melhor do que "não muito esperto" e "terrivelmente apavorado". Talvez um distribuidor de cartões, apesar de o delegado achar, até então, que o solerte não tinha cúmplices.

— Você já verificou os documentos dele?

— Estão aqui. No geral, confirmam o que ele diz. Tenho a impressão de que é um desses sujeitos que têm alergia ao trabalho e medo do front. Além disso, aposta em cavalos; encontrei um bolo de jornais de corridas e cálculos para apostas. E também cartas bem convencionais de mulheres comuns; um galinha, entende? Mas já está beirando os cinquenta.

— Bom, bom — disse o delegado, sem achar nada bom. Nem o autor dos cartões nem um distribuidor estariam à vontade no meio de muitas mulheres. Isso na opinião dele era garantido. Sua esperança recém-reanimada começou a fraquejar de novo. Mas depois Escherich se lembrou de seu superior, o general Prall, nos superiores dos outros escalões, até chegar a Himmler. Esse pessoal iria dificultar e muito sua vida nos próximos tempos se não houvesse nada ali. Mas havia algo, uma acusação forte e um comportamento suspeito. Era possível seguir essa pista, mesmo que no íntimo ele não a considerasse correta. Ganhava-se tempo para esperar pacientemente mais um pouco. Não atrapalharia ninguém. Afinal, quem se importaria com um pé-rapado daqueles?

Escherich se levantou.

— Vou até as celas, Schröder. Me dê esse novo cartão e espere aqui.

O delegado foi em silêncio, segurando as chaves na mão para não tilintarem. Abriu com cuidado o visor da porta e olhou para dentro da cela.

O preso estava sentado sobre o catre, a cabeça apoiada na mão e os olhos dirigidos para a porta. Dava a impressão de que encarava diretamente o olhar esquivo do delegado. Mas a expressão de Kluge dizia que ele não estava vendo nada. O homem não se assustou quando o visor se mexeu, seu rosto não apresentava nenhuma tensão, como é sempre o caso das pessoas que se sentem observadas. Estava simplesmente olhando para o nada, pensando em nada, mas quase dormindo, cheio de premonições obscuras.

O delegado soube com certeza: aquele não era nem o solerte nem um cúmplice. Era simplesmente um engano — apesar das acusações e do seu comportamento.

Escherich, porém, lembrou-se novamente de seus superiores, mordiscou o bigode, pensou em como esticar o caso até ficar patente que aquele era o sujeito errado. Afinal, ele também não podia se expor ao ridículo.

Abriu a cela com um tranco e entrou. O preso estremeceu com o barulho da fechadura, primeiro olhou confuso para quem entrava e depois fez uma tentativa de se levantar.

Mas Escherich logo empurrou-o de volta ao catre.

— Fique sentado, Kluge, fique sentado. Na nossa idade não é tão fácil assim levantar o traseiro!

Ele riu e Kluge também tentou acompanhá-lo na risada — uma risada lamentável, de pura educação.

O delegado desprendeu a outra cama da parede e sentou-se nela.

— Ei, Kluge — disse, olhando atentamente para o rosto pálido com queixo delicado, os curiosos lábios vermelhos e grossos e os olhos claros, que não paravam de piscar. — Ei, Kluge, por favor, conte o que se passa. Sou o delegado Escherich, da Gestapo. — Ele continuou falando de maneira suave quando viu o outro estremecer apenas ao ouvir "Gestapo". — Não precisa ter medo. Não comemos criancinhas. E você não passa de uma criancinha, está na cara...

Os olhos de Kluge se encheram imediatamente de lágrimas mais uma vez pelo mero bafejo de empatia emanado dessas palavras. Seu rosto tremia, os músculos das faces se tensionavam.

— Ora, ora! — disse Escherich, e pousou a mão sobre a do baixinho. — Não é tão ruim assim. Ou será que é?

— Está tudo perdido! — desabafou Enno Kluge, desesperado. — Estou acabado. Não tenho atestado médico e precisava ter ido trabalhar. E agora estou preso. Se me mandam para o campo de concentração, apago em três tempos, não aguento nem duas semanas!

— Ai, ai! — exclamou o delegado, como se o outro fosse realmente uma criança. — Dá-se um jeito na questão com sua fábrica. Se prendemos alguém e descobrimos que se trata de um homem decente, ele não será prejudicado pela prisão. Você é um homem decente, não é, Kluge? Ou...?

O rosto de Kluge começou a relaxar novamente e ele decidiu fazer uma confissão parcial a esse sujeito simpático.

— Para eles, não trabalho o suficiente!

— Bem, e qual é a sua opinião? A seu ver, você trabalha o suficiente?

Kluge se pôs a refletir mais uma vez.

— É que fico doente tantas vezes — respondeu por fim, gemendo. — Mas eles dizem apenas que não é hora de ficar doente.

— Você não fica doente o tempo todo, não é? Bem, e quando não está doente e está trabalhando... você faz o suficiente? Qual é sua opinião a respeito?

Kluge tomou mais uma decisão.

— Ah, meu Deus, delegado — lamentou-se —, as mulheres ficam correndo atrás de mim.

A afirmação soava tão queixosa quanto cheia de vaidade.

O delegado balançou a cabeça num sinal de pesar, como se aquilo fosse muito ruim.

— Isso não é bom — disse ele. — Na nossa idade, não gostamos de deixar escapar nada, não é?

Kluge olhou-o apenas com um ligeiro sorriso, aliviado por ter encontrado compreensão naquele homem.

— Sim — disse o delegado. — E como vão as coisas com o bolso?

— Faço umas apostas às vezes — confessou Kluge. — Não muitas e nem muito altas, delegado. Nunca mais de cinco marcos, quando a dica é muito boa. Juro, delegado!

— E como o senhor paga tudo isso, as mulheres e as apostas? Já que não trabalha muito...

— Mas são as mulheres que me pagam, inspetor! — respondeu Kluge, um pouquinho magoado com tanta incompreensão. Ele sorriu, vaidoso. — Porque sou tão capaz! — acrescentou.

Nesse momento, o delegado Escherich arquivou definitivamente a acusação de que Enno Kluge tinha ao menos um mínimo de envolvimento na criação e distribuição dos cartões. O tal Kluge simplesmente não apresentava nenhuma condição de se meter nisso, faltavam-lhe todos os requisitos. Entretanto, ele tinha de ser interrogado, pois agora era necessário redigir um relatório sobre o interrogatório, um relatório para os superiores se acalmarem um pouco, um relatório que mantivesse Kluge sob suspeita, justificando os próximos passos contra ele...

Assim, ele tirou o cartão do bolso, colocou-o diante de Kluge e perguntou, com absoluta indiferença:

— Reconhece este cartão, Kluge?

— Sim — respondeu Enno Kluge, primeiro sem pensar em nada, mas a seguir levou um susto e se corrigiu: — Quer dizer, não. Tive de ler o começo há pouco, quer dizer. Fora isso, não reconheço o cartão! Juro por tudo que é mais sagrado, delegado!

— Ora, ora! — Escherich fingiu estar em dúvida. — Já que chegamos a um entendimento sobre assuntos tão importantes como sua relação com o trabalho e o campo de concentração, já que eu mesmo irei até lá para resolver a sua situação, então também chegaremos a um entendimento sobre uma coisa tão pequena como este cartão.

— Não tenho nada a ver com isso, nada de nada, delegado!

— Não estou avançando tanto, Kluge — disse o delegado, inabalável frente às súplicas. — Não chego a pensar como meu colega, que acha que você é o autor dos cartões e quer levá-lo a todo custo para o Tribunal do Povo, para depois: adeus, cabeça!

O homenzinho tremia e seu rosto perdeu totalmente a cor, ficando cinza.

— Não — disse o delegado, tranquilizador, voltando a pousar a mão sobre a do outro. — Não, não acho que você seja o autor dos cartões. Mas o fato de o cartão aparecer naquele corredor... e você se comportou de maneira para lá de suspeita no corredor, e mais sua inquietação, sua fuga. E há boas testemunhas para tudo isso. Não, Kluge, é melhor me dizer a verdade. Afinal, não quero que cave sua própria cova!

— No lugar onde estava caído, o cartão deve ter sido posto lá pelo lado de fora, delegado. Não tenho nada a ver com isso, juro por tudo o que é mais sagrado, delegado!

— No lugar onde estava, ele não pode ter sido colocado pelo lado de fora! E cinco minutos antes não havia nada ali, a auxiliar do médico afirmou com todas as letras. Nesse meio-tempo, porém, você foi ao banheiro. Ou será que quer afirmar que havia mais outra pessoa no banheiro, ou fora da sala de espera?

— Não, não acho, delegado. Não, certamente que não. Se foram cinco minutos, então, não. É que eu queria ficar um bom tempo fumando e por isso prestei atenção para ver se alguém ia ao banheiro.

— Pois bem! — exclamou o delegado, supostamente muito satisfeito. — É você quem está dizendo: só você podia ter colocado o cartão no corredor!

Kluge encarou-o com os olhos muito arregalados, agora totalmente assustado de novo.

— Depois de ter confessado isso...

— Não confessei nada, nada! Eu disse apenas que nos últimos cinco minutos ninguém foi ao banheiro antes de mim!

Kluge estava quase gritando.

— Ora, ora! — disse o delegado, balançando a cabeça com desdém. — Você não vai querer retirar assim de pronto uma confissão recém-feita. Afinal, é um homem razoável. Eu teria de anotar isso no relatório, Kluge, o que não é muito interessante.

Kluge olhou para ele, confuso.

— Mas não confessei nada... — disse, num fio de voz.

— Chegaremos a um entendimento a respeito — disse Escherich, apaziguador. — Agora me diga: quem lhe deu o cartão para ser largado lá? Um bom conhecido, um amigo, ou alguém o abordou na rua com alguns marcos?

— Nada disso! Nada disso! — Kluge gritava de novo. — Eu não tinha pegado nesse cartão, não tinha visto esse cartão antes de seu colega me entregá-lo!

— Ora, ora, Kluge! Você mesmo confessou há pouco que tinha colocado o cartão no corredor...

— Não confessei nada! Nunca disse algo assim!

— Não — disse Escherich, alisando o bigode e ocultando um sorrisinho. Estava se divertindo ao fazer esse cachorro covarde e chorão sofrer um pouco. O resultado seria um relatório bem simpático com forte suspeita... para os chefes. — Não — repetiu. — Você não disse *desse* jeito. Mas disse, sim, que apenas você poderia ter largado o cartão ali, que ninguém fora você esteve no lugar, o que, no final das contas, dá no mesmo.

Enno encarou-o com os olhos arregalados. Depois disse, subitamente irritado:

— Também não foi isso que eu disse. Aliás, outras pessoas podiam ter ido ao banheiro, não apenas as da sala de espera.

Ele se sentou novamente; havia se levantado em meio à excitação de pouco antes, quando fora falsamente acusado.

— Mas eu não digo mais nada. Exijo um advogado. E não assino confissão nenhuma.

— Ora, ora — disse Escherich. — Alguma vez eu lhe disse que você era obrigado a assinar uma confissão? Fiz alguma anotação daquilo que você confessou? Estamos sentados aqui como dois velhos amigos, e nossos assuntos não interessam a ninguém. — Escherich ergueu-se e escancarou a porta da cela. — Veja, não há ninguém no corredor ouvindo. E mesmo assim você me cria tanta dificuldade por causa de um cartão ridículo. Olhe, não dou a mínima para este cartão. Quem o escreveu é um idiota! Mas, já que a auxiliar do médico e meu colega fizeram tamanho escarcéu, sou obrigado a me envolver no assunto! Não seja tonto, Kluge, me diga simplesmente: alguém na Frankfurter Allee me deu o cartão. Disse que queria pregar uma peça no médico. E que lhe pagou dez marcos. Você estava com uma nota novinha de dez marcos no bolso, eu vi. Veja, se me disser exatamente isso, estamos combinados. Não vai me criar dificuldades e posso ir tranquilo para casa.

— E eu? Para onde eu vou? Para a cadeia! E me arrancam a cabeça! Negativo, delegado, jamais vou confessar!

— Para onde você vai, Kluge, enquanto eu vou para casa? Você também vai para casa. Ou será que não entendeu até agora? Você está livre, vou soltá-lo de um jeito ou de outro...

— Verdade, delegado, sagrada verdade? Posso ir para casa sem confissão, sem relatório?

— Mas claro, imediatamente. Pense apenas numa única coisinha antes de ir... — E ele bateu com o dedo no ombro do baixinho, que havia se levantado de um salto, ansioso. — Veja, vou ajeitar sua situação na fábrica. Vou lhe fazer esse favor. Mas pense em mim também, Kluge. Pense em todas as dificuldades em que vou me meter com meu colega ao deixá-lo ir embora. Ele vai me dedurar para os superiores, posso acabar muito mal nessa história. Seria realmente razoável de sua parte se você assinasse a história com o homem na Frankfurter Allee. Não há nenhum risco envolvido para você. É impossível que esse homem seja encontrado. Então, Kluge, o que me diz?

Na realidade, em toda a sua vida Enno Kluge nunca resistira a uma tentativa suave de convencimento que martelasse na mesma tecla. Ele ficou em dúvida. A liberdade seduzia e a situação na fábrica também entraria nos eixos se ele não atrapalhasse a vida desse delegado. Ele estava com um medo terrível de atrapalhar o policial tão simpático. Pois do contrário era bem provável que o homem continuasse a remexer no caso e algum dia ele acabaria tendo que confessar a invasão no apartamento da sra. Rosenthal. Daí Enno Kluge estaria perdido; Persicke, o homem da SS...

Ele realmente podia fazer o favor ao delegado — qual era o problema? Tratava-se de um cartão idiota, algo político, com o que ele nunca tivera qualquer relação, do qual não entendia nada. E o homem na Frankfurter Allee realmente nunca seria encontrado, porque não existia. Sim, ele queria fazer o favor ao delegado e assinar.

Foi então que sua cautela congênita e seu medo o alertaram novamente.

— Sim — disse ele —, e depois que eu assinar, o senhor vai acabar não me libertando.

— Ora! Ora! — retrucou o delegado Escherich, considerando o jogo quase que ganho. — Por causa de um cartão de merda desses e mais o favor que você está me prestando. Dou-lhe minha palavra de honra, como delegado de polícia e como homem: assim que assinar o relatório, você estará livre.

— E se eu não assinar?

— Também estará livre, claro.

Enno Kluge se decidiu.

— Bem, então vou assinar, delegado, para que o senhor não passe por dificuldades e eu retribuo o favor. Mas não se esqueça da minha fábrica, por favor!

— Será resolvido ainda hoje, Kluge! Ainda hoje! Dê um pulinho lá amanhã e pare com essa idiotice de ficar colecionando atestados! Depois de eu falar com eles, ninguém mais vai abrir a boca por uma falta esporádica, digamos, uma por semana. Tudo bem assim?

— Mas é claro! Sou muito grato, delegado!

Conversando, passaram pelo corredor das celas de volta à sala principal, onde o investigador Schröder esperava, sentado, curioso para saber como tinha sido o interrogatório, e já um pouco consolado por seu destino, caso algo fosse mesmo verdade. Ele se levantou assim que os dois entraram.

— Bem, Schröder — disse o delegado sorrindo, apontando com a cabeça para Kluge, que estava ao seu lado, pequeno e amedrontado, pois o policial lhe parecia novamente atemorizante. — Aqui está o nosso amigo. Ele me confessou que colocou o cartão no corredor do médico e que o recebeu de um homem na Frankfurter Allee...

O peito do investigador soltou um som parecido com um gemido.

— O quê? Mas ele não podia...

— E agora — continuou o delegado, impassível —, e agora nós dois vamos fazer apenas um pequeno relatório e o sr. Kluge segue para sua casa. Ele está livre. Certo, Kluge?

— Sim — respondeu Kluge, mas bem baixinho, pois a presença do policial continuava a lhe inspirar preocupação e mais medo.

O investigador, porém, fez cara de quem não tinha entendido nada. Kluge não havia posto aquele cartão no corredor do prédio, nunca. Tinha certeza absoluta. E agora Kluge estava disposto a assinar uma declaração afirmando o contrário.

Que astuto, esse Escherich! Como será que tinha conseguido? Schröder admitiu para si mesmo — não sem inveja — que Escherich estava anos-luz à sua frente. Ainda por cima, deixar o homem livre depois dessa confissão! Não dava para compreender, saber o que havia por trás disso. Bem, apesar da sua própria esperteza, sempre havia gente mais inteligente do que ele.

— Escute, colega — disse Escherich, que tinha se deliciado com o espanto do investigador —, me faça um favor, vá até a chefatura.

— Às ordens, delegado!

— Sabe, tenho um caso em andamento por lá. Como é que se chamava mesmo? Ah, sim, o caso do solerte. Está lembrado, colega?

Os olhares dos dois se cruzaram e se entenderam.

— Então, Schröder, vá até a chefatura para mim e diga ao colega Linke... Sente-se, Kluge, me desculpe, quero apenas dizer mais algumas palavras ao colega.

Ele foi com o investigador até a porta. Sussurrou:

— Solicite dois homens. Que venham para cá imediatamente; devem ser espiões hábeis. Assim que deixar a delegacia, Kluge será seguido ininterruptamente. Informações sobre seu paradeiro a cada duas, três horas, como for mais adequado, por telefone para mim, na Gestapo. Codinome: solerte. Mostre o homem aos dois. Eles devem se revezar. E entre aqui de novo quando os homens estiverem a postos. Então vou soltar o coelhinho.

— Entendi, delegado. *Heil* Hitler!

A porta se fechou, o policial tinha ido embora. O delegado sentou-se ao lado de Enno Kluge e disse:

— Desse nos livramos! Você não gosta muito dele, não é, Kluge?

— Não tanto quanto do senhor, delegado!

— Você viu a expressão dele quando ouviu que eu ia liberá-lo? Ele está furioso! Por isso mandei-o embora, não vou precisar dele para nosso pequeno relatório. Aqui, ficaria apenas se metendo. Não vou nem chamar uma das mocinhas datilógrafas; prefiro eu mesmo tamborilar essas poucas linhas. Afinal, é apenas uma combinação nossa, para que eu me resguarde minimamente com meus superiores por causa de sua soltura.

E depois de mais uma vez ter acalmado um pouco o pequeno medroso, ele pegou a caneta e começou a escrever. Às vezes, dizia em voz alta, claramente, o que estava escrevendo (caso realmente escrevesse o que dizia em voz alta, o que não era nada evidente no caso de um criminalista tão escolado quanto Escherich), às vezes apenas murmurava. Kluge não conseguia entender direito o que o outro dizia.

Ele viu apenas que o resultado não seriam apenas poucas linhas, mas três, quase quatro páginas cheias. No momento, porém, isso não lhe interessava muito; ele estava interessado somente em dar o fora dali. Enno Kluge olhou para a porta. Sem titubear, levantou-se, foi até lá e abriu-a um pouco...

— Kluge! — disseram atrás dele, mas não era uma ordem. — Kluge, ei, por favor!

— Sim? — perguntou ele, olhando para trás. — Ainda não posso ir? — E sorriu com medo.

O delegado sorriu para ele, com a caneta na mão.

— Quer dizer que está arrependido de novo do nosso arranjo? Do que tínhamos combinado seriamente? Certo, fiquei enxugando gelo! — Ele soltou a caneta com violência. — Então vá embora, Kluge. Certo, agora estou vendo que você não é um homem de palavra. Então vá, sei que não vai assinar! Tudo bem, por mim...

E dessa maneira o delegado conseguiu que Enno Kluge realmente assinasse o relatório. Sim, Kluge não pediu nem que o texto fosse lido antes em voz alta e clara. Assinou no escuro.

— E agora posso ir, delegado?

— Claro. Muito obrigado, Kluge. Agiu bem. Até logo. Quer dizer, não aqui, melhor não neste lugar. Ah, mais um minuto...

— Então ainda não posso ir?

O rosto de Kluge tinha voltado a tremer.

— Mas é claro que pode! Já está desconfiando de mim de novo? Que homem mais cismado! Acho que gostaria de levar seus documentos e seu dinheiro, não? Viu?, acertei! Então vamos ver se está tudo aqui...

E eles começaram a conferir: carteira de trabalho, certificado de reservista, certidão de nascimento, certidão de casamento...

— Para que vive carregando todos esses documentos, Kluge? Você corre o risco de perdê-los!

...indiciamento policial, quatro envelopes de salário...

— Muito você não ganha, Kluge! Ah, certo, estou vendo, a cada semana apenas três, quatro dias trabalhados; é mesmo um encostado, ora essa!

...três cartas...

— Essas pode deixar para lá, não me interessam!

...trinta e sete marcos em cédulas e 65 centavos em moedas...

— Olhe só, temos aqui também aquela nota de dez, que você recebeu do homem. Essa acho melhor juntar ao dossiê. Mas, espere, não é para você ficar no prejuízo, dou dez marcos dos meus...

E o delegado estendeu essa atividade até o investigador Schröder voltar.

— Tarefa cumprida. E devo informar que o delegado Linke quer falar com o senhor sobre o caso do solerte.

— Certo, certo. Muito obrigado, colega. Sim, terminamos aqui. Então, adeus, Kluge. Schröder, mostre o caminho ao sr. Kluge. O sr. Schröder vai acompanhá-lo até a saída da delegacia. Mais uma vez, adeus. Não vou me esquecer da fábrica. Não, não! *Heil* Hitler!

— Bem, não leve a mal, sr. Kluge — disse Schröder na Frankfurter Allee e apertou-lhe a mão. — Sabe, trabalho é trabalho e às vezes precisamos fazer cara feia. Mas logo tirei suas algemas. Ainda sente algo do golpe que o guarda lhe deu?

— Não, nada mais. E também estou entendendo tudo... Desculpe o transtorno que lhe causei, investigador.

— Bem, então: *Heil* Hitler!

— *Heil* Hitler!

E o baixinho e frágil Enno Kluge saiu caminhando. Meteu-se no fluxo célere das pessoas na Frankfurter Allee, e o investigador Schröder seguiu-o com o olhar. Verificou ainda se os dois homens que ele havia trazido estavam no encalço de Kluge, balançou a cabeça e voltou à delegacia.

CAPÍTULO 25
O delegado Escherich se ocupa do caso do solerte

— Aqui, leia! — ordenou o delegado Escherich ao investigador Schröder, e lhe passou o relatório.

— Bem — começou Schröder, devolvendo as folhas. — Ele realmente confessou e está no ponto para o Tribunal do Povo e o carrasco. Eu não teria imaginado. — E acrescentou, pensativo: — E um sujeito desses anda solto pelas ruas!

— Sim, senhor! — disse o delegado, metendo o relatório numa pasta e a pasta dentro de sua bolsa de couro. — Sim, senhor, um sujeito desses anda solto pelas ruas... mas muito bem espionado pelos nossos homens, não?

— Evidentemente! — assegurou Schröder rápido. — Fiz questão de verificar pessoalmente: os dois estão colados nele.

— E assim ele fica andando — continuou o delegado Escherich, mexendo pensativamente no bigode —, andando e andando, e nossos homens atrás! Algum dia, hoje, em uma semana ou daqui a seis meses, nosso baixinho e medíocre Kluge irá até o autor dos cartões, ao homem que lhe passou a tarefa: coloque-os ali e acolá. Ele vai nos levar até o criminoso com a mesma certeza de que depois da oração vem o amém. E daí eu o abocanho, e só então os dois estarão no ponto para a cadeira, etc., etc.

— Delegado — disse o investigador Schröder —, eu ainda não consigo acreditar que foi Kluge quem largou o cartão. Afinal, quando eu lhe dei o papel, vi que ele não tinha a menor ideia do que era aquilo! Foi tudo imaginado por aquela mulher histérica, a auxiliar do médico.

— Mas está no relatório que ele o deixou ali — retrucou o delegado, sem muita ênfase. — Aliás, quero aconselhá-lo a não escrever nada sobre mulheres histéricas em seu próprio relatório. Nada de julgamentos pessoais, seja puramente objetivo. Se quiser, pode interrogar o médico sobre a credibilidade de sua auxiliar. Ah, não, é melhor deixar isso para lá também. Será outro julgamento pessoal; podemos deixar que o juiz de instrução avalie cada um dos testemunhos. Trabalharemos de maneira puramente objetiva, não é, Schröder? Sem nenhum julgamento prévio.

— Naturalmente, delegado.

— Se há um testemunho, então é isso: um testemunho. E nos atemos a ele. Como e por que ele surgiu não é da nossa conta. Não somos psicólogos, somos criminalistas. Crimes, Schröder, só nos interessamos pelos crimes. E quando alguém confessa ter cometido um crime, a princípio isso nos basta. Pelo menos, é o que penso. Ou será que você pensa diferente, Schröder?

— Naturalmente que não, delegado! — exclamou o investigador Schröder. Pelo tom de sua voz, parecia que ele estava chocadíssimo com a ideia de que poderia ter uma opinião diferente da de seu superior. — É exatamente o que eu penso! Sempre contra o crime.

— Eu sabia — disse o delegado Escherich, alisando o bigode. — Nós, velhos criminalistas, somos sempre da mesma opinião. Sabe, Schröder, muita gente de fora está atuando na nossa profissão, mas nós mantemos nossa lealdade. E isso nos traz alguns benefícios. Bem, Schröder — agora a mensagem era puramente de trabalho —, receberei ainda hoje seu relatório sobre a prisão de Kluge e o relatório com os testemunhos da auxiliar do médico e do próprio médico. Sim, certo, você estava acompanhado também de um guarda...

— Dubberke, aqui da delegacia.

— Não o conheço. Mas ele também deve fazer um relatório sobre a tentativa de fuga de Kluge. Breve, objetivo, nada de blá-blá-blá, nada de julgamentos pessoais. Entendeu, Schröder?

— Às ordens, delegado!

— Então, mãos à obra! Depois de entregues os relatórios, você não vai se ocupar mais com o caso, no máximo com algum testemunho diante de um juiz ou para um de nós, da Gestapo... — Ele observou seu subordinado com atenção. — Há quanto tempo você é investigador, Schröder?

— Já são três anos e meio, delegado.

O olhar do "policial", a maneira como se dirigia ao delegado naquele instante, tinha algo de comovente.

Mas Escherich disse apenas:

— Bem, então está chegando a hora. — E deixou a delegacia.

Na Prinz-Albrecht-Strasse ele foi procurar imediatamente Prall, o general da SS, seu superior direto. Teve de esperar por quase uma hora; não que Prall estivesse muito ocupado, ou, sim, ele estava muito ocupado. Escherich escutou o tilintar de copos, o espocar da rolha, risos e gritos: uma das frequentes reuniões de gente de alto escalão. Sociabilidade, coquetéis, alegre informalidade, recuperação do exaustivo trabalho de torturar pessoas e indiciá-las.

O delegado esperou, impaciente, embora não tivesse muita coisa para fazer naquele dia. Ele conhecia os superiores no geral e, em particular, aquele superior. Não adiantava insistir; mesmo se meia Berlim estivesse em chamas, se o chefe quisesse beber, beberia. Era assim!

Depois de mais ou menos uma hora, Escherich acabou sendo chamado. A sala com as marcas evidentes de uma bebedeira estava um rebuliço só e Prall, todo vermelho, ardendo de armanhaque, também parecia muito perturbado. Mas disse, animado:

— Ei, Escherich! Sirva um copo para você também! São os frutos de nossa vitória sobre a França: legítimo armanhaque, dez vezes melhor que conhaque. Dez vezes? Cem vezes! Por que não está bebendo?

— Perdão, general, tenho muita coisa para fazer ainda hoje e quero manter a cabeça funcionando. Além disso, não estou mais acostumado a beber.

— Ora essa, não está mais acostumado! Cabeça funcionando, que bobagem! Para que você precisa que a cabeça funcione? Deixe outra pessoa fazer seu trabalho e vá dormir. Saúde, Escherich. Ao nosso Führer!

Escherich acompanhou o brinde porque era preciso. Brindou mais uma segunda e uma terceira vez, pensando como aquele homem estava mudado devido à companhia de seus colegas e ao efeito do álcool. O chefe, no geral, sempre fora bastante suportável, longe de ser tão terrível como cem outros homens que circulavam no quartel-general com seus uniformes pretos. Era, sim, um pouco desconfiado, só "cumpria ordens" — como um dia ele próprio dissera —, de maneira alguma convencido daquilo tudo.

Sob a influência dos colegas e do álcool, porém, ele se tornava igual aos demais: imprevisível, brutal, arisco e disposto a derrubar com seu coturno qualquer opinião divergente, mesmo se essa opinião fosse sobre beber aguardente. Caso Escherich tivesse realmente se negado a brindar, certamente estaria tão perdido como se tivesse deixado escapar o pior dos bandidos. Sim, na verdade isso seria ainda mais imperdoável, porque o fato de o subordinado não brindar tanto e tantas vezes quanto o chefe pede é uma ofensa quase pessoal.

Por isso, Escherich brindou, brindou várias vezes e acompanhou o outro na bebida.

— Então, quais são as novidades, Escherich? — perguntou Prall por fim, apoiando-se na escrivaninha na tentativa de ficar mais ereto. — O que você me traz?

— Um relatório com uma confissão — explicou Escherich. — Tomada por mim; é sobre o caso do meu solerte. Alguns outros depoimentos e relatórios ainda se seguirão, mas este é o mais importante. Aqui está.

— Solerte? — perguntou Prall, fazendo um esforço para se lembrar do que se tratava. — Ah, é a criatura dos cartões. Bem, e você tomou alguma iniciativa, como mandei?

— Certamente. Se tiver a bondade de ler o relatório...

— Ler? Não, agora não. Talvez mais tarde. Leia você em voz alta, Escherich. — Mas ele interrompeu o delegado depois das primeiras três frases. — Antes vamos nos permitir mais um. Saúde, Escherich! *Heil* Hitler!

— *Heil* Hitler!

E, depois de esvaziar o copo, Escherich voltou a ler.

O alcoolizado Prall, entretanto, teve a ideia de uma brincadeira provocadora. Sempre que Escherich acabava de ler três, quatro frases, ele o interrompia com um "Saúde!" e Escherich, depois de brindar também, tinha de reler tudo desde o começo. Prall nunca o deixava avançar além da primeira página, pois logo o fazia parar com um novo

"Saúde!". Apesar de sua embriaguez, o oficial certamente notava como o subordinado se esforçava para se segurar; como estava relutante em entornar a bebida forte; como por umas dez vezes sentiu vontade de largar o depoimento e ir embora (foda-se!), mas não ousava fazê-lo, visto que o outro era seu superior; como precisava fingir, não deixar a raiva transparecer...

— Saúde, Escherich!
— Obrigado, general! Saúde!
— Bem, então continue a ler, Escherich! Não, comece de novo, bem do início. Não entendi direito a passagem. Sempre fui meio lento...

E Escherich lia. Sim, agora ele estava sendo torturado como torturara, duas horas antes, o delicado Kluge; assim como sua vítima, a única coisa que ele queria era sair pela porta. Mas tinha de ler, ler e beber, beber e ler, enquanto isso aprouvesse ao outro. Já sentia o cérebro enevoado — bom trabalho, adeus! Maldita bebida!

— Saúde, Escherich!
— Saúde, general!
— Bem, então volte a ler do começo!

Até que Prall de repente enjoou do jogo e disse, de maneira rude:
— Ah, pare com essa leitura idiota! Você não está vendo como estou bêbado? Como vou entender a coisa? Você está querendo se fazer de importante com seu iluminado depoimento, não é? Outros relatórios virão a seguir, mas não serão tão importantes quanto os do grande criminalista Escherich! Ah, cansei de escutar isso! Afinal de contas, você pegou o autor dos cartões ou não?

— Não. Mas...

— Então por que você está aqui? Por que está roubando meu precioso tempo e acabando com esse belo armanhaque? — Essas perguntas foram absolutamente berradas. — Você ficou completamente maluco? Mas vou passar a tratá-lo de um jeito diferente, meu caro! Fui muito bonzinho até agora, deixei você ficar insolente demais, entendeu?

— Às ordens, general! — E rapidamente, antes de a gritaria recomeçar, Escherich emendou: — Mas prendi alguém que distribuía os cartões. Ao menos, é meu palpite.

Essa notícia acalmou ligeiramente Prall, que olhou para o subordinado com olhos vidrados e disse:

— Apresente o homem! Que me diga quem lhe deu os cartões. Vou espezinhá-lo... estou babando de vontade de fazer isso!

Escherich hesitou por um instante. Ele poderia ter dito que o homem ainda não estava na Prinz-Albrecht-Strasse, que iria buscá-lo. E então ele realmente iria buscá-lo, na rua ou no seu apartamento, com a ajuda dos espiões. Ou pelo menos aguardaria tranquilamente, a distância, até que o oficial tivesse curado sua bebedeira dormindo. E então ele provavelmente teria se esquecido de tudo.

Mas como Escherich era Escherich, ou seja, um criminalista escaldado, não covarde, mas corajoso, foi a partir dessa coragem que ele disse (lixando-se para o resultado):

— Soltei o homem depois, general!

Gritaria — não, Deus do céu, que escarcéu animalesco! Prall, razoavelmente educado em relação aos funcionários mais graduados, estava tão fora de si que agarrou o delegado pela camisa e, enquanto o sacudia, urrava:

— Soltou? Soltou? Sabe o que eu vou fazer com você, seu bosta? Vou prender você, você vai ficar preso! E uma lâmpada de mil watts vai ficar acesa diante do seu bigode, como merda de cachorro, e se você adormecer vai levar uns cascudos, seu filho de uma puta...

E a cena continuou assim por um bom tempo. Escherich não se defendeu das sacudidas e dos xingamentos, mantendo-se em total silêncio. Talvez tivesse sido bom ter bebido. Ligeiramente entorpecido pelo armanhaque, ele apreendia com pouca nitidez o que estava acontecendo, aquilo mais parecia um sonho.

Berre!, pensava. Quanto mais alto você gritar, mais rápido vai ficar rouco. Continue, acabe com o velho Escherich!

Realmente, depois de perder a voz de tanto gritar, Prall soltou o subordinado. Ele se serviu de mais um copo de armanhaque, encarou Escherich com um olhar severo e grunhiu:

— Agora me informe, por favor, por que você fez essa cagada monstruosa!

— Primeiro, gostaria de informar — começou Escherich em voz baixa — que o homem está sendo constantemente vigiado por dois dos melhores homens da central. Penso que, cedo ou tarde, ele vai procurar seu patrão, o autor dos cartões. Agora ele nega que o conheça. O conhecido grande desconhecido.

— Eu teria apertado o sujeito e o nome teria aparecido. Isso de vigilância, não sei... Quem garante que não vão perder o indivíduo?

— Esses, não! São os homens mais capazes da Gestapo!

— Ora, ora! — Era evidente que o tempo estava clareando para Prall de novo. — Você sabe que não gosto dessas soluções individuais. Preferiria ter a criatura nas minhas mãos.

Preferiria!, pensou Escherich. E em meia hora você saberia que ele não tem nenhuma relação com os cartões e voltaria a me encher o saco...

Em voz alta, porém, ele disse:

— Trata-se de um baixinho muito medroso! Para falar a verdade, é um covarde que por qualquer coisa se borra nas calças. Se o senhor o apertar, ele vai soltar mentira sobre mentira, vai confessar tudo o que o senhor quiser, e teremos de ficar correndo atrás de uma centena de pistas falsas. Do outro jeito, ele vai nos levar direto ao autor dos cartões.

— Ah, sua raposa velha! Então vamos beber mais um! — Prall sorriu.

Assim, beberam mais um copo.

O general olhou para o delegado com desconfiança. Com certeza seu acesso de raiva tinha lhe feito bem, trazido um pouco da sobriedade de volta.

Ele refletiu um pouco e depois disse:

— Em relação ao relatório, sabe...

— Às ordens, general!

— Em relação ao relatório, peça para fazer algumas cópias. E torne a guardar sua deplorável redação. — Ambos sorriram. — Acho que isso merece mais um armanhaque...

Escherich pôs a capa de volta no relatório e guardou-o na pasta.

Enquanto isso, seu superior ficou remexendo numa gaveta. E voltou-se para ele, com as mãos às costas.

— Diga, Escherich, você já recebeu a Cruz de Mérito de Guerra?

— Não, general.

— Engano seu! Aqui está! — E, de repente, esticou a mão até então escondida, sobre cuja palma estava a medalha.

O delegado ficou tão surpreso que só conseguiu balbuciar algumas palavras.

— Mas... Não mereci... Não tenho palavras...

Durante a descompostura, cinco minutos antes, ele esperava de tudo; até passar alguns dias e noites numa cela lhe parecia possível, mas receber logo em seguida a Cruz de Mérito de Guerra...

— ...de todo modo, humildemente agradeço.

Prall rejubilou-se com a surpresa do condecorado.

— Ora, Escherich — disse, por fim. — Sabe, não sou um desses. E, no fim das contas, você é um funcionário muito dedicado. É preciso apenas animá-lo um pouco, senão você acaba adormecendo. Vamos tomar mais um. Saúde, Escherich, à sua medalha!

— Saúde, general! E, mais uma vez, muito obrigado.

O oficial começou a soltar a língua:

— Na verdade, a cruz não era para você, Escherich. Na verdade, o seu colega, Rusch, é quem deveria ganhá-la. Devido a uma questão muito delicada sobre uma judia velha que ele conseguiu resolver. Mas você chegou primeiro, fazer o quê?

Ele continuou falando mais um pouco, depois acendeu a luz vermelha sobre sua porta, o que significava: "Reunião importante! Não perturbe!", e se deitou no sofá.

Quando Escherich, com a medalha ainda na mão, saiu do escritório, outro subordinado de Prall estava ao telefone, dizendo:

— Ah? O caso do solerte? Não é engano? Não temos nenhum "caso do solerte".

— Me passe aqui! — disse Escherich, pegando o fone. — E caia fora! — E ao telefone: — Alô, é o delegado Escherich! O que aconteceu com o solerte? Você quer passar um relatório?

— Informo, delegado, que infelizmente perdemos o homem de vista, quer dizer...

— Vocês perderam...?

Escherich estava a ponto de explodir, da mesma maneira como quinze minutos antes seu superior tinha se portado com ele. Mas se controlou:

— Como isso pôde acontecer? Que eu saiba, você é um homem capacitado e o sujeito em questão é apenas um franguinho!

— Sim, é o que parece. Mas ele consegue correr feito uma lebre e, de repente, no meio do burburinho na estação Alexanderplatz do metrô, sumiu. Deve ter percebido que estávamos de olho nele.

— Ainda mais essa! — gemeu Escherich. — Ele percebeu! Seus asnos, destruíram todo o meu trabalho! Agora não posso mais acionar vocês, ele já sabe quem são. E gente nova não o conhece! — Ele refletiu um pouco e disse: — Voltem à central o mais rápido possível! Cada um pega um substituto. E vocês dois ficam de tocaia perto do apartamento dele, mas muito bem escondidos. Entendido?! Que ele não escape mais uma vez! A tarefa de vocês é mostrar Kluge aos substitutos e depois sair de cena. Um deles vai até a fábrica onde ele trabalha para falar com a direção. Espere, super-herói, você precisa anotar o endereço do apartamento! — Ele buscou a informação e repassou-a. — Bem, então, aos seus lugares, o mais rápido possível! O substituto pode ir sozinho à fábrica; isso amanhã cedo. Lá, verá quem é o homem! Vou avisar a direção. E em uma hora eu mesmo estarei no apartamento dele...

Mas ele tinha muito para ditar e vários telefonemas para dar, de modo que só chegou ao apartamento de Eva Kluge bem mais tarde. Não viu seus homens e ficou tocando em vão a campainha. Assim, restou-lhe apenas a vizinha, a sra. Gesch.

— *Esse* Kluge? O senhor está se referindo a *esse* Kluge aqui do lado? Não, ele não mora aqui. Só a mulher dele. E, meu caro, saiba que há tempos ela não deixa mais o marido entrar em casa. Mas ela viajou. Onde ele mora? Como vou saber, meu caro? Ele está sempre por aí metido com outras mulheres. Pelo menos, foi o que ouvi... mas eu não falei nada para o senhor. A mulher já me repreendeu o suficiente porque uma vez eu o ajudei a entrar no apartamento.

— Escute, sra. Gesch — disse Escherich, que tinha entrado no corredor do apartamento, cuja porta ela queria ter lhe batido na cara. — Me conte direitinho tudo o que sabe sobre os Kluges.

— Por que eu faria isso e por que o senhor está entrando assim sem mais na minha casa?

— Sou o delegado Escherich, da Gestapo, e se quiser ver minha identificação...

— Não, não — disse ela, defendendo-se. Assustada, tinha caminhado para trás até a parede da cozinha. — Não quero ver nem ouvir nada! E sobre os Kluges, também já lhe contei tudo o que sei!

— Bem, creio que vai pensar no assunto, sra. Gesch. Pois, se não quiser me contar nada, terei de convocá-la até a central da Gestapo na Prinz-Albrecht-Strasse para um interrogatório de verdade. Isso certamente não lhe seria agradável. Aqui a gente pode conversar um pouquinho com toda a tranquilidade, aqui ninguém vai anotar nada...

— Mas é verdade, delegado. Não tenho mesmo mais nada para dizer. Não sei nada a respeito deles.

— Como quiser, sra. Gesch. Então se apronte, estou com alguns homens aqui embaixo, a senhora pode vir agora mesmo. E deixe um bilhete para o seu marido... A senhora tem marido? Claro que sim! Bem, deixe um bilhete para o seu marido: "Estou na Gestapo. Não sei quando volto!" Vamos! Escreva o bilhete.

A mulher estava pálida, as mãos e pernas tremiam, os dentes batiam dentro da boca.

— O senhor não vai fazer isso comigo, por favor! — implorou.

Ele respondeu com uma aspereza fingida:

— Não tenha dúvida. Basta continuar me sonegando uma informação básica. Seja razoável, sente-se aqui e me conte tudo o que sabe a respeito dos Kluges. Como é a mulher?

Evidentemente, a sra. Gesch se tornou razoável. No fundo, ele era um homem amável, esse senhor da Gestapo, bem diferente do que ela imaginara desses sujeitos. E claro que o delegado Escherich soube de tudo o que havia para saber por intermédio da sra. Gesch. Ele foi informado até de Karlemann, o soldado da SS, pois aquilo que se ouvia no bar a sra. Gesch também sabia. A ex-carteira Eva Kluge estaria com o coração dilacerado caso tivesse noção do quanto ela e seu ex-filho preferido Karlemann estavam na boca das pessoas.

Ao se despedir da sra. Gesch, Escherich não deixou apenas alguns cigarros de presente para o marido dela, mas também tinha conquistado uma animada espiã para a Gestapo, não paga e, ao mesmo tempo, inestimável. Ela ficaria constantemente de olho não só no apartamento dos Kluge como também em todo o prédio, além de afiar os ouvidos nas filas das lojas, telefonando imediatamente para o caro delegado se ouvisse algo de que ele precisasse saber.

Depois dessa conversa, Escherich ligou para seus dois homens. A probabilidade de Kluge ser encontrado no apartamento da mulher era muito pequena, além disso a sra. Gesch estava cuidando da área. Depois, o delegado foi até o correio e ao escritório regional do partido, a fim de reunir mais informações sobre a sra. Kluge. Não dava para saber quando seriam necessárias.

No correio e no partido, Escherich bem que poderia ter dito que achava haver uma ligação entre a saída da sra. Kluge do partido e os atos vergonhosos cometidos pelo filho dela na Polônia. Ele também poderia ter lhes dado o endereço da sra. Kluge em Ruppin, pois anotara o remetente da carta que ela tinha enviado à sra. Gesch com a chave do apartamento. Mas Escherich não fez nada disso; ele perguntou muito, mas não deu informação alguma. Certamente o partido e o correio eram instâncias oficiais, mas a função da Gestapo não era ajudar o negócio dos outros. Para tanto, ela era boa demais — pelo menos nesse ponto, Escherich comungava totalmente com a opinião geral dos integrantes dessa polícia política.

Os dirigentes da fábrica receberam o mesmo tratamento. Eles envergavam uniforme e estavam, do ponto de vista hierárquico e também salarial, bastante acima do inexpressivo delegado. Mas ele se manteve inflexível:

— Não, meus senhores, o que há contra Kluge é algo estritamente da esfera da Gestapo. Não revelo nada a respeito. Só digo que Kluge deve ter permissão de ir e vir a seu bel-prazer, que as reprimendas e os sermões acabaram e que os funcionários indicados por mim devem ter acesso irrestrito à fábrica e seu trabalho deve ser apoiado de todas as maneiras possíveis. Estamos conversados?

— Peço uma confirmação por escrito dessas ordens! — disse o oficial. — Ainda hoje!

— Ainda hoje? Já é um pouco tarde para isso. Mas talvez amanhã. É certo que Kluge não aparecerá antes de amanhã. Caso ele ainda volte aqui alguma vez! Adeus, senhores, *Heil* Hitler!

— Maldição! — vociferou o oficial. — Esses sujeitos estão cada vez mais arrogantes! Que se dane a Gestapo inteira! Acham que, só porque podem prender qualquer alemão, também podem pintar e bordar à vontade. Mas também sou oficial; oficial de carreira, ainda por cima...

— Mais uma coisa... — A cabeça de Escherich apareceu na fresta da porta. — Há papéis, cartas, objetos pessoais do homem por aqui?

— Pergunte ao encarregado! Ele tem a chave do armário dele.

— Tudo bem — disse Escherich, sentando-se numa cadeira. — Pergunte ao encarregado a respeito, tenente! E, se não for pedir demais, sem demorar muito, certo?

Os olhares de ambos se cruzaram por um instante. Os olhos de um Escherich insolente, sem brilho, e aqueles faiscantes de ódio do tenente travaram uma batalha. Em seguida, o oficial bateu os calcanhares e deixou apressado a sala, a fim de buscar a informação solicitada.

— Gente esquisita! — disse Escherich para o funcionário do partido que subitamente estava muitíssimo ocupado em sua mesa. — Querem que a Gestapo se ferre. Gostaria de saber por quanto tempo vocês resistiriam se não fôssemos nós. No fim das contas, a Gestapo é o Estado como um todo. Sem nós, tudo implodiria... e *vocês* iriam todos se ferrar!

Capítulo 26
A sra. Häberle se decide

Tanto o delegado Escherich quanto seus dois espiões da Alexanderplatz ficariam bastante surpresos se soubessem que o baixinho Enno Kluge não tinha a menor ideia de que estava sendo seguido. Mas desde o instante em que o investigador Schröder finalmente o pusera em liberdade, o pensamento dele foi um só: sair dali e ir à casa de Hete!

Ele atravessou as ruas sem enxergar ninguém; não percebia ninguém atrás de si ou ao seu lado; não olhava para cima. Ele só pensava em Hete!

A entrada do metrô engoliu-o. Enno Kluge subiu num trem e foi assim que escapou, daquela vez, do delegado Escherich, dos homens da Alexanderplatz e de toda a Gestapo.

O baixinho estava decidido: iria até a casa de Lotte buscar suas coisas. Queria chegar na de Hete já de mala, pois assim perceberia se ela realmente o amava; por outro lado, ele estaria comprovando sua determinação de dar um fim em sua antiga vida.

Foi assim que seus espiões o perderam de vista, na confusão e sob a iluminação deficiente do metrô. Afinal, esse baixinho era mesmo apenas uma sombra! Mas, se ele tivesse ido direto até Hete — afinal, era possível ir a pé da Alexanderplatz até Königstor, o metrô era dispensável —, eles não o teriam perdido e a pequena loja de animais se tornaria o ponto de partida para suas observações.

Ele teve sorte com Lotte: ela não estava em casa. Apressado, juntou seus pertences na mala. Resistiu até à tentação de revirar as coisas dela, a fim de procurar algo que valesse a pena levar também — não, dessa vez devia ser diferente. Não como no passado, quando ele havia se mudado para o apertado quarto de hotel; não, dessa vez ele queria levar uma vida diferente — caso Hete o aceitasse.

Seus passos ficavam cada vez mais lentos à medida que ele se aproximava da loja. Soltava a mala a intervalos cada vez mais curtos, apesar de ela não estar tão pesada assim. Secava o suor da testa cada vez com maior frequência, embora o tempo não estivesse tão quente.

Por fim, chegou diante da loja e espiou para dentro através das grades das gaiolas dos pássaros: sim, Hete estava no trabalho. Naquele instante, havia quatro ou cinco clientes na loja. Ele entrou e ficou observando com orgulho, embora ansioso, a maneira habilidosa com que ela tratava as pessoas, sua educação ao falar com elas.

— O painço indiano acabou. Afinal, a senhora sabe de qual império a Índia faz parte. Mas ainda tenho painço búlgaro, que na verdade é até melhor.

E no meio do atendimento ela disse:

— Ah, sr. Enno, que amável querer me ajudar um pouco. Por favor, deixe a mala lá dentro. E depois vá buscar no porão areia para pássaros. Também estou precisando de areia para gatos. E ovos de formiga...

Enquanto estava completamente ocupado com essa e outras tarefas, ele pensou: ela me viu de pronto e também viu de pronto que eu carregava uma mala. O fato de poder deixá-la na área privada da loja é um bom sinal. E com certeza ela vai me encher de perguntas; afinal, leva tudo sempre tão a sério. Mas vou acabar conseguindo contar uma história para ela.

E esse homem de seus cinquenta anos, esse engabelador folgado e mulherengo, rezou feito um menininho: Ó, Deus, permita que eu tenha sorte mais uma vez, apenas mais esta vez! Vou começar uma vida diferente. Faça com que Hete me aceite!

Ao mesmo tempo que rezava e suplicava, torcia para que demorasse um bom tempo para a loja fechar, para essa longa conversa e sua confissão, pois estava claro que era preciso confessar alguma coisa a Hete. Era preciso lhe explicar por que aparecera lá de mala e cuia — ainda por cima, com uma mala tão esfarrapada! Afinal, sempre fingira ser homem bem-sucedido.

De repente, a hora chegou. A porta da loja tinha sido fechada havia muito, e eles ainda gastaram mais uma hora e meia servindo água fresca e ração a todos os animais, além de arrumar o lugar. Os dois sentaram-se frente a frente à mesa redonda, comeram, conversaram um pouco, evitando cuidadosamente o tema principal, até que a malproporcionada e acabada mulher levantou a cabeça e perguntou:

— E então, Hänschen? O que foi? O que aconteceu?

Mal ela pronunciou essas palavras num tom absolutamente maternal, preocupado, lágrimas começaram a escorrer pelo rosto de Enno. Primeiro devagar; depois o rosto magro, sem cor, foi sendo mais e mais inundado, e seu nariz parecia ficar cada vez mais pontudo.

— Ah, Hete, estou no meu limite! É ruim demais! A Gestapo me pegou... — gemeu. E confessou, soluçando alto, a cabeça colada nos seios pesados e maternais dela.

Ao ouvir aquelas palavras, a sra. Hete Häberle ergueu a cabeça, seus olhos tinham um brilho duro, seu pescoço enrijeceu e ela perguntou, quase ríspida:

— E o que eles queriam de você?

Com suas palavras — e uma mira vacilante —, o baixinho Enno Kluge tinha acertado na mosca. Nenhuma de todas as suas outras histórias que ele poderia ter contado para conquistar o amor ou a piedade dela teriam tido o mesmo efeito que esta única palavra, Gestapo. Pois a viúva Hete Häberle detestava confusão e nunca teria aceitado um engabelador repugnante e vadio na sua casa, enlaçando-o em seus braços maternais. Mas a palavra Gestapo abriu todas as portas de seu coração de mãe, alguém perseguido pela Gestapo podia ter certeza, desde o começo, de sua compaixão e de sua ajuda.

Pois seu primeiro marido, um pequeno funcionário comunista, tinha sido levado pela Gestapo para um campo de concentração já em 1934, e ela nunca mais soubera nada a seu respeito, exceto por um pacote com algumas roupas sujas e rasgadas que havia chegado pelo correio. Em cima estava a certidão de óbito, lavrada pelo Cartório de Registro Civil II, Oranienburg. *Causa mortis*: pneumonia. Mais tarde, porém, ela ficara sabendo por intermédio de outros presos que tinham sido soltos o que se entendia por pneumonia em Oranienburg e em Sachsenhausen, outro campo nas proximidades.

E agora ela estava novamente com um homem nos braços, um homem que já despertara sua simpatia devido ao seu jeito tímido, carente, afetuoso. E mais um perseguido pela Gestapo.

— Calma, Hänschen! — consolou-o. — Conte-me tudo. Alguém perseguido pela Gestapo tem todo o meu apoio!

Essas palavras eram um bálsamo para seus ouvidos e ele não precisava ser o mulherengo experiente Enno Kluge para ter se aproveitado da oportunidade. Aquilo que ele revelou sob muitos soluços e lágrimas foi uma estranha mistura de verdades e mentiras: ele conseguiu até meter os maus-tratos de Persicke, o homem da SS, na sua mais nova aventura.

Para Hete Häberle, porém, o que havia de improvável na narrativa apenas atestava o ódio pela Gestapo. E imediatamente seu amor começou a alimentar um brilho ao redor do inútil aninhado em seu colo. Ela disse:

— Ou seja, você assinou o depoimento e assim encobriu o verdadeiro autor, Hänschen. Foi muito corajoso de sua parte, eu o admiro. De dez homens, acho que quase nenhum ousaria fazer isso. Mas, sabe, se você for pego, a situação vai ficar ruim para o seu lado, porque o depoimento o incrimina para sempre. Está claro?

— Ah, se ao menos você me apoiar, eles nunca irão me pegar! — respondeu ele, quase consolado.

Mas ela balançou a cabeça devagar, pensativa:

— Não entendo por que eles o soltaram de novo. — De repente, percebeu, horrorizada: — Oh, Deus, e se eles espionaram você? E se quisessem saber para onde você ia?

Ele negou com um gesto.

— Não acredito, Hete. Antes passei na... antes passei num outro lugar para pegar minhas coisas. Eu teria notado se houvesse alguém no meu cangote. E por que fariam isso? Não teria sido mais fácil nem me soltar?

Hete já tinha ligado os pontos.

— Eles acham que você conhece o autor dos cartões e vai levá-los até ele. E talvez você realmente o conheça e tenha colocado, sim, o cartão lá. Mas eu não quero saber, nunca me diga nada! — Ela se curvou na direção dele e sussurrou: — Vou sair por meia hora, Hänschen, e dar uma olhada na casa. Para ver se há algum espião rondando pelas redondezas. Você vai ficar bem quietinho, certo?

Ele lhe disse que aquela verificação era totalmente inútil, que ninguém o havia seguido; com certeza, não.

Mas ela ainda guardava a lembrança assustadora de como uma vez seu marido fora retirado de sua casa — e de sua vida. Para se tranquilizar, tinha de sair e dar uma olhada.

E enquanto Hete Häberle caminha lentamente pelo quarteirão — ela está acompanhada de Blacky, um terrier escocês encantador, e por causa do cachorro preso a uma guia seu passeio noturno parece absolutamente natural —, enquanto ela caminha para cima e para baixo pela segurança de Enno, supostamente apenas ocupada com o animal, mas com olhos atentos e ouvidos afiados, enquanto isso Enno, com cuidado, faz uma primeira vistoria rápida no apartamento. É impossível ser mais do que superficial, além disso a maior parte dos móveis está trancada. Tal passada de olhos, porém, já indica que ele nunca teve uma mulher como essa em toda a sua vida: uma mulher com conta no banco e até talão de cheques; seu nome impresso em todas as folhas.

Enno Kluge, por sua vez, decide mesmo iniciar uma vida totalmente diferente, portar-se sempre de maneira correta nesse apartamento e não pegar o que não lhe for dado voluntariamente.

Ela volta e diz:

— Não vi nada que chamasse a atenção. Mas talvez eles tenham, sim, visto você entrar aqui e voltem amanhã cedo. Então vou repetir a volta amanhã; acertarei o despertador para as seis.

— Não é necessário, Hete — ele torna a dizer. — Ninguém me seguiu, com certeza.

Em seguida ela arruma o sofá para ele e vai se deitar na cama. Mas deixa a porta entre os dois cômodos aberta e escuta como ele se vira para lá e para cá, como geme e como seu sono é agitado. E, quando começa a adormecer, ela é acordada novamente pelo choro dele. Ele não para de chorar, acordado ou dormindo. No escuro, a sra. Häberle enxerga com nitidez o rosto desse homem, um rosto que ainda mantém algo de infantil apesar dos seus cinquenta anos — talvez por causa do queixo arredondado e da boca carnuda, muito vermelha.

Por um tempo e em silêncio, ela fica escutando o choro que atravessa a noite, contínuo, como se a própria noite se lamentasse pelo sofrimento que grassa no mundo.

E a sra. Häberle decide se levantar e vai tateando até o sofá.

— Não chore assim, Hänschen! Você está em segurança, está comigo. Sua Hete vai ajudá-lo...

Ela tenta consolá-lo, mas quando mesmo assim o choro não cessa, ela se curva sobre ele, empurra o braço debaixo dos ombros do homenzinho e leva o chorão até sua cama. Lá o abraça, segurando-o firme contra seu peito.

Uma mulher mais velha, um homem mais velho, carente feito criança, um pouco de consolo, um pouco de paixão, um brilho discretíssimo de glória em volta da cabeça do amante — Hete não tenta entender como esse sujeito inseguro, chorão, pode caber no papel de combatente e herói da sua imaginação.

— Agora está tudo bem, não é, Hänschen?

Mas não, justo essa pergunta faz com que as lágrimas recém-interrompidas voltem a brotar. Ele soluça em seus braços.

— Mas o que aconteceu, Hänschen? Você tem outras preocupações que não me contou?

E esse é o instante que o velho caçador de mulheres estava preparando há horas, pois ele concluiu que é perigoso demais (e impossível a longo prazo) manter seu verdadeiro nome e seu casamento em segredo. Já que está fazendo confissões, então fará mais essa, ela vai aceitar, não vai amá-lo menos por causa disso. Ela não vai expulsá-lo justo agora que acabou de tomá-lo nos braços!

Ela perguntou a Hänschen se havia outras preocupações das quais ela não sabia. Então ele confessa, chorando, desesperado, que não se chama Hans Enno, mas Enno Kluge, e que é um homem casado, com dois filhos crescidos. Sim, ele é um malandro, ele mentiu para ela e a enganou, mas não consegue suportar isso, afinal ela foi tão boa com ele.

Como sempre, a confissão é parcial, um pouco de verdade misturada a muitas mentiras. Ele desenha a imagem da esposa, a nazista malvada e dura do correio, que não quer o marido porque ele se recusa a entrar no partido. Essa mulher que forçou o primogênito a ingressar na SS — e ele relata as maldades de Karlemann. Ele cria a imagem de um casamento ruim, desigual, de um homem quieto, que tudo suporta, e de uma mulher malévola, ambiciosa, nazista. Eles não podem viver juntos, eles se odeiam. E ela acabou por expulsá-lo de casa! Foi por causa disso que ele mentiu para Hete, por covardia, porque ele a ama demais, porque não queria machucá-la!

Mas agora ele falou e está livre. Não, não vai mais chorar. Vai se levantar, arrumar suas coisas e ir embora — de volta ao mundo malvado. Vai conseguir arrumar um lugar para se esconder da Gestapo, e, mesmo que seja pego, não vai se importar. Pois perdeu o amor de Hete, a única mulher que realmente amou na sua vida!

Sim, Enno Kluge é um velho sedutor. Ele sabe como agir com essas mulheres: amor e mentiras, tudo junto. É preciso haver apenas um pouco de verdade no meio, elas têm apenas de acreditar um pouquinho na história que está sendo contada e, principalmente, as lágrimas e a vulnerabilidade devem estar presentes...

Dessa vez, a sra. Häberle ouviu sua confissão verdadeiramente assustada. Por que ele mentiu para ela? Quando eles se conheceram, não havia motivo para essas mentiras! Será que naquela época ele já nutria segundas intenções a seu respeito? Então só podiam ser intenções ruins, visto que davam motivo para tais mentiras.

Seu instinto lhe diz que ela tem de expulsá-lo, que um homem que é capaz de enganar uma mulher desde o começo, de maneira tão impensada, também estará sempre disposto a enganá-la de novo. E ela não pode viver com alguém que a engane. Ela sempre viveu uma vida honesta com o primeiro marido e aquelas poucas histórias que escutou sobre ele após sua morte... bem, uma mulher experiente apenas ri delas.

Não, ela o despacharia de seus braços, se não o estivesse entregando para o inimigo, para a odiada Gestapo. Pois ela está firmemente convencida de que é isso que vai acontecer caso o expulse agora. Desde a confissão que ele fez à noite, a perseguição pela Gestapo lhe parece verossímil. Ela não pensa em duvidar de sua veracidade, embora tenha acabado de conhecer seu lado mentiroso...

E ainda há essa mulher... Não é possível que tudo o que ele disse a respeito dela seja mentira. Ninguém imagina uma coisa dessas, deve haver um fundo de verdade. Ela acredita conhecer o ser humano ao seu lado, um sujeito fraco, infantil, no fundo de boa índole: algumas palavras amáveis vão colocá-lo nos trilhos. Mas essa mulher, dura, ambiciosa, essa nazista, que quer ascender por meio do partido, não veria mesmo qualquer utilidade nesse homem, um homem que odeia o partido, que talvez trabalhe em segredo contra ele, um homem que se recusa a ingressar nele!

Conseguiria ela devolvê-lo a uma mulher dessas? Aos braços da Gestapo?

Não conseguiria nem poderia.

A luz se acende. Ele está ao lado da cama dela, com uma camisa azul muito curta, lágrimas silenciosas escorrem pelo seu rosto pálido. Ele se curva sobre ela, sussurra:

— Adeus, Hete! Você foi muito boa para mim, mas não mereço. Sou um homem mau. Adeus. Estou indo...

Ela o segura. Sussurra:

— Não, você fica comigo. Prometi isso a você e cumpro minhas promessas. Não, não diga nada. Volte ao sofá e tente dormir mais um pouco. Vou pensar na melhor maneira de ajeitar tudo isso.

Ele balança a cabeça devagar e com tristeza.

— Hete, você é boa demais para mim. Farei tudo o que você me pede, mas o melhor, Hete, o melhor é que você me deixe partir.

Mas é claro que ele não vai. Claro que ele deixa que ela o convença a ficar. Ela vai pensar em tudo, ajeitar tudo. E claro que ele consegue que o desterro no sofá seja revogado, podendo voltar à cama dela. Totalmente envolvido por seu calor maternal, ele adormece rápido, dessa vez sem choro.

Ela, porém, permanece acordada por um bom tempo. Na verdade, fica acordada a noite inteira. Escuta a respiração dele, é bom ter novamente um homem ao seu lado e acompanhar sua respiração. Ela ficou sozinha por tanto tempo. Agora existe de novo uma pessoa para ela cuidar. Sua vida não é mais vazia. Ah, sim, ele dará mais preocupações do que o necessário. Mas essas preocupações, as preocupações originárias de uma pessoa amada, são boas preocupações.

A sra. Häberle se decide a ser duplamente forte. A sra. Häberle se decide a protegê-lo das ameaças vindas da Gestapo. A sra. Häberle se decide a educá-lo e a transformá-lo num homem de verdade. A sra. Häberle se decide a libertar Hänschen, ah, não, agora ele se chama Enno, a sra. Häberle se decide a libertar Enno dessa outra mulher, da nazista. A sra. Häberle se decide a levar ordem e limpeza a essa vida que está deitada ao seu lado.

E a sra. Häberle não faz ideia de que esse homem fraco ao seu lado será forte o suficiente para trazer desordem, sofrimento, autoacusações, lágrimas e perigo para sua vida. A sra. Häberle não faz ideia de que toda a sua força foi anulada no instante em que se decidiu a aceitar Enno Kluge e defendê-lo contra o mundo. A sra. Häberle não faz ideia de que está se expondo, e ao pequeno reino que montou, a um grau máximo de perigo.

Capítulo 27
Medo e terror

Passaram-se duas semanas desde aquela noite. A sra. Häberle e Enno Kluge se conheceram melhor por causa da convivência tão próxima. Afinal, o homem não podia sair de casa, temendo a Gestapo. Eles viviam como numa ilha, apenas os dois. Não conseguiam se evitar, nem mudar de ares ficando junto de outras pessoas. Estavam completamente dependentes um do outro.

Nos primeiros dias, ela não permitiu a Enno nem ajudar na loja; nesses primeiros dias ela não estava totalmente segura de que um agente da Gestapo não rondava por ali. Ela lhe dissera que ele tinha de se manter em absoluto silêncio dentro da casa. Ninguém poderia vê-lo. E ficou um pouco surpresa com a tranquilidade com que ele recebeu a orientação; para ela, teria sido terrível estar condenada a ficar sentada sem fazer nada naquele lugar apertado. Mas ele disse apenas:

— Tudo bem, então vou me cuidar um pouco!

— E o que vai fazer, Enno? — perguntou ela. — O dia é longo... eu não posso me ocupar muito com você, e ficar só matutando não leva a nada.

— Fazer? — disse ele, surpreso. — Como assim, fazer? Ah, quer dizer trabalhar? — Ele estava prestes a dizer que, na sua opinião, já tinha trabalhado o suficiente por um longo tempo, mas ainda estava muito cauteloso com ela, de modo que disse: — Claro que gostaria de trabalhar um pouco. Mas o que posso fazer aqui no quarto? Ah, se eu tivesse um torno! — E riu.

— Mas sei de um trabalho para você! Olhe aqui, Enno!

Ela trouxe uma grande caixa de papelão, cheia de todo tipo de sementes. Em seguida, colocou na frente dele um daqueles ábacos de madeira com uma espécie de moldura que se vê sobre os balcões de muitas lojas. E pegou uma pena de escrita, na qual a pena em si estava disposta do lado contrário. Usando a pena como pá, ela começou a separar um punhado de sementes que havia despejado em cima do ábaco. Movimentava a pena para lá e para cá com rapidez e destreza, empurrava para um canto, voltava a escolher, enquanto explicava:

— São restos de ração, varridos dos cantos, de sacos rasgados. Juntei tudo, por anos. Agora que a comida está tão restrita, vai valer a pena. Estou escolhendo...

— Mas por que fazer isso? É um trabalho gigantesco! Dê aos passarinhos do jeito que está! Eles que façam a escolha deles!

— E daí vão desperdiçar três quartos da ração! Ou vão comer coisas que lhes fazem mal e acabarão morrendo! Não, é preciso ter esse trabalhinho. Em geral, eu fazia isso toda noite e aos domingos, sempre que tinha um pouco de tempo. Num domingo, escolhi quase dois quilos e meio, além de arrumar a casa! Bem, agora vamos ver se você consegue bater o meu recorde. Afinal, você tem muito tempo e a mente fica livre para pensar enquanto isso. Certamente você tem coisas em que pensar. Faça uma tentativa, Enno!

Ela lhe passou a pequena pá e observou-o começar o trabalho.

— Até que você leva jeito! — elogiou ela. — Suas mãos são ágeis!

E um minuto mais tarde:

— Você precisa prestar mais atenção, Hänschen; quer dizer, Enno. Tenho de me acostumar primeiro! Veja, o grão pontudo e brilhante é painço, e o redondo, preto e achatado é colza. Não misture os dois. É melhor tirar as sementes de girassol antes, com os dedos, vai mais rápido do que com a pena. Espere, vou buscar vasilhas para você guardar o que já foi escolhido!

Ela estava ansiosa para achar trabalho para os dias de monotonia dele. Um pouco depois, a campainha da loja tocou pela primeira vez e a partir de então ela não se livrou dos clientes, conseguindo vê-lo apenas por alguns instantes a cada vez. Nessas ocasiões, encontrava-o sonhando diante do ábaco com as sementes. Ou, pior, assustado pelo barulho da porta, ele corria até seu local de trabalho feito uma criança que foi pega vadiando.

Ela logo percebeu que Enno nunca iria bater seu recorde de dois quilos e meio, que não chegaria nem a um quilo. E esse quilo teria de ser conferido, tamanho era o desleixo dele ao executar o serviço.

Ela estava um pouquinho decepcionada, mas lhe deu razão quando ele disse:

— Você não está muito satisfeita, não é, Hete? — E sorriu sem graça. — Mas, sabe, isso não é trabalho para homem. Me passe um verdadeiro trabalho de homem e daí você vai me ver em ação!

Claro que ele tinha razão, e no dia seguinte ela não lhe trouxe o ábaco com as sementes.

— Você tem de dar um jeito de passar o dia fazendo alguma coisa, pobrezinho! — disse ela, lamentando-se. — Deve ser terrível para você. Que tal ler um pouco? Tenho muitos livros ali no armário, eram do meu marido. Espere, vou destrancar.

Ele estava atrás dela enquanto ela olhava as lombadas.

— São quase todos livros marxistas. Sabe, meu marido era funcionário do Partido Comunista.* Esse Lênin eu consegui salvar de uma busca aqui em casa. Meti-o no forno e, no instante em que o homem da SA estava abrindo a porta para ver o que havia dentro, dei-lhe um cigarro e ele se esqueceu do que estava prestes a fazer. — Ela olhou seu rosto. — São livros do tipo que você gostaria de ler, querido? Tenho de confessar que mal os folheei desde que meu marido morreu. Talvez seja errado, todos deveriam se preocupar com a política. Se todos tivéssemos feito isso a tempo, os nazistas não teriam aprontado o que aprontaram, foi o que Walter sempre disse. Mas sou apenas uma mulher...

Ela parou de falar; percebeu que ele não estava ouvindo.

— Lá embaixo há alguns romances meus.

— Queria mesmo era um desses livros de detetives, com crimes e assassinatos — explicou Enno.

— Acho que desse tipo não tenho. Este aqui é um livro realmente bonito, que reli várias vezes: *Crônica da rua Sperling*, de Wilhelm Raabe. Tente, você vai gostar...

Nas vezes em que voltou à sala, ela percebeu que ele não estava lendo. O livro permanecia aberto sobre a mesa, mais tarde tinha sido empurrado para o lado.

— Não gostou?

— Ah, sabe... Não sei... São todas pessoas terrivelmente boas, que coisa tediosa. É um livro muito carola. Não é livro para homem. Nós queremos algo mais excitante, entende...

— Pena — disse ela. — Pena. — E devolveu o livro ao armário.

Ela ficava irritada ao entrar na sala e dar de cara com o Enno sentado ali, sempre com a mesma postura largada, quase dormindo. Ou dormindo de verdade, com a cabeça apoiada sobre a mesa. Ou junto à janela, olhando para o pátio, assoviando sempre a mesma música. Ela sempre tinha sido uma mulher ativa, ainda era — uma vida sem trabalho lhe parecia sem sentido. Adorava ver a loja cheia de clientes, quando precisava se dividir em dez para dar conta de todos ao mesmo tempo.

E daí havia aquele homem: em pé, sentado, agachado, deitado por dez, doze, catorze horas sem fazer nada, absolutamente nada! Ele profanava o dia do Senhor! O que lhe faltava? Ele dormia o suficiente, comia com apetite, não estava sofrendo, mas não trabalhava! Certa vez ela perdeu a paciência e disse, irritada:

— Pare de assoviar sempre a mesma música, Enno! Há seis, sete horas você está assoviando "Garotinhas, está na hora de dormir...".

Ele riu, envergonhado.

— Meu assovio é irritante? Ora, sei outras músicas. Que tal a "Canção de Horst Wessel"?[2] — E começou: "Bandeira hasteada! As fileiras cerradas. A SA marcha com passos firmes, corajosos..."

Ela voltou à loja sem dizer nada. Dessa vez ele não a tinha apenas irritado; dessa vez ela estava profundamente magoada.

Mas a mágoa passou. Ela não era rancorosa; além disso, ele percebeu que tinha feito algo de errado e, para surpreendê-la, montou uma

---

2. O alemão Horst Wessel foi um ativista nazista transformado em mártir após seu assassinato em 1930. Compôs a letra da canção "Die Fahne hoch" (Bandeira hasteada), que, rebatizada de "Horst Wessel Lied", se tornou o hino do Partido Nazista. [N.T.]

nova luminária sobre a cama dela. Sim, ele sabia fazer dessas coisas também — quando tinha vontade, era habilidoso o suficiente. No geral, porém, não tinha vontade.

Aliás, esses dias de banimento na sala logo acabaram. A sra. Häberle rapidamente se convenceu de que não havia mesmo nenhum espião rondando a casa e Enno pôde voltar a ajudar na loja. Sair à rua lhe era terminantemente proibido, por enquanto. Afinal, sempre havia a possibilidade de ser visto por um conhecido. Mas podia ajudar na loja, e lá ele se mostrou novamente bastante útil e competente. Como estava evidente que ele se cansava rápido de qualquer trabalho repetitivo, ela começou a lhe passar ora isso, ora aquilo para fazer.

Logo também permitiu que ele a ajudasse no atendimento aos clientes. Ele se dava bem com a freguesia, era educado, sagaz, às vezes até engraçado, de um jeito meio pateta.

— Se deu bem com esse ajudante, sra. Häberle — diziam antigos clientes. — É seu parente?

— Sim, um primo meu — mentia Hete, feliz pelo elogio a Enno.

Certo dia, ela lhe disse:

— Enno, hoje eu gostaria de ir a Dahlem. Sabe, o comércio de animais do sr. Löbe está sendo fechado porque ele tem de servir o Exército. Posso comprar seu estoque. Ele tem muita coisa, seria de grande ajuda para nós, agora que a mercadoria está cada vez mais escassa. Será que você consegue dar conta sozinho da loja?

— Mas é claro, Hete, claro! Brincando, até. Por quanto tempo você vai ficar fora?

— Eu sairia logo depois do almoço, mas acho que não volto até a hora de a loja fechar. Queria aproveitar para dar um pulo na costureira...

— Faça isso, Hete. Por mim, você está de folga até meia-noite. E não se preocupe com a loja, cuidarei de tudo direitinho.

Ele a acompanhou até o metrô. Era hora do almoço, a loja estava fechada.

Ela sorriu quando a composição andou. A vida a dois era outra coisa! Era bom trabalhar em conjunto. Apenas então havia um sentimento de verdadeira satisfação no final do dia. E ele se esforçava, realmente se esforçava para fazer tudo do jeito dela. Fazia o que era possível. Evidentemente, não era um homem cheio de energia ou muito disposto, ela sabia disso. Depois de andar muito para lá e para cá, ele gostava de se recolher um pouco na sala, independente do quanto a loja estivesse cheia — a clientela ficava toda nas mãos dela. Ou, após chamá-lo em vão durante muito tempo, ela o encontrava no porão sentado na beirada da caixa de areia, tirando uma soneca; o baldinho cheio até a metade com areia na sua frente... e ela estava havia dez minutos esperando por ele!

Ele estremecia quando ela perguntava com certa rispidez:

— Enno, onde você está? Estou cansada de esperar!

Ele se levantava feito um colegial assustado.

— Caí no sono — murmurava, constrangido, e voltava a pegar a areia com a pá. — Vou logo, chefinha, não vai acontecer de novo.

Com esse tipo de gracejo ele tentava consertar a situação.

Não, esse Enno não era um luminar sob nenhum ponto de vista: isso estava claro para ela. Mas ele fazia o possível. Ao mesmo tempo, era de fácil convívio, educado, delicado, adaptável, sem grandes vícios. Ela relevava o fato de ele fumar um pouquinho além da conta. Ela também gostava de um cigarro quando estava relaxada...

Hete Häberle teve azar com suas tarefas naquele dia. A loja do sr. Löbe em Dahlen estava fechada quando ela chegou, ninguém sabia lhe dizer quando o proprietário voltaria. Não, ele ainda não fora incorporado, mas certamente andava muito atarefado devido à convocação. Devia ser por isso que não se encontrava lá, pois a loja sempre estava aberta pelas manhãs, a partir das dez horas. Por que ela não tentava de novo na manhã seguinte?

Ela agradeceu e foi até a costureira. Mas ficou parada diante do prédio, assustada. Uma bomba havia atingido o lugar durante a noite e só restavam ruínas. As pessoas passavam por ali apressadas, algumas com o rosto virado de propósito: aquelas que não queriam ver a destruição ou que tinham medo de não conseguir esconder sua amargura; outras, porém, andavam especialmente devagar (a polícia fazia com que ninguém ficasse parado), com uma expressão sorridente no rosto, despreocupadas e curiosas, ou esquadrinhando a devastação com um olhar sombrio, quase ameaçador.

Sim, era cada vez mais frequente que Berlim fosse mandada para os porões. Assim como eram também cada vez mais frequentes as bombas, entre elas as temidas bombas incendiárias de fósforo. A promessa de Göring — mudar seu nome para Meier caso um avião inimigo fosse visto sobre Berlim — também estava na boca do povo. Hete Häberle tinha passado a noite anterior sozinha num porão, pois não queria que Enno já fosse considerado seu namorado oficial, com quem dividia o apartamento. Ela ouvira o zumbido dos aviões no alto, esse ruído que enlouquece os nervos, assim como o zumbido constante de um mosquito. Não ouviu o barulho das bombas, sua região tinha se mantido absolutamente intacta até então. As pessoas diziam que os ingleses não queriam machucar os trabalhadores, queriam acabar apenas com as famílias finas do oeste da cidade...

A costureira não era rica, mas tinha sido atingida também. Hete Häberle perguntou a um vigia onde estava a costureira, se tinha sofrido algo. O vigia lamentou não saber dar nenhuma informação. Talvez a senhora pudesse ir até a delegacia ou se informar no posto mais próximo da Liga de Defesa Aérea.

Mas Hete Häberle não tinha tranquilidade para tanto no momento. Apesar de todo o compadecimento pela costureira e da vontade de descobrir o que ocorrera com ela, era preciso voltar para casa. Era preciso saber, imediatamente, se estava tudo em ordem por lá. Tratava-se de uma idiotice, ela sabia, mas não havia outro jeito. Era preciso ver com os próprios olhos que nada de ruim tinha acontecido.

Infelizmente, porém, algo havia acontecido com a pequena loja de animais em Königstor. Nada trágico, não, mas apesar disso a sra. Häberle ficou profundamente abalada, muito mais do que em alguns momentos no passado. A sra. Häberle encontrou a persiana da loja fechada. Presa nela, uma folha de papel com o recado idiota, com o qual sempre se indignara: "Volto logo." E abaixo: "Sra. Hedwig Häberle."

O fato de seu nome aparecer no papel, seu bom nome a acobertar essa negligência e prevaricação, a magoou quase tão profundamente quanto a quebra de confiança que Enno havia causado. Ele desaparecera sem ela saber e teria reaberto a loja sem ela saber, e não lhe diria nem uma palavra sobre a mentira. E era irritante, absolutamente irritante, a quase certeza de que alguma de suas clientes habituais perguntaria: "Fechou ontem à tarde? Esteve fora, sra. Häberle?"

Ela passa pelo corredor e chega ao apartamento. Abre a persiana da loja, abre a porta. Espera a chegada do primeiro cliente; não, a bem da verdade não quer que ninguém venha a essa hora. Uma traição dessas pelas costas... durante todo o seu casamento com Walter ela nunca passou por algo assim. Eles sempre tiveram total confiança um no outro e nunca houve um desapontamento. E agora isso! Não há o menor motivo!

Chega a primeira cliente e ela a atende; mas, quando Hete abre a caixa a fim de lhe dar o troco para uma nota de vinte marcos, vê que está vazia. Havia muito troco na hora em que saiu, algo próximo dos cem marcos. E agora a caixa está vazia. Ela se controla, pega dinheiro da bolsa, dá o troco, pronto! A porta da loja faz barulho.

Sim, ela quer fechar a loja e ficar a sós. Daí se lembra — enquanto atende outros clientes — de que nos últimos dias teve a impressão de que algo estava errado com a caixa, de que parecia ter entrado mais dinheiro. E de que afastou esses pensamentos. O que Enno faria com o dinheiro? Ele nem saía do apartamento, estava sempre sob seus olhos!

Mas ela se lembra de que o banheiro fica na parte intermediária da escada e que ele fumou muito mais cigarros do que poderia ter trazido em sua malinha. Certamente encontrou alguém no prédio que lhe comprou os cigarros no mercado negro, sem cartão, sem ela saber! Que insultante e maldoso! Ela o teria provido amorosamente com cigarros, bastava ter aberto a boca!

Nessa hora e meia até o reaparecimento de Enno, a sra. Häberle trava uma dura batalha consigo mesma. Nos últimos dias, acostumou-se com a presença de um homem na casa, com o fato de não estar mais sozinha, de ter alguém para cuidar, alguém de quem gostar. Mas se o homem é como aparenta ser, então é preciso arrancar o amor do coração! Melhor estar sozinha do que viver numa eterna desconfiança e com esse medo terrível! Ela não poderá ir até o gramadinho da esquina sem ficar com medo de estar sendo enganada de novo!

E então Hete se dá conta de que também já percebeu que suas coisas não estão bem-arrumadas em seu armário. Não, é imperioso, ela tem de mandá-lo embora, ainda hoje, por mais difícil que isso seja. Mais tarde será ainda mais difícil.

Mas ela pensa que é uma mulher que está envelhecendo, que talvez seja a última oportunidade de escapar de uma velhice solitária. Depois dessa experiência com Enno Kluge, é quase certo que ela nunca mais dará uma chance a outro homem. Depois dessa experiência assustadora, terrível, com Enno!

— Sim, chegaram carunchos. Quanto vai, senhora?

Enno aparece meia hora antes de a loja fechar. Só nesse instante ela se lembra de que ele não deveria estar na rua de jeito nenhum, exposto a tamanho perigo por causa da Gestapo! Até agora não pensou nisso, de tanto que estava remoendo a traição dele. Mas de que adiantam todos os procedimentos de segurança se na sua ausência ele simplesmente sai andando por aí? E será que a questão com a Gestapo também não é apenas mais uma mentira? Com esse homem, tudo é possível.

Evidentemente que Enno notou, pela persiana aberta, que ela já está de volta à loja. Entra, vai se esgueirando pelos clientes com cuidado, sorri para ela como se nada tivesse acontecido e diz, ao sumir dentro da sala:

— Já estou indo para ajudar, chefinha!

E ele volta realmente muito rápido. Compelida a manter as aparências diante dos clientes, ela tem de lhe passar ordens, agir como se estivesse tudo bem — apesar de seu mundo ter caído! Mas ela não deixa transparecer nada, até ri das piadinhas sem graça dele, que hoje estão sendo distribuídas com fartura. Apenas quando ele faz menção de se aproximar da caixa, ela diz, dura:

— Da caixa cuido eu, por favor!

Ele estremece de leve, lança um olhar de esguelha para ela: como um cachorro que está levando bronca, sim, exatamente como um cachorro que foi surrado, ela pensa. Em seguida, a mão dele tateia o bolso, um sorriso nasce no seu rosto, sim, ele já superou o golpe.

— Às ordens, chefinha! — Enno estala a língua e bate os calcanhares.

Os clientes riem do homem baixinho, engraçado, que quer brincar de soldado, mas ela não está com vontade de rir.

Ela encerra o expediente na loja. Eles ainda trabalham juntos mais uma hora e quinze minutos, totalmente ocupados em dar de comer e de beber aos animais, fazer a faxina, os dois quase mudos, depois de ela ignorar as piadas que ele constantemente tenta fazer.

Hete Häberle está na cozinha aprontando o jantar. Há batatas coradas na frigideira, batatas grandes e bonitas, refogadas com toicinho. Ela conseguiu o toicinho com uma cliente, trocando-o por um canário. Estava feliz por poder surpreendê-lo com um belo jantar, pois ele gosta de comer bem. As batatas ficam lindamente coradas.

De repente, porém, ela apaga o fogo debaixo da frigideira. De repente, não consegue mais adiar a conversa. Vai à sala, carrancuda, encosta-se na estufa e pergunta, num tom quase ameaçador:

— E então?

Ele está sentado à mesa, a mesa de jantar, que arrumou para os dois, assoviando sozinho, como é seu costume.

Enno se assusta com esse "e então?" intimidativo, levanta-se e vai até a mulher, cuja expressão é sombria.

— O que foi, Hete? — pergunta ele. — O jantar já está saindo? Estou faminto.

Ela tem vontade de bater nele, esse homem que acredita que ela está disposta a engolir calada uma traição dessas! Esse senhor já está se sentindo muito seguro só porque pode dormir na cama dela! Ela está possuída por uma raiva totalmente desconhecida. Seu maior desejo é sacudir e bater no sujeito, várias e várias vezes.

Mas ela se contém e repete apenas uma vez o seu "e então?", num tom ainda mais ameaçador.

— Ah! É isso! — diz ele. — Você está se referindo ao dinheiro, Hete. — Ele mete a mão no bolso e tira um bolo de notas. — Aqui, Hete, são 210 marcos, e só tinha tirado 92 marcos da caixa. — Dá uma risada meio constrangida. — Para eu ajudar um pouco no dia a dia da casa.

— E como você conseguiu tanto dinheiro?

— Hoje à tarde aconteceu a grande corrida em Karlshorst. Cheguei a tempo de apostar no Adebar. Adebar, vitória. Gosto de apostar em cavalos. Entendo bastante de corridas, Hete. — Ele diz isso com um orgulho totalmente incomum. — Não apostei todos os 92 marcos, só cinquenta. A probabilidade era...

— E o que você teria feito caso o cavalo não ganhasse?

— Adebar tinha de ganhar. Não havia alternativa.

— E se ele não ganhasse?

Agora é ele que se sente superior à mulher. Ele sorri ao explicar:

— Veja, Hete, você não entende nada de turfe, já eu sou especialista. E quando digo que Adebar vai ganhar, posso até arriscar cinquenta marcos...

Ela o interrompe, com rispidez:

— Você arriscou meu dinheiro! Não quero saber disso! Se precisar de dinheiro, me peça. Não quero que trabalhe só para a comida. Mas sem minha permissão você não tira nenhum centavo da caixa, entendeu?

Ele não está acostumado com esse tom bravo e fica de novo absolutamente inseguro. Queixoso, diz (e ela sabe que ele logo vai começar a chorar e já está com medo dessas lágrimas):

— Que jeito é esse de falar comigo, Hete? Como se eu fosse apenas seu funcionário! Claro que não vou mais tirar dinheiro da caixa. Pensei apenas que deixaria você feliz ganhando um dinheirão desses. Afinal, a vitória era certa!

Ela não cai nessa conversa mole. O dinheiro é secundário; o que importa é a confiança quebrada. Ele acha que ela está brava apenas pelo dinheiro; que idiota! Hete retruca:

— E por causa dos cavalos você simplesmente fechou a loja?

— Sim — responde ele. — Você também teria de fazer isso, caso eu não estivesse aqui.

— E você já sabia que iria fechá-la antes de eu sair?

— Sim — responde ele levianamente. E se corrige, ligeiro: — Não, negativo. Senão eu teria pedido sua permissão. Isso me ocorreu quando passei diante da lojinha do apontador, na Neue Königstrasse, sabe? Naquele instante, dei uma olhada nas dicas; quando vi que o Adebar corria por fora, me decidi.

— Ah! — Ela não acredita em Enno. Ele fez tudo de caso pensado, antes de tê-la acompanhado até o metrô. Ela se lembra de que, de manhã, ele ficou olhando um tempão o jornal e depois fez muitas contas num papelzinho, mesmo com os primeiros clientes já entrando na loja. — Ah! — ela repete. — E você simplesmente vai dar um passeio na cidade, apesar de termos combinado que você não iria sair por causa da Gestapo?

— Mas você permitiu que eu te levasse até o metrô.

— Lá estávamos juntos. E falei explicitamente que aquilo era uma tentativa! Isso não lhe dava carta branca para perambular metade do dia pela cidade. Onde você esteve?

— Ora, só num barzinho que eu conheço de outros tempos. Ninguém da Gestapo vai lá, é lugar de apontadores e apostadores de cavalos.

— Gente que conhece você! Gente que pode ficar espalhando: vimos o Enno Kluge ali e acolá.

— Mas a Gestapo também sabe que eu tenho de estar em algum lugar. Só que não sabe onde. O lugar é bem distante daqui, em Wedding. E não havia nenhum conhecido que pudesse me dedurar!

Ele fala rápido e parece bem-intencionado: quem o escuta acha que ele está com a razão. Não entende o quanto traiu a confiança dela, em que batalha ela está envolvida em seu íntimo por sua causa. Pegar dinheiro — para lhe fazer um agrado. Fechar a loja — ela também o teria feito. Ir a um bar — afinal, era longe, em Wedding. Mas ele não consegue compreender que ela estava com medo do amor que sentia; não, isso não entra na cabeça dele!

— Bem, Enno — diz ela —, então isso é tudo o que você tem a dizer?

— Sim. O que mais eu poderia acrescentar, Hete? Vejo que você está terrivelmente chateada comigo, mas realmente não acho que agi tão mal assim! — E elas apareceram, as temidas lágrimas. — Ah, Hete, seja boazinha comigo de novo! Vou passar a lhe perguntar tudo antes, com certeza! Por favor, volte a ser boazinha comigo. Assim não aguento...

Mas dessa vez nem as lágrimas nem as súplicas dão resultado. Algo parece errado nisso tudo. Ela quase sente asco desse homem chorão.

— Preciso primeiro pensar muito bem a respeito, Enno — diz ela, totalmente na defensiva. — Você parece nem entender o quanto me decepcionou.

E ela passa por ele e vai até a cozinha, a fim de continuar fritando as batatas. Então a conversa aconteceu. E o resultado? Trouxe algum alívio, esclareceu as coisas, facilitou uma decisão?

Nada disso! Apenas lhe mostrou que esse homem não se importa quando faz algo de errado. Que mente descaradamente quando a situação parece exigir, sem fazer distinção para quem está mentindo.

Não, um homem desses não é o certo para ela. É preciso terminar com ele. Está claro que nessa noite não será possível colocá-lo na rua. Afinal, ele nem sabe o que fez de errado. Parece um cachorrinho novo, que mordeu um par de sapatos e não entende por que o dono está batendo nele.

Não, é preciso lhe dar um ou dois dias para que ele busque um novo lugar onde se instalar. Ah, se nesse meio-tempo ele cair nas garras da Gestapo — é preciso torcer para que não, afinal, ele também está sempre na torcida — por causa de uma aposta! Não, ela tem de se libertar dele, nunca mais conseguirá confiar nele. Tem de viver sozinha, a partir desse instante até a morte! E esse pensamento lhe dá medo.

Apesar desse medo, após o jantar ela lhe diz:

— Pensei em tudo, Enno, temos de nos separar. Você é um homem simpático, também é amoroso, mas vê o mundo com outros olhos. Não vamos conseguir conciliar isso a longo prazo.

Ele a encara, enquanto ela lhe arruma o sofá, numa espécie de reforço de suas palavras. Ele não quer acreditar nos seus ouvidos e começa a se lamuriar:

— Oh, Deus, Hete, você não está falando sério! A gente se gosta tanto! Você não quer me pôr na rua e me jogar nos braços da Gestapo!

— Ora! — diz ela, querendo se acalmar com as próprias palavras.
— A questão com a Gestapo não deve ser tão complicada assim, senão você não teria perambulado metade do dia de hoje pela cidade.

Mas ele não aguenta. Cai de joelhos, literalmente, diante dela. O medo deixou-o transtornado.

— Hete! Hete! — Ele chora e soluça. — Você está querendo me matar? Você tem de me deixar ficar aqui! Para onde eu iria? Ah, Hete, goste um pouquinho de mim, sou tão infeliz...

Choro e queixumes, um pequeno cachorrinho, gemendo de medo.

Ele quer se agarrar nas pernas dela, tenta pegar suas mãos. Ela foge para o quarto, tranca a porta. Passa a noite escutando-o bater na porta, mexer na maçaneta, gemer e suplicar...

Ela permanece deitada, imóvel. Junta todas as forças para não sucumbir, não quer amolecer por causa do próprio coração e dos lamentos do lado de fora! Mantém-se firme em sua decisão de não continuar a vida em comum.

No café da manhã, ambos estão sentados frente a frente com os rostos pálidos, sonados. Quase não se falam. Fazem de conta que a discussão nunca aconteceu.

Mas agora ele entendeu, ela pensa, e se ele não for atrás de um quarto ainda hoje, amanhã à noite terá de sair deste apartamento. Amanhã na hora do almoço vou falar com ele de novo. Temos de nos separar!

Oh, sim, Hete Häberle é uma mulher tão corajosa quanto decente. E o fato de não seguir em frente em sua decisão, de não se afastar de Enno, não se deve a ela, mas a pessoas que nem conhece. Por exemplo, o delegado Escherich e o sr. Barkhausen.

Capítulo 28
Emil Barkhausen se torna útil

ENQUANTO ENNO KLUGE E A SRA. HÄBERLE se juntavam para uma vida em comum que acabou por se romper tão rapidamente, o delegado Escherich passou por tempos difíceis. Não conseguiu esconder de seu superior Prall que Enno Kluge havia escapado num zás-trás de seus perseguidores, sem deixar pistas; que tinha desaparecido no turbilhão da cidade grande.

O delegado Escherich suportou, resignado, todos os xingamentos que desabaram sobre ele, consequência dessa confissão: ele era um idiota, um paspalho, seria fuzilado, era um moleirão que em quase um ano não tinha conseguido descobrir um imbecil autor anônimo de cartões-postais.

E, mesmo com uma pista nas mãos, deixara o sujeito solto: era mesmo um trouxa! Na verdade, o delegado Escherich tinha sido cúmplice de alta traição e seria tratado dessa maneira caso não apresentasse, dentro de uma semana, o tal Enno Kluge para o general Prall.

Sim, o delegado Escherich ouviu com resignação todos esses xingamentos. Mas seu efeito foi estranho: apesar de saber exatamente que Enno Kluge não tinha a menor relação com os cartões-postais, que ele não o ajudaria em nada no caminho para a descoberta do real autor, apesar disso o interesse do delegado passou a se concentrar quase que exclusivamente na prisão do insignificante Enno Kluge. Era realmente lamentável que esse pobre-diabo, que ele queria apresentar feito um troféu para seu chefe, tivesse escapado por entre seus dedos. Naquela semana, o solerte havia sido especialmente prolífico: três cartões dele apareceram na mesa do delegado. Pela primeira vez, porém, desde que estava trabalhando no caso, Escherich não se interessou pelos cartões nem por seu autor. Ele se esqueceu até de marcar os locais onde tinham sido achados no seu mapa de Berlim.

Não, primeiro o delegado Escherich queria Enno Kluge de volta, e fez esforços verdadeiramente incomuns para pegar o homem. Ele foi até Ruppin falar com Eva Kluge; e, preparado para qualquer eventualidade, estava munido de um mandado de prisão contra ela. Mas logo viu que aquela mulher realmente não tinha a menor relação com o homem e que sabia muito pouco da vida dele nos últimos anos.

Eva contou o que sabia ao delegado, não especialmente de boa vontade e não exatamente contrariada, mas com total indiferença. Estava evidente que, para ela, o destino do marido, o que ele tinha feito ou deixado de fazer, não tinha a menor importância. Por seu intermédio, o delegado descobriu apenas os nomes de dois ou três bares frequentados no passado por Enno Kluge, soube de sua paixão pelas corridas de cavalo e anotou também o endereço de uma tal Tutti Hebekreuz, que certa vez enviara uma carta ao seu apartamento. Nessa carta, Enno Kluge era acusado de ter roubado dinheiro e cartões de racionamento da sra. Hebekreuz. Não, da última vez que tinha visto o marido, a sra. Kluge não lhe entregara a carta nem a mencionara. Havia guardado, sem querer, apenas o endereço; como carteira, tinha uma memória bastante boa para endereços.

Armado dessas informações, o delegado Escherich retornou a Berlim. Claro, fiel ao seu princípio de fazer perguntas mas não dar respostas, não divulgar fatos, o delegado Escherich evitara mencionar a Eva Kluge o processo que corria contra ela em Berlim. Isso não lhe dizia respeito. Ou seja, não trouxera muita coisa, mas já era um começo, por assim dizer a pista de uma pista — e era possível mostrar a Prall que estava agindo, e não só aguardando. Era isso que importava aos mandachuvas lá de cima: era preciso agir, mesmo que a ação fosse errada, assim como todo o caso Kluge era errado. Os mandachuvas, porém, não suportavam esperar.

As apurações com a sra. Hebekreuz se mostraram infrutíferas. Ela conhecera Kluge num café, conhecia também seu local de trabalho. Em duas ocasiões ele tinha passado por algumas semanas no seu apartamento, sim, isso estava correto, ela lhe escrevera por causa do dinheiro e dos cartões de racionamento. Mas ele tinha esclarecido o assunto em sua segunda visita: ela havia sido roubada por um sublocatário, não por Enno.

Depois ele tinha ido embora, sem lhe dizer nada, provavelmente para ir atrás de alguma mulher, esse era o jeito de Enno. Não, claro que *ela* nunca tivera nada com ele. Ele não se encontrava naquela região, com certeza. Senão ela já teria ouvido falar dele há tempos.

Nos dois bares ele era conhecido por Enno, sim, senhor. Fazia tempo que estava sumido, sim, mas acabava aparecendo de novo. Sim, senhor delegado, não vamos deixar transparecer nada. Somos bares sólidos, nossos frequentadores são gente de bem, pessoas que se interessam pelo nobre esporte do turfe. Vamos avisá-lo imediatamente caso ele dê as caras. *Heil* Hitler, senhor delegado!

O delegado Escherich empenhou dez pessoas para perguntar sobre Enno Kluge a todos os apontadores e donos de bares do norte e do leste de Berlim. E enquanto aguardava os resultados dessa operação, foi acometido por uma segunda sensação estranha: de repente, não lhe pareceu tão improvável que Enno Kluge tivesse alguma relação com os cartões. Casualidades muito curiosas envolviam esse sujeito: o postal descoberto no consultório de seu médico e depois a mulher, primeiro nazista fervorosa e depois de súbito o pedido de permissão para sair do partido, supostamente porque o filho havia feito algo na SS que ela não aprovara. Tudo que dizia respeito àquele baixinho resultava em algo político, apesar de Escherich considerá-lo totalmente indiferente à política. Talvez Enno Kluge fosse muito mais ladino do que o delegado imaginara, talvez tivesse culpa no cartório por coisas que não esses cartões, mas era quase certo de que culpa havia.

Isso foi confirmado também pelo investigador Schröder, com o qual o delegado repassou todo o caso, lentamente, a fim de refrescar a memória. Schröder também ficara com a impressão de que havia algo de errado com Kluge, de que este escondia algo. Bem, logo se seguiriam novos capítulos dessa história e ela seria esclarecida. O delegado estava com essa sensação e esse tipo de sensação dificilmente o enganava.

E realmente não o enganou. Naqueles dias de ameaças e de irritação, aconteceu de o delegado receber a notícia de que um tal de Barkhausen gostaria de falar com ele.

Barkhausen?, perguntou Escherich. Barkhausen? Quem é Barkhausen? Ah, já sei, o informantezinho que por oito contos delataria a própria mãe.

E pediu em voz alta:

— Façam-no entrar! — Mas quando Barkhausen entrou, ele lhe disse: — Se está aqui para me falar algo a respeito dos Persickes, pode ir dando meia-volta.

Barkhausen encarou o delegado e ficou em silêncio. Parecia mesmo que sua intenção era relatar algo sobre os Persickes.

— E então? — disse o delegado. — Por que não dá meia-volta?

— O Persicke está com o rádio da sra. Rosenthal, delegado — contou ele em tom de censura. — Agora tenho certeza, eu...

— A sra. Rosenthal? — perguntou Escherich. — Não é aquela velha judia que saltou da janela na Jablonskistrasse?

— A própria! — confirmou Barkhausen. — E ele simplesmente roubou o rádio, quer dizer, ela já estava morta, mas ele tirou do apartamento...

— Vou lhe dizer uma coisa, Barkhausen — explicou Escherich. — Conversei com o delegado Rusch sobre o caso. Se não parar de ficar o tempo todo acusando os Persickes, vamos ter de dar um jeito em você. Não queremos ouvir nem mais uma palavra sobre essa história... muito menos vinda de você! Afinal, você é a última pessoa que poderia ficar remexendo nisso. Sim, você, Barkhausen!

— Mas ele roubou o rádio... — recomeçou Barkhausen com sua teimosia implacável, gerada por um ódio cego. — E posso lhe provar por A mais B...

— Fora, Barkhausen, ou você vai dar uma voltinha aqui no nosso porão!

— Então vou à central, na Alexanderplatz! — retrucou Barkhausen, profundamente magoado. — O que é direito tem de continuar sendo direito! Roubo é roubo...

Mas Escherich tinha tido outra ideia: o caso do solerte, que ocupava sua mente de maneira quase ininterrupta. Ele parou de escutar o idiota.

— Diga uma coisa, Barkhausen. Você conhece um monte de gente e frequenta bastante os bares, não é? Será que sabe quem é um tal de Enno Kluge?

Barkhausen, que farejou no ar um trato, disse, ainda irritado:

— Conheço um tal de Enno Kluge. Não sei se continua a se chamar Kluge. Na verdade, sempre achei que seu sobrenome fosse Enno.

— Um baixinho, magrelo, pálido, tímido?

— Poderia ser, delegado.

— Paletó claro, boina esportiva de um xadrez largo marrom?

— Assim mesmo.

— Está sempre metido com mulheres?

— Não sei de histórias com mulheres. As mulheres não frequentam o lugar de onde eu o conheço.

— Pequeno apostador de cavalos...

— Correto, delegado.

— Vive no Azarão e no Antes da Largada?

— Bingo, delegado. O seu Enno Kluge é o meu Enno Kluge.

— Você precisa achá-lo para mim, Barkhausen! Esqueça toda essa confusão idiota com os Persickes, que só vai levá-lo ao campo de concentração. É melhor me descobrir onde Enno Kluge está metido!

— Mas ele é um peixe muito miúdo para o senhor, delegado! — disse Barkhausen, tentando se safar. — É um nada! O que o senhor quer com aquele idiota?

— Isso é assunto meu, Barkhausen! Se me trouxer Enno Kluge, você ganha quinhentos marcos!

— Quinhentos marcos, delegado? Dez Ennos não valem quinhentos marcos! Deve haver algum engano!

— Talvez haja mesmo um engano, mas não é da sua conta, Barkhausen. Você vai ganhar seus quinhentos paus... de um jeito ou de outro.

— Tudo bem, então! Se o senhor está dizendo... Vou ver se consigo pegar o Enno. Mas vou apenas lhe mostrar o homem, não o trago até aqui. Não falo com gente assim...

— O que vocês aprontaram? Você não costuma ser tão sensível, Barkhausen! Com certeza fizeram merda juntos. Mas não quero me meter em seus delicados segredos. Caia fora, Barkhausen, e me traga o Kluge!

— Quero pedir um pequeno adiantamento, delegado. Não, não se trata de adiantamento — corrigiu-se —, mas uma ajuda de custo para minhas despesas.

— Quais são suas despesas, Barkhausen? Eu gostaria de saber.

— Tenho de pegar o bonde, ficar parado em todos os bares possíveis, pagar uma rodada aqui, tomar uma cerveja acolá. Isso custa dinheiro, delegado! Mas acho que cinquenta marcos são suficientes.

— Sim, quando o influente Barkhausen sai de casa, todos ficam esperando que ele pague as bebidas! Vou lhe dar dez marcos e agora vá embora de vez. Você acha que não tenho mais o que fazer além de ficar jogando conversa fora?

Barkhausen acreditava realmente que o delegado não tinha mais o que fazer além de encher o saco das pessoas e fazer os outros trabalharem para ele. Mas não se atreveria dizer isso em voz alta. Ao chegar à porta, anunciou:

— Mas se eu pegar o Kluge para o senhor, então o senhor tem de me ajudar com os Persickes. Os irmãos me deixaram muito irritado...

Escherich deu um salto e se aproximou dele, agarrou-o pelos ombros e segurou o punho fechado debaixo do seu nariz.

— Está vendo isso? — gritou, irado. — Quer dar uma cheiradinha aqui, cachorro fedido? Mais uma palavra sobre os Persickes e eu boto você na cadeia, mesmo que todos os Ennos Kluges do mundo estiverem soltos por aí.

E acertou com o joelho a bunda do embasbacado Barkhausen, que voou feito uma bala pelo corredor e acabou desabando na frente de um ordenança da SS, que lhe deu outra joelhada.

O barulho desses dois golpes chamou a atenção de dois guardas da SS no pedestal da escada. Eles levantaram Barkhausen e jogaram-no degraus abaixo, feito um saco de batatas.

E enquanto Barkhausen permanecia deitado lá embaixo, gemendo e sangrando um pouco, mas bem pouco, ainda totalmente fora do ar por causa da queda, o próximo guarda levantou-o pelo colarinho e gritou:

— Seu porco, você quer sujar todo o nosso chão?

Em seguida, carregou-o até a saída e atirou-o na rua.

O delegado Escherich assistiu com deleite ao início da queda, até a escada impedir sua visão.

Os passantes da Prinz-Albrecht-Strasse evitaram temerosamente olhar para aquele infeliz deitado na sujeira, pois sabiam quão perigoso era o prédio do qual ele havia sido expulso. Talvez fosse um delito olhar com piedade para um acidentado daqueles; ajudá-lo era proibido. O guarda, que apareceu novamente na saída pisando duro, disse:

— Seu porco, se passar mais três minutos estragando nossa fachada, vou dar um jeito de botá-lo para correr. E rápido!

Isso ajudou. Barkhausen se ergueu e cambaleou com as pernas pesadas, doloridas, até sua casa. No íntimo, estava de novo fervendo de ódio, e esse ódio infinito ardia mais do que doíam seus ferimentos. Ele estava firmemente decidido a não mexer uma palha para aquele delegado babaca. O outro que procurasse sozinho por Enno Kluge!

No dia seguinte, porém, quando a raiva tinha diminuído um pouco e a voz da razão voltou a se manifestar, ele se lembrou de que, um, havia recebido dez marcos do delegado Escherich e que devia trabalhar pelo dinheiro, senão seria inapelavelmente acusado de golpe. E, dois, não era nada bom cortar relações com um homem tão importante. Essa gente detinha o poder e os insignificantes tinham de se submeter. E aquela expulsão do dia anterior havia acontecido de um jeito meio casual. Se ele não tivesse trombado contra o ordenança, tudo teria terminado bem. Eles deviam estar encarando a situação como uma piada, e se Barkhausen tivesse visto que essa era a maneira padrão de tratar as pessoas, teria rido com prazer também, por exemplo, se alguém como Enno Kluge fosse dispensado da mesma maneira.

Sim, esse era o terceiro motivo pelo qual Barkhausen resolveu cumprir a tarefa: assim seria possível dar um belo troco a Enno Kluge;

afinal, por causa de sua bebedeira idiota aquele belo negócio tinha ido para o brejo.

Por essa razão, todo dolorido mas cheio de boa vontade, Barkhausen foi até os dois bares que o delegado Escherich visitara e mais alguns outros. Ele não perguntava por Enno para os donos, mas ficava por ali, fazendo hora, sentado por mais de uma hora diante de um copo de cerveja; também conversava um pouco sobre cavalos, sobre os quais tinha, de ouvir falar, algum conhecimento (apesar de não manifestar a menor inclinação para as apostas). Depois, dirigia-se para o bar seguinte para fazer exatamente o mesmo. Barkhausen era paciente, podia passar o dia inteiro nessa toada, não se importava.

Mas ele não precisou se munir de muita paciência, pois já no segundo dia viu Enno no bar Azarão. Testemunhou o magrelo festejando o triunfo de Adebar e sentiu muita inveja pela sorte imerecida daquele idiota. Além disso, espantou-se com a nota de cinquenta marcos que Kluge deu ao apontador. Barkhausen pressentiu imediatamente que ela não tinha sido ganha em troca de trabalho. O pilantrinha devia ter se arranjado muito bem!

É absolutamente natural que os srs. Barkhausen e Kluge não se conhecessem. Eles nem trocaram olhares.

Não é tão natural que o dono do bar não tenha ligado para o delegado Escherich, apesar de sua promessa. A Gestapo era temida, sim, e as pessoas viviam num medo constante dela, mas fazer seu trabalho sujo eram outros quinhentos. Também não aconteceu de Enno Kluge ser alertado... de todo modo, porém, não foi denunciado.

Aliás, o delegado Escherich não se esqueceu dessa ligação não feita. Avisou um determinado departamento a respeito do assunto e abriu-se uma ficha relativa ao dono do bar com a anotação: "Não confiável." Algum dia, mais cedo ou mais tarde, o homem perceberia o que significava ser considerado não confiável para a Gestapo.

Barkhausen foi o primeiro a deixar o bar. Não se afastou muito, postando-se atrás de uma coluna cheia de cartazes colados, esperando feliz e tranquilo pela saída do baixinho. Barkhausen era um delator que não perdia sua vítima tão facilmente, muito menos esta vítima. Ele conseguiu até se espremer na mesma composição do metrô em que estava Enno Kluge; embora fosse alto, o outro não o viu.

    Enno Kluge pensava apenas em sua vitória com Adebar, no dinheiro que por fim tilintava generosamente no seu bolso mais uma vez, e depois pensou em Hete — na verdade, estava muito bem com ela. Lembrou-se com amor e sentimentos ternos da boa matrona, mas não se lembrou de que poucas horas antes tinha roubado a mulher e mentido para ela.

    Claro, quando chegou diante da loja e viu que as persianas estavam abertas, que ela certamente já estava na ativa de novo e que sua saída não seria vista com bons olhos, seu bom humor desandou de novo. Mas, apoiando-se no fatalismo com o qual gente de sua laia enfrenta o que há de pior, entrou na loja e deu a cara a bater. Ninguém há de se espantar que, ocupado com tais pensamentos, ele não tivesse reparado em quem estava em seu encalço.

    Barkhausen viu Kluge desaparecer dentro da loja. Posicionou-se um pouco afastado, pois achou que Kluge queria comprar alguma coisa e logo sairia novamente. Mas os clientes iam e vinham, iam e vinham e Barkhausen já estava ficando muito nervoso. Ele já contava com os quinhentos paus garantidos no bolso, ainda naquela noite... ah, se tivesse deixado de notar a saída de Kluge.

    A porta de ferro desceu fazendo barulho e então ele teve certeza: Enno dera um jeito de sumir. Talvez tivesse percebido que estava sendo espionado, entrara na loja com um pretexto qualquer e saíra por outra porta. Barkhausen amaldiçoou a própria burrice de não ter ficado de olho também na porta do prédio. Ele concentrara sua atenção na porta da loja! Era mesmo um asno.

    Bem, havia a possibilidade de reencontrar Enno no bar, no dia seguinte ou no outro. A vitória de Adebar tinha enchido seus bolsos e por isso mesmo o vício das apostas não o deixaria em paz. Ele iria ao bar todos os dias e ficaria apostando até o dinheiro secar de vez. Um azarão feito Adebar não competia todas as semanas e, quando o fazia, não recebia apostas. Enno perderia rapidamente seu dinheiro.

No caminho de volta para casa, Barkhausen resolveu passar perto da pequena loja de animais. Foi quando viu de repente pela vitrine (apenas a entrada estava fechada pela porta de aço) uma luz solitária acesa em seu interior. Ao pressionar o nariz contra o vidro e tentar vislumbrar algo por entre os aquários e as gaiolas dos pássaros, notou que ainda havia duas pessoas lá dentro: uma mulher do tipo suflê murcho, naqueles anos mais perigosos, como ele logo avaliou corretamente, e seu amigo Enno. Enno em mangas de camisa e avental azul, Enno trabalhando com afinco, enchendo comedouros, repondo água, escovando um terrier escocês.

Que estrela a daquele idiota! O que as mulheres viam nele? Ele, Barkhausen, estava preso na Otti e nos cinco filhos, e um velhaco desses vem e se arranja logo numa loja de animais, completa: com mulher, peixes e pássaros.

Barkhausen cuspiu, desdenhoso. Que mundo podre, que privava Barkhausen de todas as coisas para jogá-las no colo de um paspalho!

Mas, quanto mais Barkhausen observava, mais claro ficava que o casal lá dentro não estava sob os efeitos do elixir do amor. Eles mal conversavam entre si, quase não se olhavam, e era bem possível que o baixinho Enno Kluge não passasse de um funcionário que ajudava a mulher a arrumar a loja. Daí ele teria de sair daquele lugar dentro de um tempo razoável.

Por essa razão, Barkhausen voltou ao seu posto de observação junto à coluna. Como a porta de aço estava fechada, Kluge sairia pela porta do prédio. Barkhausen não tirava os olhos dali. Mas a luz na loja foi apagada e Kluge não tinha saído. Nesse instante, Barkhausen decidiu apostar alto. Assumindo o risco de topar com Kluge nas escadas, ele entrou sorrateiramente no prédio, cuja porta não estava trancada. Tratava-se daquelas construções com dois ou três pátios internos, que em geral nunca são trancadas porque abrigam gente demais.

Barkhausen fixou primeiro o nome "H. Häberle" na mente e depois foi até o pátio. E teve sorte, pois eles ainda não tinham fechado as janelas, apesar de já passar das oito horas. Olhando pela fresta deixada por uma persiana desalinhada, Barkhausen conseguiu enxergar claramente a sala. Mas o que viu surpreendeu-o de tal maneira que ele quase ficou chocado.

Seu amigo Enno Kluge estava ajoelhado, engatinhando atrás da mulher gorda, que se afastava dele passo a passo, amedrontada, segurando a saia. Ennozinho tinha erguido os braços; parecia chorar e gemer.

Ah, minha boa gente!, pensou Barkhausen, transferindo animado o peso do corpo de uma perna para outra, ah, minha boa gente, se esse é o aperitivo de vocês para a noite, então, bom apetite, pois vocês são uns tipos para lá de engraçados! Estou a fim de passar metade da noite aqui, assistindo de camarote.

Mas foi então que a porta bateu atrás da velha e Enno ficou ali, mexendo na maçaneta, e pareceu continuar se lamentando e gemendo.

Talvez não fosse somente uma pequena preliminar para a noite, pensou Barkhausen. Talvez eles tivessem brigado ou Enno quisesse algo que ela não lhe dera ou ela não queria mais saber do velho babão apaixonado... E eu com isso? De todo modo, ele vai passar a noite aí, senão, para que o sofá estaria arrumado como uma caminha tão macia e branca?

Enno Kluge estava diante de sua cama. Barkhausen conseguiu enxergar nitidamente o rosto do antigo colega de roubo. Sua aparência naquele momento era surpreendente. Pouco antes todo choroso e lamuriento, agora o homem sorria, olhava para a porta e sorria...

Então ele só fizera uma encenação para a velha. Bem, então boa sorte, meu garoto! Temo apenas que Escherich vá cuspir na sua sopa!

Kluge havia acendido um cigarro. E foi direto para a janela pela qual Barkhausen o observava. Assustado, o informante pulou para o lado, no escuro — a persiana desceu e Barkhausen pôde deixar tranquilamente seu posto de observação naquela noite. Não havia mais expectativa de grandes emoções, pelo menos ele não as veria. Por aquela noite, Enno estava em segurança para ele.

Na verdade, o combinado com o delegado Escherich era ligar imediatamente após descobrir o paradeiro de Enno Kluge, fosse noite ou dia. Mas, à medida que Barkhausen se afastava cada vez mais de

Königstor naquela noite, tornava-se cada vez mais duvidoso se uma ligação imediata realmente era o certo; o certo segundo a régua de Barkhausen. Ele se deu conta de que havia dois partidos envolvidos naquela questão: ou seja, era possível arrancar vantagens dos dois lados.

O dinheiro de Escherich estava garantido; por que não tentar tirar algum também de Enno Kluge? Aquele sujeito aparecera com uma nota de cinquenta marcos na mão, que haviam se multiplicado para mais de duzentos com a vitória de Adebar — dessa maneira, por que ele, Barkhausen, não poderia dispor também desse dinheiro? Escherich não seria prejudicado, pois acabaria recebendo Enno, e Enno também não levaria a pior, pois, de todo modo, o pessoal da Gestapo acabaria lhe confiscando o dinheiro. Justo?

Havia ainda aquela mulher gorda, atrás da qual Enno tinha rastejado de um jeito tão engraçado. Com certeza a rechonchuda tinha dinheiro, talvez até um bocado. O aspecto da loja era bom, havia muita mercadoria e também não parecia lhe faltar clientes. Não, aquela suplicação e o rastejamento de Kluge não eram sinal de que os dois já tinham entrado em sintonia total, isso não; mas quem entrega um amante, mesmo descartado, à Gestapo? O fato de a coroa ainda tolerar a presença de Enno, de ter lhe arrumado uma cama no sofá, comprovava que ela ainda gostava um tantinho dele. E, se gostava do grisalho, então pagaria; não muito, mas alguma coisa. E Barkhausen não queria dispensar essa "alguma coisa" de modo algum.

A cada vez que seus pensamentos avançavam até ali — e durante o trajeto até em casa e à noite, deitado ao lado de Otti, esse ponto foi revisitado várias vezes —, Barkhausen era acometido por um ligeiro susto, pois se dava conta de que planejava uma brincadeira bastante perigosa. Certamente Escherich não era um sujeito que tolerava atos independentes, todos os homens da Gestapo eram iguais, e a coisa mais fácil para ele era despachar alguém para o campo de concentração. Barkhausen, por sua vez, morria de medo do campo de concentração.

Entretanto, estava tão imerso nos pensamentos e na moral dos criminosos que disse a si mesmo, teimosamente, que o pepino que tinha de ser torcido tinha de ser torcido de qualquer jeito — e ponto. E esse pepino chamado Enno era absolutamente possível de ser torcido. Barkhausen primeiro deixaria o assunto descansar durante a noite; quando chegasse a manhã, saberia se era para ir direto até Escherich ou primeiro daria uma passadinha na casa onde Enno se encontrava. Agora, era hora de dormir...

Mas ele não adormeceu; ficou pensando que um homem era pouco naquela situação. Ele, Barkhausen, tinha de ter alguma mobilidade. Se precisasse, por exemplo, ir rapidamente até Escherich, Enno Kluge ficaria sem vigilância durante esse intervalo. Ou enquanto estivesse espremendo a gorda, era provável que Enno resolvesse dar no pé. Não, um era pouco. Não se lembrou de ninguém como número dois em quem pudesse confiar. Além disso, o comparsa exigiria sua parte no negócio. E Barkhausen não gostava de dividir.

Por fim, Barkhausen se lembrou de que entre seus cinco pirralhos havia um de treze anos; talvez até fosse seu filho. Ele sempre tivera a impressão de que aquele garoto, que atendia pelo sofisticado nome de Kuno-Dieter, podia mesmo ser seu, apesar de Otti sempre ter afirmado que era de um conde, grande proprietário de terras da Pomerânia. Mas Otti sempre fora uma exibida, assim como o nome do garoto — inspirado em seu suposto pai — comprovava.

Com um pesado suspiro, Barkhausen decidiu levar o garoto consigo como vigia reserva. Isso não custaria mais do que uma pequena rixa com Otti e alguns marcos para o rapazola. Em seguida, as maquinações de Barkhausen recomeçaram, dando voltas e mais voltas sobre tudo aquilo, aos poucos foram ficando menos nítidas e, finalmente, ele adormeceu.

Capítulo 29
Uma bela chantagenzinha

Já se disse que a sra. Hete Häberle e Enno Kluge tomaram café naquela manhã sem trocar quase nenhuma palavra e depois trabalharam na loja, ambos pálidos por causa da noite não dormida e muito ocupados com seus pensamentos. A sra. Häberle pensava que era imperativo Enno sair de sua casa no dia seguinte; Enno, que de maneira nenhuma permitiria ser expulso.

Nesse silêncio, o primeiro cliente a entrar foi um homem alto, que disse para a sra. Häberle:

— Escute, tem um casal de periquitos na vitrine. Quanto custa? Tem de ser um casal, sempre gostei de casais... — E Barkhausen deu uma volta, com uma surpresa fingida, uma surpresa mal fingida de propósito, chamou Kluge, que estava tentando se esconder num canto no fundo da loja: — Ah, mas é você, Enno! Ora essa, pensei com meus botões, não pode ser o Enno, o que o Enno estaria fazendo num jardinzinho zoológico desses? Mas é você! E o que está fazendo da vida, camarada?

Enno ficou petrificado com a mão na maçaneta, incapaz de fugir ou de responder.

A sra. Häberle, porém, encarou de olhos arregalados o homem alto, que falava daquele jeito tão simpático com Enno. Os lábios dela começaram a tremer, seus joelhos amoleceram. Lá estava ele, afinal: o perigo. Então a história que Enno contara sobre ser ameaçado pela Gestapo não era mentira. Pois esse homem de rosto tão covarde quanto brutal era um informante da Gestapo, disso ela não tinha nem um pingo de dúvida.

Quando esse perigo se materializou, apenas o corpo da sra. Hete tremia. A mente dela se mantinha tranquila e lhe dizia: agora, em meio a este perigo, é impossível deixar Enno na mão, seja ele do jeito que for.

E a sra. Häberle disse para o homem de olhar penetrante, que sempre desviava o olhar e que se parecia como um autêntico malandro:

— Está servido de uma xícara de café, senhor? Como é mesmo seu nome?

— Barkhausen. Emil Barkhausen — identificou-se o informante. — Sou velho amigo de Enno, amigo do esporte. O que a senhora diz da maravilhosa aposta que ele fez ontem no Adebar? Nós nos encontramos no bar do turfe. Ele não lhe contou?

Hete Häberle lançou um rápido olhar para Enno. Ele continuava no mesmo lugar, a mão sobre a maçaneta, exatamente como quando fora surpreendido pelo cumprimento de Barkhausen. A imagem do medo desamparado. Não, ele não tinha lhe dito nada do encontro com esse velho conhecido, até afirmara não ter visto ninguém conhecido. Ou seja, ele a enganara de novo — o que acabou revertendo contra ele próprio, pois agora estava claro como esse informante tinha descoberto seu esconderijo. Se tivesse dito algo sobre o conhecido na noite do dia anterior, seria possível tirá-lo de lá...

Mas aquele não era o momento para discutir com Enno ou incriminá-lo por suas mentiras. Era o momento de agir. E por isso ela disse mais uma vez:

— Então vamos a uma xícara de café, sr. Barkhausen. É hora de pouco movimento, Enno, você toma conta da loja. Vou conversar com seu amigo...

A sra. Häberle tinha conseguido dominar a tremedeira. Pensava apenas no que acontecera com seu falecido marido, Walter, no passado. Essas lembranças lhe davam força. Ela sabia que com aquela gente, aqueles carrascos enviados por Hitler e Himmler, não adiantava tremer, se queixar, clamar por misericórdia — eles não tinham coração. A única coisa que ajudava era ter coragem, não se acovardar, não ter medo. Eles acreditavam que todos os alemães eram covardes, assim como Enno naquele instante; mas ela — Hete, a viúva Häberle —, não, ela não era.

Sua tranquilidade também fez com que os homens lhe obedecessem sem reclamar. Ao sair para a sala, ela ainda disse:

— E sem fazer besteira, Enno! Nada de fugir! Pense que seu sobretudo está na sala e você não deve ter muito dinheiro no bolso.

— A senhora é inteligente — disse Barkhausen ao se sentar à mesa e observá-la trazendo as xícaras. — E enérgica também, eu não teria imaginado quando a vi ontem à noite pela primeira vez.

Seus olhares se cruzaram.

— Bom — acrescentou Barkhausen, rapidamente —, na verdade ontem à noite a senhora também foi enérgica, com ele rastejando na sua frente. Bateu a porta no nariz dele. A senhora deve tê-la aberto durante a noite de novo, não?

A face da sra. Hete ficou ligeiramente ruborizada com essas insinuações indecorosas; então a cena deplorável, nojenta, da noite anterior tinha tido inclusive uma testemunha. E, para piorar, uma testemunha dessa laia! Mas ela se recompôs rápido e respondeu:

— Imagino que o senhor seja um homem inteligente, sr. Barkhausen. Não vamos falar de coisas secundárias agora, mas só de negócios. Imagino que possa se transformar num negócio?

— Talvez, certamente... — Barkhausen apressou-se em assegurar, involuntariamente intimidado pela velocidade que essa mulher impunha ao processo.

— Então o senhor quer comprar um casal de periquitos. Imagino que é para soltá-los. Pois se continuarem na gaiola, os passarinhos não vão se desenvolver...

Barkhausen coçou a cabeça.

— Sra. Häberle — disse —, falar sobre os periquitos é muito complicado para mim. Sou uma pessoa simples, talvez a senhora seja muito mais esperta do que eu. Tomara que não me engabele.

— E eu digo o mesmo do senhor!

— Como eu poderia? Mas quero falar abertamente, sem periquitos ou coisa parecida. Vou lhe dizer exatamente o que se passa, toda a verdade. Recebi uma incumbência da Gestapo, pelo delegado Escherich. A senhora o conhece? — Hete Häberle fez que não com a cabeça. — Bem, recebi a incumbência de descobrir o paradeiro de Enno Kluge. Mais nada. Por que e para quê, não sei. Quero lhe dizer uma coisa, sra. Häberle, sou uma pessoa muito simples, muito aberta...

Ele se inclinou na sua direção; ela encarou-o com firmeza. O olhar dele se desviou, o olhar do homem simples e aberto.

— Sinceramente, fiquei espantado com a tarefa, sra. Häberle. Pois ambos sabemos que Enno é daquele tipo de homem que é uma nulidade, que só pensa em corridas de cavalo e em mulheres. E agora a Gestapo está atrás dele; ainda por cima, o departamento político, onde se lida com alta traição e execuções. Não entendo. A senhora? — Ele olhou para ela cheio de expectativa. Mais uma vez os olhares se encontraram e mais uma vez repetiu-se a cena: ele não conseguiu sustentar o seu.

— Continue falando, sr. Barkhausen. Estou ouvindo...

— Mulher inteligente! — assentiu Barkhausen. — Mulher muito inteligente e enérgica. Ontem à noite com aquela cena...

— Combinamos de conversar apenas sobre negócios, sr. Barkhausen!

— Mas é claro! Afinal, sou um alemão honrado, verdadeiramente aberto, e a senhora está espantada com o fato de eu ser da Gestapo. Talvez a senhora esteja realmente pensando nisso. Não, sra. Häberle, não sou da Gestapo, trabalho apenas de vez em quando para eles. O homem quer viver, não é, e eu tenho cinco filhos em casa, o maior tem só treze anos. Tenho de alimentar todos eles...

— O negócio, sr. Barkhausen!

— Não, sra. Häberle, não sou da Gestapo, sou um homem honesto. E quando ouvi que eles estão à procura do meu amigo Enno, inclusive oferecendo uma boa recompensa, e já que conheço Enno de outros tempos e sou seu amigo de verdade, mesmo já tendo brigado com ele algumas vezes... Então pensei, sra. Häberle: Vejam só, estou atrás do Enno! O baixinho zero à esquerda. Se eu o encontrasse, pensei, entenda, sra. Häberle, então eu poderia lhe dar um pequeno sinal para ele se mandar enquanto ainda é tempo. E disse ao delegado Escherich: "Não se preocupe com Enno, vou pegá-lo porque é um velho amigo meu." E daí recebi a incumbência e minha ajuda de custo, e agora estou aqui, sra. Häberle, e Enno está cuidando da loja, e na realidade está tudo às mil maravilhas...

Por um tempo, ambos ficaram em silêncio, Barkhausen no aguardo, a sra. Häberle, pensativa.

— Quer dizer que a Gestapo ainda não foi informada? — perguntou ela, por fim.

— Nada. Não tenho pressa com aquela gente, não quero estragar todo o meu negócio! — Ele se corrigiu: — Primeiro eu queria dar um pequeno sinal para meu velho amigo Enno...

E ficaram em silêncio mais uma vez. E mais uma vez a sra. Häberle perguntou:

— E que tipo de recompensa a Gestapo lhe prometeu?

— Mil marcos! Confesso que é uma fortuna para um bola murcha desses, sra. Häberle. Fiquei absolutamente espantado. Mas o delegado Escherich me disse: "Me traga o Kluge e eu lhe pago mil marcos." Foram as palavras dele. E também me deu mil marcos para minhas despesas, esses já recebi. Os mil marcos de recompensa são à parte.

Eles ficaram um bom tempo pensando.

Então a sra. Häberle recomeçou:

— Falei a sério sobre os periquitos, sr. Barkhausen. Se eu lhe pagar mil marcos...

— Dois mil marcos, sra. Häberle. Entre amigos são sempre dois mil. E mais os cem marcos para as despesas...

— Bem, mesmo se eu lhe pagasse isso, o senhor sabe que Enno Kluge não tem dinheiro e eu não tenho qualquer ligação com ele...

— Ora, sra. Häberle, ora! A senhora, uma mulher absolutamente honrada! Não é por causa de uma ninharia que vai entregar para a Gestapo seu amigo que ficou de joelhos na sua frente, certo? Ainda mais que lhe falei que se trata do departamento que cuida de alta traição e das execuções. A senhora não vai fazer isso!

Ela poderia ter lhe dito que ele — o alemão simples e honesto — estava prestes a fazer exatamente aquilo que uma mulher absolutamente honrada não poderia fazer de maneira nenhuma, ou seja, vender o amigo. Mas ela sabia que tal observação não adiantava de nada; esses sujeitos não se importavam com isso.

E por isso ela disse:

— Sim, e mesmo que eu pagasse dois mil marcos, quem me garante que os periquitos não continuariam na gaiola de qualquer jeito? — Ao vê-lo coçando a cabeça, confuso, ela decidiu se mostrar também totalmente despudorada: — Então, quem me garante que o senhor não vai pegar meus dois mil e depois mais os mil do delegado Escherich?

— Eu lhe garanto, sra. Häberle! Dou minha palavra; sou um homem simples, aberto, e mantenho minha palavra quando prometo alguma coisa. A senhora viu, logo fui falar com Enno e lhe avisei do perigo de sair da loja. Porque então todo o negócio teria ido para o vinagre.

Hete Häberle olhou-o com um sorriso débil.

— Tudo isso está muito certo, sr. Barkhausen — disse. — Mas exatamente por ser tão bom amigo de Enno, o senhor vai compreender que preciso ter toda a garantia em relação a ele. Isso se eu conseguir levantar essa soma.

Barkhausen fez um movimento com as mãos, querendo dizer que estava falando com uma mulher que não passava por esse tipo de aperto.

— Não, sr. Barkhausen — continuou a sra. Hete, pois viu que ele não era permeável à ironia, ela precisava ser muito direta —, quem me garante que o senhor não vai pegar o meu dinheiro...

Barkhausen ficou nervoso só de pensar que poderia estar prestes a pôr as mãos em dois mil marcos, quantia que nunca vira antes...

— ...e que diante da porta há um homem da Gestapo para prender o Enno? Preciso ter outras garantias de sua parte!

— Mas não há ninguém diante da porta, eu juro, sra. Häberle! Sou um homem honesto, por que iria mentir?! Estou vindo diretamente da minha casa; é só perguntar para a minha Otti!

Ela interrompeu o discurso aflito:

— Então pensei em que tipo de garantia o senhor pode me oferecer... além de sua palavra!

— Não há nenhuma! Esse tipo de negócio se baseia totalmente na confiança. E a senhora tem que confiar em mim, agora que conversamos tão abertamente!

— Sim, a confiança... — disse a sra. Häberle, distraída, e depois ambos mergulharam num longo silêncio, ele simplesmente aguardando qual seria a decisão dela, ela quebrando a cabeça para descobrir como conseguir ao menos um mínimo de segurança.

Enquanto isso, Enno Kluge trabalhava na loja. Ele atendia a clientela, já bem mais numerosa, com rapidez e desenvoltura; estava até conseguindo fazer algumas piadinhas. O primeiro susto ao dar de cara com Barkhausen já tinha sido assimilado. Hete estava na sala, conversando com ele. Ela daria um jeito na situação. E dar um jeito significava que ela não estava falando a sério quando ameaçara de mandá-lo embora. Ele se sentia aliviado e por isso as piadinhas.

Na sala, nos fundos, a sra. Häberle quebrou o silêncio e disse, decidida:

— Bem, sr. Barkhausen, pensei no seguinte. Quero fechar o negócio sob as seguintes condições...

— Sim? Pode dizer! — pressionou Barkhausen, ansioso. Ele já estava enxergando o dinheiro.

— Pago os dois mil marcos, mas não aqui. Pago o senhor em Munique.

— Em Munique? — Ele a encarou, espantado. — Nunca vou a Munique! O que vou fazer em Munique?

— Vamos juntos, agora — continuou ela —, até o posto dos correios e mando um vale postal de dois mil marcos para o senhor, resgatáveis em Munique. Em seguida, levo-o até a estação e o senhor pega o próximo trem para Munique e saca o dinheiro. Na estação, lhe dou mais duzentos marcos para a viagem, fora a passagem...

— Não! — disse Barkhausen, amargurado. — Nada disso! Não entro nessa! Vou até Munique e a senhora vai ter pedido o estorno do vale postal!

— Na partida, lhe darei o recibo de pagamento, daí não poderei fazer mais nada.

— E Munique? — perguntou ele de novo. — Por que Munique? Não somos pessoas honestas? Por que não logo aqui, aqui mesmo na loja e pronto? Vou precisar de pelo menos dois dias para ir e voltar de Munique e enquanto isso o Enno já desapareceu daqui, é claro.

— Mas, sr. Barkhausen, foi o que combinamos. E é por isso que lhe darei o dinheiro! Não é para o periquito ficar preso na gaiola. Quer dizer, o Enno tem de poder se esconder, e esta é a razão de eu lhe pagar dois mil marcos.

Barkhausen, que não conseguia responder à altura, retrucou, mal-humorado:

— E mais cem marcos para as despesas!

— Mais cem marcos. Na estação.

Mesmo essa confirmação não foi capaz de melhorar o humor de Barkhausen. Ele continuou com a cara amarrada.

— Munique. Nunca ouvi uma baboseira tão grande! Teria sido tão simples... Munique! Justo Munique! Por que a senhora não escolhe logo Londres? Daí eu entro direto na guerra! E foi tudo para o vinagre! Seria tão simples, mas não, tem de ser complicado! E por quê? Porque a senhora não tem confiança nas pessoas, porque a senhora é uma mulher desconfiada! Fui tão honesto com a senhora!

— E eu estou sendo honesta com o senhor! Vai ser do meu jeito, ou nada feito.

— Se é assim... — disse ele. — Então posso ir embora. — Ele se levantou, pegou sua boina. Mas não saiu. — Munique está fora de cogitação...

— Será uma viagenzinha interessante para o senhor — a sra. Häberle tentou convencê-lo. — O percurso é bonito e em Munique parece que ainda dá para comer e beber muito bem. Parece que a cerveja é bem mais forte do que a daqui, sr. Barkhausen!

— Não me importo com bebida — disse ele, menos mal-humorado do que pensativo.

A sra. Häberle percebeu que ele estava tentando achar uma saída para pegar o dinheiro e, mesmo assim, entregar Enno. Ela repensou a oferta que fizera, que lhe parecia boa. O estratagema faria com que Barkhausen saísse do caminho por pelo menos dois dias e, se a casa realmente não estivesse sendo vigiada (algo que ela verificaria o mais rapidamente possível), haveria tempo suficiente para esconder Enno.

— Então está bem — disse Barkhausen por fim, olhando para ela. — A senhora não vai mudar de ideia?

— Não — respondeu Hete Häberle. — Essas são as minhas condições, inegociáveis.

— Acho que terei de aceitar. Não posso jogar dois mil assim pela janela. — Ele falava mais para si mesmo, a fim de se justificar.

— Então irei para Munique. E a senhora vai comigo agora para o correio.

— Daqui a pouco — disse a sra. Häberle, pensativa. Apesar de Barkhausen ter concordado, ela ainda não estava satisfeita; tinha certeza de que ele planejava uma nova maldade. Era preciso descobrir qual... — Sim, vamos daqui a pouco — repetiu ela. — Quer dizer: preciso me arrumar e fechar a loja.

Ele disparou:

— Para que fechar a loja, sra. Häberle? O Enno está aqui!

— O Enno vai conosco — respondeu ela.

— Para que mais isso? O Enno não tem nada que ver com o negócio!

— Porque eu quero. É que pode acontecer — acrescentou ela — de o Enno ser preso justo no instante em que eu estiver lhe pagando. Tais coincidências podem acontecer, sr. Barkhausen.

— Mas quem o prenderia?

— Ora, por exemplo, o informante diante da porta...

— Não há nenhum informante diante da porta! — Ele sorriu. — A senhora pode verificar. Dê uma volta, olhe todas as pessoas. Não estou com nenhum informante na porta! Sou um homem honesto...

— Quero o Enno ao meu lado. É mais seguro. — Ela estava irredutível.

— A senhora é teimosa feito um jumento! — disse ele, irado. — Bom, tudo bem, que o Enno nos acompanhe. Mas agora dê um jeito de se apressar!

— Não estamos tão apurados assim — retrucou ela. — O trem para Munique parte apenas ao meio-dia. Temos todo o tempo do mundo. E agora o senhor me dê licença por uns quinze minutinhos, que vou me aprontar. — Ela examinou-o sentado à mesa, com o olhar fixo no vidro da janela pelo qual ele conseguia observar a loja. — Mais um pedido, sr. Barkhausen. Não fale agora com o Enno, ele está com muito trabalho na loja e principalmente...

— O que eu iria falar com um palerma desses? — perguntou Barkhausen, irritado. — Com desmiolados não troco nem uma palavra.

Mas ele mudou de posição, obediente, e passou a olhar para a porta da sala dela e a janela do pátio.

Capítulo 30
O despejo de Enno

Duas horas mais tarde, estava tudo consumado. O trem rápido para Munique tinha saído da plataforma com Barkhausen num vagão de segunda classe; por sinal, um Barkhausen ridiculamente gabola, que pela primeira vez na vida embarcava num vagão de segunda classe. Sim, a sra. Häberle, que além do mais sabia ser generosa, ainda lhe pagara — atendendo ao pedido do informante — um adicional de segunda classe, a fim de garantir seu bom humor ou também porque ela estava contente de se livrar do sujeito por pelo menos dois dias.

Enquanto os outros acompanhantes começavam a se dispersar lentamente, ela disse baixinho para Enno:

— Espere um pouco, Enno, vamos nos sentar um minutinho lá na sala de espera para pensar no que precisa ser feito agora.

Eles se sentaram de maneira a poder observar a porta de entrada. A sala de espera não estava muito cheia, depois deles não entrou mais ninguém por um bom tempo.

— Você prestou atenção no que eu lhe disse, Enno? Você acha que fomos vigiados? — perguntou a sra. Häberle.

E Enno Kluge respondeu com sua habitual leviandade, mal havia passado o pior dos perigos:

— Ah, bobagem! Vigiados? Você acha que alguém emprega um babaca desses como o Barkhausen? Que ridículo! Ninguém é tão besta assim!

Ela estava prestes a dizer que considerava aquele Barkhausen, com sua sagacidade desconfiada, muito mais inteligente do que o baixinho covarde e leviano ao seu lado. Mas não disse. Enquanto trocava de roupa, pela manhã, ela havia prometido a si mesma parar de censurá-lo.

Sua tarefa era apenas pôr Enno Kluge em segurança. Depois de cumprida, nunca mais queria vê-lo.

Animado sempre pelo mesmo pensamento, que o torturava havia uma hora, ele não parava de dizer, cheio de inveja:

— Se eu fosse você, nunca teria dado dois mil marcos para aquele sujeito. E mais 250 para ajuda de custo. E mais a passagem de segunda classe. Você deu mais de 2.500 para aquele nojento! Eu nunca teria feito isso!

— E o que teria acontecido com você caso eu tivesse agido diferente? — perguntou ela.

— Se você tivesse dado 2.500 para *mim*, veria como *eu* teria dado um belo jeito na coisa! Acredite, Barkhausen teria ficado satisfeito com quinhentos!

— A Gestapo prometeu mil para ele!

— Mil... dá vontade de rir! Como se o pessoal da Gestapo ficasse distribuindo mil marcos a torto e a direito! Ainda mais para um pé de chinelo como o Barkhausen! Ele só precisa ser mandado. E daí tem de obedecer, por cinco marcos por dia! Mil, 2.500. Ele te escalpelou bonito, Hete!

Enno riu com desdém.

Sua ingratidão a magoou. Mas ela não estava com vontade de ficar discutindo com ele. Disse apenas, de maneira um tanto brusca:

— Não quero mais falar a respeito disso! Não quero, entendeu? — Ela olhou para ele por algum tempo até os olhos pálidos dele baixarem.

— Agora é melhor pensar no que fazer com você.

— Ah, temos tempo de sobra — disse Enno. — Antes de depois de amanhã ele não volta. A gente vai para a loja e até depois de amanhã vamos ter tido alguma ideia.

— Não sei, na verdade não quero mais levá-lo para a loja, ou no máximo para você arrumar as suas coisas. Estou tão inquieta. Será que não fomos vigiados?

— Mas estou dizendo que não fomos! Entendo mais do riscado do que você! E o Barkhausen não pode empregar nenhum informante, ele não tem dinheiro!

— Mas a Gestapo pode dar dinheiro a ele.

— E o informante da Gestapo fica assistindo o Barkhausen embarcar para Munique e comigo acompanhando até a estação! Que ridículo, Hete!

Ela precisou admitir que dessa vez ele tinha razão. Mas sua inquietação permanecia.

— Você não percebeu nada sobre os cigarros? — perguntou.

Ele não se recordava mais do episódio. Ela teve de lembrá-lo de como, mal haviam saído de casa, Barkhausen começou a procurar insistentemente por cigarros. Também suplicara alguns para Hete e Enno, mas os dois não tinham podido ajudá-lo, pois Enno fumara todos os seus durante a noite. Barkhausen insistiu que precisava de cigarros, que não aguentava ficar sem fumar, que estava acostumado a acender um pela manhã. Então havia pegado "emprestado" vinte marcos de Hete e chamado um rapazola que brincava ruidosamente na rua.

— Escute, rapaz, você sabe quem pode ter uns cigarros por aqui? Mas estou sem cartões de tabaco.

— Talvez. Você tem grana?

O garoto com quem Barkhausen conversara era muito loiro, de olhos azuis e usava uniforme da Juventude Hitlerista. Um autêntico berlinense, muito vivo.

— Bem, passe os vinte, vou buscar...

— E não se esqueça de voltar! Não, vou junto. Um minutinho, sra. Häberle.

E assim os dois sumiram dentro de um prédio. Depois de um tempo, Barkhausen voltou sozinho e devolveu espontaneamente os vinte marcos a Hete.

— Tinham acabado. O moleque queria me passar a perna por causa dos vinte marcos. Mas eu lhe sentei o braço; ainda está estirado no pátio!

E eles seguiram para o correio e depois para o local de compra das passagens.

— E o que você está achando estranho nisso, Hete? O Barkhausen é como eu: se estiver a perigo, é capaz de jogar uma conversa fiada para cima de um general no meio da rua e pedir a guimba do homem!

— Mas depois disso ele não mencionou os cigarros por nem mais uma vez, apesar de estar sem! Para mim é estranho. Ou será que ele combinou alguma coisa com o garoto?

— O que ele podia ter combinado, Hete? Ele sentou a mão no garoto, deve ter tido suas razões.

— Será que quem está nos vigiando não é o garoto?

Por um instante, até Enno Kluge ficou indeciso. Em seguida, porém, afirmou, com sua habitual leviandade:

— Você fica imaginando coisas demais! Eu bem que gostaria de ter as suas preocupações!

Ela se calou. Mas a inquietação permanecia, de modo que ela fez questão de darem apenas uma passada rápida na loja, a fim de buscarem as coisas dele. Depois pretendia acomodá-lo, com toda a precaução do mundo, na casa de uma amiga.

Enno não estava gostando nadinha daquilo. Percebia que ela estava querendo se livrar dele. E ele não queria partir. Com Hete, dispunha de segurança e boa comida. E o trabalho não era pesado. E mais amor, acolhimento e calor humano. Além disso, ela era uma pessoa tão boa, Barkhausen tinha acabado de rapar 2.500 dela e ele era o próximo da fila!

— Sua amiga! — começou ele, insatisfeito. — Que tipo de mulher ela é? Não gosto de ficar com gente estranha.

Hete poderia ter lhe dito que essa amiga era uma antiga companheira de trabalho do marido, que continuava na ativa com total discrição e que todos os perseguidos achavam guarida em sua casa. Mas ela agora desconfiava de Enno; já o vira alguma vezes muito acovardado, não era preciso que soubesse de muita coisa.

— Minha amiga? — disse apenas. — É uma mulher como eu. Da minha idade. Talvez alguns anos mais jovem.

— E o que ela faz? De que vive? — ele continuou a investigar.

— Não sei direito. Acho que é secretária de alguma firma. Aliás, é solteira.

— Da sua idade, se ela está por aí, então está quase passando da hora — comentou ele, com desprezo.

Ela estremeceu, mas não disse nada.

— Não, Hete. — A voz dele ganhou um tom carinhoso. — O que vou fazer na casa da sua amiga? Apenas nós dois, esse é o melhor dos mundos. Deixe eu ficar com você. O Barkhausen só volta depois de amanhã. Pelo menos até depois de amanhã!

— Não, Enno! — retrucou ela. — Agora quero que você me obedeça. Vou entrar sozinha no apartamento e fazer a mala. Enquanto isso, espere numa loja. Depois vamos juntos até a casa da minha amiga.

Ele desfilou muitas palavras de contestação, mas no final acabou cedendo. Cedeu quando ela — de caso pensado — disse:

— Você também vai precisar de dinheiro. Vou colocar um dinheiro na sua mala para que você consiga se virar nos primeiros dias.

Ao ouvir isso, ele aquiesceu. A expectativa de logo encontrar dinheiro na mala (e era impossível que ela lhe desse menos do que tinha dado a Barkhausen!) o seduzia; especialmente ele! Se ficasse com Hete por mais dois dias, o dinheiro só apareceria depois. Mas ele queria saber imediatamente o quanto ela havia imaginado lhe passar.

Ela notou, preocupada, o que o fizera mudar de ideia. Enno Kluge em pessoa foi o responsável por estragar o restante de respeito e amor que ela nutria por ele. Mas Hete Häberle se resignou sem muito remorso. Sabia havia tempos, de experiências vividas, que era preciso pagar por tudo nesta vida, e que a maior parte custava mais do que realmente valia. O principal era que ele estava obedecendo.

Quando se aproximou de seu apartamento, ela viu de novo o garoto loiro de olhos azuis fazendo algazarra do outro lado da rua com um bando de desocupados. Estremeceu. Em seguida, chamou-o:

— O que você está fazendo aqui até agora? — perguntou. — Você tem de brincar justo aqui?

— Mas eu moro aqui! — respondeu ele. — Onde mais vou me divertir?

Ela procurou por marcas de um tapa no seu rosto, mas não viu nada. Com certeza o garoto não a havia reconhecido; provavelmente não prestara atenção nela durante sua conversa com Barkhausen. Isso contrariava a ideia de que ele fosse informante.

— Mora aqui? Mas nunca vi você nesta rua!

— Você está enxergando bem? — perguntou ele, atrevido. Ele deu um assovio forte com o dedo e gritou para o alto de um prédio: — Ei, mãe, olhe pela janela! Tem uma mulher aqui que não quer acreditar que você é zarolha! Mãe, dá uma zarolhada nela!

Sorrindo, a sra. Häberle se dirigiu até sua loja, agora também totalmente convencida de que, no que dizia respeito àquele garoto, tinha imaginado coisas.

Enquanto fazia a mala, porém, ficou preocupada de novo. Começou a se perguntar se estava fazendo a coisa certa ao levar Enno para a casa da amiga Anna Schönlein. Certo, Anna arriscava a vida todos os dias por todos os desconhecidos a quem oferecia um teto. Mas a sra. Häberle sentia que estava entregando, na pessoa de Enno, um ovo de serpente. Embora Enno parecesse mesmo ser um criminoso político, não um criminoso comum, até Barkhausen havia confirmado isso, mas...

Ele era tão leviano, não tanto por imprudência, mas por uma total indiferença em relação ao destino dos outros. O que seria deles pouco lhe importava. Só pensava em si e seria capaz de procurá-la duas vezes por dia com a desculpa de estar com saudades, mergulhando Anna no maior dos perigos. Ela, Hete, tinha ascendência sobre ele; Anna, por sua vez, não.

Com um suspiro profundo, a sra. Häberle enfia trezentos marcos num envelope e o deixa no topo da mala. Hoje ela gastou mais do que economizou em dois anos. Mas fará mais um sacrifício, prometerá mais cem marcos a Enno por cada dia que ele não sair da casa da amiga. Infelizmente, ele é daqueles que aceitam tal tipo de oferta. Não a verá como uma afronta; no máximo, no começo, fará de conta que está ofendido. Mas a proposta certamente será eficaz, já que é tão ávido por dinheiro.

Hete Häberle deixa o prédio com a mala na mão. O garoto loiro não está mais brincando na rua, talvez esteja com sua mãe vesga. Ela se dirige até o bar na Alexanderplatz onde se encontrará com Enno.

Capítulo 31
Emil Barkhausen e o filho Kuno-Dieter

SIM, BARKHAUSEN TINHA SE SENTIDO muito à vontade naquele trem elegante, na nobre composição de segunda classe, junto com oficiais, generais e senhoras tão cheirosas. Não se incomodara nem um pouco por não estar nem elegante nem cheiroso e por seus companheiros de viagem não o olharem com simpatia. Barkhausen estava acostumado a ser visto de maneira inamistosa. Durante toda a sua vida miserável, quase ninguém lhe reservara uma mirada simpática.

Barkhausen gozou sua breve felicidade ao máximo, pois sabia que ela seria realmente breve. Não durou até Munique, nem até Leipzig, como ele pensava a princípio, mas somente até Lichterfelde, pois o trem fazia a primeira parada em Lichterfelde. Esse tinha sido o erro no cálculo de Hete Häberle: a pessoa com dinheiro a receber em Munique não era obrigada a ir para lá imediatamente. Podia fazê-lo mais tarde, caso negócios mais urgentes tivessem de ser resolvidos previamente em Berlim. E o negócio mais urgente era entregar Enno para Escherich e embolsar quinhentos marcos. Aliás, talvez não fosse nem imprescindível viajar até Munique, bastava escrever para o correio e solicitar que o pagamento fosse realizado em Berlim. De toda maneira, uma viagem de pronto para Munique estava fora de cogitação.

Assim, Emil Barkhausen desembarcou — com uma ligeira dor no coração — em Lichterfelde. Ainda manteve uma breve e acalorada discussão com o chefe da estação, que não queria aceitar que alguém de passagem comprada para Munique pudesse mudar de ideia entre as estações Anhalter e Lichterfelde. Para o homem, Barkhausen parecia altamente suspeito.

Mas Barkhausen permaneceu irredutível:

— Vamos lá, ligue para a Gestapo, delegado Escherich, e o senhor verá quem tem razão! E depois se vire com a encrenca em que se meteu! Estou a trabalho!

Por fim, o funcionário, dando de ombros, acabou por estornar o dinheiro da passagem. Naqueles dias, tudo era possível; era possível até que indivíduos tão questionáveis estivessem a serviço de Gestapo. Pior ainda!

Emil Barkhausen saiu à procura do filho.

Não o encontrou diante da loja de animais de Hete Häberle, embora o estabelecimento estivesse aberto, com clientes entrando e saindo. Escondido atrás de uma coluna redonda, Barkhausen — sempre com os olhos grudados na porta da loja — imaginava o que podia ter acontecido. Teria Kuno-Dieter abandonado seu posto simplesmente por estar entediado? Ou Enno saíra, talvez para ir novamente até o Azarão? Ou o baixinho tinha dado no pé de vez e apenas a mulher estava trabalhando?

Emil Barkhausen estava pensando se valia a pena aparecer de novo diante da sra. Häberle de maneira totalmente insolente e exigir informações, quando um menino de uns nove anos se dirigiu a ele:

— Ei, o senhor aí! É o pai do Kuno?

— Sou. O que foi?

— É pro senhor me dar um marco.

— Por que te dar um marco?

— Pra eu contar o que sei!

Com um movimento rápido, Barkhausen tentou segurar o garoto.

— Primeiro a mercadoria, depois o dinheiro.

Mas o garoto foi mais rápido, passando por baixo do braço dele. E disse:

— Então esquece. Fica com o dinheiro!

E foi se juntar de novo aos amigos de brincadeiras, reunidos na rua bem na frente da loja.

Barkhausen não podia segui-lo; era preferível não ser visto. Ele assoviou, chamou o garoto, ao mesmo tempo que o xingava e amaldiçoava a si mesmo por causa do pão-durismo, tão inadequado ali. Mas o menino não respondeu logo aos chamados; apenas bons quinze minutos depois ele reapareceu ao lado de Barkhausen, postando-se cuidadosamente a dois metros dele e anunciando, atrevido:

— Agora são dois marcos!

A vontade de Barkhausen era catar o menino e cobri-lo de pancadas, mas o que podia fazer? Estava nas mãos dele, não podia persegui-lo.

— Vou lhe dar um marco — disse, de cara amarrada.

— Não mesmo! Dois marcos!

— Tudo bem, dois marcos!

Barkhausen tirou um maço de notas do bolso, encontrou uma de dois marcos, meteu as outras de volta e segurou o dinheiro na direção do garoto, que sacudiu a cabeça.

— Conheço o senhor! — disse ele. — Se eu pegar o dinheiro, vai me pegar também. Não, ponha lá na calçada.

Carrancudo e em silêncio, Barkhausen obedeceu à ordem do garoto.

— E então? — disse ele depois, endireitando-se e dando um passo para trás.

O garoto se esticou devagar em direção à nota, com o olhar sempre alerta pregado no homem. Quando ele se curvou para pegar o dinheiro, Barkhausen quase não conseguiu resistir à tentação de agarrar o pivete e sacudi-lo de jeito. Poderia pegá-lo, mas aguentou firme, pois talvez não conseguisse informação nenhuma e o garoto iria gritar tanto que a rua inteira viria correndo acudi-lo.

— E então? — perguntou ele de novo, dessa vez ameaçador.

O garoto respondeu:

— Eu poderia ser muito malandro e pedir mais um dinheiro pro senhor, mais e mais, sem parar. Mas não sou. Sei que o senhor queria acabar comigo, mas não sou malandro! — E, depois de ter exposto sua superioridade moral em relação a Barkhausen de maneira tão contundente, ele disse rapidamente: — É pro senhor esperar notícias do Kuno na casa de vocês! — E foi embora.

As duas horas que Barkhausen passou em seu apartamento de porão, esperando por notícias de Kuno, não diminuíram sua raiva. Ao contrário, elas a aumentaram. Os filhos se esgoelavam, Otti estava quase tendo um ataque, sem poupar observações atravessadas sobre porcos preguiçosos que passam o dia inteiro com a bunda no sofá, só fazem fumar e deixam todo o trabalho para as mulheres.

Ele poderia ter tirado do bolso uma nota de dez ou de cinquenta marcos e transformar o mau humor terrível de Otti num céu de brigadeiro, mas não queria fazer isso. Não queria dar dinheiro de presente de novo, tinha acabado de desperdiçar dois marcos por uma notícia boba, à qual teria chegado por conta própria. Estava explodindo de raiva por causa de Kuno-Dieter, que lhe enviara um malandrinho daqueles e que certamente tinha feito algo de errado! Barkhausen estava firmemente decidido que Kuno-Dieter tinha de levar a enquadrada da qual aquele outro moleque tinha se safado.

Então, bateram à porta e, em vez do aguardado mensageiro de Kuno-Dieter, apareceu um homem em trajes civis, no qual se reconhecia ainda claramente o sargento que fora no passado.

— Barkhausen é o senhor?

— Sim. O que foi?

— É para o senhor se apresentar ao delegado Escherich. Apronte-se, eu o levo.

— Agora não posso — retrucou Barkhausen —, estou esperando um mensageiro. Diga ao delegado que peguei o peixe.

— Minha tarefa é levá-lo até o delegado — disse o ex-sargento, inflexível.

— Agora não! Não vou permitir que estraguem meu negócio! Não vocês! — Barkhausen estava muito bravo, mas se conteve. — Diga ao senhor delegado que catei o homem e que passo ainda hoje por lá.

— Chega de tanta história, venha comigo — repetiu o outro, teimoso.

— Acho que você decorou isso. O que mais você sabe dizer fora esse "venha comigo"? — gritou Barkhausen, irado. — Será que não entende o que estou dizendo? O tempo todo só "venha comigo"! Acho que você não entendeu nada do que eu disse: estou esperando uma notícia, tenho de ficar aqui, senão o coelho vai fugir da armadilha! É muito complicado para você? — Quase sem fôlego, ele olhou para seu interlocutor. Em seguida, acrescentou, mal-humorado: — Tenho de pegar esse coelho para o delegado, entendeu?

O ex-sargento disse, inflexível:

— Não sei de nada disso. O delegado me pediu: Fritsche, busque o Barkhausen. Então, venha logo.

— Não — disse Barkhausen —, você é muito idiota para o meu gosto. Vou ficar. Ou será que você vai me prender? — Estava escrito na testa do outro que ele não tinha poder para isso. — Fora daqui! — berrou e bateu a porta.

Três minutos depois, viu o ex-sargento caminhando pelo pátio. Agora tinha virado o disco do "venha comigo!".

Assim que o homem desapareceu através do portão do prédio da frente, Barkhausen ficou com medo das consequências de sua atitude desaforada diante do mensageiro do todo-poderoso delegado. Apenas a raiva que sentia de Kuno-Dieter é que o fizera agir daquele jeito. Era uma falta de vergonha deixar o pai esperando sentado horas e horas, possivelmente até a noite. Havia moleques por todo o lado, em cada esquina havia alguém para trazer uma notícia! Mas ele iria mostrar a Kuno-Dieter o que estava achando de seu comportamento; esse tipo de gracinha não passaria impune!

Barkhausen mergulhou fundo nas fantasias de como aplicar um corretivo no filho. Ele se via batendo naquele corpo infantil e um sorriso apareceu no seu rosto, mas não um sorriso expressando que a raiva se abrandava... Ele o ouviu gritar e abafou-lhe a boca com a mão, enquanto a outra continuava a bater, por tanto tempo até que o corpo inteiro do garoto estivesse tremendo e sua boca soltasse apenas gemidos...

Ele não se cansava em imaginar essas cenas o tempo todo. Ao mesmo tempo, esticava-se no sofá e suspirava, satisfeito.

E quando o mensageiro de Kuno-Dieter finalmente bateu à porta, foi quase uma interrupção inoportuna.

— O que é? — ele perguntou apenas.

— É para eu levar o senhor até o Kuno.

Dessa vez era um garoto alto, de catorze ou quinze anos, com uma jaqueta da Juventude Hitlerista.

— Mas primeiro me dê cinco marcos.

— Cinco marcos! — rosnou Barkhausen, embora sem tentar resistir abertamente àquele pirulão de camisa marrom. — Cinco marcos! Vocês, rapazes, sabem muito bem como dispor do meu dinheiro! — Ele mexeu nas notas.

O olhar do rapaz alto da Juventude Hitlerista estava absorto no bolo de dinheiro na mão do outro.

— Gastei dinheiro com a passagem — disse ele. — E, depois, quanto tempo o senhor acha que leva, do oeste da cidade até aqui?

— E seu tempo custa dinheiro, não é? — Barkhausen ainda não tinha achado a nota correta. — E você disse oeste, mas oeste não deve ser! Para você, o que é o oeste? Talvez você esteja querendo dizer o centro, é mais provável!

— Bem, se a estação Ansbach não fica no oeste...

O garoto percebeu tarde demais que dera com a língua nos dentes. Barkhausen guardou as notas.

— Obrigado! — Ele riu com desdém. — Não precisa mais desperdiçar seu precioso tempo. Encontro sozinho. O melhor seria ir de metrô até a praça Viktoria Luise, não?

— O senhor não vai fazer isso comigo! Não vai fazer isso comigo! — disse o rapaz da Juventude Hitlerista, avançando com os punhos cerrados para cima do homem. Seus olhos escuros brilhavam de ódio. — Gastei dinheiro de transporte, eu...

— Você gastou seu precioso tempo, já sei! — Barkhausen riu. — Dê no pé, meu filho, burrice sempre custou dinheiro! — De repente, ele foi novamente acometido pela raiva. — O que está fazendo aqui na minha casa? Quer me achacar dentro da minha própria casa? Desapareça já ou você vai ter de ouvir seus próprios gritos!

Com rudeza, ele enxotou do cômodo o irritado rapaz, batendo-lhe a porta na cara. E durante todo o percurso até entrarem no metrô na praça Viktoria Luise, Barkhausen não parou de lançar comentários que alternavam desprezo e raiva para aquele garoto que não saía de seu lado, mas que — embora branco de ódio — não retrucou minimamente as provocações.

Já na praça Viktoria Luise, na saída do metrô, o garoto de repente apertou o passo e se distanciou dele. Barkhausen resolveu segui-lo com a maior rapidez possível: não queria deixar os dois rapazes falando a sós por muito tempo. Ele não sabia bem ao certo por quem Kuno-Dieter se decidiria: pelo pai ou por aquele moleque.

Por fim chegaram a uma casa na Ansbacher Strasse. O rapaz da Juventude Hitlerista falava rapidamente com Kuno-Dieter, que o ouvia de cabeça baixa. Quando Barkhausen se aproximou, o mensageiro se afastou dez passos e deixou os dois conversando a sós.

— Você não se emenda, Kuno-Dieter? — começou Barkhausen, bravo. — Como pode mandar esses sujeitos indecentes que ficam querendo dinheiro adiantado?

— Sem dinheiro ninguém faz nada, pai — respondeu Kuno-Dieter, indiferente. — Você sabe disso muito bem. E eu também quero saber quanto vou levar nesse negócio, gastei dinheiro com a passagem...

— Sempre a mesma ladainha, vocês não têm outra coisa para dizer? Não, Kuno-Dieter, primeiro você vai dizer direitinho para o seu pai o que está acontecendo aqui na Ansbacher Strasse e depois você espera o que o papai tem para você. Seu pai não é desses que suportam um festival de exigências!

— Nada disso — retrucou Kuno-Dieter. — Tenho medo que depois você se esqueça do pagamento... com dinheiro, claro. Bofetadas você têm para dar e vender. Ganhou um monte de dinheiro nessa coisa e acho que tem mais ainda. Estou o dia inteiro plantado aqui por sua causa, sem comer; também quero ver a cor da grana. Pensei nuns cinquenta marcos...

— Cinquenta marcos! — Barkhausen quase perdeu o fôlego ao escutar o pedido insolente. — Já vou dizer o que você vai ganhar. Vou lhe dar cinco marcos, os mesmos cinco marcos que o pirulão ali queria, e você vai ficar muito satisfeito com eles. Não sou desses, mas...

— Nada disso, pai — cortou Kuno-Dieter, encarando Barkhausen com os olhos azuis zombeteiros. — Você está ganhando um saco de dinheiro nesse negócio, eu faço todo o trabalho e me contento com cinco marcos? De jeito nenhum, então não te conto nada!

— O que você tem de tão importante para me contar? — Barkhausen riu, cheio de menosprezo. — Que o baixinho está dentro do prédio eu também sei. E o resto vou descobrir sozinho. Não, vá para casa e peça algo de comer para a sua mãe! Seu pai não se deixa fazer de bobo! Seus heróis de meia-tigela!

— Então vou subir lá — disse Kuno-Dieter, decidido — e contar para o baixinho que você está de olho nele. Eu vou te dedurar, papai.

— Moleque maldito! — gritou Barkhausen, erguendo o braço para bater no filho.

Mas o garoto já tinha saído correndo na direção da entrada lateral do edifício. Barkhausen o seguiu pelo pátio e alcançou-o na escada inferior do prédio dos fundos. Jogou o filho no chão e começou a chutá-lo. Era quase como a cena que tinha imaginado antes, no sofá, só que Kuno-Dieter não estava gritando, mas se defendia com uma raiva amarga. Isso apenas aumentou a ira de Barkhausen. Bateu no rosto do menino de propósito e chutou sua barriga.

— Vou te ensinar, fedelho! — disse, ofegante, e uma névoa vermelha nublou seus olhos.

De repente, sentiu que algo o segurava por trás, alguém imobilizava seu braço. Uma perna e depois a outra foram puxadas. Ele olhou rapidamente para os lados: era o garoto da Juventude Hitlerista e mais um bando de desordeiros, cinco ou seis, que se atracaram com ele ali. Barkhausen precisava soltar Kuno-Dieter para se livrar daqueles moleques; individualmente, conseguiria nocauteá-los um depois do outro com apenas uma das mãos, mas em conjunto eram altamente perigosos.

— Bando miserável, covardes! — gritou, tentando fazer com que o que estava encarapitado nas suas costas desgrudasse delas ao empurrá-lo contra a parede. Mas eles lhe puxaram as pernas e o fizeram cair. — Kuno! — ofegou. — Ajude o seu pai! O bando de covardes...

Mas Kuno não ajudou o pai. Tinha se levantado e foi o primeiro a golpear o rosto de Barkhausen.

Do peito do homem saiu um grunhido baixo, quase um ai. Então ele rolou com os garotos pelo chão, tentando empurrar os que estavam pendurados nele contra degraus e paredes, amassá-los, a fim de se reerguer.

Escutavam-se apenas o gemido ofegante dos lutadores, o barulho de socos, de pés arrastados... Brigavam em silêncio, na mais selvagem amargura.

Uma velha que descia a escada parou, horrorizada com a batalha cruenta que via a seus pés. Ela se agarrou ao corrimão e gritou, desesperada:

— Não, não! Não no nosso prédio!

Seu xale cor de violeta sacudia. Então, ela soltou um grito selvagem de horror.

Os garotos soltaram Barkhausen e sumiram. O homem sentou-se e encarou a mulher, cheio de ódio.

— Que cambada! — ofegou ele. — Querem surrar um velho e o próprio filho está junto!

Algumas portas se abriram por causa do grito da mulher; dois vizinhos apareceram, amedrontados, e começaram a sussurrar entre si, olhando para o homem sentado.

— Eles estavam brigando! — disse a velha cor de violeta com um fiapo de voz. — Brigando no nosso prédio tão respeitável!

Barkhausen apercebeu-se da situação. Se Enno Kluge morava ali, então estava mais do que na hora de ele sumir. O homem poderia aparecer a qualquer instante, curioso para entender aquela confusão.

— Só dei um corretivo no meu filho — explicou, sorridente, para os moradores que o olhavam em silêncio. — Não é nada. Está tudo certo. Tudo nos seus conformes.

Barkhausen se levantou e atravessou o pátio dos fundos, passou pelo "jardim" e chegou de novo à rua, ao mesmo tempo que alisava a roupa e refazia o nó da gravata. Evidentemente não havia qualquer sinal dos moleques. Kuno-Dieter não perdia por esperar, naquela noite ia receber uma lição! Lutar contra o próprio pai, ser o primeiro a bater em seu rosto! Nenhuma Otti conseguiria se interpor entre eles para proteger o filho. Não, ela também merecia uma boa sova pelo estranho que botara no seu ninho!

Enquanto Barkhausen vigia o prédio, a raiva que sente de Kuno--Dieter não para de aumentar. E ele quase desmaia quando descobre que os garotos surrupiaram o bolo de notas de seu bolso durante a briga. Só lhe restam alguns marcos no bolsinho do colete. Que cambada de malandros, que corja maldita, fazer uma cachorrada dessas com ele. Sua vontade é sair correndo no mesmo instante para encontrá-los, fazer picadinho deles, pegar seu dinheiro de volta.

E sai apressado.

Então se lembra: não pode se afastar dali! Tem de ficar, senão perderá os quinhentos marcos também! Está claro: ele nunca vai conseguir reaver o dinheiro roubado pelos moleques, por isso é preciso assegurar os quinhentos!

Totalmente arrasado pela raiva cáustica, ele entra num pequeno café e liga para Escherich. Em seguida, volta ao seu posto de observação e espera, impaciente, pela chegada do delegado. Ah, que situação triste! Para alguns, tudo o que tocam vira ouro; um malandrinho feito Enno arranja uma mulher com muito dinheiro e uma loja bem instalada; um zero à esquerda desses aposta num único cavalo e o danado chega em primeiro. E ele? Ele pode pintar e bordar à vontade: nada dá certo. Quanto esforço despendeu com a sra. Häberle só para pôr uma ninharia no bolso — perdida novamente! Antes, a pulseira da sra. Rosenthal — perdida! A bem-sucedida invasão e praticamente uma loja inteira com as roupas — perdida! Tudo em que toca dá errado, ele só se dá mal.

Sou um traste, é isso que sou!, murmura, amargo. Bem, se o delegado ao menos trouxer os quinhentos paus! E vou matar o Kuno de porradas! Vou encher o saco dele sem parar, vou deixá-lo passar fome até bater as botas! Nunca vou perdoá-lo por isso!

Ao telefone, Barkhausen pediu que o delegado traga o dinheiro também.

— Vamos ver! — foi a resposta.

E isso o que significa? Será que esse aí também quer me dar o golpe…? Não é possível.

Não, nessa história ele está interessado apenas no dinheiro. Assim que puser a mão no dinheiro, dá no pé; e o Enno que dê um jeito de se virar! Não é mais assunto seu. E talvez ele vá realmente para Munique.

Está farto demais de tudo ali! Basta. Kuno batendo na sua fuça e roubando seu dinheiro — incrível, o próprio filho!

Não, a sra. Häberle tem razão: ele irá para Munique. Assim que Escherich trouxer o dinheiro, do contrário não conseguirá comprar a passagem. Mas um delegado que não mantém sua palavra não existe! Ou existe?

Capítulo 32
Visita à casa de Anna Schönlein

O AVISO DE BARKHAUSEN POR TELEFONE, de que tinha encontrado Enno Kluge no oeste de Berlim, pôs o delegado Escherich numa enrascada. Sem pensar muito, ele respondeu:

— Sim, estou indo. Imediatamente!

Ele estava se aprontando para sair quando foi assaltado por dúvidas.

Sim, agora ele o encontrara, o tão procurado, aquele que estava sendo caçado havia dias. Ele o encontrara, precisava apenas pôr a mão nele e prender o homem. Durante as investigações exaustivas, impacientes, ele pensara apenas no momento em que teria de prendê-lo. E abafara violentamente todos os pensamentos sobre o que teria de ser feito com sua caça.

Mas a hora tinha chegado. E colocava-se a questão: O que fazer com Enno Kluge? Ele sabia, ele sabia muito claramente: Enno Kluge não era o autor dos cartões. Durante as buscas, ele tinha conseguido nublar um pouco essa percepção; chegara até a brincar com o investigador Schröder, dizendo que Kluge certamente tinha mais culpa no cartório.

Sim, havia alguma outra coisa, mas não isso — ele não tinha escrito os cartões! Nunca! Se o prendesse, teria de trazê-lo até a Prinz--Albrecht-Strasse, e nada poderia impedir o general de interrogar pessoalmente o acusado e então tudo viria à tona: nada de cartões, mas uma assinatura negociada num relatório! Não, era impossível trazer Kluge.

Mas era igualmente impossível deixar Kluge na rua, mesmo que sob constante vigilância; Prall nunca aceitaria. Não dava mais para enrolá-lo, mesmo que Escherich omitisse por ora ter descoberto o paradeiro de Kluge. Algumas vezes o chefe já havia mencionado, de maneira bastante clara, que iria transferir o caso do solerte para outras mãos — mãos um pouco mais espertas! O delegado não podia passar por essa humilhação. Além disso, estava muito ligado ao caso, que se tornara importante para ele.

Escherich está sentado à sua mesa; com o olhar perdido, mordisca o amado bigode cor de areia. Maldito beco sem saída, pensa. Me meti num maldito beco sem saída! Qualquer coisa que eu fizer será um erro, e se eu não fizer nada, aí sim é que será um grande erro! Que situação!

Ele está sentado, matutando. O tempo passa e o delegado continua sentado, pensando. Barkhausen — ao inferno com Barkhausen! Ele que fique plantado na frente do prédio, de vigia! Tem tempo de sobra! E se Enno conseguir escapar sob suas barbas, vai lhe arrancar as tripas, bem devagar! Levar logo os quinhentos marcos! Enno, cem Ennos não valem quinhentos marcos! Ele vai estourar a cara de Barkhausen, sujeito babaca! O que lhe importa Enno Kluge? Ele quer é o autor dos cartões!

Mas enquanto permanece ali sentado, refletindo sem parar, o delegado Escherich muda de opinião sobre Barkhausen. De todo modo, ele se levanta e vai ao caixa. Pede quinhentos marcos ("vou prestar contas mais tarde") e volta à sua sala. Pensou em enviar duas viaturas à Ansbacher Strasse, levar dois de seus homens, mas dispensa tudo: não precisa nem de carro nem de companhia.

Talvez Escherich tenha mudado de ideia não apenas em relação a Barkhausen, talvez tenha tido um estalo em relação ao caso Enno Kluge. Ele tira sua arma funcional do bolso da calça, um revólver, e troca-o por uma pistola mais leve, oriunda de uma apreensão recente. Ele já a testou, ela se amolda perfeitamente à mão e atira bem.

Bem, então vamos. O delegado para na soleira da porta da sua sala, vira-se mais uma vez. Acontece algo estranho: sem querer, faz um movimento de despedida para o lugar. Adeus... Uma sensação obscura, uma intuição da qual quase se envergonha, de que nunca mais entrará na sala que está por deixar. Até esse momento, foi um funcionário público que caçava pessoas, assim como outros vendem selos; responsável, trabalhador, cumpridor das normas.

Mas ao voltar à sala nesse mesmo dia — ou apenas amanhã cedo —, talvez não seja mais o mesmo funcionário. Terá algo de que se recriminar, algo que não pode ser esquecido. Algo que talvez apenas ele saberá, e o que só piora a situação: ele saberá e não poderá nunca se absolver.

Assim, Escherich se despede de sua sala, sai e por pouco não se vexa desse adeus. Veremos, pensa ele, para se acalmar. As coisas podem acabar de um jeito bem diferente. Primeiro tenho de falar com Kluge.

Ele também usa o metrô e já está escurecendo quando chega à Ansbacher Strasse.

— O senhor sabe muito bem como deixar alguém esperando! — rosna Barkhausen, bravo, ao vê-lo. — Ainda não comi nada hoje! Trouxe meu dinheiro, delegado?

— Cale a boca! — diz o delegado no mesmo tom, o que Barkhausen interpreta como uma afirmativa. Seu coração volta a bater de maneira mais tranquila: dinheiro à vista! — Onde o Kluge mora?

— Eu é que sei? — Barkhausen se mostra melindrado, a fim de tentar escapar de alguma reprimenda. — Não posso entrar no prédio e começar a perguntar por ele, já que sou seu conhecido de antes! Mas acho que ele deve morar no quartinho do jardim. O senhor vai descobrir isso sozinho, delegado. Fiz meu trabalho, agora quero meu dinheiro.

Escherich não presta atenção no pedido; pergunta então a Barkhausen por que Enno está morando nesse prédio e como o encontrou.

Barkhausen tem de explicar detalhadamente, o delegado faz anotações sobre a sra. Häberle, a loja de animais, a cena noturna do outro ajoelhado: dessa vez, Escherich registra tudo. Claro que o relato de Barkhausen não está completo, mas isso já seria pedir demais. Não se pode exigir que alguém confesse o logro sofrido. Pois se Barkhausen disser como chegou ao dinheiro da sra. Häberle, teria de dizer também como o perdeu. Provavelmente teria de contar também daqueles dois mil, que agora estão seguindo para ele em Munique. Nao, ninguém pode exigir isso!

Se Escherich estivesse um pouquinho mais em forma, teria notado algumas contradições no relato do informante. Mas ele ainda está muito preocupado com outras coisas; seu maior desejo é mandar Barkhausen sumir dali. Mas ainda precisa dele por um tempo, de modo que lhe diz:

— Espere aqui! — E vai até o prédio.

Em vez de se dirigir diretamente à ala dos fundos, o delegado passa na portaria, na parte da frente, e colhe algumas informações. Apenas então, acompanhado do porteiro, entra nos fundos e começa a subir devagar as escadas até o quarto andar.

O porteiro não soube confirmar se Enno Kluge está no prédio. Ele atende apenas aos moradores do prédio da frente, não aos da ala dos fundos. Mas é claro que conhece todos que moram ali, até porque tem de distribuir os cartões de racionamento. Algumas pessoas ele conhece bem, outras nem tanto. Entre estas últimas, por exemplo, a srta. Anna Schönlein, do quarto andar, da qual é possível supor, sem maiores dúvidas, que acolheria alguém como Enno. Seja como for, o porteiro já está cheio dela, pois todo tipo de gente passa a noite lá, o tempo inteiro, e o secretário do correio do terceiro andar afirma, com absoluta certeza, que ela também escuta rádios estrangeiras à noite. O secretário ainda não conseguiu provar isso, mas prometeu continuar de ouvidos bem abertos. Sim, o porteiro até já quis falar com o administrador do bairro a respeito de Anna Schönlein, e mostra a mesma disposição de fazê-lo com o delegado. Ele que tente a sorte primeiro com a srta. Schönlein e só depois de constatar que o homem não está ali a investigação deve prosseguir nos outros andares. Mas, no geral, apenas pessoas decentes moram nesse prédio, inclusive na ala dos fundos.

— É aqui! — sussurra o porteiro.

— Fique parado, para que você seja visto pelo olho mágico — sussurra de volta o delegado. — Diga o motivo de sua visita, a campanha de comida para os porcos da organização do bem-estar popular* ou a campanha de inverno.

— Combinado! — diz o porteiro e toca a campainha.

Nenhuma reação; o porteiro toca uma segunda e uma terceira vez. Mas tudo continua em silêncio no apartamento.

— Não está? — sussurra o delegado.

— Não sei! — responde o porteiro. — Não vi a Schönlein saindo para a rua hoje.

E toca uma quarta vez.

A porta se abre de repente, os dois não escutaram nenhum ruído vindo do apartamento. Uma mulher alta e magra está diante deles. Usa uma calça de moletom gasta, desbotada, e um pulôver amarelo-canário com botões vermelhos. Seu rosto é magro e anguloso, cheio de manchas vermelhas, como são às vezes os rostos dos tuberculosos. Os olhos também brilham, como se estivessem febris.

— O que foi? — ela pergunta, secamente, sem demonstrar espanto quando o delegado se aproxima tanto da porta que é impossível fechá-la de novo.

— Gostaria de trocar algumas palavras com você, srta. Schönlein. Sou o delegado Escherich, da Gestapo.

Mais uma vez, nenhum espanto. A mulher não tira os olhos brilhantes dele. E diz, sem rodeios:

— Entre! — E segue na frente.

— Você fica aqui na porta — sussurra o delegado ao porteiro. — Se alguém quiser entrar ou sair, me chame!

A sala em que o delegado Escherich é conduzido está um pouco desarrumada e empoeirada. Móveis antiquíssimos forrados de plush com adornos do tempo da vovó. Cortinas de veludo. Um cavalete com uma foto colorida ampliada de um homem barbudo. No ar, fumaça de cigarro. Há algumas guimbas no cinzeiro.

— O que foi? — pergunta a srta. Schönlein novamente.

Ela fica parada junto à mesa, não pediu para o delegado se sentar.

Mas o delegado se senta mesmo assim, tira um maço de cigarros do bolso e aponta para o quadro.

— Quem é? — pergunta.

— Meu pai — responde a mulher. E mais uma vez: — O que foi?

— Eu queria lhe fazer algumas perguntas, srta. Schönlein. — O delegado lhe oferece um cigarro. — Sente-se e pegue um cigarro!

— Não fumo! — diz a mulher, de bate-pronto.

— Um, dois, três, quatro — Escherich conta as guimbas no cinzeiro. — E cheiro de tabaco no ambiente. Está com visitas, srta. Schönlein?

Ela o encarou tranquila, sem medo.

— Nunca admito que fumo — disse —, porque meu médico me proibiu. O pulmão.

— Então a senhorita não está com visitas?

— Não estou com visitas.

— Vou dar uma espiada rápida no seu apartamento — disse o delegado, levantando-se. — Não se dê ao trabalho. Encontro sozinho o caminho.

Ele passou rápido pelos outros cômodos lotados com sofás, armarinhos altos, guarda-roupas, poltronas e colunas. Parou uma vez e ficou escutando, com o rosto voltado para um guarda-roupa, e riu. Depois voltou para a srta. Schönlein. Ela continuava no mesmo lugar, junto à mesa.

— Fui informado — disse ele, sentando-se de novo — de que você recebe muitas visitas, visitas que em geral passam algumas noites aqui, mas que nunca são registradas. Você conhece as normas do registro?

— No caso das minhas visitas, são quase sempre somente os sobrinhos e as sobrinhas, que não ficam mais de duas noites comigo. Acho que a obrigação do registro começa com o quarto pernoite.

— A senhorita deve ter uma família muito grande — disse o delegado, pensativo. — Quase toda noite há uma ou duas pessoas, às vezes até três, acampando aqui.

— Que exagero. Aliás, realmente tenho uma família grande. Seis irmãos, todos casados e cheios de filhos.

— E entre seus sobrinhos, idosos respeitáveis!

— Os pais deles também me visitam de vez em quando.

— Uma família muito grande, com muita vontade de viajar... Aliás, outra pergunta: onde fica seu rádio, srta. Schönlein? Nao vi nenhum aparelho.

Ela pressionou os lábios.

— Não tenho rádio.

— Claro! — disse o delegado. — Claro, assim como você nunca confessaria que fuma. Mas a música do rádio não faz mal aos pulmões.

— Não, só a orientação política — respondeu ela com um ligeiro desdém. — Não, não tenho rádio. Se ouviram música vinda do meu apartamento, então é do gramofone que está às suas costas.

— E que fala línguas estrangeiras — complementou o delegado.

— Tenho muitos discos estrangeiros. Não considero crime tocá-los de vez em quando para os meus convidados.

— Para seus sobrinhos e sobrinhas? Não, realmente não é nenhum crime.

Ele se levantou, as mãos nos bolsos. De repente, deixou de fazer graça e disse, de maneira brutal:

— O que você acha de eu prendê-la agora e deixar um informante escondido no seu apartamento? Ele receberia seus convidados e verificaria com cuidado os documentos de seus sobrinhos e sobrinhas. Talvez uma das visitas traga até um rádio. Que tal?

— Acho — disse a srta. Schönlein, impassível — que o senhor tinha a intenção de me prender desde que chegou. Então, o que eu disser não tem importância. Vamos! Posso antes trocar rapidamente esta calça de moletom por um vestido?

— Um instante, srta. Schönlein! — disse o delegado às suas costas.

Ela ficou parada e, com a mão pousada sobre a maçaneta, se virou para o homem.

— Mais um instante! É absolutamente correto a senhora libertar o homem do seu guarda-roupa antes de sairmos. Ele já devia estar sofrendo bastante com falta de ar antes, quando passei pelo seu quarto. Também é provável que haja muita naftalina lá dentro...

As manchas vermelhas do rosto dela haviam sumido. Branca feito cera, ela o encarou.

Ele balançou a cabeça.

— Ah, minha gente! — disse ele com total desprezo. — Como vocês facilitam as coisas para nós! E ainda querem ser conspiradores? Querem fazer algo contra esse governo com suas criancices? Vocês apenas fazem mal a si mesmos!

Ela continuava encarando o delegado. Sua boca estava cerrada, os olhos brilhavam, febris, a mão continuava sobre a maçaneta.

— Você está com sorte — prosseguiu o delegado no seu tom superior e evidente menoscabo —, visto que hoje não estou nem um pouco interessado na sua pessoa. Hoje só estou interessado no homem que está no seu guarda-roupa. Lá no meu escritório, quando pensar melhor sobre seu caso, talvez eu me sinta obrigado a avisar as instâncias responsáveis sobre você. Pode ser, estou dizendo. Não é certeza. Talvez seu caso me pareça irrelevante... principalmente por causa de sua doença pulmonar.

De repente, ela explodiu:

— Não quero o perdão de vocês! Odeio sua compaixão! Meu caso não é insignificante! Sim, abriguei regularmente alguns perseguidos políticos! Escutei rádios estrangeiras! Agora o senhor sabe de tudo! Agora não pode mais me poupar... apesar do meu pulmão!

— Moça! — disse ele com escárnio, olhando quase com pena para a estranha solteirona de calça de moletom e pulôver amarelo de botões vermelhos. — No seu caso, o problema não é apenas o pulmão, mas também os nervos! Meia hora de interrogatório nosso e você ficaria espantada como seu corpo se reduziria a um monte de merda que geme e chora! É uma experiência muito desagradável, alguns nunca superam essa ofensa à autoestima, acabam balançando na corda depois. — Ele olhou mais uma vez para ela e meneou a cabeça. — E quer se considerar conspiradora! — disse, impiedoso.

Ela estremeceu como que atingida por um chicote, mas não disse nada.

— Mas por causa da nossa simpática conversa, estamos nos esquecendo totalmente de seu visitante no guarda-roupa! — prosseguiu ele. — Venha, srta. Schönlein! Se não o soltarmos rápido, ele bate as botas.

Quando Escherich puxou-o de dentro do armário, Enno Kluge estava mesmo quase sufocando. O delegado deitou o baixinho num sofá e movimentou seus braços para cima e para baixo algumas vezes, a fim de ajudá-lo a encher os pulmões com ar.

— E agora — disse ele, olhando para a mulher, que estava muda no quarto —, e agora, srta. Schönlein, me deixe quinze minutos a sós com o sr. Kluge. Sente-se na cozinha, é o pior lugar para ficar espionando.

— Eu não espiono!

— Não, assim como também não fuma e só diverte sobrinhos e sobrinhas com seus discos! Não, é melhor a senhora se sentar na cozinha! Vou chamá-la caso seja necessário.

Ele fez mais um movimento com a cabeça e se certificou de que ela tinha realmente se dirigido à cozinha. Em seguida, voltou-se para Kluge, que estava sentado no sofá, encarando o delegado com os olhos desbotados. As lágrimas já começavam a rolar pelo seu rosto.

— Ora, ora, Kluge — disse o delegado, acalmando-o. — Está tão feliz assim por reencontrar o velho delegado Escherich? A saudade era tanta? Para dizer a verdade, eu também estava sentindo saudade e estou feliz por tê-lo reencontrado. Logo nada vai nos separar de novo, meu caro Kluge!

As lágrimas de Enno brotavam aos borbotões.

— Ah, delegado, o senhor prometeu que iria me deixar solto! — soluçou.

— E eu não o deixei solto? — perguntou o delegado, espantado. — Mas isso não impede de eu prendê-lo de vez em quando, quando estiver com saudade. Talvez eu tenha um novo relatório para você assinar, hein, Kluge? Como um bom amigo, você não vai negar um favorzinho desses, vai?

Enno tremia sob o olhar impiedoso, cheio de escárnio, dirigido contra ele. Sabia que esses olhos logo saqueariam tudo de dentro dele, que logo daria com a língua nos dentes, e ele estaria perdido, para todo o sempre, de um modo ou de outro...

Capítulo 33
Escherich e Kluge vão passear

JÁ ESTAVA BEM ESCURO QUANDO O delegado Escherich saiu com Enno Kluge do prédio dos fundos e se dirigiu à Ansbacher Strasse. Não, apesar do problema de pulmão, o delegado não conseguiu se decidir a classificar o caso da srta. Anna Schönlein como insignificante. A solteirona parecia acolher sem maiores distinções quaisquer criminosos, sem nem mesmo conhecer suas histórias. Em relação a Enno Kluge, por exemplo, ela nem perguntara seu nome. Escondera-o apenas porque uma amiga o trouxera.

A srta. Häberle também merecia uma espiada mais de perto. Esse povo era mesmo uma lástima! Agora que a grande guerra estava sendo conduzida para seu futuro glorioso, mesmo então as pessoas eram ingratas. Onde quer que se metesse o nariz, fedia. O delegado Escherich estava absolutamente convencido de que encontraria, em quase toda casa alemã, um emaranhado de segredos e mentiras. Quase ninguém tinha a consciência limpa — excetuando-se, claro, os companheiros de partido. Aliás, ele estava atento para nunca realizar a mesma investigação feita na casa da srta. Schönlein na dos companheiros de partido.

Bem, de todo modo ele deixara o porteiro como vigia do apartamento. O rapaz parecia confiável, além de membro do partido; era preciso dar um jeito de arranjar um carguinho bem pago para ele em algum lugar. Isso animava essas pessoas e aguçava seus olhos e ouvidos. Gratificar e castigar: essa era a melhor maneira de governar.

Segurando Enno Kluge pelo braço, o delegado vai até a coluna redonda atrás da qual Barkhausen está escondido. Barkhausen não faz muita questão de ver o antigo comparsa; a fim de evitar o encontro, dá a volta na coluna. Mas o delegado, que muda o sentido, o surpreende; Emil e Enno ficam cara a cara.

— Boa noite, Enno! — diz Barkhausen, estendendo a mão.

Mas Kluge não a aperta. Um pouco de indignação desponta nessa criatura desprezível. Ele odeia Barkhausen, que o convenceu a fazer uma invasão que só resultou em pancadaria, que na manhã desse dia recebeu milhares de marcos de chantagem e que o acabou traindo mesmo assim.

— Delegado — diz Kluge, ansioso —, Barkhausen não lhe contou que extorquiu 2.500 marcos da minha amiga, a sra. Häberle? Ele queria me deixar fugir, mas...

O delegado tinha ido atrás de Barkhausen apenas para lhe passar o dinheiro e mandá-lo para casa. Mas então solta o maço de notas dentro do bolso e escuta, interessado, Barkhausen responder com rispidez:

— E eu não te deixei fugir, Enno? Não tenho culpa se você é uma besta e logo te prendem de novo. Mantive minha palavra.

O delegado diz:

— Bem, ainda vamos falar a respeito disso, Barkhausen. Agora vá para casa.

— Mas antes quero o meu dinheiro, delegado — exige Barkhausen. — O senhor me prometeu quinhentas pratas se eu lhe entregasse o Enno. Agora ele está nas suas mãos; por isso, vá passando a grana.

— Você não vai ganhar duas vezes pelo mesmo serviço, Barkhausen! Afinal, já levou 2.500.

— Mas não estou com o dinheiro! — protesta Barkhausen quase aos berros, novamente decepcionado. — Ela o enviou para Munique, para que eu sumisse do mapa!

— Mulher esperta! — elogia o delegado. — Ou foi ideia sua, Kluge?

— Ele está mentindo de novo! — grita Enno, amargurado. — Ela só enviou dois mil para Munique. Quinhentos, mais de quinhentos, ele recebeu na mão. Reviste os bolsos dele, delegado!

— Fui roubado! Um bando de garotos me atacou e roubou todo o meu dinheiro! Pode me revistar de cima a baixo, delegado. Tenho só alguns marcos, que por acaso ficaram no colete!

— Não dá para pôr dinheiro na sua mão, Barkhausen. — O delegado balança a cabeça. — Você não sabe lidar com ele. Ser roubado por garotos, você, um homem-feito!

Barkhausen recomeça a mendigar, exigir, falar — nesse meio-tempo, chegaram à praça Viktoria Luise —, mas o delegado ordena:

— Vá para casa, Barkhausen!

— Mas, delegado, o senhor me prometeu...

— E se você não sumir agora nesse metrô, vou entregá-lo ao policial ali! Ele pode prendê-lo por extorsão.

Em seguida, o delegado caminha na direção do policial e Barkhausen, o irado Barkhausen, criminoso de araque, que sempre consegue perder o que roubou, dá um jeito de sumir da praça Viktoria Luise. (Espere só eu chegar em casa, Kuno-Dieter!)

O delegado realmente fala com o policial, se identifica e lhe passa a tarefa de prender a srta. Anna Schönlein e mantê-la na delegacia. A razão?

— Bem, digamos por ora que é por ouvir rádios inimigas. Peço que não haja interrogatório. Um de nós vai passar lá amanhã e buscar a mulher. Boa noite, policial!

— Boa noite, delegado!

— Bem — diz Escherich, continuando seu trajeto na Motzstrasse em direção à Nollendorfplatz. — O que faremos agora? Estou com fome, está na hora do meu jantar. Sabe de uma coisa? Vou convidá-lo para me acompanhar. Você não deve estar com tanta pressa assim de ir até a Gestapo. Infelizmente a comida lá deixa a desejar, e as pessoas são tão esquecidas que às vezes passam dois, três dias sem trazer nada. Nem mesmo água. Mal organizado. Bem, o que acha, Kluge?

Em meio a gracejos desse gênero, o delegado consegue arrastar Kluge, totalmente confuso, para uma pequena taberna onde parece ser conhecido. Faz um farto pedido, que inclui não apenas muita comida excelente, com vinho e aguardente, mas também café de verdade, bolo e cigarros. Escherich explica, sem nenhum constrangimento:

— Não pense que vou pagar por isso, Kluge! Vai ser tudo por conta de Barkhausen. Usarei o dinheiro que, na verdade, ele teria de ter ganho. É bonito ver você enchendo a pança com a recompensa que está destinada à sua captura. Justiça compensatória...

O delegado não para de falar, mas talvez ele não esteja tão por cima como parece. Comeu pouco, embora tenha bebido muito e rápido. Talvez exista uma inquietação em seu interior; está tomado por um nervosismo que lhe é desconhecido. Brinca com bolinhas de miolo de pão e depois leva a mão com rapidez ao bolso de trás da calça, onde está a pequena pistola, enquanto lança um olhar de soslaio para Kluge.

Enno se comporta de maneira bastante apática. Comeu consideravelmente, mas mal bebeu. Ainda está todo confuso, não sabe como agir com o delegado. Ele está preso ou não? Enno não entende.

Escherich explica a situação.

— Bem, você está sentado aqui, Kluge, espantado comigo. Claro que dei uma enganada, minha fome não era tão grande assim, quero apenas matar o tempo até depois das dez. É que primeiro temos de dar uma voltinha e isso vai dizer o que devo fazer com você. Sim... isso... vai... dizer... o que...

A fala do delegado se torna cada vez mais baixa, ensimesmada e lenta, e Enno Kluge olha para ele com desconfiança. Alguma nova diabrura certamente se esconde atrás da voltinha às dez da noite. Mas qual? E como escapar dela? Escherich é atento feito o diabo, nem ao banheiro Kluge pode ir sozinho.

— O fato é que só chego no meu homem depois das dez. Ele mora longe, no lago Schlachtensee, compreende? É o que estou chamando de uma voltinha — prossegue o delegado.

— E eu com isso? Conheço o homem? Não conheço ninguém em Schlachtensee! Sempre morei nos arredores de Friedrichshain.

— Acho que é possível que o conheça. Quero que dê uma olhada nele.

— E depois de eu ter dado uma olhada no sujeito e descobrir que não o conheço, o que acontece? O que será de mim?

O delegado faz um movimento apaziguador com a mão.

— Vamos aguardar. Acho que você vai conhecer o homem.

Ambos ficam em silêncio. Um tempo depois, Enno pergunta:

— Isso tem alguma relação com aquela maldita história dos cartões-postais? Queria nunca ter assinado aquele relatório. Eu não deveria ter prestado aquele favor ao senhor, delegado.

— Sério? Estou quase achando que você tem razão; tanto para mim quanto para você, teria sido melhor se não o tivesse assinado! — Ele encara o interlocutor de uma maneira tão sombria que Enno Kluge toma um novo susto. O delegado percebe. — Bem — diz, apaziguador —, veremos. Acho que vamos tomar a saideira e ir embora. Quero conseguir pegar o último trem de volta para a cidade.

Kluge o encara, apavorado.

— E eu? — pergunta com os lábios trêmulos. — Vou... ficar por lá?

— Você? — O delegado riu. — Você virá comigo, é evidente, Kluge! Por que está me encarando com tanto medo? Eu não lhe disse nada que pudesse assustá-lo assim. Claro que vamos voltar juntos à cidade. O garçom está vindo com nossa aguardente. Garçom, espere um instante, pegue os copos para trocar.

Um pouco mais tarde, estavam a caminho da estação Bahnhof Zoo. Foram de trem metropolitano e, quando desceram em Schlachtensee, a noite estava tão escura que, num primeiro instante, ficaram sem rumo diante da estação. Por causa do blecaute, não se via luz em nenhum lugar.

— Nessa escuridão, nunca encontraremos o caminho — disse Kluge, com medo. — Delegado, por favor, vamos voltar! Por favor! Prefiro passar a noite com o senhor na Gestapo a...

— Não fale bobagem, Kluge! — interrompeu o delegado com brusquidão e enganchou o braço do magrelo com força ao seu. — Você acha que fiquei passeando por aí com você durante metade da noite para dar meia-volta a quinze minutos do meu objetivo? Temos de pegar aquele caminho lateral, é o jeito mais rápido de chegar ao lago...

Os dois saíram em silêncio, ambos tateando cuidadosamente com os pés os obstáculos invisíveis.

Depois de terem percorrido um bom trecho, o ar diante deles pareceu clarear.

— Está vendo, Kluge? — disse o delegado. — Eu sabia que podia confiar no meu senso de direção. Lá está o lago!

Kluge ficou calado, e calados eles prosseguiram.

Era uma noite sem vento, tudo estava calmo. Ninguém topou com eles. Da água lisa do lago, que mais imaginavam do que viam, parecia emanar uma claridade cinza, como se refletisse fracamente o brilho da luz absorvida durante o dia.

O delegado pigarreou como se quisesse falar e voltou a fazer silêncio.

Subitamente, Kluge parou. Com um puxão, soltou o braço do de seu acompanhante. Disse, quase gritando:

— Não dou nem mais um passo! Se o senhor quiser fazer alguma coisa comigo, então pode muito bem fazer aqui ou daqui a quinze minutos! Ninguém virá me acudir! Deve ser meia-noite!

Como para confirmar essas palavras, um relógio começou a bater de repente. O som parecia surpreendentemente próximo e ecoava pela noite escura. Os homens acompanharam as batidas, quase sem querer.

— Onze! — disse o delegado. — Onze horas. Ainda falta uma hora para a meia-noite. Venha, Kluge, temos de andar mais cinco minutos.

E novamente tentou segurar o braço do outro.

Mas Kluge se desvencilhou com uma força surpreendente.

— Já falei que não dou nem mais um passo, e não dou mesmo!

Sua voz ficou esganiçada devido ao medo, e por isso ele gritou. Assustado, um pássaro aquático levantou voo e pousou lentamente de novo.

— Não grite desse jeito! — repreendeu o delegado, irritado. — Está causando um rebuliço no lago inteiro! — Depois, mais calmo, disse: — Tudo bem, descanse um pouco. Você já vai ficar tranquilo de novo. Vamos nos sentar aqui? — E pegou novamente o braço de Kluge.

Kluge bateu na mão dele.

— Não permito mais que o senhor me toque! Faça o que quiser, mas não me toque!

— Esse não é o tom para se falar comigo, Kluge! Quem você é, afinal? Um pilantrinha covarde e sujo! — disse o delegado, bravo. Seus nervos também estavam começando a fraquejar.

— E o senhor? — gritou Kluge novamente. — Quem é o senhor? Um assassino, um assassino infame! — Ele se assustou com o que tinha dito. Murmurou: — Ah, desculpe, delegado, não foi minha intenção...

— São os nervos — disse o delegado. — Você tem de levar outra vida, Kluge; essa seus nervos não aguentam. Vamos nos sentar no píer. Não tenha medo, não vou tocá-lo de novo, já que eu lhe intimido tanto assim.

Eles foram até o píer. A madeira estalou ao ser pisada.

— Mais alguns passos — disse Escherich, em tom encorajador. — É melhor nos sentarmos na ponta. Gosto de ficar sentado nesta coisa, com a água ao meu redor...

Kluge, porém, negou-se mais uma vez. Ele, que acabara de mostrar um laivo de coragem, de súbito começou a gemer:

— Não vou prosseguir mais! Oh, tenha piedade de mim, delegado! Não me afogue! Não sei nadar, já estou lhe dizendo! Sempre tive tanto medo da água! Assino qualquer coisa que o senhor pedir! Socorro! Socorro! Socor...

O delegado tinha agarrado o baixinho, que se debatia, e o carregou até o final do píer. Mantinha o rosto de Enno encostado com tanta firmeza contra seu peito que era impossível o outro gritar. Desse jeito, chegou até o final do píer e o segurou acima da água.

— Se gritar mais uma vez, seu pilantra, vou jogar você!

Um soluço profundo soltou-se da garganta de Enno.

— Não vou gritar — sussurrou ele. — Ah, chega, me jogue logo! Não aguento mais...

O delegado sentou-o no píer e se acomodou ao seu lado.

— Bem — disse ele. — E depois que você viu que posso jogá-lo no lago, mas não joguei, você vai acabar percebendo que não sou assassino, certo?

Kluge murmurou algo incompreensível. Dava para ouvir seus dentes batendo.

— Então escute. Tenho uma coisa para lhe dizer. Isso de você ter de reconhecer um homem aqui em Schlachtensee é bobagem, claro.

— Mas por quê?

— Espere. E também sei que você não tem nada a ver com o autor dos cartões-postais. Achei que a sua declaração seria um bom modo de eu mostrar serviço para os meus chefes até conseguir pegar o verdadeiro criminoso. Mas não foi. Agora eles, os chefões da SS, querem você, Kluge, e querem interrogá-lo do jeito deles. Acreditam no relatório, consideram você o autor dos postais ou seu distribuidor. E conseguirão espremer tudo isso de você com o interrogatório, vão espremê-lo feito um limão, depois vão assassiná-lo ou mandá-lo para o Tribunal do Povo, o que no fim dá na mesma, só que a tortura demora umas semanas a mais.

O delegado fez uma pausa e Enno, completamente atemorizado, encostou-se tremendo naquele que ainda havia pouco chamara de "assassino", como se procurasse ajuda.

— O senhor sabe que não fui eu! — gaguejou. — Pelo que há de mais sagrado, juro que não fui eu! O senhor não pode me entregar para eles, não aguento, vou gritar...

— Evidentemente que você vai gritar — confirmou o delegado, sereno. — Claro que sim. Mas eles não se importam com isso, até se divertem. Sabe, Kluge, eles vão sentá-lo numa banqueta e pendurar um canhão de luz bem forte na frente do seu rosto; você terá de ficar olhando para a luz e vai se desmilinguir por causa do calor e da luminosidade. E enquanto isso eles ficarão fazendo perguntas, um vai substituindo o outro, mas você não será substituído, independentemente do seu cansaço. E quando você cair de exaustão, farão que se levante aos chutes e cintadas. Vão lhe dar água salgada para beber. E se nada disso for suficiente, vão deslocar os ossos dos dedos da sua mão, um a um. Vão jogar ácido nos seus pés...

— Pare, ah, por favor, pare, não consigo ouvir...

— Você não terá apenas de ouvir, você terá de suportar, Kluge, por um dia, dois, três, cinco. Sempre, dia e noite, e você vai passar tanta fome que seu estômago vai encolher feito um feijão e a impressão é de que vai morrer de tanta dor interna quanto externa. Mas você não vai morrer; eles não soltam assim tão fácil quem cai nas suas garras. Mas eles vão...

— Não, não, não — gritou o baixinho Enno, tampando os ouvidos. — Não quero ouvir mais nada! Nenhuma palavra! É melhor morrer logo!

— Essa é minha opinião também — confirmou o delegado. — É melhor morrer logo.

Durante um tempo, um silêncio profundo reinou entre os dois. Depois, estremecendo de súbito, o baixinho Enno disse:

— Mas na água eu não entro...

— Não, não — disse o delegado, apaziguando-o. — Não é para você fazer isso, Kluge. Veja, trouxe-lhe algo diferente, veja, uma linda pistolinha. Basta apertá-la contra a testa, não tenha medo, vou segurar a sua mão para que ela não trema, e você só precisa entortar um pouco o dedo... Não vai sentir dor. De repente você terá escapado de todas essas torturas e perseguições e desfrutará de calma e paz...

— E a liberdade — disse Enno, pensativo. — Isso é igualzinho a quando o senhor me convenceu a assinar o relatório; a promessa também era de liberdade. Será que dessa vez vai dar certo? O que acha?

— Mas claro, Kluge. Trata-se da única liberdade verdadeira para nós, seres humanos. Não conseguirei prendê-lo de novo e recomeçar a atemorizá-lo e a torturá-lo. Ninguém mais conseguirá. Você vai rir de todos nós...

— O que vem depois, depois da calma e da liberdade? Existe alguma coisa depois disso? Qual é sua opinião?

— Acho que não há mais nada depois, nada de Juízo Final e inferno. Apenas a calma e a liberdade.

— Então eu vivi para quê? Por que tive de aguentar tanta coisa nesta vida? Não fiz nada, nunca alegrei a vida de ninguém, nunca gostei de verdade de pessoa nenhuma.

— É — disse o delegado —, você não foi um grande herói, Kluge. E também não fez nada de muito útil. Mas por que quer pensar sobre isso agora? É tarde demais, sob todos os aspectos; não importa se você vai fazer o que estou sugerindo ou se vai comigo até a Gestapo. Estou dizendo, Kluge, na primeira meia hora você já estará suplicando de joelhos por uma bala. Mas vai demorar muitas, muitas horas, até eles tirarem sua vida com as torturas...

— Não, não — disse Enno Kluge. — Não vou para lá. Me dê a pistola. Estou segurando certo?

— Sim...

— E para onde tenho de apontá-la? No lado da cabeça?

— Sim...

— E agora colocar o dedo no gatilho. Quero fazer com cuidado, ainda não vou... Quero conversar mais um pouquinho...

— Não precisa ficar com medo, a pistola ainda está travada...

— Sabe, Escherich, você é a última pessoa com quem vou falar. Depois só haverá calma, nunca mais conseguirei falar com mais ninguém. — Ele estremeceu. — Quando apontei a pistola para a cabeça, senti o gelado dela. A calma e a liberdade que me esperam depois devem ser frias assim.

Ele se curvou para perto do delegado e sussurrou:

— Me promete uma coisa, Escherich?

— Sim. O que é?

— Você tem de cumprir a promessa!

— Se puder, vou fazer isso.

— Não me deixe cair na água quando eu estiver morto, me prometa. Tenho medo da água. Me deixe deitado aqui em cima, no píer seco.

— Claro. Prometo!

— Ótimo, vamos apertar as mãos, Escherich.

— Aqui!

— E você não vai me trair, Escherich? Veja, sou apenas um pequeno canalha, miserável, não importa muito ser traído ou não. Mas você não vai fazer isso, certo?

— É certeza que não, Kluge!

— Me dê a pistola mais uma vez, Escherich. Ela está destravada?

— Não, ainda não, só quando você disser.

— Está bem colocada assim? Mal estou sentindo o frio do cano, estou tão gelado quanto o cano. Você sabe que tenho mulher e filhos?

— Até falei com ela, Kluge.

— Oh! — O baixinho ficou tão interessado que até abaixou a arma. — Ela está aqui em Berlim? Gostaria de falar com ela mais uma vez.

— Não, ela não está em Berlim — respondeu o delegado, amaldiçoando-se por ter descumprido seu lema de nunca compartilhar uma informação. Logo viriam as consequências! — Ela ainda está em Ruppin, com os parentes. E é melhor não falar com ela, Kluge.

— Ela não está falando bem de mim?

— Não, nada bem. Ela está falando mal de você.

— Pena — disse Enno. — Pena. Na verdade, é curioso, Escherich. Sou um zero à esquerda total, que não consegue ser amado por ninguém. Mas muitos conseguem me odiar.

— Não sei se é ódio o que a sua mulher sente. Acho que ela quer apenas distância de você. Você a incomoda...

— A pistola ainda está travada?

— Sim — respondeu o delegado, admirado pelo fato de Kluge, que havia se acalmado nos últimos quinze minutos, voltar a perguntar isso de maneira tão exaltada. — Sim, ainda está travada. Que diabos?

O fogo do cano da pistola passou tão perto de seu olho que ele caiu para trás, gemendo; ainda com a sensação de ofuscamento, pressionou a mão diante dos olhos.

Kluge sussurrou-lhe no ouvido:

— Eu sabia que não estava travada! Você quis me enganar mais uma vez! E agora você está em minhas mãos, agora posso lhe dar sua calma e liberdade... — Ele segurou a arma contra a testa do delegado e deu uma risadinha: — Sente como está gelada? Isso é a calma e a liberdade, esse é o gelo no qual seremos enterrados, para todo o sempre...

O delegado ficou de pé aos resmungos.

— Você fez isso de propósito, Kluge? — perguntou, bravo, erguendo as pálpebras queimadas dos olhos doloridos. O outro ao seu lado era apenas um ponto mais preto do que toda aquela escuridão noturna.

— Sim, de propósito — O baixinho riu.

— Foi tentativa de assassinato! — disse o delegado.

— Mas você disse que a arma estava travada!

Nesse instante o delegado teve absoluta certeza de que não tinha acontecido nada com seus olhos.

— Vou jogar você na água, seu miserável! E será legítima defesa! — E agarrou o baixinho pelos ombros.

— Não, não, por favor, não! Isso, não! Farei a outra coisa! Mas na água, não! Você me prometeu solenemente...

O delegado continuava segurando-o pelos ombros.

— Ora essa! Basta de choramingos! Você nunca teve coragem para nada! Para a água...!

Dois tiros foram disparados em rápida sequência. O delegado sentiu como o homem entre suas mãos desabava, perdia o chão. Escherich ainda fez um movimento ao ver o morto escorregando sobre a borda do píer para dentro da água. Suas mãos queriam segurá-lo.

Então, dando de ombros, o delegado observou o corpo pesado batendo na água e desaparecendo imediatamente.

— Melhor assim — disse, umedecendo os lábios. — Menos material suspeito.

Ele ficou por algum tempo parado, sem saber se devia chutar para dentro da água a pistola caída no píer ou não. Deixou-a ali. Saiu devagar em direção à estação.

A estação estava fechada, o último trem havia partido. O delegado resolveu percorrer a pé o longo trajeto até Berlim.

O relógio tinha acabado de bater de novo.

Meia-noite, pensou o delegado. Ele conseguiu. Meia-noite. Estou curioso para saber o que ele vai achar da sua paz, realmente curioso. Será que se sentirá enganado mais uma vez? Um sujeito ordinário, muito ordinário, baixinho e chorão!

TERCEIRA PARTE

— —

O jogo está contra os Quangels

Capítulo 34
Trudel Hergesell

Os Hergesells foram de trem de Erkner até Berlim. Sim, Trudel Baumann não existia mais, o amor duradouro de Karl havia vencido, eles se casaram; naquele terrível ano de 1942, Trudel estava grávida de cinco meses.

Com o casamento, os dois também abriram mão do trabalho na fábrica de uniformes. Depois da deprimente experiência com Grigoleit e Bebê, eles nunca mais se sentiram à vontade ali. Karl passou a trabalhar numa indústria química em Erkner, enquanto Trudel ganhava uns marcos extras como costureira, em casa. E, com um pouco de vergonha, pensavam no tempo de suas atividades ilegais. Tinham absoluta consciência de terem fracassado; mas sabiam também que não se adequavam àquele tipo de atividade, que exige total abandono do próprio eu. Viviam então apenas para sua felicidade caseira e estavam animados com a chegada do filho.

Quando deixaram Berlim e se mudaram para Erkner, imaginaram poder viver lá em absoluta paz, longe do partido e de suas exigências. Como muitos moradores da cidade grande, acreditavam piamente na louca ideia de que a espionagem era muito pesada apenas em Berlim; de que no interior, numa cidade pequena, reinaria a decência. E, como muitos moradores da cidade grande, acabaram descobrindo que a ação dos denunciantes e dos informantes era dez vezes pior numa pequena cidade do que na cidade grande. Na cidadezinha, eles não podiam se misturar à massa, todos eram visíveis, suas relações pessoais logo se tornavam conhecidas, conversas com vizinhos eram quase inevitáveis; e descobriram também, com preocupação, como tais conversas podiam ser mal interpretadas.

Já que os dois não eram membros do partido, já que contribuíam apenas com o mínimo em todo tipo de coleta, já que mostravam a tendência de viver apenas para si mesmos e não para a comunidade, já que preferiam ler a frequentar reuniões, já que Hergesell — com seus cabelos longos, escuros, sempre desgrenhados — tinha a aparência de um verdadeiro socialista e pacifista (na opinião dos militantes do partido), já que Trudel dissera num momento de imprudência que era possível ter pena dos judeus, em pouco tempo eles foram considerados politicamente suspeitos; cada um de seus passos passou a ser vigiado, cada uma de suas palavras, informada.

O sofrimento dos Hergesells sob a atmosfera de ódio em que tinham de viver em Erkner era intenso. Mas eles se convenceram de que isso não lhes dizia respeito e que nada poderia lhes acontecer, visto que não faziam nada contra o Estado. Os pensamentos são livres, diziam. Na verdade, porém, era imperioso saber que, naquele Estado, nem mesmo os pensamentos eram livres.

Dessa maneira, refugiavam-se cada vez mais na vida a dois. Eram como um casal de enamorados que, em meio a uma tempestade, com ondas, casas sendo destruídas, gado se afogando, tinha se abraçado acreditando que graças à força de sua união, de seu amor, conseguiria se safar do desastre geral. Eles ainda não tinham compreendido que naquela Alemanha de guerra não havia mais vida privada. Nenhum movimento de retração os protegia do fato de cada alemão pertencer ao conjunto dos alemães e ter de compartilhar o destino alemão — assim como as bombas cada vez mais numerosas caíam, indistintamente, sobre inocentes e culpados.

Os Hergesells separaram-se na Alexanderplatz. Ela precisava entregar um trabalho de costura na Kleine Alexanderstrasse, enquanto ele queria dar uma olhada num carrinho de bebê que fora anunciado para troca. Combinaram de se encontrar novamente ao meio-dia na estação, e cada um seguiu seu caminho. Trudel Hergesell — cuja gravidez, após os desconfortos iniciais, lhe trouxera aos cinco meses de gestação uma sensação inédita de força, autoconfiança e felicidade — chegou rapidamente ao seu destino e começou a subir a escada do prédio.

Diante dela havia um homem. Ela o viu apenas de trás, mas o reconheceu de imediato por causa da posição característica da cabeça, a nuca rígida, o corpo alongado, os ombros erguidos: era Otto Quangel, pai de seu outrora noivo, aquele homem a quem confessara no passado o segredo de sua organização ilegal.

Involuntariamente, ela diminuiu o passo. Era evidente que Quangel ainda não percebera sua presença. Ele subia a escada sem pressa, mas de maneira rápida e uniforme. Ela o seguiu com meio lance de distância, sempre disposta a parar imediatamente assim que Quangel tocasse a campainha de uma das muitas portas daquele prédio comercial.

Mas ele não tocou. Ela viu como ele parou junto a uma janela da escadaria, tirou um cartão do bolso e o deixou sobre o peitoril. Ao fazer isso, seu olhar se cruzou com o de sua observadora. Não foi possível notar se a reconhecera ou não; ele passou por ela, descendo as escadas, sem encará-la.

Mal ele se distanciara um pouco escada abaixo, ela se apressou até a janela e pegou o cartão. Leu apenas as primeiras palavras: "AINDA NÃO COMPREENDERAM QUE O FÜHRER MENTIU DE MANEIRA ESCANDALOSA AO DIZER QUE A RÚSSIA SE ARMOU PARA ATACAR A ALEMANHA?"

Em seguida, foi atrás de Quangel.

Ela o alcançou quando ele deixava o prédio, postou-se ao seu lado e disse:

— Você não me reconheceu lá em cima, paizinho? Sou eu, a Trudel, a Trudel do Ottinho.

Ele se virou. Para ela, a cabeça dele nunca foi tão parecida com a de um pássaro, dura e malvada, quanto naquele instante. Por um instante acreditou que o homem não iria reconhecê-la, mas então ele mexeu ligeiramente a cabeça e disse:

— Você está muito bem, moça!

— Sim — e seus olhos brilhavam. — Sinto-me forte e feliz como nunca. Estou esperando um filho. Me casei. Você não está bravo, não é, paizinho?

— Por que eu estaria bravo com você? Por estar casada? Não seja ridícula, Trudel, você é jovem e daqui a pouco vai fazer dois anos que o Ottinho morreu. Não, nem mesmo Anna iria achar ruim você ter se casado, e olhe que ela ainda pensa nele todos os dias.

— Como vai a mãezinha?

— Como sempre, Trudel, bem como sempre. Conosco, velhos, não muda nada.

— Muda, sim! — disse ela, e estacou. — Sim! — Seu rosto estava sério. — Sim, mudou muita coisa com vocês. Lembra-se de quando estivemos uma vez no corredor da fábrica de uniformes, debaixo dos cartazes das execuções? Você me alertou...

— Não sei do que está falando, Trudel. Um velho se esquece de muitas coisas.

— Hoje sou em quem vai alertá-lo, pai — disse ela baixinho, mas ainda mais incisiva. — Vi quando você deixou um cartão na escadaria, esse cartão terrível, que agora está na minha bolsa.

Ele a encarou com seus olhos frios, que agora pareciam cintilar de irritação.

— Paizinho, trata-se da sua cabeça. Como eu, outros podem ter te observado. A mãezinha sabe? Você faz isso com frequência? — sussurrou.

Ele ficou tanto tempo em silêncio que ela achou que não iria responder. Mas então ele disse:

— Sabe, sim, Trudel. Não faço nada sem ela.

— Oh! — gemeu a moça, e lágrimas brotaram de seus olhos. — Era o que eu temia. Você está arrastando a mãezinha junto.

— Anna perdeu o filho. Ela ainda não superou... não se esqueça disso, Trudel.

As faces dela se tingiram de vermelho, como se ele a tivesse acusado de algo.

— Não acredito — murmurou ela — que Ottinho concordaria em ver a mãe metida nisso.

— Cada qual segue seu caminho, Trudel — respondeu Otto Quangel friamente. — Você o seu, nós o nosso. Sim, nós seguimos nosso caminho. — Ele jogou a cabeça para trás e depois para a frente de novo; como um pássaro que estivesse bicando. — E agora temos de nos separar. Cuide-se, Trudel, você e seu bebê. Vou mandar lembranças suas para a mãezinha... talvez.

E se foi.

Mas acabou voltando.

— O cartão — disse —, não fique com ele na bolsa, entendeu? Deixe-o num lugar qualquer, assim como eu fiz. E não diga nem uma palavra sobre isso para o seu marido. Promete, Trudel?

Ela fez um sim discreto com a cabeça, olhando-o cheia de medo.

— E depois você nos esquece. Esqueça de tudo sobre os Quangels; se você me vir de novo, finja que não me conhece, entendeu?

Mais uma vez ela só conseguiu mexer a cabeça.

— Então, cuide-se — repetiu ele e foi embora, quando ela ainda teria tantas coisas a lhe dizer.

Ao se desfazer do cartão de Otto Quangel, Trudel sentiu todos os medos de um criminoso que teme ser pego em flagrante. Ela não conseguiu se decidir a lê-lo até o fim. O destino daquele cartão de Otto Quangel também era trágico; havia sido encontrado por uma pessoa amiga e mesmo então fracassara no seu intento. E também fora escrito em vão, pois ela sentiu apenas o desejo de se livrar dele o mais rápido possível.

Quando largou o cartão no mesmíssimo peitoril em que Otto Quangel o fizera (ela nunca teria tido a ideia de procurar outro lugar), Trudel subiu correndo os últimos degraus e tocou a campainha do escritório de advocacia cuja secretária lhe encomendara um vestido — feito de tecido roubado na França e que fora enviado à secretária por um amigo da SS.

Na hora da prova, Trudel sentiu calor e frio, e de repente sua visão escureceu totalmente. Teve de se deitar na sala do advogado — ele estava atendendo fora do escritório — e, mais tarde, tomar um café, um café bom, verdadeiro (roubado na Holanda por outro amigo da SS).

Mas, enquanto todo o pessoal do escritório se ocupava dela com todo o zelo — seu estado era facilmente reconhecível, pois a barriga estava bem "pontuda" —, enquanto isso Trudel Hergesell pensava: ele tem razão, nunca poderei contar nada a respeito para Karl. Tomara que isso não afete o bebê, pois a mim me deixou terrivelmente nervosa. Ah, o paizinho não devia fazer isso! Será que não pensa no desespero e no medo em que lança as pessoas? A vida já é dura o suficiente!

Quando finalmente desceu as escadas de novo, o cartão tinha desaparecido. Ela respirou aliviada, mas o alívio não durou. Foi-lhe impossível evitar de pensar em quem teria encontrado o cartão, se também passara pelo mesmo susto e que destino daria a ele. Seus pensamentos giravam incessantemente ao redor desse assunto.

A volta à Alexanderplatz não foi tão tranquila como a saída dali. Na verdade, ela queria fazer mais algumas comprinhas, mas não se sentia em condições. Sentou-se imóvel na sala de espera e ficou torcendo para Karl chegar logo. Quando Karl chegasse, o susto que ainda estava entranhado nos seus ossos desapareceria — mesmo se ela não lhe dissesse nada. Sua mera presença produziria esse efeito...

Ela sorriu e fechou os olhos.

Karl querido!, pensou. Meu amor...

Ela adormeceu.

Capítulo 35
Karl Hergesell e Grigoleit

Karl Hergesell não conseguiu realizar o negócio da troca com o carrinho de bebê; não, ele se irritou profundamente por causa disso. O carrinho tinha vinte, 25 anos, era um modelo antediluviano; não espantaria se Noé tivesse empurrado seu caçula nele. E a velha exigia meio quilo de manteiga e meio de toicinho. E ficou afirmando, com uma teimosia incompreensível, que "afinal, vocês no campo têm de tudo! Se esbaldam em meio às coisas gordurosas!".

O que as pessoas tinham a cara de pau de pedir às outras era um desaforo. Hergesell, por sua vez, assegurava que Erkner era tudo menos campo e que lá não recebiam nem um grama a mais de gordura do que em Berlim. Sem contar que ele era um simples trabalhador e não estava em condições de pagar preços extorsivos.

— Sim, e o senhor acha — dissera a mulher — que iria me separar de uma peça como essa, que foi usada pelos meus dois filhos, se não recebesse algo muito bom em troca? O senhor quer que eu me contente com uma ninharia? Nada disso, procure uma mulher mais idiota!

Hergesell, que não pagaria cinquenta marcos pelo carrinho, um trambolhão de rodas altas que balançava sobre as molas, insistia que aquilo era um desaforo. Além disso, ela estava se arriscando, pois era proibido pedir gordura em troca de outras mercadorias.

— Me arriscando? — A mulher bufou, insolente. — Me arriscando? Tente me denunciar, meu jovem! Meu marido é chefe de polícia, para nós não há nada proibido. Agora saia já do meu apartamento. Não permito que gritem comigo dentro da minha própria casa! Vou contar até três e se até lá o senhor não estiver do lado de fora, estará invadindo meu domicílio e *eu* é que vou denunciá-lo!

Bem, Karl tinha expressado sua opinião com todas as letras antes de sair. Ele lhe explicara direitinho o que achava daqueles aproveitadores que queriam engordar às custas da situação crítica de muitos alemães. Em seguida, foi embora, mas continuou irritado.

E nesse estado de bronca recente ele topou com Grigoleit, o homem daquele tempo em que ainda lutavam por um futuro melhor.

— Ei, Grigoleit! — disse Hergesell, quando seu caminho se cruzou com o do homem comprido, de testa alta, carregado com duas malas de mão e uma maleta. — Ei, Grigoleit, também de novo em Berlim? — Ele pegou uma das malas. — Caramba, isso está pesado! Está indo para Alexanderplatz também? Carrego sua mala até lá.

Grigoleit abriu um sorriso discreto.

— Obrigado, Hergesell, que gentil de sua parte. Vejo que ainda é o velho e solícito companheiro. O que anda fazendo? E como vai a mocinha bonita daquela época? Como ela se chamava?

— Trudel. Trudel Baumann. Aliás, me casei com a mocinha bonita daquela época e estamos esperando um bebê.

— O que não é nenhuma surpresa. Meus parabéns! — A nova situação de vida não parecia interessar a Grigoleit especialmente, mas para Karl Hergesell era uma fonte sempre pujante de renovada felicidade. — E o que você anda fazendo, Hergesell? — continuou perguntando Grigoleit.

— Eu? Você quer dizer de trabalho? Voltei a ser técnico em eletrônica numa indústria química em Erkner.

— Não, quero dizer o que você anda fazendo de verdade... para o nosso futuro.

— Nada, Grigoleit — respondeu Hergesell, sentindo subitamente uma espécie de culpa. Ele explicou: — Veja, Grigoleit, acabamos de nos casar e vivemos um para o outro. O que nos importa o mundo lá fora, com essa guerra de merda? Estamos felizes, já é alguma coisa. Se nos esforçarmos em permanecer honestos e educarmos nosso filho para ser uma pessoa honesta...

— Vai ser muito complicado dar certo neste mundo que os sujeitos de marrom estão criando para nós! Bem, deixe estar, Hergesell, nunca deu para esperar outra coisa de vocês, que pensam mais com as calças do que com a cabeça!

Hergesell ficou vermelho de raiva. O desdém com que Grigoleit falava com ele era inadmissível. Apesar disso, o outro não parecia estar querendo insultar ninguém, pois continuou calmamente, sem perceber a irritação do amigo:

— Continuo na ativa e Bebê também. Não, não aqui em Berlim. Ficamos bem mais a oeste, quer dizer, eu não fico nunca, estou sempre em trânsito, faço as vezes de mensageiro...

— E vocês realmente têm alguma esperança? Vocês dois, pobres coitados, contra essa máquina gigante...

— Em primeiro lugar, não somos só nós dois. Todos os alemães decentes, e ainda existem dois, três milhões desse tipo, vão se engajar. Eles só têm de dar um jeito de contornar seu medo. No momento, o medo do futuro que os nazistas nos deixarão de presente é menor do que o medo das ameaças do presente. Mas isso logo vai mudar. Hitler poderá seguir ganhando por algum tempo, mas virão as derrotas, e ele vai cavar a própria cova. E os ataques aéreos se tornarão cada vez mais intensos...

— E em segundo? — perguntou Hergesell, pois os prognósticos de guerra anunciados por Grigoleit o entediavam. — Em segundo?

— Em segundo, caríssimo, você deveria saber que não importa sermos poucos lutando contra muitos. O que importa é que, na hora em que reconhecemos a verdade de uma causa, é preciso lutar por ela. Tanto faz se o sucesso será celebrado por você ou por quem entrou no seu lugar. Não posso cruzar os braços e dizer: sei que eles são uns nojentos, mas e eu com isso?

— Sim — disse Hergesell. — Mas você também não é casado, não tem de sustentar mulher e filhos...

— Ah, que merda! — gritou Grigoleit, com asco. — Pare com essa maldita conversinha sentimental! Você não acredita sequer numa palavra do que está balbuciando! Sim, seu idiota, será que você não se dá conta de que eu poderia ter me casado vinte vezes se quisesse ter família?! Mas não quero. Digo a mim mesmo que só tenho o direito de ser feliz no âmbito privado quando houver espaço para uma felicidade igual no mundo!

— Nós nos separamos muito! — murmurou Karl Hergesell, meio entediado, meio pressionado. — Não prejudico ninguém ao ser feliz.

— Prejudica, sim! Você rouba. Rouba filhos de suas mães, maridos das mulheres, namorados das moças, enquanto tolera que diariamente essa gente seja morta aos milhares e não mexe nem um dedo para impedir. Você sabe muito bem disso e me pergunto se você talvez não seja quase pior do que os nazistas em pele de cordeiro. Eles são burros demais para ter consciência do crime que cometem. Mas você, não... E não faz nada contra! Se você não é pior do que os nazistas? Claro que é pior!

— Graças a Deus que chegamos na estação — disse Hergesell, soltando a pesada mala. — Não preciso mais aturar você. Se tivéssemos continuado juntos, você teria me garantido que não foi Hitler e sim eu quem, na verdade, começou com toda essa guerra.

— Mas foi você! Num sentido figurado, claro. No fundo, foi sua indiferença que possibilitou...

Hergesell começou a rir e até o taciturno Grigoleit não conseguiu deixar de esboçar um sorriso ao ver aquele rosto cheio de dentes.

— Vamos deixar isso de lado! — disse Grigoleit. — Nunca chegaremos a um acordo. — Ele passou a mão pela testa alta. — Mas você bem que poderia me fazer um favor, Hergesell.

— Com prazer, Grigoleit.

— É essa mala velha e pesada, que você acabou de carregar. Em uma hora tenho de embarcar para Königsberg, e não preciso dela lá. Será que você poderia guardá-la para mim por um tempo?

— Veja bem, Grigoleit — disse Hergesell, olhando para a mala com repulsa. — Já disse que estou morando em Erkner. O caminho é longo. Por que você simplesmente não deixa no guarda-volumes daqui?

— Sim, por quê? Por que o mundo gira? Porque não confio nos camaradas daqui. Toda a minha roupa e os meus melhores ternos estão nela. E aqui se rouba tanto. Além do mais, tem as bombas que a inglesada gosta de lançar nas estações... e daí terei perdido todos os meus pertences. — Ele pressionou: — Diga logo sim, Hergesell!

— Por mim, tudo bem. Minha mulher é que não vai gostar. Mas porque é você... Sabe, Grigoleit, não quero dizer a ela nem que o encontrei. Vai ficar nervosa e isso não é bom nem para ela nem para o bebê, sabe?

— Certo, certo. Faça o que quiser. O principal é que cuide bem da mala. Em mais ou menos uma semana passo para buscar o peso-pesado. Me diga seu endereço. Certo, certo! Então até breve, Hergesell!

— Adeus, Grigoleit!

Karl Hergesell entrou na sala de espera, a fim de procurar por Trudel. Encontrou-a sentada num canto escuro, a cabeça apoiada no encosto do banco, quase dormindo. Ele observou-a por um instante. Sua respiração era tranquila. O peito farto subia e descia com suavidade. A boca estava entreaberta e o rosto, muito pálido. Parecia indicar preocupação, e na testa havia claras gotinhas de suor, como se ela tivesse feito um grande esforço.

Ele olhou para a amada. Depois, subitamente decidido, pegou a mala de Grigoleit e foi até o guarda-volumes. Não, a coisa mais importante do mundo para Karl Hergesell naquele momento era Trudel não ter pensamentos sombrios e não ficar nervosa. Se levasse a mala até Erkner, ele teria de contar sobre Grigoleit, e ele sabia que qualquer lembrança da "sentença de morte" daquela época fazia com que ela ficasse muito tensa.

Quando Hergesell volta à sala de espera com o recibo do guarda--volumes na carteira, Trudel tinha se levantado e retocava o batom. Ela lhe sorri, um pouco pálida, e pergunta:

— O que você estava fazendo carregando uma mala gigante há pouco? Com certeza não há nenhum carrinho de bebê lá dentro.

— Mala gigante! — Ele finge espanto. — Não tenho nenhuma mala gigante! Estou chegando agora, e o negócio do carrinho gorou, Trudel.

Ela olha surpresa para ele. Seu marido está mentindo? Mas por quê? Que tipo de segredos esconde dela? Ela o viu claramente ali perto, depois ele deu meia-volta e levou a mala embora da sala de espera.

— Mas, Karli! — diz ela, um pouco magoada. — Acabei de ver você aqui com a mala!

— Como eu teria arranjado uma mala? — retruca ele, meio irritado. — Você sonhou, Trudel.

— Não entendo por que você passou a mentir para mim de uma hora para outra! Nunca agimos assim!

— Não estou mentindo para você, não me permito isso! — Ele está bastante irritado, efeito da consciência pesada. Acalma-se e diz, com um pouco mais de tranquilidade: — Eu disse que acabei de voltar. Não sei de mala nenhuma, Trudel. Você estava sonhando!

— Ah! — diz ela apenas, olhando fixamente para ele. — Ah! Tudo bem, então, Karli. Eu sonhei. Não se fala mais nisso.

Ela baixa o olhar. Dói profundamente saber que ele guarda segredos dela, e essa dor se torna ainda mais aguda porque ela também guarda segredos dele. Ela prometeu a Otto Quangel não contar nada ao marido sobre o reencontro, muito menos sobre o cartão. Mas isso não é certo. Marido e mulher não devem guardar segredos um do outro. E ele também tem um.

Karl Hergesell também está envergonhado. A maneira como mente para a amada é lamentável, e até ficou bravo por ela ter dito a verdade. Ele luta consigo mesmo, tentando se decidir se não é melhor lhe contar sobre o encontro com Grigoleit. Mas se decide: não, isso só a deixaria ainda mais nervosa.

— Perdão, Trudel — diz ele e aperta, rápido, a mão dela. — Perdão por eu ter sido grosseiro com você. Mas me irritei tanto com a história do carrinho. Escute só...

Capítulo 36
O primeiro alerta

O ATAQUE DE HITLER À RÚSSIA ALIMENTARA a cólera dos Quangels em relação ao tirano. Dessa vez, Quangel tinha acompanhado minuciosamente toda a preparação de tal ataque. Nada o surpreendeu, desde as primeiras reuniões de tropas junto às "nossas fronteiras" até a invasão. Ele sabia desde o começo que eles mentiam — Hitler, Goebbels, Fritzsche* —, que cada palavra era uma fraude. Não poupavam ninguém, e seu desabafo exasperado foi registrado num cartão: "O QUE OS SOLDADOS RUSSOS ESTAVAM FAZENDO QUANDO HITLER OS ATACOU? JOGANDO CARTAS, NINGUÉM NA RÚSSIA PENSAVA EM GUERRA!"

Quando se aproximava de um grupinho que batia papo na oficina, às vezes chegava a desejar que eles não se separassem tão rápido, caso estivessem falando de política. Tinha passado a gostar de ouvir o que os outros falavam sobre a guerra.

Mas eles entravam num silêncio teimoso; tornara-se muito perigoso jogar conversa fora. O marceneiro Dollfuss, comparativamente inofensivo, tinha sido dispensado havia tempos; Quangel não podia nem imaginar quem seria seu sucessor. Onze de seus homens, entre eles dois com mais de vinte anos na fábrica de móveis, tinham sumido sem deixar rastro, em meio ao trabalho, ou de repente deixavam de aparecer pela manhã. Nunca se dizia para onde tinham ido, e isso era uma prova de que haviam dito uma palavra a mais em algum momento e acabaram no campo de concentração.

No lugar desses onze homens surgiram novos rostos, e muitas vezes o velho encarregado se perguntava se esses onze não eram todos informantes, se metade da equipe estava de olho na outra metade e vice-versa. O ar fedia a traição. Ninguém podia confiar nos demais e nessa atmosfera terrível as pessoas pareciam ficar cada vez mais embotadas em relação a tudo, tornando-se apenas peças das máquinas que operavam.

Às vezes, porém, uma fúria terrível inflamava-se a partir dessa opressão, como quando um trabalhador meteu o braço na serra, gritando: "Morte a Hitler! E ele vai morrer! Do mesmo jeito como vou serrar meu braço!"

Foi difícil arrancar o louco das entranhas da máquina e, é claro, ninguém nunca mais ouviu falar dele. Provavelmente estava morto havia tempos, tomara que sim! Era preciso tomar muito cuidado, ninguém se mantinha tão insuspeito quanto esse velho, o desencantado operário-padrão Otto Quangel, que parecia se interessar somente pelas metas diárias de sua produção de caixões. Sim, caixões! De caixas para bombas eles tinham decaído para caixões, coisas lamentáveis feitas da madeira mais fina e mais barata, lambuzadas de qualquer jeito de marrom-escuro. Produziam milhares ou dezenas de milhares desses caixões, um trem de carga inteiro deles, uma estação cheia de trens de carga deles, muitas estações cheias deles!

Quangel, com a cabeça esticada atentamente em direção a todas as máquinas, pensava com frequência nas muitas vidas que seriam levadas às covas nesses caixões, vidas assassinadas, vidas interrompidas em vão, fossem os caixões destinados às vítimas dos ataques aéreos, isto é, principalmente gente idosa, mães e filhos, ou acabassem num único campo de concentração, milhares por semana, para homens que não tinham conseguido, ou não queriam, ocultar suas convicções. Ou os trens de carga com os caixões seguiam realmente seu longo caminho até os fronts? Otto Quangel não queria acreditar nisso, pois quem se importava com soldados mortos? Um soldado morto não era mais importante para os superiores do que uma toupeira morta.

O olho frio de pássaro pisca duro e bravo sob a luz elétrica, a cabeça faz um movimento brusco, os lábios estreitos estão bem fechados. Ninguém sabe da inquietação, da repulsa que vivem no peito desse homem, ninguém imagina, mas ele sabe que ainda tem muito por fazer, sabe que foi chamado para uma grande tarefa, e não escreve mais apenas aos domingos. Escreve também nos dias de semana, antes do início do trabalho. Desde o ataque à Rússia, às vezes também escreve cartas, que lhe custam dois dias de trabalho; sua irritação precisa de um escape.

Um primeiro alerta foi o encontro com Trudel Hergesell. Se outra pessoa que não ela o tivesse observado na escada, então ele e Anna estariam perdidos. Não, o que importava não eram Anna ou ele; o que importava era que o trabalho tinha de ser realizado, todos os dias. Pelo bem dessa atividade, tornar-se mais cuidadoso era imperativo. O fato de Trudel tê-lo visto deixando o cartão na escada fora a pior das leviandades de sua parte.

E Otto Quangel não fazia ideia de que, nesse momento, o delegado Escherich tinha recebido duas descrições de sua pessoa. Otto Quangel já fora visto duas vezes deixando os cartões; em ambas as vezes, por mulheres que, curiosas, os tinham pegado, mas que não foram rápidas o suficiente para dar o alarme a fim de o criminoso ser preso ainda dentro do prédio.

Sim, o delegado Escherich já estava de posse de descrições do distribuidor dos cartões. O lamentável, apenas, era que essas descrições não coincidissem entre si em quase nenhum ponto. As observadoras só concordavam que o rosto do criminoso era muito incomum, bem diferente do de outras pessoas. Mas quando Escherich pediu uma descrição mais minuciosa, descobriu-se que as duas mulheres não tinham espírito observador ou não sabiam pôr em palavras o que tinham visto. Elas disseram tão somente que o criminoso parecia um criminoso de verdade. À pergunta sobre qual era a aparência de um criminoso de verdade, deram de ombros e disseram que o pessoal da polícia deveria saber melhor do que elas.

Durante muito tempo, Quangel ficou em dúvida sobre se deveria contar sobre o encontro com Trudel para Anna ou não. Acabou se decidindo por contar: não queria manter o menor dos segredos diante dela.

E ela também tinha direito de saber a verdade, mesmo que o perigo de serem traídos por Trudel fosse muito reduzido; Anna precisava ter conhecimento inclusive de um perigo tão ínfimo. Assim, ele lhe contou exatamente o que ocorrera, sem minimizar a própria leviandade.

A maneira como Anna reagiu foi típica. Trudel, seu casamento e o filho a caminho não lhe interessaram, mas ela sussurrou, muito assustada:

— Imagine só, Otto, se fosse outra pessoa, alguém da SA!

Ele sorriu com desprezo:

— Mas não foi! E a partir de agora voltarei a ser cuidadoso!

Essa afirmação, entretanto, não foi suficiente para acalmá-la.

— Não, não — disse ela com veemência. — A partir de agora irei distribuir os cartões sozinha. Ninguém olha para uma velha. Você chama muito a atenção das pessoas, Otto!

— Durante dois anos não chamei a atenção de ninguém. Você se incumbir da parte arriscada do negócio está fora de cogitação! Seria como se eu me escondesse atrás do seu avental!

— Sim — replicou ela, irritada. — Agora não comece com essa ladainha masculina idiota! Que bobagem: esconder-se atrás do meu avental! Eu já sabia que você era corajoso, mas só agora descobri que também é imprudente. E é isso que está me fazendo agir assim. Pode dizer o que quiser!

— Anna — disse ele, pegando sua mão —, você também não pode ficar jogando o mesmo erro o tempo todo na minha cara, como fazem as outras mulheres! Eu disse que serei mais cuidadoso e você tem de acreditar em mim. Durante dois anos não fiz nada errado. Por que no futuro haveria de acontecer alguma coisa?

— Não entendo — continuou ela, teimosa — por que não devo distribuir os cartões. No começo, pude fazer isso de vez em quando.

— E vai continuar. Quando forem muitos ou quando meu reumatismo me puser a nocaute.

— Mas tenho mais tempo do que você. E realmente não chamo a atenção. Além disso, minhas pernas estão em melhor forma que as suas. E não quero morrer de preocupação todos os dias quando você estiver fora de casa.

— E eu? Você acha que fico em casa, tranquilo, quando sei que está perambulando pela rua? Não entende que eu ficaria muito envergonhado caso o maior perigo ficasse nas suas costas? Não, Anna, você não pode exigir isso de mim.

— Então vamos juntos. Quatro olhos enxergam melhor do que dois, Otto.

— Em dupla chamaríamos mais a atenção; alguém sozinho se mistura com mais facilidade entre os outros. E não acredito que nessa empreitada quatro olhos sejam mais eficientes do que dois. Um sempre se fia no outro. Além do mais, Anna, não fique brava, eu ficaria nervoso sabendo que você está do meu lado; e acho que você sentiria o mesmo.

— Ah, Otto — disse ela. — Sei que quando você quer alguma coisa, dá um jeito de conseguir. Não sou capaz de vencê-lo. Mas vou morrer de medo, pois sei que você está exposto a tanto perigo.

— O perigo não é maior do que antes, não é maior do que quando deixei o primeiro cartão na Neue Königstrasse. O perigo sempre existe, Anna, para todos que fazem o que fazemos. Ou será que você quer que paremos com isso?

— Não! — disse ela em voz alta. — Não, eu não aguentaria nem duas semanas sem esses cartões! Qual seria o sentido de nossas vidas então? Esses cartões são nossa vida!

Ele abriu um sorriso tétrico e foi com um orgulho tétrico que olhou para ela.

— Veja, Anna — disse ele. — É assim que gosto de você. Não temos medo. Sabemos o que nos ameaça e estamos dispostos, estamos sempre dispostos. Mas tomara que isso aconteça num futuro de preferência longínquo.

— Não — replicou ela. — Não. Sempre penso que não acontecerá nunca. Vamos sobreviver à guerra, aos nazistas, e depois...

— Depois? — perguntou ele também, pois de súbito ambos vislumbraram, após a vitória enfim alcançada, uma vida completamente vazia diante de si.

— Bem — disse ela —, acho que acabaremos encontrando algo pelo que valha a pena lutar. Talvez de maneira bem aberta, sem tantos perigos.

— Perigo. O perigo sempre existe, Anna, senão não é batalha. Às vezes acho que não vão me pegar e outras vezes fico deitado por horas, matutando onde mais mora o perigo que talvez eu tenha deixado de notar... Penso, penso e não acho nada. E sei que o perigo está rondando, sinto isso. Do que podemos ter esquecido, Anna?

— Nada — respondeu ela. — Nada. Contanto que você tenha cuidado na hora de distribuir os cartões...

Ele balançou a cabeça, desgostoso.

— Não, Anna — disse —, não estou me referindo a isso. O perigo não está nas escadas, nem na hora de escrever. O perigo está num lugar bem diferente, que não consigo vislumbrar. Um belo dia, vamos acordar e saber que ele sempre esteve ali, mas não o vimos. E daí será tarde demais.

Ela ainda não o compreendia.

— Não sei por que você ficou preocupado de repente, Otto. Já repassamos e testamos tudo uma centena de vezes. Precisamos apenas ser cuidadosos e...

— Cuidadosos! — disse ele, mal-humorado com a falta de compreensão. — Como é possível prever alguma coisa que não se vê? Ah, Anna, você não me entende! Não dá para prever tudo na vida!

— Não, eu não entendo você — disse ela, balançando a cabeça. — Acho que está se preocupando à toa. Acho que deveria dormir mais à noite, Otto. Você está dormindo muito pouco.

Ele ficou em silêncio.

— Você sabe o novo nome da Trudel Baumann e onde ela mora? — perguntou Anna depois de um tempo.

— Não sei nem quero saber — disse ele, balançando a cabeça.

— Mas eu gostaria de saber — insistiu ela, teimosa. — Quero ouvir com meus próprios ouvidos que deu tudo certo com o cartão. Você não deveria ter deixado a tarefa para ela, Otto! O que uma criança dessas sabe da vida? Talvez ela tenha largado o cartão num lugar qualquer bem à vista de todos e sido pega. E no instante em que tiverem uma mulher tão jovem nas suas garras, o nome Quangel logo será conhecido.

Ele balançou a cabeça.

— Sei que Trudel não representa nenhum tipo de ameaça para nós.

— Mas quero ter certeza! — disse Anna Quangel. — Vou até a fábrica me informar.

— Você não fará tal coisa! Trudel não existe mais para nós. Não, pare de falar, você vai ficar aqui. Não quero ouvir nem mais uma palavra a respeito. — Depois, ao vê-la ainda contrariada, ele disse: — Acredite, Anna, está tudo bem. Não precisamos mais falar sobre a Trudel, está tudo resolvido. Mas — continuou, baixando a voz —, quando fico acordado à noite, penso muitas vezes que não escaparemos com vida, Anna.

Ela arregalou os olhos.

— E daí imagino como será. É bom pensar nisso de antemão, pois aí nada mais poderá nos surpreender. Você pensa nisso às vezes?

— Não sei bem do que você está falando, Otto — disse ela, na defensiva.

Ele estava com as costas apoiadas na prateleira de livros de Ottinho, um dos ombros tocava o manual de construção de rádios do jovem. Ele a encarou.

— Assim que nos prenderem, vamos ser separados, Anna. Talvez nos vejamos mais umas duas ou três vezes, no interrogatório, no julgamento, talvez mais tarde por uma meia hora antes da execução.

— Não! Não! Não! — gritou ela. — Não quero que você fale disso! Vamos sobreviver, Otto. Temos de sobreviver.

Ele pousou a grande mão de trabalhador sobre a dela, pequena, quente, trêmula.

— E se não sobrevivermos? Você se arrependeria de alguma coisa? Gostaria de não ter feito algo que fizemos?

— Não, de nada. Mas vamos sobreviver sem sermos descobertos, Otto. É o que sinto!

— Está vendo, Anna? — disse ele, sem prestar atenção na última afirmação da mulher. — Era o que eu queria ouvir. Nunca nos arrependeremos de nada. Vamos assumir o que fizemos, mesmo se nos torturarem.

Ela olhou para ele, tentando reprimir um tremor. Em vão.

— Ah, Otto! — soluçou ela. — Por que você tem de falar desse jeito? Isso chama o azar. Você nunca falou assim.

— Não sei por que tenho de falar desse jeito com você hoje — respondeu ele, afastando-se da prateleira de livros. — É preciso, por uma vez. Provavelmente nunca mais falarei sobre isso com você. Mas preciso. Pois você tem de saber que estaremos muito sozinhos em nossas celas, sem conseguir trocar nem uma palavra, nós, que vivemos mais de vinte anos juntos, dia após dia. Será muito difícil. Mas saberemos, desde sempre, que ninguém vai esmorecer, que podemos confiar um no outro, na vida e na morte. Teremos de morrer sozinhos também, Anna.

— Otto, você está falando como se já tivesse chegado a hora! Mas estamos livres e não há nenhuma suspeita. Se quisermos, podemos parar a qualquer momento...

— É isso que queremos? Podemos querer isso?

— Não, não estou dizendo que queremos parar. Não quero, você sabe disso. Mas também não quero que você fale como se já tivéssemos sido pegos e só nos restasse a morte. Não quero morrer ainda, Otto, quero viver ao seu lado!

— Quem é que quer morrer? — perguntou ele. — Todos querem viver, todos, todos... até o verme mais insignificante grita pela vida. Eu também quero viver. Mas talvez seja bom, Anna, pensar numa morte dura já durante a vida tranquila, se preparar para isso. Para saber que poderemos morrer com dignidade, sem gemidos nem gritaria. Eu acharia isso nojento...

Os dois ficaram em silêncio por algum tempo.

Mais tarde, Anna Quangel disse em voz baixa:

—Pode confiar em mim, Otto. Não vou fazer você passar vergonha.

CAPÍTULO 37
A queda do delegado Escherich

No ano que se seguiu ao "suicídio" do baixinho Enno Kluge, o delegado Escherich conseguiu levar uma vida relativamente tranquila, a salvo da impaciência dos seus superiores. No momento em que o suicídio foi reportado, quando ficou claro que o homem franzino tinha se esquivado de todos os interrogatórios da Gestapo e da SS, é claro que o general Prall fez um escarcéu depois de outro. Mas com o tempo a situação se acalmou, a pista havia esfriado definitivamente e era preciso então esperar por uma nova.

Aliás, esse solerte não era mais tão importante. A teimosa monotonia com a qual ele escrevia seus cartões de conteúdo sempre igual, que ninguém lia nem queria ler, e que constrangia ou atemorizava as pessoas, fazia com que seu autor parecesse ridículo e idiota. Escherich, entretanto, continuava a espetar, de maneira disciplinada, suas bandeirinhas no mapa de Berlim. E observava, com alguma satisfação, que elas estavam se tornando cada vez mais densas ao norte da Alexanderplatz — era ali que o passarinho devia manter seu ninho! Depois, aquela coleção chamativa de quase dez bandeirinhas ao sul da Nollendorfplatz — o solerte devia circular por lá também, embora a intervalos maiores. Algum dia, tudo seria esclarecido de maneira satisfatória...

Vamos pegar você! Você está se aproximando cada vez mais, é inevitável!, o delegado deu uma risadinha e esfregou as mãos.

Depois, porém, passou a se ocupar de seus outros trabalhos. Havia casos mais importantes e mais urgentes. Um sujeito louco, nazista convicto (como se intitulava), era a bola da vez. Ele não fazia nada além de ofender grosseiramente, todos os dias, o ministro Goebbels.

Primeiro as cartas divertiram o ministro, depois o irritaram; ele ficou furioso e exigiu a cabeça do homem. Sua vaidade fora mortalmente ferida.

Bem, o delegado Escherich tinha tido sorte: conseguiu resolver o caso do "porco-espinho", como o batizara, em três meses. O autor das cartas, que realmente era membro do partido e até um membro antigo, foi levado até o ministro Goebbels. E Escherich pôde dar o caso por encerrado. Sabia que nunca mais se ouviria falar do "porco-espinho". O ministro nunca se esquecia de uma ofensa a ele dirigida.

E havia outros casos — principalmente o do homem que enviava encíclicas papais e discursos radiofônicos de Thomas Mann, verdadeiros ou falsos, a pessoas famosas. Um sujeito talentoso. Não foi fácil pegá-lo. Finalmente, porém, Escherich conseguiu deixá-lo no ponto para a antessala da execução em Plötzensee.

E aquele pequeno procurador, que de repente havia se tornado megalomaníaco, intitulando-se diretor-geral de uma metalúrgica inexistente e que não apenas escrevia cartas a outros diretores de metalúrgicas reais como também ao Führer, falando sobre o estado alarmante da indústria armamentista alemã, com particularidades que não podiam ser só inventadas. Bem, tinha sido relativamente fácil pegar o maluco: o círculo de pessoas que dispunha de informações como as do autor dessas cartas era relativamente pequeno.

Sim, o delegado Escherich podia se gabar de alguns sucessos significativos; entre seus colegas, corria à boca pequena que logo seria promovido. Tinha sido um ano bastante favorável, desde o suicídio do baixinho Kluge. O delegado Escherich estava satisfeito.

Depois, porém, chegou um tempo em que os superiores de Escherich passaram a se postar novamente em silêncio diante do mapa da cidade dedicado ao solerte. Pediam explicações sobre as bandeirinhas; balançavam a cabeça, pensativos, quando se apontava para o ajuntamento delas ao norte da Alexanderplatz; balançavam a cabeça, ainda mais pensativos, quando Escherich chamava a atenção para a curiosa aglomeração ao sul da Nollendorfplatz. Em seguida, diziam:

— E quais são suas pistas, Escherich? Quais são os planos para pegar esse tal solerte? Desde a invasão na Rússia o sujeito se tornou muito ativo! Na semana passada não foram cinco cartas e cartões?

— Sim — respondeu o delegado. — E nesta semana já contabilizamos três.

— Então, como anda a coisa, Escherich? Lembre-se de que o homem está escrevendo faz um bom tempo, é impossível continuar desse jeito. Isto aqui não é uma secretaria para o registro estatístico de altas traições... Você é o responsável pelas investigações, meu caro! Então, quais são as pistas?

Pressionado, o delegado Escherich lamentou amargamente a burrice das duas mulheres que viram o homem e não o seguraram, que o viram e não conseguiam descrevê-lo.

— Sim, sim, tudo bem, meu caro. Mas o caso aqui não é de burrice das testemunhas, mas das pistas que sua cabecinha esperta encontrou!

O delegado levou os superiores novamente até diante do mapa e lhes mostrou, sussurrando, as tantas bandeirinhas espetadas ao norte da Alexanderplatz e que só um determinado distrito, não muito grande, se mantinha totalmente livre delas.

— E nesse distrito está meu solerte. Não deixa nenhum cartão por ali porque é conhecido demais, porque tem de ficar sempre alerta para não ser visto por algum vizinho. Trata-se apenas de algumas ruas; os moradores são todos gente simples. Ele fica ali.

— E por que você o deixa ficar ali? Por que já não ordenou há tempos uma vistoria nas residências de algumas ruas? Você precisa prendê-lo, Escherich! Não dá para entender! No geral, você é de fato bem eficiente, mas nesse caso é uma burrice atrás da outra. Demos uma olhada nas pastas. Tem aquela história com o Kluge, que você deixou livre apesar da confissão! E depois não se preocupa mais com ele e permite que o sujeito se suicide, justo quando mais precisamos dele! Burrice atrás de burrice, Escherich!

O delegado Escherich, girando nervoso as pontas do bigode, tomou a liberdade de lembrar que Kluge, decididamente, não tinha qualquer relação com o autor dos cartões. Esses cartões continuaram a aparecer, sem qualquer mudança, também depois de sua morte.

— Na minha opinião, acho o depoimento dele, de que um desconhecido lhe entregou o cartão para ser deixado num lugar qualquer, totalmente crível.

— Bem, se é só isso que você acha! Nós achamos imperioso que você faça alguma coisa! Não importa o quê, mas queremos resultados! Comece revistando algumas casas naquelas poucas ruas. Vamos ver o que acontece. Alguma coisa sempre acontece; todo lugar fede!

Mais uma vez o delegado Escherich, com toda a humildade, lembrou que, mesmo que fossem poucas as ruas em questão, as revistas nas casas chegariam a quase mil.

— Os moradores vão ficar muito assustados. As pessoas já estão nervosas o suficiente com o aumento dos ataques aéreos e vamos acabar lhes dando um motivo para reclamar! E mais: o que podemos esperar de uma busca nas casas? Estaremos à procura de exatamente o quê? Para sua atividade criminosa, o homem precisa apenas de uma caneta (toda casa tem), um vidrinho de tinta (idem), alguns postais (idem, idem). Eu não saberia como instruir meu pessoal para essa busca, dizer o que procurar. No máximo, algo negativo: o autor dos cartões com certeza não tem rádio. Em meio a todos esses cartões, nunca vi qualquer indício de que ele baseasse suas mensagens no rádio. Muitas vezes ele está simplesmente mal informado. Não, não sei como orientar uma busca dessas.

— Caro, caríssimo Escherich... Realmente, não o entendemos mais! Você só sabe enumerar restrições, nunca dá uma sugestão positiva! Temos de prender o homem, e rápido!

— Mas vamos prendê-lo — disse o delegado, sorrindo —, só não sei se logo. Não posso prometer. De todo modo, não acredito que ele passará mais dois anos escrevendo cartões.

Eles gemeram.

— E sabem por que não? Porque o tempo está contra ele. Vejam as bandeirinhas; apenas mais cem e conseguiremos ver as coisas com muito mais clareza. Meu solerte é um sujeito maravilhosamente tenaz, de sangue-frio, mas também teve um bocado de sorte. Afinal, sangue-frio não é tudo, é preciso ter uma mãozinha da sorte... algo que ele teve até o momento de maneira quase incompreensível. Mas é como no jogo, senhores, por um tempo as cartas estão favoráveis e, de repente, tudo muda. De repente o jogo se volta contra o solerte e o trunfo estará em nossas mãos!

— Tudo isso é muito bom e bonito, Escherich! Teoria criminal finíssima, entendemos. Mas não somos muito pela teoria, e do seu discurso foi possível entender que talvez tenhamos de esperar mais dois anos até você se decidir a agir. Não concordamos com isso; ao contrário, sugerimos que repense profundamente o caso como um todo e nos apresente, digamos em uma semana, suas sugestões. Daí veremos se o senhor é adequado para a resolução do caso ou não. *Heil* Hitler, Escherich!

O general Prall, que até aquele momento se mantivera calado por causa da presença de oficiais ainda mais graduados, voltou novamente à sala:

— Camelo! Idiota! Não permitirei que meu departamento continue a ser manchado por um sujeito desprezível como você! Seu prazo é uma semana! — Ele sacudiu os punhos, bravo. — Que os céus sejam misericordiosos caso você não tenha nenhuma ideia em uma semana! Vou acabar com sua vida! — E assim por diante. Escherich nem escutava mais.

No seu prazo de uma semana, o delegado Escherich ocupou-se de tal maneira com o caso do solerte que acabou não fazendo nada. No passado, ele havia cedido aos seus superiores, abrindo mão da tática da espera que considerava correta, e tudo dera errado; Enno Kluge acabou pagando o pato com sua vida.

Não que Kluge pesasse demais em sua consciência. Um chorão sem valor, deplorável; estar vivo ou não era absolutamente desimportante. Mas o delegado Escherich tivera muitos problemas por causa daquele diabinho; havia custado algum esforço fechar novamente a boca, uma vez aberta. Sim, naquela noite da qual ele não gostava de se lembrar, o delegado estava muito nervoso — e, se havia algo que o homem comprido, baço e cinzento detestava era ficar nervoso.

Não, ele não iria abandonar sua persistente paciência, nem mesmo pelos superiores de mais alta hierarquia. O que poderia lhe acontecer de pior? Eles precisavam dele, Escherich; para muitas coisas, ele era absolutamente imprescindível. Eles iriam gritar e espernear, mas acabariam por fazer o que era certo: esperar pacientemente. Não, Escherich não tinha sugestões a fazer...

Foi uma reunião memorável. Dessa vez ela não aconteceu na sala de Escherich, mas num salão da diretoria de um dos mais altos dirigentes. Claro que não se tratou unicamente do caso do solerte, mas também de muitos casos de outras repartições. Houve reprimendas, xingamentos, muito escárnio. E chegou a vez do caso seguinte.

— Delegado Escherich, poderia nos fazer o favor de apresentar o que tem a dizer sobre o caso do autor dos cartões-postais?

O delegado fez um pequeno relato sobre o acontecido e o que fora investigado até aquela data. E agiu de maneira exemplar, sendo breve, preciso, não sem uma gracinha, enquanto alisava pensativamente o bigode.

Então veio a pergunta do diretor:

— E quais são suas sugestões para o encerramento desse caso que já dura dois anos? Dois anos, delegado Escherich!

— Posso apenas recomendar uma espera paciente, não há alternativa. Mas seria possível talvez passar o caso para a revisão do juiz de instrução Zott?

Por um instante, o silêncio foi mortal.

Em seguida, espocaram risadas desdenhosas aqui e acolá.

— Covarde! — gritou uma voz.

— Primeiro faz merda e depois quer encher o saco dos outros com ela! — disse outra voz.

O general Prall esmurrou a mesa.

— Vou acabar com você, seu canalha!

— Por favor, silêncio absoluto! — A voz do diretor soou ligeiramente enojada. O ambiente ficou em silêncio. — Acabamos de presenciar um comportamento, meus senhores, que se assemelha quase a uma... deserção. Distanciamento covarde das dificuldades que são inerentes a todas as batalhas. Lamento. Escherich, você está dispensado de continuar presente nesta reunião. Aguarde por minhas ordens na sua sala!

O delegado, absolutamente atônito (pois não esperava nada do gênero), inclinou-se. Em seguida, foi até a porta; lá, bateu os calcanhares e berrou, com o braço esticado:

— *Heil* Hitler!

Ninguém lhe deu atenção. O delegado foi para sua sala.

As ordens que ele fora instruído a esperar vieram primeiro na figura de dois homens da SS, que o encararam de maneira sombria. Um deles lhe disse, ameaçador:

— Não toque em mais nada aqui, entendeu?

Escherich virou lentamente a cabeça na direção do homem que falava com ele daquele jeito. O tom era novidade. Não que Escherich o desconhecesse, mas nunca fora usado com ele. Era um simples homem da SS — Escherich devia estar em maus lençóis para ser tratado daquela maneira.

Um rosto bruto, nariz esmagado, queixo protuberante, tendência a atos violentos, inteligência fracamente desenvolvida, perigoso em estado de embriaguez, resumiu Escherich. O que o mandachuva acabara de dizer? Deserção? Ridículo! Delegado Escherich e deserção! Mas era típico dessa turma, muito falatório que não dava em nada!

O general Prall e o juiz de instrução Zott entraram.

Então, será que aceitaram meu conselho? É a coisa mais sensata a fazer, apesar de eu não acreditar que mesmo esse espertalhão consiga tirar algum novo coelho dessa cartola!

Escherich está prestes a cumprimentar o juiz Zott de maneira amistosa e simpática, também para lhe mostrar não se incomodar nem um pouco com a perda do caso, quando é puxado bruscamente para o lado pelos dois homens da SS. O da cabeça de assassino berra:

— Membros da SS Dobat e Jacoby reportam portar um preso!

Preso... serei eu?, pensa Escherich, admirado.

E em voz alta:

— General, posso acrescentar que eu...

— Faça o canalha calar a boca! — vocifera Prall, furioso; provavelmente, também levou uma espinafrada.

O membro da SS Dobat dá um soco em Escherich, que sente uma dor violenta, um repugnante gosto de sangue na boca. Em seguida, curva-se para a frente e cospe alguns dentes sobre o tapete.

E enquanto faz tudo isso, e o faz de maneira mecânica, a dor nem é muita, pensa: Tenho de explicar tudo imediatamente. Claro que estou disposto a qualquer coisa. Buscas por toda Berlim. Espiões em cada prédio onde moram vários médicos e advogados. Faço tudo que vocês quiserem, mas vocês não podem simplesmente me encher de porradas, a mim, um antigo policial e detentor da Cruz de Mérito de Guerra!

Enquanto pensa febrilmente, Escherich procura escapar de maneira totalmente mecânica dos golpes do homem da SS e tenta falar, mas não consegue dizer nada por causa do lábio superior aberto e a boca sangrando; enquanto isso, o general Prall saltou diante dele, agarrou seu peito com ambas as mãos e começou a gritar:

— Finalmente te pegamos, sabichão arrogante! Você sempre se achou muito esperto enquanto fazia suas apresentações inteligentes, não? Acha que não percebi que para você sou burro e você é o esperto da turma, hein? Mas agora te pegamos e vamos dar um jeito em você, prepare-se!

Prall, quase inconsciente de tanta raiva, ficou olhando o homem ensanguentado por algum tempo.

— Você vai cuspir no tapete inteiro com seu sangue sujo de patife? Engula seu sangue, verme, senão eu mesmo vou soltar um murro na sua cara! — gritou.

E o delegado Escherich — não, o homenzinho amedrontado, lastimável, chamado Escherich, que uma hora antes ainda era um poderoso membro da Gestapo —, com suor de morte na testa, esforçava-se para engolir o repugnante sangue quente, para não sujar o tapete, seu próprio tapete, não, agora o tapete do juiz de instrução Zott...

O oficial observou seu subordinado com sadismo. Depois, afastou-se de Escherich com um irritado "Maldição!" e perguntou ao juiz de instrução:

— Ainda precisa do homem para algum esclarecimento, Zott?

Tratava-se de uma lei não escrita: todos os velhos criminalistas da Gestapo se mantinham unidos sob quaisquer circunstâncias, assim como os membros da SS também se mantinham unidos entre si — muitas vezes contra os criminalistas. Nunca teria passado pela cabeça de Escherich entregar um colega para a SS, por mais incriminado que pudesse estar; antes, faria um esforço para esconder mesmo os maiores erros do outro. Mas ele teve de testemunhar o modo como o juiz de instrução, após lançar-lhe um rápido olhar, disse friamente:

— Esse homem? Para esclarecimentos? Obrigado, general. Prefiro me esclarecer sozinho.

— Levem o homem — gritou Prall. — Agilizem isso, rapazes!

E Escherich foi arrastado pelo corredor a toda a velocidade entre os dois homens da SS, o mesmo corredor em que ele, fazia exatamente um ano, havia dispensado Barkhausen com um chute no traseiro, rindo da piada certeira. E ele foi empurrado para baixo pelos mesmos degraus de pedra, ficou deitado sangrando no mesmo lugar em que Barkhausen ficara deitado sangrando. Foi instado a se levantar aos chutes e jogado mais para baixo ainda, até o porão.

Cada pedaço de seu corpo lhe doía e então aconteceu: despir as roupas civis, meter-se no macacão zebrado, a desavergonhada partilha de seus pertences entre os homens da SS. Tudo em meio a socos, cotoveladas, ameaças...

Sim, certo, o delegado Escherich vivenciara isso com frequência nos últimos anos, sem achar nada de espantoso ou deplorável; afinal, era o que os criminosos mereciam. Ou seja, estava correto. Mas o fato de ele, o delegado Escherich, passar a fazer parte desses criminosos sem direitos não entrava em sua cabeça. Ele não havia cometido nenhum crime. Apenas fizera a sugestão de poder passar adiante uma coisa à qual nenhum de seus superiores tampouco tinha dado qualquer sugestão aproveitável. A situação seria explicada, eles teriam de resgatá-lo dali! Afinal, não sairiam daquele beco sem ele! E até esse momento ele tinha de manter a postura, não podia mostrar medo, nem mesmo fazer menção às dores que sentia.

Eles estavam trazendo mais um para o porão. Um batedorzinho de carteiras, que, logo se descobriu, tivera o azar de querer roubar justo a mulher de um alto dirigente da SA e acabara pego.

Certamente já haviam pintado e bordado com o meliante durante o percurso, uma criatura chorosa, que cheirava a excrementos e que, de joelhos, não parava de abraçar as pernas dos homens da SS: pelo amor de santa Maria, que não fizessem nada com ele! Que tivessem misericórdia dele — e Jesus lhes pagaria!

Os homens da SS se divertiam em golpear com os joelhos o rosto do homem que abraçava as pernas deles e mendigava compaixão. Depois, o batedorzinho de carteiras rolou pelo chão, gritando... até olhar de esguelha novamente para os rostos duros, acreditando ter descoberto uma faísca de perdão e recomeçar as preces.

O todo-poderoso delegado Escherich foi preso numa cela junto com esse verme, um covarde fedendo a merda.

Capítulo 38
O segundo alerta

Numa manhã de domingo, Anna disse, um tanto titubeante:

— Otto, acho que está na hora de fazermos outra visita ao meu irmão Ulrich e sua mulher. Sabe, é nossa vez. Já faz oito semanas que não aparecemos por lá.

Otto Quangel levantou os olhos de seus escritos.

— Tudo bem, Anna — disse ele. — No próximo domingo. De acordo?

— Para mim, seria melhor se você pudesse se organizar para hoje, Otto. Acho que eles estão nos aguardando.

— Para eles os domingos são iguais. Eles não têm nenhum trabalho extra como nós, os folgados! — E riu com desdém.

— Mas Ulrich fez aniversário na sexta — retrucou ela. — Assei um bolinho para ele, gostaria de levá-lo. Com certeza estão nos esperando hoje.

— Além deste cartão, hoje eu gostaria de escrever mais uma carta — disse Quangel, mal-humorado. — Eu me programei para isso. Não gosto de mudar meus planos.

— Por favor, Otto!

— Você pode ir sozinha, Anna, e lhes dizer que estou com uma crise de reumatismo? Você já fez isso uma vez!

— Exatamente porque já fiz não quero fazer de novo — pediu Anna. — Justo no aniversário dele...

Quangel olhou para o rosto suplicante da mulher. Ele queria lhe fazer a vontade, mas a ideia de sair de casa naquele dia o deixava muito contrariado.

— Bem hoje que eu queria escrever a carta, Anna! A carta é realmente importante. Pensei numa coisa... Ela terá um efeito poderoso, com certeza. E depois, Anna, já conheço todas as histórias da infância de vocês, e de cor. É tão tedioso ir à casa dos Heffkes. Não tenho assunto com ele, e sua cunhada também fica ali do lado, feito uma estátua. Nunca deveríamos ter começado esse negócio de parentes; parentes são um desastre. Nós dois nos bastamos completamente!

— Tudo bem, Otto — ela entregou parcialmente os pontos —, que hoje seja nossa última visita. Prometo que nunca mais vou pedir isso para você. Mas somente hoje! Eu assei o bolo e Ulrich está fazendo aniversário! Só mais esta vez! Por favor, Otto!

— Hoje é especialmente complicado para mim — disse ele. — Entretanto, vencido pelos olhos suplicantes dela, ele acabou por resmungar: — Está bem, Anna. Vou pensar. Se conseguir fazer dois cartões até a hora do almoço...

Ele conseguiu escrever os dois cartões até o almoço e assim os Quangels saíram do apartamento por volta das três horas. Queriam ir de metrô até a Nollendorfplatz, mas pouco antes da Bülowstrasse Quangel sugeriu à mulher descerem ali mesmo, talvez desse para fazer alguma coisa naquele lugar.

Sabendo que ele estava com os dois cartões no bolso, ela o entendeu e fez que sim com a cabeça.

Eles desceram um trecho da Potsdamer Strasse, sem encontrar um prédio adequado. Tiveram de virar à direita na Winterfeldstrasse, senão teriam se afastado demais do apartamento do cunhado. E voltaram a procurar.

— Essa região não é tão boa quanto a nossa — disse Quangel, insatisfeito.

— E hoje é domingo — acrescentou ela. — Por favor, tenha cuidado!

— Eu tenho cuidado — retrucou ele. — Vou entrar ali!

Ela não conseguiu dizer mais nada, pois num instante ele tinha sumido dentro do prédio.

Para Anna, começavam então os minutos da espera, esses minutos sempre torturantes, nos quais tinha medo por Otto e não podia fazer nada além de esperar.

Oh, Deus!, ela pensou olhando para o prédio, isso não parece nada bom! Ah, não sei, não! Talvez eu não devesse tê-lo convencido de vir aqui hoje. Ele não queria de jeito nenhum, percebi. E não foi apenas por causa da carta que queria escrever. Se lhe acontecer alguma coisa, ficarei me recriminando eternamente! Lá está o Otto...

Mas não era Otto que saía do prédio, e sim uma senhora, que passou por Anna não sem antes encará-la.

Ela acabou de me olhar com desconfiança? Acho que sim. Será que aconteceu alguma coisa no prédio? Faz tempo que Otto entrou, com certeza foi há mais de dez minutos. Ah, que nada. Sei muito bem das outras vezes: quando se fica esperando diante de um prédio desses, o tempo parece que para. Aleluia, lá está Otto, finalmente!

Ela fez menção de ir na direção dele — mas parou.

Pois Otto não saiu sozinho do prédio. Estava acompanhado por um homem muito grande, que usava um sobretudo preto com gola de cetim e cuja metade do rosto, deformado com cicatrizes muito saltadas, era tomada por uma mancha congênita gigante. Esse homem carregava nas mãos uma maleta de documentos. Sem trocar uma palavra entre si, eles passaram por Anna, que estava quase sem conseguir respirar, tamanho o susto, na direção da Winterfeldtplatz. Ela os seguiu, embora seus pés se recusassem a caminhar.

O que aconteceu agora?, ela se perguntou, temerosa. Quem é esse homem ao lado de Otto? Será da Gestapo? Sua aparência, com aquela mancha, é terrível. Eles não estão conversando — oh, Deus, se eu não tivesse convencido o Otto! Ele fez de conta que não me conhecia, então deve estar em perigo! Maldito cartão!

De repente, Anna não aguentou mais a incerteza torturante. Com uma determinação totalmente rara, ela ultrapassou os dois homens e parou.

— Sr. Berndt! — disse, esticando a mão para Otto. — Que bom encontrá-lo! O senhor tem de vir imediatamente à nossa casa. Estamos com um vazamento, a cozinha inteira está inundada... — Ela se interrompeu, achando que o homem com a mancha olhava para ela de uma maneira muito estranha, sarcástica, com desprezo.

— Logo estarei na sua casa. Só vou acompanhar o doutor até a minha esposa — disse Otto.

— Posso ir na frente, sozinho — disse o homem com a mancha.

— Von Einem Strasse, 17, o senhor disse? Tudo bem. Espero o senhor em seguida.

— Em quinze minutos no máximo, doutor. No mais tardar em quinze minutos estarei lá. Primeiro vou dar uma fechada no registro principal.

E dez passos adiante ele pressionou o braço de Anna contra seu peito com uma delicadeza absolutamente incomum.

— Você foi genial, Anna! Não sabia como me desvencilhar do sujeito! Como você teve essa ideia?

— Quem era o homem? Um médico? Pensei que fosse da Gestapo e não consegui suportar a incerteza por mais tempo. Ande mais devagar, Otto, meu corpo inteiro está tremendo. Antes eu não tremia, mas agora! O que aconteceu? Ele sabe de alguma coisa?

— Não. Fique calma. Ele não sabe de nada. Não aconteceu nada, Anna. Mas desde hoje pela manhã, quando você disse que deveríamos visitar o seu irmão, não consegui me livrar de uma sensação ruim. Pensei que era por causa da carta que recomecei a escrever. E por causa do tédio na casa dos Heffkes. Mas agora eu sei o porquê daquela sensação, hoje ainda vai acontecer alguma coisa. Não deveria ter saído do meu ninho...

— Então aconteceu mesmo algo, Otto?

— Não, nada. Eu já disse, não aconteceu nada. Estou subindo as escadas e prestes a deixar o cartão, estou com ele na mão, e esse sujeito sai correndo do seu apartamento. Anna, ele estava tão apressado que quase me atropelou. Não tive tempo de guardar o cartão. "O que o senhor está fazendo no prédio?", ele foi logo perguntando. Bem, você sabe, tenho o costume de sempre decorar o nome de alguém numa das plaquinhas na entrada. "Estou atrás do dr. Boll", eu disse. "Sou eu", ele disse. "O que aconteceu? Alguém doente em casa?" Bem, o que me restava senão mentir? Eu lhe disse que você estava doente e que gostaria que ele desse uma passada no nosso apartamento. Graças a Deus me lembrei do nome Von Einem Strasse. Pensei que ele diria que passaria à noite ou amanhã, mas ele logo se prontificou: "Ótimo! É bem no meu caminho! Me acompanhe, sr. Schmidt!" Eu me apresentei como Schmidt, entende, Schmidt é um nome muito comum.

— Sim, e eu o chamei de "sr. Berndt" — disse Anna, assustada. — Isso deve ter chamado a atenção dele.

Quangel parou, perplexo.

— Verdade, não pensei nisso! Mas parece que ele não percebeu. A rua está vazia. Ninguém está nos seguindo. Ele vai ficar procurando em vão na Von Einem Strasse, e daí já estaremos de velho na casa dos Heffkes.

Anna estacou.

— Sabe de uma coisa, Otto — disse ela —, agora sou eu quem diz: É melhor não visitarmos o Ulrich hoje. Estou com a sensação de que não é um bom dia. Vamos voltar para casa. Amanhã distribuímos os cartões.

Mas ele balançou a cabeça, rindo.

— Não, não, Anna, já que chegamos até aqui, vamos resolver logo essa visita. Afinal, combinamos que será a última. E, além disso, não quero voltar agora para a Nollendorfplatz. É possível que topemos com o médico.

— Então ao menos me passe os cartões! Você carregando isso nos bolsos agora não me agrada!

Depois de uma relutância inicial, ele lhe entregou os dois cartões.

— Realmente não é um bom domingo, Otto...

CAPÍTULO 39
O terceiro alerta

NA CASA DOS HEFFKES, PORÉM, ELES se esqueceram das suas sombrias premonições. Perceberam que realmente eram aguardados. A sorumbática e calada cunhada também tinha assado um bolo e, depois de ambos os bolos terem sido comidos junto com aquilo que fazia as vezes de café, Ulrich Heffke apareceu com uma garrafa de aguardente que os colegas da fábrica tinham lhe dado de presente.

Eles tomaram a bebida pouco habitual para todos devagar e com gosto, em pequenos copos, e no fim estavam mais animados, falantes. Por fim — a garrafa já estava vazia — o corcunda de olhos suaves começou a cantar. Cantou hinos religiosos, corais: "Difícil é ser cristão" e "Vem, hóspede bendito", todas as treze estrofes.

Ele os cantou num falsete agudo, claro e piedoso, e até Otto Quangel sentiu-se transportado à sua infância, visto que fora um fiel dedicado. Naquela época, a vida ainda era simples, ele acreditava não somente em Deus, mas também nas pessoas. Acreditava que lemas como "Ame seus inimigos" e "Louvados sejam os pacíficos" eram válidos na Terra. Desde então, tudo se tornara diferente e, com certeza, a mudança não tinha sido para melhor. Ninguém mais conseguia acreditar em Deus; era impossível que um Deus bondoso permitisse tal desgraça como a daqueles dias no mundo, e no que dizia respeito aos homens, essas bestas...

O corcunda Ulrich Heffke cantou, com voz bem aguda e límpida, mais um hino: "Tu és um homem, sabes disso, não ambiciones coisas..."

Mas os Quangels se recusaram terminantemente a ficar para o jantar. Sim, tinha sido agradável, mas era imperioso voltar para casa.

Otto ainda tinha coisas a fazer. E também não era possível aceitar o convite por causa do racionamento de comida, afinal eles também sabiam como aquilo funcionava. Apesar de todas as argumentações dos Heffkes de que somente uma vez não prejudicaria sua despensa, já que não era todo domingo que se festejava um aniversário e tudo já estava realmente pronto, bastava verificar na cozinha — apesar de todas essas argumentações, os Quangels foram inflexíveis: tinham de partir.

E de fato partiram, embora os Heffkes estivessem visivelmente muito magoados.

Na rua, Anna disse:

— Viu? O Ulrich ficou chateado e a mulher também...

— Que fiquem! Além do mais, foi nossa última visita!

— Mas dessa vez foi muito simpático, você também não achou, Otto?

— Sim. Claro. A bebida ajudou bastante...

— E Ulrich cantou tão bonito. Você não achou bonito?

— Sim, muito bonito. Um homem estranho. Tenho certeza de que ele reza toda noite, na cama.

— Deixe estar, Otto! A vida desses carolas é mais fácil hoje em dia. Afinal, eles têm a quem se dirigir com suas preocupações. E acreditam que todas essas mortes têm um sentido.

— Obrigado! — disse Quangel, subitamente bravo. — Sentido! Nada tem sentido! Porque acreditam no céu, não querem mudar nada na Terra. Só ficar se escondendo e fugindo! No céu, tudo ficará bem novamente. Afinal, Deus sabe por que aconteceu. No dia do Juízo Final as coisas serão esclarecidas! Não, obrigado.

Quangel falava rápido e com grande irritação. O álcool a que não estava acostumado fazia seu efeito. De repente, ele parou.

— Eis o prédio! — disse. — Quero entrar ali! Me dê um cartão, Anna!

— Ah, não, Otto. Não faça isso! Combinamos que por hoje estava encerrado. É um mau dia.

— Não mais, não mais. Dê o cartão, Anna!

Ela obedeceu, hesitante.

— Tomara que não dê errado, Otto. Estou com tanto medo...

Mas ele não prestou atenção nas palavras dela e saiu andando.

Ela esperou. Dessa vez, porém, não precisou ficar muito tempo apavorada, pois Otto voltou rápido.

— Pronto — disse ele, e lhe deu o braço. — Feito. Viu como foi simples? Não se deve levar os presságios muito a sério.

— Graças a Deus! — disse Anna.

Após poucos passos em direção à Nollendorfplatz, um homem veio na direção deles, segurando o cartão de Quangel.

— Ei, ei! — gritou, terrivelmente nervoso. — O senhor acabou de deixar este cartão no meu corredor! Vi direitinho. Polícia! Ei, segurança!

E gritava cada vez mais alto. As pessoas se reuniram ao redor deles e um policial apareceu rapidamente.

Não havia dúvida: de repente, o jogo estava contra os Quangels. Depois de dois anos de trabalho bem-sucedido com os cartões, a sorte do encarregado de oficina o abandonara. Um fracasso após o outro. Nesse ponto, o delegado Escherich tinha razão: não dá para contar com o sucesso eterno; é preciso se lembrar também do azar. Otto Quangel se esquecera disso. Ele nunca pensara em todos aqueles acasos minúsculos, detestáveis, que a vida sempre nos apresenta, impossíveis de serem antevistos e que temos de levar em conta.

Nesta história, o acaso tinha a forma de um pequeno funcionário vingativo, que estava usando o domingo para espionar a inquilina que morava acima dele. Ele tinha raiva da mulher porque ela dormia bastante pelas manhãs, usava calças masculinas e escutava rádio até tarde, depois da meia-noite. E supunha que ela levava "sujeitos" para o apartamento. Se isso fosse verdade, ele daria um jeito de acabar com a vida dela no prédio. Falaria com o síndico e lhe diria que era impossível uma prostituta daquelas continuar morando num prédio decente.

Ele estava havia mais de três horas espiando, pacientemente, pelo buraco da fechadura, quando, em vez da inquilina, Otto Quangel subiu as escadas. Ele viu com os próprios olhos como Quangel largou o cartão num degrau. Era o que ele fazia, na ausência de peitoris nas janelas.

— Eu vi, vi com meus próprios olhos — gritava o nervoso para o policial, agitando o cartão. — Dê uma lida! Isso é alta traição! O homem merece a forca!

— Pare de gritar desse jeito — disse o policial, com desprezo. — Veja, o homem está absolutamente calmo. Não vai sair correndo. Bem, foi assim como esse senhor está dizendo?

— Que estupidez! — respondeu Quangel, bravo. — Ele me confundiu. Acabei de visitar meu cunhado, que fez aniversário, na Goltzstrasse. Não entrei em prédio nenhum aqui na Maassenstrasse. Pergunte à minha mulher...

Ele olhou ao redor. Anna apareceu novamente entre a turma de curiosos. Ela se lembrara imediatamente do segundo cartão na bolsa. Tinha de se livrar dele sem demora, era o mais importante. Ela havia se esgueirado por entre as pessoas, achado uma caixa de correio e jogado o postal lá dentro; as pessoas estavam todas prestando atenção no homem aos berros.

Em seguida, estava de novo ao lado do marido, encorajando-o com um sorriso.

Enquanto isso, o policial leu o cartão. Muito sério, enfiou-o no bolso do uniforme. Ele tinha conhecimento desses cartões; todos os distritos haviam sido alertados sobre eles não apenas uma vez, mas dez vezes. Seguir a menor das pistas era obrigação.

— Vocês dois seguem comigo para a delegacia! — ele se decidiu.

— E eu? — perguntou Anna Quangel, ofendida, e deu o braço ao marido. — Também vou! Não vou deixar meu marido ir sozinho!

— Tem razão, mamãezinha! — disse uma voz grave entre os espectadores. — Com essa gente, nunca se sabe! Olho vivo, vivíssimo!

— Silêncio! — gritou o policial. — Silêncio! Afastem-se! Vão embora! Não há nada para se ver por aqui!

Mas o público era de outra opinião e o policial, que percebeu ser impossível tomar conta de três pessoas e ao mesmo tempo dispersar quase cinquenta passantes, desistiu de incentivar as pessoas a irem embora.

— O senhor realmente não está enganado? — perguntou ele ao nervoso acusador. — A mulher também estava na escada?

— Não, ela não estava junto. Mas com certeza não estou enganado, senhor policial! — Ele voltou a gritar. — Eu o vi com meus próprios olhos, estava fazia três horas pregado no buraco da fechadura...

Uma voz aguda disse com sarcasmo:

— Que moleque safado!

— Então venham os três! — decidiu-se o policial. — E vocês, circulando! As pessoas têm de passar! Que curiosidade besta! Sim, por favor, por ali, senhor!

Na delegacia, eles tiveram de esperar por cinco minutos até serem chamados à sala do responsável, um homem alto de rosto bronzeado e afável. O cartão de Quangel estava sobre sua escrivaninha.

O acusador repetiu suas denúncias.

Otto Quangel replicou que tinha apenas visitado o cunhado na Goltzstrasse, que nunca pusera os pés num prédio da Maassenstrasse. Falava sem o menor sinal de nervosismo e, quando se identificou como encarregado de oficina, ficou patente o bem-vindo contraste entre ele e o acusador sempre aos berros, que cuspia fogo.

— Diga uma coisa — perguntou o responsável —, por que o senhor estava fazia três horas olhando pelo buraco da fechadura? Afinal, não era possível saber que alguém com um cartão desses estava para chegar, ou era?

— Ah, é que uma prostituta mora no nosso prédio! Anda sempre de calças, deixa o rádio ligado a noite inteira. Eu queria saber que tipo de sujeitos ela leva para o seu apartamento. E daí apareceu esse homem...

— Nunca estive nesse prédio — repetiu Quangel, teimoso.

— Como meu marido poderia fazer uma coisa dessas? O senhor acha que eu permitiria? — atalhou Anna. — Somos casados há mais de 25 anos e nunca houve nada que o desabonasse!

O responsável lançou um olhar de soslaio para o impassível rosto de pássaro. Esse aí parece capaz de qualquer coisa!, passou por sua cabeça. Mas escrever tais cartões?

Ele se voltou para o acusador:

— Como o senhor se chama? Millek? Trabalha nos correios, não?

— Secretário-geral dos correios, certo.

— E o senhor é o tal Millek que nos encaminha duas denúncias por semana, do tipo os comerciantes roubam no peso, tapetes são batidos nas quintas-feiras ou alguém está vendendo coisas diante da sua porta e assim por diante. É o senhor, não?

— As pessoas são más! Fazem de tudo para me irritar! Acredite em mim...

— E hoje à tarde estava de olho numa mulher que o senhor chama de prostituta e agora está acusando este homem...

O secretário-geral dos correios assegurou que só estava cumprindo o seu dever. Tinha visto o homem depositar o cartão-postal e, ao notar que se tratava de alta traição, saíra correndo imediatamente atrás dele.

— Muito bem! — disse o responsável — Um momento...

Ele se sentou à mesa e fez como se estivesse lendo mais uma vez o cartão, que já lera três vezes. Matutava. Estava convencido de que esse Quangel era apenas um velho trabalhador, cujos dados batiam; Millek, por sua vez, era um esquentadinho, cujas denúncias nunca tinham sido comprovadas. Ele queria mesmo era mandar os três para casa.

Entretanto, um cartão havia sido achado; o fato era incontornável. E havia a ordem expressa de se investigar a menor das pistas. O responsável não queria arrumar sarna para se coçar. Aliás, seu cartaz com a chefia já não era dos melhores. Era suspeito de ser sentimental, de secretamente simpatizar com judeus e com pessoas antissociais. Ele tinha de ser muito cuidadoso. E, no fundo, o que aconteceria de mau a esse homem e a essa mulher, caso os entregasse à Gestapo? Se fossem inocentes, estariam liberados após um par de horas; o falso denunciante, porém, levaria uma coça por causa do trabalho inútil que gerara.

Ele estava prestes a ligar para o delegado Escherich quando teve uma ideia. Tocou a sineta e disse ao policial que entrou na sala:

— Leve os dois homens para a frente e reviste-os minuciosamente. Tome cuidado para que suas coisas não se misturem. E depois mande um deles entrar; enquanto isso, vou revistar a mulher!

Mas o resultado dessa revista também foi infrutífero, os Quangels não levavam consigo nada comprometedor. Anna Quangel pensou, com alívio, no cartão na caixa de correio. Otto Quangel, que ainda não sabia dessa ação apressada e engenhosa da mulher, pensou: A Anna é mesmo muito esperta. Onde ela meteu o cartão? Afinal, estive sempre ao seu lado! Os documentos de Quangel confirmavam todos os seus dados.

Por outro lado, no bolso de Millek foi achada uma acusação já redigida contra uma tal sra. Von Tressow, Maassenstrasse 17, que deixava seu cão andar sem guia, apesar de o animal ser bravo. Por duas vezes o cão já teria rosnado de maneira ameaçadora para o secretário-geral dos correios. Ele temia por suas calças, que eram insubstituíveis durante a guerra.

— O senhor tem muitas preocupações, puxa vida! — disse o responsável. — Agora, no terceiro ano da guerra! Acha que não temos mais o que fazer? Por que o senhor mesmo não vai falar gentilmente com a mulher, pedindo que passeie com o cachorro preso à guia?

— Isso não se faz! Falar com uma mulher na rua à noite... não! Depois serei denunciado por atentado ao pudor!

— Bem, policial, leve os três para a frente. Vou fazer uma ligação.

— Também estou preso? — perguntou, irritado, o secretário-geral dos correios. — Fiz uma acusação grave e o senhor está me prendendo? Vou denunciá-lo!

— Quem falou em prender? Policial, leve os três para a frente!

— O senhor me fez esvaziar os bolsos feito um criminoso! — voltou a berrar o secretário-geral dos correios. Nessa hora, a porta se fechou atrás dele.

O responsável pegou o telefone, discou e se apresentou.

— Quero falar com o delegado Escherich — disse. — É sobre o caso dos cartões.

— O delegado Escherich acabou, já era! — ressoou uma voz safada em seu ouvido. — O juiz Zott está cuidando do caso agora!

— Então me passe ao juiz Zott. Caso ele esteja disponível no domingo à tarde.

— Ah, sempre está! Estou passando!

— Zott falando!

— Aqui é Kraus, responsável pela delegacia. Juiz, acabamos de receber um homem que parece ter relação com essa história dos cartões. O senhor está ciente?

— Já sei. O caso do solerte. Qual é a profissão do homem?

— Marceneiro. Encarregado de oficina numa fábrica de móveis.

— Então pegou o homem errado! O certo é funcionário dos bondes! Pode soltá-lo, responsável! Fim!

Dessa maneira, os Quangels estavam livres de novo, para sua grande surpresa, pois já contavam com interrogatórios minuciosos e uma revista em casa.

Capítulo 40
O juiz de instrução Zott

O JUIZ DE INSTRUÇÃO ZOTT, DE BARBICHA pontuda e barriga pontuda, uma personagem como que saída de uma história de E.T.A. Hoffmann, uma criatura como que construída por papel, poeira de documentos velhos, tinta e muita sagacidade, fora um tipo bastante risível entre os criminalistas de Berlim em eras passadas. Ele não se importava com os métodos usuais, quase nunca fazia interrogatórios e a visão de alguém assassinado lhe fazia mal.

Ele preferia ficar debruçado sobre dossiês dos outros, comparava, pesquisava, fazia relatórios de muitas páginas. Sua especialidade era montar tabelas para tudo, tabelas sem fim, minuciosas, das quais tirava conclusões brilhantes. Como, com seu método de só trabalhar com a cabeça, o juiz de instrução Zott tinha conseguido alcançar alguns sucessos surpreendentes em casos que pareciam insolúveis, era costume encaminhar a ele complicações desse tipo. Se Zott não resolvesse, ninguém mais o faria.

A bem da verdade, a sugestão do delegado Escherich de passar o caso do solerte para o juiz Zott não foi tão absurda assim. Escherich teria apenas de ter deixado a ideia partir de seus superiores; diante deles foi simplesmente um atrevimento, não, covardia diante do inimigo, deserção...

O juiz Zott enfurnou-se por três dias com os dossiês do solerte e só então pediu uma reunião com o general. O chefe, ansioso por encerrar logo o caso, veio rapidamente até ele.

— Bem, juiz, o que o velho Sherlock Holmes conseguiu farejar aqui? Estou convencido de que o senhor já está nos calcanhares do homem. O asno do Escherich...

E seguiu-se então uma torrente de esculhambações contra o delegado, que tinha posto tudo a perder. O juiz Zott escutou-a sem mexer um músculo da face; não balançou a cabeça nem para indicar sim nem para indicar não.

Quando o fogo finalmente esfriou, Zott disse:

— Temos esse escritor de cartões-postais, um homem simples, razoavelmente inculto, que não escreveu muito na vida e que tem bastante dificuldade em se expressar por escrito. Deve ser solteiro ou viúvo e morar sozinho, do contrário a mulher ou a senhoria já o teriam flagrado escrevendo nesses dois anos, e a cena ficaria um pouco escandalosa. Como nunca apareceu nada sobre sua pessoa, apesar de que, como sabemos, muito se fala desses cartões na região ao norte da Alexanderplatz, isso prova que ninguém o viu escrevendo. Ele deve viver absolutamente sozinho; um homem mais velho — um jovem já teria se enfastiado há muito tempo dessa atividade sem um resultado visível, teria iniciado outra coisa. Ele também não dispõe de rádio...

— Tudo bem, juiz! — interrompeu-o o general Prall. — Tudo isso aquele idiota do Escherich já me disse, com as mesmíssimas palavras. O que preciso são novas avaliações, resultados que me possibilitem a prisão do indivíduo. Vejo que o senhor montou uma tabela. Para que serve?

— Esta tabela — respondeu o juiz, sem deixar transparecer o quanto Prall o havia magoado ao dizer que todas as suas argutas deduções já tinham sido feitas por Escherich — registra todos os locais onde os cartões foram encontrados. Até o momento, estamos falando de 233 cartões e oito cartas. Se observarmos esses lugares mais atentamente, chegaremos aos seguintes resultados: nenhum cartão apareceu entre oito da noite e antes das nove da manhã...

— Mas isso é claro como água! — retorquiu o oficial, impaciente. — Porque os prédios estão trancados! Não preciso de tabela nenhuma para saber disso!

— Um momento, por favor! — disse Zott, e sua voz soou bastante irritada. — Ainda não terminei. No mais, os prédios não são abertos apenas às nove da manhã, mas já antes das sete, muitas vezes às seis.

E mais: 80% dos cartões apareceram entre nove da manhã e meio-dia, nunca entre meio-dia e duas da tarde, e 20% entre duas da tarde e oito da noite. Isso quer dizer que o autor, que provavelmente é a mesma pessoa que distribui os cartões, almoça regularmente entre meio-dia e duas da tarde, trabalha à noite, nunca pelas manhãs e raramente à tarde. Se pego um dos locais, por exemplo a Alexanderplatz, descubro que o cartão apareceu às onze e quinze e calculo a distância que um homem pode caminhar em 45 minutos, até meio-dia, faço um círculo ao redor desse lugar e daí sempre chego num ponto ao norte, onde não há nenhuma bandeirinha. Isso bate para todos os lugares, com algumas exceções, porque a hora da descoberta do cartão não é sempre a mesma em que foi deixado no lugar. Concluo, em primeiro lugar: o homem é muito pontual. Segundo: ele não gosta de usar transporte público. Mora nesse triângulo limitado pelas Greifswalderstrasse, Danzigerstrasse e a Prenzlauer Allee, mais especificamente ao norte desse triângulo; talvez na Chodowieckistrasse, Jablonskistrasse ou Christburgerstrasse.

— Muito bom, juiz! — disse Prall, cada vez mais decepcionado. — Aliás, me recordo que Escherich já havia mencionado essas ruas. Ele dizia ainda que uma revista nos apartamentos seria inútil. Qual é sua opinião a respeito?

— Um instante, por favor — disse Zott, erguendo a mão pequena, que parecia manchada de amarelo dos papéis sobre os quais estava pousada. Agora ele estava profundamente magoado. — Quero lhe mostrar em detalhes meus resultados, para que o senhor mesmo possa verificar se as ações sugeridas por mim também são efetivas...

Quer se assegurar, a raposa velha!, pensou Prall. Que espere, comigo não há segurança, e se eu quiser acabar com ele, vou em frente.

— Se continuarmos observando a tabela — continuou o juiz —, vamos descobrir que todos os cartões apareceram em dias úteis. Isso nos leva a crer que o homem não sai de casa aos domingos. O domingo é o dia de escrever, o que é reforçado pelo fato de a maioria dos cartões ter sido encontrada às segundas ou às terças-feiras. O homem está sempre com pressa para tirar o material incriminatório de casa. — Zott, de barriga pontuda, ergueu o dedo. — Uma exceção são os nove cartões encontrados ao sul da Nollendorfplatz. Foram distribuídos aos domingos, em geral com três meses de intervalo e sempre no final da tarde ou no começo da noite. Assim, podemos concluir que o autor tem um parente, talvez uma mãe velhinha, que mora na região, fazendo aquelas visitas obrigatórias em intervalos regulares.

O juiz Zott fez uma pausa e olhou para o oficial através de seus óculos de aro dourado, como se esperasse por uma palavra de reconhecimento.

Mas Prall disse apenas:

— Até aí, tudo muito bem. Muito perspicaz, com certeza. É provável que esteja correto. Mas não vejo como isso nos ajuda...

— Um pouco, sim, general! — retrucou o juiz. — É claro que vou fazer algumas investigações sigilosas e muito cuidadosas nos prédios dessas ruas, a fim de saber se existe um homem que bate com minhas descrições morando por ali.

— Isso já é alguma coisa! — disse o oficial, aliviado. — Mais alguma coisa?

— Montei um segundo mapa — disse o juiz numa espécie de triunfo silencioso, puxando um papel —, no qual fiz círculos vermelhos de um quilômetro de diâmetro ao redor dos principais locais onde foram encontrados os cartões, deixando de fora a Nollendorfplatz e o suposto endereço do criminoso. Se examinarmos mais cuidadosamente esses locais, que são onze, vamos notar que todos, sem exceção, ficam em estações de trem ou nas suas proximidades. Veja o senhor mesmo! Aqui! E aqui! E ali! Nesse, a estação fica aqui... um pouco à direita, quase fora do círculo, mas ainda dentro de seu raio. E agora aqui, bem no meio. — Zott lançou um olhar quase suplicante para o oficial. — Isso não pode ser por acaso! — prosseguiu. — Esses acasos não existem na criminalística! O homem deve ter alguma ligação com os bondes elétricos. Outra alternativa é impossível. Deve trabalhar lá à noite, às vezes também à tarde. Mas não usa uniforme; sabemos disso a partir dos relatos das duas testemunhas que o viram distribuindo os cartões. General, peço permissão para deslocar um homem muito qualificado para cada uma dessas estações. Creio que essa ação será ainda mais efetiva do que uma revista nas residências. Mas se ambas forem realizadas com cuidado, certamente teremos êxito!

— O senhor é uma raposa velha! — disse Prall. Muito agitado, ele bateu nos ombros do juiz, fazendo o homenzinho entortar os joelhos. — É um malandro muito astuto! Isso dos bondes é genial. O Escherich é uma besta! Ele tinha de ter pensado nisso. Claro que tem minha permissão! Aja rápido e em dois, três dias, me avise da prisão do homem! Quero esfregar isso pessoalmente no nariz de Escherich, aquela anta completa!

O general Prall saiu da sala, rindo com satisfação.

O juiz de instrução Zott, agora a sós, pigarreou. Sentou-se à mesa, acompanhado por todas as suas tabelas, olhou de esguelha através dos óculos para a porta e pigarreou de novo. Ele odiava todos aqueles sujeitos barulhentos, acéfalos, que só sabiam berrar. E aquele ali, que acabara de sair da sala, era ainda mais odiado; um macaco idiota que só lhe falava de Escherich. "Escherich já tinha dito isso", "Já sei pelo Escherich, aquela mula manca!".

E depois ele ainda o congratulara batendo em seus ombros — e o juiz simplesmente detestava qualquer tipo de contato físico. Não, que homem desprezível... Bem, era preciso dar tempo ao tempo. Esses chefões também não estavam muito seguros em suas selas, os berros mal escondiam o medo de caírem do cavalo também. Independentemente de se apresentarem autoconfiantes e arrojados, por dentro sabiam muito bem que não podiam fazer nada e que não eram ninguém. Ele tivera de reportar sua grande descoberta das estações de trem para um miolo mole daqueles, um homem que não sabia valorizar o seu intelecto, indispensável para se chegar àquela conclusão! Pérolas aos porcos, sempre a mesma coisa!

Em seguida, porém, o juiz se volta de novo para seus dossiês, tabelas, planos. Ele tem uma cabeça organizada; fecha uma gaveta e não se ocupa mais com seu conteúdo. Abre a gaveta das estações de trem e começa a refletir sobre o possível cargo do autor dos cartões. Liga para o diretor do serviço de transporte público, departamento de pessoal, e pede uma lista infindável de todos os seus empregados. De vez em quando, faz anotações.

Está absolutamente convencido de que o criminoso tem alguma relação com os bondes. Sente-se orgulhoso da descoberta. Teria ficado decepcionadíssimo se lhe trouxessem aquele Quangel como sendo o autor dos cartões: encarregado de uma fábrica de móveis. Para ele, tanto fazia se o criminoso tivesse sido pego naquele dia ou não; pior, seria dolorido saber que sua bela teoria estava errada.

É por essa razão que, um ou dois dias mais tarde, quando uma ação de busca está a todo o vapor tanto nos prédios quanto nas estações e o responsável pela delegacia o avisa de que talvez esteja com o criminoso, o juiz pergunta apenas pela profissão do suspeito. Ouve "marceneiro" e o homem é carta fora do baralho. Tem de ser funcionário dos bondes!

Fim da ligação, ponto-final! O juiz é tão taxativo que nem percebe que aquela delegacia fica na Nollendorfplatz, que é noitinha de domingo e que mais um cartão acabou de ser achado ali! O juiz não anota nem mesmo o telefone da delegacia. Esses idiotas só sabem fazer besteiras — e ponto-final!

Meu pessoal me trará notícias, amanhã ou depois de amanhã. A polícia só costuma fazer besteira; não são criminalistas!

E assim os Quangels, quase presos, acabam soltos novamente...

Capítulo 41
Otto Quangel fica inseguro

Naquela noite de domingo, os Quangels foram para casa sem trocar uma palavra; jantaram também em silêncio. Anna, que era tão corajosa e decidida quando a situação o exigia, chorou lágrimas furtivas na cozinha, das quais Otto não poderia saber. Depois do que haviam passado, ela foi tomada pelo susto e pelo medo. Quase tinha dado errado; por muito pouco eles teriam chegado ao fim. Ah, se aquele Millek não fosse um reclamão tão conhecido! Se ela não tivesse conseguido se desvencilhar do segundo cartão! Se o responsável pela delegacia fosse outro... estava evidente que ele não suportava o denunciante! Sim, deu certo mais uma vez, mas nunca, nunca mais Otto pode se meter em tais apuros de novo.

Ela vai à sala, onde o marido anda de um lado para o outro, desassossegado. Não há luzes acesas, mas ele abriu as cortinas, a lua está brilhando.

Otto continua andando, ainda em silêncio.

— Otto!

— Sim?

Ele para de repente e olha para a mulher, que se sentou no canto do sofá, parcialmente visível sob o luar que entra na sala.

— Otto, acho que o melhor a fazer agora é dar uma pausa. No momento, estamos sem sorte.

— Não dá — responde ele. — Não dá, Anna. Chamaria a atenção os cartões cessarem de repente. Justo quando quase fomos pegos é que ficaria estranho. Eles não são tão burros assim. Acabariam percebendo que há uma relação entre nós e os cartões, que não aparecem mais. Temos de continuar, queiramos ou não. — E acrescentou, duro: — E eu quero!

Ela deu um suspiro fundo. Faltava-lhe coragem para concordar em voz alta, embora soubesse que ele tinha razão. Não havia um caminho a ser escolhido. Não havia volta, não havia sossego. Era preciso ir em frente.

Depois de um tempo refletindo, ela disse:

— Então me deixe distribuir os cartões, Otto. Você está sem sorte.

— Não é minha culpa se um babaca daqueles fica três horas espiando pelo buraco da fechadura. Eu tinha olhado para todos os lados, fui cuidadoso! — retrucou ele, bravo.

— Eu não disse que você não foi cuidadoso. Disse apenas que está sem sorte. Isso não se controla.

Mais uma vez, ele retrucou.

— Onde você meteu o segundo cartão? Escondeu no corpo?

— Não foi possível, com tanta gente em volta. Não, Otto, eu o enfiei numa caixa de correio na Nollendorfplatz, logo no início da agitação.

— Caixa de correio? Muito bem. Foi uma ótima ideia, Anna. Em todos os lugares que passarmos nas próximas semanas jogaremos cartões nas caixas de correio, para que não chamem tanto a atenção. Caixas de correio não são tão ruins; nos correios não devem trabalhar somente nazistas. E o risco também é menor.

— Por favor, Otto, me deixe distribuir os cartões a partir de agora — pediu ela mais uma vez.

— Não acredite que cometi um erro que você poderia ter evitado. Esses são os acasos que sempre temi, contra os quais não há como se precaver, porque não podem ser previstos. O que posso fazer contra um espião que está há três horas atrás de um buraco de fechadura? E você pode cair de repente, quebrar uma perna... as pessoas vão mexer na sua bolsa e encontram um cartão desses! Não, Anna, contra os acasos não há proteção!

— Eu ficaria muito mais tranquila se você deixasse a distribuição comigo! — recomeçou ela.

— Não estou dizendo "não", Anna. Quero falar a verdade. De uma hora para outra, estou me sentindo inseguro. Parece que só olho para o canto onde o inimigo não está. É como se eles estivessem por todos os lados, só que não consigo enxergá-los.

— Você ficou nervoso, Otto. Isso já está durando demais. Ah, se pudéssemos dar uma parada por umas duas semanas! Mas você tem razão, é impossível. Só que daqui em diante, vou distribuir os cartões.

— Não estou dizendo "não". Faça! Não tenho medo, mas você está certa, me sinto nervoso. São esses acasos, com os quais nunca contei. Acreditei que era suficiente fazer muito bem-feita a nossa parte. Mas não basta, Anna. É preciso ter sorte também. Tivemos sorte por tanto tempo, agora parece que isso mudou um pouquinho...

— Mas deu certo, mais uma vez — disse ela, tranquilizando-o. — Não aconteceu nada.

— Eles têm o nosso endereço e podem nos procurar a qualquer momento! Esses malditos parentes, eu sempre disse que não valem nada.

— Não seja injusto, Otto. Que culpa tem o Ulrich Heffke?

— Nenhuma, claro! Quem falou que tinha? Mas se ele não existisse, não teríamos feito nenhuma visita. Não vale nada se prender às pessoas, Anna. Isso só dificulta tudo. Agora somos suspeitos.

— Se realmente fôssemos suspeitos, eles não teriam nos soltado, Otto!

— A tinta! — disse ele, assustado. — Ainda estamos com a tinta em casa! A tinta com a qual escrevi os cartões; a tinta está aqui, no vidrinho.

Ele pegou o vidro e derramou o líquido no ralo. Em seguida se vestiu.

— Para onde você vai, Otto?

— Não podemos ficar com o vidro em casa! Amanhã vamos comprar tinta de outro tipo. Enquanto isso, queime a pena e também, principalmente, os cartões antigos e o resto do papel de carta. Tudo tem de ser queimado! Vistorie todas as gavetas. Não podemos ficar com nada disso em casa!

— Mas, Otto, não somos suspeitos! Temos tempo para tomar essas providências!

— Não temos, não! Faça o que eu lhe disse! Verificar tudo, queimar tudo.

Ele saiu.

Ao voltar, estava mais tranquilo.

— Joguei o vidrinho no parque Friedrichshain. Você queimou tudo?

— Sim!

— Tudo mesmo? Verificou tudo e depois queimou?

— Estou dizendo, Otto!

— Claro, tudo bem, Anna! Engraçado, estou de novo com a sensação de que não consigo enxergar o lugar do inimigo. Como se eu tivesse me esquecido de alguma coisa!

Ele passou a mão pela testa, olhando pensativo para a mulher.

— Fique calmo, Otto. Com certeza você não se esqueceu de nada. Neste apartamento não há mais nada.

— Estou com tinta nos dedos? Pense, não posso ter a menor mancha de tinta, principalmente agora que não há mais tinta aqui.

Eles procuraram e realmente acabaram encontrando uma mancha de tinta no indicador direito dele. Ela esfregou-o com a mão.

— Viu? Estou dizendo, a gente sempre acaba encontrando! São os inimigos que não conseguimos enxergar. Bem, talvez fosse essa mancha de tinta que eu não tinha percebido que estava me torturando!

— Saiu, Otto, e não há mais nada com que você se inquietar!

— Graças a Deus! Entenda, Anna, não tenho medo, mas não quero que sejamos descobertos cedo demais. Quero fazer o meu trabalho pelo maior tempo possível. Se der, quero ver tudo isso ruir. Sim, quero ver. Afinal, teremos ajudado um pouquinho também!

E dessa vez é Anna que o consola:

— Sim, você vai ver, nós dois vamos ver. O que aconteceu? Sim, passamos por um grande perigo, mas... você disse que a sorte se virou contra nós? A sorte permaneceu do nosso lado, o perigo passou. Estamos aqui.

— Sim — concordou Otto Quangel. — Estamos aqui, livres. Por enquanto. E espero que por muito, muito tempo...

Capítulo 42
O velho correligionário Persicke

O INFORMANTE DO JUIZ DE INSTRUÇÃO Zott, um certo Klebs, foi incumbido de passar em revista a Jablonskistrasse atrás de um homem velho, que morava sozinho, alguém que a Gestapo tinha muito interesse em prender. Em seu bolso havia uma lista com um correligionário confiável em cada prédio de frente e de fundos. Nela também constava o nome de Persicke.

Se na Prinz-Albrecht-Strasse valorizava-se enormemente a prisão do procurado, para o informante Klebs isso era apenas um trabalho de rotina. Baixinho, mal pago e mal nutrido, de pernas tortas, pele ruim e dentes cariados, Klebs lembrava uma ratazana. E também se incumbia de seus afazeres como uma ratazana vasculha a lata de lixo. Estava sempre disposto a aceitar um pedaço de pão, a pedir algo para beber ou fumar, e durante as mendigações sua voz lamuriosa e estridente ficava menos audível, mais soprada, como se o infeliz estivesse agonizado.

Foi o velho quem lhe abriu a porta no apartamento dos Persickes. Ele estava com uma aparência horrível, o cabelo grisalho revolto, o rosto inchado, os olhos vermelhos e a boca inteira se mexendo como um navio numa forte tempestade.

— O que você quer?

— Só uma pequena informação para o partido.

Esses informantes estavam estritamente proibidos de se referir à Gestapo nessas consultas. Toda a conversa deveria se parecer com um pedido de informações desimportantes sobre algum membro do partido.

Para o velho Persicke, porém, mesmo esse inocente pedido de "uma pequena informação" teve o efeito de um soco no estômago. Ele gemeu e se encostou no batente da porta. Algo bem específico retornou ao seu cérebro idiotizado por emanações alcoólicas e, com essa consciência, o medo.

Em seguida, ele se empertigou e disse:

— Entre!

A ratazana o seguiu em silêncio. Klebs observava o homem com os olhos sagazes, ágeis. Nada lhes escapava.

A sala encontrava-se num estado desolador. Cadeiras viradas; garrafas caídas, de cujos gargalos o álcool evaporava, fedido, no chão. Um cobertor enrolado de qualquer jeito num canto. Uma toalha de mesa jogada. Debaixo do espelho, que estampava uma teia de rachaduras, uma porção de cacos. Uma cortina fechada e outra rasgada. E, por todo o aposento, tocos de cigarros, mais tocos de cigarros, pacotes semiabertos de tabaco.

Os dedos de ladrão de Klebs formigavam. Sua vontade era catar as coisas: bebida, tabaco, tocos de cigarros, até o relógio que pendia do bolso de um colete que estava pendurado numa cadeira. Mas naquele momento ele era apenas um mensageiro da Gestapo ou do partido. Assim, sentou-se de maneira educada numa pequena cadeira e disse com a vozinha fina, alegre:

— Ah, aqui tem coisa para beber e fumar! Que vidão, Persicke!

O velho mirou-o com um olhar pesado, opaco. Em seguida, empurrou de supetão por sobre a mesa uma garrafa com aguardente até a metade para a visita. Klebs conseguiu pegá-la no último instante antes de cair.

— Ache algo para fumar! — murmurou Persicke, olhando pela sala. — Deve ter por aqui. — E, com a língua pesada, acrescentou: — Mas não tenho fogo!

— Não se preocupe, Persicke! — disse Klebs quase piando, tranquilizador. — Já vou me arranjar. Você deve ter gás e um acendedor na cozinha.

Ele fez de conta que se conheciam havia tempos. Como se fossem velhos amigos. E, com a maior naturalidade, se dirigiu até a cozinha com suas pernas curtas. Lá, as louças quebradas e os móveis derrubados compunham um cenário ainda pior do que o da sala, mas ele afinal encontrou um acendedor no meio da bagunça e usou-o.

Klebs foi logo pegando três maços abertos de cigarros. Um deles tinha estado nadando em álcool, mas dava para secar. Na volta, ainda deu uma espiada nos dois outros cômodos, que também estavam em petição de miséria. Como Klebs logo supôs, o velho estava sozinho no apartamento. O informante esfregou as mãos, satisfeito, deixando à mostra os dentes amarelos e manchados de preto. Essa visita renderia mais do que apenas um pouco de bebida e alguns cigarros.

O velho Persicke ainda estava sentado na mesma cadeira junto à mesa, como Klebs o deixara. Mas o esperto informante percebeu que, nesse meio-tempo, o velho devia ter se levantado, pois diante dele havia uma garrafa cheia de aguardente, que não tinha aparecido antes.

Então existia um estoque. O que seria descoberto também!

Klebs sentou-se com um suspiro satisfeito, deu uma baforada na cara de seu interlocutor, tomou um gole do gargalo e perguntou, de maneira inocente:

— E como vão as coisas, Persicke? Abra o coração, velho camarada! E sem enrolação, senão você acaba levando uns tiros.

O velho tremeu ao escutar as últimas palavras. Não tinha conseguido entender em que contexto elas foram proferidas. Só entendeu que se tratava de tiros.

— Não, não! — murmurou ele, amedrontado. — Não atire, nada de tiros. Baldur vai vir, ele dá um jeito nisso!

A ratazana resolveu deixar para depois saber quem era Baldur, aquele que daria um jeito.

— Sim, se você conseguir dar um jeito, Persicke! — disse ele, com cuidado. E olhou para o rosto do outro, que, como lhe parecia, o encarava de um jeito sombrio e desconfiado. — Claro, quando Baldur chegar... — completou, conciliador.

O velho continuava a olhá-lo em silêncio. De repente, num daqueles momentos de sobriedade que os bêbados contumazes têm de vez em quando, ele disse, com a língua nem tão balbuciante:

— Quem é você, afinal? O que quer de mim? Não te conheço!

A ratazana mirou com cuidado o homem subitamente desperto. Nesses momentos, os bêbados muitas vezes ficavam dispostos a brigar e a trocar socos, e Klebs era apenas um homem franzino (e covarde, além disso), enquanto dava para reconhecer o velho Persicke — mesmo nesse estado de decadência — como alguém que presenteara o Führer com dois vigorosos homens da SS e um aluno do Napola.

Klebs respondeu, mais brando:

— Já lhe disse, sr. Persicke. Talvez o senhor não tenha compreendido direito. Meu nome é Klebs, venho do partido para pedir algumas informações...

Persicke bateu com o punho na mesa. Ambas as garrafas tremeram. Klebs salvou-as com seu reflexo.

— Seu canalha — gritou Persicke —, como se atreve a dizer que não compreendi alguma coisa? Você é mais inteligente do que eu, hein? Diz na minha cara, sentado na minha mesa, na minha casa, que eu não compreendi alguma coisa do que você me disse? Maldito canalha!

— Não, não, não, sr. Persicke! — tranquilizou-o a ratazana, melíflua. — Nada disso. Foi um pequeno mal-entendido. Tudo com paz e amizade. Vamos manter a calma. Afinal, somos correligionários antigos!

— Onde está o seu documento? Como você entra na minha casa e não se identifica? Você sabe que isso é proibido pelo partido!

Nesse ponto, porém, Klebs estava blindado: a Gestapo providenciara documentos válidos, irrestritos.

— Aqui, sr. Persicke, verifique tudo com calma. Está tudo em ordem. Estou apto a recolher informações e o senhor deve me ajudar, se possível.

O velho olhou com os olhos baços para os documentos que lhe foram exibidos — Klebs preferiu não soltá-los. A escrita embaralhou-se diante de seus olhos, ele tocou pesadamente com o dedo num deles:

— É o senhor?

— É o que se vê, sr. Persicke! Todos dizem que a foto é absolutamente parecida comigo! — E, gabola: — Dizem também que pareço ter dez anos a menos. Não sei, não sou vaidoso. Nunca me olho no espelho.

— Guarde isso! — rosnou o ex-taberneiro. — Não quero ler agora. Sente-se, tome um trago, fume, mas fique calmo. Primeiro tenho de pensar um pouco.

Klebs, a ratazana, fez o que lhe era mandado enquanto observava cuidadosamente seu interlocutor, que parecia entrar novamente em transe.

Sim, o velho Persicke, que também tinha tomado um gole grande da garrafa, tinha sido novamente abandonado pela clareza, estava sendo atraído de maneira irresistível para o redemoinho de sua bebedeira, e aquilo que ele chamava de pensar eram considerações torpes, a procura por algo que já o deixara havia muito. Ele não sabia nem mesmo o que procurava.

A situação estava difícil para o velho. Primeiro, um dos filhos tinha ido para a Holanda e depois o outro fora para a Polônia. Baldur ingressara num dos internatos voltados à formação de líderes nazistas; o ambicioso caçula havia alcançado seu objetivo: tinha sido acolhido entre os primeiros da nação, um aluno especial do próprio Führer! Ele continuava a aprender, aprendia a governar — não exatamente a si mesmo, mas todas as outras pessoas que não tinham avançado tanto na vida quanto ele.

O pai ficara sozinho com a mulher e a filha. Ele sempre gostara demais de uma bebida; na taberna falida, o velho Persicke já era seu próprio melhor cliente. Quando os filhos partiram e, principalmente, quando Baldur não estava mais lá para ficar de olho nele, Persicke se habituou a beber; em seguida, passou a viver embriagado. No início, a mulher achara aquilo terrível: pequena, assustada, chorosa na casa cheia de homens na qual ela nunca passara de uma empregada não paga e muito maltratada, tinha medo de saber de onde o marido arranjava tanto dinheiro para todo aquele álcool. Somou-se a isso o medo das ameaças e dos maus-tratos infligidos pelo bêbado. E ela fugiu, secretamente, para a casa de parentes, deixando o marido aos cuidados da filha.

A filha, uma pessoa grosseira, que passara pela Liga das Jovens Alemãs alcançando o posto de líder, nunca mostrou a menor intenção de limpar a sujeira do pai e, ainda por cima, ser mal paga por isso.

Por meio de seus contatos, conseguiu um cargo de vigia no campo de concentração feminino de Ravensbrück e — auxiliada por cães pastores e chibatadas — preferia fazer com que mulheres idosas, que nunca haviam feito trabalhos braçais até então, produzissem muito mais do que seus corpos suportavam.

O velho pai, deixado sozinho, decaía cada vez mais. No trabalho, declarou estar doente. Ninguém se preocupava com sua comida, ele vivia quase que somente do álcool. Nos primeiros dias, ainda usava seus cartões para vez ou outra buscar um pouco de pão, mas os perdera (ou tinham sido roubados). Fazia dias que Persicke não comia nada.

Ele ainda conseguia se lembrar de que na noite anterior tinha estado muito mal. Mas se esquecera de que havia surtado; quebrado louças; derrubado armários; que, assolado por um pânico terrível, vira perseguidores em todos os lugares. Os Quangels e o velho juiz Fromm tinham estado diante da sua porta e tocado a campainha sem parar. Mas ele não se mexeu, não queria abrir a porta para seus perseguidores. As pessoas do lado de fora deviam ser apenas os mensageiros do partido, que queriam fechar as contas do caixa, mas faltavam mais de três mil marcos (poderiam ser seis mil também, mesmo em seus momentos mais lúcidos ele não saberia precisar).

O velho juiz disse friamente:

— Que continue em seu surto. Não tenho interesse...

Fromm, em geral tão amável e de rosto irônico, estava com uma aparência muito fria. O velho senhor tinha descido novamente as escadas.

E Otto Quangel, em seu profundo desgosto por ser atraído para algo assim, também observou:

— Por que vamos nos meter nisso? Só dá encrenca. Você está ouvindo, Anna, ele está bêbado! Ficará sóbrio de novo em algum momento.

Mas Persicke, que não sabia mais quase nada dessas coisas no dia seguinte, não voltou a ficar sóbrio. Pela manhã, sentia-se péssimo, tremia tanto que mal conseguia levar o gargalo da garrafa até a boca. Mas quanto mais bebida, menor a tremedeira, e menor o medo que ainda o assolava de tempos em tempos. Restava apenas a sombria sensação de que se esquecera de alguma coisa, algo imprescindível, e isso o torturava.

E agora uma ratazana — paciente, ávida, matreira — sentava-se à sua frente. A ratazana não tinha pressa, vira sua situação e estava decidida a se aproveitar dela. Klebs não tinha urgência de entregar o relatório ao juiz Zott. Afinal, sempre era possível lhe contar alguma história sobre os motivos de ele não ter cumprido sua tarefa. Aquela era uma oportunidade única, que não podia, de modo algum, ser desperdiçada.

Klebs realmente não a desperdiçou! O velho Persicke afundava cada vez mais em sua bebedeira e, mesmo que conseguisse apenas balbuciar alguma coisa, uma informação balbuciada também tinha lá seu valor.

Depois de uma hora, Klebs sabia de tudo o que era preciso saber sobre os negócios escusos do velho; e também onde ficavam as garrafas e o tabaco — e meteu o restante do dinheiro no bolso.

A ratazana se torna o melhor amigo do velho. Klebs o põe na cama; e, quando Persicke berra, o outro sai correndo e lhe serve aguardente até silenciá-lo. Nesse meio-tempo, mete em duas malas tudo que parece valer a pena ser levado. A fina lingerie de damasco da finada Rosenthal troca novamente de dono, embora de maneira não totalmente legal.

Em seguida, Klebs dá mais um monte de bebida ao velho, pega as malas e se prepara para sair, sorrateiro, do apartamento.

Ao abrir a porta, topa com um homem grande, anguloso, de rosto fechado, que lhe pergunta:

— O que o senhor está fazendo aqui no apartamento dos Persickes? O que está carregando aí? O senhor chegou sem malas! Desembuche logo! Ou prefere me acompanhar até a delegacia?

— Por favor, aproxime-se — diz a ratazana com humildade. — Sou um velho amigo e correligionário do sr. Persicke. Ele vai confirmar. O senhor é o síndico do prédio, não? Senhor síndico, meu amigo Persicke está muito doente...

Capítulo 43
Barkhausen é enganado pela terceira vez

Os dois homens se sentaram na sala revirada; o "síndico" no lugar da ratazana e Klebs na cadeira que tinha sido ocupada por Persicke. Não, o velho Persicke não conseguiu dar nenhuma informação, mas a confiança com que o informante se movimentava dentro do apartamento e a calma com que falou com Persicke e lhe deu de beber tinham feito o "síndico" se manter mais cauteloso.

Klebs sacou novamente sua gasta carteira de um material sintético que um dia fora preto e que já estava com um brilho vermelho-ferrugem nos cantos.

— Posso apresentar meus documentos ao senhor síndico? — disse.
— Está tudo em ordem, recebi uma incumbência do partido...

Mas o outro devolveu os documentos e recusou também a bebida, aceitando somente um cigarro. Não, ele não iria beber nada àquela hora, lembrava-se ainda muito bem de como o conhaque tinha arruinado todo aquele brilhante negócio na casa da Rosenthal, ali em cima, com o Enno. Não lhe aconteceria de novo. Barkhausen — não é outro senão Barkhausen que está sentado ali como "síndico" — pensa em como se livrar desse homem. Percebeu suas intenções de pronto: tanto fazia se era um conhecido do velho Persicke ou não, se tinha vindo em nome do partido ou não... o sujeito estava querendo roubar! Dentro de suas malas havia coisas roubadas, do contrário não teria ficado tão assustado ao deparar com Barkhausen, amedrontado e solícito. Ninguém que está do lado da razão se rebaixa tanto diante de outra pessoa; Barkhausen sabe disso por experiência própria.

— Talvez o senhor queira uma bebidinha, senhor síndico?

— Não! — diz Barkhausen, quase gritando. — Cale a boca, tenho de pensar numa coisa...

A ratazana estremece e fica em silêncio.

O ano foi ruim para Barkhausen. Não, ele também não recebeu os dois mil marcos enviados pela sra. Häberle naquela época. Os correios lhe explicaram que a Gestapo exigira o dinheiro para si, visto que era fruto de um crime; ele deveria entrar em contato com a Gestapo. Não, Barkhausen não fez isso. Ele nunca mais queria ver aquele traidor chamado Escherich na sua frente e Escherich também nunca mais apareceu.

Ou seja, ele tinha dado com os burros n'água; muito pior que isso era que Kuno-Dieter não voltara para casa. Primeiro, Barkhausen pensou: Ora, espere! Ah, quando você estiver de volta! Deliciava-se imaginando as surras e rechaçava com rudeza as perguntas da assustada Otti sobre o sumiço do garoto.

Mas então, ao se passarem semanas e mais semanas, a situação sem Kuno-Dieter ficou insuportável. Otti agia como uma megera e havia transformado a vida dele num inferno. Para Barkhausen, no fundo, era indiferente. Se o garoto sumisse para sempre, tanto melhor. Uma boca inútil a menos na casa! Mas Otti estava completamente louca com o desaparecimento do queridinho, era como se não conseguisse viver nem mais um dia sem Kuno-Dieter, embora antes nunca tivesse economizado nas sovas e broncas com ele.

Por fim, Otti ficou totalmente transtornada, foi até a polícia e acusou o marido de ter assassinado o filho. A polícia não tinha muitos escrúpulos com gente como Barkhausen. Como ele não tinha reputação nenhuma porque já carregava a pior delas, foi preso imediatamente.

Durante as onze semanas em que ficou detido, teve de colar uma montanha de saquinhos e trançar uma enormidade de cordas, do contrário ficava sem comida, que de todo modo não enchia sua barriga. Mas o pior foram as noites de ataques aéreos. Certa vez, vira uma mulher na Schönhauser Allee: tinha sido atingida por uma bomba de fósforo, que grudou nela. Uma visão da qual Barkhausen nunca mais se esqueceria nesta vida.

Ou seja, ele tinha medo de aviões, e quando o barulho ficava cada vez mais perto, o ar se saturava de seu cheiro, as primeiras bombas caíam e as paredes de sua cela se iluminavam de vermelho pelas labaredas de incêndios próximos e distantes... Não, eles não tiravam os prisioneiros das celas, não os trancavam nos porões onde estariam em segurança, esses malditos! Nessas noites, todo o gigante complexo penitenciário de Moabit era assolado por uma histeria, os prisioneiros se agarravam às janelas, gritando. Ah, como gritavam! E Barkhausen engrossava o coro! Chorava feito um bicho, escondia a cabeça no catre, depois batia com ela contra a porta da cela, muitas vezes, até cair no chão, desacordado... Esse era seu tipo de anestesia, com a qual conseguia suportar essas noites!

Depois dessas onze semanas de prisão, é claro que não voltou muito bem-humorado para casa. Evidentemente, não conseguiram provar nadinha contra ele, seria ridículo; mas poderia ter ficado sem essas onze semanas caso Otti não tivesse sido tão canalha! E Barkhausen passou a tratá-la como uma canalha, que levava, com seus namorados, uma vida nada má no apartamento dele (cujo aluguel ela pagava regularmente), enquanto ele tivera de ficar enrolando cordas e ficara meio louco de tanto medo.

A partir de então, as surras eram uma constante no lar dos Barkhausen. O marido batia na mulher por qualquer coisinha; lançava o que tinha nas mãos contra a cara dela, a canalha, a maldita, que lhe havia trazido tamanha infelicidade.

Mas Otti resolveu se defender. Nunca havia comida para ele, nem dinheiro ou cigarro. Em meio aos tapas, ela gritava tanto que os moradores do prédio se juntavam e todos tomavam partido contra Barkhausen, mesmo sabendo que ela não passava de uma prostituta ordinária. E uma vez, depois de ele ter lhe arrancado vários tufos de cabelo, ela fez a coisa mais infame: sumiu do apartamento para nunca mais voltar, deixando-o com os quatro filhos restantes, de cuja paternidade ele não tinha a menor certeza. Maldição, Barkhausen precisou começar a trabalhar de verdade, senão todos morreriam de fome, e Paula, de dez anos, assumiu a casa.

Tinha sido um ano pífio, um ano verdadeiramente podre! E, ainda por cima, aquele ódio que não parava de corroê-lo contra os Persickes, dos quais ele não podia nem devia fugir, a raiva e a inveja impotente quando se ficou sabendo no prédio que Baldur frequentaria um instituto de formação de lideranças nazistas e, por fim, o tênue renascer da esperança quando viu a bebedeira do velho Persicke. Talvez... talvez ainda...

E agora ele se encontrava sentado na sala dos Persickes, o rádio que Baldur roubara da velha Rosenthal estava na mesinha debaixo da janela. Barkhausen estava próximo de seu objetivo, o único empecilho era se livrar daquele percevejo de maneira discreta...

Os olhos de Barkhausen brilham quando pensa em como Baldur ficaria furioso se o visse sentado nessa mesa. Um sujeito ladino esse Baldur, mas ainda não ladino o suficiente. Às vezes, a paciência vale mais do que a esperteza. E, de repente, Barkhausen se lembra do que Baldur tinha em mente fazer com ele e com Enno Kluge, na época em que invadiram o apartamento da sra. Rosenthal. Quer dizer, não fora uma invasão propriamente dita, mas uma ação em seus conformes...

Barkhausen estica o lábio inferior, observa, pensativo, seu interlocutor, que durante esse longo período de silêncio ficou muito inquieto, e diz:

— Bem, então me mostre o que há dentro das malas!

— Escute — tenta se defender a ratazana —, acho que isso já é pedir demais. Se meu amigo, o sr. Persicke, me deu permissão, isso não está ao alcance de seus direitos como síndico do prédio...

— Ah, chega de enrolação! — diz Barkhausen. — Ou você me mostra aqui o que tem nas malas ou vamos os dois à polícia.

— Não preciso — conclui a ratazana —, mas vou lhe mostrar voluntariamente. Com a polícia sempre só dá confusão, e agora que meu correligionário Persicke caiu tão doente, pode demorar dias até ele conseguir confirmar minhas afirmações.

— Ande! Abra logo! Abra! — diz Barkhausen frenético, acabando por tomar um gole da garrafa.

Klebs, a ratazana, olha para ele e, de repente, surge um sorriso desdenhoso no rosto do informante. "Ande! Abra logo! Abra!" Com essa ordem, Barkhausen denunciou sua avidez. Denunciou também que não é o síndico do prédio e, mesmo que seja, é um daqueles com intenções desonestas.

— E aí, companheiro? — diz a ratazana num tom totalmente diferente. — Meio a meio?

Um soco lança-o ao chão. Por segurança, Barkhausen ainda lhe enfia mais dois, três golpes com a perna de uma cadeira. Bem, esse aí não vai dar um pio durante a próxima hora!

E então Barkhausen começa a guardar coisas na mala e tirar outras. A antiga roupa íntima da sra. Rosenthal muda de dono mais uma vez. Barkhausen trabalha rápido e com muita calma. Dessa vez nada deve se interpor entre ele e o sucesso. É preferível acabar com todo mundo, mesmo que tenha de esticar o pescoço por causa disso! Ele não vai permitir que o deixem para trás mais uma vez.

E, quinze minutos mais tarde, quando Barkhausen deixava o apartamento, os dois policiais não tiveram muito trabalho. Depois de alguns chutes e safanões, Barkhausen estava dominado e algemado.

— Muito bem! — disse satisfeito o baixinho juiz aposentado Fromm. — E, com isso, suas atividades neste prédio acabaram para sempre, sr. Barkhausen. Não me esquecerei de entregar seus filhos à custódia. Mas isso não deve interessá-lo. Bem, senhores, agora precisamos entrar no apartamento. Espero que o senhor não tenha feito muitos estragos ao homem que subiu as escadas à sua frente. E depois deveremos encontrar ainda o sr. Persicke, senhor guarda. Ontem à noite ele sofreu um ataque de *delirium tremens*.

Capítulo 44
Entreato: um idílio no campo

A EX-CARTEIRA EVA KLUGE TRABALHA na plantação de batatas, exatamente como sonhava há tempos. É um lindo dia do começo do verão, bastante quente. O céu é de um azul radiante e principalmente ali, no canto protegido próximo à floresta, quase não venta. Durante a capinação, Eva tirou uma peça de roupa depois da outra; no momento, está usando apenas saia e blusa. Suas pernas nuas, fortes, estão douradas como o rosto e os braços.

Sua enxada encontra erva-sal, rabanetes-de-cavalo, cardos, grama-francesa... ela avança lentamente porque a terra tem muitas ervas daninhas. Muitas vezes bate também numa pedra e sua ferramenta solta um tilintar prateado, que é bonito de se ouvir. Na beira da floresta, a sra. Eva Kluge acaba chegando numa touceira de resedás — aquela depressão do terreno está úmida, as batatas sofrem, mas o resedá triunfa. Na verdade, ela gostaria de tomar o café da manhã e, de acordo com a posição do sol, estaria na hora, mas primeiro quer acabar com a praga de resedá antes de fazer uma pausa.

Mesmo estando sua boca bem fechada, seus olhos são límpidos e tranquilos. O olhar não tem mais aquela expressão severa, sempre preocupada, de como há dois anos, em Berlim. Ela ficou mais calma, superou. Sabe que o pequeno Enno morreu, a sra. Gesch lhe escreveu de Berlim. Sabe que perdeu os dois filhos — Max tombou na Rússia e Karlemann está perdido para ela. Ainda não completou quarenta e cinco anos, ainda tem um bom pedaço de vida pela frente, não está desesperada, trabalha. Não quer simplesmente desperdiçar os anos que lhe restam; quer criar alguma coisa.

Ela também conta com algo que lhe traz felicidade todos os dias: trata-se de seu encontro noturno diário com o professor substituto do vilarejo. O professor "verdadeiro", Schwoch, membro fanático do partido, um sujeito raivoso e covarde, informante, que jurou cem vezes, com lágrimas nos olhos, que se sentia triste por não poder ir ao front, pois tinha de cumprir ordens do Führer e aguentar em seu cargo no interior — o professor "verdadeiro", Schwoch, apesar de todos os seus atestados médicos, foi incorporado ao Exército. Isso aconteceu há quase seis meses. Mas o caminho para o front deve ser difícil para esse amante da guerra: provisoriamente, o professor Schwoch está estacionado como escrevente num setor de contabilidade. A sra. Schwoch visita o marido com frequência, levando-lhe toicinho e presunto, mas ele provavelmente não come sozinho todas essas deliciosas iguarias: deu certo, seu bom Walter se tornou suboficial, a sra. Schwoch anunciou após sua última viagem com toicinho. Suboficial... quando, segundo ordens do Führer, promoções só poderiam acontecer nas tropas em combate. Mas essas regras não valem, claro, para correligionários fanáticos com presunto e toicinho.

Bem, Eva Kluge não se importa com isso. Desde que saiu do partido, ela sabe exatamente o que acontece. Sim, ela esteve em Berlim: depois de ter reconquistado novamente a necessária paz interior, regressou à cidade e se apresentou ao tribunal do partido e aos correios. Não foram dias agradáveis, longe disso, ela ouviu berros, ameaças e durante seus cinco dias de prisão acabou levando uma surra. O campo de concentração estava próximo, mas, por fim, ela foi liberada. Inimiga do Estado: algum dia ela saberia, na própria pele, o significado disso.

Eva Kluge desmontou seu apartamento. Teve de vender muita coisa, porque conseguiu apenas um cômodo no vilarejo, mas agora vivia sozinha. Também não trabalhava apenas para o cunhado, que preferia lhe dar somente comida e não dinheiro; ela ajudava todos os camponeses. Não só fazia serviços no campo e nas casas como também atuava como enfermeira. Tinha mãos ágeis; nunca se sentia aprendendo algo novo, mas apenas relembrando um trabalho havia muito não exercido. O trabalho no campo estava em seu sangue.

Mas essa vida miúda, agora pacífica, construída após a derrocada, só recebeu um brilho e uma alegria por intermédio do professor substituto Kienschäper. Kienschäper era um homem alto, sempre um pouco curvado para a frente, de cinquenta e poucos anos, volumosos cabelos brancos e um rosto muito bronzeado, no qual sorriam jovens olhos azuis. Assim como Kienschäper dominava as crianças do vilarejo com esses risonhos olhos azuis, conduzindo a educação rígida de seu antecessor a um terreno um pouco mais humano, assim como ele atravessava os jardins dos camponeses, munido com uma tesoura de poda, livrando as árvores frutíferas que nasciam ao acaso de galhos mortos e brotos desnecessários, arrancando cancros e os limpando com ácido carbólico, assim também ele curou as feridas de Eva, dissolveu sua amargura, trouxe-lhe paz.

Não que ele tivesse conversado muito a respeito, pois Kienschäper não era um grande conversador. Mas quando estava com ela no seu apiário, falando da vida das abelhas, que amava de paixão; quando caminhava com ela à noite pelos campos e lhe mostrava como aquelas terras estavam descuidadas e com quão pouco trabalho elas se tornariam férteis novamente; quando ajudava um bezerrinho a nascer; quando levantava uma cerca sem ter sido solicitado; quando se sentava junto ao órgão e tocava só para os dois; quando tudo atrás de seus passos parecia organizado e pacífico: isso era mais eficaz para o contentamento de Eva do que todas as palavras de consolo. Uma vida voltada para si num tempo cheio de ódio, lágrimas e sangue, mas pacífica, que respirava a paz.

É evidente que a mulher do professor Schwoch, que era ainda mais nazista do que o marido entusiasta da guerra, antipatizou de cara com Kienschäper e fazia tudo o que lhe passava pela odiosa cabeça no intuito de perturbá-lo. Ela tinha de acolher em casa e dar de comer ao substituto do marido, mas o fazia de maneira tão calculista que Kienschäper nunca recebia o café da manhã antes da aula, sua comida estava sempre queimada e seu quarto nunca era limpo.

Mas ela era impotente contra sua tranquilidade. Ela podia ficar furibunda, revoltar-se, espumar, falar mal dele, ficar espreitando na porta de sua sala de aula e depois fazer denúncias à diretoria da escola — e ele continuava conversando com ela do mesmo jeito, como com uma criança mal-educada, que um dia vai se dar conta das suas artes. E, por fim, Kienschäper começou a comer na casa de Eva Kluge, mudou-se para o vilarejo, e a gorda e furibunda Schwoch só podia conduzir sua guerra particular a distância.

Nem Eva Kluge nem o grisalho professor Kienschäper sabiam ao certo quando haviam conversado pela primeira vez sobre casamento. Talvez nunca tivessem falado a respeito. Aconteceu naturalmente. Eles também não tinham pressa — certo dia, em algum momento, seria a hora. Duas pessoas maduras, que não queriam voltar do trabalho e ficar sozinhas à noite. Não, nada de filhos, filhos nunca mais — Eva se arrepiava. Mas companheirismo, amor tolerante e principalmente confiança. Ela, que em seu primeiro casamento nunca pudera confiar; ela, que sempre tivera de conduzir, queria agora ser conduzida com confiança no último trecho da estrada da vida. Quando tudo ficou totalmente escuro, quando ela estava combalida, o sol atravessou mais uma vez as nuvens.

O resedá está arrancado, por ora vencido. Certo, crescerá de novo, trata-se daquelas ervas daninhas que brotam a partir de qualquer pedacinho de raiz deixada debaixo da terra. Mas Eva já conhece o lugar, não se esquecerá dele, vai voltar tantas vezes ali até que o resedá acabe de vez.

Na realidade ela poderia tomar seu café da manhã, é hora, seu estômago também o diz. Mas quando olha para seus pãezinhos e sua garrafa de café deixados na sombra à beira da floresta, vê que não vai tomar café, não nesse dia, seu estômago que faça silêncio. Pois já há alguém ocupado com isso, um garoto de talvez catorze anos, incrivelmente esfarrapado e sujo, que engole os pães como se estivesse a ponto de morrer de fome.

Esse garoto está tão entretido em comer que nem percebe que a enxada fez silêncio. Ele só se assusta quando a mulher chega bem na sua frente, e a encara com seus grandes olhos azuis sob o cabelo loiro desgrenhado. Embora tenha sido flagrado roubando e a fuga seja impossível, o olhar do garoto não indica medo ou culpa; antes, é um olhar de desafio.

Nos últimos meses, o vilarejo e a sra. Kluge aprenderam a se acostumar com essas crianças: os ataques aéreos sobre Berlim intensificavam-se constantemente e a população foi incentivada a enviar os filhos para o campo. O interior está inundado de crianças berlinenses. O curioso, porém, é que algumas dessas crianças não conseguem se acostumar à calma vida rural, onde teriam tranquilidade, comida melhor, sono noturno sem sobressaltos; elas não aguentavam, algo as atraía de volta à cidade grande. E tomavam rumo; descalças, mendigando um pouco de comida, sem dinheiro, ameaçadas pelos caçadores, procuravam incansáveis seu caminho para a cidade que ardia quase todas as noites. Retidas, mandadas de volta ao vilarejo interiorano, mal esperavam estar um pouco mais bem alimentadas e partiam de novo.

O garoto de olhar desafiador, tomando o café da manhã de Eva, devia estar em trânsito havia tempos. A mulher não conseguia se lembrar de ter visto alguém tão sujo e esfarrapado antes. Palha se misturava ao seu cabelo e dava para plantar cenouras dentro das orelhas.

— Está gostoso? — perguntou Eva Kluge.

— *Klar!* — disse ele, e com essa única palavra traía sua origem berlinense.

Ele a encarou.

— Você vai me bater?

— Não — respondeu ela. — Continue comendo. Às vezes fico sem o café da manhã, e você está com fome.

— *Klar!* — repetiu ele apenas. E então: — Você vai me deixar ir embora depois?

— Talvez — disse ela. — Mas talvez você aceite tomar um banho antes e me deixe dar um jeito nas suas roupas. Talvez eu encontre também uma calça sem rasgos e que te sirva.

— Pode deixar! — recusou ele. — Vou acabar vendendo quando estiver com fome. Você nem imagina o tanto de coisas que já passei nos cobres neste ano que estou perambulando por aí! Quinze calças, pelo menos! E dez pares de sapatos!

Ele olhou para ela com um ar triunfal.

— E por que você está me contando isso? — perguntou ela. — Para você, seria mais vantajoso aceitar a calça e não me dizer nada.

— Sei lá. Talvez porque você não tenha brigado comigo por eu ter traçado o seu café. Acho brigar e xingar muito besta.

— Então você está perambulando faz um ano?

— Isso é meio exagerado. No inverno, fiquei num lugar. Num muquifo de um dono de bar. Eu alimentava os porcos e lavava os copos de cerveja. Foi um tempo bastante bom — disse ele, pensativo. — Um sujeito engraçado, o dono. Sempre bêbado, mas comigo ele falava como se eu fosse igual a ele, mesma idade e tudo. Foi lá que aprendi a tomar aguardente e a fumar. Você também gosta de aguardente?

A sra. Kluge guardou para mais tarde a pergunta sobre se beber aguardente era algo aconselhável para garotos de catorze anos.

— Mas você foi embora de lá? Quer voltar para Berlim?

— Não — respondeu o garoto. — Não volto para os meus velhos. São comuns demais para mim.

— Mas seus pais devem ficar preocupados com você; afinal, não sabem do seu paradeiro!

— Até parece! Eles estão é contentes por terem se livrado de mim!

— O seu pai faz?

— Meu pai? Ah, ele é um pouco de tudo: meio espião e também rouba. Quando encontra alguma coisa para roubar. Só que é tão idiota que nunca encontra algo decente.

— Ah — disse a sra. Kluge, e depois dessas confissões sua voz tinha, sim, ficado um pouco mais brava. — E o que a sua mãe diz a respeito?

— Minha mãe? O que ela vai poder dizer? Ela é só uma puta!

Plaft! Apesar da promessa dela, ele tinha levado o seu tabefe.

— Você não se envergonha de falar da sua mãe desse jeito? Que horror!

O garoto, sem fazer nenhuma careta, esfregou a bochecha.

— Ela ficou presa — contou ele. — Não quero mais saber de gente desse tipo.

— Você não deve falar assim da sua mãe! Entendeu? — ela disse, irritada.

— E por que não? — Ele se encostou para trás. Totalmente satisfeito, piscou agradavelmente para sua anfitriã. — Por que não? Afinal, ela é puta. Ela mesmo diz. "Ah, se eu não fosse pra zona", ela dizia muitas vezes, "todos vocês morreriam de fome!" É que somos cinco irmãos, mas cada um de um pai diferente. O meu parece que tem um lugar bacana na Pomerânia. Na verdade, eu queria ir atrás e dar uma olhada nele. Deve ser um sujeito engraçado, se chama Kuno-Dieter. Não deve ter muita gente com um nome esquisito desses, acho que vou conseguir achar...

— Kuno-Dieter — disse a sra. Kluge. — Então você também se chama Kuno-Dieter?

— Só Kuno, o Dieter você pode esquecer!

— Então, Kuno, para onde você foi removido? Como se chama o vilarejo em que você chegou de trem?

— Não fui removido! Eu fugi dos meus velhos!

Ele estava deitado de lado, a bochecha suja descansava sobre o antebraço igualmente sujo. Ele piscava de maneira apática para ela, totalmente disponível para um pequeno bate-papo.

— Quero te contar como foi que aconteceu. Bem, o homem que chamam de meu pai, ele me enganou em cinquenta pratas, isso faz mais de um ano, e ainda por cima ele me bateu. Então juntei uns amigos, quer dizer, não eram amigos de verdade, uns caras fortinhos, e daí fomos todos pra cima do pai e sentamos a lenha nele. Ele mereceu, acabou aprendendo que as coisas não funcionam sempre daquele jeito: os grandes pisoteando os pequenos! E depois a gente ainda roubou o dinheiro do bolso dele. Não sei quanto foi, os maiores dividiram. Ganhei só vinte pratas e depois eles me disseram: Se manda, seu velho ou te mata de porrada ou te manda pra um abrigo. Vai se meter com os camponeses no interior. Daí vim me meter no interior com os camponeses. E estou levando uma vida bastante boa desde então, ah, se estou!

Ele fez silêncio e olhou de novo para ela.

Ela olhou para ele, sem dizer nada. Estava pensando em Karlemann. Dali a três anos, aquele garoto seria um Karlemann também, sem amor, sem fé, sem ambição, voltado totalmente para si mesmo.

— E como você acha que vai ser o seu futuro, Kuno? — perguntou ela, acrescentando: — Será que mais tarde você vai querer entrar na SS ou na SA?

— Entrar nas confrarias? Tá de brincadeira! Essa gente é pior do que o pai. Só ficam xingando e dando ordens! Não, eu passo, não é pro meu bico.

— Mas talvez você fosse gostar de poder ficar mandando nos outros!

— Como assim? Não, não é comigo. Sabe... Como você se chama?

— Eva. Eva Kluge.

— Sabe, Eva, gosto mesmo é de carro. Quero saber tudo de carros, como funciona o motor e o que acontece com o carburador e a ignição. Não, não como é, já sei mais ou menos, mas por que é desse jeito... Quero saber, só que sou muito burro pra isso. Levei cascudo demais quando era criança, a cabeça sumiu. Não sei nem escrever direito!

— Mas você não parece ser tão burro! Tenho certeza de que você consegue aprender a escrever e depois a coisa dos motores.

— Aprender? Ir para a escola de novo? Nem sonhando, já sou muito velho. Tive até duas amantes.

Ela estremeceu por um instante. Mas depois disse, cheia de coragem:

— Você acha que um engenheiro ou um técnico sabem de tudo? Eles estão sempre estudando, na faculdade ou nos cursos noturnos.

— Eu sei! Tô cansado de saber! Está escrito nos anúncios! Cursos noturnos avançados para eletrotécnicos! — De repente, ele estava falando de outro jeito. — As bases da eletrotécnica!

— Viu só? — exclamou a sra. Kluge. — E você achando que está velho demais! Você não quer aprender mais nada? Quer viver como vagabundo para o resto da vida, passando os invernos lavando copos e cortando madeira? Uma vida boa vai te trazer muitas alegrias, tenho certeza!

Ele tinha arregalado os olhos e olhava para ela com curiosidade, mas também com desconfiança.

— Você quer que eu volte pros meus velhos e pra escola em Berlim? Ou quer me meter num abrigo?

— Nem uma coisa nem outra. Quero ver se você pode ficar comigo. E daí eu mesma e um amigo meu vamos te ensinar.

Ele continuou desconfiado.

— E o que você leva nesse negócio? Eu vou dar um monte de despesa, com comida, roupas, cadernos e mais um monte de coisas.

— Não sei se você vai entender, Kuno. No passado, tive marido e dois filhos, que perdi. E agora estou sozinha, só tenho esse amigo!

— Mas então você ainda pode ter um filho!

A mulher madura ficou vermelha, enrubesceu diante do olhar do garoto de catorze anos.

— Não, não posso mais ter um filho — disse ela, encarando-o com firmeza. — Mas eu ficaria contente se você se tornasse alguém, um engenheiro de automóveis ou construtor de aviões. Eu ficaria contente em saber que ajudei um garoto como você a se tornar alguém.

— Você tá pensando que sou um pobre coitado?

— Acho que você sabe que não tem muitas chances, Kuno!

— Tem razão. Deve ser verdade!

— Você não tem vontade de ser outra coisa?

— Vontade eu tenho, mas...

— Mas o quê? Você não quer ficar comigo?

— Querer eu quero, mas...

— Por que tanto mas?

— Fico achando que você logo vai se encher de mim e eu não gosto de ser expulso dos lugares, prefiro ir embora sozinho.

— Você pode ir embora a qualquer hora, não vou te prender.

— Palavra de honra?

— Palavra de honra, Kuno. Você será totalmente livre.

— Mas se eu ficar com você, vai ser preciso dar parte disso. E daí meus velhos vão saber onde eu estou. Eles não vão me deixar ficar nem um dia com você.

— Se a sua casa é mesmo como você contou, então ninguém vai te obrigar a voltar. Talvez eu até me torne responsável por você e daí você será meu filho...

Os dois se olharam por um tempo. Ela achou ter percebido naquele olhar azul, indiferente, um brilho muito tênue. Mas então ele disse, deitando a cabeça no braço e fechando os olhos:

— Então, tá. Vou pensar um pouquinho. Volte pras suas batatas!

— Mas, Kuno, você tem ao menos de me dar uma resposta!

— Tenho? — perguntou ele, sonolento. — Ninguém tem de fazer nada obrigado.

Ela ficou olhando indecisa para ele por algum tempo. Em seguida, voltou ao trabalho com um leve sorrisinho.

Capinava, mas capinava de maneira mecânica. Por duas vezes se surpreendeu ao machucar uma batata. Preste atenção, Eva!, disse a si mesma, irritada.

Mas nem por isso prestou mais atenção. Pensava, isso sim, que talvez fosse melhor que não desse certo esse seu arranjo com o garoto descaído. Quanto amor e quanto trabalho ela não dedicara a Karlemann, que tinha sido um menino puro — e qual fora o resultado de tanto amor e tanto trabalho? E ela queria mudar da água para o vinho um garoto de catorze anos, que desdenhava a vida e todas as pessoas? Que pretensão! Além disso, Kienschäper não concordaria...

Eva foi dar uma olhada no dorminhoco. Mas o dorminhoco não estava mais ali, somente as coisas dela.

Tudo bem, ela pensou. Ele tomou a decisão por mim. Foi embora! Melhor assim! E continuou a capinar, brava.

Logo em seguida, porém, avistou Kuno-Dieter do outro lado do campo de batatas, arrancando o mato com vontade e empilhando tudo na beirada da plantação. Ela foi até ele.

— Já descansou?

— Não consigo dormir — respondeu ele. — Você me deixou tonto. Preciso pensar.

— Então faça isso! Mas não ache que precisa trabalhar por minha causa!

— Por sua causa! — Era inimaginável o quanto de desprezo havia nessas palavras. — Estou tirando o mato porque assim é mais fácil pensar e porque eu gosto. De verdade! Por sua causa! Você acha que é por aqueles pãezinhos?

Eva Kluge voltou ao trabalho novamente com um sorrisinho nos lábios. Ele estava fazendo por ela, ainda que sem admitir para si mesmo.

Agora ela não tinha mais dúvida de que ele a acompanharia na hora do almoço, e todos os apelos de alertas e cuidados que tinham surgido na sua cabeça perderam a importância.

Ela terminou mais cedo do que de costume. Foi novamente até o garoto e lhe disse:

— Estou indo almoçar. Se quiser pode me acompanhar, Kuno.

Ele arrancou mais um pouco de mato e então olhou para o pedaço limpo de terra.

— Consegui um bom tanto! — disse, satisfeito. — Claro que só peguei o mato mais alto; para o menorzinho, é preciso usar o rastelo, mas agora não vai dar mais tempo.

— Tudo bem — concordou ela. — Você cuida apenas do mato alto, eu dou um jeito no menor.

Ele a olhou de esguelha, e ela percebeu que aqueles olhos azuis também sabiam ser travessos.

— Você falou isso de propósito? — perguntou ele.

— É você quem está dizendo — respondeu ela. — Mas não necessariamente.

— Então tá!

No caminho de volta, pararam num riacho pequeno e que corria célere.

— Não quero te levar desse jeito até o vilarejo, Kuno — disse ela.

Imediatamente apareceu uma ruga na testa dele, que perguntou, irritado:

— Você tá com vergonha de mim?

— É claro que você também pode ficar do jeito que está. Por mim... — respondeu ela. — Mas se quiser viver mais tempo no vilarejo, e mesmo que fique cinco anos por lá, sempre bem-arrumado, os camponeses nunca vão se esquecer de como você apareceu pela primeira vez. Como um porco que tinha rolado no lixo, é isso que continuarão falando por dez anos. Como um vagabundo.

— Aí você tem razão. Os caras são assim. Então pegue umas coisas! Enquanto isso, vou tentar me esfregar um pouco aqui.

— Vou trazer sabão e escova — disse ela, partindo apressada para o vilarejo.

Mais tarde, bem mais tarde, já à noitinha, depois de terem jantado a três — Eva, o grisalho Kienschäper e Kuno-Dieter, quase irreconhecível —, ela disse:

— Hoje você dorme aqui no feno, Kuno. A partir de amanhã pode ficar com o quartinho, mas o pessoal tem primeiro de tirar as tralhas de lá. Vou deixar o lugar bem gostoso para você. Tenho móveis de sobra.

Kuno apenas olhou para ela.

— Isso quer dizer que agora eu tenho de apagar — retrucou ele —, porque os senhores querem ficar sozinhos. Pois bem! Mas eu ainda não vou dormir, Eva, não sou nenhum nenê de sete meses. Vou primeiro dar uma volta por aí.

— Mas não volte muito tarde, Kuno! E não fume no feno!

— Claro que não! Eu seria o primeiro a me dar mal. Então, tá. Divirtam-se, meus jovens, como dizia meu pai, e daí ele fazia um filho na minha mãe!

E o rapazola Kuno-Dieter se foi. Um brilhante produto da educação nazista.

Eva Kluge deu um sorriso preocupado.

— Não sei, Kienschäper — disse ela —, se fiz bem em trazer esse malandrinho para nossa pequena família. Ele é muito atrevido!

Kienschäper riu.

— Mas, Evinha, você tem de ver que o garoto só está fazendo pose! Quer fazer de conta que é adulto! Também no que se refere a todas as porcarias! E justo porque ele percebe que você se melindra fácil...

— Eu não sou assim! Mas quando um garoto de catorze anos me diz que já teve duas amantes...

— ...então você se choca com facilidade, Evinha. E o que significa duas amantes, que provavelmente ele nunca teve? No pior dos casos, elas é que o tiveram! Isso não quer dizer nada! Vou poupar seus ouvidos e não direi que, comparado com aquilo que as crianças deste vilarejo simples, temente a Deus, querem fazer umas com as outras, o Kuno--Dieter é um anjo!

— Mas as crianças não ficam falando disso!

— Porque têm a consciência pesada. Mas ele não, ele acha tudo natural porque nunca viu isso ou ouviu essas coisas de um jeito diferente. Dá para consertar. No fundo, o garoto é bom; em seis meses ele vai ficar vermelho de vergonha ao se lembrar de tudo que disse a você nos primeiros dias. Isso vai sumir, assim como o jeito berlinense de falar. Você percebeu, ele sabe falar o alemão padrão direitinho, só que não quer.

— Estou com a consciência pesada principalmente em relação a você, Kienschäper.

— Não precisa, Evinha. Gosto do garoto e, esteja certa, independente do seu jeito, ele nunca será mais um do bando de Hitler. Talvez se torne um esquisitão, mas nunca um homem de partido. Talvez se torne um homem solitário.

— Que Deus permita! — disse Eva. — É tudo que quero.

E ela teve a vaga impressão de que, com a salvação de Kuno-Dieter, ela estava reparando um pouquinho as atrocidades cometidas por Karlemann.

Capítulo 45
O juiz Zott é afastado

A CARTA DO CHEFE DA DELEGACIA estava corretamente endereçada ao juiz Zott, polícia secreta do Estado, Gestapo, Berlim. Mas isso não garantiu que ela fosse entregue diretamente ao juiz Zott. Ao contrário, seu chefe, o general da SS Prall, a tinha em mãos quando entrou na sala do juiz.

— Que negócio é esse, juiz? — perguntou Prall. — Mais um cartão do solerte e este bilhete: presos liberados de acordo com orientação telefônica da Gestapo, juiz Zott. Que presos são esses? Por que não fui informado?

O juiz ergueu a cabeça para seu superior, olhando-o através dos óculos, e disse:

— Ah, sim! Já me lembrei. Foi anteontem ou um dia antes. Ah, exatamente: foi no domingo. À noitinha. Entre seis e sete, quer dizer, entre dezoito e dezenove horas, general.

E, orgulhoso de sua memória prodigiosa, ele voltou a olhar para o chefe.

— E o que aconteceu no domingo entre dezoito e dezenove horas? Como assim, presos? E por que eles foram liberados? E por que não fui informado? Embora seja muito tranquilizador que você se lembre do caso, Zott, eu também gostaria de ficar ciente.

Esse "Zott" pronunciado de maneira tão brusca, sem qualquer referência a seu cargo, soou feito um tiro de canhão.

— Foi uma história sem nenhuma importância! — O juiz fez um movimento tranquilizador com a mãozinha amarela de tanto manusear documentos. — Uma bobagem na delegacia. O pessoal de lá prendeu uma gentinha como sendo os autores ou os distribuidores dos cartões, um casal. Claro que era mais uma trapalhada da polícia. Casal... sabemos que o homem mora sozinho! E agora me lembro também de que o homem era marceneiro, e sabemos que quem procuramos tem alguma relação com o transporte público!

— Então, Zott — começou Prall, mal se controlando (esse segundo "Zott" foi um segundo tiro, ainda mais forte, nessa guerra) —, então você está me dizendo que liberou essas pessoas sem ao menos dar uma olhada nelas, sem interrogá-las, só porque eram duas e só porque o homem dizia ser marceneiro? Ah!

— General — disse o juiz Zott, erguendo-se. — Nós, criminalistas, trabalhamos segundo um determinado plano e não nos desviamos dele. Procuro um homem que vive sozinho e que tem alguma relação com o transporte público, e não um marido que é marceneiro. Isso não me interessa. Por esse homem, não me mexo nem um milímetro.

— Como se um marceneiro não pudesse trabalhar para o serviço de transporte público, por exemplo, na manutenção dos bondes! — Prall estava gritando. — Que parvoíce monumental!

Primeiro Zott quis se mostrar ofendido, mas a observação certeira do chefe o fez refletir.

— Tem razão — disse, constrangido —, tem razão. Não pensei nisso. — Ele se recompôs. — Mas procuro um homem sozinho — repetiu. — E aquele homem tinha mulher.

— Você tem noção de como as mulheres podem ser diabólicas? — rosnou Prall. Mas ele tinha mais uma bala na agulha: — E o meu caro juiz de instrução criminal Zott (o terceiro tiro, o mais forte de todos) não pensou que este cartão foi deixado numa tarde de domingo próximo à Nollendorfplatz; o lugar faz parte daquele distrito! Será que esse pequeno e insignificante fato escapou também de seu arguto olhar clínico criminalista?

Dessa vez, o juiz Zott ficou realmente abalado, sua barbicha tremia, um véu parecia recobrir seus olhos escuros, atentos.

— O senhor está me colocando numa situação difícil, general! Estou confuso, como pude deixar de notar isso? Ah, me confundi. Eu só pensava nas estações daqueles bondes elétricos; estava tão orgulhoso daquela descoberta. Orgulhoso demais...

O oficial olhou muito bravo para aquele homenzinho, que reconhecia suas faltas com uma aflição sincera, mas sem servilismo.

— Foi um erro meu, um erro grave — acrescentou o juiz, ansioso —, ter assumido essa investigação. Sirvo tão somente para o trabalho silencioso atrás de uma mesa, não para o serviço nas ruas. O colega Escherich faz isso dez vezes melhor do que eu. E ainda tive o azar — prosseguiu ele na sua confissão — de um dos meus homens que destaquei para esse caso, um certo Klebs, ter sido preso. Como fui informado, ele participou de um roubo, estava saqueando um dipsômano. Aliás, ele está muito machucado. Uma história bem feia. O homem não vai ficar de boca fechada em juízo, ele vai dizer que estava a nosso serviço...

O general Prall tremia de raiva, mas a seriedade triste com a qual o juiz falava e sua total indiferença com o próprio destino ainda o continham.

— E como você imagina a continuação do caso? — perguntou, friamente.

— Eu lhe peço, general — disse Zott com as mãos erguidas, suplicantes —, eu lhe peço, me exonere! Me exonere desse trabalho, do qual não estou à altura de maneira nenhuma! Tire o delegado Escherich da sua cela, ele saberá melhor do que eu...

— Espero — disse Prall, como se não tivesse ouvido nada do que tinha acabado de ser dito —, espero que ao menos você tenha anotado os endereços das pessoas que foram levadas à delegacia.

— Não anotei! Agi com uma leviandade que merece ser punida, seduzido por minha ideia genial. Mas vou ligar para a delegacia, vão me passar o endereço, vamos ver...

— Então ligue!

A conversa foi muito breve. O juiz disse ao oficial:

— Lá eles também não anotaram o endereço. — E, antecipando-se a um movimento irado do chefe: — Sou culpado, o único culpado! Depois da ligação, o pessoal deve ter encarado o fato como definitivamente encerrado. Sou o único culpado por não ter sido feita uma única anotação.

— De modo que não temos nenhuma pista?

— Nenhuma pista!

— E como você classifica o seu comportamento?

— Por favor, tire o delegado Escherich da prisão e me prenda em seu lugar!

Durante alguns instantes, Prall ficou olhando para o homenzinho em silêncio. Depois, disse:

— Você sabe que vou mandá-lo para o campo de concentração? Você ousa fazer tal sugestão na minha cara, enquanto fica aí sentado sem estar tremendo nem chorando de medo? Você é feito da mesma matéria que os vermelhos, os bolcheviques! Confessa sua culpa, mas parece estar orgulhoso dela!

— Não estou orgulhoso da minha culpa. Mas estou disposto a assumir as consequências. E espero fazê-lo sem tremer nem chorar.

O general Prall riu com desprezo ao ouvir essas palavras. Já tinha visto muita honra ser quebrada sob as surras dos homens da SS. Mas também vira o olhar de certos mártires, um olhar que, mesmo sob a máxima tortura, revelava uma superioridade fria, quase desdenhosa. E a lembrança desses olhares fez com que ele, em vez de gritar e acusar, dissesse apenas:

— Mantenha-se nesta sala à minha disposição. Tenho primeiro de fazer um relatório.

O juiz Zott fez que sim com a cabeça e o general Prall se retirou.

Capítulo 46
O delegado Escherich está livre novamente

O DELEGADO ESCHERICH ESTÁ DE VOLTA à ativa. Aquele que se supunha morto renasceu nos porões da Gestapo para a vida. Um pouco machucado e amassado, mas está sentado novamente à sua escrivaninha, e os colegas se apressam a expressar sua simpatia. Sempre acreditaram nele. Gostariam de ter feito por ele algo que estivesse estado ao seu alcance.

— Só que, sabe, quando as instâncias superiores resolvem encarcerar alguém, ficamos de mãos atadas. A gente só se queima. Bem, você sabe muito bem disso, você entende, Escherich.

Escherich garante que entende todo mundo. Repuxa a boca para mimetizar um sorriso que parece um pouco infeliz, talvez porque ainda não tenha aprendido a sorrir com alguns dentes a menos.

Só duas falas no momento de sua reintegração o impressionaram. Uma foi a do juiz Zott.

— Colega Escherich — dissera ele. — Não ficarei no seu lugar no porão, embora tenha merecido dez vezes mais. Não por causa dos erros que cometi, mas porque me comportei feito um pulha em relação a você. Minha única desculpa: eu achava que você tinha trabalhado mal...

— Chega de falar disso — tinha lhe respondido Escherich com seu sorriso desdentado. — No caso do solerte, todos trabalharam mal até agora, você, eu, todos. É engraçado, mas estou realmente interessado em conhecer esse homem que trouxe tanta infelicidade às pessoas ao seu redor com esses cartões. Deve ser um sujeito realmente incomum...

Ele olhou pensativo para o juiz de instrução.

Zott lhe esticou a mãozinha amarela.

— Não pense mal de mim, colega Escherich — ele disse baixinho.
— E mais uma coisa: na minha teoria, o criminoso teria alguma relação com o serviço de transporte público. Você vai encontrá-la no dossiê. Por favor, não perca essa teoria de vista durante as investigações. Eu ficaria muito feliz se ao menos nesse ponto minhas considerações se mostrassem corretas! É o que peço!

Em seguida, o juiz Zott sumiu para sua sala distante, quieta, absorto apenas em suas teorias.

A segunda fala memorável foi, claro, a do general Prall.

— Escherich — disse ele com a voz impostada —, delegado Escherich! Está se sentindo bem?

— Muito bem! — respondeu o delegado. Ele estava atrás de sua escrivaninha, inconscientemente com as mãos coladas na calça e os polegares bem apertados, como aprendera na cela do porão. Apesar de se esforçar muito para não demonstrar, tremia. Seu olhar estava atento ao chefe. O homem à sua frente lhe inspirava medo, um medo delirante de que a qualquer momento pudesse mandá-lo de volta ao porão.

— Então, caso esteja se sentindo bem, Escherich — continuou Prall, percebendo claramente os efeitos de suas palavras —, consegue trabalhar, certo? Ou não?

— Consigo trabalhar, general!

— Se você consegue trabalhar, então consegue também prender o solerte, certo? Consegue?

— Consigo, general!

— Num curtíssimo espaço de tempo, Escherich!

— Num curtíssimo espaço de tempo, general!

— Veja, Escherich — disse Prall, compassivo, deleitando-se com o medo do subordinado. — Como fazem bem umas férias curtas na prisão! Gosto da minha gente assim! Ainda se sente superior, Escherich?

— Não, general, com certeza não. Às ordens, general.

— Você não acha mais que é o sujeito mais esperto de toda a Gestapo e que todos os outros só fizeram merda até agora, não é? Você parou de pensar assim, Escherich?

— Às ordens, general, não penso mais assim.

— Então, Escherich — prosseguiu o oficial, dando um soco de brincadeira, mas doído, no nariz de Escherich, que se esquivou, amedrontado —, se você voltar a se sentir muito esperto, ou resolver trabalhar por conta própria, ou pensar que o general Prall não passa de um completo idiota, me diga isso a tempo. Pois eu mando você de novo para o porão, para se curar antes que o caldo entorne de vez. Entendeu?

O delegado Escherich ficou encarando o chefe, petrificado. Um cego poderia perceber que ele estava tremendo, tão intensa foi sua reação.

— Bem, você vai me contar a tempo que se tornou muito esperto de novo?

— Às ordens, general!

— Ou se o trabalho não estiver avançando, para que eu ponha um pouco de sebo nas suas canelas?

— Às ordens, general!

— Então estamos combinados, Escherich!

De maneira inesperada, o todo-poderoso deu a mão ao homem já suficientemente pressionado.

— Fico contente, Escherich, de tê-lo novamente na ativa. Espero que venhamos a trabalhar juntos muitíssimo bem. Qual será nosso próximo passo?

— Conseguir uma descrição precisa das pessoas com o responsável pela delegacia na Nollendorfplatz. O homem que as interrogou talvez ainda se lembre vagamente dos nomes. Continuar a ação de busca do colega Zott...

— Muito bem, muito bem. Já é um começo. Receberei um relatório diário...

— Às ordens, general!

Sim, essa havia sido a segunda conversa que tinha causado alguma impressão em Escherich na sua reintegração ao trabalho. No mais, depois de as falhas nos dentes terem sido consertadas, não se notava mais nada de suas experiências. Os colegas achavam até que Escherich se tornara muito mais simpático. Era porque perdera o tom de superioridade desdenhosa. Ele não conseguia se sentir superior a mais ninguém.

O delegado Escherich trabalha, pesquisa, conduz interrogatórios, apronta descrições, lê dossiês, telefona — Escherich está trabalhando como nunca. Mas, mesmo que ninguém note e mesmo que ele torça para um dia conseguir conversar com o chefe Prall sem tremer, ele sabe que nunca mais será o mesmo. Tornou-se apenas um autômato; o que faz é serviço de rotina. Com o sentimento de superioridade desapareceu também a alegria que extraía do trabalho, a arrogância era o adubo que amadurecia seus frutos.

Escherich sempre se sentiu muito seguro. Sempre acreditou que nada pudesse lhe acontecer. Imaginava ser uma pessoa diferente das outras. E Escherich teve de abrir mão de todos esses autoenganos naqueles dois segundos em que Dobat, da SS, golpeou seu rosto e ele aprendeu a ter medo. Em poucos dias, Escherich aprendeu a ter tanto medo que nunca mais vai se esquecer desse medo. Ele sabe que, independente de sua aparência, de alcançar o inalcançável, de ser festejado e honrado — ele sabe que é insignificante. Um único soco é capaz de transformá-lo num nada choroso, trêmulo, amedrontado, não muito melhor do que o fedido batedorzinho de carteiras com o qual dividiu sua cela durante dias e cujas orações apressadamente desfiadas ainda ecoam em seus ouvidos. Não muito melhor. Não, nada melhor!

Uma coisa, porém, continua mantendo o brio do delegado Escherich: pensar no solerte. Ele tem de pegar o sujeito, depois não vai se importar muito com o que vier pela frente. Ele tem de olhar nos olhos desse homem, tem de falar com esse homem que se tornou a causa de sua infelicidade. Quer dizer na cara dele, na cara desse fanático, quanta desgraça, preocupação e infelicidade seus cartões trouxeram às pessoas. Ele vai esmagá-lo, esse inimigo oculto.

Ah, se ele já estivesse nas suas mãos!

Capítulo 47
A segunda-feira funesta

Naquela segunda-feira, que se tornaria tão funesta para os Quangels;

naquela segunda-feira, oito semanas depois de Escherich ter voltado à ativa;

naquela segunda-feira, na qual Emil Barkhausen foi condenado a dois anos de prisão e a ratazana Klebs, a um ano;

naquela segunda-feira, em que Baldur Persicke finalmente voltou a Berlim após um período no Napola e visitou o pai no serviço de auxílio aos alcoólatras;

naquela segunda-feira, em que Trudel Hergesell caiu das escadas na estação Erkner e acabou sofrendo um aborto;

naquela segunda-feira movimentada, Anna Quangel estava de cama com uma forte gripe. Tinha febre alta. A seu lado permanecia Otto Quangel, o médico se fora. Eles discutiam sobre se os cartões deviam ser distribuídos naquele dia ou não.

— Você não vai mais, Otto! Nós combinamos. Os cartões podem esperar até amanhã ou depois de amanhã, quando eu estiver boa de novo!

— Quero tirá-los de casa, Anna!

— Então eu vou! — E Anna se ergueu da cama.

— Você fica deitada! — Ele a empurrou de volta aos travesseiros. — Anna, não seja teimosa. Já distribuí cem, duzentos cartões...

Nesse momento, a campainha tocou.

Eles levaram um susto, como ladrões flagrados em ação. Quangel guardou rapidamente os dois cartões que estavam sobre a coberta da cama.

— Quem será? — perguntou Anna, com medo.

— A essa hora? Onze da manhã!

— Será que aconteceu algo com os Heffkes? Ou é o doutor, que voltou?

A campainha tocou de novo.

— Vou dar uma olhada — murmurou ele.

— Não — pediu ela. — Fique sentado. Se estivéssemos fora entregando os cartões, também não atenderíamos.

— Só uma olhada, Anna!

— Não, não abra, Otto! Eu te peço! Estou com um pressentimento: se você abrir, o azar vai entrar nesta casa!

— Vou sem fazer barulho e primeiro aviso você.

Ele foi.

Ela ficou esperando, numa impaciência raivosa. Ah, ele nunca lhe dava razão, nunca conseguia atender a um pedido seu! O que ele estava fazendo era errado; o azar estava à espreita, mas ele não pressentia onde se encontrava realmente. E deixou de manter a palavra! Ela o escuta abrindo a porta e falando com um homem. E ele lhe prometera que a avisaria antes.

— Então, o que foi? Diga, Otto! Você está vendo que não me aguento de impaciência. Quem é o homem? Ele ainda não saiu daqui!

— Não é nada de mais, Anna. Apenas um mensageiro da fábrica. O encarregado do turno da manhã sofreu um acidente; tenho de substituí-lo imediatamente.

Um pouco mais tranquila, ela voltou a se recostar nos travesseiros.

— E você vai?

— Claro!

— Mas ainda nem almoçou!

— Vou comer alguma coisa na cantina!

— Leve ao menos pão!

— Sim, sim, Anna, não se preocupe com nada. O ruim é eu ter de deixar você por tanto tempo sozinha.

— Você teria de sair à uma de qualquer jeito.

— Vou dobrar meu turno logo em seguida.

— O homem está esperando?

— Sim, vou com ele.

— Então volte logo, Otto. Hoje tome o elétrico!
— Claro, Anna. Melhoras!
Ele já estava saindo quando ela chamou:
— Ah, por favor, Otto, me dê um beijo!
Ele voltou, um pouco espantado, um pouco consternado por aquela necessidade de carinho tão incomum na mulher. E apertou seus lábios contra os dela.
Ela segurou a cabeça dele e o beijou com vontade.
— Sou boba, Otto — disse. — Ainda estou com medo. Deve ser a febre. Agora vá!
Assim eles se separaram. Nunca mais se veriam como pessoas livres. Na pressa da saída de Otto, os dois se esqueceram dos cartões-postais no bolso dele.
Mas o velho encarregado se lembra imediatamente dos cartões quando está sentado com seu acompanhante no elétrico. Toca o bolso — lá estão eles! Ele está bravo consigo mesmo, devia ter pensado nisso! Era preferível ter deixado os cartões em casa; ele gostaria de descer nesse instante do bonde e largá-los em algum prédio. Mas não encontra nenhum argumento que possa ser plausível para o seu acompanhante. Dessa maneira, tem de levá-los consigo até a fábrica, algo que nunca fez antes, que nunca poderia ter feito — mas é tarde demais.
Ele se encontra no reservado do banheiro. Está segurando os cartões, quer rasgá-los, jogá-los no vaso e dar descarga — e seu olhar recai sobre o texto escrito com tanto esforço, ao longo de tantas horas: parece-lhe forte, cheio de efeito. Seria uma pena acabar com uma arma dessas. Sua parcimônia, sua "avareza suja" impede o descarte, mas seu respeito pelo trabalho também conta; tudo o que foi conseguido pelo trabalho é sagrado. É pecado destruir o trabalho sem um propósito.
Mas ele não pode deixar os cartões na jaqueta que usa na oficina. Assim, guarda-os na bolsa junto ao pão e à garrafa térmica com café. Otto Quangel sabe muito bem que uma das costuras laterais da bolsa está abrindo, há semanas ele quer levá-la ao conserto. Mas o sapateiro está sobrecarregado de trabalho e rosnou que o reparo demoraria pelo menos duas semanas. Otto Quangel não quis ficar sem a bolsa por

tanto tempo, e afinal nunca caiu nada de dentro dela. Assim, guarda ali os cartões sem maiores preocupações.

Ele atravessa a oficina em direção aos armários do vestiário, devagar, já olhando em todas as direções. Trata-se de um turno diferente, quase não vê um rosto conhecido, às vezes cumprimenta alguém. Numa ocasião, também oferece ajuda. As pessoas olham-no com curiosidade, muitos o conhecem: ah, é o velho Quangel, um sujeito engraçado, mas seus homens nunca reclamam dele, ele é justo, é preciso reconhecer. Que nada, é um explorador, tira até a última gota de seus homens. Mas ninguém da equipe fala mal dele. Como ele é engraçado. Mexe a cabeça de um jeito tão esquisito, ela deve estar presa por dobradiças. Quieto, ele está vindo, ele não tolera conversa; ele dá uma rasteira em qualquer um que estiver jogando conversa fora.

Otto Quangel guardou a bolsa no armário, as chaves estão no seu bolso. Tudo bem, mais onze horas e os cartões estarão fora da fábrica; à noite, ele conseguirá se livrar deles, afinal não pode levá-los de novo para casa. Anna seria capaz de se levantar apenas para distribuí-los.

No caso dessa nova equipe, Quangel não consegue assumir seu habitual posto de observação no meio do salão — que bagunça! Ele tem de ir de um grupo a outro, e nem todos esses homens sabem o que seu silêncio e seu olhar fixo significam; alguns têm até a audácia de querer incluir o encarregado em suas conversas. Demora um bom tempo até que o trabalho esteja fluindo do jeito que ele está acostumado, até que os homens façam silêncio e tenham compreendido que não há outra coisa a fazer por lá senão trabalhar.

Quangel está indo em direção ao seu posto de observação quando seu pé para de repente. Seu olhar se abre, ele leva um susto: à sua frente, no chão, misturado com a serragem e as lascas de madeira, está um de seus dois cartões.

Seus dedos coçam, ele quer apanhar o cartão imediatamente, de maneira discreta. Mas vê que a dois passos dali está o segundo. Impossível pegá-los sem ser notado. O olhar de pelo menos um dos trabalhadores está sempre dirigido ao novo encarregado e as mulheres não conseguem deixar de encará-lo, como se nunca tivessem visto um homem na vida.

Ah, vou pegá-los de qualquer jeito, tanto faz se eles me virem fazendo isso ou não! E eles com isso? Não, impossível, o cartão deve estar aqui há uns quinze minutos, mais ou menos, é um milagre ninguém tê-lo achado até agora! Talvez alguém já o tenha visto e voltou a jogá-lo rapidamente no chão depois de ler seu conteúdo. E se essa pessoa me vir pegando e guardando o cartão?

Perigo! Perigo!, gritam vozes dentro de Quangel. Perigo máximo! Deixe o cartão no chão! Faça de conta que você não o viu, deixe outra pessoa encontrá-lo! Vá para o seu lugar!

De repente, porém, acontece algo estranho com Otto Quangel. Há tanto tempo — dois anos — ele está escrevendo e distribuindo os cartões, mas nunca presenciou seu efeito. Esteve sempre na sua caverna escura; o que aconteceu com os cartões, a confusão que devem ter causado, isso passou centenas de vezes por sua cabeça, mas ele nunca teve a comprovação.

Quero ver isso uma vez, uma única vez! O que pode acontecer comigo? Sou um dos oitenta trabalhadores aqui, e todos são tão suspeitos quanto eu, até mais, porque todos me conhecem como um pé de boi das antigas, sem o menor interesse em política. Vou arriscar, quero ter essa experiência.

E antes mesmo de encerrar a cadeia de pensamentos, ele diz a um funcionário:

— Ei, você! Apanhe isso! Alguém deve ter perdido. O que é? O que você está olhando desse jeito?

Ele tira um dos cartões da mão do homem, finge lê-lo. Mas não consegue ler, não consegue ler a própria caligrafia em grandes letras de fôrma. Não lhe é possível desviar o olhar do rosto do operário que está olhando para o cartão. O homem também para de ler, mas sua mão está tremendo, há medo em seu olhar.

Quangel o encara. Então é medo, nada além de medo. O homem não leu o cartão até o final, quase nem passou da primeira linha, pois o medo já o tinha tomado de assalto.

A atenção de Quangel é capturada por risadas abafadas. Ele levanta o olhar e percebe que metade da oficina está observando esses dois homens que estão parados no meio do expediente, lendo cartões-postais... Ou será que já notaram que algo terrível está em curso?

Quangel pega o outro cartão também. Ele tem de passar a jogar o jogo sozinho, o homem está tão intimidado que não serve para mais nada.

— Onde está o responsável pela Frente de Trabalho daqui? O da calça de brim na serradora? Volte ao trabalho e bico calado, senão você vai se ver em maus lençóis!

Ao homem junto à serradora, Quangel diz:

— Escute! Dê um pulinho no corredor. Quero lhe passar uma coisa. — E quando os dois homens chegam ao lado de fora: — Aqui, esses dois cartões! O homem ali atrás os apanhou. Eu os li. Acho que você tem de levá-los à diretoria, não?

O outro lê, mas também não passa das primeiras frases.

— O que é isso? — pergunta, assustado. — Estavam aqui na oficina? Oh, Deus, isso pode custar umas cabeças! Com quem você achou os cartões? Você viu como ele os apanhou?

— Eu disse a ele para pegá-los! Talvez eu os tenha visto primeiro. Talvez!

— Oh, Deus, o que vou fazer com isso? Puta merda! Vou simplesmente jogá-los na privada!

— Você tem de entregá-los na direção, senão será considerado culpado. O homem que os encontrou não vai ficar de boca fechada para sempre. Vá logo, enquanto isso eu fico na serradora.

O homem foi, hesitante. Segurava os cartões como se queimassem seus dedos.

Quangel volta à oficina. Mas não consegue se postar imediatamente junto à serradora: o salão inteiro está inquieto. Por enquanto, ninguém sabe de nada específico, mas todos têm certeza de que alguma coisa aconteceu. Aproximam as cabeças, sussurram, e dessa vez de nada adiantam os olhares duros e o silêncio do encarregado da oficina para estabelecer a ordem. Ele tem de dar broncas em voz alta, algo que não fazia havia anos, tem de ameaçar com castigos, dar uma de bravo.

E quando um canto da oficina sossega, o outro fica ainda mais barulhento; na hora em que tudo entra mais ou menos nos eixos, ele descobre que duas, três máquinas não estão completamente ocupadas: o bando está no banheiro! Ele vai até lá, um dos homens tem a audácia de lhe perguntar:

— O que foi que o senhor leu há pouco, encarregado? Era realmente um panfleto dos ingleses?

— Volte ao trabalho! — resmunga Quangel, empurrando os trabalhadores de volta à oficina.

Lá o pessoal está conversando de novo. Reuniram-se em grupinhos e reina uma inquietação inédita. Quangel tem de ir de lá para cá, tem de gritar, ameaçar, dar bronca — o suor escorre pela sua testa...

Enquanto isso, não para de pensar: então esse é o primeiro efeito. Apenas medo. Tanto medo que eles nem continuam a ler! Mas isso não quer dizer nada. Aqui eles se sentem observados. Meus cartões foram encontrados geralmente por uma pessoa sozinha, que pôde ler em paz, refletir, e o efeito é bem outro. Fiz uma experiência besta. Vamos ver como continua. Na verdade foi bom eu, como encarregado, ter encontrado os cartões e os passado adiante, isso me inocenta. Não, não arrisquei nada. E mesmo se forem revistar meu apartamento, não encontrarão nada. Anna certamente levará um susto — mas, não, antes de fazerem uma revista já estarei de volta e preparo Anna... São 14h02, é hora da troca de turno, agora começa o meu.

Mas não há troca de turno. O sino não toca na oficina, a turma que deveria entrar (a turma de Quangel) não aparece, as máquinas continuam a fazer barulho. Agora as pessoas estão verdadeiramente inquietas, aproximam as cabeças cada vez com maior frequência, consultam os relógios.

Quangel desiste de tentar evitar as conversas, ele é apenas um contra oitenta, não tem como conseguir isso.

De repente aparece um dos homens dos escritórios, um homem elegante com calças bem passadas e um distintivo do partido. Ele se posta ao lado de Quangel e grita em direção ao ruído das máquinas:

— Turma! Atenção!

Todos os rostos se viram para ele, os apenas curiosos, os cheios de expectativa, os sombrios, os que censuram, os indiferentes.

— Por motivos extraordinários, a turma continuará a trabalhar. Horas extras serão pagas!

Ele faz uma pausa, todos o encaram. Isso é tudo? Por motivos extraordinários? Eles esperavam mais!

Mas ele apenas grita:

— Voltem ao trabalho!

E, voltando-se para Otto Quangel:

— O senhor cuide para haver silêncio absoluto e afinco no trabalho, encarregado! Quem é o homem que achou o cartão?

— Acho que fui o primeiro a vê-lo.

— Já sei. Então foi ele? Certo. Qual é o nome?

— Não sei. Não é do meu pessoal.

— Já sei. Ah, diga ainda à turma que por enquanto a passagem aos banheiros está impedida e é proibido deixar o salão, por qualquer motivo. Há dois vigias na porta, do lado de fora!

E o homem das calças bem passadas faz um movimento furtivo com a cabeça para Quangel e vai embora.

Quangel passa por todas as máquinas. Por um instante, verifica o trabalho que está sendo feito. Depois, diz:

— Por enquanto, é proibido sair para os banheiros e deixar o salão. Há dois vigias na porta, do lado de fora!

E antes mesmo de os homens fazerem suas perguntas, ele já está na outra máquina e repete a mensagem.

Não, não é mais preciso proibir-lhes as conversas, incentivá-los a trabalhar. Todos trabalham em silêncio e compenetrados. Pois entre esses oitenta não há ninguém que não se oponha ao governo atual, de algum modo e em algum momento, nem que seja com uma palavra! Todos estão ameaçados. Suas vidas estão em perigo. Todos têm medo...

Enquanto isso, porém, constroem caixões. Empilham os caixões, que não podem sair desse lugar, num dos cantos da oficina. No começo, são apenas alguns, mas no decorrer das horas há mais e mais, viram uma montanha, chegam quase até o teto, novas pilhas formam-se ao lado. Caixões sobre caixões para cada um daquela turma, para cada um do povo alemão! Eles ainda vivem, mas já estão construindo seus caixões.

Quangel está entre eles. Ele movimenta a cabeça para a frente e para trás. Também pressente o medo, mas isso o faz rir. Nunca o pegarão. Ele se permitiu uma brincadeira, enlouqueceu toda a máquina, mas é só o velho e bobo Quangel. O avarento. Nunca suspeitarão dele. Ele continua a lutar, não vai ceder.

A porta se abre novamente e o senhor com as calças impecavelmente passadas reaparece. Ele é seguido por outro homem, alto e magro, que toca delicadamente em seu bigode cor de areia.

De imediato todos param de trabalhar.

— Turma! Expediente encerrado!

E, enquanto o homem do escritório grita essa ordem;

enquanto os trabalhadores soltam as ferramentas, aliviados, mas ainda incrédulos;

enquanto lentamente seus olhos baços retomam o brilho;

enquanto isso, o homem alto de bigode claro diz:

— Encarregado Otto Quangel, o senhor está preso pela iminente suspeita de alta traição à pátria. Caminhe na minha frente, sem chamar a atenção!

Pobre Anna, pensou Quangel, a cabeça de perfil de pássaro bem erguida, saindo lentamente da oficina na frente do delegado Escherich.

Capítulo 48
Segunda-feira, o dia do delegado Escherich

Dessa vez, o delegado Escherich trabalhara rápido e sem cometer erros.

Mal recebeu a ligação telefônica de que dois cartões-postais tinham sido encontrados numa oficina de oitenta trabalhadores da fábrica de móveis Krause & Co., já sabia: essa era a hora tão esperada; o solerte afinal tinha cometido o erro ansiosamente aguardado. Agora ele o pegaria!

Cinco minutos depois, ele tinha reunido pessoal suficiente para cercar todo o terreno da fábrica e foi voando na Mercedes do general Prall (dirigida pelo próprio) até lá.

Mas enquanto Prall estava ali para tirar de imediato os oitenta homens da fábrica e interrogá-los individualmente pelo tempo que fosse até a verdade vir à luz, Escherich disse:

— Preciso rápido de uma lista de todos os trabalhadores da oficina com seus endereços. Em quanto tempo tenho essa informação?

— Cinco minutos. E o que fazer com os operários? Daqui a cinco minutos é final de expediente.

— No final do turno, ordene a eles que continuem trabalhando. Não precisa dizer o porquê. Cada porta da oficina deve ser vigiada por dois homens. Ninguém sai. Cuide para que tudo aconteça sem chamar a atenção; temos de evitar qualquer inquietação do pessoal!

E, quando um assistente administrativo apareceu com a lista, ele perguntou:

— O autor dos cartões deve morar na Chodowieckistrasse, na Jablonskistrasse ou na Christburgerstrasse. Qual deles mora por ali?

Eles consultaram a lista: ninguém! Nem um único!

Mais uma vez a sorte parecia querer salvar Otto Quangel. Ele trabalhava em outra turma, não constava da lista.

O delegado Escherich empurrou o lábio inferior para a frente, puxou-o rapidamente para trás de novo e mordiscou por duas, três vezes com força o bigode, que acabara de acariciar. Ele tinha certeza absoluta do que estava fazendo e sua decepção era incomensurável.

Mas, fora os maus-tratos com o bigode, ele não deixou transparecer nada de sua decepção, dizendo friamente:

— Vamos agora discutir a situação pessoal de cada um dos empregados. Quem dos senhores pode me dar indicações precisas? O senhor é o chefe de pessoal? Bem, então vamos começar. Abeking, Hermann... O que se sabe sobre ele?

Eles prosseguiam com uma lentidão infinita. Depois de uma hora e quinze minutos, só tinham chegado à letra H.

Prall acendia cigarros e logo os apagava. Começava conversas sussurradas, que morriam depois de poucas frases. Tamborilava marchas nas vidraças. De repente, estourou:

— Acho tudo isso uma idiotice! Seria muito mais simples...

O delegado Escherich nem levantou os olhos. O medo de seu superior tinha afinal desaparecido. Ele precisava encontrar o homem, mas admitia que o fracasso na consulta aos endereços o perturbava imensamente. Prall podia ficar impaciente à vontade, ele não concordaria com um interrogatório em massa.

— Vamos em frente, por favor! — pediu Escherich.

— Kämpfer, Eugen. Esse é o encarregado! — informou o chefe de pessoal.

— Desculpe, está fora de questão — disse o outro funcionário. — Machucou a mão hoje cedo, às nove, na plaina. O encarregado Quangel esteve hoje em seu lugar...

— Seguindo: Krull, Otto...

— Desculpe mais uma vez. O encarregado Quangel não está na lista do delegado...

— Pare de ficar atrapalhando! Vamos ficar aqui por mais quanto tempo? Quangel, o velho cretino, está fora de questão.

Mas Escherich — uma centelha de esperança volta a brilhar nele — pergunta:

— Onde mora o tal Quangel?

— Temos de verificar, porque ele não faz parte dessa turma.

— Então verifique! Mas rápido, por favor! Eu tinha pedido uma lista *completa*!

— Será verificado, claro. Mas lhe digo, delegado, Quangel é um velho quase gagá, que, aliás, trabalha conosco há muitos anos. Conhecemos muito bem o homem...

O delegado fez sinal de que não importava. Ele sabia quantos enganos as pessoas cometiam ao imaginar conhecer muito bem os outros ao seu redor.

— E daí? — perguntou ele cheio de expectativa ao assistente administrativo, que retornava à sala. — E daí?

Não sem júbilo, o jovem anunciou:

— O encarregado Quangel mora na Jablonskistrasse número...

Escherich deu um salto. Com uma excitação absolutamente incomum, exclamou:

— É ele! Peguei o solerte!

O general Prall gritou.

— Tragam o canalha até aqui. E depois vamos apertar, apertar, apertar!

A excitação era geral.

— O Quangel! Quem imaginaria... o Quangel! Esse velho tonto... impossível! Mas foi o primeiro a encontrar os cartões! Obra de arte, tendo sido ele próprio a deixá-los lá! Quem é tão idiota assim para cavar a própria cova? Quangel? Impossível.

E, acima de tudo, a gritaria de Prall:

— Tragam o canalha até aqui. E apertar, apertar!

O primeiro a se acalmar foi o delegado Escherich.

— Uma palavrinha, por favor, general! Tomo a liberdade de sugerir que façamos primeiro uma pequena revista no apartamento desse Quangel.

— Mas por que o incômodo, Escherich? O sujeito é capaz de nos escapar!

— Ninguém sai mais desta fábrica! Mas e se encontrarmos algo no apartamento que o incrimine diretamente, que o impeça de negar qualquer coisa? Isso nos pouparia muito trabalho! Agora é o momento certo para isso! Agora que o homem e sua família ainda não sabem que suspeitamos dele...

— Mais fácil é arrancar lentamente as tripas do homem até ele confessar. Mas por mim tudo bem: vamos pegar logo a mulher também! Estou lhe dizendo, Escherich, se o sujeito fizer alguma canalhice nesse meio-tempo, vou dar um jeito em você de novo! Quero ver o homem balançando na forca!

— O senhor verá! Quangel será vigiado ininterruptamente pela porta. O trabalho continua, senhores, até voltarmos... creio que em uma hora...

Capítulo 49
A prisão de Anna Quangel

Depois que Otto Quangel partiu, Anna Quangel entrou num estado de estupor, mas do qual ela rapidamente saiu, assustada. Tateou a coberta, procurando os dois cartões, e não os achou. Ficou matutando, sem conseguir se lembrar se Otto os tinha levado com ele. Não, pelo contrário, de repente ela se lembrou muito bem de que no dia seguinte ou no outro ela os distribuiria pessoalmente. Eles tinham combinado isso.

Os cartões-postais deveriam estar em algum lugar no apartamento. E, entre tremendo de frio e ardendo de calor por causa da febre, ela começa a procurá-los. Revira a casa, procura entre os lençóis, olha debaixo da cama. Respira com dificuldade, às vezes se senta no canto da cama porque está exausta. Puxa o cobertor para se cobrir e fica olhando para a frente — nesse momento, se esquece completamente dos cartões. Mas logo depois se lembra deles de novo e recomeça a busca.

Ela passa horas assim, até a campainha tocar. Fica parada. Tocou mesmo? Quem será? Quem quer algo com ela?

E ela volta a um novo entorpecimento febril, interrompido por um segundo toque da campainha. Dessa vez é longo, como se exigisse, com veemência, a entrada. E depois a porta é esmurrada. Anna escuta gritos:

— Abra! Polícia! Abra imediatamente!

Anna Quangel sorri e, sorrindo, volta a se deitar na cama, cobrindo-se bem. Eles que toquem e chamem o quanto quiserem! Ela está doente e não tem obrigação de abrir. Que voltem outra hora ou quando Otto estiver em casa. Ela não abre.

E mais toques de campainha, chamados, murros...

Que idiotas! Como se eu fosse abrir por causa disso! De mim, essa gente não tira nada.

No estado febril em que se encontra, Anna não se dá conta nem dos cartões perdidos nem do perigo que essa visita policial representa. Ela está feliz por, doente, não ter obrigação de abrir a porta.

Mas eles acabam entrando, claro, cinco ou seis homens — buscaram um chaveiro ou abriram a porta com uma chave mestra. A correntinha não estava presa, pois, já que está acamada, Anna deixou a porta apenas trancada depois da saída de Otto. Justo hoje. Do contrário, a correntinha está sempre no lugar.

— A senhora se chama Anna Quangel? É a mulher do encarregado Otto Quangel?

— Sim, senhor. Há 28 anos.

— Por que a senhora não abriu quando tocamos a campainha e batemos na porta?

— Porque estou doente, senhor. Gripe!

— Nada de fazer cenas! — grita um gordo de uniforme preto no meio da conversa. — A senhora está tão doente quanto meu rabo! Está apenas fingindo!

O delegado Escherich faz um sinal para seu chefe se acalmar. Até uma criança consegue ver que a mulher está realmente doente. E talvez isso seja até bom: muitas pessoas soltam a língua quando estão com febre. Enquanto seu pessoal começa a revistar a casa, o delegado se volta novamente para a mulher. Pega sua mão quente e diz, empático:

— Sra. Quangel, infelizmente preciso lhe dar uma má notícia...

Ele faz uma pausa.

— Sim? — pergunta a mulher, sem sinal de medo.

— Tive de prender seu marido.

A mulher sorri. Anna Quangel apenas sorri. Sorrindo, balança a cabeça e diz:

— Não, o senhor não pode me dizer uma coisa dessas! Ninguém prende o Otto, ele é um homem decente. — Ela se curva na direção do delegado e sussurra: — Sabe o que eu acho? Acho que estou sonhando. É que estou com febre. Gripe, foi o que o doutor disse, e com febre a gente tem esses sonhos. Estou sonhando: o senhor e o gordo de preto e o homem perto da cômoda, remexendo minhas roupas. Não, o senhor não prendeu o Otto, estou apenas sonhando.

O delegado Escherich diz, igualmente aos sussurros:

— Agora a senhora também está sonhando com os cartões-postais. Afinal, a senhora sabe dos cartões que seu marido escrevia, não?

A febre não confundiu tanto assim os sentidos de Anna Quangel para ela ficar impassível à palavra "cartões". Ela leva um susto. Por um instante, o olhar dirigido ao delegado se torna muito límpido e alerta. Mas depois ela diz, novamente balançando a cabeça:

— Que cartões? Meu marido não escreve cartões! Se alguma coisa é escrita nesta casa, então é por mim. Mas há tempos não escrevemos mais. Desde que meu filho morreu, não escrevemos mais. O senhor está apenas sonhando que meu Otto escreveu cartões!

O delegado percebeu o susto, mas um susto ainda não é uma prova. Por isso, ele diz:

— Veja, desde que seu filho morreu, vocês escrevem os cartões, os dois. A senhora não se lembra mais do primeiro cartão? — E ele repete, com certo atrevimento: — "MÃE! O FÜHRER MATOU O MEU FILHO! O FÜHRER VAI MATAR OS SEUS FILHOS TAMBÉM, NÃO VAI PARAR ANTES DE LEVAR O SOFRIMENTO A TODOS OS LARES DO MUNDO..."

Ela escuta. Sorri. Diz:

— Foi escrito por uma mãe! Não foi meu Otto quem escreveu, o senhor está sonhando!

— Foi Otto quem escreveu, ditado por você! Confesse — ordena o delegado.

Mas ela balança a cabeça.

— Não, meu senhor! Não consigo ditar nada assim. Não tenho cabeça suficiente...

O delegado se levanta e sai do quarto. Na sala, começa a procurar material de escritório com seu pessoal. Encontrou uma garrafinha com tinta, caneta e pena, que observa atentamente, e um cartão militar. E volta com essas coisas até Anna.

Enquanto isso, ela estava sendo interrogada por Prall, à maneira dele. Prall está firmemente convencido de que a gripe e a febre são somente "firulas", que a mulher está fingindo. Mas, mesmo se ela estivesse realmente doente, seu método de interrogatório não mudaria em nada. Ele toma Anna Quangel pelos ombros, de um jeito que realmente causa dor, e começa a sacudi-la. A cabeça bate contra o encosto de madeira da cama. Ao mesmo tempo que ele a levanta e a aperta novamente contra o travesseiro, umas vinte, trinta vezes, grita furioso bem perto do rosto dela:

— Você vai continuar mentindo, sua velha vaca comunista? Você... não... deve... mentir! Você... não... deve... mentir!

— Não! — balbucia a mulher. — Não faça isso!

— Diga que você escreveu os cartões! Diga... isso... já! Ou... eu... vou... rachar... sua... cabeça, sua vaca vermelha!

E a cada palavra ele bate a cabeça dela contra o encosto da cama.

Junto à porta, o delegado Escherich, com o material de escritório na mão, assiste à cena com um sorriso. Então é isso que o general chama de interrogar um suspeito! Se o homem prosseguir assim por mais cinco minutos, a mulher ficará fora de órbita por cinco dias. Nenhuma tortura, a mais sofisticada possível, conseguirá fazê-la retomar a consciência.

Por um tempo, porém, talvez isso não seja de todo ruim. Ela que fique um tantinho amedrontada e com dores — assim se apegará mais facilmente a ele, o homem educado!

Quando o oficial vê o delegado se aproximando da cama, ele interrompe a agressão e diz, num tom que é meio de desculpa, meio de repreensão:

— Você é muito delicado com essas mulheres, Escherich! Elas precisam ser apertadas até piarem miudinho.

— Com certeza, o senhor tem razão. Mas posso primeiro mostrar algo a ela?

Ele se dirige à doente, que ofega com dificuldade e está com os olhos fechados:

— Sra. Quangel, me escute por um minuto!

Ela parece não ouvir nada.

O delegado segura a mulher e a senta com cuidado na cama.

— Isso — diz ele, com suavidade. — Agora abra os olhos!

Ela obedece. Escherich tinha razão: depois das sacudidas e das ameaças, a voz dele, simpática e educada, é agradável.

— A senhora acabou de dizer que faz muito tempo que ninguém escreve nada por aqui. Pois bem, veja esta caneta. Acabou de ser usada, talvez ontem ou hoje, a tinta ainda está fresca! Veja, consigo arrancá-la com a unha!

— Não entendo nada disso — diz a sra. Quangel, na defensiva. — O senhor tem de perguntar ao meu marido, eu não entendo nada.

O delegado Escherich olha para ela com atenção.

— A senhora entende muito bem! — retruca, um pouco mais incisivo. — Só não quer entender porque sabe que teria se traído!

— Aqui em casa ninguém escreve — repete a sra. Quangel, teimosa.

— E não preciso perguntar mais nada ao seu marido — prossegue o delegado. — Porque ele já confessou tudo. Ele escreveu os cartões e a senhora os ditou para ele...

— Tudo bem, se o Otto já confessou isso... — diz Anna Quangel.

— Meta a mão na fuça dessa vaca, Escherich! — grita o oficial de repente. — Quanto atrevimento, nos fazer de palhaços!

O delegado não mete a mão na fuça da vaca atrevida, mas diz:

— Pegamos o seu marido com dois cartões no bolso. Ele não conseguiu negar!

Ao escutar a história dos dois cartões, que passou tanto tempo procurando febrilmente, a sra. Quangel leva um susto. Então ele realmente os levou, embora tivessem combinado que ela os distribuiria amanhã ou depois. Isso não foi certo por parte de Otto.

Algo deve ter acontecido com os cartões, ela pensa com dificuldade. Mas Otto não confessou nada, do contrário eles não estariam revirando as coisas por aqui e me fazendo perguntas. Se fosse verdade, eles iriam...

E pergunta em voz alta:

— Por que o senhor não traz o Otto aqui? Não sei nada dessa história de cartões-postais. Por que ele estaria escrevendo postais?

Ela volta a se deitar, a boca e os olhos fechados, firmemente decidida a não dizer mais nenhuma palavra.

Por um tempo, o delegado Escherich olha pensativo para a mulher. Ela está exausta, é evidente. No momento, não é possível tirar mais nada dela. Ele se volta rapidamente, chama dois homens e ordena:

— Ponham a mulher na outra cama e depois revistem esta com cuidado! Por favor, general!

Ele quer tirar seu superior do quarto, não quer mais um interrogatório daqueles. É bem possível que ele tenha uma necessidade imperiosa de falar com essa mulher nos próximos dias, e então ela precisará ter um pouco mais de força e a mente clara. Além disso, ela parece ser do tipo não muito comum de gente que se torna ainda mais reticente com ameaças físicas. Bater nela não vai ajudar muito.

O oficial não se afastou com boa vontade da mulher. Ele adoraria ter mostrado à puta velha o que pensava dela. Adoraria ter despejado nela todo o seu ódio em relação àquela maldita história do solerte. Mas, já que aqueles dois farejadores estavam no quarto... e, além disso, naquela noite a vaca estaria nos porões da Prinz-Albrecht-Strasse e daí ele poderia tratá-la a seu bel-prazer.

— Você vai prender a vaca, não é, Escherich? — perguntou ele na sala.

— Certamente — respondeu o delegado, olhando para seus homens, que desdobravam com um cuidado que beirava o pedantismo cada peça de roupa, espetavam com agulhas o estofamento do sofá e batiam nas paredes. Ele acrescentou: — Mas preciso dar um jeito de deixá-la num estado compatível com um interrogatório. Com essa febre, ela está entendendo tudo somente pela metade. Primeiro tem de captar que está correndo risco de vida. Daí vai ficar com medo...

— Eu ensino a ela o que é ter medo! — rosnou Prall.

— Não desse jeito... pelo menos, não enquanto ela estiver com febre — pediu Escherich, e perguntou: — O que temos aí?

Um dos homens tinha se ocupado com os poucos livros que se encontravam enfileirados numa pequena prateleira. Ele acabara de sacudir um deles e alguma coisa branca caiu no chão.

O delegado foi mais rápido e pegou o papel.

— Um cartão! — disse. — Um cartão iniciado e ainda incompleto! — E leu em voz alta: — "O FÜHRER MANDOU, NÓS CUMPRIMOS! SIM, NOS TORNAMOS UM BANDO DE OVELHAS QUE NOSSO FÜHRER PODE CONDUZIR A QUALQUER MATADOURO! DESISTIMOS DE PENSAR..."

Ele baixou o cartão e olhou ao redor.

Todos o encaravam.

— Temos a prova! — disse o delegado Escherich, quase orgulhoso. — Temos o criminoso. Ele foi preso sem resistência, sem nenhuma confissão feita à força, é uma prova criminalística muito clara. Valeu a pena esperar tanto tempo!

E olhou ao redor novamente. Seus olhos pálidos brilhavam. Essa era a sua hora, a hora que tanto aguardava. Por um instante, lembrou-se do longo, longo caminho percorrido até então. Do primeiro cartão, que ele recebera ainda com uma indiferença risonha, até esse que tinha nas mãos. Pensou no fluxo cada vez maior deles, nas bandeirinhas que não paravam de se multiplicar, pensou no baixinho Enno Kluge.

Mais uma vez esteve com ele na cela da delegacia, mais uma vez sentou-se ao seu lado junto à água escura do Schlachtensee. Em seguida, ouviu um tiro e achou que estivesse cego pelo resto da vida. Viu a si mesmo, dois homens da Gestapo jogando-o escada abaixo, sangrando, nocauteado, enquanto um batedorzinho de carteiras escorregava de joelhos evocando sua Virgem Maria. Pensou furtivamente também no juiz Zott — pobre juiz, até sua teoria com os bondes se mostrara falsa.

Esse foi o momento de orgulho do delegado Escherich. Ele achou que tinha valido a pena ser paciente e suportar muita coisa. Ele o pegara, seu solerte, como o havia chamado primeiro, num gracejo, mas que depois se tornara um verdadeiro solerte: quase afundara a vida de Escherich. Mas agora estava preso, a caçada havia chegado ao fim, o jogo estava encerrado.

O delegado levantou os olhos, como que acordando. Deu a ordem:

A mulher será levada daqui de ambulância. Dois homens a acompanham. Você fica responsável por ela, Kemmel, nada de interrogatório, ninguém fala com ela. Um médico, imediatamente. A febre tem de passar em três dias, informe isso a ele, Kemmel!

— Sim, delegado!

— Os outros arrumam o apartamento, impecavelmente. Em qual livro estava o cartão? O de montagem de rádios? Ótimo! Wrede, recoloque nele o cartão, do jeito que estava. Em uma hora, tudo deve estar em ordem, voltarei com o criminoso. Nenhum de vocês permanecerá no apartamento. Nada de vigias, zero! Entenderam?

— Sim, delegado!

— Então, vamos, general?

— Você não quer mostrar o cartão encontrado à mulher, Escherich?

— Para quê? Com febre, ela não reage direito, e eu estou interessado apenas no marido. Wrede, viu alguma chave da porta de entrada?

— Na bolsa da mulher.

— Passe-a para cá. Obrigado. Então, vamos, general.

Embaixo, junto à sua janela, o juiz Fromm observava os homens se afastando. Ele balançou a cabeça para lá e para cá. Mais tarde, viu uma maca com a sra. Quangel ser colocada dentro de uma ambulância; pela aparência dos acompanhantes, percebeu que a viagem não seria até um hospital comum.

— Um depois do outro — disse o juiz aposentado, baixinho. — Um depois do outro. O prédio fica vazio. Os Rosenthals, os Persickes, Barkhausen, Quangel. Estou morando quase sozinho aqui. Uma metade do povo aprisiona a outra metade, não vai demorar muito. Bem, de todo modo continuarei morando aqui, ninguém vai me prender.

Ele sorri e assente com a cabeça.

— Quanto pior, melhor. O fim chega mais rápido.

Capítulo 50
A conversa com Otto Quangel

Não foi muito fácil para o delegado Escherich fazer o general Prall o deixá-lo a sós durante o primeiro interrogatório com Otto Quangel. Finalmente, porém, conseguiu.

Já estava escuro quando ele subiu as escadas até o apartamento, acompanhado pelo encarregado. A escada estava iluminada por lâmpadas, Quangel acendeu a luz ao entrar na sala, dirigindo-se ao quarto.

— Minha mulher está doente — murmurou.

— Sua mulher não está mais aqui — disse o delegado. — Foi levada. Sente-se aqui...

— Minha mulher está com muita febre; gripe... — murmurou Quangel.

Era possível notar que a notícia da ausência da esposa o tinha abalado profundamente. A indiferença pétrea que ele apresentara até aquele momento havia sumido.

— Um médico está cuidando dela — disse o delegado, tranquilizador. — Creio que em dois, três dias, a febre terá passado. Ordenei sua remoção para um hospital.

Pela primeira vez, Quangel olhou com mais cuidado para o homem à sua frente. Seu olhar duro de pássaro se fixou longamente no delegado. Em seguida, ele concordou.

— Ambulância — disse. — Médico. Isso é bom. Agradeço. Está correto. O senhor não é um homem mau.

O delegado aproveitou a oportunidade.

— Não somos tão maus — disse ele — como se comenta por aí. Fazemos de tudo para aliviar a situação dos presos. Afinal, queremos apenas verificar se há realmente culpa envolvida. Esse é o nosso negócio, assim como o seu negócio é montar caixões...

— Sim — disse Quangel, com a voz dura. — Sim, montador e fornecedor de caixões, é isso.

— Você está achando — disse Escherich, levemente desdenhoso — que eu gosto do conteúdo dos caixões? Considera o seu caso tão grave assim?

— Não existe nenhum caso!

— Ah, existe, sim, parte de um. Veja por exemplo esta pena, Quangel. Sim, é sua pena. A tinta ainda está fresca. O que você escreveu com ela ontem ou hoje?

— Tive de assinar algo.

— E o que era, sr. Quangel?

— Preenchi um formulário de doença para minha mulher. É que minha mulher está doente, com gripe...

— E a sua mulher me disse que o senhor nunca escreve. Tudo o que é escrito na casa é feito por ela, fui informado.

— Também está correto. Ela escreve tudo. Mas ontem eu tive de escrever porque ela estava com febre. Ela nem sabe disso.

— E veja, sr. Quangel — prosseguiu o delegado —, como a pena está fendida! Uma pena tão nova e já fendida! Isso acontece porque o senhor tem a mão pesada! — Ele colocou os dois cartões encontrados na oficina sobre a mesa. — Veja, o primeiro cartão ainda foi escrito de um jeito mais fluente. Mas no segundo, observe só, aqui e ali, e o "t" também, a pena se fendeu. E então, sr. Quangel?

— Estes são os cartões — disse Quangel, com indiferença — que estavam no chão da oficina. Pedi para o operário de casaco azul apanhá-los. E foi o que ele fez. Dei uma olhada neles, e depois logo os entreguei ao homem de confiança da Frente de Trabalho. Que foi embora com os cartões. E não sei mais nada sobre isso.

Quangel falara tudo isso de um jeito monocórdio e lento, com a língua pesada, feito um velho, já com limitações.

— Mas você nota que o final do segundo cartão foi escrito com uma pena fendida? — perguntou o delegado.

— Não entendo nada do assunto. Não sou escriba, como se diz na Bíblia.

O ambiente ficou em silêncio por um tempo. Quangel olhava para a frente, com o rosto quase sem expressão.

O delegado o observou. Estava convencido de que Quangel não era tão lento e obtuso como se comportava, mas tão agudo quanto seu rosto e rápido quanto seu olhar. Escherich entendia que sua primeira tarefa era fazer aflorar essa agudeza do homem. Ele queria conversar com o esperto autor dos postais, não com esse encarregado idoso, embotado pelo trabalho.

— Que livros são aqueles, na prateleira? — perguntou Escherich depois de um tempo.

Quangel ergueu o olhar, devagar, encarando o outro por um instante, e então virou a cabeça até mirar a prateleira.

— Que livros são aqueles? Tem o hinário da minha mulher e sua Bíblia. E os outros devem ser os livros do meu filho, que morreu. Não leio livros, não tenho nenhum. Nunca consegui ler direito...

— Me passe o quarto livro da esquerda, sr. Quangel. O de capa vermelha.

Quangel pegou o livro da prateleira devagar, carregando-o com cuidado até a mesa, como se fosse um ovo cru, e largou-o diante do delegado.

— *Montagem de rádios*, de Otto Runge — o delegado leu a capa. — Ora, Quangel, você não se lembra de nada quando vê este livro?

— Um livro do meu filho Otto, que morreu — respondeu Quangel, lentamente. — Ele gostava de rádios. Era conhecido, as oficinas o disputavam, ele conhecia todas as frequências...

— E não se lembra de mais nada ao ver o livro?

— Não! — Quangel balançou a cabeça. — Não sei de nada. Não leio esse tipo de livro.

— Mas talvez guarde alguma coisa dentro dele. Abra o livro, sr. Quangel.

O livro se abriu exatamente no local onde estava o cartão.

Quangel encarou as palavras: "O FÜHRER ORDENA, NÓS OBEDECEMOS..."

Quando ele tinha escrito isso? Provavelmente havia muito, muito tempo. Bem no começo. Mas por que não terminara o postal? Por que ele estava ali, no meio do livro de Ottinho?

E aos poucos ele foi se lembrando da primeira visita de seu cunhado, Ulrich Heffke. Naquela época, o cartão tinha sido escondido rapidamente e ele continuara a trabalhar na escultura da cabeça de Ottinho. Escondido e esquecido, tanto por ele quanto por Anna!

Eis o perigo que ele sempre pressentira! Era o inimigo no escuro, que ele não conseguia enxergar, mas que sempre imaginara existir. Esse tinha sido seu erro, que não podia ser previsto...

Eles pegaram você!, ele ouvia dentro de sua cabeça. Por sua própria culpa. Você está frito.

E: será que Anna confessou algo? Certamente lhe mostraram o cartão. Mas Anna negou mesmo assim, eu a conheço e farei igual. Afinal, Anna estava com febre...

O delegado perguntou:

— Ora, Quangel, não vai falar nada? Quando foi que escreveu o cartão?

— Não sei nada sobre esse cartão. Não consigo escrever nada desse tipo, sou burro demais!

— Mas então como o cartão aparece no livro do seu filho? Quem o colocou lá?

— Como vou saber? — disse Quangel, quase grosseiro. — Talvez o senhor mesmo, ou um dos seus homens, o tenha enfiado ali! A gente vive escutando que provas brotam do nada!

— O cartão foi encontrado no livro diante de várias testemunhas inatacáveis. Sua mulher também estava presente.

— E o que foi que minha mulher disse?

— Quando o cartão foi encontrado, ela confessou imediatamente que o senhor era quem escrevia e que ela ditava. Veja, Quangel, não seja teimoso. Simplesmente confesse. Se confessar agora, não estará me contando nenhuma novidade. Mas vai aliviar a sua situação e a da sua mulher. Se não confessar, terei de levá-lo para a Gestapo e os nossos porões não são muito agradáveis... — Ao se lembrar do que ele próprio passara naqueles porões, sua voz tremeu ligeiramente. Mas ele manteve a calma e continuou: — Entretanto, se confessar, posso encaminhá-lo imediatamente para o juiz de instrução. Daí o senhor ficará em Moabit, será bem tratado, assim como os outros presos.

O delegado, porém, podia dizer o que quisesse, Quangel manteve suas mentiras. Escherich havia cometido um erro imediatamente percebido pelo astuto encarregado: influenciado pela presença embotada de Quangel e pelas informações de seus chefes, ele não o considerava o autor dos cartões, mas apenas quem escrevia o que a mulher ditava...

Quando o delegado repetiu isso, Quangel certificou-se de que Anna não havia confessado nada. O outro tinha apenas inventado aquilo.

Ele continuou a negar.

Por fim, o delegado Escherich interrompeu o infrutífero interrogatório no apartamento e foi com Quangel até a Prinz-Albrecht-Strasse. Ele esperava que outro ambiente, a movimentação dos homens da SS e aquele aparato absolutamente ameaçador intimidassem o homem simples, tornassem mais fácil convencê-lo a confessar.

Eles estavam na sala do delegado e Escherich levou Quangel até diante do mapa de Berlim com suas bandeirinhas vermelhas.

— Dê uma olhada, Quangel — disse. — Cada bandeirinha representa um cartão encontrado. Está espetada no local exato. E se observar esse outro lugar — ele apontou com o dedo —, verá muitas bandeirinhas ao redor, mas nenhuma aqui. É a Jablonskistrasse, onde fica seu apartamento. Claro que você não deixou nenhum cartão por lá, afinal sua cara é muito conhecida...

Mas Escherich percebeu que Quangel não estava prestando atenção. Um nervosismo curioso, incompreensível, havia se apossado do homem ao olhar para o mapa. Seu olhar tremia, as mãos também. Quase intimidado, ele perguntou:

— São muitas bandeirinhas. Quantas, mais ou menos?

— Posso lhe dizer o número exato — respondeu o delegado, que tinha finalmente entendido o que tanto abalava o homem. — Trata-se de 267 bandeirinhas, 259 cartões e oito cartas. E quanto disso você escreveu, Quangel?

O homem manteve o silêncio, mas agora não era um silêncio de teimosia, e sim de comoção.

— E lembre-se de mais uma coisa, Quangel — prosseguiu o delegado, aproveitando-se da sua vantagem —, todos esses cartões e cartas nos foram entregues voluntariamente. Não encontramos nenhum por nossa própria iniciativa. As pessoas vieram literalmente correndo até nós, como se estivessem segurando algo em brasa. Elas não conseguiam se livrar daquilo rápido o suficiente, a maioria nem leu os cartões...

Quangel se mantinha calado, mas seu rosto tremia. Seu interior estava em ebulição; o olhar do olho fixo, instigante, estava trêmulo, não focava nada, baixava para o chão e se erguia novamente para as bandeirinhas, como que enfeitiçado.

— E mais uma coisa, Quangel: será que você pensou alguma vez em quanto medo e aflição esses cartões produziram nas pessoas? Elas quase se desmanchavam de terror, algumas foram presas e conheço uma que, com certeza, se suicidou por causa deles...

— Não! Não! — gritou Quangel. — Eu nunca quis isso! Nunca imaginei isso! Queria que as coisas melhorassem, que as pessoas conhecessem a verdade, que a guerra acabasse mais rápido, que os assassinatos cessassem finalmente! Era isso que eu queria! Mas não quis semear medo e terror, não queria piorar ainda mais a situação! Aquelas pobres pessoas... e eu as deixei ainda mais infelizes! Quem foi que cometeu suicídio?

— Ah, um desocupado qualquer, apostador de cavalos; não é importante, não se aflija por causa dele!

— Toda pessoa é importante. Seu sangue está nas minhas mãos.

— Veja, Quangel — disse o delegado. — Você acabou de confessar o seu crime e nem percebeu!

— O meu crime? Não cometi crime nenhum, pelo menos não aquele ao qual o senhor se refere. Meu crime foi ter me achado esperto demais, ter feito tudo sozinho, embora saiba que um é o mesmo que nenhum. Não, não fiz nada de que tenha de me envergonhar, mas o jeito como fiz foi errado. É por isso que mereço a pena e por isso dou minha vida...

— Ora, não será tão terrível assim — disse o delegado, consolador.

Quangel não prestava atenção nele. Dizia para si:

— Nunca soube avaliar as pessoas direito, senão teria sabido.

— O senhor sabe, afinal, quantos cartões e cartas escreveu? — perguntou Escherich.

— Duzentos e setenta e seis cartões, nove cartas.

— ...então dezoito não foram entregues.

— Nesses dezoito está meu trabalho de mais de dois anos, toda a minha esperança. Pagarei dezoito cartões com a vida, mas são dezoito!

— Não acredite, Quangel — disse o delegado —, que esses dezoito estão sendo repassados continuamente. Não, foram encontrados por pessoas tão envolvidas em coisas erradas que nem ousaram entregá-los. Esses dezoito, como os demais, também não tiveram nenhuma influência. Nunca ouvimos falar de quaisquer efeitos produzidos por esses cartões...

— Então não consegui nada?

— Não conseguiu nada, pelo menos não aquilo que planejava! Alegre-se, Quangel, isso pode lhe servir como atenuante! Talvez depois de quinze ou vinte anos você se livre da prisão.

Quangel estremeceu.

— Não — disse ele. — Não!

— O que tinha em mente, Quangel? Um simples trabalhador quer lutar contra o Führer, que é apoiado pelo partido, o Exército, a SS, a SA? Contra o Führer, que já venceu metade do mundo e em um, dois anos terá superado nosso último inimigo? Isso é ridículo! Você deveria saber de antemão que ia dar com os burros n'água. É o que acontece quando um mosquito quer lutar com o elefante. Não entendo. Você, um homem tão razoável!

— Não, o senhor não vai entender nunca. Tanto faz se há um ou dez mil lutando; se alguém percebe que tem de lutar, então luta, com ou sem companheiros. Tive de lutar e faria de novo. Só que de um jeito diferente, muito diferente. — Ele dirigiu seu olhar novamente calmo ao delegado: — Aliás, minha mulher não tem nada que ver com essas coisas. O senhor tem de soltá-la!

— Agora você está mentindo, Quangel! Sua mulher ditou os cartões, ela própria confessou!

— Agora é o senhor que está mentindo! Pareço um homem que recebe ditados da mulher? É capaz de o senhor dizer ainda que foi ela que imaginou a coisa toda. Mas fui eu, eu sozinho. Foi minha ideia, eu escrevi os cartões, eu os distribuí, quero minha pena! Ela, não! Minha mulher, não!

— Ela confessou...

— Ela não confessou nada! Não quero escutar mais essas mentiras! Não fale mal da minha mulher para mim!

Por um instante, os dois ficaram frente a frente, o homem de cabeça afilada de ave e o olhar duro e o delegado descorado, cinza, de barba loira e olhos claros.

Em seguida, Escherich baixou os olhos e disse:

— Vou chamar alguém para tomar seu depoimento. Espero que você mantenha sua declaração.

— Mantenho.

— E está ciente do que o aguarda? Uma pena muito pesada, talvez a morte?

— Sim, sei o que fiz. E espero que o senhor também saiba o que está fazendo, delegado.

— O que estou fazendo?

— O senhor trabalha para um assassino, está continuamente alimentando o assassino com novas presas. O senhor age por dinheiro, talvez nem acredite no homem. Não, certamente não acredita nele. Apenas por dinheiro...

Mais uma vez ficaram frente a frente, em silêncio, e mais uma vez o delegado baixou o olhar, vencido.

— Estou indo — disse ele, quase constrangido — buscar um escrivão.

E foi.

Capítulo 51
O delegado Escherich

Por volta da meia-noite o delegado Escherich ainda se encontra (ou melhor, se encontra de novo) na sua sala. Está totalmente derrubado, mas também bebeu bastante; não conseguiu se esquecer da terrível cena da qual teve de participar.

Dessa vez, seu chefe, o calhorda Prall, não tinha em mãos uma Cruz de Mérito de Guerra para seu tão pelejador, tão bem-sucedido, tão simpático delegado, mas um convite para uma pequena festinha da vitória. Eles estiveram juntos, tomando muito armanhaque forte em copos nada pequenos, jactaram-se da prisão do solerte, e sob aplausos gerais o delegado Escherich teve de ler em voz alta o relatório com a confissão de Quangel...

Trabalho criminalístico cuidadoso e árduo lançado aos porcos!

Mas depois, quando todos estavam absolutamente encharcados de álcool, resolveram desfrutar de um prazer extra. Munidos de garrafas e copos, desceram à cela de Quangel e o delegado teve de acompanhá-los. Eles queriam ver o sujeito exótico mais uma vez, aquele doido varrido que tinha tido o atrevimento de lutar contra o amado Führer!

Encontraram Quangel debaixo de sua coberta no catre, dormindo profundamente. Um rosto curioso, pensou Escherich, que nem o sono conseguia relaxar, que parecia igualmente fechado e preocupado tanto desperto quanto adormecido. Apesar disso, o homem estava dormindo profundamente...

Claro que eles não o deixaram dormir. Acordaram-no aos tabefes, fizeram com que se levantasse às pressas. Quangel estava diante daquela gente uniformizada de preto e prata com uma camisa muito curta, que não chegava a cobrir toda a sua genitália: uma figura risível — caso não se olhasse para a cabeça!

Então eles tiveram a ideia de batizar o velho solerte, entornando uma garrafa de aguardente sobre sua cabeça. O general Prall, com voz pastosa, fez um discurso singelo sobre aquele porco que logo seria abatido, e no final dessa fala um copo foi estourado na cabeça de Quangel.

Isso foi um sinal para os outros, que acabaram estourando seus copos na cabeça de Quangel. Armanhaque e sangue escorreram sobre seu rosto. Enquanto tudo isso acontecia, porém, Escherich teve a sensação de ver, entre os rios de sangue e álcool, Quangel olhando e falando diretamente para ele: Então essa é a causa justa pela qual você mata! Esses são seus companheiros carrascos! Vocês são assim. Você sabe muito bem o que faz. Mas eu vou morrer pelo crime que não cometi e você vai viver — tão justa é a sua causa!

Então eles descobriram que o copo de Escherich continuava intacto. E lhe ordenaram que também o estourasse na cabeça de Quangel. Sim, Prall precisou dar a ordem de maneira enérgica, duas vezes — Você sabe como eu te esfolo se não me obedecer, não é? —, e Escherich acabou estourando o copo na cabeça de Quangel. Ele teve de golpear quatro vezes, com a mão trêmula, antes de o vidro se quebrar, e durante todo esse tempo sentiu o olhar afiado e desdenhoso de Quangel, que vivenciava em silêncio a própria humilhação. A figura ridícula numa camiseta curta era mais forte, mais honrada do que todos os seus torturadores. E cada golpe que o delegado Escherich desferia, desesperado e amedrontado, parecia golpear seu próprio eu, como se um machado machucasse as raízes da árvore da vida.

De repente, Otto Quangel desfaleceu. Eles o deixaram no chão frio da cela, inconsciente e sangrando. Haviam proibido os vigias de acudirem o maldito e subiram de volta para continuar a beber, continuar a festejar, como se tivessem alcançado sabe-se lá que vitória heroica.

E agora o delegado Escherich está sentado novamente na sua sala, junto à escrivaninha. Diante dele, na parede, o mapa com as bandeirinhas vermelhas. Seu corpo está arriado, mas ele ainda consegue pensar com clareza.

Sim, o mapa está resolvido. Amanhã será retirado. E depois de amanhã vou pendurar um mapa novo e perseguir um novo solerte. E mais um.

E mais outro. Qual é o sentido de tudo isso? Essa é minha missão no mundo? Deve ser, mas, se for mesmo, não entendo nada deste mundo, então nada faz sentido. Pois meu trabalho realmente não faz diferença alguma...

Seu sangue está nas minhas mãos... A maneira como ele falou! E o sangue dele, nas minhas! Tenho também o sangue de Enno Kluge na minha conta, aquele fracote miserável, que sacrifiquei para entregar Quangel a uma horda de bêbados. Ele não vai choramingar como o baixinho no píer; vai morrer com decência...

E eu? Qual é minha situação? Um novo caso: e se o laborioso Escherich não tiver tanto sucesso quanto o general Prall espera, acabarei mais uma vez no porão. Finalmente chegará o dia em que serei mandado para baixo para nunca mais voltar a subir. Vivo para esperar por isso? Não, Quangel tem razão ao chamar Hitler de assassino e a mim de fornecedor de um assassino. Nunca me importei com quem estava no comando, com os motivos dessa guerra, desde que eu continuasse a fazer minhas coisas, que é prender pessoas. Depois de presas, nunca quis saber o que acontecia com elas...

Mas agora me importo. Estou farto disso, me enoja fornecer novas vítimas a esses homens; desde que prendi Quangel, me enoja. O jeito dele lá em pé, olhando para mim. Sangue e armanhaque escorriam pelo seu rosto, mas ele me olhava! Você é o culpado, dizia o seu olhar, você me traiu! Ah, se ainda fosse possível, eu sacrificaria dez Ennos para salvar um Quangel, sacrificaria todo este prédio para libertá-lo! Se ainda fosse possível, eu iria embora daqui, começaria algo como Otto Quangel, algo mais bem pensado, mas eu também quero lutar.

Só que é impossível, eles não permitiriam, chamam isso de deserção. Vão me buscar e me jogar no porão de novo. E minha carne grita quando é torturada, sim, sou covarde. Covarde como Enno Kluge, não um homem corajoso como Otto Quangel. Quando Prall grita comigo, estremeço e obedeço às suas ordens tremendo. Estourei o copo de bebida na cabeça do único homem decente, mas cada golpe foi como um bocado de terra jogado sobre meu caixão.

O delegado Escherich levantou-se lentamente. Seu rosto estampava um sorriso indefeso. Foi até a parede, ficou escutando. Passava da

meia-noite e o silêncio reinava no grande prédio da Prinz-Albrecht-
-Strasse. Somente os passos do vigia no corredor, para lá e para cá, para lá e para cá...

Você também não sabe por que fica andando para lá e para cá, pensou Escherich. Um dia, vai compreender que estragou sua vida...

Ele pegou o mapa, arrancou-o da parede. Muitas bandeirinhas caíram no chão, com os alfinetes fazendo barulho. Escherich amassou o mapa e jogou-o no meio daquilo.

— Acabou! — disse. — Fim! Fim do caso do solerte!

Ele voltou devagar para sua mesa, abriu uma gaveta e balançou a cabeça em sinal de aprovação.

— Aqui estou eu, provavelmente o único homem que Otto Quangel converteu com seus cartões. Mas não lhe sirvo para nada, Otto Quangel, não consigo dar prosseguimento ao seu trabalho. Sou covarde demais. Seu único seguidor, Otto Quangel!

Ele tirou rapidamente a pistola da gaveta e atirou.

Dessa vez, não tremeu.

O vigia que entrou correndo encontrou apenas um corpo quase sem cabeça atrás da mesa. Sangue e massa encefálica tinham sido espirrados nas paredes; o bigode claro do delegado Escherich estava pendurado numa lâmpada, sujo e em tufos.

O general Prall ficou furioso.

— Traição! Todos os civis são canalhas! Todos que não usam uniforme deviam estar no porão, atrás de arame farpado! O sucessor de Escherich, esse canalha, que aguarde: vou apertá-lo desde o início para que não lhe reste um único pensamento na cabeça, somente medo! Sempre fui bondoso demais, esse é o meu erro básico! Tragam esse canalha, o Quangel, para cima! Ele que veja a porcaria aqui; e que limpe isso!

Dessa maneira, o único convertido por Otto Quangel acabou por exigir algumas horas noturnas muito pesadas do velho encarregado.

QUARTA PARTE

O FIM

Capítulo 52
Anna Quangel no interrogatório

Catorze dias depois da sua prisão, num dos primeiros interrogatórios, Anna Quangel — já curada da gripe — deixou escapar que o filho Otto tinha sido noivo por certo tempo de uma tal Trudel Baumann. Na época, Anna ainda não compreendera que a menção de qualquer nome era perigosa, perigosa para a pessoa citada. Pois o círculo de conhecidos e amigos de todo preso era investigado com uma exatidão que beirava o pedantismo, cada pista era seguida a fim de que "a ferida pustulenta fosse eliminada de vez".

O interrogador, delegado Laub, sucessor de Escherich — um homem baixo, atarracado, que amava soltar os dedos ossudos no rosto dos interrogados, feito um açoite —, a princípio (e como era seu hábito) não deu atenção a essa informação. Ele questionou Anna, de maneira longa e mortalmente cansativa, sobre os amigos e empregadores do filho, perguntou coisas sobre as quais ela não tinha como saber nada, mas devia saber, perguntou sem parar, e no meio disso tudo vez ou outra lascava os dedos no rosto dela.

O delegado Laub era mestre na arte de tais interrogatórios, suportava-os por dez horas ininterruptas, de modo que os interrogados precisavam aguentar também. Anna Quangel estava tonta de cansaço na sua cadeira. A doença recém-curada, o medo pelo destino de Otto, de quem nunca mais tivera notícia, a afronta de levar surras feito uma criança, tudo isso a deixava desatenta, dispersa, e o delegado Laub a agrediu outra vez.

Anna Quangel gemeu baixinho e cobriu o rosto com as mãos.

— Baixe as mãos! — gritou o delegado. — Olhe para mim! Vai demorar muito?

Ela obedeceu, lançando-lhe um olhar de medo. Mas não dele, e sim de fraquejar.

— Quando você viu essa tal noiva de seu filho pela última vez?

— Faz muito tempo. Não sei. Desde que escrevemos os cartões. Há mais de dois anos... Oh, não me bata de novo! Pense na sua mãe! O senhor não gostaria que sua mãe fosse surrada.

Dois, três golpes sucessivos a atingiram.

— Minha mãe não é uma canalha traidora como você! Se falar mais uma vez da minha mãe, vou lhe mostrar onde mais posso bater! Onde morava a moça?

— Não sei! Certa vez meu marido me disse que ela tinha se casado! Certamente se mudou.

— Ah, então seu marido a viu? Quando?

— Não me lembro mais! Já estávamos escrevendo os cartões.

— E ela participou? Ela ajudava?

— Não! Não! — disse Anna Quangel. Assustada, ela percebeu o que tinha feito. — Meu marido — acrescentou depressa — apenas viu a Trudel na rua. Daí ela lhe contou que tinha casado e saído da fábrica.

— E aí? Em qual fábrica ela trabalhava?

A sra. Quangel deu o endereço da fábrica de uniformes.

— E o que mais?

— Isso é tudo. Isso realmente é tudo que sei. Juro, delegado.

— Você não acha um pouquinho estranho que a noiva do filho não passe na casa dos sogros nem mais uma vez, nem depois da morte do noivo?

— Meu marido era assim! Nunca encontrávamos ninguém, e desde que começamos a escrever os cartões, interrompemos qualquer contato.

— Você está mentindo de novo! Com os Heffkes vocês começaram a se relacionar apenas durante a escrita dos cartões!

— Sim, é verdade! Tinha me esquecido. Mas Otto não gostava nada daquilo, ele só permitia porque era o meu irmão. E como reclamava da família! — Ela olhou com tristeza para o delegado. Intimidada, disse: — Posso lhe fazer uma pergunta também, delegado?

— Pergunte! Quem pergunta o que quer ouve o que não quer! — rosnou o delegado Laub.

— É verdade... — Ela parou. — Acho que vi minha cunhada ontem pela manhã no corredor... É verdade que os Heffkes também estão presos?

— Você está mentindo mais uma vez! — Um golpe violento. E mais outro. — A sra. Heffke está num lugar bem diferente. Não é possível que você a tenha visto. Alguém lhe disse isso. Quem foi?

Mas a sra. Quangel balançou a cabeça.

— Não, ninguém. Vi minha cunhada de longe. Não estava certa de que era ela. — Ela suspirou. — Então os Heffkes também estão presos, eles, que não fizeram nada e não sabiam de nada. Coitados!

— Coitados! — desdenhou o delegado Laub. — Não sabiam de nada! Todos dizem isso! Mas são todos criminosos, e meu nome não é Laub se não destripar vocês até que a verdade seja dita! Quem está dividindo a cela com você?

— Não sei o nome da mulher. Eu a chamo simplesmente de Berta.

— Há quanto tempo a Berta está na sua cela?

— Desde ontem à noite.

— Ah, então foi ela que falou dos Heffkes. Confesse, senão peço para a Berta subir e baterei nela na sua presença até ela confessar.

Anna Quangel balançou a cabeça de novo.

— Tanto faz eu dizer sim ou não, delegado, de todo modo o senhor vai trazer a Berta e bater nela. Só digo que vi a sra. Heffke no corredor, lá embaixo...

O delegado Laub virou-se de repente e lascou um sonoro tapa no rosto de Anna Quangel. Depois, virou-se de novo e encarou-a, sorrindo com sarcasmo:

— É isso que a espera, se continuar bancando a esperta, tenho outros desse tipo! — De repente, gritou: — Vocês são uns merdas! Merdas, todos! Bostas, todos! E não vou descansar até que vocês, seus merdas, estejam debaixo da terra! Todos têm de pagar! Todos! Ordenança, traga Berta Kuppke!

Ele passou uma hora amedrontando e batendo nas mulheres, apesar de Berta Kuppke ter confessado imediatamente que havia falado da sra. Heffke para a sra. Quangel. Isso, porém, não era suficiente para o delegado Laub. Ele queria saber exatamente cada palavra que as duas tinham trocado, embora elas tivessem apenas desfiado suas lamúrias, como é do feitio das mulheres. Mas ele farejava traição e conspiração e não parava de bater e de fazer perguntas.

Por fim, Berta Kuppke foi levada de volta para o porão, aos prantos, e Anna Quangel se tornou novamente a única vítima do delegado Laub. Ela estava tão cansada que sua voz parecia vir de muito longe, a imagem dele parecia sumir diante dos seus olhos e os golpes não lhe doíam mais.

— O que aconteceu para a tal noiva do seu filho não aparecer mais na sua casa?

— Não aconteceu nada. Meu marido não gostava de visitas.

— Mas você acabou de dizer que ele concordou com a visita dos Heffkes.

— Os Heffkes eram exceção, pois Ulrich é meu irmão.

— E por que Trudel não foi mais à sua casa?

— Porque meu marido não queria.

— Quando ele disse isso a ela?

— Não sei! Delegado, não aguento mais. Me deixe descansar por meia hora. Quinze minutos!

— Apenas depois que você falar. Quando seu marido proibiu a moça de ir à sua casa?

— Quando meu filho morreu.

— Aí está. E onde isso aconteceu?

— Na nossa sala.

— E que motivo ele deu?

— Ele não queria mais ter contato com ela. Delegado, eu realmente não aguento mais. Só dez minutos.

— Tudo bem. Em dez minutos faremos uma pausa. Qual era o motivo de seu marido não querer mais a visita da Trudel?

— Porque ele não queria mais ter contato com ninguém. Já estávamos planejando fazer os cartões.

— Então ele lhe disse que tinha um plano com relação aos cartões?

— Não, ele nunca falou com ninguém a respeito.
— Então qual foi o motivo que ele deu a ela?
— Que não queria mais ter contato. Ah, delegado!
— Se me disser o motivo verdadeiro, paro imediatamente por hoje.
— Mas esse é o motivo verdadeiro!
— Não, não é! Vejo que está mentindo. Se não me disser a verdade, ficarei aqui por mais dez horas fazendo perguntas. Então, o que foi que ele disse? Repita as palavras que ele disse para Trudel Baumann.
— Não lembro mais. Ele estava tão furioso.
— Por que ele estava tão furioso?
— Porque deixei a Trudel Baumann dormir no apartamento.
— Mas ele proibiu a visita dela depois disso ou a mandou embora na hora?
— Não, apenas pela manhã.
— E foi de manhã que ele a proibiu de voltar?
— Sim.
— E por que ele estava tão furioso?
A sra. Anna Quangel estremeceu.
— Vou lhe dizer, delegado. Não vou prejudicar ninguém. Naquela noite, também escondi secretamente a velha judia, a sra. Rosenthal, que depois pulou da janela e morreu. Ele ficou furioso por causa disso e aproveitou para enxotar a Trudel também.
— Por que a Rosenthal foi se esconder no seu apartamento?
— Porque estava com medo de ficar sozinha. Ela morava bem em cima da gente. O marido dela foi preso. Ela ficou com medo. Delegado, o senhor me prometeu.
— Daqui a pouco. Daqui a pouco. Então Trudel sabia que havia uma judia escondida lá?
— Mas isso não era proibido.
— Claro que era proibido! Um ariano decente não acolhe nenhuma vaca judia, e uma moça decente iria contar isso à polícia. Qual foi a reação da Trudel com a judia no apartamento de vocês?
— Delegado, eu não digo mais nada. O senhor distorce cada palavra. A Trudel não cometeu nenhum crime, ela não sabia de nada!

— Mas ela sabia que a judia estava dormindo lá!
— Isso não tem nada de ruim.
— Aí nossa opinião diverge. Amanhã vou dar uma olhada na Trudel.
— Ah, meu Deus, o que foi que eu fiz de novo! — A sra. Quangel começou a chorar. — Agora meti a Trudel no meio da desgraça também. Delegado, o senhor não pode fazer nada com a Trudel, ela está em estado interessante!
— Ah, é? De repente você sabe disso, apesar de supostamente não ver a Trudel há mais de dois anos? Como assim?
— Mas eu lhe disse, delegado, que meu marido a encontrou certa vez na rua.
— Quando foi isso?
— Deve ter sido umas duas ou três semanas atrás. Delegado, o senhor me prometeu uma pequena pausa. Só uma pequena pausa, por favor. Eu realmente não aguento mais.
— Só mais um instante! Daqui a pouco terminamos. Quem começou a falar, foi a Trudel ou seu marido, já que os dois estavam brigados?
— Mas eles não estavam brigados!
— O seu marido não a proibiu de visitar vocês?
— A Trudel não ficou chateada, afinal ela conhece o meu marido.
— Onde eles se encontraram?
— Acho que foi na Kleine Alexanderstrasse.
— O que seu marido estava fazendo na Kleine Alexanderstrasse? Você disse que ele só ia de casa para a fábrica e vice-versa.
— Isso mesmo.
— E o que ele estava fazendo na Kleine Alexanderstrasse? Talvez deixando um postal em algum lugar, não?
— Não, não! — exclamou Anna Quangel cheia de medo, empalidecendo de súbito. — Os cartões, sempre era eu que os distribuía! Eu sozinha, nunca ele!
— Por que ficou tão pálida de repente?
— Não fiquei pálida. Sim, fiquei. O senhor ia fazer uma pausa!

— Daqui a pouco, assim que tivermos esclarecido esse ponto. Então, seu marido estava com um cartão e encontrou no caminho a Trudel Baumann? O que foi que ela disse sobre os cartões?

— Mas ela não sabia nada sobre eles!

— O seu marido, ao ver a Trudel, ainda estava com o cartão no bolso ou já tinha se livrado dele?

— Já tinha se livrado dele.

— Veja, estamos começando a nos aproximar da questão. Agora você precisa apenas me dizer o que a Trudel Baumann disse a respeito do cartão e depois encerramos por hoje.

— Mas ela não pode ter dito coisa alguma, ele já tinha se livrado do cartão.

— Pense mais uma vez! Dá para ver que está mentindo! Se insistir nisso, ficará sentada aqui até amanhã cedo. Por que você quer se torturar dessa maneira desnecessária? Amanhã vou dizer na cara da Trudel Baumann que ela sabia dos postais e ela vai admitir isso imediatamente. Então, por que criar dificuldades? Acho que você vai ficar contente em se aninhar na sua caminha. E então? O que a Trudel Baumann disse sobre os cartões?

— Não! Não! Não! — gritou Anna Quangel levantando-se, desesperada. — Não digo mais nenhuma palavra! Não traio ninguém! O senhor pode dizer o que quiser, pode me bater até que eu morra, mas não digo mais nada!

— Acalme-se e sente-se de novo — disse o delegado Laub, lascando-lhe alguns tapas. — Eu decido quando você pode se levantar. E eu também decido quando o interrogatório termina. Agora vamos bater um papo sobre a coisa com a Trudel Baumann. Depois que você confessou, há pouco, que cometeu alta traição...

— Eu não confessei isso! — disse a mulher atormentada, em desespero.

— Você acabou de dizer que não quer trair a Trudel — disse o delegado, indiferente. — E eu não vou sossegar até você me dizer o que há para ser traído.

— Não vou dizer, nunca!

— Ora! Veja como você é idiota. Não precisa dizer aquilo que vou arrancar amanhã em cinco minutos do nariz da Trudel Baumann, sem qualquer dificuldade. Uma mulher grávida não aguenta um interrogatório desses por muito tempo. Se eu lhe aplicar alguns tabefes...

— O senhor não pode bater na Trudel! Não pode! Oh, Deus, eu não devia ter dito o nome dela!

— Mas disse! E vai facilitar as coisas para ela se confessar tudo! E então? O que a Trudel disse sobre os cartões? — E em seguida: — Eu poderia saber pela Trudel, mas quero que me diga agorinha! É para aprender que acho você uma titica. É para aprender que acho todas as suas promessas de ficar de boca calada uma titica. É para aprender que você não vale nada, você com toda a sua conversa mole sobre lealdade e não querer trair. Anna Quangel é um nada! Quer apostar que daqui a uma hora terei ouvido da sua boca a relação da Trudel com os cartões-postais? Quer apostar?

— Não! Não! Não!

Mas é claro que o delegado Laub descobriu, e não demorou nem uma hora.

Capítulo 53
Os desconsolados Hergesells

Os Hergesells estavam fazendo seu primeiro passeio depois do aborto de Trudel. Percorriam o caminho em direção a Grünheide, mas depois viraram à esquerda em Frankenweg e caminharam ao longo da margem do lago Flakensee até a comporta Woltersdorf.

Caminhavam muito devagar e de vez em quando Karl olhava furtivamente para Trudel, que andava ao seu lado com o olhar baixo.

— É gostoso aqui na floresta — disse ele.

— Sim, é gostoso — concordou ela.

Um pouco depois, ele exclamou:

— Veja os cisnes no lago!

— Sim — respondeu ela. — Cisnes... — E mais nada.

— Trudel — começou ele, preocupado —, por que você não fala? Por que está desanimada?

— Fico pensando o tempo todo no meu filho que morreu — sussurrou ela.

— Ah, Trudel. Ainda teremos muitos filhos.

Ela balançou a cabeça.

— Nunca mais vou ter um filho.

Ele perguntou, assustado:

— O médico disse isso?

— Não, não o médico. Mas eu pressinto.

— Não — disse ele. — Você não pode pensar assim, Trudel. Somos jovens, podemos ter muitos filhos.

Ela balançou a cabeça de novo.

— Às vezes penso que isso foi castigo.

— Castigo? Por quê, Trudel? Fizemos algo tão errado assim para sermos castigados desse jeito? Não, foi um acaso, apenas um acaso terrível!

— Não foi acaso, foi castigo — teimou ela. — Não é para termos filhos. Fico pensando no que Klaus se tornaria quando ficasse mais velho. Meninos Hitleristas e Juventude Hitlerista, SS ou SA...

— Mas, Trudel... — exclamou ele, espantado pelos pensamentos sombrios que assolavam a mulher —, quando o Klaus crescesse, todo esse negócio com Hitler teria terminado. Não vai mais durar muito, confie.

— Sim — disse ela —, e o que fizemos para melhorar o futuro? Nada! Pior do que nada: abandonamos a boa causa. Fico pensando tanto em Grigoleit e em Bebê... por isso fomos castigados!

— Ah, aquele miserável Grigoleit! — disse ele, irritado.

Ele estava muito bravo com Grigoleit, que ainda não buscara sua mala.

Hergesell tivera de renovar o comprovante de entrega duas vezes.

— Acho — disse ele — que Grigoleit está preso faz tempo. Do contrário, teríamos ouvido alguma coisa dele.

— Se ele estiver preso — insistiu ela —, então temos culpa nisso. Nós o deixamos na mão.

— Trudel! — exclamou ele, irritado. — Eu te proíbo de pensar numa bobagem dessas! Não fomos feitos para a conspiração. Para nós, a única coisa correta foi desistir daquilo.

— Sim — disse ela, amarga —, mas fomos feitos para a covardia! Você disse que Klaus não teria de entrar para a Juventude Hitlerista. Mas se ele realmente não tivesse de entrar, se pudesse amar e respeitar os pais, no que teríamos contribuído para isso? O que fizemos por um futuro melhor? Nada!

— Nem todos podem agir como conspiradores, Trudel!

— Não. Mas poderíamos ter feito outras coisas. Se até um homem como meu ex-sogro, Otto Quangel... — Ela silenciou.

— Ei, o que aconteceu com o Quangel? O que você sabe dele?

— Prefiro não dizer. Também prometi a ele. Mas se até um velho como Otto Quangel trabalha contra este Estado, acho lamentável ficar de braços cruzados.

— Ah, mas o que podemos fazer, Trudel? Nada! Pense em todo o poder que Hitler tem, diante dele nós somos dois zeros à esquerda! Não podemos fazer nada!

— Se todos pensassem como você, Hitler ficaria eternamente no poder. Alguém tem de começar a combatê-lo.

— Mas o que poderíamos fazer?

— O quê? Poderíamos escrever manifestos e pendurá-los nas árvores! Você trabalha numa indústria química; como eletricista, entra em todos os lugares. Precisa apenas trocar uma torneira, soltar um parafuso numa máquina, e o resultado de vários dias de trabalho está arruinado. Se você e mais uma centena de outras pessoas fizessem algo assim, Hitler ficaria sem seu arsenal de guerra.

— Sim, e depois da segunda vez já teriam me flagrado e eu iria direto para a execução.

— É isso o que digo sempre: somos covardes. Pensamos apenas naquilo que vai acontecer com a gente, nunca naquilo que acontece com os outros. Veja, Karl, você foi dispensado do Exército. Mas se tivesse de ser soldado, arriscaria sua vida todos os dias e chegaria a achar até natural.

— Ah, eu daria um jeito de arranjar um cargo seguro com os prussianos também!

— E deixaria os outros morrerem no seu lugar! É como eu digo. Somos covardes, não servimos para nada!

— Aquela maldita escada! — começou ele. — Se você não tivesse sofrido o aborto, continuaríamos a viver tão felizes!

— Não, não seria felicidade, não uma felicidade verdadeira, Karl! Desde que fiquei grávida, não parei de pensar no futuro do Klaus, no que o garotinho se tornaria. Não suportaria se ele acabasse esticando o braço direito para Hitler, não suportaria vê-lo numa camisa marrom. Quando festejassem uma vitória, ele veria seus pais pendurando, obedientes, a bandeira com a suástica, e saberia que estávamos mentindo. Bem, pelo menos escapamos disso. Não era para termos o Klaus!

Ele caminhou por algum tempo em silêncio ao lado dela. Estavam no caminho de volta, mas não prestavam atenção nem no lago nem na floresta.

— Você acha mesmo que deveríamos começar alguma coisa? Devo aprontar alguma coisa na fábrica? — perguntou ele, por fim.

— Claro — respondeu ela. — Temos de fazer alguma coisa, Karl, para que não tenhamos de nos envergonhar tanto.

Depois de refletir por algum tempo, ele disse:

— Não consigo me imaginar me esgueirando pela fábrica, sabotando máquinas. Não combina comigo, Trudel.

— Então pense em algo que combine! Você vai achar. Afinal, não é para já.

— E você já imaginou o que quer fazer?

— Sim — respondeu ela. — Conheço uma judia que vive escondida. Ela já devia ter sido levada para um campo. Mas está abrigada com pessoas ruins e todos os dias tem medo de ser traída. Vou levá-la para nossa casa.

— Não! — disse ele. — Não! Não faça isso, Trudel! O pessoal vive de olho na gente, logo descobririam. E pense nos cartões de racionamento! Ela não deve ter um! Não podemos alimentar mais ninguém com nossos dois cartões!

— Não podemos? Não podemos passar um pouquinho de fome para salvar um ser humano da morte? Ah, Karl, se for assim, então está fácil para Hitler. Então somos todos uns podres e merecemos tudo isso!

— Mas ela vai ser vista na nossa casa! Não dá para esconder ninguém no nosso apartamentinho. Não, não permito.

— Não acredito, Karl, que você tem de me permitir uma coisa dessas. O apartamento é tão meu quanto seu.

Eles começaram uma briga feia, a primeira briga de verdade do seu casamento. Ela disse que simplesmente traria a mulher enquanto ele estivesse no trabalho e ele avisou que a enxotaria dali.

— Então me enxote junto!

A discussão chegou até esse ponto. Os dois estavam bravos, irritados, nervosos. Não baixavam a guarda, não havia acordo possível. Ela queria fazer alguma coisa de qualquer jeito, contra Hitler, contra a guerra. A princípio, ele também, mas não poderia haver riscos envolvidos, não queria correr o menor deles. Essa história com a judia era simplesmente uma loucura. Ele nunca permitiria!

Caminharam em silêncio pelas ruas de Erkner até chegar em casa. O silêncio era tão grande que parecia cada vez mais difícil quebrá-lo. Eles não se deram mais os braços, caminhavam sem se tocar. Quando uma mão roçava na outra, sem querer, cada um puxava a sua, apressado, aumentando a distância entre eles.

Não prestaram atenção no carro grande, fechado, estacionado defronte do prédio. Subiram as escadas e não perceberam que em todas as portas havia alguém olhando, com curiosidade ou medo. Karl Hergesell abriu o apartamento e deixou Trudel entrar primeiro. Nem no corredor perceberam alguma coisa. Apenas ao topar com o homem baixinho de jaqueta verde sentado na sala é que levaram um susto.

— Ei! — exclamou Hergesell, indignado. — O que o senhor está fazendo no meu apartamento?

— Delegado Laub, da Gestapo, Berlim — apresentou-se o homem de jaqueta verde. Mesmo na sala, ele mantinha na cabeça o chapeuzinho de caçador com o pincel de barba espetado no lado. — Sr. Hergesell, correto? Sra. Gertrud Hergesell, nascida Baumann, chamada Trudel? Muito bem. Gostaria de trocar algumas palavras com sua mulher, sr. Hergesell. Será que poderia esperar na cozinha?

Eles se encararam, cheios de medo e os rostos pálidos. De repente, Trudel sorriu.

— Adeus, Karl! — disse ela e abraçou-o. — Adeus! Brigar foi uma bobagem! A vida é sempre diferente do que se imagina!

O delegado Laub pigarreou para chamar a atenção. O casal se beijou. Hergesell saiu.

— Despediu-se do seu marido, sra. Hergesell?

— Me reconciliei com ele, tínhamos acabado de brigar.

— Qual foi o motivo?

— A visita de uma tia minha. Ele era contra, eu a favor.

— E minha presença fez com que você mudasse de ideia? Curioso, sua consciência não parece estar muito limpa. Um momento! Fique aqui!

Ela escutou-o falar com Karl na cozinha. Provavelmente o marido daria outra explicação para a briga, a coisa já começava errada. Ela havia pensado imediatamente em Quangel. Mas, na realidade, Quangel não era do tipo de homem que traía os outros...

O delegado voltou. Esfregando as mãos, satisfeito, disse:

— Seu marido explicou que vocês brigaram sobre adotar um filho ou não. Essa é a primeira mentira sua que descubro. Não tenha medo, em meia hora uma porção de outras vão aparecer e vou descobrir todas! Você sofreu um aborto?

— Sim.

— Veio bem a calhar, não? Para que o Führer não tivesse um soldado a mais, certo?

— Agora quem está mentindo é o senhor! Se fosse essa a minha intenção, não teria esperado até o quinto mês!

Um homem entrou, com um bilhete na mão.

— Delegado, o sr. Hergesell estava querendo queimar isso na cozinha.

— Que é isso? Um tíquete de entrega de bagagem? Sra. Hergesell, que mala é essa que seu marido guardou na estação Alexanderplatz?

— Mala? Não faço ideia. Meu marido nunca me falou nada a respeito.

— Traga o Hergesell. Alguém vá imediatamente de carro até a Alexanderplatz buscar a mala! — Um terceiro homem entrou acompanhando Hergesell. O apartamento inteiro estava cheio de policiais, o casal havia entrado ali sem perceber absolutamente nada.

— O que há nessa mala que você deixou guardada na Alexanderplatz?

— Não sei, nunca olhei. É de um conhecido. Ele disse que eram roupas.

— Muito provável! Por isso você quis queimar o tíquete quando percebeu que havia polícia no apartamento!

Hergesell hesitou, depois disse, trocando um olhar rápido com a mulher:

— Fiz isso porque não confio totalmente nesse conhecido. Poderia haver algo diferente lá dentro. A mala é muito pesada.

— Na sua opinião, o que poderia haver na mala?
— Impressos, talvez. Sempre me esforcei para não pensar nisso.
— Que conhecido estranho é esse que não pode entregar pessoalmente sua mala para ser guardada? Será que ele não se chama Karl Hergesell, por acaso?
— Não, ele se chama Schmidt, Heinrich Schmidt.
— E como você conheceu esse tal Heinrich Schmidt?
— Ah, já faz tempo, há pelo menos dez anos.
— E por que acha que poderiam ser impressos? Quem é esse Emil Schulz?
— Heinrich Schmidt. Era social-democrata ou comunista. Por isso achei que seriam impressos.
— Onde você nasceu?
— Eu? Em Berlim. Moabit.
— Quando?
— Dez de abril de 1920.
— Então você diz conhecer Heinrich Schmidt há pelo menos dez anos e saber sobre seu posicionamento político! Então deveria ter onze anos! Não vá achando que sou tão burro assim, pois senão eu fico bem desagradável, e se fico desagradável, logo alguma coisa vai começar a doer em você!
— Não menti! Tudo o que disse é verdade.
— Nome, Heinrich Schmidt: primeira mentira! Conteúdo da mala nunca visto: segunda mentira! Motivo para guardá-la: terceira mentira! Não, meu caro Hergesell, cada frase que você disse foi uma mentira!
— Não, é tudo verdade. Heinrich Schmidt queria ir para Königsberg, e como a mala estava pesada demais e não ia precisar dela, ele me pediu que eu a guardasse na estação. Essa é toda a história!
— E tem o trabalho de vir até Erkner buscar o tíquete com você, embora possa carregá-lo no bolso! Toda a sua história é muito provável, sr. Hergesell! Bem, vamos deixar isso para lá por enquanto. Acho que vamos conversar muito a respeito ainda; espero que faça a gentileza de me acompanhar num pulinho até a Gestapo. No que diz respeito à sua mulher...

— Minha mulher não sabe nada sobre essa mala!

— Foi o que ela disse. Mas eu vou descobrir tudo o que ela sabe ou não sabe. Mas já que tenho a felicidade de estar com os pombinhos juntos... vocês se conhecem desde quando trabalhavam na fábrica de uniformes?

— Sim... — responderam eles.

— Bem, o que vocês faziam lá?

— Eu era eletricista...

— Eu cortava jaquetas...

— Muito bem, muito bem, são gente trabalhadora. Mas o que vocês faziam, meus queridos, enquanto não estavam picotando tecido nem puxando fios? Será que não formaram uma linda celulazinha comunista, vocês dois, e um certo Jensch, chamado Bebê, e um certo Grigoleit?

Pálidos, eles olharam para o delegado. Como o homem podia saber disso? E trocaram um olhar de desespero.

— Ah! — Laub riu, com sarcasmo. — Estão bem espantados, não? É que vocês estavam sendo observados, os quatro, e se não tivessem se separado tão rápido eu já os teria conhecido um pouquinho antes. E, Hergesell, você continua sob vigilância na fábrica.

Eles estavam tão confusos que nem pensaram em contradizer o homem.

O delegado os observou, pensativo, e de repente teve uma ideia.

— De quem era a mala em questão, sr. Hergesell? — perguntou. — De Grigoleit ou de Bebê?

— Do... ah, agora tanto faz, já que o senhor sabe de tudo; o Grigoleit é que me fez ficar com ela. Ele queria buscá-la em uma semana, mas se passou tanto tempo...

— Deve ter tomado chá de sumiço! Bem, eu vou pegá-lo. Se estiver vivo, claro.

— Delegado, eu gostaria de afirmar que minha mulher e eu não tivemos mais nenhuma ação política desde que saímos da célula. Sim, a célula acabou por nossa causa, sem que coisa alguma pudesse ser trabalhada. Percebemos que não servimos para isso.

— Eu também percebi! Eu também! — gracejou o delegado.

Karl Hergesell, porém, continuou:

— Desde então pensamos apenas no nosso trabalho, não fizemos nada contra o Estado.

— Somente aquilo com a mala, não se esqueça da mala, Hergesell! Posse de impressos comunistas é alta traição, vai custar sua cabecinha, meu caro! E então, Trudel Hergesell? Trudel Hergesell! Por que está tão nervosa? Fabian, afaste a moça do marido, mas com delicadeza, Fabian, pelo amor de Deus, Fabian, não machuque o docinho! A pequena acabou de passar por um aborto, não quer dar mais soldados ao Führer!

— Trudel! — pediu Hergesell. — Não escute o que ele diz! Pode não haver quaisquer impressos na mala, apenas pensei nisso. Podem realmente ser apenas roupas e Grigoleit pode não ter mentido para mim!

— Está certo, meu jovem — elogiou o delegado Laub —, encoraje um pouquinho a jovem! Está mais calma de novo, docinho? Podemos continuar conversando? Então vamos passar da alta traição de Karl Hergesell para a alta traição de Trudel Hergesell, nascida Baumann.

— Minha mulher não sabia de nada disso! Minha mulher nunca fez nada contra a lei!

— Não, não, vocês dois sempre foram nazistas obedientes! — De repente, o delegado Laub se enfureceu. — Sabe o que vocês são? Malditos comunistas covardes! Ratos de esgoto, que ficam chafurdando na merda! Mas vou trazê-los à luz, vou levá-los à forca! Quero ver os dois balançarem! Você com sua mala cheia de mentiras! E você com seu aborto! Você ficou pulando da mesa até descolar! Foi assim? Foi assim? Diga!

Ele havia agarrado Trudel e sacudiu-a até quase nocauteá-la.

— Deixe minha mulher em paz! Não toque na minha mulher!

Hergesell tinha se atracado com o delegado. Um soco de Fabian acertou-o. Três minutos mais tarde, estava algemado na cozinha, vigiado por Fabian, e sabia — desespero total no coração — que a mulher se encontrava sozinha, entregue às mãos do torturador.

E Laub continuou a torturar Trudel sem dó. Ela, semi-inconsciente de tanto medo que sentia por Karl, devia se manifestar sobre os cartões-postais dos Quangels. O delegado não acreditava no encontro casual dos dois, ela sempre teria estado em contato com os Quangels, a sujeitinha comunista covarde, e seu marido, Karl, também estava ciente daquilo.

— Quantos cartões você distribuiu? O que estava escrito nos cartões? O que seu marido disse a respeito?

Ele a torturou, hora após hora, enquanto Hergesell permanecia na cozinha, desesperado, com o inferno no coração.

Por fim, a chegada do carro, a mala, a abertura da mala.

— Abra essa coisa, Fabian! — ordenou o delegado Laub.

Karl Hergesell tinha voltado à sala, mas vigiado. Separados por toda a extensão do cômodo, os Hergesells se olhavam, pálidos e desesperados.

— Bem pesadinha para roupas! — disse o delegado com sarcasmo, enquanto Fabian cutucava o cadeado com arame. — Bem, logo vamos poder dar uma olhada no caldo! Creio que será um pouquinho constrangedor para vocês dois. O que você acha, Hergesell?

— Minha mulher nunca soube nada dessa mala, delegado! — assegurou Hergesell mais uma vez.

— Sim, e você nunca soube que sua mulher distribuía cartões-postais de conteúdo altamente pernicioso em escadarias para Quangel! Cada traidor por si! Um casamento sólido, devo dizer!

— Não! — gritou Hergesell. — Não! Você não fez isso, Trudel! Diga que você não fez isso, Trudel!

— Mas ela confessou!

— Uma única vez, Karl, e foi por puro acaso...

— Proíbo qualquer conversa entre vocês! Mais uma única palavra e você volta para a cozinha, Hergesell! Vamos lá, abriu. E o que temos?

Ele postou-se com Fabian diante da mala, de modo que os Hergesells não conseguiam enxergar seu conteúdo. Os dois policiais sussurravam entre si. Em seguida, Fabian levantou o pesado conteúdo. Uma pequena máquina, parafusos brilhantes, molas, tudo de um preto brilhante...

— Uma impressora! — disse o delegado Laub. — Uma bela impressorazinha. Para panfletos agitadores comunistas. Isso encerra seu caso, Hergesell. Por hoje e sempre!

— Eu não sabia o que havia na mala — defendeu-se Karl Hergesell, mas ele estava tão assustado que sua afirmação não tinha qualquer força.

— Como se isso importasse! Afinal, você tinha obrigação de registrar seu encontro com Grigoleit e entregar a mala! Vamos encerrar aqui, Fabian. Guarde a coisa de novo. Já sei o suficiente e mais do que o suficiente. A mulher também será algemada.

— Cuide-se, Karl! — disse Trudel com voz forte. — Cuide-se, meu amor. Você me fez muito feliz...

— Faça essa mulher calar a boca! — ordenou o delegado. — Ei, Hergesell, o que é isso?

Karl Hergesell havia se soltado do policial quando do outro lado da sala uma mão áspera tapou a boca de Trudel. Embora estivesse com algemas, ele conseguiu derrubar o torturador de Trudel. Eles começaram a rolar no chão.

O delegado limitou-se a acenar para Fabian. Ele estava sobre os lutadores, esperando, e então deu três, quatro murros na cabeça de Hergesell.

Hergesell gemeu, seus membros tremiam; em seguida, ficou deitado imóvel aos pés de Trudel. Também imóvel, ela olhou para ele; sua boca sangrava.

Durante a longa viagem até a cidade, ela esperou, em vão, que ele acordasse por um instante, queria olhá-lo nos olhos mais uma vez. Não, nada.

Eles não tinham feito nada. Apesar disso, estavam perdidos...

Capítulo 54
A carga mais pesada de Otto Quangel

Durante os dezenove dias que Otto Quangel precisou permanecer no porão da Gestapo antes de ser encaminhado ao juiz de instrução no Tribunal do Povo, os interrogatórios conduzidos pelo delegado Laub não eram o mais insuportável, apesar de o homem usar, a cada vez, todos os seus recursos para quebrar a resistência de Quangel, como ele a chamava. O que não era outra coisa senão empenhar-se, com todas as suas forças malignas, em transformar o preso num nada atemorizado, que só berrava.

Também não era a preocupação sempre crescente e torturante com Anna o que tanto afetava Otto Quangel. Ele não via a mulher, nunca escutava nada diretamente dela. Mas quando Laub citou o nome de Trudel Baumann, agora Trudel Hergesell, ele soube que Anna se deixara intimidar, tinha sido enganada, um nome que ela não precisava dizer havia escapado de seus lábios.

Mais tarde, quando ficou cada vez mais claro que Trudel Baumann e também seu marido tinham sido presos, tinham confessado, tinham sido sugados para dentro daquele turbilhão, ele passou muitas horas debatendo em pensamento com a mulher. Sempre se orgulhara de ser um homem independente, de não precisar dos outros, de nunca ser um peso para ninguém, e agora, por sua culpa (pois ele se sentia responsável por Anna), dois jovens tinham sido envolvidos num assunto que era seu.

O debate, porém, não durou muito, sendo superado pela tristeza e pela preocupação com sua companheira. Sozinho, muitas vezes ele pressionava as unhas contra a palma da mão, fechava os olhos, reunia todas as suas forças — e pensava em Anna, tentava imaginá-la em sua cela, enviava correntes de energia para lhe dar mais coragem, para que ela não se esquecesse de sua honra, para que não se deixasse humilhar por aquele miserável que não tinha quase nada de humano.

Essa preocupação com Anna era difícil de suportar, mas nem de longe era o mais difícil.

Difícil era a invasão quase diária na cela de homens da SS bêbados e seus líderes, que soltavam sua raiva e seu sadismo sobre o homem indefeso. Quase todos os dias eles abriam a porta da cela com um ímpeto, entravam aos trambolhões, fora de si por causa do álcool, tomados apenas pela avidez de ver sangue, lesar pessoas, vê-las definhar, fortalecer-se pela fraqueza da carne. Também isso era difícil de suportar, mas ainda não era o mais difícil.

O mais difícil era não estar sozinho em sua cela, ter um colega de cela, alguém que compartilhava seu sofrimento, alguém que também supostamente seria culpado, um companheiro. Pois tratava-se de uma pessoa que dava calafrios em Quangel, um animal selvagem, indomável, sem coração e covarde, trêmulo e tosco, uma pessoa para a qual Quangel não conseguia olhar sem sentir um profundo nojo e a quem ele devia deferência, apesar de tudo, pois tinha muito mais força do que o velho encarregado de oficina.

Karl Ziemke, chamado de Karlchen pelos guardas, era um homem de cerca de trinta anos de constituição hercúlea, cabeça redonda feita a do feroz buldogue alemão, na qual se inseriam olhinhos muito pequenos, braços longos e peludos, mãos grandes. Sua testa baixa, calombosa, sempre com um tufo de cabelos desgrenhados, era sulcada por muitas rugas horizontais. Ele falava pouco e o pouco que falava era apenas um discurso de ódio e de assassinato. Como Quangel logo descobriu pelas conversas dos vigias, Karlchen Ziemke tinha sido um membro importante da SS, ocupara missões extraordinárias de extermínio e nunca seria possível descobrir quantas pessoas aquelas patas peludas haviam matado, pois nem Karlchen o sabia.

Mas, para o matador profissional Karlchen Ziemke, não havia assassinatos suficientes mesmo naqueles tempos tão favoráveis à morte, e por essa razão ele havia passado, nos tempos de ócio, a cometer assassinatos não ordenados por seus superiores. Apesar de não se acanhar em subtrair dinheiro e objetos de valor de suas vítimas, o roubo em si nunca motivara seus crimes, mas sempre o puro desejo de matar. E como ele fora tão imprudente em não eliminar apenas judeus, inimigos do povo e outros animais selvagens, mas também ilibados arianos e, entre eles, até um companheiro de partido, por ora estava no porão e seu futuro era incerto.

Karlchen Ziemke, que matara tantos sem que seus batimentos cardíacos se alterassem, estava temendo por sua valiosa vida. E na sua cabeça, que não continha mais pensamentos do que a de um garoto de cinco anos, mas muito mais maldosos, teve a ideia de que conseguiria se safar das consequências de seus atos caso fingisse estar louco. Por essa razão, imaginou o papel de um cachorro. Ou recebeu a sugestão de algum camarada, o que era mais provável, e assim ele o desempenhava com coerência — o que mostrava que a atuação lhe era familiar.

Em geral, ficava completamente nu e engatinhava pela cela, latia feito um cachorro, comia de sua tigela como um cachorro e fazia questão de morder as pernas de Quangel. Ou exigia que o velho encarregado lhe jogasse uma escova velha; Karlchen ia buscar o brinquedo e queria ser elogiado e acarinhado por isso. Ou Quangel tinha de girar as calças de Karlchen como uma corda de pular... e Karlchen ficava saltando sem parar.

Se o encarregado não mostrasse vontade o suficiente, o "cachorro" atacava, jogava-o no chão e apertava sua garganta feito um cachorro, com os dentes, e nunca se podia ter certeza de que a brincadeira não descambaria para algo sério. Os guardas divertiam-se a valer com a recreação de Karlchen. Muitas vezes se demoravam na porta da cela, instigando o cachorro, e Quangel tinha de suportar tudo aquilo. Mas se chegavam com seu ódio bêbado para destilá-lo sobre o preso, arremessavam Karlchen no chão, que esticava os braços e suplicava que as próprias tripas fossem arrancadas do seu corpo nu.

Quangel estava condenado a conviver com esse homem dia após dia, hora após hora, minuto após minuto. Ele, que sempre vivera de maneira autossuficiente, não podia ficar nem mais quinze minutos a sós. Não estava a salvo de seu torturador nem mesmo à noite, quando procurava um sono consolador. De repente o outro estava na sua cama, com as manzorras sobre seu peito, exigindo água ou até um lugar no catre. Quangel estremecia de nojo daquele corpo, que nunca tomava banho, peludo feito o de um animal, mas que não tinha nada da pureza e inocência dos animais, e tinha de lhe ceder um espaço. Então, Karlchen começava a latir baixinho e a lamber o rosto de Otto Quangel; depois do rosto, o corpo inteiro.

Sim, era difícil de suportar e muitas vezes Otto Quangel se perguntava por que suportava aquilo, visto que o final era certo e estava próximo. Mas algo dentro dele resistia a dar cabo da própria vida, abandonar Anna, mesmo que nunca mais viesse a vê-la. Algo dentro dele resistia, não queria facilitar as coisas para os outros, antecipando a sentença. Eles que lhe tirassem a vida, com a corda ou a guilhotina, tanto fazia. Eles não deviam achar que ele se sentia culpado. Não, ele não queria poupá-los de nada, e por isso não se poupava de Karlchen Ziemke.

E era curioso: no decorrer de dezenove dias, a afeição do "cachorro" por ele pareceu aumentar continuamente. Ele não o mordia mais, não o jogava mais no chão, nem agarrava sua garganta. Se acontecia de seus camaradas da SS lhe darem uma comida melhor, esta tinha de ser dividida, e com frequência o cão ficava horas deitado com seu gigantesco crânio redondo no colo do velho, com os olhos fechados, arfando baixinho, enquanto os dedos de Otto Quangel passavam pelo seu cabelo.

O encarregado se perguntava muitas vezes se esse animal, ao fingir loucura, não tinha se tornado realmente louco. Mas se isso fosse verdade, seus camaradas "livres" nos corredores do porão também o eram. E isso tampouco tinha importância, pois então eram — como seu Führer louco e seu Himmler, que não parava de sorrir feito bobo — uma gente que tinha de ser exterminada da face da Terra, a fim de permitir que os humanos razoáveis vivessem.

Quando veio a notícia de que Otto Quangel seria transferido, Karlchen ficou muito infeliz. Ele uivava e gania, e forçou o velho a ficar com todo o seu pão. E no instante em que Quangel teve de sair para o corredor e pressionar o rosto contra a parede, com os braços erguidos, o homem nu esgueirou-se para fora da cela, ajoelhou-se ao seu lado, uivando baixinho e com tristeza. O lado bom disso foi fazer os homens da SS não agirem com tanta rudeza com Quangel como com outro preso que seria transferido; um homem que tinha ganhado a lealdade de tal cachorro, esse homem com o rosto frio e malvado de pássaro, impressionava até os carrascos.

Na hora do "Afaste-se!", quando o cachorro Karlchen foi enxotado de volta à cela, o rosto de Quangel não era mais apenas frio e malvado; ele sentia no coração uma leve pressão, algo como um lamento. O homem que tinha dado seu coração a uma pessoa apenas, sua mulher, estava desgostoso com a saída do assassino múltiplo, daquele homem animalesco, de sua vida.

Capítulo 55
Anna Quangel e Trudel Hergesell

Após a morte de Berta, talvez tenha sido apenas uma desatenção grosseira o fato de Trudel Hergesell ter sido indicada como companheira de cela de Anna Quangel. Mas talvez ambas fossem, no fundo, absolutamente desimportantes para o delegado Laub. Bastava espremer das duas aquilo que sabiam, aquilo que tinham descoberto por meio de seus maridos, e pronto. Os verdadeiros criminosos eram sempre os homens, as mulheres só acompanhavam — o que não impedia, claro, de serem executadas com os maridos.

Sim, Berta havia morrido, essa Berta que avisou Anna, de maneira inocente, da presença da cunhada e por isso atraiu a ira do delegado Laub sobre seu pescoço. Ela se apagou feito uma vela, vindo a morrer nos braços de Anna; com sua voz cada vez mais débil, suplicava à companheira de cela que não chamasse ninguém. Berta, independentemente de seu nome real e do crime que houvesse cometido, silenciou de repente. Ela estertorou algumas vezes, lutou por ar. Em seguida, golfou sangue, sangue e mais sangue; os braços que envolviam os ombros de Anna se soltaram...

Ela ficou deitada assim, muito branca e muito quieta — e Anna se perguntou, aflita, se não tinha uma parcela de culpa naquele fim. Ah, se não tivesse falado da cunhada para o delegado Laub! E depois ela pensou em Trudel Baumann, Trudel Hergesell, e começou a tremer — a moça realmente tinha sido traída por ela! Certo, certo, havia desculpas o bastante. Como ela poderia imaginar quanta desgraça aconteceria apenas pela mera menção da noiva de Ottinho! Mas daí a coisa prosseguiu, passo a passo, e por fim a traição era patente, e ela tinha trazido a infelicidade para uma pessoa a quem queria bem... e talvez não apenas a *uma* pessoa.

Quando pensava em ter de ficar frente a frente com Trudel Hergesell e reproduzir para ela suas palavras traiçoeiras, Anna Quangel tremia. Mas quando pensava no marido, ficava desesperada. Pois estava convencida de que aquele homem escrupuloso, íntegro, nunca lhe perdoaria essa traição e que, próximo ao fim da vida, ela acabaria perdendo seu único companheiro.

Como pude ser tão fraca?, queixava-se Anna Quangel, e quando era buscada para ser interrogada por Laub, seu desejo não era escapar das torturas, mas, apesar do sofrimento, ter forças para não dizer nada que pudesse comprometer outros. E essa mulher pequena e delicada fez questão de carregar sua parte da culpa, e mais do que sua parte: ela, apenas ela, sozinha — exceto em um ou dois casos —, havia distribuído os cartões e apenas ela, sozinha, tinha imaginado seu conteúdo e o ditara ao marido. Ela, sozinha, havia sido a inventora desses cartões; a ideia viera com a morte do filho.

O delegado Laub, que provavelmente percebia que suas afirmações eram mentirosas, que a mulher não tinha condições de fazer o que dizia, podia gritar, ameaçar, torturar à vontade: ela não assinava nenhum outro relatório, não retirava nada do que dissera, mesmo se ele lhe comprovasse, pela décima vez, que algumas coisas não podiam ser verdade. Laub tinha dado uma volta a mais no parafuso, perdera seu poder. E após um interrogatório desses, Anna voltava ao porão com um sentimento de alívio, como se tivesse expiado parte de sua culpa, como se Otto pudesse ficar um pouquinho satisfeito por ela. E o pensamento de que talvez ela pudesse salvá-lo, caso assumisse toda a culpa, ganhava força...

De acordo com o costume das prisões da Gestapo, não houve nenhuma pressa em se retirar o corpo de Berta da cela de Anna. Mais uma vez, poderia ser tanto uma desatenção grosseira como uma tortura premeditada. De todo modo, a morta estava deitada ali havia três dias, na cela de odor repulsivamente adocicado, quando a porta foi aberta e empurrou-se para dentro aquela cujo olhar Anna tinha tanto medo de confrontar.

Trudel Hergesell deu um passo para dentro. Seus olhos ainda não enxergavam quase nada, ela estava mais que exausta, e o medo por Karl

— que não tinha acordado para a vida de novo e de quem ela se separara havia pouco de maneira tão brutal — a deixava quase inconsciente. Ela soltou um grito abafado de susto ao sentir o cheiro repugnante de decomposição na cela. A morta, deitada no catre, estava cheia de manchas e inchada.

— Não aguento mais — gemeu ela, e Anna Quangel segurou a vítima de sua traição para que não caísse.

— Trudel! — sussurrou ela no ouvido da quase desmaiada. — Trudel, você consegue me perdoar? Eu disse seu nome porque você foi noiva do Ottinho. E depois, com a tortura, ele arrancou tudo de mim. Trudel, não me olhe desse jeito, eu te peço! Trudel, você não ia ter um filho? Estraguei isso também?

Enquanto a sra. Anna Quangel falava, Trudel Hergesell tinha se soltado de seus braços e voltado para a entrada da cela. Estava encostada na porta de ferro, olhando com o rosto pálido para a idosa que, separada pela largura do lugar, encarava-a próxima da outra parede.

— Foi você, mãezinha? — perguntou ela. — Você fez isso? — E num arrebatamento repentino: — Ah, na verdade pouco me importo comigo! Mas eles surraram Karl todinho e não sei se ele vai recuperar a consciência. Talvez esteja morto. — Lágrimas brotaram de seus olhos quando ela disse: — E eu não posso ficar com ele! Não sei de nada e talvez fique dias e dias aqui, sem saber de nada. Então ele estará morto e enterrado, mas em mim ele continua vivo. E também não terei um filho dele. Como empobreci de repente! Algumas semanas atrás, antes de me encontrar com o paizinho, eu tinha tudo para ser feliz... eu era feliz! E agora não tenho mais nada. Nada! Ah, mãezinha... — E ela acrescentou de súbito: — Mas você não tem culpa do aborto, mãezinha. Aconteceu antes disso tudo. — Trudel Hergesell atravessou a cela correndo, trôpega, apoiou a cabeça no peito de Anna e gemeu: — Ah, mãezinha, como estou infeliz! Me diga que Karl vai superar isso, vai viver!

Anna Quangel beijou-a e sussurrou:

— Ele vai viver, Trudel, e você também! Afinal, vocês não fizeram nada de mau.

Elas ficaram abraçadas por um tempo, em silêncio. Uma descansava no amor da outra, um pouco de esperança surgia novamente.

Em seguida, Trudel balançou a cabeça e disse:

— Não, nós também não vamos escapar ilesos. Eles descobriram coisas demais. É verdade o que você disse: na verdade, não fizemos nada de mau. Karl guardou uma mala para alguém, sem saber o que havia dentro dela, e eu encaminhei um cartão para o paizinho. Mas eles dizem que é alta traição e que isso vai custar nossas cabeças.

— Certamente foi Laub quem disse isso, aquele homem terrível!

— Não sei como ele se chama, mas também não me importo. Todos são iguais! Mesmo o pessoal daqui, todos iguais. Mas talvez seja melhor haver tanta culpa: passar anos e mais anos numa prisão...

— O domínio deles não vai durar mais anos e anos, Trudel!

— Quem sabe? E o que eles foram capazes de fazer contra os judeus e os outros povos, sem serem castigados! Mãezinha, você acredita que Deus existe?

— Sim, Trudel, acredito. Otto nunca quis permitir isso, mas esse é o único segredo que tenho para ele: ainda acredito em Deus.

— Nunca consegui acreditar de verdade. Mas se Deus existisse seria bom, pois daí eu saberia que Karl e eu ficaríamos juntos depois da morte.

— Vocês vão ficar, Trudel. Veja, Otto também não acredita em Deus. Ele diz que sabe que tudo termina nesta vida. Mas eu sei que estarei junto dele depois que morrermos, para sempre. Eu sei disso, Trudel!

Trudel olhou para o catre onde estava o corpo silencioso e teve medo.

— Essa mulher está horrível! — disse. — Fico com medo quando olho para ela, essas manchas de morte e tão inchada! Não quero ficar deitada assim, mãezinha!

— Faz três dias que ela morreu, não a tiram daqui. Ela estava muito bonita antes, tão silenciosa e nobre. Mas agora que sua alma foi embora, é um pedaço de carne em decomposição.

— Eles têm de vir buscá-la! Não consigo olhar para ela! Não quero mais respirar esse fedor!

E antes que Anna Quangel conseguisse impedir, Trudel estava na porta. Bateu contra a chapa de ferro e gritou:

— Abram! Abram já! Escutem!

Isso era proibido, qualquer tipo de barulho era proibido, na verdade qualquer conversa era proibida.

Anna Quangel apressou-se para falar com Trudel, segurou suas mãos, afastou-a da porta e sussurrou, temerosa:

— Você não pode fazer isso, Trudel! É proibido! Eles vão entrar e bater em você!

Mas já era tarde demais. A fechadura estalou e um homenzarrão da SS entrou com o cassetete em punho.

— Que gritaria é essa, suas putas? — berrou. — Vocês têm algum desejo especial, cambada de vagabundas?

De um canto da cela, ambas as mulheres olharam para ele, apavoradas.

Ele não se aproximou para bater nelas, mas baixou o cassetete e murmurou:

— Que bodum! Parece um porão cheio de presuntos! Há quanto tempo ela já está aqui?

Era um jovem, e seu rosto empalideceu.

— Já é o terceiro dia — disse Anna. — Ah, por favor, tenha a bondade de dar um jeito de tirarem a morta da cela! Está realmente impossível respirar aqui!

O homem da SS murmurou alguma coisa e saiu. Mas não trancou a porta de novo, só a encostou.

Em silêncio, as duas foram até a porta, abriram-na mais um pouco, só um pouquinho, e pela fenda respiraram o ar com cheiro de desinfetante e excrementos como se fosse um deleite.

Depois, voltaram para o fundo da cela, pois o jovem da SS estava vindo pelo corredor.

— Tudo bem! — disse ele, com um bilhete na mão. — Então vamos lá, rápido. Você, velha, pega pelas pernas e você, moça, pega pela cabeça. Vamos! Vocês conseguem carregar um traste desses, não?

Apesar de toda a brusquidão, seu tom de voz era quase bondoso; ele também ajudou a carregar o cadáver.

Eles subiram um longo corredor, depois uma porta com barras de ferro foi fechada, o acompanhante delas apresentou o bilhete a um vigia e então desceram muitos degraus de pedra. O ar ficou úmido, a luz elétrica brilhava pouco.

— Aqui! — disse o homem da SS, abrindo uma porta. — Este é o porão dos cadáveres. Coloquem-na sobre o catre. Mas tirem as roupas. Roupas estão em falta. Tudo será usado!

Ele riu, mas sua risada pareceu forçada.

As mulheres soltaram um grito de terror. Pois naquele verdadeiro porão de cadáveres jaziam homens e mulheres mortos, nus como vieram ao mundo, com rostos machucados, vergões ensanguentados, membros torcidos, com cascas de sangue e sujeira. Ninguém havia se dado ao trabalho de fechar-lhes os olhos de miradas rígidas, e alguns pareciam piscar, maliciosos, como se estivessem curiosos e animados com o reforço que estava chegando.

E enquanto Anna e Trudel se esforçavam, com as mãos trêmulas, para tirar da maneira mais rápida possível as roupas da finada Berta, não conseguiam deixar de lançar repetidos olhares para aqueles mortos, a mãe cujos peitos caídos estavam secos para sempre, um velho que decerto esperava morrer tranquilamente em sua cama depois de uma vida de muito trabalho, a menina muito jovem de lábios brancos, criada para dar e receber amor, o garoto com o nariz destruído e um corpo simétrico, que parecia de marfim amarelado.

O lugar era silencioso; as roupas da finada Berta farfalhavam baixinho sob as mãos das duas mulheres. Uma mosca zuniu e depois tudo ficou quieto novamente.

O homem da SS, com as mãos nos bolsos, observava o trabalho das mulheres. Ele bocejou, acendeu um cigarro e disse:

— Bem, assim é a vida! — E tudo ficou em silêncio novamente.

Assim que Anna Quangel acabou de amarrar as roupas numa trouxa, ele disse:

— Então vamos!

Mas Trudel Hergesell pousou a mão sobre a manga preta dele e pediu:

— Ah, por favor, por favor! Permita que eu dê uma olhadinha aqui! Meu marido... talvez ele também esteja aqui embaixo...

Por um instante, ele a encarou. De repente, disse:

— Garota, garota! O que você está fazendo? — Ele balançou a cabeça devagar de um lado para o outro. — Tenho uma irmã lá no meu vilarejo, ela deve ter a sua idade. — Ele olhou de novo para ela. — Bem, dê uma espiada. Rápido.

Ela caminhou entre os mortos. Encarou todos aqueles rostos que tinham sido apagados. Alguns estavam tão desfigurados que não era possível reconhecê-los, mas a cor do cabelo ou uma marca no corpo lhe diziam que não podiam ser Karl Hergesell.

Ela voltou, muito pálida.

— Não. Ele não está aqui. Ainda não.

O vigia evitou olhar para ela.

— Então vamos! — disse, e deixou que elas seguissem na frente.

Mas naqueles dias em que esteve de guarda no corredor da cela delas, de vez em quando ele abria a porta para que entrasse um ar melhor. Também lhes trouxe roupa de cama limpa para a cama da morta — e naquele inferno inclemente, aquilo era um gesto de grande clemência.

Naqueles dias, o delegado Laub não teve muito sucesso no interrogatório das duas mulheres. Elas se consolavam mutuamente e tinham até atraído um pouco de solidariedade por parte de um homem da SS — e isso lhes dava força.

Mas o tempo passou e esse homem da SS nunca mais foi destacado para o corredor delas. Devia ter sido transferido por ser inadequado, afinal era humano demais para trabalhar ali.

Capítulo 56
Baldur Persicke faz uma visita

Baldur Persicke, o orgulhoso aluno do Napola, o rebento mais bem-sucedido da família Persicke, resolveu seus assuntos em Berlim. Ele podia finalmente retornar ao internato e continuar sua formação para se tornar um dos donos do mundo. Tinha resgatado a mãe de seu esconderijo junto aos familiares e lhe ordenado estritamente que nunca mais abandonasse o apartamento, sob pena de lhe acontecer todo tipo de coisa, e também fez uma visita à irmã, que trabalhava na prisão em Ravensbrück.

Ele não deixou de expressar seu reconhecimento pelo torpe tratamento destinado às mulheres idosas e, à noite, irmão e irmã festejaram, com outras guardas de Ravensbrück e alguns amigos de Fürstenberg, uma autêntica orgia, num círculo muito íntimo, com muito álcool, cigarros e "amor"...

Mas as principais considerações de Baldur Persicke estavam mesmo dirigidas à resolução de assuntos de negócios mais sérios. O pai, o velho Persicke, tinha feito algumas bobagens durante suas bebedeiras, dizia-se que faltava dinheiro no caixa do partido e ele deveria até se apresentar diante de um tribunal interno. Mas Baldur mexeu todos os seus pauzinhos, usou atestados médicos que retratavam o pai como um homem senil, mendigou e ameaçou, posou de atrevido e humilde, também deu uma versão muito exagerada da invasão na qual o dinheiro tinha sido novamente roubado — e, por fim, o filho dileto da casa realmente conseguiu que toda a sujeira fosse posta de lado, sem demora. Ele não teve nem de vender coisa alguma do apartamento — a quantia faltante foi registrada como roubada. Mas não roubada pelo velho Persicke, não, não! Mas por Barkhausen e seu companheiro! Dessa maneira, tudo voltou aos eixos e a honra dos Persickes se manteve ilibada.

E enquanto os Hergesells eram ameaçados com surras e com a morte por um crime que não cometeram, o membro do partido Persicke tinha sua culpa anulada por um crime que efetivamente cometera.

Ou seja, Baldur Persicke arranjou tudo isso da melhor maneira possível; dele, afinal, não se esperava coisa diferente. Ele poderia ter voltado à escola de formação de lideranças, mas antes quer realizar mais um ato compulsório de boas maneiras: visitar o pai na instituição de tratamento para alcoólatras. Além disso, pretende evitar uma repetição daqueles eventos e dar tranquilidade à mãe amedrontada dentro de casa.

Visto que se trata de Baldur Persicke, ele recebe imediatamente a permissão de visita e pode inclusive falar a sós com o pai, sem a presença de um médico ou enfermeiro.

Baldur acha que o velho está muito abatido; tão murcho como um brinquedinho de plástico que foi espetado com uma agulha.

Sim, os bons dias do taberneiro briguento passaram, ele não passa de um fantasma, mas um fantasma que não está livre de desejos. O pai pede algo para fumar, e depois de se negar algumas vezes ("Você não merece, bandido caquético"), o filho finalmente lhe dá um cigarro. Mas quando o velho Persicke pede que o filho lhe contrabandeie, só uma vez, uma garrafa de aguardente, Baldur apenas ri. Dá um tapinha no joelho agora magro e trêmulo do pai e diz:

— Pare com isso, pai! Você nunca mais vai beber na vida; você fez muita besteira por causa disso!

E enquanto o pai o encara bravo, o filho relata, satisfeito, todo o esforço realizado para resolver aquelas besteiras todas.

O velho Persicke nunca foi um grande diplomata, sempre disse o que lhe dava na telha e nunca pensou nos sentimentos dos demais. Justamente por isso, ele também solta o verbo:

— Você sempre foi muito falastrão, Baldur! Eu sempre soube que o partido nunca iria fazer nada contra mim, já que estou há quinze anos no negócio com Hitler! Não, se você teve de se esforçar, então a culpa foi apenas da sua burrice. Eu teria resolvido tudo com algumas frases assim que estivesse fora daqui.

O pai é burro. Se tivesse alisado um pouco, agradecido e elogiado o filho, é provável que Baldur Persicke se mostrasse mais misericordioso. Mas este, com sua vaidade profundamente abalada, diz apenas:

— Sim, quando você estiver fora, pai! Mas você nunca mais vai sair desta casa de loucos, nunca mais!

O pai se assusta tanto com essas palavras cruéis que todo o seu corpo começa a tremer. Mas ele consegue se conter e replica:

— Então quero saber quem pode me prender aqui! Por enquanto ainda sou um homem livre. O próprio dr. Martens, o médico-chefe, me disse que se eu ficar mais seis semanas em tratamento receberei alta. Estarei curado.

— Você nunca vai se curar, pai — diz Baldur, com desdém. — Você sempre recomeça as bebedeiras. Já cansei. Ah, e depois vou contar isso ao médico-chefe e fazer com que você seja interditado!

— Ele não vai concordar! O dr. Martens gosta muito de mim; ele me disse que ninguém sabe contar piadas sujas como eu! Ele não vai concordar. E, além do mais, ele me prometeu que serei liberado em seis semanas!

— Mas se eu lhe disser que você acabou de tentar me convencer a contrabandear uma garrafa de aguardente, ele vai mudar de opinião sobre sua cura!

— Você não vai fazer isso, Baldur! Afinal, você é meu filho e eu sou seu pai...

— E daí? Tenho de ser filho de alguém e acho que fui premiado com um dos pais mais lamentáveis possíveis. — Ele olhou para o velho de maneira depreciativa. E acrescentou: — Não, não, papai, esqueça isso e se acostume à ideia: você vai ficar aqui. Fora, você acaba envergonhando toda a corporação!

O velho está desesperado. Ele diz:

— Sua mãe nunca vai aceitar a interdição, nem que eu fique aqui para sempre!

— Ora, não será tão sempre assim... do jeito que você está agora! — Baldur ri e cruza as pernas com as belas calças de montaria. Satisfeito, ele observa o brilho das botas, resultado do trabalho materno. — E mamãe tem tanto medo de você que se recusa a fazer uma visita. Acha que ela se esqueceu de como você grudou no pescoço dela para enforcá-la? A mamãe nunca vai esquecer!

— Então vou escrever para o Führer! — exclamou o velho Persicke, agitado. — O Führer não deixa um antigo combatente na mão!

— Você ainda tem utilidade para o Führer? O Führer está cagando e andando para você, não vai dar a mínima para suas lamúrias. Além disso, com suas mãos velhas e trêmulas de bêbado, você não consegue mais escrever; mais ainda, ninguém vai deixar você enviar uma carta daqui, eu garanto! Desperdício de papel!

— Baldur, tenha pena de mim! Você foi um garotinho! Eu passeava aos domingos com você. Você ainda se lembra da gente em Kreuzberg e a água corria tão bonita, rosa e azul? Eu sempre te comprava salsichas e bombons; e aos onze anos, quando você arrumou aquela confusão com o menino, dei um jeito para você não ser expulso da escola e nem mandado para um reformatório! Onde você estaria sem seu velho pai, Baldur? Então agora você não pode me deixar encalhado neste hospício!

Baldur tinha ouvido todo aquele longo discurso sem mover um músculo da face. Em seguida, disse:

— Agora você quer apelar para o sentimentalismo, papai? Acho bem inteligente da sua parte. Só que comigo não funciona, você deveria saber que eu não dou bola para os sentimentos. Sentimentos... prefiro um bom pernil a todos os sentimentos juntos! Mas eu não quero ser assim, sem te dar mais um cigarro. Pegue logo!

O velho, porém, estava nervoso demais para pensar em fumar. O cigarro caiu no chão, o que deixou Baldur um pouco mais irritado.

— Baldur! — suplicou o velho novamente. — Você não sabe o que é isto aqui! Aqui se passa fome, e os cuidadores vivem batendo na gente. E os outros doentes também me batem. Minhas mãos tremem muito, não consigo me defender, e depois eles acabam me tirando o pouco de comida...

Enquanto o velho suplicava, Baldur tinha se preparado para ir embora. Mas o pai se agarrou nele, segurou-o e continuou, falando cada vez mais rápido:

— E acontecem coisas ainda mais terríveis. Às vezes o enfermeiro-chefe dá uma injeção com um troço verde para os doentes que fizeram um pouco de barulho, não sei como se chama. E as pessoas ficam com ânsia de vômito, vomitam até a alma, e de repente elas somem. Totalmente acabadas, Baldur, você não vai querer que seu pai morra desse jeito, vomitando a alma... seu próprio pai! Baldur, seja bondoso, me ajude! Me tire daqui, tenho tanto medo!

Mas Baldur Persicke já tinha escutado aquelas lamúrias por tempo suficiente. Ele se soltou com violência do velho Persicke, jogou-o numa poltrona e disse:

— Bem, então cuide-se, papai! Vou dar lembranças suas à mamãe. E lembre-se de que há um cigarro na mesa. Não o desperdice!

Assim se afastou o verdadeiro filho de um verdadeiro pai, ambos produtos verdadeiros da educação hitlerista.

Baldur, entretanto, antes de sair do sanatório de recuperação de alcoólatras, foi à procura do médico-chefe, dr. Martens. Estava com sorte, o médico encontrava-se no estabelecimento e estava com tempo. Ele cumprimentou a visita cordialmente e por um instante os dois se olharam com cuidado.

O médico-chefe foi o primeiro a falar:

— Como vejo, o senhor frequenta um instituto de formação de lideranças, sr. Persicke, ou estou enganado?

— É isso mesmo — respondeu Baldur, orgulhoso.

— Sim, hoje nossa juventude tem muitas possibilidades — disse o médico-chefe, balançando a cabeça num sinal de aprovação. — Queria ter tido tais chances na minha juventude também. O senhor ainda não foi integrado ao serviço militar, sr. Persicke?

— Provavelmente serei poupado de ficar marchando por aí — disse Baldur Persicke de maneira descontraída e desdenhosa. — Receberei com certeza alguma grande extensão de terra para administrar, na Ucrânia ou Crimeia. Algumas dúzias de quilômetros quadrados.

— Compreendo. E agora o senhor está adquirindo os conhecimentos necessários para tanto?

— Estou desenvolvendo minhas características de liderança — explicou Baldur, rápido. — Disporei de subalternos para todas as matérias específicas. Mas vou manter o pessoal ligado na tomada. E vou dar um jeito nos russos, aquele monte de ivans. Já há russos demais.

— Compreendo — repetiu o dr. Martens. — O leste será nossa futura área de assentamento.

— Sim, senhor. Em vinte anos não haverá mais nenhum eslavo vivendo até a costa do mar Negro, até os Urais. Tudo será pura terra alemã. Somos os cavaleiros da nova ordem!

Os olhos de Baldur brilharam atrás dos óculos.

— E devemos tudo isso ao Führer — disse o médico-chefe. — A ele e aos seus seguidores!

— Dr. Martens, o senhor é membro do partido?

— Infelizmente, não. Para dizer a verdade, um de meus avós cometeu uma insensatez, a conhecida aberraçãozinha de origem, compreende? — E acrescentou rapidamente: — Mas o caso foi resolvido, meus chefes se pronunciaram a meu favor, sou considerado um ariano puro. Quero dizer: sou mesmo. Em breve, espero poder também usar a cruz suástica.

Baldur estava sentado muito ereto. Como ariano puro, sentia-se muito superior ao seu interlocutor, que precisara recorrer a tais expedientes.

— Gostaria de conversar sobre o meu pai — disse ele, num tom que quase lembrava o de um chefe.

— Ah, está tudo bem com o seu pai, sr. Persicke! Acredito que em seis, oito semanas, poderemos liberá-lo, curado...

— Meu pai é incurável! — interrompeu-o Baldur Persicke, bruscamente. — Meu pai bebe desde que me conheço por gente. E se o senhor liberá-lo daqui pela manhã, à tarde chegará em casa bêbado. Minha mãe e meus irmãos gostariam que meu pai passasse o resto da vida aqui. Eu concordo com isso.

— Certo, certo! — o médico apressou-se em assegurar. — Falarei com o professor...

— Desnecessário. O que combinarmos aqui é definitivo. Se meu pai aparecer de novo em casa, haverá uma nova internação aqui nesse mesmo dia de um homem totalmente bêbado! A cura que o senhor diz resultaria nisso e lhe garanto que as consequências não serão agradáveis!

Ambos se encararam através de seus óculos. Infelizmente, porém, o médico-chefe era covarde: ele baixou os olhos diante do olhar atrevido e desavergonhado de Baldur. E disse:

— Evidentemente que os dipsômanos, os alcoólatras, correm um grande perigo de apresentar recaídas. E se o seu pai, como o senhor acabou de me dizer, sempre bebeu...

— Ele enxugou o próprio bar. Bebeu tudo que minha mãe ganhou. E se fosse possível, ainda hoje beberia tudo aquilo que nós, os quatro filhos, ganhamos! Meu pai permanece aqui!

— Seu pai permanece aqui. Até segunda ordem. Mais tarde, eventualmente após a guerra, se o senhor tiver a impressão, durante uma visita, de que o seu pai teve uma melhora considerável...

Baldur Persicke cortou mais uma vez a palavra do médico.

— Meu pai não receberá mais visitas, nem de mim, nem de meus irmãos, nem da minha mãe. Sabemos que ele está bem cuidado aqui, isso para nós é suficiente. — Baldur encarou o médico, sustentando o olhar. Até esse momento, tinha falado com voz alta, quase imperativa, e então prosseguiu em tom mais baixo: — Meu pai falou de umas certas injeções verdes, doutor...

O médico estremeceu de leve.

— Uma mera medida educativa. Usada muito ocasionalmente em pacientes renitentes, mais jovens. A idade de seu pai já é um impedimento...

Ele foi interrompido mais uma vez.

— Meu pai recebeu uma dessas injeções verdes...

— Isso está fora de questão! Perdão, sr. Persicke, deve haver um mal-entendido... — exclamou o médico.

Baldur disse com firmeza:

— Meu pai me contou dessa tal injeção. Também disse que lhe fez bem. Por que ele não continua sendo tratado assim, doutor?

O médico estava completamente confuso.

— Mas, sr. Persicke, trata-se de uma mera medida educativa! O paciente em questão passa horas, dias vomitando!

— E o que isso tem de mais? Deixe que ele vomite! Talvez ele goste de vomitar! Ele me assegurou que a injeção verde lhe fez bem. E que estava ansiando pela segunda. Por que o senhor o impede de se sentir bem?

— Não, não! — disse o médico, apressado. — Deve haver um mal-entendido! Nunca ouvi dizer que pacientes que receberam uma injeção com...

— Doutor, quem conhece um paciente melhor que o próprio filho? E sou o filho preferido do meu pai, saiba disso. Eu realmente lhe seria muito grato se o senhor orientasse na minha presença o enfermeiro-chefe, ou quem de direito, a ministrar imediatamente uma injeção dessas no meu pai. Assim eu voltaria mais tranquilo para casa, tendo cumprido um desejo do velho!

O médico, muito pálido, olhou fixo para o rosto do interlocutor.

— O senhor está falando sério? É para eu fazer isso, agora? — murmurou.

— O que pode haver de duvidoso na minha opinião? Estou achando o doutor muito mole para um médico em cargo de chefia. É, o senhor tem razão: precisaria ter frequentado uma escola especial e desenvolvido suas características de liderança! — E prosseguiu, maldoso: — Evidentemente que há outras possibilidades de educação no caso de um erro de origem...

Depois de uma longa pausa, o médico disse em voz baixa:

— Estou indo agora preparar uma injeção para o seu pai...

— Mas, por favor, dr. Martens, por que o senhor não deixa o enfermeiro-chefe se ocupar do procedimento? Me parece que isso faz parte das atividades dele, não?

Uma luta feroz se desenrolava no interior do médico. A sala estava em silêncio de novo.

Ele se ergueu devagar.

— Então vou avisar o enfermeiro-chefe...

— Acompanho-o com prazer. Me interesso sobremaneira por sua instituição. O senhor entende, exclusão dos não dignos à vida, esterilização e assim por diante...

Baldur Persicke estava do lado do médico quanto este passou suas instruções ao enfermeiro-chefe: ministrar a injeção tal e tal no paciente Persicke...

— Ou seja, uma injeção para vomitar, meu caro! — disse Baldur, em tom amistoso. — Quanto se ministra em geral? Ora, uma dose um pouquinho maior não vai fazer mal, ou vai? Venha, tenho alguns cigarros. Pegue logo o maço todo, enfermeiro!

O enfermeiro-chefe agradeceu e se foi com a injeção de líquido verde na mão.

— Puxa, seu enfermeiro-chefe é um touro de verdade! Imagino que quando ele entra em ação o que sobra são migalhas. Músculos. Músculos são metade da vida, doutor! Bem, meu muito obrigado! Espero que o tratamento continue com sucesso. Adeus e *Heil* Hitler!

— *Heil* Hitler, sr. Persicke!

Chegando a sua sala, o médico-chefe Martens afundou numa poltrona. Sentia todos os membros tremendo e o suor escorrendo pela testa. Recuperar a calma era impossível. Levantou-se e foi até o armário de remédios. Devagar, preparou uma injeção. Mas não de um líquido verde, embora tivesse muitos motivos para vomitar sobre o mundo inteiro e principalmente sobre sua vida. O dr. Martens preferiu a morfina.

Ele voltou à poltrona, esticou braços e pernas à espera do efeito do narcótico.

Como sou covarde!, pensou. Tão covarde que dá nojo! Esse rapaz miserável, safado — provavelmente a única influência que ele tem se deve à sua boca grande. E eu me curvei diante dele. Não teria sido necessário. Mas há sempre essa maldita avó e eu não consigo segurar a língua! E ela era uma senhora tão encantadora, e eu a amava tanto...

Seus pensamentos se perderam, ele reviu a senhora de rosto fino diante de si novamente. O apartamento dela cheirava a folhas de rosa e bolo de anis. Ela tinha uma mão tão fininha, uma mão de criança que envelheceu...

E por causa dela me humilhei diante desse traste! Mas acho, sr. Persicke, que vou preferir não ingressar no partido. Acho que já é tarde demais. Vocês reinaram um tantinho demais.

Ele piscou, esticou-se. Respirou e sentiu-se bem, estava novamente animado.

Daqui a pouco vou dar uma olhada no Persicke. De todo modo, ele não vai receber mais injeções. Espero que sobreviva. Daqui a pouco dou uma olhada nele, primeiro vou aproveitar o melhor dessa viagem. Mas daqui a pouco — palavra de honra!

Capítulo 57
O outro colega de cela de Otto Quangel

QUANDO OTTO QUANGEL FOI LEVADO por um vigia para sua nova cela na prisão preventiva, um homem alto levantou-se da mesa onde estivera sentado, lendo, e se postou debaixo da janela, mantendo a posição regulamentar, com as mãos ao lado das pernas. Mas a maneira como ele executava o "sinal de respeito" demonstrava que não o considerava muito necessário.

O vigia logo fez um sinal para que ele relaxasse a posição.

— Tudo bem, doutor! — disse. — Aqui está seu novo colega de cela!

— Ótimo! — disse o homem. Vestido com um terno escuro, camisa esportiva e gravata, ele pareceu a Otto Quangel mais um "senhor" do que um colega de cela. — Ótimo! Meu nome é Reichhardt, músico. Acusado de ações comunistas. E você?

Quangel sentiu uma mão fresca e firme na sua.

— Quangel — respondeu, com hesitação. — Sou marceneiro. Parece que cometi alta traição contra a pátria.

— Ah, senhor! — disse o dr. Reichhardt, músico, para o vigia que estava prestes a fechar a porta. — A partir de hoje duas porções, certo?

— Tudo bem, doutor! — disse o vigia. — Eu sei!

E a porta se fechou.

Por um tempo, os dois se mediram com os olhos. Quangel estava desconfiado, quase sentia saudades de seu cachorrinho Karlchen no porão da Gestapo. Ele tinha de viver agora com esse senhor fino, um doutor de verdade — a sensação era desconfortável.

O "senhor" sorriu com os olhos. Em seguida, disse:

— Se preferir, faça de conta que está sozinho. Não vou perturbá-lo. Leio muito, jogo xadrez comigo mesmo. Faço ginástica para manter o corpo em forma. Às vezes canto um pouco, mas só bem baixo, porque é proibido, claro. Isso perturbaria você?

— Não, não me perturba — respondeu Quangel. E, quase contra a vontade, acrescentou: — Estou vindo dos porões da Gestapo e passei três semanas trancado lá com um maluco que vivia pelado e achava que era um cachorro. Nada me perturba tão fácil.

— Bom! — disse o dr. Reichhardt. — Melhor seria se você se alegrasse com a música. É a única maneira de criar uma certa harmonia atrás desses muros.

— Não entendo nada disso — respondeu Otto Quangel. — Isso aqui é um lugar bem chique em comparação àquele de onde vim, não?

O homem tinha voltado a se sentar à mesa, tomando o livro nas mãos. Ele respondeu amistosamente:

— Também estive naquele porão por um tempo. Sim, aqui é um pouco melhor. Pelo menos não se leva tanta surra. No geral, os vigias são toscos, mas não totalmente bárbaros. Mas prisão continua sendo prisão, sabe? Algumas amenidades. Por exemplo, posso ler, fumar, encomendar minha própria comida, manter minhas roupas e lençóis. Mas sou um caso especial e mesmo uma pena amenizada continua sendo uma pena. É preciso chegar a ponto de não sentir mais as grades.

— E já chegou a esse ponto?

— Talvez. Em geral. Não sempre. Não sempre, claro. Quando penso na família, então não.

— Tenho só mulher — contou Quangel. — Este presídio também tem uma ala feminina?

— Sim, mas nunca vemos nada das mulheres por aqui.

— Claro que não. — Otto Quangel suspirou pesadamente. — Eles também prenderam a minha mulher. Tomara que também a tenham trazido para cá. — E acrescentou: — Ela era sensível demais para aquilo que teve de suportar no porão.

— Tomara que ela também esteja aqui — disse o outro, de maneira simpática. — Vamos descobrir hoje por meio do pastor. Talvez ele passe ainda à tarde. Aliás, você também pode indicar um defensor, já que está aqui. — Assentindo de maneira amistosa para Quangel, completou: — Em uma hora servem o almoço. — Em seguida, colocou os óculos e voltou a ler.

Quangel lançou-lhe um olhar, mas o senhor não queria continuar conversando, ele realmente estava lendo.

Essa gente chique é engraçada!, pensou. Eu teria um monte de perguntas para fazer. Mas se ele não quer, tudo bem. Não serei como um cachorro que não sai do pé do dono.

E um pouco magoado, começou a arrumar sua cama.

A cela era muito limpa e clara. Nem era tão pequena, era possível dar três passos e meio para a frente e outros três e meio para trás. A janela estava semiaberta, o ar era bom. O cheiro era agradável; como Quangel descobriu depois, ele vinha do sabão e das roupas do dr. Reichhardt. Depois da atmosfera asfixiante e fedorenta do porão da Gestapo, Quangel sentia-se transferido para um lugar claro e alegre.

Depois de ter arrumado a cama, ele se sentou nela e olhou para o companheiro de cela. O senhor lia. Virava as páginas com bastante rapidez. Quangel, que não se recordava de ter lido um livro desde a época da escola, pensou, espantado: O que será que ele está lendo? Será que não tem nada sobre o que refletir, aqui neste lugar? Eu não conseguiria ficar sentado assim quieto, lendo! Tenho de ficar pensando em Anna o tempo todo, em como chegamos até aqui e como será daqui para a frente e se vou continuar mantendo a decência. Ele diz que posso procurar um advogado. Mas um advogado custa um monte de dinheiro, e de que me adiantaria, já que estou condenado à morte? Afinal, admiti tudo! Um senhor tão fino — para ele, tudo é diferente. Ao entrar, logo percebi. O vigia chamou-o de senhor e doutor. Ele não deve ter aguentado poucas e boas, consegue ler em paz. Ler o tempo todo...

O dr. Reichhardt interrompeu apenas duas vezes sua leitura matinal. Na primeira vez, sem levantar os olhos, disse:

— Há cigarros e fósforos no armariozinho, caso goste de fumar!

E o senhor já tinha voltado a ler quando Quangel respondeu:

— Eu não fumo! Não gasto meu dinheiro com isso!

Na outra vez, Quangel tinha subido no banquinho e se esforçava para olhar para o pátio, de onde se ouvia muitos pés caminhando.

— Melhor não olhar agora, Quangel! — alertou Reichhardt. — Esta é a hora livre. Alguns funcionários marcam exatamente quem olhou para fora. Daí é solitária, pão e água. À noite, em geral, dá para olhar para fora.

Em seguida, veio o almoço. Quangel, acostumado às refeições preparadas com desleixo nos porões da Gestapo, viu com espanto que havia duas grandes tigelas com sopa e dois pratos com carne, batata e vagem. Mas seu espanto foi ainda maior ao ver o colega de cela encher a pia com um pouco d'água, lavar as mãos cuidadosamente e depois secá-las. O dr. Reichhardt pôs água nova na pia e disse, muito educado:

— Por favor!

E Quangel lavou obedientemente as mãos, embora não tivesse tocado em nada sujo.

Depois os dois comeram quase em silêncio o almoço que, para Quangel, era extraordinário.

O encarregado de oficina demorou três dias para perceber que essa comida não era a habitualmente servida aos presos naquela prisão preventiva, mas sim a dieta particular do dr. Reichhardt, que dividia as refeições com seu colega de cela sem a menor cerimônia. Assim como ele também estava disposto a compartilhar tudo com Quangel, seus cigarros, o sabonete, os livros; bastava o outro querer.

E Otto Quangel demorou mais alguns dias para superar sua súbita desconfiança em relação ao dr. Reichhardt por todas essas gentilezas. Quem desfrutava de enormes regalias como essas devia ser espião do Tribunal do Povo, Quangel se aferrara a esse pensamento. Quem era assim tão simpático devia ter segundas intenções com os outros. Preste atenção, Quangel!

Mas o que o homem poderia querer com ele? No caso de Quangel, tudo estava claro; também diante do juiz de instrução do Tribunal do Povo ele havia repetido, de maneira sóbria e sem muitos rodeios, as declarações feitas diante dos delegados Escherich e Laub. Tinha contado tudo, toda a verdade, e, se os depoimentos ainda não haviam sido encaminhados à acusação para o estabelecimento da data da audiência, era porque Anna reiterava, com uma teimosia sem igual, ter feito tudo sozinha e que o marido tinha sido apenas seu instrumento. Mas nada disso era motivo para alguém sair dando de presente cigarros caros e comida limpa e nutritiva para Quangel. O caso estava esclarecido, não havia nada a ser espionado.

Quangel superou de vez sua desconfiança em relação ao dr. Reichhardt apenas na noite em que seu companheiro de cela, o senhor altivo e fino, lhe confidenciou aos sussurros que também muitas vezes sentia um terrível medo da morte, fosse pela guilhotina ou pela forca; que o pensamento o ocupava com frequência por horas a fio. O dr. Reichhardt confessou também que ficava então virando mecanicamente as páginas de seu livro: diante de seus olhos não havia a tinta de imprensa, preta, mas um pátio cinza, cimentado, de presídio; um patíbulo com uma corda balançando suavemente ao vento, que dentro de três a cinco minutos transformava um homem saudável e forte num cadáver repugnante e retorcido.

Mas mais terrível do que esse final, do qual o dr. Reichhardt (segundo sua firme convicção) estava mais próximo a cada dia, mais terrível era pensar na família. Quangel descobriu que Reichhardt tinha três filhos com a mulher, dois meninos e uma menina, o mais velho com onze anos e o mais novo com apenas quatro. E muitas vezes Reichhardt tinha medo, um medo tenebroso, de que os perseguidores não se contentariam com o assassinato do pai, mas estenderiam sua vingança também à mulher inocente e aos filhos, levando-os todos para um campo de concentração para matá-los lentamente.

Tendo em vista essas preocupações, tanto a desconfiança de Quangel foi varrida para longe como ele também se sentiu um homem comparativamente favorecido. Ele tinha de se preocupar apenas com Anna, e, mesmo que suas declarações fossem absurdas e teimosas, elas lhe diziam que a mulher recobrara a força e a coragem. Um dia eles teriam de morrer juntos, mas a morte estaria facilitada pelo fato de acontecer a dois, ninguém seria deixado para trás e não haveria ninguém por quem temer na hora da morte. As torturas que o dr. Reichhardt tinha de suportar em relação à mulher e aos filhos eram incomparavelmente maiores. Elas o acompanhariam até o último segundo antes de sua morte — o velho encarregado compreendia isso muito bem.

Quangel nunca descobriu exatamente qual fora o delito cometido pelo dr. Reichhardt para que a morte lhe parecesse tão certa. Tinha a impressão de que seu companheiro de cela não agira de maneira tão ativa assim contra a ditadura de Hitler, não havia traído o governo, nem colado cartazes, organizado atentados, mas simplesmente vivera de maneira condizente com suas convicções. Ele tinha se afastado de todas as seduções nazistas, nunca colaborara com palavras, ações ou dinheiro para suas coletas, mas com frequência erguera seu clamor. Ele dissera claramente o quão desastroso considerava o caminho pelo qual o povo alemão era conduzido por aquele governo, tinha dito a todos, dentro e fora do país, tudo aquilo que Quangel escrevera desajeitadamente em poucas frases nos seus cartões. Pois mesmo nos últimos anos da guerra o dr. Reichhardt seguira para o exterior com seus concertos.

Foi preciso muito tempo para que o marceneiro Quangel tivesse uma imagem mais ou menos clara do tipo do trabalho que o dr. Reichhardt fizera no exterior, para além das fronteiras — e essa imagem nunca ficou totalmente nítida. E, bem no fundo, ele não encarava a atividade de Reichhardt como um trabalho de verdade.

Quando ouviu pela primeira vez que Reichhardt era músico, Quangel pensou nos músicos que tocavam nos bailes dos pequenos cafés e sorriu com compaixão e desdém ao pensar sobre tal trabalho sendo realizado por um homem tão forte e de membros saudáveis. Isso era exatamente como a leitura de algo superficial, que só as pessoas finas que não tinham um ofício propriamente dito faziam.

Reichhardt tinha de explicar constantemente ao velho, com paciência, o que era uma orquestra e qual era a função de um maestro. Quangel não se entediava de ouvir isso repetidas vezes.

— Então o senhor fica com uma vareta diante de seus músicos e não toca nada...?

Sim, era assim.

— E o senhor ganha tanto dinheiro só para indicar quem deve começar a tocar e em que volume?

Sim, o dr. Reichhardt lamentava ganhar tanto dinheiro só para isso.

— Mas o senhor sabe tocar alguma coisa, com violino ou piano?

— Sim, sei. Mas não faço, pelo menos não diante do público. Veja, Quangel, é parecido com o seu trabalho: você também sabe aplainar e bater pregos. Mas não fazia nada disso, ficava apenas supervisionando os outros.

— Para que produzissem bastante. Os seus músicos tocavam mais rápido e mais coisas com o senhor na frente deles?

— Não, certamente que não.

Silêncio.

Quangel disse de repente:

— É só música... Veja, nos bons tempos, quando a gente não trabalhava fazendo caixões, mas móveis, bufês, estantes de livros e mesas, dava gosto de ver o resultado! A melhor marcenaria, encaixada e colada, feita para durar cem anos! Mas só música... Quando o senhor para, não resta nada do seu trabalho.

— Resta, sim, Quangel. A alegria nas pessoas que escutam boa música fica.

Não, nesse ponto eles nunca chegavam a um acordo total. Quangel alimentava um ligeiro desdém pela atividade do maestro Reichhardt. Mas ele via que o outro era um homem decente, um homem do bem, que tinha continuado a viver sua vida mesmo sob ameaças e terrorismo, sempre amável, sempre solícito. Perplexo, Otto Quangel compreendeu que as gentilezas que Reichhardt lhe endereçava não eram destinadas especialmente a ele, mas que ele as teria dividido com qualquer colega de cela, por exemplo, também com o "cachorro". Por alguns dias eles receberam na cela um pequeno bandido, uma criatura degenerada, falsa, e esse malandro se aproveitou desavergonhadamente das amabilidades do doutor; fumou todos os cigarros do maestro, vendeu seu sabonete, roubou o pão. Quangel queria ter dado uma surra no sujeito, ah, o velho encarregado teria dado um jeito nele. Mas o doutor, não, ele resolveu proteger o bandido, aquele que considerava a bondade do músico uma fraqueza.

Quando o homem finalmente foi retirado daquela cela e se descobriu que, por uma maldade incompreensível, ele havia rasgado a foto — a única foto — que o dr. Reichhardt tinha da mulher e dos filhos, quando o maestro ficou inconsolável diante dos pedacinhos da foto, impossíveis de serem remontados, Quangel disse, bravo:

— Sabe, doutor, às vezes acho que o senhor realmente é um moleirão. Se o senhor tivesse me permitido dar uma boa surra naquele imprestável, isso não teria acontecido.

O maestro respondeu com um sorriso triste:

— Queremos ficar como os outros, Quangel? É isso? Eles acham que conseguem mudar nossas opiniões com a força bruta! Mas não acreditamos no domínio da violência. Acreditamos na bondade, no amor, na justiça.

— Bondade e amor para um monstro malvado!

— Você sabe por que ele ficou malvado assim? Você sabe se ele está apenas se defendendo da bondade e do amor porque tem medo de viver de um jeito diferente, caso deixe de ser mau? Se o rapaz tivesse ficado umas quatro semanas na nossa cela, você teria visto o efeito.

— É preciso ter severidade também, doutor!

— Não, não é. Essa frase é a desculpa para qualquer tipo de indelicadeza, Quangel!

Desconsolado, Quangel balançou a cabeça com seu rosto anguloso, duro, de pássaro. Mas parou de retrucar.

Capítulo 58
A vida na cela

ELES SE ACOSTUMARAM UM AO OUTRO, tornaram-se amigos na medida em que um homem duro e seco como Otto Quangel podia se tornar amigo de um homem afável e bondoso. O dia deles era bem organizado por Reichhardt. O doutor levantava-se muito cedo, lavava o corpo inteiro com água fria, fazia meia hora de exercícios de ginástica e depois limpava a cela. Mais tarde, após o café da manhã, lia por duas horas e em seguida passava uma hora caminhando para lá e para cá, sem se esquecer de tirar os sapatos, a fim de não irritar os vizinhos de baixo e do lado com sua andança.

Durante o passeio matinal, que durava das dez às onze, o dr. Reichhardt cantava. Em geral, sussurrava em voz baixa, pois não se podia esperar nada de bom de muitos dos vigias, e Quangel tinha se acostumado a ficar prestando atenção aos sussurros. Apesar de não fazer muito caso da música, ele acabou percebendo que os sons o influenciavam. Às vezes eles o deixavam forte e corajoso o suficiente para suportar qualquer coisa, e nessas horas era provável que Reichhardt dissesse "Beethoven". E às vezes eles o deixavam leve e alegre de uma maneira incompreensível, como nunca antes em sua vida, daí Reichhardt dizia "Mozart" e Quangel se esquecia de suas preocupações. Em outras ocasiões, porém, o que saía da boca do maestro era escuro e pesado, fazia nascer uma dor no peito de Quangel e era como se ele, garoto, estivesse com a mãe na igreja: haveria uma vida inteira ainda à sua frente e era algo grandioso. Reichhardt dizia, então: "Johann Sebastian Bach".

Sim, Quangel, que sempre fizera pouco caso da música, não podia fugir totalmente de sua influência, apesar do caráter primitivo do canto sussurrado do maestro. Sentado num banquinho, acostumou-se a prestar atenção nele, andando para lá e para cá, em geral com os olhos fechados, pois os pés conheciam o caminho curto e estreito da cela. Quangel olhava para o rosto do homem, esse senhor elegante, com quem não saberia trocar uma palavra no mundo lá fora, e às vezes lhe sobrevinham dúvidas sobre se ele havia conduzido a própria vida da maneira correta, separado de todo o resto, uma vida de isolamento voluntário.

O dr. Reichhardt também dizia de vez em quando:

— Não vivemos para nós, mas para os outros. O que fazemos de nós, não fazemos para nós mesmos, mas apenas para os outros...

Sim, não restavam dúvidas: passado dos cinquenta anos, certamente próximo da morte, Quangel ainda se transformava. Ele não gostava disso, defendia-se contra o processo, mas percebia cada vez mais claramente que ele se transformava, não apenas pela música, mas sobretudo pelo exemplo do homem que cantarolava. Ele, que tantas vezes mandara Anna ficar de boca fechada, que considerava o silêncio como o estado ideal, flagrava-se querendo que o dr. Reichhardt colocasse o livro de lado e trocasse novamente algumas palavras com ele.

Geralmente seu desejo era realizado. Subitamente o maestro erguia os olhos da leitura e perguntava, amável:

— E então, Quangel?

— Nada, doutor.

— Você não deveria ficar tanto tempo sentado, matutando. Não quer tentar ler um pouco?

— Não, é muito tarde para eu começar.

— Talvez você tenha razão. O que você fazia depois do trabalho? O tempo todo em casa, sem fazer nada... não um homem como você!

— Eu escrevia os meus cartões.

— E antes, quando ainda não havia a guerra?

Quangel teve de puxar pela memória para lembrar o que fazia no passado.

— Bem, antes eu gostava de entalhar.

— Bem, certamente eles não vão permitir facas aqui. Afinal, não devemos passar dos limites com o carrasco, Quangel! — disse o maestro, pensativo.

E Quangel, hesitante:

— Como é isso de o senhor ficar jogando xadrez sempre sozinho? Dá para jogar com mais gente, não?

— Sim, a dois. Você gostaria de aprender?

— Acho que sou burro demais.

— Bobagem! Vamos tentar agora mesmo.

E o dr. Reichhardt fechou seu livro.

Foi assim que Quangel aprendeu a jogar xadrez. Para sua surpresa, aprendeu muito rápido e sem muita dificuldade. E descobriu mais uma vez que aquilo que pensava antes era totalmente errado. Sempre achara meio ridículo e infantil ver dois homens empurrando pecinhas de madeira para lá e para cá numa mesa de um café; chamava aquilo de matar o tempo, algo para crianças.

Agora ele percebia que essa atividade de empurrar pecinhas de madeira também podia trazer um tipo de felicidade, uma clareza às ideias, a alegria profunda e honesta diante de um lance bonito, a descoberta de que ganhar ou perder importava muito pouco, que a alegria por uma partida perdida mas bem jogada era muito maior do que aquela oferecida por uma partida ganha por causa de um erro do maestro.

Então, quando o dr. Reichhardt lia, Quangel ficava com o tabuleiro e as peças brancas e pretas à sua frente, mais o livro *Manual do xadrez*, de Dufresne, treinando aberturas e finais. Mais tarde, passou a repetir partidas inteiras de grandes mestres; sua mente clara, sóbria, retinha com facilidade vinte, trinta lances, e rapidamente veio o dia em que ele se tornou o melhor jogador.

— Xeque-mate, doutor!

— Você me pegou de novo, Quangel! — disse o maestro, inclinando seu rei como uma saudação diante do adversário. — Você leva jeito para ser um ótimo jogador.

— Às vezes, penso em tudo para que levo jeito e de que não fazia nem ideia. Apenas desde que o conheço, apenas desde que entrei nesta caixa de cimento para morrer, é que estou descobrindo o quanto deixei de lado na minha vida.

— Acho que isso acontece com todo mundo. Todos que têm de morrer e principalmente todos que, como nós, têm de morrer antes de seu tempo vão matutar sobre cada hora desperdiçada da vida.

— Mas comigo é bem diferente, doutor. Sempre pensei que fosse suficiente exercer bem meu ofício e andar sempre na linha. E agora descubro que poderia ter feito uma porção de outras coisas: jogar xadrez, ser simpático com as pessoas, ouvir música, ir ao teatro. Realmente, doutor, se eu pudesse expressar um desejo antes da minha morte, gostaria de vê-lo com sua varinha num desses grandes concertos sinfônicos, como o senhor os chama. Tenho curiosidade em saber como é e como me sentiria.

— Ninguém pode viver em todas as direções, Quangel. A vida é tão rica. Você teria se estilhaçado. Você fez seu trabalho e sempre se sentiu um homem inteiro. Quando estava do lado de fora, nada lhe faltava, Quangel. Você escreveu os postais...

— Mas eles não serviram de nada, doutor! Achei que ia enfartar quando o delegado Escherich me informou que, dos 285 cartões que escrevi, 267 foram parar nas mãos dele! Apenas dezoito não foram confiscados! E esses dezoito também não tiveram qualquer efeito!

— Quem sabe? E você ao menos resistiu ao mal. Não aderiu ao mal. Você, eu e os muitos aqui dentro, muitos em outros presídios e as dezenas de milhares nos campos de concentração... todos estão resistindo, hoje, amanhã.

— Sim, e daí vamos morrer e de que adiantou nossa resistência?

— Para nós, muito. Porque conseguimos nos sentir pessoas decentes até a morte. E muito mais para o povo, que será salvo por causa dos justos, como está escrito na Bíblia. Veja, Quangel, realmente teria sido cem vezes melhor se tivesse havido um homem que nos dissesse: Vocês têm de agir assim, esse é o nosso plano. Mas se tivesse havido um homem assim na Alemanha, então 1933 nunca teria acontecido. Dessa maneira, tivemos de agir individualmente, e individualmente começamos; todo homem vai morrer sozinho. Mas não é por isso que estamos sozinhos, Quangel, não é por isso que vamos morrer em vão. Nada acontece por acaso neste mundo, e, como lutamos pela justiça contra a violência cega, acabaremos vencedores.

— E que vantagem levaremos disso, lá nos nossos túmulos?

— Mas, Quangel! Você prefere viver por uma causa injusta a morrer por uma causa justa? Não há escolha, nem para você nem para mim. Tivemos de trilhar este caminho porque somos quem somos.

Eles ficaram em silêncio por um bom tempo.

Depois, Quangel recomeçou:

— Este jogo de xadrez...

— Sim, e daí?

— Às vezes penso que não estou agindo certo. Fico horas só com o xadrez na cabeça, mas ainda tenho mulher...

— Você pensa o suficiente na sua mulher. Você quer continuar forte e corajoso; tudo o que o mantém forte e corajoso é bom e tudo o que o torna fraco e confuso, como ficar pensando demais, é ruim. De que adianta para sua mulher você ficar matutando? Se o pastor Lorenz disser a ela que você está forte e corajoso, isso será bom para ela.

— Mas ele não consegue mais falar abertamente com minha mulher, agora que ela tem outra companheira de cela. O pastor também desconfia que é uma espiã.

— O pastor vai dar um jeito de fazer sua mulher entender que você está bem e que se sente forte. Afinal, basta um pequeno movimento com a cabeça, um olhar. O pastor Lorenz sabe o que fazer.

— Gostaria de lhe passar uma carta para Anna — disse Quangel, pensativo.

— Melhor não. Ele não negaria, mas você estaria colocando a vida dele em perigo. Você sabe, ele está sob constante vigilância. Seria ruim se nosso bom amigo acabasse numa destas celas. Além disso, ele já arrisca a vida todos os dias.

— Então não vou escrever nenhuma carta.

E não o fez, embora o pastor lhe trouxesse no dia seguinte uma notícia terrível — terrível principalmente para Anna Quangel. O encarregado de oficina pediu ao religioso que não a transmitisse tão já à mulher.

— Ainda não, por favor!

— Não, ainda não — prometeu o pastor. — Espero que me diga quando, sr. Quangel.

Capítulo 59
O bom pastor

O PASTOR FRIEDRICH LORENZ, QUE ATUAVA incansavelmente no presídio, era um homem em seus melhores anos, quer dizer, por volta dos quarenta, muito alto, de peito estreito, sempre tossindo um pouco, um homem marcado pela tuberculose e que ignorava a sua doença porque o trabalho não lhe deixava tempo para os cuidados e a cura do próprio corpo. Seu rosto pálido, de olhos escuros atrás das lentes dos óculos, de nariz fino e delicado, tinha barba, mas a área ao redor da boca estava sempre impecavelmente escanhoada e deixava à mostra uma boca pálida de lábios finos e um queixo redondo, firme.

Esse era o homem aguardado por centenas de presos todos os dias, o único amigo que tinham naquele presídio e que representava uma ponte com o mundo externo, a quem expressavam suas angústias e necessidades e que na medida de suas forças os ajudava — mais, de todo modo, do que lhe era permitido. Incansável, ele seguia de cela em cela, nunca indiferente ao sofrimento dos outros, sempre se esquecendo da própria dor, totalmente intrépido no que se referia à própria pessoa. Um verdadeiro pastor de almas, que nunca perguntava qual era a religião daqueles que lhe pediam ajuda, que orava quando solicitado, um irmão para todos.

O pastor Friedrich Lorenz está diante da mesa do diretor do presídio, gotas de suor brotam de sua testa, duas manchas vermelhas marcam seu rosto, mas ele diz, com a voz calma:

— Esta é a sétima morte por negligência nas últimas duas semanas.

— Na certidão de óbito consta pneumonia — contradiz o diretor, sem levantar os olhos de seus papéis.

— O médico não cumpre suas tarefas — diz o pastor, teimoso, batendo com suavidade o nó dos dedos sobre a escrivaninha, como se pedisse permissão para entrar. — Sinto dizer que o médico bebe demais. Ele negligencia os pacientes.

— Ah, está tudo bem com o doutor — responde o diretor rapidamente, continuando a escrever. Ele se recusa a concordar com o pastor. — Gostaria que estivesse tudo bem com o senhor também, pastor. Afinal, o senhor entregou uma mensagem secreta ao número 397, não?

Agora finalmente os dois olhares se cruzam, o do diretor de rosto vermelho e cheio de cicatrizes e o do religioso que arde em febre.

— Trata-se da sétima morte em duas semanas — repete o pastor Lorenz, obstinado. — O presídio precisa de um novo médico.

— Acabei de lhe perguntar algo, pastor. Faça a gentileza de me responder.

— Sim, entreguei uma carta ao número 397, mas não uma mensagem secreta. Era a carta de uma mulher informando que o terceiro filho do preso em questão não estava morto, mas foi feito prisioneiro de guerra. Ele já perdeu dois filhos e achava que o terceiro também tinha morrido.

— O senhor sempre acha um motivo para transgredir as normas do presídio. Mas não vou tolerar por muito mais tempo esse jogo.

— Peço a substituição do médico — insiste o pastor, batendo de novo levemente na mesa.

— Arre! — grita de repente o diretor de rosto vermelho. — Pare de me perturbar com essa conversa mole! O doutor é bom e ele fica! E o senhor faça o favor de seguir as normas da prisão, se não quiser que lhe aconteça alguma coisa.

— O que pode acontecer comigo? — perguntou o pastor. — Posso morrer. E vou morrer. Muito em breve. Peço mais uma vez a substituição do médico.

— O senhor é bobo — disse o diretor, friamente. — Creio que sua tuberculose mexeu um pouco com suas ideias. Se o senhor não fosse um palhaço inofensivo, verdadeiramente bobo, estaria enforcado há tempos. Mas tenho compaixão pelo senhor.

— Tenha compaixão pelos seus presos — respondeu o pastor com igual frieza. — E arranje um médico consciente de seu dever.

— Por favor, feche a porta pelo lado de fora.

— Tenho sua promessa de arranjar outro médico?

— Não, não, maldição, não! Vá para o diabo! — O diretor, furioso, ergueu-se com um salto atrás de sua mesa e deu dois passos em direção ao pastor. — O senhor está querendo que eu o expulse com violência física, é isso?

— Não ficaria bem para os presos que trabalham no escritório lá fora. Acabaria por abalar ainda mais sua autoridade. Mas fique à vontade, diretor!

— Louco! — disse o diretor, voltando a se sentar, advertido pela observação do religioso. — Vá embora. Preciso trabalhar.

— O trabalho mais urgente é a solicitação de um novo médico.

— O senhor acha que vai acabar conseguindo alguma coisa com sua teimosia? Não, é exatamente o contrário! Agora é que o médico fica.

— Lembro-me — disse o pastor — do dia em que o senhor também não estava muito satisfeito com esse médico. Era noite, tempestade. O senhor havia procurado outros médicos, telefonado, mas eles não apareceram. Seu filho, Berthold, de seis anos, estava com uma aguda infecção supurativa no ouvido médio e gemia de dor. Havia perigo de morte. Atendendo a seu pedido, vim buscar o médico da prisão. Ele estava bêbado. Ao olhar a criança moribunda, ele perdeu o pouco que lhe restava de autodomínio; mostrou as mãos trêmulas, que impossibilitavam qualquer procedimento cirúrgico, e caiu em lágrimas.

— O porco bêbado! — murmurou o diretor, subitamente com o semblante carregado.

— Berthold foi salvo por outro médico. Mas isso que aconteceu uma vez pode se repetir. O senhor se orgulha de ser cristão, diretor, mas eu lhe digo: Deus não permite brincadeiras com Seu nome!

O diretor da prisão, engasgado, disse, sem levantar os olhos:

— Vá agora, pastor.

— E o médico?

— Vou ver o que é possível fazer.

— Eu lhe agradeço, diretor. Muitos vão lhe agradecer.

O religioso atravessou a prisão com seu casaco preto puído, de cotovelos já desbotados, as calças pretas batidas, os sapatos de sola grossa, reforçada, e a cinta preta fora de lugar: era uma figura estranha. Alguns vigias o cumprimentavam, outros se viravam de maneira ostensiva quando ele se aproximava e o seguiam com o olhar desconfiado assim que ele passava. Mas todos os prisioneiros ocupados no corredor só tinham olhos para ele (visto que não podiam cumprimentá-lo), olhos de total gratidão.

O religioso passa por muitas portas de ferro, percorre escadas de ferro, apoiando-se nos corrimões de ferro. Escuta um choro vindo de uma cela, para por um instante, mas depois balança a cabeça e se afasta, apressado. Ele chega a um corredor de ferro no porão, à esquerda e à direita as portas das celas solitárias estão abertas como bocas num bocejo, as celas de castigo. Na sua frente, há luz numa delas. O pastor para e olha para dentro.

No espaço feio e sujo, um homem está sentado diante de uma mesa. Seu rosto é sombrio, cinza, e ele encara com os olhos baços sete homens que estão à sua frente, nus, tremendo impiedosamente de frio, vigiados por dois guardas.

— Ora, ora, meu queridos! — rosna o homem. — Por que estão tremendo assim? Está um pouquinho frio, não? Ah, que é isso, vocês ainda vão aprender o que é frio quando estiverem sentados no porão, entre ferro e cimento, só a pão e água...

Ele se interrompe. Viu a figura silenciosa, observadora, junto à porta.

— Guarda! Leve o pessoal de volta! — ordena, mal-humorado. — Todos saudáveis e aptos às solitárias escuras. Aqui está o comprovante!

Ele assina o nome ao pé da lista e a entrega ao guarda.

Os presos passam pelo pastor, não sem lhe lançar um olhar que clama por comiseração, mas no qual já brilha uma leve esperança.

O pastor espera até o último deles desaparecer para só então entrar na sala e dizer, baixinho:

— Então o da 352 também está morto. Mas eu havia lhe pedido...

— O que posso fazer, pastor? Fiquei hoje duas horas junto do homem, fazendo compressas.

— Então acho que eu estava dormindo. Até há pouco achava que eu tinha passado a noite inteira com o da 352. E não havia nada de errado com o pulmão dele, doutor; o da 357 é que estava com pneumonia. O Hergesell da 352 teve fratura craniana.

— O senhor é que devia ser o médico deste lugar — disse o homem borracho com desdém. — E daí eu fico de pastor de almas.

— Temo que o senhor seria pior pastor do que médico.

O doutor riu.

— Adoro quando o senhor fica insolente, padreco. Posso examinar o seu pulmão?

O pastor disse, decidido:

— Não, não pode, vamos deixar isso para outro médico.

— Mesmo sem exame posso lhe informar que o senhor não passa de três meses — prosseguiu o outro, maldoso. — Sei que o senhor anda cuspindo sangue desde maio. Não vai demorar muito até o primeiro derrame.

Talvez o pastor tenha ficado um tom mais pálido com essa terrível afirmação, mas sua voz não oscilou quando ele disse:

— E de quanto tempo dispõem as pessoas que o senhor acabou de mandar para as celas escuras até terem seus primeiros derrames, doutor?

— Todas aquelas pessoas estão saudáveis e aptas para a solitária... segundo o exame médico.

— Mas elas não foram examinadas.

— O senhor quer controlar minhas fichas? Não se meta nisso, estou avisando! Sei mais a seu respeito do que o senhor imagina!

— E seu conhecimento é irrelevante para o meu derrame. Aliás, eu já passei por ele...

— O quê? Pelo que o senhor já passou?

— Meu primeiro derrame. Há três ou quatro dias.

O médico se levanta com dificuldade.

— Ora, venha comigo, padreco, vou examiná-lo na minha sala lá em cima. Darei um jeito de o senhor entrar em férias imediatamente.

Vamos fazer um pedido para o senhor poder ir para a Suíça; até isso ser deferido, o senhor fica na Turíngia.

O pastor, cujo braço tinha sido agarrado pelo semiembriagado, permaneceu imóvel.

— Enquanto isso, o que vai acontecer com os homens nas celas escuras? Dois deles, com certeza, não vão aguentar a umidade, o frio e a fome e todos os sete ficarão com sequelas permanentes.

O médico respondeu:

— Sessenta por cento das pessoas deste lugar serão executadas. Acho que pelo menos 35% das restantes serão condenadas a prisão perpétua. Então, o que muda elas morrerem três meses antes ou depois?

— Pensando assim, o senhor não tem mais o direito de se chamar de médico deste lugar. Demita-se de seu posto!

— Meu sucessor não será diferente. Por que então mudar? — O médico riu. — Venha, pastor, permita que eu o examine. Tenho uma queda pelo senhor, isso é sabido, apesar de o senhor ficar o tempo todo tramando contra mim. O senhor é um dom-quixote tão maravilhoso!

— Acabei de tramar contra o senhor. Pedi sua substituição ao diretor e recebi três quartos de um sim.

O médico começou a rir. Bateu nos ombros do pastor e disse:

— Isso é incrível de sua parte, preciso lhe agradecer. Pois se eu for substituído, certamente vou escalar alguns degraus, vou me tornar conselheiro médico e não precisarei fazer mais nada. Meus mais profundos agradecimentos, padreco!

— Mostre isso tirando Kraus e o pequeno Wendt das celas escuras. Eles não vão aguentar com vida. Nas últimas duas semanas tivemos duas mortes causadas por sua displicência.

— Seu intriguista! Mas não posso deixá-lo de mãos abanando agora. Vou tirar os dois hoje à noite. Se eu fizesse isso logo agora, depois de ter assinado a transferência, a coisa ficaria um tanto comprometedora para o meu lado, não? Qual é sua opinião, pastor?

Capítulo 60
Trudel Hergesell, nascida Baumann

A TRANSFERÊNCIA PARA A PRISÃO PREVENTIVA tinha separado Trudel Hergesell de Anna Quangel. Foi difícil para Trudel abrir mão da "mãezinha". Fazia tempo que ela se esquecera de que Anna tinha sido o motivo de sua prisão. Não, ela não tinha se esquecido, mas perdoado. Mais ainda, tinha compreendido que na realidade não havia nada a ser perdoado. Nesses interrogatórios ninguém estava seguro, os ladinos delegados conseguiam transformar uma menção inofensiva num laço que prendia a pessoa de maneira definitiva.

Trudel estava sem a mãezinha, não tinha mais ninguém com quem conversar. Precisava silenciar sobre a felicidade que um dia a possuíra, sobre a preocupação com Karl, que agora a preenchia completamente. Sua nova companheira de cela era uma mulher mais velha, de tez amarelada — as duas se odiaram desde o primeiro instante. A mulher ficava o tempo todo de conversinha com as vigias. Se o pastor estivesse na cela, nenhuma palavra escapava de sua atenção.

Por intermédio do religioso, Trudel acabou descobrindo alguma coisa sobre Karl. A sra. Hänsel, sua companheira de cela, tinha ido à administração, certamente para lançar alguém à desgraça com suas fofocas. O pastor contara a Trudel que seu marido estava naquela mesma prisão, mas que se encontrava doente, no mais das vezes parcialmente consciente — apesar disso, ele podia lhe transmitir lembranças de Karl.

Desde então, Trudel vivia apenas pela esperança das visitas do pastor. Mesmo que a sra. Hänsel estivesse presente, o religioso conseguia lhe passar alguma notícia. Muitas vezes eles ficavam sentados lado a lado no catre embaixo da janela, e o pastor Lorenz lia para ela um capítulo do Novo Testamento, enquanto Hänsel ficava na outra parede da cela, olhando atentamente para os dois.

Para Trudel, a Bíblia era algo totalmente novo. Ela tinha passado sem instrução religiosa pelo sistema educacional de Hitler e nunca sentira necessidade de professar uma crença. Deus não era algo que fizesse sentido para ela, era apenas uma palavra em expressões como: "Ah, meu Deus!" E, assim, era igualmente possível dizer: "Ah, céus!" Não havia diferença.

Também naquele instante, quando aprendia sobre a vida de Cristo pelo Evangelho de Mateus, ela disse ao pastor que não conseguia imaginá-lo "filho de Deus". Mas o pastor Lorenz apenas sorriu delicadamente, afirmando que isso não era problema. Trudel devia apenas atentar para como Jesus Cristo vivera na Terra, como amara as pessoas, inclusive os inimigos. Ela deveria aceitar os "milagres" do seu próprio jeito, como belas fábulas, mas deveria saber que um homem vivera aqui de uma maneira que suas marcas se mantinham inalteradas quase dois mil anos depois — uma imagem eterna de que o amor era mais forte que o ódio.

Trudel Hergesell, que sabia odiar e amar com a mesma intensidade (e que ao ouvir esse ensinamento estava cheia de ódio pela sra. Hänsel, a três metros dela), primeiro se revoltou com esse preceito, que lhe pareceu refletir um caráter muito fraco. Não foi Jesus Cristo quem amaciou seu coração, mas o pastor Friedrich Lorenz. Quando observava esse homem, cuja doença grave não passava despercebida por ninguém, quando o via participando das suas preocupações como se fossem dele, nunca pensando em si mesmo, quando reconhecia sua coragem ao lhe passar um bilhete sobre Karl durante a leitura e quando o ouvia conversar com a exibida Hänsel de um jeito amistoso e bondoso como fazia com ela mesma — com essa mulher que, ele sabia, era capaz de traí-lo a qualquer momento e enviá-lo para o carrasco —, Trudel sentia algo como felicidade, uma paz profunda, que emanava desse homem que não queria odiar, apenas amar, amar inclusive o pior dos seus semelhantes.

Essa nova sensação não só fez Trudel Hergesell se tornar mais amável com Hänsel como também mais indiferente ao ódio da outra.

Às vezes, durante suas caminhadas na cela, ela conseguia parar de repente diante de Hänsel e lhe perguntar:

— Por que afinal a senhora age assim? Por que fica delatando todo mundo? Será que espera ter sua pena diminuída?

Nessas horas, a sra. Hänsel não tirava seus olhos maldosos, amarelados, de Trudel. Ela não respondia nada ou dizia:

— Não pense que não vi você apertando o peito contra o braço do pastor! Que safadeza, tentar seduzir um moribundo! Espere só, vou pegar vocês!

O que Hänsel queria pegar entre o pastor e Trudel Hergesell permaneceu obscuro. Diante de tais disparates, Trudel soltava apenas um sorriso breve, desdenhoso, e retomava a caminhada silenciosa na cela, sempre com o pensamento ocupado com Karl. Não era possível deixar de perceber que as notícias a seu respeito só faziam piorar, apesar do cuidado do pastor em transmiti-las. Quando não havia nada de novo, pois seu estado permanecia inalterado, Karl não lhe transmitia lembranças, o que só podia significar que ele estava inconsciente. Pois o pastor não mentia, Trudel havia aprendido isso também, ele não mandava lembranças quando não tinha sido solicitado para tal. Ele recusava qualquer consolo barato, já que algum dia certamente isso se revelaria como mentira.

Mas Trudel sabia que o estado do marido era grave também pelos interrogatórios conduzidos pelo juiz de instrução. Nunca havia qualquer referência a novas declarações feitas por ele, ela precisava dar informações sobre tudo, embora não soubesse realmente nada sobre a mala do miserável Grigoleit, que lançara os dois — de propósito? — na infelicidade. Embora os métodos do juiz de instrução não fossem tão terrivelmente brutais e cruéis como os do delegado Laub, ele compartilhava da mesma teimosia de Laub. Trudel sempre voltava para a sua cela exausta e desanimada. Ah, Karl, Karl! Ah, se ela pudesse revê-lo pelo menos mais uma vez, sentar-se na sua cama, segurar sua mão, em silêncio total, sem uma palavra!

Houvera um tempo em que ela acreditou que não o amava, que nunca poderia amá-lo. Agora estava impregnada dele; ele era o ar que ela respirava, era o pão que ela comia, o cobertor que a aquecia. E estava tão próximo, a alguns corredores, a algumas escadas, a uma porta de distância — mas em todo o mundo não havia ninguém tão misericordioso a ponto de levá-la até lá uma vez, uma única vez! Nem mesmo o pastor tuberculoso!

É que todos temiam por suas queridas vidas, não ousavam nada sério a fim de realmente ajudar alguém desamparado. E, de repente, ressurge em sua memória o porão de cadáveres da Gestapo, o homem alto da SS acendendo um cigarro e lhe dizendo "Garota! Garota!", sua busca entre os corpos, depois de Anna e ela terem despido a falecida Berta — e ela tem a sensação de que aquele foi um tempo ainda piedoso, suave, o tempo em que podia procurar por Karl. E agora? O coração palpitante de Trudel estava preso entre ferro e pedra! Sozinho!

A porta é aberta, muito mais devagar e com mais delicadeza que as vigias o fazem. Alguém até bate: é o pastor.

— Posso entrar? — pergunta ele.

— Por favor, entre, pastor! — responde Trudel Hergesell, aos prantos.

— O que ele quer aqui de novo? — murmura a sra. Hänsel com um olhar raivoso.

Trudel Hergesell apoia subitamente a cabeça contra o peito estreito, arfante, do religioso, suas lágrimas escorrem, ela esconde o rosto no peito dele, suplica:

— Pastor, estou com tanto medo! Me ajude! Tenho de ver o Karl, só mais uma vez! Acho que será a última…

E a voz exasperada da sra. Hänsel:

— Vou contar! Vou contar imediatamente!

Enquanto isso, o pastor acaricia o cabelo de Trudel e lhe diz:

— Sim, minha filha, você deve vê-lo, mais uma vez!

Soluços cada vez mais intensos tomam conta dela, que sabe que Karl está morto, que ela não o procurou em vão no porão de cadáveres, que aquilo foi um pressentimento, um aviso.

— Ele morreu! Pastor, ele morreu! — grita.

E ele responde, ele a consola da única maneira que consegue consolar essa gente marcada para morrer, dizendo:

— Filha, ele não está mais sofrendo. Você está em situação mais difícil.

Ela escuta. Quer pensar a respeito, entender corretamente, mas sua visão escurece. A luz se apaga. Sua cabeça cai para a frente.

— Ajude aqui, sra. Hänsel! — pede o pastor. — Sou fraco demais para segurá-la.

Lá fora também é noite... noite fechada, escuridão profunda.

Trudel, viúva de Hergesell, acordou, e sabe que não se encontra mais em sua cela, e sabe também que Karl está morto. Ela o vê deitado novamente em seu catre estreito, com um rosto tornado tão pequeno e tão jovem, e pensa no rosto do filho que teria dado à luz, e os dois rostos se fundem, e ela sabe que perdeu tudo neste mundo, filho e marido, que não amará mais, que nunca poderá ter filhos, e tudo isso apenas porque deixou um cartão-postal num peitoril de janela para um velho, e que isso fez toda a sua vida se despedaçar e Karl foi junto, nunca mais haverá sol, felicidade e verão para ela, nem flores...

Flores no meu túmulo, flores no meu túmulo...

E com a dor desmedida que não para de aumentar, que a resfria feito gelo, ela volta a fechar os olhos e tenta mergulhar de volta na noite e no esquecimento. Mas a noite está do lado de fora, permanece ali, ela não entra na noite, mas de repente um calor a assola... Ela levanta da cama com um grito, quer ir embora, sair correndo, fugir dessa dor horripilante. Mas uma mão a segura...

A claridade retorna e novamente é o pastor quem está sentado ao seu lado e que a segura. Sim, trata-se de uma cela estranha, é a cela de Karl, mas eles já o levaram embora, e o homem que dividia o lugar com Karl também se foi.

— Para onde ele foi levado? — pergunta ela, sem fôlego, como se tivesse corrido por um longo caminho.

— Vou fazer minhas orações junto ao túmulo dele.

— De que lhe adiantam agora as suas orações? Se o senhor tivesse salvado a vida dele enquanto ainda havia tempo!

— Ele está em paz, filha!

— Quero sair daqui! — diz Trudel, febril. — Por favor, me leve de volta à minha cela, pastor! Lá tenho um retrato dele, preciso vê-lo, agora. Ele era tão diferente.

E, enquanto fala, ela sabe muito bem que isso é mentira, que seu desejo é enganar o bom homem. Pois ela não tem nenhum retrato de Karl e não quer voltar nunca mais para a cela na companhia da sra. Hänsel.

Por sua cabeça, passa rapidamente um pensamento: estou fora de mim, mas agora tenho de imaginar que ele não está percebendo nada... Tenho de esconder minha loucura por mais cinco minutos!

De braços dados com Trudel, o pastor a leva com cuidado para fora da cela. Eles passam por muitos corredores e escadas até chegarem à ala feminina, e de muitas celas ela escuta a respiração profunda (das que dormem), passos infatigáveis (das que se preocupam) e choro (das que sofrem); mas ninguém sofre mais do que ela.

Quando o pastor lhe abre uma porta e a fecha depois, ela não toma o braço dele de novo. Em silêncio, ambos caminham pelo corredor banhado pela noite com suas celas escuras, das quais o médico bêbado, contrariando sua promessa, não liberou os dois doentes, e sobem as muitas escadas na ala feminina até o pavilhão V, onde fica a cela de Trudel.

Uma vigia vem ao encontro deles e diz:

— Somente agora, às onze da noite, o senhor está trazendo a Hergesell de volta, pastor? Onde esteve com ela durante tanto tempo?

— Ela passou muitas horas inconsciente. O marido morreu, sabe?

— Sei... e aí o senhor ficou consolando a jovem, pastor? Muito bonito! A sra. Hänsel me contou que ela vive se jogando desavergonhadamente no seu pescoço! Vou anotar no livro de ocorrências.

Mas antes de o pastor conseguir se defender com uma palavra contra tal barbaridade, os dois veem que Trudel, a viúva Hergesell, trepou na grade de ferro do corredor. Ela fica parada por um instante, está segurando a beirada com uma mão, de costas para eles.

E eles chamam:

— Pare! Não! Por favor, não!

E saem correndo até ela, suas mãos tentam alcançá-la.

Como uma nadadora ao saltar, Trudel Hergesell se lança no vazio. Eles escutam um revolteio e um silvo, uma batida seca.

Depois, tudo é silêncio funesto enquanto os dois rostos se inclinam sobre o beiral e não enxergam nada.

Eles dão um passo na direção da escada.

No mesmo instante, o inferno começa.

É como se a cena tivesse sido vista através das portas revestidas de ferro. Primeiro, talvez tenha sido apenas um grito histérico, mas ele se espalhou de cela em cela, de andar em andar, de um lado do corredor para o outro.

E enquanto continuava a se espalhar, o grito se transformou em berro, choro, assuada, escarcéu, tumulto.

— Assassinos! Vocês a mataram! Matem logo todas nós, carrascos!

E houve algumas que se penduraram nas janelas e gritaram para os pátios, fazendo a ala masculina acordar de seu sono leve de medo, e todos gritaram, uivaram, xingaram, choraram, ofenderam, desesperaram-se.

Protestaram mil, duas mil, três mil vozes, a besta anunciou sua queixa por mil, dois mil, três mil focinhos.

E o sinal do alarme estridulou e as pessoas bateram com os punhos contra as portas de ferro, jogaram banquinhos contra elas. Os catres de ferro tombaram, suas dobradiças estalaram, eles foram novamente erguidos e trovejaram de novo. As tigelas de comida foram arrastadas pelo chão, as tampas das latrinas fizeram ainda mais barulho e todo o complexo, essa prisão gigante, começou a feder de repente como uma cloaca elevada à centésima potência.

E os vigias de plantão se vestiram e pegaram seus cassetetes de borracha.

E as portas das celas foram abertas com violência.

E o barulho de um tapa abafado dos cassetetes de borracha sobre as cabeças se tornou audível e a gritaria, ainda mais furiosa, misturada à balbúrdia de pés em luta e aos gritos agudos, animalescos, dos epilépticos e aos apupos dos gozadores idiotizados e aos assovios estridentes das mulheres.

E a água bateu nos rostos dos vigias que entravam nas celas.

E, na câmara mortuária, Karl Hergesell estava deitado em silêncio, com seu rosto pequeno, pacífico.

E tudo isso era uma sinfonia selvagem, pânica, aterradora, tocada em homenagem a Trudel, a viúva Hergesell, nascida Baumann.

Mas ela estava deitada lá embaixo, meio no linóleo, meio no sujo chão de cimento da ala inferior I.

Estava deitada totalmente imóvel, a mãozinha cinza, que ainda lembrava a de uma menina, um tantinho aberta. Seus lábios tinham sido levemente tingidos de sangue, seus olhos miravam vazios uma região desconhecida.

Mas seus ouvidos pareciam escutar os ruídos infernais que tonitruavam, mais alto e mais baixo, rugas sulcavam sua testa, como se ela refletisse sobre se essa talvez fosse a paz que o bondoso pastor Lorenz havia prometido.

Em consequência desse suicídio, o religioso da pastoral carcerária Friedrich Lorenz foi suspenso de seu cargo — e não o médico bêbado. Abriu-se um processo contra o pastor. Pois é crime e facilitação ao crime permitir ao preso que determine o final da própria vida: apenas o Estado e seus funcionários são qualificados para tanto.

Um policial ferir de morte um homem com a coronha de sua pistola, um médico bêbado deixar o ferido morrer, tudo bem. Mas um religioso não impedir seu suicídio, permitir que o preso expresse sua vontade (à qual não tem mais direito), é uma transgressão que precisa ser punida.

Infelizmente o pastor Friedrich Lorenz — exatamente como a sra. Hergesell — escapou da expiação de seu crime, já que morreu de um derrame, justo no instante em que devia ser preso. Fora levantada a suspeita de que ele mantinha relações impróprias com aqueles que o procuravam. Mas, como o próprio pastor Lorenz havia dito, a paz lhe tinha sido dada, ele foi poupado de muita coisa.

E foi assim que Anna Quangel não soube de nada sobre a morte de Trudel e Karl Hergesell até a audiência, pois o sucessor do bondoso pastor não tinha coragem — ou vontade — de assumir o papel de mensageiro entre os presos. Ele se limitava estritamente ao bem-estar espiritual, lá onde era desejado.

Capítulo 61
A audiência: um reencontro

ERROS PODEM ACONTECER MESMO NO sistema mais minuciosamente planejado. O Tribunal do Povo de Berlim, um tribunal que não tinha nenhuma relação com o povo e ao qual o povo não tinha permissão de entrar nem como espectador silencioso — pois suas sessões eram secretas —, era um sistema minuciosamente planejado: antes de o acusado entrar na sala da audiência, ele já estava praticamente julgado, e parecia não haver qualquer indício de que acusado nenhum pudesse vivenciar algo animador naquele recinto.

Apenas um processo pequeno estava previsto para aquela manhã: contra Otto e Anna Quangel, por traição à pátria e alta traição. O auditório não chegava nem a um quarto de sua lotação: alguns uniformes do partido, alguns juristas que por motivos insondáveis queriam acompanhar aquela audiência, e principalmente estudantes de direito, que queriam aprender como a justiça elimina da Terra seres humanos cujo crime era ter amado sua pátria mais do que os juízes que os julgavam o faziam. Todas aquelas pessoas tinham conseguido ingressos graças a "relacionamentos". Não se sabe como o homem baixinho de barba branca pontuda e olhos rodeados por ruguinhas inteligentes — ou seja, o juiz aposentado Fromm — arranjara o seu. De todo modo, ele estava sentado discretamente entre os outros, a apenas uma pequena distância deles, o rosto abaixado e limpando os óculos de aro dourado com frequência.

Às cinco para as dez, Otto Quangel foi conduzido por um policial para dentro da sala do tribunal. Ele estava vestido com as roupas que usava no momento de sua prisão na oficina, uma jaqueta limpa, mas muito remendada, na qual os remendos azuis-escuros se destacavam vivamente do azul lavado da cor básica. Seu olhar ainda penetrante passou indiferente pelos lugares vazios atrás da divisória baixa até chegar aos espectadores, brilhou por um instante ao reconhecer o juiz, e Quangel sentou-se no banco dos acusados.

Pouco antes das dez, a segunda acusada, Anna Quangel, foi conduzida por um segundo policial, e nesse instante aconteceu aquele descuido: mal viu o marido, Anna Quangel — sem hesitar nem olhar para as pessoas na sala — foi até ele e se sentou ao seu lado.

Otto Quangel sussurrou atrás da mão que cobria a boca:

— Não fale! Ainda não!

Mas um brilho no olhar dele revelou seu contentamento com esse reencontro.

Claro que em lugar nenhum do regulamento daquela ilustre casa estava escrito que dois acusados, mantidos cuidadosamente isolados durante meses, podiam se sentar juntos por quinze minutos antes da sessão e conversar tranquilamente entre si. Mas, seja porque os dois policiais estavam fazendo aquele serviço pela primeira vez, seja porque o caso não tinha grande importância, ou ainda porque os dois velhinhos vestidos de maneira simples, quase miserável, pareciam totalmente insignificantes, eles não levantaram qualquer restrição contra o lugar escolhido pela sra. Anna para se sentar e no quarto de hora seguinte quase não se importaram com os acusados. Ao contrário, os dois policiais iniciaram uma conversa animada sobre algum assunto de trabalho, um adicional noturno que não fora pago e descontos indevidos na folha de pagamento.

O erro também não foi percebido por ninguém no auditório, exceto pelo juiz Fromm. Todos eram negligentes e descuidados, ninguém reprovou o movimento desvantajoso para o Terceiro Reich e vantajoso para dois altos traidores. Um processo que só tinha a apresentar dois acusados do estrato dos trabalhadores não chamava muita atenção por ali. O lugar estava acostumado com processos gigantescos, com trinta, quarenta acusados, que em geral não conheciam uns aos outros, mas que no decorrer do processo descobriam, surpresos, que todos estavam mancomunados entre si e seriam julgados dessa maneira.

Assim, após olhar cuidadosamente ao redor durante alguns segundos, Quangel disse:

— Estou contente, Anna. Você está bem?

— Sim, Otto, agora estou bem.

— Eles não vão nos deixar sentados juntos por muito tempo. Mas vamos aproveitar esses minutos. Você tem consciência do que está por vir?

Com a voz muito baixa, ela disse:

— Sim.

— A sentença de morte para nós dois. É inescapável.

— Mas, Otto...

— Não, Anna, nada de "mas". Sei que você quer pegar toda a culpa para você...

— Eles não vão condenar uma mulher com tanta severidade, e talvez você consiga sair vivo.

— Não vou. Porque você não consegue mentir bem o suficiente. Você vai apenas prolongar a audiência. Vamos dizer a verdade, daí será rápido.

— Mas, Otto...

— Não, Anna, nada de "mas". Pense. Não vamos mentir. A pura verdade...

— Mas, Otto...

— Anna, eu te peço!

— Otto, eu quero te salvar, eu quero saber que você está vivo!

— Anna, estou pedindo!

— Otto, não dificulte as coisas para mim!

— Vamos mentir para eles? Brigar um com o outro? Fazer uma cena para eles? A pura verdade, Anna!

Ela lutou consigo mesma. Em seguida, resignou-se, como sempre se resignava diante dele.

— Tudo bem, Otto. Prometo.

Eles se calaram. Olharam para baixo. Ambos se envergonhavam por terem mostrado suas emoções.

A voz de um dos policiais atrás deles se tornou audível.

— E daí eu disse ao tenente: tenente, o senhor não pode fazer uma coisa dessas comigo, tenente, foi o que eu disse...

Otto Quangel se empertigou. Tinha de ser. Se Anna soubesse no meio da audiência — ela teria de saber no meio da audiência —, tudo seria pior. As consequências eram imprevisíveis.

— Anna — sussurrou ele. — Você é forte e corajosa, certo?

— Sim, Otto — respondeu ela. — Sou. Desde que estou com você, sou. Há mais algo de ruim?

— Sim, há algo de ruim, Anna...

— O que foi, Otto? Diga, Otto! Se até você tem medo de me dizer, eu também fico com medo.

— Anna, você não ouviu mais nada sobre a Gertrud?

— Que Gertrud?

— A Trudel!

— Ah, a Trudel! O que aconteceu com a Trudel? Não, desde que estamos na prisão preventiva, não ouvi mais nada sobre ela. Sinto muito a falta dela, era tão boa comigo. Ela me perdoou pela minha traição.

— Você não traiu a Trudel! Primeiro eu também achei que sim, mas daí acabei entendendo.

— Sim, ela entendeu também. Eu estava tão confusa durante os primeiros interrogatórios daquele terrível Laub que eu nem sabia o que estava dizendo, mas ela entendeu. Ela me perdoou.

— Graças a Deus! Anna, seja corajosa e forte! A Trudel morreu!

— Oh! — Anna gemeu, pousando a mão no peito, sobre o coração. — Oh!

E ele acrescentou rapidamente, a fim de dar logo a notícia inteira:

— E o marido dela também!

Por um bom tempo não houve resposta. Ela ficou parada, as mãos diante do rosto abaixado, mas Otto sentia que Anna não chorava, que ainda estava anestesiada diante da terrível notícia. E sem querer ele repetiu as palavras que o bom Lorenz lhe dissera ao transmitir aquela mensagem:

— Eles estão mortos. Eles estão em paz. Foram poupados de muitas coisas.

— Sim! — disse Anna, afinal. — Sim. Ela se preocupava tanto com seu Karl quando não tinha notícias, mas agora está em paz.

Ela ficou um bom tempo em silêncio e Quangel não a importunou, embora ele percebesse pela inquietação na sala que a audiência estava prestes a começar.

Por fim, Anna perguntou baixinho:

— Os dois foram... executados?

— Não — respondeu Quangel. — Ele morreu em consequência de uma pancada que recebeu durante a prisão.

— E a Trudel?

— Ela acabou tirando a própria vida — disse Otto Quangel, rápido. — Pulou da grade do quinto andar. Morreu imediatamente, o pastor Lorenz disse. Não sofreu.

— Aconteceu naquela noite — Anna Quangel se lembrou de repente — em que todo o presídio ficou gritando! Agora eu sei. Oh, foi terrível, Otto! — E escondeu o rosto.

— Sim, foi terrível — repetiu Quangel. — Também na nossa ala foi terrível.

Depois de um tempo ela ergueu o rosto novamente e encarou Otto. Seus lábios ainda tremiam, mas ela disse:

— Foi melhor assim. Se eles estivessem sentados aqui do nosso lado, seria horrível. Agora estão em paz. — E bem baixinho: — Otto, Otto, podemos fazer o mesmo.

Ele olhou para ela. E ela viu nos olhos penetrantes, duros, uma luz como nunca antes, uma luz sarcástica, como se tudo não passasse de um jogo, aquilo que ela estava dizendo naquele momento e aquilo que estava por vir, e o fim inevitável. Como se não valesse a pena levar a coisa tão a sério.

Em seguida, ele balançou a cabeça devagar.

— Não, Anna, não faremos isso. Não vamos sumir como se fôssemos criminosos confessos. Não lhes pouparemos a sentença. Não nós! — E num tom bem diferente: — Está tarde demais para isso. Você continua sendo algemada?

— Sim — respondeu ela. — Mas quando o guarda me acompanhou até a porta aqui, ele tirou a correntinha.

— Viu? Não daria certo.

Ele não lhe contou que estava algemado desde que saíra da prisão preventiva, com algemas nos punhos e uma corrente, com algemas nos pés e uma barra de metal. Assim como no caso de Anna, esses adereços só haviam sido retirados na porta da sala de audiência: o Estado não devia ser ludibriado por aqueles que iria executar.

— Tudo bem, então — ela se consolou. — Mas você acha que seremos mortos juntos?

— Não sei — disse ele, tentando contornar a questão. Ele não queria mentir, embora soubesse que todos teriam de morrer sozinhos.

— Mas vão nos matar na mesma hora, não?

— Com certeza, Anna, com certeza. — Mas Otto Quangel não tinha tanta certeza. Ele prosseguiu: — Não pense nisso agora. Pense apenas que temos de ser fortes. Se nos confessarmos culpados, tudo acontecerá rápido. Se não tentarmos escapar e não mentirmos, talvez nossa sentença saia em meia hora.

— Sim, faremos isso. Mas, Otto, se for tão rápido assim, vamos nos separar rápido também e talvez nunca mais nos vejamos.

— Vamos nos ver, sem dúvida. Antes disso, Anna. Me disseram que vamos poder nos despedir. Sem dúvida, Anna.

— Isso é bom, Otto, daí eu tenho algo com que me alegrar a qualquer hora. E agora estamos sentados juntos.

Eles ficaram apenas mais um minuto juntos, pois o erro foi descoberto e fizeram os dois se sentarem distantes um do outro. Eles tinham de virar a cabeça para se ver. Graças a Deus que foi o advogado da sra. Quangel quem descobriu o erro, um homem simpático, grisalho, um tanto ansioso, que o tribunal havia convocado como defensor público, visto que Quangel insistiu em não desperdiçar dinheiro numa causa tão inútil quanto a defesa deles.

Visto que foi o advogado quem percebeu o erro, a gritaria foi poupada. Os dois guardas também tinham seus motivos para ficar de boca fechada, e por essa razão Feisler, o presidente do Tribunal do Povo, nunca soube o que de indesculpável havia acontecido ali. Caso contrário, a audiência teria demorado bem mais.

Capítulo 62
A audiência: o presidente Feisler

O PRESIDENTE DO TRIBUNAL DO POVO, o mais alto juiz na Alemanha naquela época, tinha a aparência de um homem culto. Segundo a terminologia do encarregado de oficina Otto Quangel, era um homem fino. Sabia usar sua toga com decência e o barrete lhe emprestava honradez, não ficava grudado sem sentido na sua cabeça como sobre tantas outras. Os olhos eram inteligentes, mas frios. Ele tinha uma testa alta, bonita, mas a boca era infame; aquela boca com lábios duros, cruéis, porém voluptuosos, traía o homem, um libertino que tinha procurado todos os prazeres deste mundo e sempre fizera com que os outros pagassem a conta.

E as mãos, com seus dedos longos e nodosos, eram infames, dedos com as garras de um abutre — quando ele fazia uma pergunta especialmente dolorosa, esses dedos se retorciam, como se estivessem remexendo na carne da vítima. E sua maneira de falar também era infame: o homem nunca falava calmamente e com sobriedade, ele saía espicaçando suas vítimas, xingava-as, usava de uma ironia cortante. Um homem infame, um homem mau.

Desde que Otto Quangel fora formalmente acusado, ele havia conversado sobre essa audiência com o dr. Reichhardt, seu amigo. O sagaz dr. Reichhardt também era da opinião de que, já que o final era inescapável, Quangel devia confessar tudo de pronto, não esconder nada, não mentir. Isso diminuiria a sede com que eles se lançariam ao pote, eles não conseguiriam permanecer muito tempo na fase dos xingamentos. A audiência seria muito breve, certamente o interrogatório das testemunhas acabaria sendo dispensado.

Causou uma leve sensação o modo como ambos os acusados responderam com um simples "sim" à pergunta do presidente sobre se se consideravam culpados em relação à acusação. Pois com esse "sim" haviam proferido para si mesmos a sentença de morte e tornado qualquer outra audiência desnecessária.

Até o presidente Feisler se surpreendeu, aturdido com essa confissão quase inédita.

Em seguida, porém, ele se recompôs. Queria sua audiência. Queria ver esses dois trabalhadores na lama, queria vê-los chafurdar nela sob suas perguntas incisivas. O "sim" à pergunta "culpado?" mostrara orgulho. O presidente Feisler percebeu esse reconhecimento no rosto dos espectadores, que pareciam em parte espantados, em parte pensativos, e ele queria eliminar esse reconhecimento. Os acusados deviam sair da audiência sem orgulho, sem dignidade.

Feisler perguntou:

— O senhor tem consciência de que com esse "sim" acabou de tirar a própria vida, de que o senhor acabou de se separar de todos os homens decentes? De que o senhor é um criminoso repulsivo, que merece a morte, e sua carcaça estará pendurada pelo seu pescoço? O senhor tem consciência disso? Responda sim ou não.

Quangel disse, lentamente:

— Sou culpado, fiz o que está descrito na acusação.

O presidente insistiu:

— É para responder sim ou não! O senhor é um infame traidor do povo ou não? Sim ou não?

Quangel fixou o olhar no senhor fino à sua frente. Ele disse:

— Sim!

— Que nojo! — gritou o presidente, virando-se para cuspir. — Que nojo! E esse tipo de criatura se considera alemão! — Ele encarou Quangel com profundo desprezo e depois dirigiu o olhar para Anna Quangel: — E a senhora, a mulher? — perguntou. — A senhora também é tão infame quanto seu marido? Também é uma nojenta traidora do povo? A senhora também mancha a figura de seu filho, que morreu no campo da honra? Sim ou não?

O ansioso advogado grisalho ergueu-se apressado e disse:

— Excelentíssimo presidente, peço observar que minha mandante...

O presidente contra-atacou:

— Eu o prendo, senhor advogado — disse ele. — Eu o prendo imediatamente se o senhor tomar a palavra mais uma vez sem ser solicitado! Sente-se! — O presidente se voltou novamente para Anna Quangel. — Bem, e a senhora? Vai se voltar ao que resta de decência em seu peito ou se comportará feito seu marido, do qual já sabemos que é um repulsivo traidor do povo? A senhora é uma traidora de seu povo numa época de aguda necessidade? Tem a coragem de profanar o próprio filho? Sim ou não?

Anna Quangel olhou com hesitação e medo para o marido.

— A senhora olhe para mim! Não para esse traidor! Sim ou não?

Em voz baixa, mas clara, ela disse:

— Sim!

— Fale alto! Todos queremos escutar que uma mãe alemã não se envergonha de cobrir a morte heroica do próprio filho com vergonha.

— Sim! — disse Anna Quangel em voz alta.

— Inacreditável! — exclamou Feisler. — Já vi muitas coisas tristes e também escabrosas, mas uma vergonha dessas para mim é inédita! A senhora não deve ser enforcada; pessoas desumanizadas como a senhora devem ser esquartejadas! — Dirigindo-se mais aos ouvintes do que aos Quangels, o presidente assumiu o papel do promotor. Ele pareceu se recompor (queria conduzir sua audiência): — Minha pesada tarefa como juiz supremo, porém, não permite que eu me satisfaça com sua confissão de culpa. Indiferente à minha dificuldade e por mais estéril que pareça, meu ofício me obriga a descobrir se existem porventura quaisquer motivos de atenuação.

Esse foi o começo do que durou sete horas.

Sim, o inteligente dr. Reichhardt havia se enganado e Quangel também. Eles nunca teriam imaginado que o mais alto juiz do povo alemão conduziria a audiência com um ódio tão profundo, tão infame. Era como se os Quangels tivessem ofendido de maneira absolutamente pessoal o presidente Feisler, como se o homem baixo, ressentido, que não perdoava nunca, tivesse sido ultrajado em sua honra e cujo único objetivo passara a ser golpear o adversário até a morte. A questão era tão pessoal, tão infinitamente distante de toda objetividade que parecia que Quangel tinha seduzido a filha do presidente. Não, os dois haviam se enganado, esse Terceiro Reich dispunha ainda de novas surpresas para seus mais profundos depreciadores; era maior do que qualquer infâmia.

— As testemunhas, seus honrados companheiros de trabalho, afirmaram que o acusado era possuído por um espírito quase sujo. Quanto o senhor ganhava por semana? — foi uma das perguntas do juiz.

— Nos últimos tempos, eu levava quarenta marcos por semana para casa — respondeu Quangel.

— Bem, quarenta marcos, já com todos os descontos, os impostos, a campanha de inverno, o seguro-saúde e a Frente de Trabalho?

— Já com todos os descontos.

— Me parece um belo salário para dois velhos, não?

— Dava para viver.

— Não, não dava para viver! Está mentindo novamente! O senhor poupava regularmente! A afirmação procede ou não?

— Procede. Em geral, guardávamos um pouco.

— Quanto o senhor conseguia guardar por semana, em média?

— Não sei dizer exatamente. Era variável.

O presidente se alterou:

— Em média, eu disse! Em média! O senhor não entende o que é em média? E o senhor ainda se diz mestre artesão? Não sabe nem calcular! Maravilha!

Mas o presidente Feisler não parecia achar nada uma maravilha; ele olhou com indignação para o acusado.

— Já passei dos cinquenta. Trabalhei por 25 anos. Os anos foram diferentes. Às vezes fiquei sem trabalho. Ou o garoto esteve doente. Não sei dar nenhuma média.

— Não? Não consegue? Vou lhe dizer por que o senhor não consegue! O senhor não quer! Esse é seu espírito sujo, do qual seus decentes colegas de trabalho se afastavam com asco. O senhor tem medo que possamos descobrir aqui o quanto o senhor amealhou! Bem, quanto foi? Não consegue dizer isso também?

Quangel lutava consigo mesmo. O presidente tinha enfim achado um ponto fraco. Nem mesmo Anna sabia o quanto eles haviam poupado. Mas então Quangel se decidiu. Essas também seriam águas passadas. Nas últimas semanas, tantas coisas tinham se tornado águas passadas, por que não mais isso? Ele se separou do último vestígio que o ligava à sua antiga vida e disse:

— Quatro mil setecentos e sessenta e três marcos!

— Sim — repetiu o presidente, recostando-se na sua cadeira alta de juiz. — Quatro mil setecentos e sessenta e três marcos e sessenta e sete centavos! — Ele leu o número que constava do dossiê. — E o senhor não se envergonha de combater um Estado que lhe permitiu ganhar esse tanto? O senhor combate a comunidade que tanto cuidou do senhor? — Ele se inflamou. — O senhor não sabe o que é gratidão. Não sabe o que é honra. O senhor é uma afronta! O senhor deve ser exterminado!

E as garras de abutre se fecharam, se abriram e se fecharam mais uma vez, como se ele descarnasse uma carcaça.

— Quase metade desse dinheiro já tinha sido poupada antes da tomada do poder — disse Quangel.

Um espectador riu, mas imediatamente se calou de novo, assustado, quando um olhar amargo e bravo do presidente o atingiu. A pessoa tossiu, sem jeito.

— Silêncio! Silêncio absoluto! E o senhor, acusado, vou castigá-lo caso se torne atrevido. Não pense que está livre de qualquer outra pena. Não se atreva! — Ele olhou fixamente para Quangel. — Agora me diga, acusado, para que o senhor poupava?

— Para a velhice.

— Ah, para a velhice? Que comovente! Mas é outra mentira. Pelo menos desde que o senhor começou a escrever os cartões, sabia que não ficaria velho! O senhor confessou aqui mesmo que sempre soube das consequências de seus crimes. Apesar disso, o senhor continuava a poupar e a depositar na caderneta. Para quê?

— Sempre achei que ia me safar.

— O que quer dizer se safar? Ser considerado inocente?

— Não, nunca acreditei nisso. Achei que não seria preso.

— Veja, aí o senhor pensou um pouquinho errado. Mas eu também não acredito que o senhor pensava assim. Sua burrice não é tamanha como está querendo nos mostrar. O senhor não poderia ter pensado que poderia continuar cometendo seus crimes por anos e anos, sem ser molestado.

— Não acredito em anos e anos.

— O que quer dizer com isso?

— Não acredito que o Reich de mil anos vá durar muito mais — disse Quangel, com a cabeça afilada de ave dirigida ao presidente.

O advogado levou um susto.

Ouviu-se outra risada no meio dos espectadores, e imediatamente um murmúrio ameaçador se fez ouvir de lá.

— Que canalha! — gritou alguém.

O policial atrás de Quangel tocou seu quepe e com a outra mão tateou o coldre de sua pistola.

O promotor tinha se levantado num salto, sacudindo uma folha de papel.

A sra. Quangel olhou sorridente para o marido e balançou a cabeça, enfática.

O policial atrás dela segurou seus ombros e apertou-os dolorosamente.

Ela se conteve e não gritou.

Um assistente do tribunal encarava Quangel, boquiaberto.

O presidente ergueu-se num pulo.

— Seu criminoso! — esbravejou. — Idiota! Seu criminoso! Como ousa dizer... — Ele se interrompeu para o bem da própria honra. — O acusado será retirado da sala. Guarda, tire o sujeito daqui! A corte vai deliberar a respeito de uma pena adequada...

Depois de quinze minutos, a audiência foi retomada.

Era notório que o acusado parecia não conseguir andar direito. O pensamento geral foi: deve ter levado umas boas lambadas. Anna Quangel também pensou assim, com medo.

O presidente Feisler anunciou:

— O acusado Otto Quangel ficará preso em cela solitária por quatro semanas, a pão e água e jejum total a cada três dias. Além disso, teve de entregar os suspensórios, visto que, como fui informado durante o intervalo, mexeu neles de maneira estranha. Existe a suspeita de tentativa de suicídio.

— Tive apenas de ir ao toalete.

— Calado! Existe a suspeita de tentativa de suicídio. A partir de agora, o acusado tem de se virar sem os suspensórios. A culpa é toda dele.

O auditório riu novamente, mas dessa vez o presidente lançou um olhar quase benevolente aos espectadores; estava contente com a própria piada. O acusado se mantinha numa posição um tanto tensa, segurando o tempo todo as calças, que insistiam em escorregar.

O presidente sorriu.

— Daremos prosseguimento à audiência.

Capítulo 63
A audiência: o promotor Pinscher

Enquanto Feisler, o presidente do Tribunal do Povo, se parecia para qualquer observador imparcial com um cão de caça *bloodhound* bravo, o promotor fazia o papel de um pequeno pinscher barulhento, que esperava morder a canela do homem atacado pelo *bloodhound*, enquanto seu primo grande o segurava pelo pescoço. O promotor havia tentado sair latindo para os Quangels durante a audiência, mas a cada vez os rosnados do *bloodhound* imediatamente se sobrepunham. O que havia mais para ser latido? Afinal, desde o primeiro minuto o presidente estava fazendo o papel do promotor; desde o primeiro minuto Feisler descumpriu a premissa básica de qualquer juiz que deve investigar a verdade: ele tinha sido altamente partidário.

Mas depois da pausa do almoço, na qual recebeu uma refeição muito farta, sem o uso de cupons, acompanhada inclusive de vinho e aguardente, Feisler se sentiu um pouco cansado. Para que todo aquele esforço? Os dois já estavam mortos. Além disso, era a vez da mulher, a pequena proletária — a partir de seu ponto de vista de juiz, o presidente dispensava às mulheres uma grande indiferença. Todas eram burras e só serviam para uma coisa. Fora isso, faziam o que os maridos mandavam.

Dessa maneira, Feisler consentiu que Pinscher passasse para o primeiro plano e começasse a latir também. De olhos semicerrados, ele se recostou em sua cadeira de juiz, a cabeça apoiada nas garras de abutre, supostamente prestando atenção, mas na realidade totalmente entregue à digestão.

Pinscher vociferou:

— Acusada, no passado a senhora ocupou um cargo na Liga das Mulheres, certo?

— Sim — respondeu a sra. Quangel.
— E por que a senhora desistiu dele? Foi exigência do seu marido?
— Não.
— Ora, então ele não exigiu isso da senhora? Primeiro o homem desiste do cargo na Frente de Trabalho e, catorze dias depois, a mulher desiste do dela na Liga das Mulheres. Acusado Quangel, essa foi uma exigência sua?
— Ela deve ter tido a ideia assim que soube que eu não estava mais na Frente de Trabalho.

Quangel está em pé, tendo de segurar as calças.

Em seguida, ele se senta. O promotor se dirige novamente a Anna Quangel.

— Então, como foi, por que a senhora desistiu de seu cargo?
— Eu não desisti de nada. Fui expulsa.

Pinscher começou com seus latidos:

— Acusada, preste atenção nas suas palavras! A senhora também pode ser punida, do mesmo jeito que seu marido, se ultrapassar os limites! A senhora acabou de me dizer que tinha desistido do cargo.

— Não. O que eu disse ao senhor foi: não, essa não foi uma exigência do meu marido.

— Mentira! Mentira! A senhora tem o descaramento de mentir na cara da alta corte e na minha!

Rosnados furibundos. A acusada mantém sua afirmação.

— Vamos conferir o registro estenográfico.

O registro estenográfico é lido e se comprova que a acusada tinha razão. Movimentação na sala. Otto Quangel olha furtivamente para sua Anna, que não se deixa intimidar. Está orgulhoso dela.

O promotor Pinscher baixa o rabo por um instante e olha para o presidente, que boceja com discrição atrás da pata de fera. O promotor se decide, abandona a velha pista e começa a seguir uma nova.

— Acusada, a senhora já tinha uma certa idade quando se casou com seu atual marido?

— Eu tinha trinta anos.

— E antes?

— Não entendi.

— Não se faça de desentendida, quero saber como eram seus relacionamentos com homens antes do casamento. Vamos, desembuche!

O descaramento ignominioso dessa pergunta fez Anna Quangel ficar vermelha, depois pálida. Ela lançou um olhar suplicante para seu velho defensor, que se levantou rápido e disse:

— Peço que a pergunta seja desqualificada, pois é impertinente, está fora de contexto.

E o promotor:

— Minha pergunta é pertinente. Existe a suspeita de que a acusada seja apenas uma cúmplice do marido. Vou provar que se trata de uma pessoa de moral baixíssima, oriunda da escória do povo e da qual se pode esperar todo tipo de atividade criminosa.

O presidente explicou, entediado:

— A pergunta é pertinente. Em frente.

O pinscher voltou a latir:

— Então, com quantos homens a senhora se relacionou até seu casamento?

Todos os olhos estavam voltados para Anna Quangel. Alguns estudantes do recinto umedeceram os lábios, alguém soltou um gemido de prazer.

Quangel olha para Anna com alguma preocupação, ele sabe o quanto ela é sensível nesse ponto.

Anna Quangel, porém, se decidiu. Assim como seu Otto escancarou suas economias apesar de toda a apreensão, ela quer ser desavergonhada diante desses homens desavergonhados.

O promotor havia perguntado:

— Então, com quantos homens a senhora se relacionou até seu casamento?

E Anna Quangel responde:

— Com 87.

Alguém do auditório não segura a risada.

O presidente acorda de seu semientorpecimento e olha quase interessado para a pequena proletária de compleição atarracada, bochechas coradas, peito farto.

Os olhos escuros de Quangel brilham, mas em seguida ele torna a baixar as pálpebras. Não olha para ninguém.

O promotor gagueja, completamente atônito:

— Com 87? Como assim, 87?

— Não sei — diz Anna Quangel, impassível. — Mais não foram.

— Hein? — diz o promotor, ranzinza. — Ah!

Ele ficou muito irritado, pois acabou transformando a acusada de repente em alguém interessante, o que não era em absoluto sua intenção. Assim como a maioria dos presentes, está convicto de que ela está mentindo, que talvez tenham sido apenas dois ou três namorados, possivelmente nenhum. É possível penalizá-la por zombar da corte. Mas como provar essa sua intenção?

Por fim, ele se decide. Diz, carrancudo:

— Estou firmemente convencido de que a senhora está exagerando demasiadamente, acusada. Uma mulher que teve 87 amantes não se lembraria do número. Ela responderia: muitos. Mas sua resposta comprova a depravação. A senhora se gaba de sua falta de vergonha! Está orgulhosa por ter sido prostituta. E de prostituta a senhora se tornou aquilo que todas as prostitutas se tornam, uma cafetina. A senhora explorou seu próprio filho.

Dessa vez, Pinscher conseguiu morder Anna Quangel de verdade.

— Não! — grita Anna Quangel, levantando a mão, suplicante. — Não diga uma coisa dessas! Nunca fiz algo assim!

— Não fez algo assim? — rosna Pinscher. — E como a senhora chamaria o fato de ter abrigado a noiva de seu filho por várias noites? Enquanto isso, certamente colocou seu filho para fora, não? Foi isso? Onde essa tal de Trudel dormia? A senhora sabe, ela está morta, sim, a senhora sabe disso, certo? Senão essa mulher, essa cúmplice do seu marido no crime, estaria também aqui no banco dos réus.

A referência a Trudel injetou nova coragem em Anna Quangel. Ela se dirige não ao promotor, mas à corte:

— Sim, graças a Deus a Trudel está morta e não tem de testemunhar esta última vergonha...

— Modere seu linguajar! Estou avisando, acusada!

— Ela era uma moça boa, decente...

— E abortou seu bebê de cinco meses porque não queria colocar soldados no mundo!

— Ela não abortou, ela estava triste com a morte dele!

— Foi o que ela confessou!

— Não acredito.

O promotor começa a gritar:

— No que a senhora acredita ou deixa de acreditar não nos interessa! Mas eu a aconselho a mudar o tom urgentemente, acusada. Senão a senhora ainda vai passar por algo muito desagradável! O depoimento de Gertrude Hergesell foi registrado pelo delegado Laub. E um delegado de polícia não mente! — Pinscher encara o auditório, ameaçador. — E agora, acusada, eu a incito novamente a me dizer: o seu filho mantinha relações íntimas com essa moça ou não?

— Isso não é coisa para uma mãe saber. *Eu* não sou espiã.

— Mas a senhora tinha o dever da guarda! Se a senhora permite o relacionamento imoral de seu filho em seu próprio apartamento, tornou-se culpada de grave caftinagem. É o que está escrito na lei.

— Não sei de nada disso. Só sei que era guerra e que meu filho talvez tivesse de morrer. Entre a gente é assim, se dois estão noivos ou quase isso, e ainda por cima é guerra, não se presta muita atenção.

— Ah, então a senhora está confessando, acusada! A senhora sabia das relações imorais e as tolerava! E chama isso de não prestar muita atenção. Mas a lei chama de grave caftinagem, e o caráter de uma mãe que permite uma coisa dessas é completamente reprovável e inadmissível!

— É assim? Então eu gostaria de saber — diz Anna Quangel, sem nenhum medo e com a voz firme —, então eu gostaria de saber como a lei chama aquilo que a Liga das Namoradeiras Alemãs[3] faz!

---

3. A personagem se refere ao apelido jocoso dado à Liga das Jovens Alemãs (Bund Deutscher Mädel — BDM), aproveitando-se das suas iniciais: "Bubbi-drück-mich" Verein (algo como Clube "Menino Rola Comigo"). [N.T.]

Risadas em profusão...

— E a SA, ao devorar suas moças...

As risadas cessam.

— E a SS. O senhor mesmo disse que as SS violam as moças judias e depois atiram nelas para matar...

Silêncio mortal por um instante.

Mas então se inicia um tumulto. Gritos. Alguns dos espectadores escalam a balaustrada que separa a galeria do banco dos acusados, tentando chegar aonde se encontra Anna Quangel.

Otto Quangel se levantou, disposto a correr até a mulher para ajudá-la...

O policial e os suspensórios faltantes o impedem.

O presidente fica pedindo silêncio, em vão.

Os assistentes do tribunal conversam entre si em voz alta. O idiota com a boca eternamente aberta agita os punhos...

O promotor Pinscher não para de latir. Ninguém entende mais nada...

Os sentimentos mais sagrados da nação foram profanados, a SS foi ultrajada, a tropa preferida do Führer, a elite da raça germânica!

Por fim, Anna Quangel é retirada da sala, o alarido cessa, o juiz sai para confabular...

Em cinco minutos, ele está de volta.

— A acusada Anna Quangel está excluída da audiência contra sua pessoa. A partir deste momento, ficará algemada. Solitária até segunda ordem. Pão e água apenas a cada dois dias.

A audiência prossegue.

Capítulo 64
A audiência: a testemunha Ulrich Heffke

A TESTEMUNHA ULRICH HEFFKE, esse trabalhador qualificado, irmão corcunda de Anna Quangel, tinha passado por meses difíceis. O laborioso delegado Laub logo o prendeu, junto com a mulher, após o encarceramento dos Quangels, sem qualquer evidência conclusiva, simplesmente porque se tratava de um parente dos Quangels.

A partir de então, Ulrich passou a viver com medo. Esse homem suave, de espírito simples, que havia evitado todo e qualquer conflito durante toda a sua vida, tinha sido preso pelo sádico Laub, torturado, xingado, surrado. Passou fome, foi humilhado; resumindo, tinha sido supliciado com todas as artes diabólicas.

Por essa razão, o espírito do corcunda estava completamente atordoado. Ele apenas sussurrou aquilo que seus torturadores queriam ouvir e, de maneira imprudente, também fez afirmações mais comprometedoras contra si próprio, cujo absurdo ele percebia imediatamente.

E ele foi supliciado de novo, na esperança de que por seu intermédio um novo crime, até então desconhecido, fosse descoberto. Afinal, o delegado Laub agia segundo a palavra de ordem da época: todos têm culpa no cartório. Basta procurar por tempo suficiente e algo será encontrado.

Laub não queria acreditar que tinha topado com um alemão que não era membro do partido e, apesar disso, nunca escutara uma rádio estrangeira, nunca alardeara à boca pequena sua descrença na situação, nunca transgredira uma orientação sobre a compra de alimentos. Laub jogou na cara de Heffke que ele havia distribuído cartões na Nollendorfplatz para o cunhado.

Heffke confirmou — e, depois de três dias, Laub conseguiu lhe provar que era impossível que ele, Ulrich Heffke, tivesse distribuído os cartões.

O delegado Laub passou a culpar Heffke por revelação de segredos industriais na empresa óptica na qual ele trabalhava. Heffke confirmou, e depois de uma semana de laboriosas investigações Laub concluiu que a empresa não tinha quaisquer segredos a serem revelados; ninguém sabia para quais armas as peças individuais ali produzidas eram destinadas.

Heffke pagava caro por cada confissão falsa, mas isso o tornava cada vez mais assustado, não mais esperto. Ele confirmava às cegas, apenas para ter sossego, para escapar de outro interrogatório, assinava todo tipo de declaração. Ele assinou a própria sentença de morte. Não passava de uma gelatina, um montinho de medo, que começava a tremer já nas primeiras palavras.

O delegado Laub foi insensível o bastante para transferir esse infeliz junto com os Quangels para a prisão preventiva, embora nenhuma das declarações contivesse a participação de Heffke nos "crimes" dos Quangels. Seguro tinha morrido de velho; o juiz de instrução que desse um jeito de tirar algo de comprometedor do acusado. Ulrich Heffke aproveitou as acomodações ligeiramente mais generosas da prisão preventiva para logo tentar se enforcar. Encontrado no último minuto, a corda foi cortada e sua vida — que tinha se tornado absolutamente insuportável para ele —, poupada.

A partir daquela hora o pequeno corcunda teve de viver sob condições ainda mais difíceis: na sua cela, a luz ficava acesa durante toda a noite, um vigia observava-o pela porta a cada poucos minutos, suas mãos estavam presas e ele era buscado quase diariamente para ser interrogado. Embora o juiz de instrução não tivesse encontrado nada comprometedor contra Heffke no dossiê, ele estava absolutamente convencido de que o corcunda ocultava um crime... Do contrário, por que tentaria o suicídio? Nenhum inocente agia assim! A maneira literalmente idiota de Heffke de concordar com qualquer acusação fez com que o juiz de instrução tivesse de conduzir os mais longos interrogatórios e investigações, que por fim concluíram que Heffke não tinha feito nada.

Foi assim que Ulrich Heffke acabou solto somente uma semana antes da audiência. Ele voltou para a mulher comprida, sorumbática e cansada, que havia tempos estava livre. Ela o recebeu em silêncio. Heffke estava abalado demais para trabalhar; muitas vezes, passava horas acocorado num canto do quarto, cantando hinos religiosos com uma voz suave e agradável de falsete. Mal falava e, à noite, chorava muito. Eles tinham dinheiro guardado e por isso a mulher não o incitou a voltar ao emprego.

Depois de três dias de sua soltura, Ulrich Heffke recebeu uma intimação para a audiência. Sua cabeça fraca não conseguia compreender muito bem que sua presença era solicitada na condição de testemunha. Seu nervosismo aumentava hora após hora, ele parou de comer e cantava cada vez mais. A expectativa de que as recém-superadas torturas recomeçassem não parava de aterrorizá-lo.

Na noite anterior à audiência, ele tentou se enforcar pela segunda vez; a sorumbática mulher foi quem lhe salvou a vida. Assim que ele conseguiu voltar a respirar, ela bateu nele para valer. Desvalorizava a maneira de viver do marido. No dia seguinte, segurou-o firme pelo braço e entregou-o a um funcionário do tribunal diante da porta da sala das testemunhas, com as palavras: "Está maluco! É preciso prestar muita atenção nele!"

Visto que a sala das testemunhas já estava bem cheia quando essas palavras foram proferidas — tinham sido convocados principalmente os colegas de trabalho de Quangel, a direção da fábrica, as duas mulheres e o secretário-geral dos correios, que o tinham visto distribuindo os cartões, as duas senhoras da diretoria da Liga das Mulheres e assim por diante —, visto que várias testemunhas já se encontravam presentes quando Anna Quangel, nascida Heffke, proferiu aquelas palavras, não foi apenas o funcionário do tribunal que passou avidamente a prestar atenção nele, mas toda aquela gente ali reunida. Alguns tentaram diminuir o tedioso tempo de espera fazendo graça com o corcunda, mas não adiantou: o medo que os olhos do homem exprimiam era visível demais. As pessoas foram decentes o suficiente para não aumentar sua perturbação.

Apesar de seu medo, o corcunda superou bem o interrogatório conduzido pelo presidente Feisler, simplesmente porque falava tão baixo e tremia tanto que o mais alto juiz rapidamente se cansou de ficar ouvindo aquele pusilânime de marca maior. Em seguida, o corcunda se escondeu entre as outras testemunhas, na esperança de que tudo estivesse terminado para ele.

Mas depois foi obrigado a ver o promotor Pinscher interrogar Anna, a maneira como a torturava, escutou as perguntas desavergonhadas que foram feitas a ela. Seu coração se indignou, ele quis se manifestar, falar algo em favor da irmã fervorosamente amada, testemunhar que ela sempre levara uma vida decente — e seu medo fez com que ele se sujeitasse de novo, se escondesse, acovardasse.

Dessa maneira — entre medo, covardia e ondas de coragem, não mais senhor de seus sentidos —, Ulrich acompanhou o desenrolar da audiência, até chegar o momento em que Anna Quangel atacou a Liga das Jovens Alemãs, a SA e a SS. Ele acompanhou o tumulto que se seguiu e mesmo sua presença mirrada e risível contribuiu para a confusão ao subir num banco a fim de enxergar melhor. Ele viu como dois policiais tiraram Anna da sala.

Ele ainda estava sobre o banco quando o presidente finalmente começou a restabelecer o silêncio. Seus vizinhos, cochichando uns com os outros, tinham se esquecido dele.

Nessa hora, o olhar do promotor Pinscher recaiu sobre Ulrich Heffke. Ele observou admirado a figura lamentável e chamou:

— Ei, o senhor aí! É o irmão da acusada! Qual é o seu nome mesmo?

— Heffke, Ulrich Heffke — soprou-lhe seu assessor.

— Testemunha Ulrich Heffke, ela é sua irmã! Exijo que o senhor se pronuncie sobre a vida pregressa de Anna Quangel! O que o senhor sabe a respeito?

E Ulrich Heffke abriu a boca. Ele ainda estava sentado no seu banco e pela primeira vez seus olhos não expressavam timidez. Ele abriu a boca e, com uma agradável voz de falsete, cantou:

Valet will ich dir geben, du arge, falsche Welt!
Dein sündlich böses Streben durchaus mir nicht gefällt.
Im Himmel ist gut wohnen: hinauf steht mein Begier.
Da wird Gott herrlich lohnen dem, der ihm dient allhier![4]

Todos ficaram tão perplexos que o deixaram cantar em paz. Para alguns, aquele canto simples era agradável e eles balançavam bobamente a cabeça para lá e para cá, seguindo a melodia. Um dos assistentes do tribunal já estava novamente com a boca escancarada. Os estudantes seguravam com força a balaustrada, os rostos tensionados. O ansioso advogado grisalho, pensativo, cutucava o nariz, a cabeça pendida para o lado. Otto Quangel fixou o rosto anguloso no cunhado e sentiu, pela primeira vez, seu coração bater pelo pobre homem. O que fariam com ele?

Verbirg mein Seel aus Gnaden in deiner offnen Seit,
Rück sie aus allem Schaden in deine Herrlichkeit.
Der ist wohl hin gewesen, der kommt ins Himmelsschloss;
Der ist ewig genesen, der bleibt in deinem Schoß.[5]

Durante a segunda estrofe, uma certa inquietação já havia se espalhado pelo recinto. O presidente sussurrou, o promotor entregou um bilhete ao policial que estava encarregado da vigilância.

O pequeno corcunda, porém, não notou nada disso. Seu olhar estava voltado para o teto do salão. Então ele bradou com uma voz enlevada, extática:

— Lá vou eu!

Ele ergueu os braços e pulou do banco, querendo voar...

---

4. *Adeus te digo, mundo falso e vil!/ Tua vida pecaminosa e má não me apraz./ No céu vive-se bem: é lá que aspiro estar,/ onde Deus recompensará generosamente/ quem aqui Lhe serve!*
5. *Que a graça abrigue minh'alma em Teu lado aberto,/ afasta-a de todo mal para Tua glória./ Acolhida, ela entrará no reino dos céus/ e para sempre a mantém no Teu colo.*

E caiu de qualquer jeito entre as testemunhas sentadas à sua frente, que se afastaram para o lado, assustadas, e rolou entre os bancos...

— Tirem o homem daqui! — exclamou o presidente, imperativo, para o salão novamente tumultuado. — Ele deve ser examinado por um médico!

Ulrich Heffke foi retirado da sala.

— Estamos vendo: uma família de criminosos e loucos — concluiu o presidente. — Bem, a erradicação será providenciada.

E lançou um olhar ameaçador na direção de Otto Quangel, que, segurando as calças com as mãos, ainda olhava para a porta pela qual o cunhado baixinho tinha sumido.

Evidentemente, a erradicação do baixinho corcunda Ulrich Heffke foi providenciada. Ele não era digno de viver, tanto física quanto mentalmente, e depois de uma breve internação num sanatório uma injeção atendeu ao seu desejo de realmente dizer adeus a este mundo.

Capítulo 65
A audiência: os defensores

O DEFENSOR DE ANNA QUANGEL, o grisalho idoso que gostava tanto de cutucar o nariz em momentos em que se desligava do mundo e cuja aparência era indiscutivelmente judia (mas contra quem nada podia ser "provado", pois seus documentos eram "arianos puros"), esse homem, que tinha sido nomeado *ex officio* como advogado da mulher, ergueu-se para seu pleito.

Ele explicou que lamentava muito ter de falar na ausência de sua cliente. Evidentemente, as declarações dela contra instituições do partido tão prezadas como a SA e a SS eram lamentáveis...

Aparte do promotor:

— São criminosas!

Sim, claro que ele concordava com a promotoria que tais declarações eram altamente criminosas. Apesar disso, era preciso considerar, a partir do caso do irmão de sua cliente, que ela mal podia ser considerada imputável. O caso Ulrich Heffke, que certamente ainda estava vivo na memória da corte, comprovou que o espírito do delírio religioso grassava na família Heffke. Ele queria crer com razão, sem se adiantar à conclusão de um perito médico, que se tratava de esquizofrenia, e visto que a esquizofrenia era uma doença hereditária...

Nesse ponto, o defensor grisalho foi interrompido pela segunda vez pelo promotor, que pediu à corte que determinasse ao advogado se ater à causa.

O presidente Feisler determinou ao advogado se ater à causa.

O advogado replicou que estava se atendo à causa.

Não, não estava se atendo à causa. O caso era de alta traição e traição à pátria, e não de esquizofrenia e loucura.

Mais uma vez o advogado replicou: se o senhor promotor tinha o direito de comprovar a indignidade moral de sua cliente, ele tinha o direito de falar sobre esquizofrenia. E pedia uma decisão judicial.

A corte se reuniu para deliberar sobre o pedido do defensor. Em seguida, o presidente Feisler anunciou:

— Não foram percebidos quaisquer indícios de distúrbio psíquico na pessoa de Anna Quangel, quer durante as investigações prévias, quer na audiência do dia de hoje. O caso de seu irmão Ulrich Heffke não é concludente, visto que ainda não há um parecer médico forense sobre a testemunha Heffke. É muito provável que Ulrich Heffke seja um perigoso simulador, que quis apenas ajudar sua irmã. A defesa está obrigada a se ater aos fatos da alta traição e traição à pátria da maneira como apresentadas na audiência de hoje.

Olhar triunfal do promotor Pinscher para o ansioso advogado.

Olhar baço do advogado para o promotor.

— Visto que a corte[6] me proíbe — recomeçou o advogado de Anna Quangel — de tocar no estado mental de minha cliente, omitirei todos os pontos que justificam uma imputabilidade reduzida: os insultos contra o próprio marido depois da morte do filho, seu comportamento estranho, é possível que quase mentalmente perturbado, junto à mulher do alto oficial do Exército...

Pinscher começa a latir:

— Protesto veementemente contra a maneira usada pelo defensor da acusada para driblar a proibição do tribunal. Ele cita os pontos e assim os ressalta ainda mais. Solicito uma decisão judicial!

Mais uma vez a corte se reúne; ao reaparecer, o presidente Feisler anuncia, muito bravo, que o advogado foi condenado a pagar uma multa pecuniária de quinhentos marcos por ter infringido uma decisão do tribunal. No caso de reincidência, está prevista a retirada da palavra.

---

6. Refere-se ao Tribunal do Povo (Volksgerichtshof), uma corte especial criada para punir dissidentes políticos. O tribunal civil e penal mais elevado da Alemanha na época era o Reichsgericht, ou Tribunal Supremo, ou Tribunal do Império Alemão, que ficava em Leipzig. [N.E.]

O advogado grisalho se curva. Ele parece preocupado, como se estivesse atormentado pela ideia de como juntar esses quinhentos marcos. Começou sua fala pela terceira vez. Ele se esforça em descrever a juventude de Anna Quangel, os anos como empregada doméstica, depois o casamento com um homem que é um fanático insensível, toda uma vida feminina:

— Somente trabalho, preocupação, renúncia, submissão a um homem duro. E, de repente, esse homem começa a escrever cartões-postais de conteúdo altamente comprometedor. A audiência deixou claro que foi o homem quem teve a ideia, não sua mulher. Todas as afirmações em contrário de minha cliente nas investigações prévias devem ser recebidas como espírito de sacrifício malsucedido...

O advogado diz:

— O que a sra. Anna Quangel poderia fazer contra o desejo criminoso de seu marido? O que estava ao seu alcance? Ela tinha atrás de si uma vida a serviço dele, aprendeu somente a obedecer, nunca ofereceu resistência. Ela era uma criação do marido, obediente a ele...

O promotor está com as orelhas afiadas.

— Alta corte! A ação, não, a cumplicidade à ação por uma tal mulher não pode ser julgada integralmente. Assim como não se pode castigar um cão que, a mando do dono, caça um coelho no terreno alheio, a mulher não pode ser responsabilizada por sua cumplicidade. Ela está amparada, também por esse motivo, pelo artigo 51, parágrafo 2º...

O promotor volta a interromper. Ele começa a latir, dizendo que o advogado novamente infringiu a proibição da corte.

O promotor contesta.

O promotor lê em voz alta:

— De acordo com o registro estenográfico, a defesa disse o seguinte: "Ela está amparada, também por esse motivo, pelo artigo 51, parágrafo 2º." As palavras "também por esse motivo" referem-se claramente à doença mental da família Heffke suposta anteriormente pela defesa. Solicito o encerramento da audiência!

O presidente Feisler pergunta ao defensor a que ele se referia com as palavras "também por esse motivo".

O advogado explica que se referia a motivos que seriam desenvolvidos no transcorrer de sua defesa.

O promotor grita que ninguém se refere em seu discurso a algo que ainda será dito. Uma referência só pode ser feita em relação a algo conhecido, nunca a algo desconhecido. As palavras do senhor defensor não passam de uma desculpa esfarrapada.

O defensor protesta contra a acusação de estar usando uma desculpa esfarrapada. Aliás, é muito possível se referir a algo a ser explicitado posteriormente, tratava-se de um conhecido recurso da oratória para criar tensão sobre algo futuro. Assim, por exemplo, Marco Túlio Cícero disse em sua famosa terceira "Filípica"...

Anna Quangel tinha sido esquecida; boquiaberto, Otto Quangel olhava para um e para o outro.

Uma disputa acirrada estava em curso. Choviam citações em latim e grego antigo.

Por fim, a corte se reuniu novamente, e, ao retornar, o presidente Feisler anunciou, para surpresa geral (por causa da disputa entre os entendidos, a maioria tinha se esquecido completamente da questão original), que o advogado do acusado tinha perdido a palavra por reincidir numa decisão do tribunal. A defesa oficial de Anna Quangel seria transferida para o assistente Lüdecke, que casualmente se encontrava presente.

O defensor grisalho curvou-se e deixou a sala, com a fisionomia mais preocupada do que nunca.

O assistente Lüdecke, que "casualmente se encontrava presente", levantou-se e falou. Ele ainda não era muito experiente, também não tinha ouvido bem, estava intimidado pela corte, além de estar no momento muito apaixonado e incapaz de qualquer raciocínio razoável. Ele falou por três minutos, solicitou que fossem levadas em consideração circunstâncias atenuantes (caso a corte não fosse de opinião divergente; do contrário, pedia que sua solicitação não fosse considerada) e se sentou novamente, muito ruborizado e parecendo constrangido.

A palavra foi franqueada ao defensor de Otto Quangel.

Ele se ergueu, muito loiro e muito arrogante. Ainda não havia se manifestado em nenhum momento da audiência, não tinha tomado nota de nada, a mesa à sua frente estava vazia. Ao longo das longas horas da audiência, ele se ocupara somente em esfregar suavemente entre si suas unhas rosadas, muito bem manicuradas, observando-as cuidadosamente a cada vez.

Mas agora ele falava, a toga estava semiaberta, uma das mãos se mantinha no bolso da calça, a outra fazia gestos econômicos. Esse advogado não suportava o cliente, considerava-o asqueroso, limitado, feio além da conta e verdadeiramente repulsivo. E infelizmente Quangel fizera tudo para aumentar ainda mais essa repulsa de seu defensor, já que, apesar dos insistentes conselhos do dr. Reichhardt, omitira ao advogado qualquer tipo de informação: afinal, não precisava de advogado.

Então chegou o momento de o advogado, dr. Stark, falar. Sua fala anasalada, arrastada, opunha-se enfaticamente às palavras duras que ele empregava.

— É quase certo que nós, reunidos nesta sala, raramente nos deparamos com uma imagem de tão profunda depravação humana como essa de que fomos testemunhas hoje. Traição à pátria, alta traição, caftinagem, prostituição, aborto, avareza... sim, existe algum crime humano que não pouse sobre os ombros do meu cliente, do qual ele não tivesse participado? Meus senhores membros da corte, eis que me sinto incapaz de defender um criminoso desses. Num caso assim, tiro a toga de defensor; eu mesmo, o defensor, tenho de me tornar acusador e ergo minha voz num sinal de alerta: que a justiça seja feita com sua mais extrema severidade. Parafraseando uma frase conhecida, digo apenas: *Fiat justitia, pereat mundus!* Nada de circunstâncias atenuantes para esse criminoso, que não merece ser chamado de ser humano!

A seguir, para espanto de todos, o defensor curvou-se e voltou a se sentar, puxando cuidadosamente para cima as pernas das calças. Lançou um olhar crítico sobre suas unhas e começou a esfregá-las com delicadeza.

Após uma ligeira hesitação, o presidente perguntou ao acusado se ele gostaria de acrescentar mais alguma coisa em seu favor. Mas que fosse breve.

Segurando as calças, Otto Quangel disse:

— Não tenho nada a dizer a meu favor. Quero, porém, agradecer sinceramente ao meu advogado por sua defesa. Finalmente entendi o que é um rábula.

E Quangel sentou-se em meio a uma intensa movimentação geral. O advogado interrompeu o polimento das unhas, ergueu-se e anunciou, displicentemente, que não estava interessado na causa contra seu cliente e que este apenas confirmara ser um criminoso incorrigível.

Esse foi o momento em que Quangel riu, pela primeira vez desde sua prisão — não, desde tempos imemoriais. Ele riu de maneira alegre e descontraída. A comicidade que era aquela turma de bandidos querer transformá-lo num criminoso de verdade tinha subitamente tomado conta dele.

O presidente admoestou o acusado por sua alegria descabida. Ele aventou penas ainda mais duras contra Quangel, mas depois se deu conta de que já tinha lhe imposto todas as penas possíveis e que só restava ordenar sua retirada da sala de audiência. E considerou o efeito reduzido de anunciar a sentença na ausência dos dois acusados. Dessa maneira, resolveu ser brando.

A corte recolheu-se para o veredicto.

Pausa longa.

Como no teatro, a maioria saiu para fumar um cigarro.

Capítulo 66
A audiência: o veredicto

DE ACORDO COM AS NORMAS, AMBOS os policiais que vigiavam Otto Quangel deveriam levar o preso durante o intervalo da audiência para a pequena cela de espera, específica para esse fim. Mas, visto que a sala estava quase vazia e que a transferência do preso com suas calças que não paravam de cair pelos muitos corredores e escadas seria muito trabalhosa, imaginaram ser possível não seguir essa regra e permaneceram conversando entre si a alguma distância de Quangel.

O velho encarregado apoiou a cabeça nas mãos e por alguns minutos caiu numa espécie de sonolência. A audiência de sete horas, durante a qual ele não se permitiu relaxar nem uma vez, fora extenuante. Imagens passavam pela sua cabeça, lançando sombras: a mão com dedos em forma de garras do presidente Feisler, que se abria e fechava; o defensor de Anna com o dedo no nariz; o pequeno corcunda Heffke querendo voar; Anna dizendo "87" com as faces coradas e cujos olhos mostravam, ao mesmo tempo, uma superioridade tão animada como ele nunca vira; e mais tantas outras imagens, tantas... outras... imagens...

Sua cabeça pendeu nas mãos com mais peso, ele estava cansado, tinha de dormir, apenas cinco minutos...

Foi assim que pousou o braço na mesa e sobre ele apoiou a cabeça. Respirava serenamente. Apenas cinco minutos de sono profundo, um pequeno hiato de esquecimento.

Mas ele acordou sobressaltado. Havia algo naquela sala que lhe perturbava a tão sonhada calma. Ele esquadrinhou o ambiente com os olhos arregalados e seu olhar recaiu no juiz aposentado Fromm, que estava junto à balaustrada da galeria e que, aparentemente, lhe fez um sinal. Quangel já tinha visto o velho senhor — absolutamente nada parecia ter escapado à sua rigorosa atenção —, mas em meio às muitas impressões agitadas desse dia ele não fizera muito caso do antigo companheiro de prédio na Jablonskistrasse.

O velho juiz estava na balaustrada e lhe fazia sinais.

Quangel deu uma olhada para os dois policiais. Estavam a três passos dele, nenhum o observava diretamente, envolvidos numa conversa muito animada. Quangel ouviu as palavras: "E aí catei o pescoço do sujeito..."

O encarregado levantou-se segurando a calça firmemente com as mãos e atravessou passo a passo toda a extensão da sala na direção do velho juiz.

Este estava junto à divisória, de olhos baixos, como se não quisesse ver o prisioneiro que se aproximava. Em seguida — Quangel estava apenas a poucos passos dali —, o juiz se virou rapidamente e atravessou as fileiras de cadeiras até a porta de saída. Entretanto, havia deixado para trás, sobre a balaustrada, um pequeno pacotinho branco, menor que um carretel de linha.

Quangel deu os últimos passos, pegou o rolinho e escondeu-o primeiro na mão, depois no bolso da calça. A sensação era de que se tratava de algo sólido. Ele se virou e viu que os dois vigiais ainda não tinham percebido sua ausência. Uma porta bateu na galeria e o juiz tinha ido embora.

Quangel retomou a caminhada até seu lugar. Estava bastante nervoso, o coração batia forte, parecia improvável que essa aventura tivesse um final feliz. E o que o velho juiz considerava tão importante lhe entregar para se arriscar daquela maneira?

Quangel encontrava-se a poucos passos do seu lugar quando, de repente, um dos guardas o viu. O policial levou um susto, olhou de relance para a cadeira vazia de Quangel, como se quisesse se certificar de que o acusado não estava mesmo ali, e soltou um grito que parecia de espanto:

— O que está fazendo aí?

O outro policial também se virou e encarou Quangel. Desconcertados, os dois pareciam ter criado raízes e nem pensaram em levar o preso de volta.

— Gostaria de dar uma saída, seu guarda! — disse Quangel.

— Então me faça o favor de não sair arrastando os pés sozinho! Faça o favor de avisar!

Enquanto o guarda, que se acalmou rapidamente, ainda estava falando, Quangel pensou que a única coisa que lhe interessava era Anna. Eles que anunciassem o veredicto sem a presença dos dois acusados — a diversão do pessoal iria para o vinagre. Ele, Quangel, não estava nem um pouco curioso pelo resultado, pois já o conhecia. Além disso, queria descobrir o que de importante o velho juiz lhe entregara.

Os dois policiais tinham se aproximado de Quangel e o seguraram pelos braços, que, por sua vez, seguravam as calças.

Quangel olhou friamente para eles e disse:

— Hitler, dane-se!

— O quê? — Eles estavam espantados, não acreditavam nos ouvidos.

E Quangel, muito rápido e muito alto:

— Hitler, dane-se! Göring, dane-se! Goebbels, bundão, dane-se! Streicher*, dane-se!

Um punho cerrado que o acertou sob o queixo impediu a continuidade da recitação dessa ladainha. Os dois policiais carregaram o inconsciente Quangel para fora da sala.

E assim o presidente Feisler acabou tendo de anunciar o veredicto sem a presença dos dois acusados. Em vão, o mais alto juiz do Reich ignorara complacentemente as ofensas de Quangel a seu advogado. E Quangel tinha razão: sem os rostos dos dois acusados, o anúncio não proporcionou nem o mais ínfimo prazer ao presidente. Ele havia imaginado descomposturas tão belas.

Enquanto Feisler ainda falava, Quangel abriu os olhos na cela de espera. Seu queixo doía, a cabeça inteira doía, só com esforço ele conseguiu se lembrar do ocorrido. As mãos tatearam com cuidado o bolso: graças a Deus, o embrulhinho ainda estava lá.

Ele escutou os passos do vigia no corredor, em seguida o ruído cessou; no seu lugar, um som baixo, arrastado, veio da porta: a janelinha se abriu. Quangel estava de olhos fechados, deitado, como se ainda estivesse inconsciente. Depois de um tempo que lhe pareceu interminável, ele escutou o mesmo som baixo e arrastado da porta e, finalmente, os passos do vigia...

A janelinha estava fechada. Nos próximos dois, três minutos, certamente o vigia não voltaria a observá-lo.

Quangel meteu a mão rapidamente no bolso e pegou o rolinho. Tirou a linha que o prendia, desdobrou um bilhete enrolado num pequeno tubo de vidro e leu a mensagem datilografada: "Ácido cianídrico, morte indolor em poucos segundos. Esconder na boca. A esposa também receberá. Destrua isto."

Quangel sorriu. O bom velho homem! O maravilhoso velho! Ele mastigou o bilhete até ficar bem molhado e engoliu-o em seguida.

Curioso, observou a ampola, viu o líquido claro. Morte rápida, indolor, ele disse para si mesmo. Oh, se eles soubessem! E Anna também vai receber. Ele pensa em tudo. Bom velho homem!

Ele colocou o tubinho de vidro na boca. Experimentou. O melhor lugar para escondê-lo parecia ser entre a gengiva e os molares, como tabaco de mascar, usado por muitos trabalhadores na oficina de marcenaria. Ele tocou a bochecha. Não, não dava para sentir nenhuma saliência. E se realmente percebessem alguma coisa, ele teria mordido e esfarinhado a ampola na boca antes que ela pudesse lhe ser confiscada.

Quangel sorriu de novo. Agora estava livre de verdade, agora eles não tinham mais nenhum poder sobre ele.

Capítulo 67
A Casa da Morte

A Casa da Morte, uma ala especial da prisão Plötzensee, agora abriga Otto Quangel. A cela individual da Casa da Morte é sua última morada nesta Terra.

Sim, ele está numa cela individual: para os condenados à morte não há mais companheiros, nenhum dr. Reichhardt, nem mesmo um "cachorro". Os condenados à morte só têm a morte por companhia, essa é a vontade da lei.

Trata-se de uma casa inteira na qual esses condenados à morte — dezenas, talvez centenas deles — vivem, cela ao lado de cela. Os passos do vigia não param de ressoar pelos corredores, ruídos metálicos são incessantes e os cachorros nos pátios atravessam a noite latindo.

Dentro das celas, porém, os fantasmas estão quietos; nas celas reina o silêncio, não se escuta nem um ruído. São tão quietos esses candidatos à morte! Reunidos de todas as partes da Europa, homens, rapazes, quase meninos, alemães, franceses, holandeses, belgas, noruegueses, bons homens, homens fracos, homens maus, todos os temperamentos, do sanguíneo ao colérico, passando pelo melancólico. Nessa casa as diferenças desaparecem, todos se tornaram quietos, apenas espectros de si mesmos. Quangel mal escuta um choro à noite e depois se faz novamente silêncio, silêncio... silêncio...

Ele sempre gostou do silêncio. Durante esses últimos meses, teve de levar uma vida totalmente contrária ao seu jeito de ser: nunca a sós, tantas vezes obrigado a conversar, ele, que detestava conversar. Agora retornou uma vez, uma última vez, ao seu modo de viver, em silêncio, em paciência. O dr. Reichhardt foi um homem bom, ensinou-lhe muitas coisas, mas agora, tão perto da morte, viver sem o dr. Reichhardt é ainda melhor.

Organizar uma rotina na cela foi algo que ele aprendeu com o maestro. Tudo tem seu tempo: a limpeza corporal muito cuidadosa, alguns exercícios físicos que ele observou de outros colegas presos, uma hora de caminhada antes e depois do almoço, a faxina rigorosa da cela, as refeições, o sono. Também há livros para ler, a cada semana seis livros lhe são entregues na cela; nisso, porém, ele não mudou. Ele não os toca. Não irá começar a ler em seus últimos dias.

Mas ele aprendeu mais uma coisa com o dr. Reichhardt. Durante as caminhadas, ele cantarola baixinho. Lembra-se de antigas canções infantis e populares, da época da escola. Surgem de sua primeira infância, um verso se alinha a outro — que cabeça a sua, que ainda sabe de tudo isso passados quarenta anos! E os poemas: "Anel de Polícrates", "A fiança", "Ode à alegria", "O rei dos elfos". Mas não consegue mais se lembrar de "A canção do sino" inteira. Talvez nunca tenha sabido todos os versos, não se lembra mais...

Uma vida em silêncio, mas o conteúdo principal do dia é dado pelo trabalho. Sim, ali é preciso trabalhar, ele tem de escolher uma determinada quantidade de ervilhas, tirar as ervilhas bichadas, as quebradas, assim como as sementes de ervas daninhas e as bolinhas preto-acinzentadas.

E é bom ter recebido justo esse trabalho, ele o satisfaz. Pois os bons tempos, quando podia comer das refeições do dr. Reichhardt, ficaram definitivamente para trás. O que lhe servem na cela é malfeito, aguado; o pão molhado, gosmento, com um acompanhamento de purê de batatas, fica pesando no estômago sem ser digerido.

As ervilhas ajudam nessa hora. Ele não pode subtrair muitas, pois o peso do lote é conferido, mas o suficiente para ficar mais ou menos satisfeito. As ervilhas são amolecidas na água e, depois de estufadas, ele as coloca na sopa para que esquentem um pouco; em seguida, as mastiga. Dessa maneira ele melhora sua comida, que é mais ou menos assim: de menos para viver, demais para morrer.

Ele até supõe que os vigias, os inspetores do trabalho, têm ciência do estratagema, de que ele rouba ervilhas, mas não dizem nada. E não dizem nada não porque querem proteger o condenado à morte, mas porque são indiferentes, se tornaram insensíveis naquela casa em que vivenciam tanta infelicidade todos os dias.

Eles não falam, até para que o outro não fale nada. Não querem escutar queixas, afinal não podem mudar nada, melhorar nada, tudo segue seu caminho inflexível. São apenas pequenas engrenagens de uma máquina, engrenagens de ferro, de aço. Se o ferro deformasse, a engrenagem teria de ser substituída, eles não querem ser substituídos, querem continuar sendo engrenagens.

Por isso não podem consolar, não querem fazê-lo. São como são: indiferentes, frios, sem qualquer empatia.

Ao ser condenado à solitária pelo presidente Feisler, Quangel achou primeiro que seria por um, dois dias, que todos estivessem ansiosos para executar rapidamente a sentença de morte — e ele estava de acordo.

Mas depois, pouco a pouco, ele percebe que a execução da sentença pode durar semanas, até meses, possivelmente um ano. Sim, há condenados à morte que estão há um ano esperando pelo seu dia, que se deitam todas as noites sem saber se serão acordados no meio do sono pelo ajudante do carrasco; cada noite, cada hora, durante a mastigação do jantar, durante a escolha das ervilhas, no sanitário: a porta pode se abrir a qualquer hora, a mão acena, a voz anuncia: "Venha! Chegou a hora!"

Esse medo de morrer dilatado em dias, semanas, meses é de uma crueldade desmedida, e não são apenas as formalidades jurídicas, não são apenas os pedidos de clemência que precisam ser julgados que condicionam o adiamento. Alguns também dizem que o carrasco está sobrecarregado, não dá mais conta. Mas o carrasco trabalha apenas às segundas e quintas-feiras, não nos outros dias. Há muitas execuções no país, em toda a Alemanha, o carrasco também trabalha fora da cidade. Mas então como é possível que um condenado tenha sua pena executada sete meses antes que seu companheiro de causa? A crueldade e o sadismo fazem das suas novamente; naquela casa não há surras explícitas nem torturas físicas, o veneno pinga imperceptivelmente dentro das celas. Eles não querem liberar as almas do lugar nem um minuto das garras mortais do medo.

Todas as segundas e quintas-feiras a prisão é tomada por uma inquietude. Os fantasmas já se movimentam na noite anterior, ficam grudados às portas, os membros tremem, escutam os ruídos vindos dos corredores. Ouvem-se ainda os passos dos vigias, são apenas duas da manhã. Logo, porém... Talvez ainda hoje. E eles pedem, rezam: só mais esses três dias, só mais esses três dias até o próximo dia de execução, quando me oferecerei de maneira voluntária; hoje, não! E eles pedem, rezam, suplicam.

Um relógio marca quatro horas. Passos, ruído de chaves, murmúrios. Os passos se aproximam. O coração começa a martelar, o suor brota do corpo todo. De repente, uma chave gira na porta. Calma, calma, é a cela ao lado que foi aberta, não, uma mais adiante! Não é sua vez. Uma sufocação rápida: Não! Não! Socorro! Pés arrastados. Silêncio. O passo constante do vigia. Silêncio. Espera. Espera atemorizada. Não suporto isso...

E após um intervalo infinito, após um abismo cheio de medo, após um insuportável tempo de espera que precisa ser suportado, aproxima-se novamente o murmúrio, o ruído de muitos pés, o tilintar das chaves... Aproxima-se, mais e mais. Oh, Deus, hoje não, só mais três dias! Zás-trás! Chave na fechadura — na minha cela? Oh, na sua! É a cela vizinha, algumas palavras sussurradas, eles estão atrás do vizinho. Eles vêm buscá-lo, os passos se afastam...

O tempo esfarela devagar, uma pequena porção de tempo esfarela devagar em infinitos pedacinhos. Esperar. Nada além de esperar. E o passo dos vigias no corredor. Oh, Deus, hoje eles simplesmente vão de cela em cela, o próximo é você. O — próximo — é — você! Em três horas você será um cadáver, esse corpo estará morto, essas pernas que ainda o carregam, varetas mortas, essa mão que trabalhou, afagou, amou e pegou não será nada mais que um pedaço de carne podre! É impossível e mesmo assim é verdade!

Esperar — esperar — esperar! E, de repente, aquele que espera vê o dia clarear pela janela, escuta um sino que faz despertar. O dia chegou, um novo dia de trabalho — e ele foi poupado mais uma vez. Ele tem mais três dias, quatro dias, se for uma quinta-feira. A sorte lhe sorriu! Ele respira aliviado, finalmente consegue respirar aliviado, talvez eles o poupem por fim. Talvez aconteça uma grande vitória e com ela uma anistia, talvez ele seja poupado com a prisão perpétua!

Uma hora de respiração aliviada!

E o medo retoma novamente, envenenando esses três, quatro dias: eles encerraram justo ao lado de sua cela, na segunda-feira começarão com você. Oh, o que fazer? Ainda não chegou minha hora...

E sempre de novo, sempre de novo, duas vezes por semana, todos os dias da semana, a cada segundo: o medo!

E mês após mês: medo da morte!

Às vezes Otto Quangel se perguntava de onde sabia tudo isso. Afinal, não conversava com ninguém e ninguém conversava com ele. Algumas palavras secas do vigia: "Me acompanhe! Levante-se! Trabalhe mais rápido!" Talvez na hora de servir a comida, uma frase formada com os lábios, de palavras mal sussurradas: "Hoje foram sete execuções." Isso era tudo.

Seus sentidos, porém, tinham se aguçado ao máximo. Adivinhavam o que ele não via. Seus ouvidos captavam todos os ruídos no corredor, um fragmento de conversa dos vigias em troca de posto, um impropério, um grito — tudo se revelava a ele, nada lhe permanecia oculto. E depois, durante a noite, nas longas noites que duravam treze horas segundo as ordens da casa, mas que nunca eram noite porque sua cela tinha de estar sempre com a luz acesa, durante a noite ele vez ou outra arriscava: encarapitava-se na janela, ficava prestando atenção na noite. Ele sabia que os vigias do pátio, com seus cachorros que não paravam de latir, tinham ordens para atirar em qualquer rosto que mirasse pela janela e não era raro também se ouvir um tiro. Apesar disso, ele arriscava.

Em pé sobre seu banquinho, sentia o ar puro da noite (esse ar já valia qualquer perigo) e depois ouvia o sussurrar que passava de janela em janela, primeiro palavras desconexas: "Karl se deu mal de novo!" ou "A mulher do 347 ficou o dia inteiro lá embaixo", mas com o tempo ele conseguia compreender tudo. Com o tempo, sabia que na cela ao seu lado estava um homem da contraespionagem, que supostamente havia se vendido ao inimigo e que tentara o suicídio duas vezes. E na cela depois dessa havia um trabalhador que fundiu os dínamos em uma usina de força, um comunista. E o vigia Brennecke arranjava papel e tocos de lápis e também contrabandeava cartas dali quando era subornado do lado de fora, com muito dinheiro ou, melhor, com alimentos. E... e... notícias e mais notícias. Uma casa dedicada à morte também fala, respira, vive; a necessidade incontrolável dos seres humanos de se comunicar não cessa numa casa dessas.

Mas mesmo que Otto Quangel arriscasse — às vezes — sua vida ao atiçar os ouvidos, que seus sentidos nunca esmorecessem em prestar atenção em cada alteração, Quangel não era igual aos outros. Às vezes, quando supunham que ele estava na janela, alguém sussurrava: "E aí, Otto, como vai? Seu pedido de clemência já teve resposta?" (Eles sabiam de tudo.) Quangel, porém, nunca respondia com uma palavra, nunca confessava que também atiçava os ouvidos. Ele não era igual aos outros; mesmo que dividissem a mesma sentença, ele era alguém muito diferente.

E o que fazia dele alguém muito diferente não era seu individualismo, como tinha sido no passado, nem sua necessidade de silêncio, que o separara de todos até então, nem sua aversão a conversas, que no passado calara sua língua — era o pequeno tubinho de vidro que o juiz Fromm lhe entregara.

Esse tubinho com o ácido cianídrico transparente o tinha libertado. Os outros, seus companheiros de infortúnio, precisavam percorrer o amargo último caminho; ele tinha uma escolha. Podia morrer a qualquer momento, bastava querer. Era livre. Na casa dedicada à morte, atrás de grades e muros, preso por correntes e algemas, ele, Otto Quangel — outrora mestre carpinteiro, outrora encarregado de oficina, outrora marido, outrora pai, outrora agitador —, tinha se tornado livre. Foi isso o que conseguiram, eles o libertaram como nunca antes em sua vida. Ele, proprietário daquele tubinho de vidro, não temia a morte. A morte o acompanhava todas as horas, era sua amiga. Ele, Otto Quangel, não precisava acordar muito antes do tempo às segundas e quintas-feiras, atiçando os ouvidos junto à porta. Ele não era como os outros, não totalmente. Ele não precisava se torturar, pois o fim de todas as torturas estava com ele.

A vida que levava era boa. Ele gostava. Não tinha certeza de que acabaria usando a ampola de vidro. Talvez fosse melhor esperar até o último minuto? Talvez conseguisse ver Anna mais uma vez? Não seria mais correto não lhes evitar nenhuma vergonha?

Eles queriam executá-lo, melhor, muito melhor! Ele queria saber como era — para ele, parecia ser sua obrigação saber como o faziam. Ele achava que tinha de saber tudo até o momento de sua cabeça estar envolvida pela corda ou debaixo da guilhotina. Afinal, no último minuto, ele podia enganá-los.

E na certeza de que nada mais poderia atingi-lo, que ali — talvez pela primeira vez em sua vida — ele podia ser ele mesmo, sem qualquer falsidade, nessa certeza ele encontrou paz, tranquilidade, calma. Seu corpo envelhecido nunca se sentira tão bem como naquelas semanas. Seu duro olho de pássaro nunca fora tão amistoso quanto na cela da morte na prisão Plötzensee. Seu espírito nunca levitou tão livre como ali.

Uma boa vida, essa vida!

Tomara Anna também estivesse bem. O velho juiz Fromm era um homem de palavra. Anna também estaria acima de todas as perseguições, Anna também estava livre, presa e livre.

Capítulo 68
Os pedidos de clemência

OTTO QUANGEL ESTAVA HAVIA POUCOS dias na solitária — de acordo com a decisão do Tribunal do Povo —, e o frio que passava naquela pequena jaula de barras de ferro, que mais parecia uma apertada jaula de macacos do zoológico, era terrível. Certa vez, a porta se abriu, a luz acendeu e seu advogado, dr. Stark, apareceu junto à porta do lugar no qual a jaula estava montada e olhou para o seu cliente.

Quangel levantou-se devagar e olhou para ele.

Então aquele almofadinha tinha vindo vê-lo mais uma vez, com suas unhas rosadas e o jeito arrastado, desleixado, de falar. Provavelmente para observar a tortura do criminoso.

Naquele tempo, porém, Quangel já carregava a ampola de veneno na boca, esse talismã que o fazia suportar o frio e a fome, e olhou para o "senhor fino" com tanta tranquilidade, sim, com uma superioridade alegre: ele, maltrapilho, tremendo de frio, o estômago ardendo de fome.

— E então? — perguntou Quangel, por fim.

— Estou lhe trazendo a sentença — disse o advogado, puxando um papel do bolso.

Mas Quangel não o pegou.

— Não me interessa — disse. — Já sei que é a pena de morte. Minha mulher também?

— Sua mulher também. E não há nenhuma apelação dessa sentença.

— Tudo bem — disse ele.

— Mas o senhor pode entrar com um pedido de clemência — informou o advogado.

— Para o Führer?

— Sim, para o Führer.

— Não, obrigado.
— Então o senhor quer morrer?
Quangel sorriu.
— O senhor não tem medo?
Quangel sorriu.
O advogado olhou pela primeira vez com um pingo de interesse para o rosto de seu cliente e disse:
— Então vou entrar com um pedido de clemência para o senhor.
— Depois de ter pedido minha condenação.
— É o costume, entra-se com um pedido de clemência após cada sentença de morte. Faz parte de minhas obrigações.
— Suas obrigações. Entendo. Assim como sua defesa. Bem, creio que seu pedido de clemência não terá muito sucesso, deixe estar.
— Vou encaminhá-lo mesmo assim, contra sua vontade.
— Não posso impedi-lo.
Quangel voltou a se sentar na cama. Esperou que o outro parasse com aquela conversa idiota, que fosse embora.
Mas o advogado não foi embora, e perguntou após uma longa pausa:
— Me diga, por que realmente o senhor agiu assim?
— Agi como? — perguntou Quangel com ar indiferente, sem olhar para o janota.
— Escreveu aqueles postais. Não adiantaram de nada e lhe custaram a vida.
— Porque sou uma pessoa burra. Porque não tive ideia melhor. Porque achava que o efeito seria outro. Por isso!
— E o senhor não se lamenta? Não sente perder a vida por causa de uma idiotice dessas?
Um olhar cáustico mirou o advogado; o velho olhar de pássaro, orgulhoso, duro.
— Ao menos me mantive honesto — disse ele. — Não participei.
O advogado passou um bom tempo olhando para o homem em silêncio sentado à sua frente. Depois, disse:

— Agora acredito que meu colega, que defendeu sua mulher, tinha razão: vocês dois são loucos.

— O senhor considera loucura pagar qualquer preço para se manter decente?

— Seria possível mesmo sem os cartões.

— Isso seria consentimento silencioso. O que o senhor pagou para se tornar um homem tão fino, com calças tão bem passadas, unhas manicuradas e enganosos discursos de defesa? Qual foi o preço?

O advogado não respondeu.

— Aí está! — disse Quangel. — E o senhor pagará cada vez mais caro, e talvez algum dia terá também de entregar a cabeça, assim como eu, mas será por sua falta de decência.

O advogado continuava sem responder.

Quangel levantou-se, sorriu.

— Veja — disse ele. — O senhor sabe muito bem que a pessoa atrás das grades é honesta e o senhor na frente delas, o sem-vergonha, que o criminoso está livre, mas o honesto foi condenado à morte. O senhor não é advogado, não foi sem motivo que o chamei de rábula. E o senhor quer entrar com um pedido de clemência em meu nome... Ah, esqueça!

— Eu vou entrar com um pedido de clemência em seu nome — disse o advogado.

Quangel não respondeu.

— A gente se vê.

— Duvido. A menos que você venha à minha execução. Está convidado.

O advogado se foi. Ele estava escaldado, endurecido, foi mau. Mas ainda tinha razão suficiente para admitir que o outro era um homem melhor.

O pedido de clemência foi encaminhado; o motivo para o Führer concedê-lo era a loucura, mas o advogado bem sabia que seu cliente não era louco.

Um pedido igual em nome de Anna Quangel foi encaminhado em seguida para o Führer, mas esse não veio da cidade de Berlim, e sim de um pequeno e pobre vilarejo da região de Brandemburgo, e vinha assinado por Família Heffke.

Os pais de Anna Quangel tinham recebido uma carta da nora, a mulher de seu filho Ulrich. As notícias eram todas ruins, escritas sem rodeios em frases curtas e duras. O filho Ulrich estava preso em Wittenau, louco, e Otto e Anna Quangel eram os culpados. Mas estes tinham sido condenados à morte porque traíram a pátria e o Führer. Esses são seus filhos, chamar-se Heffke é uma vergonha!

Os dois velhos, sentados em sua modesta casinha, ficaram em silêncio, sem ao menos se olhar. A carta com a notícia maldita estava no meio deles. E nem a carta eles arriscavam olhar.

Sua existência de pequenos agricultores numa grande propriedade de administradores cruéis fora opressiva; viveram com dureza: muito trabalho, poucas alegrias. As alegrias eram os filhos, e os filhos se tornaram pessoas honestas. Foram mais longe que os pais, sem ter de sofrer tanto; Ulrich, técnico numa fábrica de equipamentos ópticos, e Anna, mulher de um mestre marceneiro. O fato de escreverem pouco, de não aparecerem para visitá-los, não incomodava os velhos — todos os pássaros que tinham ganhado asas agiam assim. Mas eles sabiam que os filhos estavam bem.

E então aquele golpe, aquele golpe inclemente! Depois de um tempo, a mão calejada, seca, do idoso trabalhador esticou-se sobre a mesa:

— Minha velha!

De repente, as lágrimas brotaram naquela senhora.

— Ah, meu velho! Nossa Anna! Nosso Ulrich! Parece que traíram o Führer! Não acredito, de maneira nenhuma!

Eles passaram três dias tão atordoados que não conseguiam tomar nenhuma decisão. Não arriscavam sair de casa, não arriscavam olhar no olho de ninguém, por medo de que a desonra já pudesse ser conhecida.

Então, no quarto dia, pediram a uma vizinha para tomar conta de seus poucos animais e se puseram a caminho de Berlim. Enquanto percorriam a rua larga açoitada pelo vento, segundo o hábito do campo, o homem à frente e a mulher um passo atrás, pareciam crianças que se perderam no vasto mundo e para as quais tudo é uma ameaça: um pé de vento, um galho seco que se parte, um carro que passa, uma palavra áspera. Eles estavam completamente indefesos.

Dois dias mais tarde, percorriam a mesma rua larga de volta, menores ainda, mais encurvados, mais inconsoláveis.

Não tinham conseguido nada em Berlim. A nora só os cobriu de insultos. Não puderam ver o filho Ulrich porque não era "horário de visitas". Em relação a Anna e seu marido, ninguém sabia dizer ao certo em que presídio estavam. Eles não tinham encontrado os filhos. E o Führer, o amado Führer, dos quais esperavam ajuda e consolo, cuja chancelaria tinham encontrado, o Führer não estava em Berlim. Estava no grande quartel-general, ocupado em assassinar filhos, não tinha tempo de ajudar pais prestes a perder os seus.

Eles deviam apresentar um pedido — essa foi a instrução recebida.

Não arriscaram falar com ninguém. Temiam a desonra. Eles, membros do partido havia muitos anos, tinham uma filha que traíra o Führer. Não poderiam mais viver no seu vilarejo, caso esse fato se tornasse conhecido. E eles tinham de viver, a fim de salvar Anna. Não, ninguém poderia ajudá-los nesse pedido de clemência, não o professor, não o prefeito, nem o pastor.

E de maneira exaustiva, depois de horas de conversas, pensamentos, a mão trêmula ao escrever, acabaram redigindo um pedido de clemência. O texto foi anotado, copiado e passado mais uma vez a limpo. Começava assim:

"Meu mais amado Führer!

"Uma mãe desesperada vos pede, de joelhos, pela vida da filha que cometeu um grave erro contra vós. Porém sois tão grande, sabereis estender vossa clemência. Ireis perdoá-la..."

Hitler, transformado em Deus, Deus do universo, onipotente, clemente, piedoso! Dois velhos — lá fora, a guerra em marcha assassina milhões, mas eles acreditam nele, apesar de ele entregar sua filha ao carrasco; eles acreditam nele, nenhuma dúvida turva seus corações, é mais fácil a filha ser a culpada do que o Führer, o Deus!

Eles não arriscam postar a carta no vilarejo, juntos vão até a cidade sede do distrito para procurar um correio. Como destinatário, o envelope traz: "Às mãos do nosso mais querido Führer..."

Em seguida, voltam para casa e esperam, crédulos, que Deus será misericordioso com eles...

Ele será misericordioso!

O correio recebe tanto o pedido mentiroso do advogado como aquele outro, tão frágil, de dois pais enlutados, mas não os leva até o Führer. O Führer não quer saber desses pedidos, não lhe interessam. Ele está interessado na guerra, na destruição, na morte, não no evitamento de mortes. Os pedidos chegam à chancelaria do Führer, são numerados, protocolados e carimbados: "Encaminhado ao ministro da Justiça do Reich." Voltarão à chancelaria somente se os condenados forem membros do partido, o que não parece ser o caso...

(O perdão tem dois pesos e duas medidas: o perdão para membros do partido e o perdão para o povo.)

Por sua vez, no Ministério da Justiça do Reich, os pedidos são novamente numerados e protocolados, recebendo outro carimbo: "Para o conhecimento da administração penitenciária."

O correio encaminha os pedidos uma terceira vez e pela terceira vez eles são numerados e registrados num livro. Um escriturário anota tanto no pedido para Anna como naquele para Otto as poucas palavras: "A conduta na custódia seguiu o padrão. Inexistem motivos para a clemência. Retornar ao Ministério da Justiça do Reich."

Mais uma vez, dois pesos e duas medidas: aqueles que transgrediram as normas da custódia ou simplesmente as seguiram não apresentam motivos para receber o perdão; mas quem se destacou por espionagem, traição, maus-tratos de seus companheiros encontra — talvez — a salvação.

No Ministério da Justiça, a reentrada dos pedidos é registrada e carimbada com um "Indeferido!" e uma corajosa moça datilografa, da manhã à noite: Seu pedido de clemência foi indeferido... indeferido... indeferido... indeferido..., durante o dia todo, todos os dias.

E certo dia um funcionário revela a Otto Quangel:

— Seu pedido de clemência foi indeferido.

Quangel, que não entrou com nenhum pedido, não diz nada, não vale a pena.

Mas o correio leva a recusa até a casa dos velhos, o boato se espalha pelo vilarejo: "Os Heffkes receberam uma carta do Ministério da Justiça do Reich."

E mesmo que os velhos fiquem em silêncio, teimosos, atemorizados, tremendo, um prefeito sempre tem caminhos para descobrir a verdade e logo a vergonha se junta ao luto...

Eis os caminhos do perdão!

Capítulo 69
A mais difícil decisão de Anna Quangel

A SITUAÇÃO DE ANNA QUANGEL ERA mais difícil do que a do marido: ela era mulher. Sentia falta de conversar, de atenção, de um pouco de carinho... e agora ela estava sempre sozinha, de manhã até a noite ocupada com o desembaraçar e enrolar de barbantes, que eram deixados aos sacos na sua cela. Apesar de o marido ser tão econômico nas palavras e nos atos da vida a dois, esse pouco lhe parecia agora como o paraíso; sim, a presença de um Otto mudo já lhe seria uma bênção.

Ela chorava muito. A longa e dura prisão escura tinha lhe custado aquele pouquinho de força que se inflamara novamente pelo reencontro com Otto e que a deixara tão corajosa e forte durante a audiência. Ela tivera de passar muita fome e muito frio, e continuava assim também na parca cela individual. Não conseguia melhorar o cardápio restrito com ervilhas cruas, como o marido, tampouco tinha aprendido a dar a seu dia uma divisão sensata, um ritmo que sempre reservasse a expectativa de uma alegria: depois do trabalho, uma hora de caminhada, ou a satisfação por um corpo recém-lavado.

Anna Quangel também tinha aprendido a espiar para fora da janela da cela à noite. Mas não o fazia somente de vez em quando, e sim todos os dias. E ela sussurrava, conversava junto à janela, contava sua história, não parava de perguntar por Otto, por Otto Quangel... Oh, Deus, será que ninguém mesmo por ali sabia como ele estava, Otto Quangel, sim, um encarregado mais velho mas ainda bem fisicamente, que tinha essa e essa aparência, cinquenta e três anos. Alguém devia saber!

Ela não percebia ou não queria perceber que perturbava as outras com suas eternas perguntas, seus relatos desenfreados. Ali, cada uma tinha suas próprias preocupações.

— Ei, você aí, número 76, cale a boca, já sabemos tudo o que você está falando!

Ou então:

— Ah, é de novo aquela com o tal Otto, Otto para lá e Otto para cá, não é?

Ou, de maneira muito ácida:

— Se você não ficar de bico calado, vamos te dedurar! As outras também querem ter vez!

Mesmo quando se enfiava finalmente debaixo da coberta, altas horas da noite, Anna Quangel adormecia muito mais tarde, e não conseguia acordar a tempo na manhã seguinte. A vigia ralhava com ela e a ameaçava com novas restrições. Depois, ela se dedicava ao trabalho, atrasada. Tinha de se apressar e estragava todo o progresso de seu empenho porque ouvia um barulho no corredor e achava que havia alguém na porta espionando. Durante meia hora, uma hora. Ela, que tinha sido uma mulher tranquila, simpática, maternal, mudou tanto com a solitária que irritava todo mundo. Visto que as vigias sempre tinham problemas com ela e eram grosseiras, Anna brigava com elas; afirmava que recebia a pior comida e em menor quantidade, mas o maior tanto de trabalho. Algumas dessas discussões tinham chegado a um ponto em que ela começara a gritar, simplesmente gritar.

Em seguida, assustada consigo mesma, parava. Pensava no caminho que havia trilhado até aquela parca cela de morte, pensava na sua casa na Jablonskistrasse, que nunca voltaria a ver, lembrava-se do filho Otto, de seu crescimento, de suas conversas infantis, as primeiras preocupações escolares, a mãozinha pálida que lhe tocara o rosto, desajeitadamente — ah, essa mãozinha de criança que se tornara carne dentro de seu ventre, por meio de seu sangue, já estava de volta ao pó havia tempos, perdida para sempre. Ela pensava nas noites em que Trudel se deitara na sua cama, aquele corpo jovem, cheio de vida, e como ficavam conversando bem baixinho durante horas sobre o sogro rígido, que dormia na outra cama, sobre Ottinho e sobre as expectativas de futuro dela. Mas Trudel também estava perdida.

E depois ela pensava no trabalho conjunto com Otto, na luta que ambos conduziram por mais de dois anos em total silêncio. Os domingos voltavam à sua memória, ela no canto do sofá, cerzindo meias, ele na cadeira, o material de escrita diante de si, formulando frases em conjunto, acalentando em conjunto sonhos do grande êxito. Perdido, passado, tudo perdido, tudo passado! Sozinha na cela, apenas com a morte próxima, certa, diante de si, sem uma palavra de Otto, talvez sem nunca mais ver seu rosto — sozinha para morrer, sozinha no túmulo...

Ela caminha durante horas pela cela, para cima e para baixo, não suporta a situação. Esqueceu-se de seu trabalho, os novelos de barbante ainda estão emaranhados e bagunçados no chão, ela os chuta, impaciente. E quando a vigia abre a cela à noite, nada foi feito. Palavras duras são proferidas, mas ela nem as escuta, eles que façam o que quiserem com ela, que a executem logo — melhor assim!

— Prestem atenção — disse a vigia para as colegas. — Essa aí logo vai ficar maluca, é bom ter sempre uma camisa de força à mão. E verifiquem a cela com frequência, ela é capaz de se pendurar no meio do dia, pode balançar num zás-trás e a conta acaba caindo nas nossas costas!

Nisso, porém, a vigia não tem razão: enforcar-se não está nos planos de Anna Quangel. O que a mantém viva, o que faz com que essa existência rasa lhe pareça valiosa é o pensamento em Otto. Afinal, ela não pode partir assim, tem de esperar, talvez receba uma notícia dele, talvez até lhe seja permitido vê-lo mais uma vez antes de morrer.

E então, num dia qualquer entre esses dias pesados, a sorte parece querer sorrir para ela. Uma vigia abre a porta de repente:

— Venha, Quangel! Visita!

Visita? Quem viria me visitar aqui? Não tenho ninguém que poderia me visitar! Será o Otto? Deve ser o Otto! Estou sentindo, é o Otto!

Ela lança um olhar à vigia, gostaria tanto de lhe perguntar quem é o visitante, mas, por ser justamente uma daquelas funcionárias com quem ela está sempre brigando, é impossível perguntar para a mulher. Anna a segue, todo o seu corpo treme, ela não enxerga nada, não sabe para onde está indo, não se lembra mais de que logo irá morrer — sabe apenas que está indo até Otto, até a única pessoa em todo o mundo...

A vigia entrega a presa 76 a um guarda, ela é conduzida a uma sala que está dividida em duas metades por uma grade, do outro lado da grade há um homem.

E toda a alegria de Anna se esvai ao reconhecê-lo. Não é Otto, é apenas o velho juiz Fromm. Lá está o homenzinho, que olha para ela com seus olhos azuis envoltos por uma coroa de rugas, dizendo:

— Queria ver como estava passando, sra. Quangel.

O guarda se postou junto à grade e observa os dois, pensativo. Depois se afasta, entediado, e vai até a janela.

— Rápido! — sussurra o juiz e lhe passa algo pela grade.

Instintivamente, ela pega.

— Esconda — sussurra ele.

E ela esconde o rolinho branco.

Uma carta de Otto, ela pensa, e seu coração volta a bater mais livremente. A decepção foi superada.

O funcionário se virou de novo e está olhando para os dois.

Finalmente Anna encontra algumas palavras. Ela não cumprimenta o juiz, não agradece, faz a única pergunta que ainda lhe interessa no mundo:

— O senhor viu Otto, juiz?

O velho senhor balança a cabeça inteligente para lá e para cá.

— Não nos últimos tempos — responde. — Mas ouvi falar, por intermédio de amigos, que ele está bem, muito bem. Está se segurando maravilhosamente. — Ele pensa um pouco e, após uma ligeira hesitação, acrescenta: — Creio que posso cumprimentá-la em nome dele.

— Obrigada — sussurra ela. — Muito obrigada.

Anna Quangel foi tomada por muitas sensações ao ouvir essas palavras. Se ele não viu Otto, então não podia estar com nenhuma carta dele. Mas, não, ele fala de amigos; talvez tenha recebido uma carta pelos amigos. E as palavras "Ele está se segurando maravilhosamente" lhe trazem alegria e orgulho... E esse cumprimento, esse cumprimento entre as celas de ferro e cimento, essa primavera entre muros! Oh, vida maravilhosa, maravilhosa!

— Mas a senhora não está com bom aspecto — diz o velho juiz.

— Não? — pergunta ela um pouco espantada, com o pensamento longe. — Mas estou bem. Muito bem. Diga isso a Otto. Por favor, diga a ele! Não se esqueça de cumprimentá-lo por mim. O senhor vai estar com ele, não?

— Creio que sim — responde ele, hesitante. Ele é tão correto, o homenzinho honesto. Sente-se contrariado com a menor inverdade pronunciada frente a essa mulher condenada à morte. Ela não faz ideia de quantas artimanhas ele teve de usar, quantas intrigas teve de fomentar, a fim de receber permissão para visitá-la! Que teve de colocar em jogo todas as suas relações! Afinal, para o mundo, Anna Quangel morreu. E mortos recebem visitas?

Mas ele não ousa dizer que nunca mais verá Otto Quangel em vida, que não ouviu falar nada sobre ele, que acabou de mentir sobre o cumprimento, apenas para dar a essa mulher totalmente exaurida um pouco de coragem. Às vezes é preciso mentir para os moribundos também.

— Ah! — diz ela de repente, animada. Veja só, suas faces pálidas, encovadas, se enrubescem. — Quando o vir, diga a Otto que penso nele todos os dias, todas as horas e que sei, com certeza, que vou revê-lo antes de morrer...

O vigia lança um olhar confuso para a mulher entrada em anos, que está falando feito uma moça muito jovem, apaixonada. Caramba, a velhinha ainda manda ver!, pensa ele e se volta de novo para a janela.

Ela não percebeu nada disso e continua, febrilmente:

— E diga ainda a Otto que tenho uma bela cela só para mim. Que estou bem. Penso nele sempre e por isso estou feliz. Sei que nada conseguirá nos separar, nem muros nem grades. Estou ao lado dele, todas as horas, dia e noite. Diga isso a ele!

Ela mente, oh, como ela mente, a fim de dizer algo de bom para o seu Otto! Quer lhe transmitir a paz que ela própria não teve nem por um segundo desde que chegou a essa prisão.

O juiz dá uma espiada no vigia, que está olhando pela janela. Sussurra:

— Não perca aquilo que lhe dei! — Pois a sra. Quangel parece estar completamente fora do mundo.

— Não, não perco nada, senhor juiz. — E, baixinho: — O que é?
— Veneno, seu marido também tem — diz o juiz ainda mais baixo.
Ela assente com a cabeça.
O vigia junto à janela se vira. Repreende:
— Aqui só se pode falar em voz alta, senão fim. Aliás — ele consulta o relógio —, o tempo de visita está acabando em um minuto e meio.
— Sim — diz ela, pensativa. — Sim — e subitamente ela sabe como se expressar. Pergunta: — E o senhor acredita que Otto vai viajar em breve? Ainda antes da sua grande viagem? O senhor acredita nisso?
O rosto dela exprime uma inquietação tão dolorosa que até o tosco vigia nota que se trata de coisas bem diferentes daquelas que estão sendo faladas. Por um instante ele quer se intrometer, mas olha para a mulher envelhecida e aquele senhor de barbicha branca, que segundo a ficha de visitação é juiz... O vigia sente um impulso de generosidade e volta a olhar pela janela.
— Bem, é difícil dizer — responde o juiz, com cuidado. — Mas as viagens se tornaram bem complicadas no momento. — E muito rápido, aos sussurros: — Espere até o último minuto, talvez a senhora ainda o veja antes, sim?
Ela balança a cabeça, ele balança a dele em resposta.
— Sim — diz ela em voz alta. — Acho que é o melhor a fazer.
E depois os dois ficam em silêncio frente a frente, percebem que não têm mais nada a se dizer. Fim. Acabou.
— Bem, acho que está na hora de eu ir embora — diz o velho juiz.
— Sim — ela sussurra de volta —, acho que está na hora.
E de repente — o vigia já se virou, olhando para os dois com o relógio na mão — a sra. Quangel tem um arroubo. Pressiona o corpo contra as grades, sussurra, a cabeça entre as barras:
— Por favor, por favor! Talvez o senhor seja o último homem decente sobre a Terra que verei. Por favor, senhor juiz, me dê um beijo! Fecharei os olhos, vou imaginar que é o Otto...
Ninfomaníaca!, pensa o vigia. Vai ser executada e ainda só quer saber de homem! E um sujeito tão velho...
Mas o velho juiz diz com a voz suave, simpática:

— Não tenha medo, filha, não tenha medo...

E seus lábios velhos, finos, tocam suavemente a boca seca e áspera da mulher.

— Não tenha medo, filha. A paz está contigo...

— Eu sei — sussurra ela. — Muito obrigada, senhor juiz.

E em seguida ela está de volta à sua cela, os fios estão bagunçados no chão, ela anda para lá e para cá, chuta-os impaciente para os cantos, como nos piores dias. Leu o bilhete, entendeu-o. Agora sabe que tanto Otto quanto ela têm uma arma, podem desistir a qualquer momento dessa vida aterrorizante quando tudo se tornar insuportável. Ela não precisa mais aguentar a tortura, ela pode dar um fim à sua história nesse exato minuto, enquanto ainda sente um pouco de felicidade pela visita.

Ela caminha, fala consigo mesma, ri, chora.

As outras espiam pela porta.

— Agora ela está começando a variar de verdade. A camisa de força está por perto? — perguntam.

A mulher do lado de dentro da cela não percebe nada disso, está lutando sua pior batalha. Ela revê o velho juiz diante de si, seu rosto estava tão sério ao lhe dizer que aguardasse até o último minuto, que talvez visse o marido uma última vez.

E ela concordou com ele. Claro que é o certo, ela tem de aguardar, exercitar a paciência, talvez ainda demore meses. Mesmo que sejam apenas semanas, é tão difícil continuar aguardando. Ela se conhece, vai se desesperar de novo, chorar muito, cair em depressão, todos são tão duros com ela, nunca há uma palavra amistosa, um sorriso. O tempo será quase insuportável. Basta ela brincar um pouco com a língua e os dentes, tentar, e terá acontecido. Agora está tão fácil, fácil demais.

É isso. Numa hora qualquer ela vai fraquejar, e o fará; e no instante em que tiver feito, no minúsculo instante entre o ato e a morte, se arrependerá como nunca antes; ela terá roubado de si mesma a perspectiva de revê-lo uma vez mais porque foi covarde e fraca. A notícia de sua morte chegará até ele, que descobrirá que ela o deixou, que o traiu, que foi covarde. E ele vai desprezá-la; justo ele, cujo respeito é a única coisa que lhe importa neste mundo.

Não, ela tem de destruir esse infeliz tubinho de vidro imediatamente. Amanhã cedo pode ser tarde demais, sabe-se lá qual será seu estado de espírito ao acordar.

Mas no caminho para o vaso sanitário ela se detém...

E retoma sua caminhada. Lembrou-se de que tem de morrer e de como tem de morrer. Escutou nessa prisão, durante as conversas da janela, que não é a corda que a aguarda, mas a guilhotina. As outras presas descreveram com prazer como ela será amarrada à mesa, deitada de bruços, como ficará olhando para um cesto com serragem pela metade e em poucos segundos sua cabeça cairá naquele cesto. O pescoço dela será deixado à mostra e sobre esse pescoço ela sentirá o frio da guilhotina, ainda antes de começar a cair. Em seguida, o som ficará cada vez mais alto, ressoará em seus ouvidos como a trompa do Juízo Final, e seu corpo se tornará apenas algo que estremece, de cujo toco no pescoço esguichará um jorro grosso de sangue, enquanto a cabeça no cesto talvez esteja encarando o pescoço que verte sangue e ainda possa ver, sentir, sofrer...

As outras lhe contaram assim e foi assim que ela imaginou a cena, uma centena de vezes, e foi com isso que ela sonhou algumas vezes. E uma única mordida numa ampolinha de vidro pode libertá-la de tantos assombros! E ela tem de abrir mão voluntariamente dessa salvação? Tem a escolha entre a morte fácil e a morte difícil... e tem de escolher a difícil apenas porque teme fraquejar, morrer antes de Otto?

Ela balança a cabeça, não, não fraquejará. Afinal, pode esperar, esperar até o último minuto. Quer rever Otto. Ela suportou o medo que sempre a assolava quando ele distribuía os cartões, suportou as torturas do delegado Laub, suportou a morte de Trudel. E conseguirá esperar essas poucas semanas, esses poucos meses! Ela suportou tudo... e suportará o resto também! Claro que tem de guardar o veneno até o último minuto.

Ela caminha para lá e para cá, para lá e para cá.

A decisão, porém, não lhe traz alívio. As dúvidas recomeçam, ela recomeça a matutar, e mais uma vez decide se livrar do veneno nesse momento, já, e mais uma vez não o faz.

Enquanto isso, a tarde avançou e chegou a noite. O trabalho não realizado foi retirado de sua cela e ela recebeu a informação de que sua preguiça lhe renderá uma semana sem colchão; para comer, somente pão. E água. Mas ela mal ouviu. O que lhe importa o falatório?

A sopa da noite está intocada sobre a mesa e ela continua a caminhar, exausta, incapaz de um pensamento lógico, uma presa da dúvida: devo — não devo?

Sua língua brinca com a ampolinha de veneno dentro da boca, sem que ela saiba direito, sem que ela queira direito, ela posiciona os dentes delicadamente e os pressiona com suavidade...

E rapidamente ela retira a ampola de dentro da boca. Caminha, sem saber mais o que está fazendo. Do lado de fora, a camisa de força a espera.

De repente, no meio da noite, ela descobre que está deitada sobre o catre, as tábuas duras, protegida por um cobertor leve. Todo o seu corpo treme de frio. Será que dormiu? A ampolinha ainda existe? Será que a engoliu? Não está mais na sua boca!

Em seu medo louco, levanta-se num salto... e sorri. Lá está a ampolinha na sua mão. Ela a segurou durante o sono. Sorri, está salva mais uma vez. Não tem de morrer a outra morte, a morte lamentável...

E enquanto está sentada, passando frio, pensa que a partir desse momento, em todos os dias que se sucederão, terá de lutar essa luta terrível entre desejo e fraqueza, coragem e covardia. E como é incerto seu desenlace...

E entre a dúvida e o desespero, ela escuta uma voz suave, bondosa: "Não tenha medo, filha, não tenha medo..."

Subitamente a sra. Anna Quangel sabe: vou me decidir! Tenho a força!

Ela se aproxima da porta devagar, presta atenção em ruídos no corredor. O passo da vigia se aproxima. Ela se encosta na parede, e ao perceber que está sendo observada pelo olho mágico começa a andar lentamente. Não tenha medo, filha...

Apenas depois de ter certeza absoluta de que a vigia seguiu em frente, ela se encarapita na janela. Uma voz pergunta:

— É você, 76? Recebeu visita hoje?

Ela não responde. Nunca mais responderá. Com uma mão, segura-se na janela; estica a outra para fora, a ampola entre os dedos. Ela a aperta contra a parede de pedra, sente o gargalo fininho se quebrando. O veneno cai no pátio.

Depois de descer da janela, ela cheira os dedos: é forte o aroma de amêndoas amargas. Ela lava as mãos, deita-se na cama. Está exausta, parece que um perigo sem igual foi superado. Adormece rápido. Dorme profundamente, não sonha. Acorda revigorada.

A partir daquela noite, a 76 não deu mais motivos para repreendas. Ela era tranquila, animada, trabalhadora, simpática.

Ela mal pensava em sua morte difícil, pensava apenas que devia honrar Otto. E às vezes, em horas tristes, escutava novamente a voz do velho juiz Fromm: Não tenha medo, filha, não tenha medo.

Ela não tinha. Nunca mais teria.

Ela o tinha superado.

Capítulo 70
Chegou a hora, Quangel

AINDA É NOITE QUANDO UM VIGIA abre a porta da cela de Otto Quangel.

Quangel, acordado de um sono profundo, pisca várias vezes para a figura grande, escura, que entrou em sua cela. No instante seguinte está totalmente desperto e seu coração bate mais rápido do que de costume, pois compreendeu o que essa figura grande, em silêncio junto à porta, significa.

— Chegou a hora, pastor? — pergunta ele, pegando as roupas.

— Chegou, Quangel! — responde o religioso. — Você se sente pronto?

— A qualquer hora — responde Quangel, e sua língua toca a ampolinha na boca.

Ele começa a se vestir. Todos os seus movimentos são calmos, sem pressa.

Por um instante, os dois se olham em silêncio. O pastor é um homem jovem, de ossatura larga e rosto simples, talvez um tanto tolo.

Esse aí não promete nada, Quangel sentencia. Não há ninguém igual ao bom velho pastor.

O religioso, por sua vez, está diante de um homem alto, consumido pelo trabalho. O rosto de perfil anguloso, de pássaro, não lhe agrada, o olhar dos olhos estranhos, escuros, redondos, não lhe agrada; não lhe agrada também a boca pequena, branca, de lábios finos. Mas o religioso se concentra e diz, do jeito mais amável possível:

— Espero que tenha feito as pazes com este mundo, Quangel!

— Este mundo fez a paz, pastor? — Quangel devolve a pergunta.

— Infelizmente ainda não, Quangel. Infelizmente ainda não — responde o pastor, e seu rosto tenta expressar uma preocupação fingida.

Ele passa por cima desse ponto e continua a perguntar: — Mas as pazes com Deus você fez, não é?

— Não acredito em deus nenhum — responde Quangel, seco.

— Como assim?

O pastor parece quase assustado com essa explicação brusca.

— Bem — prossegue ele —, se não acredita num deus específico, então você é um panteísta, certo?

— O que é isso?

— Ora, está claro... — O pastor tenta explicar algo que não está claro nem para ele mesmo. — Uma alma mundial, entende? Tudo é Deus, entende? Sua alma, sua alma imortal, retornará à grande alma mundial, Quangel!

— Tudo é Deus? — pergunta Quangel. Ele terminou de se vestir e está diante do catre. — Hitler também é Deus? A matança lá fora? O senhor é Deus? Eu sou Deus?

— Você me entendeu errado, deve ter entendido errado de propósito — responde o religioso, irritado. — Mas não estou aqui para discutir questões religiosas, Quangel. Vim para prepará-lo para a morte. Você vai morrer em poucas horas. Está preparado?

Em vez de responder, Quangel pergunta:

— O senhor conheceu o pastor Lorenz na prisão preventiva do Tribunal do Povo?

O pastor, novamente surpreendido, responde, impaciente:

— Não, mas ouvi falar dele. Devo dizer que o Senhor o chamou na hora certa. Ele denegria nossa classe.

Quangel olhou atentamente para o religioso e disse:

— Ele era um homem muito bom. Muitos prisioneiros se lembrarão dele com gratidão.

— Sim — disse o pastor sem disfarçar a irritação. — Porque ele cedia aos desejos de vocês! Ele era um homem muito fraco, Quangel! O servo de Deus tem de ser um batalhador nestes tempos de guerra, não um moleirão que fica fazendo acordos! — Ele retomou a compostura. Olhou rápido para o relógio. — Tenho apenas mais oito minutos para você, Quangel. Preciso confortar outros de seus companheiros de sofrimento, que também vão fazer sua última caminhada hoje. Rezemos agora...

O religioso, esse camponês ossudo, tosco, tinha tirado um pano branco do bolso e o desdobrava com cuidado.

Quangel perguntou:

— O senhor também leva seu consolo espiritual às mulheres condenadas à morte?

Seu sarcasmo era tão impenetrável que o pastor não percebeu nada. Esticando o pano alvíssimo sobre o chão da cela, ele respondeu, indiferente:

— Hoje não haverá execuções de mulheres.

— Será que o senhor se lembra — Quangel continuou perguntando, teimoso — de ter estado com Anna Quangel nos últimos tempos?

— Anna Quangel? É sua mulher? Não, com certeza, não. Eu me lembraria. Tenho uma memória muito boa para nomes.

— Tenho um pedido, pastor...

— Diga logo, Quangel. Você sabe que meu tempo é curto!

— Peço que, quando for a hora, não diga à minha mulher que fui executado. Diga apenas que vou morrer na mesma hora que ela.

— Isso seria mentira, Quangel, e como servo de Deus não posso contrariar Seu oitavo mandamento.

— Então o senhor nunca mente, pastor? Nunca mentiu, em toda a sua vida?

— Espero — disse o religioso, confuso diante do olhar desdenhoso do outro —, espero ter sempre me comportado de acordo com minhas poucas forças dentro dos mandamentos de Deus.

— E os mandamentos de Deus exigem que o senhor recuse à minha mulher o consolo de saber que morrerá no mesmo instante que eu?

— Não posso dar falso testemunho contra meu próximo, Quangel.

— Que pena, que pena! O senhor realmente não é igual ao bom pastor.

— Como assim? — perguntou o religioso, meio confuso, meio ameaçador.

— Aqui no presídio, o pastor Lorenz era chamado apenas de bom pastor — explicou Quangel.

— Não, não — retrucou o pastor, irado —, não quero saber de uma alcunha dessas dada por vocês! Eu a consideraria uma afronta! — Ele retomou a calma. De repente, caiu de joelhos, exatamente sobre o lenço branco. Apontando para um ponto do chão escuro da cela ao seu lado (pois o tamanho do pano branco era suficiente apenas para ele), disse: — Ajoelhe-se também, Quangel. Vamos orar.

— Diante de quem devo me ajoelhar? — perguntou Quangel friamente. — Para quem devo orar?

— Oh! — exclamou o pastor. — Não comece novamente com essa conversa! Já perdi tempo demais com você! — Ajoelhado, ele olhou para o homem de rosto duro, bravo. Murmurou: — Tanto faz, cumprirei minha obrigação. Vou orar por você. — Ele baixou a cabeça, cruzou as mãos e seus olhos se fecharam. Depois ergueu a cabeça, abriu os olhos e, de repente, soltou um grito tão alto que Quangel levou um susto: — Ó meu Senhor e meu Deus! Aquele que tudo pode, tudo sabe, que é só bondade e só justiça, juiz do bem e do mal! Um pecador está diante de Ti em meio ao pó; rogo a Ti que dirijas Tua misericórdia a esse homem que errou tantas vezes; reanima-lhe o corpo e a alma e perdoa-lhe todos os pecados... — O pastor, ajoelhado, gritou ainda mais alto: — Aceita o sacrifício de Jesus Cristo, Teu filho amado, como pagamento pelos erros deste homem, que em nome d'Ele foi batizado e lavado e limpo com o sangue d'Ele. Salva-o dos tormentos e suplícios do corpo! Diminui-lhe as dores, protege-o da acusação da consciência! Dá-lhe uma viagem serena à vida eterna! — O pastor baixou a voz para um sussurro misterioso: — Envia Teus anjos sagrados para que eles o acompanhem à reunião de Teus escolhidos junto a Jesus Cristo, nosso Senhor! — O pastor falou novamente, mais alto: — Amém! Amém! Amém! — Ele se ergueu, voltou a dobrar o pano branco com cuidado e perguntou, sem olhar para Quangel: — Será desnecessário lhe perguntar se está disposto a partilhar da Santa Ceia?

— Absolutamente desnecessário.

Hesitante, o pastor estendeu a mão na direção de Quangel.

Quangel balançou a cabeça e cruzou as mãos às costas.

— Isso também é desnecessário! — disse ele.

O pastor se dirigiu à porta, sem encará-lo. Virou-se mais uma vez, olhou furtivamente para Quangel e disse:

— Leve esse versículo para o último lugar de suplício, Filipenses 1,21: "Porquanto, para mim, o viver é Cristo, e o morrer é o lucro."

A porta bateu, ele se fora.

Quangel respirou aliviado.

Capítulo 71
O último percurso

MAL O RELIGIOSO SAÍRA, ENTROU NA cela um homem baixo, atarracado, de terno cinza-claro. Lançou um olhar rápido, perscrutador e inteligente para o rosto de Quangel e aproximou-se dele.

— Dr. Brandt, médico do presídio — disse, enquanto apertava a mão de Quangel, segurando-a na sua, para perguntar: — Posso medir sua pulsação?

— Avante!

O médico contou devagar. Em seguida, soltou a mão de Quangel e elogiou:

— Muito bem. Excelente. O senhor é um homem.

Ele olhou rápido para a porta, que tinha permanecido semiaberta, e perguntou, sussurrando:

— Posso fazer algo pelo senhor? Algum anestésico?

Balançando a cabeça, Quangel declinou a oferta.

— Agradeço, doutor. Vai assim mesmo.

Sua língua tocou a ampola. Por um instante, pensou se deveria pedir ao médico dizer algo a Anna. Mas, não, o pastor já lhe diria tudo...

— Mais alguma coisa? — perguntou o médico em voz baixa. Ele havia percebido de imediato a hesitação de Quangel. — Talvez entregar uma carta?

— Não tenho papel aqui. Ah, não, deixe estar. De todo modo, lhe agradeço, doutor. Mais um ser humano! Graças a Deus nem todos são maus num lugar desses.

O médico assentiu, taciturno, apertou mais uma vez a mão de Quangel, refletiu um pouco e disse:

— Só posso lhe dizer o seguinte: mantenha essa coragem!

E saiu rapidamente da cela.

Um vigia entrou, seguido por um preso que segurava uma caneca e um prato. Café quente fumegava na caneca, no prato havia pães com manteiga. Ao lado, dois cigarros, dois fósforos e um pedacinho de lixa de unha.

— Aí está — disse o vigia. — Veja, a gente sabe se cuidar. E sem cupons de racionamento!

Ele riu e o ajudante também, pois era sua obrigação. Era perceptível que essa "piada" já fora contada muitas vezes.

Num súbito e surpreendente acesso de fúria, Quangel exclamou:

— Tirem isso daqui! Não preciso de comida de carrasco!

— Não precisa pedir duas vezes! — disse o vigia. — Aliás, o café é de serragem e a manteiga é margarina...

E Quangel estava sozinho de novo. Ele arrumou a cama, tirou o lençol e a fronha e deixou-os ao lado da porta, dobrou a cama e encostou-a na parede. Depois foi se lavar.

Ele ainda estava no meio da higiene quando um homem, seguido por dois rapazes, entrou na cela.

— Pode economizar na água — disse o homem, ruidoso. — Primeiro vamos barbeá-lo e cortar seu cabelo como manda o figurino! Ao trabalho, rapazes, rapidinho, estamos atrasados! — E para Quangel, desculpando-se: — Seu antecessor nos segurou demais. Alguns não querem ser razoáveis e não compreendem que não posso mudar nada. É que sou o carrasco de Berlim... — Ele estendeu a mão na direção de Quangel. — Você verá que não vou ficar enrolando nem praticar nenhuma tortura. Se vocês não causarem dificuldades, também fico tranquilo. Digo sempre aos meus rapazes: "Rapazes, se alguém não se comporta, vocês também não se comportem. Segurem o homem onde der, mesmo se tiverem de arrancar as bolas do sujeito!" Mas com gente razoável como o senhor é sempre com delicadeza!

Enquanto continuava a falar assim, uma máquina de cortar cabelo tinha sido movimentada sobre a cabeça de Quangel para lá e para cá; todo o seu cabelo estava caído no chão da cela. O outro ajudante de carrasco, depois de fazer uma espuma, estava barbeando seu rosto.

— Tudo bem — disse o carrasco, satisfeito. — Sete minutos! Tiramos o atraso. Mais alguns razoáveis assim e seremos tão pontuais como o trem. — E pediu para Quangel: — Faça a gentileza de varrer seu cabelo. Não é mais sua obrigação, entende, mas estamos com pressa. O diretor e o promotor podem chegar a qualquer momento. Não jogue o cabelo no vaso, vou deixar um jornal aqui: enrole no papel e deixe ao lado da porta. É um dinheirinho extra, entende?

— O que você vai fazer com o meu cabelo? — perguntou Quangel, curioso.

— Vendo ao peruqueiro. Sempre tem alguém precisando de uma peruca. Não apenas para os atores; para o dia a dia também. Bem, então muito obrigado. *Heil* Hitler!

Eles também tinham ido; seria possível chamá-los de rapazes corajosos, entendiam do riscado. Nem porcos era possível abater com tamanha serenidade. Apesar disso, Quangel achou que esses sujeitos eram mais suportáveis do que o pastor de pouco antes. E apertou a mão do carrasco sem maiores problemas.

Quangel tinha acabado de realizar o desejo de seu algoz no que dizia respeito à limpeza da cela quando a porta foi aberta mais uma vez. Um senhor obeso de bigode ruivo e rosto pálido, cevado, entrou, acompanhado por alguns homens uniformizados — o diretor do presídio, como logo ficou evidente, e um antigo conhecido de Quangel: o promotor da audiência, que latia feito um cãozinho pinscher.

Os dois guardas seguraram Quangel e o empurraram com brusquidão contra a parede da cela, obrigando-o a ficar em posição de sentido. Depois, postaram-se ao seu lado.

— Otto Quangel — gritou um.

— Ah, sim! — o pinscher começou a latir. — Ainda me lembro do rosto! — Ele se virou para o diretor. — Eu mesmo o condenei à morte! — disse, com orgulho. — Um sujeito muito descarado. Achou que podia ser insolente com a corte e comigo. Mas lhe demos o troco, safado! — continuou latindo, voltado para Quangel. — Ora, demos o troco! Como está agora? Baixou um pouco a insolência, não?

Um dos homens deu uma cotovelada no flanco de Quangel.

— Responda! — sussurrou ele a ordem.

— Ah, não me encham o saco! — disse Quangel, entediado.

— Como? Como? — O promotor saltitava com uma perna e depois a outra, tamanho seu nervosismo. — Senhor diretor, eu exijo...

— Ah, que nada! — disse o diretor. — Deixe essa gente em paz! Você está vendo que ele é um homem tranquilo! Não é verdade que o senhor é tranquilo?

— Evidente! — respondeu Quangel. — Ele que me deixe em paz. E eu o deixo em paz também.

— Protesto! Eu exijo...! — berrou o promotor.

— O quê? — perguntou o diretor. — O que o senhor pode exigir agora? Mais que executar o homem não dá para fazer e ele sabe disso muito bem. Por isso, ande logo, leia a sentença para ele!

Finalmente o promotor se acalmou, desdobrou um documento e começou a ler. Leu de um jeito apressado e pouco claro, saltou frases, confundiu-se e, no final, disse sem mais:

— Bem, o senhor está ciente!

Quangel não respondeu.

— Levem o homem para baixo! — disse o diretor da barba ruiva, e os dois vigias seguraram Quangel pelos braços.

Ele se soltou, indignado.

Os dois o seguraram com mais força.

— Deixem o homem andar sozinho! — ordenou o diretor. — Ele não vai criar confusão.

Eles saíram para o corredor, que concentrava várias pessoas, entre uniformizados e civis. De repente, formou-se uma fila, no meio da qual estava Otto Quangel. Na ponta seguia o chefe dos vigias. Depois vinha o pastor, que trajava então uma túnica de colarinho branco e que orava algo incompreensível em voz baixa. Atrás dele caminhava Quangel, envolto numa horda de vigias, mas o pequeno médico de terno cinza--claro se mantinha bem perto dele. Atrás vinham o diretor e o promotor, depois outros civis e uniformizados; os civis, em parte munidos de câmeras fotográficas.

Assim a fila se movimentava por aquela casa de morte, por corredores mal iluminados, escadas de ferro cujo revestimento de linóleo encontrava-se esburacado. E, onde quer que passasse, ouvia-se um gemido vindo das celas, um lamento do fundo do peito. Subitamente, uma voz bradou:

— Cuide-se, companheiro!

— O mesmo, companheiro! — respondeu Quangel mecanicamente. Apenas um instante mais tarde ele percebeu o quanto esse "cuide-se" era disparatado para um moribundo.

Uma porta foi destrancada e eles saíram para o pátio. A escuridão da noite ainda aparecia entre os muros. Quangel olhou rapidamente à direita e à esquerda, nada escapava de sua aguçada atenção. Ele divisou nas janelas a forma arredondada de muitos rostos pálidos, os camaradas que, igualmente condenados à morte, ainda viviam. Um cão pastor veio de encontro à fila, latindo; foi chamado de volta com um assovio por um guarda e afastou-se, rosnando. Os pedregulhos estalavam sob os muitos pés e deviam ser levemente amarelados à luz do dia. À luz da iluminação elétrica, eram branco-acinzentados. Sobre o muro, via-se o contorno sombreado de uma árvore desfolhada. O ar estava gélido e úmido. Quangel pensou: Em quinze minutos não estarei mais passando frio. Engraçado!

Sua língua procurou pela ampola de vidro. Mas ainda era cedo demais...

Curioso, apesar de ver e ouvir tudo o que acontecia ao seu redor com muita clareza, até o mais ínfimo detalhe, tudo lhe parecia irreal. Alguém lhe contara sobre essa sensação. Ele estava deitado na cela, sonhando com isso. Sim, era totalmente impossível que ele estivesse perambulando fisicamente por ali, enquanto nenhuma delas, as pessoas que se encontravam naquele lugar com ele, com seus rostos indiferentes, toscos, ansiosos ou tristes, nenhuma delas tinha uma dimensão física. O pedregulho mal era um pedregulho e o arrastar dos pés, o estalido das pedrinhas sob as solas — todos ruídos de sonho...

Eles atravessaram uma porta e chegaram a uma sala iluminada de maneira tão ofuscante que Quangel a princípio não conseguiu enxergar nada. Seus acompanhantes puxaram-no de súbito, passando à frente do religioso de joelhos.

O carrasco veio em sua direção com seus dois ajudantes. E lhe estendeu a mão.

— Então, não leve a mal! — disse.

— Não, levar o quê? — respondeu Quangel, apertando mecanicamente a mão.

Enquanto o carrasco tirava a jaqueta do condenado e cortava o colarinho da sua camisa, Quangel olhava para trás, para todos aqueles que o acompanharam. Na claridade ofuscante, enxergou apenas rostos brancos, todos voltados em sua direção.

Sonhei com isso, pensou, e seu coração começou a bater mais rápido.

Uma figura se destacou da sala dos espectadores; ao se aproximar, Quangel reconheceu o médico baixinho, prestativo, de terno cinza-claro.

— E então? — perguntou o médico, com um sorriso sem graça. — Como vamos?

— Mantendo a calma — disse Quangel, enquanto suas mãos eram amarradas às costas. — No momento estou com o coração disparado, mas acho que vai passar nos próximos cinco minutos.

E sorriu.

— Espere, vou lhe ministrar algo! — disse o médico, procurando sua maleta.

— Não é preciso, doutor — respondeu Quangel. — Estou bem servido...

E por um instante a língua entre os lábios finos mostrou a ampola de vidro...

— Tudo bem, então! — disse o médico, parecendo confuso.

Eles viraram Quangel. Agora ele estava vendo diante de si a mesa longa coberta com o forro preto, liso, como uma mortalha. Ele viu correias, fivelas, mas principalmente viu a faca, a faca larga. Pareceu estar pendurada muito alto sobre a cabeça, ameaçadoramente alto. Seu brilho era de um prata-acinzentado e dava a impressão de ser traiçoeira.

Quangel deu um leve suspiro...

Num piscar de olhos, o diretor estava ao seu lado, trocando algumas palavras com o carrasco. Quangel continuou olhando para a faca. Mal escutou o que diziam:

— Entrego-lhe, na condição de carrasco da cidade de Berlim, este Otto Quangel, que o senhor conduzirá da vida para a morte pela guilhotina, como foi ordenado pela sentença legal do Tribunal do Povo...

A voz ressoava de maneira insuportavelmente alta. A luz era brilhante demais...

Agora, pensou Quangel. Agora.

Mas ele não agiu. Uma curiosidade terrível, torturante, instigava-o.

Só mais uns minutos, pensou ele. Tenho de saber como é estar sobre essa mesa...

— Então vamos em frente, meu velho! — disse o carrasco. — Não enrole agora. Em dois minutinhos você terá superado. Aliás, você deu um jeito no cabelo?

— Está ao lado da porta — respondeu Quangel.

No instante seguinte Quangel estava deitado na mesa. Ele sentiu como prendiam seus pés. Uma espécie de cabide de ferro foi colocado sobre suas costas e passou a pressionar os ombros com firmeza contra a base...

Havia um cheiro fétido de cal, serragem úmida; fedia a desinfetante... Mas fedia, principalmente, a alguma coisa que se sobrepunha a todo o resto, a alguma coisa asquerosamente adocicada, a...

Sangue, pensou Quangel. Fede a sangue.

Ele escutou o carrasco sussurrar baixinho:

— Agora!

Escutou um silvo...

Agora!, ele também pensou, e seus dentes quiseram morder a ampola de ácido cianídrico...

Foi então que ele se sentiu nauseado, um jorro de vômito encheu sua boca, levando a ampolinha junto...

Oh, Deus, pensou ele, esperei demais...

O zumbido se transformou num estridor, o estridor virou uma gritaria ensandecida que dava para ser ouvida até nas estrelas, até diante do trono de Deus...

Então a guilhotina atravessou seu pescoço.

A cabeça de Quangel caiu no cesto.

Por um instante ele ficou totalmente imóvel, como se aquele corpo decapitado estivesse perplexo pela brincadeira que haviam feito com ele. Em seguida, o corpo se ergueu, começou a se mexer entre as correias e as barras de aço, e os ajudantes do carrasco se lançaram sobre ele para pressioná-lo para baixo.

As veias do morto começaram a inchar cada vez mais e depois tudo desmontou. Escutava-se apenas o sangue, o sangue que gorgolejava, borbulhava, que escorria para baixo pesadamente.

Três minutos após a queda da guilhotina, o médico, lívido, anunciou com a voz um tanto trêmula a morte do executado.

O cadáver foi retirado.

Otto Quangel não existia mais.

Capítulo 72
O reencontro de Anna Quangel

Os meses iam e vinham, as estações do ano alternavam-se e a sra. Anna Quangel ainda estava em sua cela, esperando pelo reencontro com Otto Quangel.

Às vezes, a vigia — que agora tinha em Anna Quangel sua preferida — lhe dizia:

— Acho que eles a esqueceram por completo, sra. Quangel.

— Sim — respondia a presa do 76, amistosa. — Parece que sim. A mim e a meu marido. Como vai o Otto?

— Bem! — respondia a vigia. — Ele manda lembranças.

Todas elas tinham combinado de não deixar a boa mulher, sempre tão prestativa, saber da morte do marido. Elas lhe enviavam regularmente lembranças dele.

E dessa vez os céus tinham planos misericordiosos para Anna: nenhuma fofoca maldosa, nenhum pastor consciencioso destruiu sua crença na vida de Otto Quangel.

Ela passava quase o dia inteiro junto à sua pequena máquina de tricô fazendo meias, meias para os soldados do lado de fora, dia sim e outro também.

Às vezes cantava baixinho ao mesmo tempo. Estava firmemente convencida de que Otto e ela não apenas voltariam a se ver, não só isso, mas que ainda viveriam um bom tempo juntos. Ou eles tinham sido esquecidos de verdade ou secretamente perdoados. Não ia demorar muito e eles estariam livres.

Pois, apesar de as vigias falarem muito pouco a respeito, Anna Quangel tinha percebido: a guerra lá fora estava complicada e as notícias pioravam de semana a semana. Ela percebia isso também na comida, cuja qualidade rapidamente decaía cada vez mais; na constante falta de materiais, com a substituição de uma peça quebrada de sua máquina passando a demorar semanas. Mas, se a situação na guerra não era boa, para os Quangels valia o inverso. Logo estariam livres.

Ela fica sentada, tricotando. Tricota nas meias os seus sonhos, esperanças que nunca serão concretizadas, desejos antes inexistentes. Imagina um Otto bem diferente, diferente daquele que viveu ao seu lado, um Otto mais animado, divertido, carinhoso. Ela se tornou quase uma garotinha, cuja vida inteira ainda lhe acena com o frescor da primavera. Não é que às vezes ela ainda sonha em ter mais filhos? Ora, filhos...

Desde que Anna Quangel descartou o ácido cianídrico, quando se decidiu a suportar a pesada batalha até o reencontro com Otto, independentemente do que lhe acontecesse, desde então ela se tornou livre, jovem e alegre. Ela superou a si mesma.

E agora está livre. Destemida e livre.

E continua assim até nas noites sempre pesadas que a guerra trouxe sobre Berlim, quando as sirenes tocam, os aviões passam em bandos rasantes sobre a cidade, as bombas caem, as minas estouram tudo e focos de incêndio pipocam em todos os lugares.

Também nessas noites as presas continuam em suas celas. Ninguém arrisca levá-las a lugares protegidos, por medo de um motim. Elas gritam nas celas, se agitam, pedem e suplicam, enlouquecem de medo, mas os corredores estão vazios, não há vigias, nenhuma mão misericordiosa abre as portas das celas, o pessoal da segurança está nos lugares protegidos.

Anna Quangel não tem medo. Sua pequena máquina de tricô segue em frente, encadeando uma fiada de pontos noutra fiada de pontos. Ela usa essas horas em que não pode dormir para tricotar. E, ao tricotar, sonha. Sonha com o reencontro com Otto e durante um desses sonhos o presídio é atingido por uma bomba que põe abaixo parte do prédio.

Anna Quangel não teve tempo de acordar do seu sonhado reencontro com Otto. Ela já está junto dele. No lugar em que ele estiver. Independente de onde for.

Capítulo 73

O garoto

Mas não queremos encerrar este livro com a morte; ele é dedicado à vida, à vida invencível, que triunfa a cada vez sobre a ignomínia e as lágrimas, sobre a miséria e a morte.

É verão, início do verão de 1946.

Um jovem, quase um homem, atravessa o pátio de um povoado de Brandemburgo.

Uma mulher de meia-idade se encontra com ele.

— E então, Kuno? — pergunta ela. — O que há para hoje?

— Vou à cidade — responde o jovem. — Tenho de buscar nosso novo arado.

— Tudo bem — diz ela. — Vou anotar o que mais seria bom você trazer... caso consiga!

— Se houver na cidade, eu consigo trazer, mãe! — diz ele, rindo. — Você sabe disso!

Eles se olham sorrindo. Em seguida, ela vai até a pequena casa onde está seu marido, o velho professor, que alcançou há tempos a idade da aposentadoria, mas continua lecionando para as crianças.

O jovem tira o cavalo, Toni — o orgulho da família —, de dentro do abrigo.

Meia hora mais tarde, Kuno-Dieter Barkhausen está a caminho da cidade. Mas ele não se chama mais Barkhausen, foi adotado legalmente e com todas as formalidades pelo casal Kienschäper, lá atrás, quando ficou evidente que nem Karl nem Max Kluge voltariam da guerra. Aliás, o nome "Dieter" também foi rifado nessa oportunidade: Kuno Kienschäper soa muito bem e é mais que suficiente.

Kuno assovia, animado, enquanto Toni, o cavalo marrom, percorre devagar sob o sol a trilha muito batida. Toni não precisa se apressar, na hora do almoço eles estarão de volta.

Kuno analisa os campos, à esquerda e à direita, avalia com olhar clínico o estado das sementes. Ele aprendeu tanto no campo e também — graças a Deus — se esqueceu de quase o mesmo tanto. O cômodo do porão com a sra. Otti, não, ele quase não pensa mais nela, nem num Kuno-Dieter de treze anos que era uma espécie de ladrão; não, nada disso existe mais. Mas também os sonhos da retífica de motores estão adiados, no momento o jovem se contenta em poder conduzir o trator no vilarejo durante os trabalhos de aragem, apesar de sua idade.

Sim, eles avançaram bastante, o pai, a mãe e ele. Não dependem mais de parentes, receberam terra no ano anterior, e com Toni, uma vaca, um porco, dois galos e sete galinhas conseguem se manter de maneira autônoma. Toni consegue arar; do pai ele aprendeu a semear e da mãe, a carpir. A vida lhe dá prazer, ele vai conseguir fazer a propriedade prosperar, claro que vai!

Assovia.

Na beira da trilha aparece uma figura andrajosa, comprida, de roupas esfarrapadas, rosto maltratado. Não se trata de nenhum dos infelizes fugitivos, é um degradado, um maltrapilho, um lúmpen. A voz embriagada arranha:

— Ei, moço, me leve até a cidade!

Kuno Kienschäper estremeceu ao ouvir a voz. Ele quer dar um jeito de fazer o molengão Toni sair galopando, mas já é tarde demais e por isso responde, com a cabeça baixa:

— Suba! Não aqui do meu lado! Lá atrás!

— Por que não com você? — grasna o homem, desafiador. — Não sou elegante o suficiente?

— Palerma! — diz Kuno, com uma rudeza fingida. — Porque na palha atrás é mais macio!

O homem obedece; resmungando, sobe na traseira da charrete e Toni acelera o passo por conta própria.

Kuno superou o primeiro susto: teve de dar uma carona justamente para o pai, justamente para o Barkhausen da sarjeta, justamente ele, ele! Mas talvez não tenha sido por acaso, talvez Barkhausen tenha se informado e saiba exatamente quem o está conduzindo.

Kuno observa o homem por sobre o ombro.

Ele se ajeitou na palha e começa a falar, como se tivesse sentido o olhar do rapaz:

— Você sabe me dizer onde mora um garoto de Berlim por estas bandas? Ele deve estar com uns dezesseis anos. Deve morar aqui por perto.

— Aqui por perto ainda moram muitos berlinenses! — responde Kuno.

— Já notei! Mas o garoto que estou procurando é um caso especial. Ele não foi removido na época da guerra, ele fugiu da casa dos pais! Você já ouviu falar de alguém assim?

— Não! — mente Kuno. E, depois de um tempo, pergunta: — O senhor sabe como o garoto se chama?

— Se chama Barkhausen...

— Por aqui não tem nenhum Barkhausen; eu saberia.

— Engraçado! — diz o homem, fazendo de conta que quer dar uma risada e dando um tapa dolorido nas costas de Kuno. — E eu teria jurado que tem um Barkhausen sentado aqui na charrete!

— Teria feito um juramento falso! — respondeu Kuno, e, agora que tem certeza, seu coração bate tranquilo e frio. — Eu me chamo Kienschäper, Kuno Kienschäper...

— Ora, que coisa! — O homem finge estar espantado. — O garoto que estou procurando também se chama Kuno, Kuno-Dieter...

— Eu me chamo só Kuno Kienschäper — disse o garoto. — E se eu soubesse que tem um Barkhausen na minha charrete, eu desceria o chicote nele e bateria tanto até que ele descesse!

— Puxa, que coisa! Sério? — espantou-se o pedinte. — Um filho que expulsa o pai da própria charrete?

— E depois de eu ter feito o Barkhausen descer às chicotadas — prosseguiu Kuno Kienschäper, sem perdão —, eu iria até a cidade comunicar à polícia: "Atenção! Tem um homem por aqui que só sabe vagabundear, roubar e fazer estragos; ele esteve preso, é um bandido. Peguem ele!"

— Você não faria isso, Kuno-Dieter — exclamou Barkhausen, assustado de verdade. — Você não vai tirar o doce da minha boca! Agora que eu finalmente saí do xilindró e melhorei mesmo? Tenho uma carta de recomendação do padre, melhorei mesmo, e minhas mãos não tocam em mais nada que é proibido, eu garanto! E pensei, já que você tem uma terrinha e vive no bem-bom, poderia deixar seu velho pai descansar um pouquinho! Não estou passando nada bem, Kuno-Dieter; o coração, preciso fazer uma pausa...

— Essa pausa eu conheço! — exclamou o jovem, amargurado. — Sei que se eu deixar você entrar por um dia que seja na nossa casa, você vai folgar e nunca mais vai embora. E vai trazer confusão, infelicidade e intrigas para a gente. Não, desça já da minha charrete, senão eu realmente vou tascar o chicote em você!

O rapaz tinha parado o cavalo e desmontado. Com o chicote nas mãos, estava disposto a tudo para defender a paz de seu lar recém-conquistado.

O eterno azarado Barkhausen lamentou-se:

— Você não vai fazer isso! Você não vai bater no seu próprio pai!

— Você não é o meu pai! Infelizmente foi o que ouvi da sua boca, muitas vezes!

— Mas era só uma brincadeira, Kuno-Dieter, entenda!

— Não tenho pai! — gritou o rapaz, furioso. — Tenho uma mãe e estou começando do zero de novo. E quando chegam pessoas do passado e dizem isso e aquilo, então eu bato nelas até me deixarem em paz! Não vou permitir que você estrague a minha vida!

O velho ficou com medo de verdade pelo jeito como ele estava em pé, com o chicote erguido. Assim, afastou-se da charrete e se colocou no meio da trilha; a covardia estava estampada no seu rosto.

E, covarde, disse:

— Posso te trazer muitos problemas...

— Eu estava esperando por isso! — exclamou Kuno Kienschäper. — Depois de mendigar vêm as ameaças, sempre foi assim! Mas eu digo;

não, eu prometo: daqui vou direto à polícia e conto que você ameaçou colocar fogo na nossa casa...

— Eu não disse nada disso, Kuno-Dieter!

— Mas pensou, vi nos seus olhos! Siga o seu rumo! Fique esperto, em uma hora a polícia vai estar atrás de você! Por isso, dê um jeito de se mandar já.

Kuno Kienschäper ainda ficou por um bom tempo na trilha, até que a figura rota desaparecesse entre os campos de trigo. Em seguida, deu uns tapinhas no pescoço de Toni e disse:

— A gente não vai deixar que um sujeito desses estrague a nossa vida, não é mesmo, Toni? Começamos de novo. Quando a mamãe me meteu na água e lavou toda a minha sujeira com as próprias mãos, jurei que a partir daquele momento me manteria limpo sozinho! E assim será!

Nos dias seguintes, a mãe de Kienschäper admirou-se com a dificuldade de tirar o rapaz de casa. Ele era sempre o primeiro a trabalhar na plantação e agora não queria nem levar a vaca para pastar. Mas ela não disse nada e Kuno não disse nada; os dias se passaram, o verão se firmou de verdade, começou a colheita do centeio e o rapaz acabou saindo com sua foice...

Pois aquilo que semeamos deve ser colhido, e o rapaz tinha semeado coisa boa.

ANEXOS

Glossário

Baldur von Schirach — (1907-1974); entre 1933 e 1940, líder da juventude do Reich, responsável pela educação extraescolar; a partir de 1940, governador do Reich e líder provincial de Viena; acusado nos julgamentos de Nurembergue, em 1946 foi condenado a vinte anos de prisão.

Bem-Estar Popular Nacional-Socialista — NS-Volkswohlfahrt (NSV); organização reconhecida em 1933 por Hitler, associou-se ao NSDAP em 1935, "Responsável pelo Bem-Estar Popular" a partir de 1944; devia cuidar de questões assistencialistas e assegurar o nível de produtividade do povo alemão; programa de parâmetros raciais.

Dollfuss — Engelbert Dollfuss (1892-1934), político austríaco; chanceler da República de 1932 a 1934, procurou uma aproximação com a Itália fascista, e após a destituição do Conselho Nacional e a proibição de partidos de oposição (entre eles o KPÖ [Partido Comunista da Áustria] e a facção austríaca do NSDAP) promulgou uma nova Constituição, que aboliu a democracia parlamentar; assassinado por nazistas austríacos durante um golpe.

Frente Alemã de Trabalho — Deutsche Arbeitsfront (DAF) ou apenas Arbeitsfront; organização de massa criada em maio de 1933 após o desmantelamento dos sindicatos, para empregados e empregadores filiados ao NSDAP; empresas (bancos, estaleiros, editoras, etc.) também pertenciam à DAF; foi um importante fator para a transformação da economia alemã, que se voltou para a produção de guerra.

Fritzsche — Hans Fritzsche (1900-1953); desde 1933, chefe do setor de notícias no Ministério da Propaganda e membro do NSDAP; desde

1938, chefe da seção de imprensa alemã; desde 1942, chefe da seção de rádio do Ministério da Propaganda, responsável pelo controle e censura de todas as notícias; inocentado nos julgamentos de Nurembergue, condenado a nove anos em campo de trabalho em 1947, liberado do campo por bom comportamento em 1950.

Gestapo — Geheime Staatspolizei [polícia política secreta]; criada em 1933 para a investigação e perseguição de pessoas malvistas por questões políticas ou raciais; em 1936, quando Himmler tornou-se chefe da polícia como um todo, foi subordinada à SS e articulada ao NSDAP; em 1946, acusada pelo Tribunal Militar Internacional de Nurembergue e condenada como "organização criminosa".

Goebbels — Joseph Goebbels (1897-1945); membro do NSDAP desde 1924; em 1926, líder provincial (*Gauleiter*) de Berlim; em 1933, ministro do Reich para Instrução Popular e Propaganda, presidente da Câmara de Cultura do Reich; pertencente ao círculo mais fechado de liderança, como discípulo de Hitler participou de maneira decisiva na implantação dos crimes nazistas; suicidou-se após a morte do Führer.

Göring — Hermann Göring (1893-1946); em 1933, governador da Prússia, ministro da Aeronáutica do Reich; em 1935, comandante em chefe da força aérea, a Luftwaffe; em 1938, marechal de campo; em 1939, nomeado oficialmente sucessor de Hitler; em 1940, marechal do Reich; em abril de 1945, afastado de todos os seus cargos e preso pela tentativa de cooperar com os Aliados; em 1946, condenado à morte nos julgamentos de Nurembergue na condição de corresponsável por guerras de agressão, perseguição estatal aos judeus e trabalhos forçados; suicídio com veneno pouco antes da execução.

Himmler — Heinrich Himmler (1900-1945); desde 1929, marechal de campo da SS; em 1933, chefe de polícia de Munique; em 1936, chefe da polícia alemã; desde 1943, ministro do Interior do Reich e general plenipotenciário para a administração do Reich; após o atentado de 20 de julho de 1944 contra o comandante em chefe do Exército de Reserva de Hitler, organizou o Volksturm [milícia de homens entre dezesseis e sessenta anos] como última tarefa; responsável pela organização e realização do genocídio de judeus europeus, política de assentamentos, combate à guerrilha, programa de trabalhos forçados; preso pelos britânicos, cometeu suicídio em maio de 1945.

Juventude Hitlerista — Hitlerjugend (HJ); organização juvenil do NSDAP criada em 1926; a partir de 1933, única liga juvenil estatal, dedicada à formação ideológica e condicionamento físico; divisão em Juventude Hitlerista para os garotos e Liga das Jovens Alemãs para as garotas; após a introdução do "serviço militar juvenil obrigatório", foi de participação compulsória; em 1936, quase todos os jovens eram membros da HJ.

Liga das Jovens Alemãs — Bund Deutscher Mädel (BDM); a partir de 1932, única organização partidária oficial do NSDAP para garotas e (a partir de 1938) moças; em 1936, a participação na BDM se tornou compulsória.

Liga das Mulheres do NSDAP — NS-Frauenschaft; fundada em 1931 pela reunião de diversas ligas femininas; assumiu a formação ideológica e prática de donas de casa e camponesas (trabalhadoras assalariadas estavam organizadas na Frente Alemã de Trabalho, meninas na Liga das Jovens Alemãs).

Napola — Nationalpolitische Erziehungsanstalt [instituto de educação nacional-socialista]; internatos que deveriam formar os futuros líderes do Estado nazista. Os primeiros formandos foram integrados principalmente no Exército e na Waffen-SS (braços armados de combate da SS); ao final da guerra, havia 43 Napolas, sendo três para moças.

NSDAP — ver *Partido Nacional-Socialista dos Trabalhadores Alemães*.

Partido Comunista Alemão — Kommunistische Partei Deutschland (KPD); fundado em Berlim em 30 de dezembro de 1918 pela união da Liga Espartaquista e do grupo Comunistas Internacionalistas da Alemanha; após o incêndio do Reich em 1933, os mandatos dos políticos do KPD foram cassados; oficialmente, o KPD nunca foi proibido pelo regime nazista, mas sua estrutura acabou destruída, seus membros foram levados a campos de concentração, presos ou forçados ao exílio ou à clandestinidade.

Partido Nacional-Socialista dos Trabalhadores Alemães — Nationalsozialistische Deutsche Arbeiterpartei (NSDAP); fundado em 1919 como Partido Alemão dos Trabalhadores, em 1920 rebatizado como NSDAP; desde 1921, presidido por Adolf Hitler, que, de acordo com o princípio da liderança, determinava todas as diretrizes do partido; emblema: cruz suástica; divisão regional em província, distrito, grupo municipal, célula e bloco; inúmeros grupos associados (entre eles SA, SS, HJ, Frauenschaft, NSV); dissolvido e proibido em 1945 por ordem dos Aliados como "organização criminosa", bem como todas as suas subdivisões.

Organização Todt — Organisation Todt (OT); fundada em 1938 com o nome de seu criador, Fritz Todt; responsável, entre outros, pela construção de fortificações militares, atuando na Alemanha e em regiões ocupadas; desenvolveu-se como importante instituição de guerra fora do Exército e da SS; a partir de 1943, trabalhadores forçados e prisioneiros de guerra foram alocados em canteiros de obras da OT.

Prinz-Albrecht-Strasse — sede da central da Gestapo em Berlim.

SA — Sturmabteilung [Divisão de Assalto]; unidade militar criada em 1921, integrada ao NSDAP em 1925; símbolo: uniformes marrons; organizava desfiles de propaganda, terror urbano e provocação contra adversários políticos; em 1933, introduzida na Prússia como "polícia auxiliar" com plenos poderes de Estado; os primeiros campos de concentração surgiram sob sua orientação; discussão entre a liderança do Reich e a SA sobre seu papel como "milícia popular" em concorrência com o Exército do Reich terminou com a dissolução da liderança da SA em 1934; em seguida, a SA foi perdendo em importância em relação à SS; nos pogroms de novembro de 1938, atuou novamente em todo o país.

Serviço de Proteção no Inverno do Povo Alemão — Winterhilfswerk des Deutschen Volkes (WHW); desde 1932-1933 realizava, com muito esforço de propaganda, ações de coleta de donativos em prol dos necessitados. Nesta tradução, denominado de "campanha de inverno".

Serviço de Trabalho do Reich — Reichsarbeitsdienst; a partir de junho de 1935, trabalho compulsório de seis meses para rapazes entre dezoito e vinte e cinco anos; a partir da Segunda Guerra Mundial, também para moças; o salário era um pouco acima do valor do seguro-desemprego.

SS — Schutzstaffel [Tropa de Proteção]; criada em 1925 para a proteção pessoal de Adolf Hitler e a segurança das reuniões do NSDAP, primeiro esteve subordinada à SA; desde 1929, comandada por Himmler, tornou-se uma espécie de "polícia do partido" e "braço executivo do Führer", fornecendo, entre outros, equipes de vigilância para os campos de concentração; desde 1934, organização paramilitar autônoma do NSDAP; unidades da SS cometeram crimes de guerra (execuções em massa de civis em países ocupados, remoção de não alemães) e participaram ativamente do Holocausto; os julgamentos de Nurembergue declararam-na uma organização criminosa.

STREICHER — Julius Streicher (1885-1946); desde 1923, editor do semanário antissemita *Der Stürmer*, líder provincial (*Gauleiter*); em 1933, membro do Parlamento do Reich; em 1934, tenente-general da SA; em 1935, participação na criação das leis de Nurembergue; em 1940, exonerado de seus cargos durante um procedimento judicial partidário por delito pessoal, mantendo entretanto o grau de *Gauleiter* e a edição do *Der Stürmer*; condenado à morte nos julgamentos de Nurembergue e executado.

VÖLKISCHER BEOBACHTER — [Observador Popular] Jornal diário desde 1923, veículo do NSDAP (subtítulo: "Jornal do Movimento Nacional-Socialista da Grande Alemanha"); após 1933, tornou-se um jornal oficial de grandes tiragens.

Dados biográficos

1893   (21/7) Nascimento de Rudolf Ditzen em Greifswald, terceiro filho do juiz corregedor Wilhelm Ditzen e Elisabeth Ditzen.

1899   Nomeação do pai como conselheiro no Superior Tribunal de Justiça em Berlim, para onde a família se muda.

1909   Nomeação do pai como conselheiro na Corte Suprema do Reich em Leipzig, mudança da família para Leipzig, grave acidente de bicicleta.

1911   Ensino secundário em Rudolstadt, ferimento grave numa tentativa de suicídio duplo disfarçada de duelo na qual o amigo Hanns Dietrich von Necker foi morto.

1912   Internação no Hospital Psiquiátrico de Tannenfeld, na Saxônia.

1913   Aluno de agronomia em Posterstein, na Saxônia.

1914   Alistamento como voluntário na guerra, dispensado após poucos dias por motivo de saúde.

1915   Aluno na propriedade Heydebreck, na Pomerânia Oriental.

1916   Trabalho na câmara de agricultura de Stettin, depois atividade em Berlim na Sociedade de Plantadores de Batatas.

1917   Tratamento de reabilitação de drogas em Carlsfeld, próximo a Brehna; em seguida, tesoureiro em diversas propriedades, entre elas no Mecklenburgo, na Pomerânia Ocidental, em Schleswig-Holstein, na Silésia.

1919   Novo tratamento de reabilitação em Tannenfeld.

1920   *Der junge Goedeschal* [O jovem Goedeschal]. A partir de então, pseudônimo Hans Fallada.

1923   *Anton und Gerda* [Anton e Gerda]. Meses de prisão por apropriação indébita; até a entrada na prisão, secretário de patrimônio em Radach bei Drossen.

DADOS BIOGRÁFICOS

1924-25 Três meses de prisão em Greifswald; depois da soltura, contador em Guddritz (Rügen) e em Lübgust, na Pomerânia.

1926 Mais dois anos e meio de cadeia na prisão central em Neumünster por outra apropriação indébita.

1928 Subscritor de endereços em Hamburgo, membro do Partido Social-Democrata, noivado com Anna Issel.

1929 Publicitário em Neumünster, repórter local para o *General-Anzeiger*; (5/6) casamento com Anna Issel; observador de imprensa no processo que o governo da Prússia moveu contra agricultores revoltosos com instituições estatais ("Landvolkprozess").

1930 Emprego na editora Rowohlt; nascimento do filho Ulrich.

1931 *Bauern, Bonzen, Bomben* [Camponeses, figurões, bombas]. Mudança para Neuenhagen, Berlim.

1932 *Kleiner Mann — was nun?* [E agora, seu moço?] Autor freelancer.

1933 Mudança para Berkenbrück; onze dias de prisão por causa de denúncia; compra de propriedade em Carwitz, em Feldberg; nascimento da filha Lore.

1934-35 *Wer einmal aus dem Blechnapf frißt* [Quem come da bacia de lata]; *Wir hatten mal ein Kind* [Tivemos um filho, um dia]; *Das Märchen vom Stadtschreiber, der aufs Land flog* [O conto do escriturário que fugiu para o campo].

1936 *Altes Herz geht auf die Reise* [Coração velho sai em viagem]; *Hoppelpoppel, wo bist du?* [Hoppelpoppel, onde estás?]

1937 *Wolf unter Wölfen* [Lobo entre lobos].

1938 *Der eiserne Gustav* [Gustav, o homem de ferro]; *Geschichten aus der Murkelei* [Histórias de Murkelei].

1939 *Kleiner Mann, großer Mann — alles vertauscht* [Ordinários e maiorais — tudo trocado].

1940 *Der ungeliebte Mann* [O homem detestado]. Nascimento do filho Achim.

1941 *Ein Mann will hinauf: die Frauen und der Träumer* [Um homem quer ascender: as mulheres e o sonhador] (também com o título *Ein Mann will nach oben* [Um homem quer ascender]);

Der mutige Buchhändler [O livreiro corajoso] (também com o título *Das Abenteuer des Werner Quabs* [A aventura de Werner Quabs]).

1942　*Damals bei uns daheim* [Outrora em nossa casa]; *Zwei zarte Lämmchen weiß wie Schnee* [Dois meigos cordeirinhos brancos feito neve]; *Die Stunde eh du schlafen gehst* [A hora antes de você se deitar].

1943　*Heute bei uns zu Haus* [Hoje em nossa casa]; *Der Jungherr von Strammin* [O jovem fidalgo] (também com o título *Junger Herr ganz groß* [Jovem senhor maioral]). Viagem a cargo do Serviço Alemão do Trabalho como major às regiões anexadas da Tchecoslováquia e à França ocupada.

1944　(5/7) Divórcio de Anna Ditzen; depois de briga com arma de fogo, reclusão forçada na prisão Altstrelitz, quando surge o manuscrito *Trinker* [Bebedor] com o diário da prisão de 1944 (primeira edição com o título *In meinem fremden Land* [Em minha terra estrangeira], 2009); *Fridolin, der freche Dachs* [Fridolin, o cãozinho atrevido].

1945　Casamento com Ursula Losch; no final da guerra, estabelecido como prefeito em Feldberg pela Cruz Vermelha; colapso e internação em hospital; mudança para Berlim; colaboração com textos para o jornal *Tägliche Rundschau*; mudança para Eisenmengerweg.

1946　Novas internações hospitalares; trabalho no livro *Der Trinker* (publicado em versão reconstituída em 1950-53); *Der Alpdruck* [O pesadelo] (publicado em 1947) e *Morrer sozinho em Berlim* (publicado em 1947).

1947　(5/2) Morte de Rudolf Ditzen/Hans Fallada em Berlim.

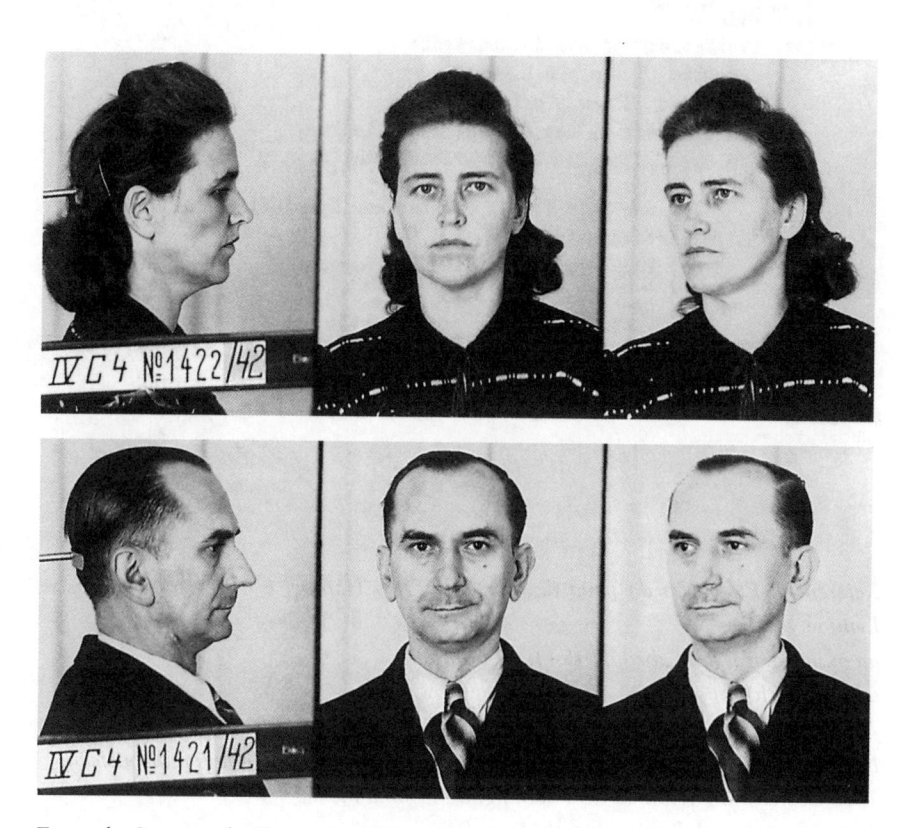

Fotos da Gestapo de Elise e Otto Hampel

Referência: Execução da pena de morte de Otto Hampel e Elise Hampel, nasc. Lemme
na quinta-feira, 8 de abril de 1943, 19 horas
na prisão Plötzensee

No período entre as 13 horas e a execução, peço que se mantenham à disposição:
1) conselheiro do Tribunal do Povo, pg. dr. Löhmann,
2) juiz do tribunal distrital, pg. dr. Danglerer,
3) líder de brigada da SA, pg. Hauer,
4) oficial de justiça, pg. Barth

A presença no presídio não é necessária.
O sigilo é obrigatório.

Dos dossiês do processo [Pg. é a sigla de *Parteigenosse*, companheiro de partido]

Wedding (Berlim): esquina da Amsterdamer Strasse com Müllerstrasse

Aqui situava-se a casa na qual OTTO HAMPEL 21.6.1897-8.4.1943 e ELISE HAMPEL 27.10.1903-8.4.1943 viveram de 1934 até sua prisão.
O casal de trabalhadores foi executado em 8 de abril de 1943 em Plötzensee.
Seu levante contra a misantropia do regime nazista inspirou o romance de Hans Fallada Morrer sozinho em Berlim.

Placa memorial na Amsterdamer Strasse, 10
Fotos: Reno Engel, 2010

Favor continuar distribuindo!
Abaixo o regime de Hitler! Abaixo o mandato de coerção e miséria em nossa Alemanha! Não podemos ressalvar um regime hitlerista!!

N. 50 encontrado em 30.3.41
Falkensteinstr. 4

Cartão-postal escrito e encaminhado pelo casal Hampel com anotação da Gestapo de onde foi encontrado

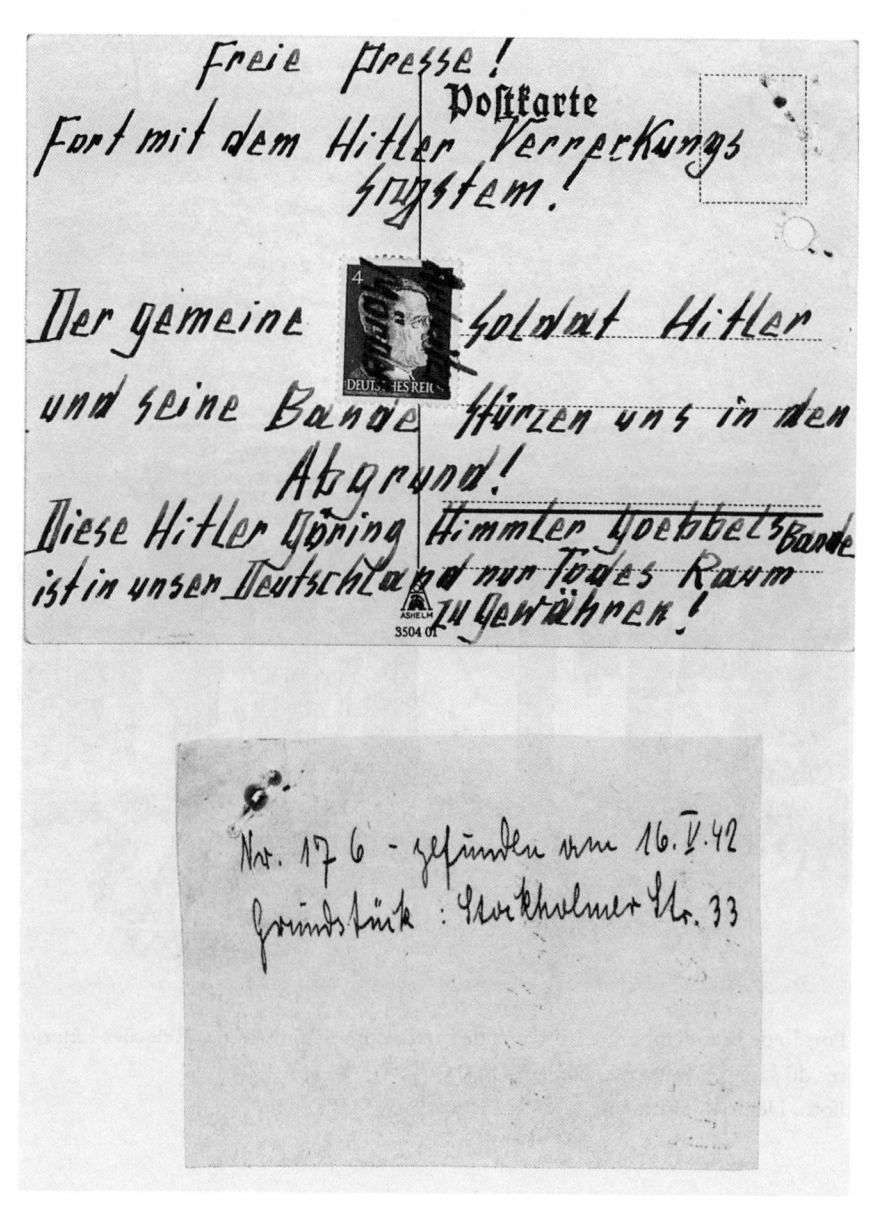

Imprensa livre!
Chega do sistema deformador de Hitler!
O infame soldado Hitler e seu bando nos jogam no precipício!
Ao bando Hitler Göring Himmler Goebbels concede-se apenas espaço na morte!

N. 176 — encontrado em 16.V.42
Local: Stockolmer Str. 33

Cartão-postal escrito e encaminhado pelo casal Hampel com anotação da Gestapo de onde foi encontrado

Portão de Brandemburgo, caravana de carros com o ministro das Relações Exteriores do Japão, Matsuoka, 26/3/1941
Foto: Heinrich Hofmann

Caro Wilhelm,

talvez isso soe muito pretensioso, mas realmente gostaria de vê-lo e conversar com o senhor antes das festas. Mais uma vez fui bem consertado e também estou com vontade de trabalhar. Então se tiver provas para ler — por favor! E depois as emendas de Morrer sozinho em Berlim *— espero que o manuscrito já tenha voltado de Schemjakin. Há um par de dias lembrei o capitão Periswetow do assunto. Também me desincumbiria disso muito bem agora. E tenho uma boa ideia para sua série juvenil — um tema muito moderno, dos dias de hoje, cruzou meu caminho por aqui. Quero começar imediatamente, assim que tiver concluído tudo o que se refere às emendas!*
Dessa forma, ainda espero vê-lo!
Boas Festas ao senhor e à sua esposa
De seu velho [assinatura]

Carta de Hans Fallada ao editor Kurt Wilhelm, supostamente de dezembro de 1946

Caro sr. Fallada,

muito me admira não ter recebido nenhum sinal de vida de sua parte nas últimas duas semanas. Contava todos os dias com um telefonema seu ou da sua mulher, inclusive porque poderia resolver sua quase impossível demanda financeira. Será que houve uma piora em seu estado de saúde? Espero que não. Não consegui visitá-lo pessoalmente nesse meio-tempo porque nas últimas duas semanas tive de resolver importantes questões editoriais que comprometeram todo o meu "tempo livre". Certamente o senhor me desculpará.

Nossa produção ainda necessita com urgência das provas diagramadas e corrigidas pelo senhor do [romance] Alpdruck. Será que o senhor não conseguiria me enviar o exemplar por alguém logo depois do recebimento destas linhas? — Nesse meio-tempo, o senhor leu as críticas de seu livro Morrer sozinho em Berlim *ou, mais especificamente, observou minhas anotações de 31 de dezembro do ano passado a respeito? Eu ficaria muito satisfeito em receber uma resposta sua em breve e me despeço com cordiais saudações [assinatura]*

Carta de Kurt Wilhelm a Hans Fallada, 27/1/1947

1. Kapitel

Die Post bringt eine schlimme Nachricht

Die Briefträgerin Eva Kluge steigt langsam die Stufen im Treppenhaus Jabloskistrasse 55 hoch. Sie ist nicht etwa deshalb so langsam, weil sie ihr Bestellgang so sehr ermüdet hat, sondern weil einer jener Briefe in ihrer Tasche steckt, die abzugeben sie hasst, und jetzt gleich, zwei Treppen höher, muss sie ihn bei Quangels abgeben. Die Frau lauert sicher schon auf sie, seit über zwei Wochen schon lauert sie der Bestellerin auf, ob denn kein Feldpostbrief für sie dabei sei.

Ehe die Briefträgerin Kluge den Feldpostbrief in Schreibmaschinenschrift abgibt, hat sie noch den Persickes in der Etage, den Völkischen Beobachter auszuhändigen. Persicke ist Amtswalter oder Politischer Leiter oder sonst was in der Partei – obwohl Eva Kluge, seit sie bei der Post arbeitet, auch Parteimitglied ist, bringt sie alle diese Aemter noch immer durcheinander. Jedenfalls muss man bei Persickes "Heil Hitler" grüssen und sich gut vorsehen, mit dem, was man sagt. Das muss man freilich eigentlich überall, selten mal ein Mensch, dem Eva Kluge sagen kann, was sie wirklich denkt. Sie ist gar nicht politisch interessiert, sie ist einfach eine Frau, und als Frau findet sie, dass man Kinder nicht darum in die Welt gesetzt hat, dass sie totgeschossen werden. Auch ein Haushalt ohne Mann ist nichts wert, vorläufig hat sie gar nichts mehr, weder die beiden Jungen, noch den Mann, noch den Haushalt. Statt dessen hat sie den Mund zu halten, sehr vrosichtig zu sein und ekelhafte Feldpostbriefe auszutragen, die nicht mit der Hand, sondern mit der Maschine geschrieben sind und als Absender den Regimentsadjutanten nennen.

Primeiras provas do livro. Primeira parte, capítulo 1

a)
zus*m*men.

Die Mollige fährt fort: "Manchmal wünsche ich es mir direkt, nichts weiter zu sein als eine eifache Arbeiterin, in der Masse zu verschwinden. Man wird so erledigt von diesem ewigen Vorsichtigsein, diesernie ablassenden Angst . . ."

Das Mutterkr*eu*z schüttelt den Kopf. "Ich würde lieber nicht so reden" sagt sie kurz. Und sie setzt hinzu, als die andere gekränkt schweigt: "Jedenfalls haben wir die Sache auch ohne die Quangel, so gut wie es ging, hingekriegt. Er hat ausdrücklich gesagt, der Fall ist für ihn erledigt, und das melden wir nach oben weiter."

"Und dass die Quangel abgesetzt ist!"

"Natürlich, das auch! Die will ich nie weder auf unserer Geschäftsstelle sehen!"

Und sie bekamen sie dort auch nicht wieder zu sehen. Anna Quangel aber konnte ihrem Mann einen Erfolg melden, und so sorgfältig er sie auch ausfragte, es schien ein wirklicher Erfolg zu sein. Quangels waren beide ihre Aemter los, ohne Risiko...

18. Kapitel

Die erste Karte wird geschreiben

Der Rest der Woche verlief ohne alle besonderen Ereignisse, und so kam der Sonntag wieder heran, dieser Sonntag, von dem sich Anna Quangel endlich die so sehnlich erwartete und so lange aufgeschobene Aussprache mit Otto über seine Pläne erwartete. Er war erst spät

Primeiras provas do livro. Primeira parte, final do capítulo 17

POSFÁCIO

QUANDO ACONTECEU ALGO PARECIDO? Mais de sessenta anos após a morte de um autor alemão, um de seus livros se torna um acontecimento mundial, fica entre os títulos de maior vendagem da Amazon e no topo das listas de best-sellers em vinte países. Partindo da redescoberta realizada por um editor da editora francesa Denoël, fascinado por uma antiga tradução, passando pelo encanto do responsável pelo catálogo da Penguin até a bem-sucedida campanha da pequena e sofisticada editora americana Melville House, de repente o há muito esquecido Hans Fallada alcança com seu último romance grandes camadas de leitores no exterior, de Nova York a Amsterdã, de Londres a Tel Aviv. Sua representação da resistência das pessoas simples contra o regime nazista toca os corações de leitores dos dias de hoje em todos os países do mundo.

A existência também dessa forma de resistência contra Hitler — ao lado das figuras singulares, proeminentes, da oposição alemã —, numa Alemanha cujos tempos sombrios foram considerados pelo veredicto internacional como os do colaboracionismo coletivo, parece ser uma descoberta atual. A isso se junta o enorme interesse mundial pela metrópole Berlim, que não é apenas mais um protagonista do romance, mas também batiza edições traduzidas: *Alone in Berlin*.[1] O que lembra não apenas casualmente o romance de Christopher Isherwood *Adeus a Berlim*, de 1939, cujas mais diversas versões para o teatro culminaram, em 1972, no famoso filme *Cabaret*: também ali a cidade é fascinante protagonista, mesmo que cerca de uma década antes, no começo dos anos 1930. A singular visão interior de Fallada sobre o início dos anos 1940, entretanto, é um fenômeno tão incomum que vale a pena saber

---

1. H. Fallada, *Alone in Berlin*, trad. Michael Hofmann, Londres, Penguin, 2009. [N.T.]

mais a respeito das circunstâncias do surgimento do romance e da história do texto original.

No início de setembro de 1945, Rudolf Ditzen/Hans Fallada mudou-se de Feldberg (Mecklemburgo) para a cidade de Berlim, dividida em quatro setores.[2] Ele acabara de passar por uma internação em Neustrelitz. O trabalho como prefeito de Feldberg, para o qual fora designado no início de maio pelo Exército Vermelho, lhe fora excessivo. Sua saúde abalada não suportou as desconfianças da população e as tensões com os comandantes. Ele era adicto desde a juventude, precisava de morfina, cocaína, álcool, nicotina, soníferos. Após a separação de Anna ("Suse") Ditzen, ele se casou, em fevereiro de 1945, com a viúva Ursula ("Ulla") Losch, trinta anos mais nova, também dependente de morfina, cujas internações em clínicas eram quase que simultâneas às do marido. Em Berlim, Fallada torcia por um novo recomeço depois da época do nazismo, durante a qual foi considerado "autor indesejável". Primeiro viveu com Ulla no apartamento dela em Schöneberg, setor americano, a partir de novembro em Eisenmengerweg[3], em Pankow, que se localizava no setor controlado pelos soviéticos. Fallada conseguiu a casa com jardim, no bairro nobre de Berlim Oriental, graças à intermediação do poeta e futuro ministro da Cultura Johannes R. Becher, que conhecera em outubro.

Becher e Fallada mantinham uma amizade ambivalente. Fallada prezava a "insuperável disposição em ajudar"[4] de Becher, enquanto Becher ressaltava os dotes de Fallada como "formidável narrador, fabulador", não sem enxergar os perigos que estavam encerrados em sua conflituosa personalidade.[5] Os paralelos em suas biografias podem ter

---

2. Para uma apresentação biográfica mais detalhada, cf. J. Williams, *Mehr Leben als eins. Hans Fallada. Eine Biographie* [Mais que uma vida. Hans Fallada. Uma biografia], Berlim, Aufbau, 2002, Aufbau Taschenbuch, 2004.
3. Hoje Rudolf-Ditzen-Weg.
4. Hans Fallada para Ernst Rowohlt, 26/11/1945, cf. G. Caspar, *Im Umgang: Zwölf Autoren-Konterfeis und eine Paraphrase* [Em contato: doze retratos de autores e uma paráfrase], Berlim/Weimar, Aufbau, 1984, p. 73 e segs.
5. Ibidem.

contribuído para esse relacionamento, pois também Becher era oriundo de uma família de juristas influenciada pelo modo de vida guilhermino, era adicto de morfina e sobrevivera quando jovem a um duplo suicídio, enquanto a amada morreu. Mas os esforços de Becher em relação a Fallada dizem muito principalmente sobre seu conceito político-cultural. Voltando do exílio em Moscou em junho de 1945, ele tentou motivar artistas e escritores a se engajar em prol de uma nova cultura, dirigindo-se em especial a autores que não tinham emigrado, mas que também não foram cooptados pelo regime nazista. Becher foi um dos fundadores e o primeiro presidente da Associação Cultural para a Renovação Democrática da Alemanha. Fallada encaixava-se nessa agenda, tendo anunciado já nas primeiras semanas de sua estadia em Berlim seu interesse em colaborar com a associação cultural e a editora Aufbau, por ela criada.

Começou assim, sem que Fallada soubesse, o destino de seu romance *Jeder stirbt für sich allein* [literalmente, "Cada um morre por si"].[6] A associação cultural recebera de Otto Winzer, conselheiro municipal para educação popular em Berlim Oriental, documentos de processos de opositores ao regime executados e procurava autores que escrevessem a respeito. Foi ideia de Becher apresentar Fallada ao processo contra um casal berlinense que, entre 1940 e 1942, distribuíra chamados para a resistência contra o regime nazista e que fora executado. Heinz Willmann, secretário-geral da associação cultural e cofundador da editora Aufbau, levou — a pedido de Becher — os documentos do casal Otto e Elise Hampel para Fallada. Este, porém, recusou: ele próprio havia nadado com a maré e não queria parecer melhor do que tinha sido.[7] Instado por Becher, Willmann foi conversar

---

6. Manfred Kuhnke apresenta uma documentação material sobre a criação do romance, contexto autobiográfico e histórico: *Die Hampels und die Quangels. Authentisches und Erfundenes in Hans Falladas letztem Roman* [Os Hampels e os Quangels. Verdade e ficção no último romance de Hans Fallada], ed. por Literaturzentrum Neubrandenburg e.V., Neubrandenburg, federchen Verlag, 2001.

7. H. Willmann, *Steine klopft man mit dem Kopf: Lebenserinnerungen* [Pedras são para ser batidas com a cabeça: memórias de vida], Berlim, Verlag Neues Leben, 1977, p. 294 e segs.

novamente com Fallada e chamou sua atenção para as especificidades do caso, ressaltando que não se tratava de uma ação oriunda de um engajamento político consciente, mas da ação solitária de duas pessoas comuns, que viviam retraídas.[8] Becher não se enganou ao avaliar o interesse psicológico de Fallada. Dessa vez, ele pegou os documentos e, após sua leitura, escreveu um ensaio para a revista *Aufbau*: "Sobre a resistência que chegou a existir dos alemães contra o terror de Hitler"[9], uma primeira aproximação à matéria. Em sua essência, esse texto segue o desenrolar autêntico da história, mas contém algumas interpretações próprias e complementações ficcionais por meio de personagens e episódios; também os nomes dos personagens principais do futuro romance já estão presentes. Mas, como sua descrição faz supor, Fallada não tinha todos os documentos à disposição.[10] Ele partia do pressuposto, por exemplo, de que, no processo no qual tanto se mentiu, a afirmação de que os Hampels tinham se incriminado mutuamente, usada para justificar a sentença, também era inverídica. Mas, a partir dos pedidos de clemência dos condenados e de suas famílias, percebe-se que essas pessoas profundamente abaladas pela iminência da morte realmente achavam que tinham uma chance como essa. Além disso, os pais de Elise tentaram, com uma carta pessoal a Hitler e um presente em dinheiro de trezentos marcos, convencê-lo a revisar a sentença de morte contra a filha, supostamente desencaminhada pelo marido.[11]

Aquilo que interessou especialmente a Fallada no caso Hampel está descrito em seu ensaio da seguinte forma: "O casal Quangel, duas pessoas solitárias e desimportantes no norte de Berlim, [...] inicia em certo dia de 1940 a luta contra a máquina absurda do Estado nazista e

---

8. Ibidem.
9. In: *Aufbau. Kulturpolitische Monatsschrift*, número 3, nov. 1945. Cf. também H. Fallada, *Jeder stirbt für sich allein*, Berlim, Aufbau Taschenbuch, 2009.
10. Os documentos sobre o processo contra Otto e Elise Hampel encontram-se no Arquivo Federal, Berlim, BArch NJ 36 1-4. Também se pressupõe que Fallada não conhecesse a totalidade dos documentos, pois acusa a falta das fotos policiais de Elise Hampel — presentes do dossiê preservado; cf. p. 615.
11. Na pesquisa, existem diversas posições sobre o trabalho de Fallada com o material factual; cf. Kuhnke, op. cit., p. 21 e segs.

acontece o grotesco: o elefante sente-se ameaçado pelo camundongo." A frase final do ensaio não permite duvidar que ele escreveria um romance a respeito. E assim a editora Aufbau pôde assinar, já em 18 de outubro de 1945, um contrato com Fallada, cujo título provisório era *Em nome do povo alemão! (Altamente secreto)*. Como segundo título, *Jeder stirbt für sich allein* foi acrescentado posteriormente.[12] No dia seguinte, assinou-se o contrato da publicação fasciculada do romance com a revista *Neue Berliner Illustrierte*.

Mas Fallada sempre adiava o trabalho no romance. Escreveu histórias para o jornal *Tägliche Rundschau*[13], do qual era freelancer, acompanhou Becher a eventos, deu uma palestra no teatro de Schwerin sobre os julgamentos de Nurembergue e internou-se para um tratamento de desintoxicação de janeiro a março de 1946, enquanto começava um novo projeto: *Der Alpdruck*. Aquilo que impedia o escritor maníaco de avançar no trabalho combinado foi por fim exposto numa carta ao chefe da editora Aufbau, Kurt Wilhelm. Fallada descreveu seu desconforto e suas dúvidas em relação ao projeto do romance, que lhe parecia "quanto mais longo, menos apetitoso". "Primeiro, pela absoluta desolação da matéria: duas pessoas mais velhas, uma batalha vã desde o início, amargura, ódio, vilania, nenhum arrebatamento. Depois, a completa ausência de juventude e, por isso, de expectativas para o futuro." Embora tenha encontrado um caminho para introduzir sorrateiramente alguma juventude, "o essencial no caso Hampel é justo essa luta solitária das duas pessoas maduras, sua total falta de contato com o entorno nazista cada vez mais selvagem. A introdução da juventude

---

12. Cf. arquivo da editora Aufbau na Staatsbibliotek zu Berlin, depósito 38 [a seguir, SBB Dep 38], 0583 0136 e seg.
13. Cf. G. Caspar, "Hans Fallada, Geschichtenerzähler", in: H. Fallada, *Ausgewählte Werke in Einzelausgaben IX, Märchen und Geschichten* [Obras escolhidas em edições isoladas, IX, contos de fadas e histórias], Berlim/Weimar, Aufbau, 1985. O diário *Tägliche Rundschau* passou a circular em maio de 1945 como jornal de política, economia e cultura, publicado pela administração militar soviética.

falseia a matéria. Então, resumindo, não estou conseguindo dar conta direito da coisa e acabaria sendo algo bastante forçado".[14]

Fallada debruçou-se no trabalho de *Alpdruck*, um *roman à clef* de tintas autobiográficas, que se baseava em experiências de abril de 1945 a julho de 1946. Ele continuou essa escrita no hospital, onde esteve internado de maio a julho após um colapso nervoso. Apenas depois de concluir esse romance, em agosto, ele se voltou novamente para o material do processo, pelo qual a DEFA [companhia cinematográfica estatal da RDA] também se interessou.[15] Em 21 de outubro, ele avisou a Kurt Wilhelm que estava avançando bem no livro e solicitou papel para a confecção de cinco cópias datilografadas. A extensão estava avaliada entre seiscentas e oitocentas páginas. "Os Quangels" ou apenas "Quangels" eram os títulos preferidos naquele momento.[16]

Em 30 de outubro, ele enviou a Kurt Wilhelm uma resenha que escrevera a pedido da DEFA, a fim de que o editor pudesse "se preparar aos poucos" para o que o aguardava[17], e em 5 de novembro, "o desejado palavrório" com um novo título.[18] (Supostamente o definitivo.) Em 17 de novembro, seguiu a segunda parte com o anúncio de uma terceira e uma quarta. "Depois", disse Fallada a Wilhelm, "estarei moribundo, mas feliz de ter escrito este livro; finalmente outro Fallada! Aliás, não quero atacar de pronto o grande romance (conquista de Berlim), mas tenho uma ideia para um pequeno conto para sua série juvenil — para minha recuperação!"[19] Fallada realmente encaminhou o final em 24 de

---

14. Hans Fallada para Kurt Wilhelm, 17/3/1946, SBB Dep 38, 0583 0172. Em 1946, Fallada também falou num programa de rádio de suas dificuldades com o material, mas com o qual acabou se familiarizando e transformando em seu romance, cf. Kuhnke, op. cit., p. 24 e seg.

15. A DEFA acabou não filmando o romance. A RDA exibiu uma série televisiva em três episódios (1970, direção: Hans-Joachim Kaszprizik); a RFA produziu um filme para a TV (1962, direção: Falk Harnack), bem como um filme para o cinema (1975, direção: Alfred Vohrer).

16. Hans Fallada para Kurt Wilhelm, 21/10/1946, SBB Dep 38, 0583 0135.

17. Hans Fallada para Kurt Wilhelm, 30/10/1946, SBB Dep 38, 0583 0119.

18. Hans Fallada para Kurt Wilhelm, 5/11/1946, SBB Dep 38, 0583 0117.

19. Hans Fallada para Kurt Wilhelm, 17/11/1946, SBB Dep 38, 0583 0161.

novembro à editora.[20] Ele escrevera o romance de 866 páginas datilografias em uma única tacada de quatro semanas.

Apesar de todo o orgulho sobre o trabalho realizado, ele confessou à ex-esposa também as dificuldades: com esse romance ele conseguira "desde *Wolf unter Wölfen* realizar novamente o primeiro verdadeiro Fallada". E isso "apesar de o assunto não me apetecer: trabalho ilegal durante a época de Hitler. Decapitação dos dois heróis".[21] Provavelmente por esse motivo Fallada incorporou muitos episódios que lhe deram a possibilidade de desenvolver um largo espectro de comportamento humano. Num deles, os caminhos do delegado Escherich levam à cena dos espiões e denunciantes, dos jogadores e impostores. Noutro, há o mundo dos Quangels, que, malgrado todo o isolamento, é invadido pelo destino de outros, assim como o dos Hergesells, da judia Rosenthal, do juiz Fromm. As personagens deste romance vivem sua rotina num dos tempos mais sombrios da história alemã, expostas a uma atmosfera de intimidação, medo, traição, espionagem. O tema de Fallada é como lidam com isso. E mais uma vez — assim como em *Wolf unter Wölfen* — Berlim é o cenário: as ruas e as praças, os pátios internos, os bares. A cidade está sempre presente. Nessa liga tão característica de Fallada do individual e do urbano, ele desenvolve a imagem tão próxima da realidade quanto impressionante da vida das "pessoas comuns" em Berlim na época do nazismo.

Em seguida, Fallada se ocupou com uma revisão de *Alpdruck*, norteada por um parecer do editor de texto da editora Aufbau, Paul Wiegler[22]; além disso, teve de trabalhar nas provas para uma nova edição de *Geschichten aus der Murkelei*. No início de dezembro, ele sofreu novo colapso nervoso e foi internado na clínica neurológica do hospital Charité. E de lá se supõe que tenha escrito em 22 de dezembro para Kurt Wilhelm[23], solicitando-lhe uma conversa, também em relação a

---

20. Hans Fallada para Kurt Wilhelm, 24/11/1946, SBB Dep 38, 0583 0160.
21. Hans Fallada para Anna Ditzen, 27/10/1946, apud Williams, op. cit., p. 339.
22. SBB Dep 38, 0583 0167 e seg.
23. Hans Fallada para Kurt Wilhelm, s/d, SBB Dep 38, 0583 0156.

eventuais modificações no romance. O editor, que até então nada sabia da nova internação de Fallada, aceitou prontamente.[24]

No último dia do ano, Wilhelm escreveu a Fallada dizendo que naquele meio-tempo recebera alguns pareceres sobre o romance, de cujo conhecimento ele — "por nosso contato íntimo e pessoal" — não gostaria de privá-lo. E prossegue:

> Mesmo que também o limite da crítica objetiva de romances contemporâneos seja ultrapassado de diversas maneiras, levantam-se com propriedade algumas imprecisões aqui e acolá, que devem ser corrigidas numa revisão final; você mesmo chegará a essa conclusão durante a leitura. Talvez seja bastante bom se "alisarmos" um ou outro trecho em questão do romance antes da impressão, pois não devemos facilitar desnecessariamente ao resenhista de jornais e revistas de todos os matizes a crítica barata; também aqui você certamente compartilhará meu ponto de vista.[25]

Fallada e a mulher, que também estava internada no hospital Charité, retornaram ao seu apartamento por alguns dias em janeiro de 1947, mas em 10 de janeiro ambos foram levados para o hospital em Pankow. Wilhelm, que não devia saber dessa tragédia, escreveu várias cartas a Fallada a fim de solicitar a entrega das provas corrigidas de *Murkelei* e *Alpdruck* e confirmar que conseguira organizar uma remessa de carvão para o autor.[26] Ele não recebeu mais resposta; Fallada morreu em 5 de fevereiro, de parada cardíaca.

No arquivo da editora Aufbau encontra-se o original datilografado completo, entregue para ser composto, que deve ser um dos cinco exemplares citados por Fallada.[27] Contém correções manuscritas e supressões, em

---

24. Kurt Wilhelm para Hans Fallada, 23/12/1946, SBB Dep 38, 0583 0155.
25. Kurt Wilhelm para Hans Fallada, 31/12/1946, SBB Dep 38, 0583 0153.
26. Kurt Wilhelm para Hans Fallada, 11/1, 18/1, 27/1/1947, SBB Dep 38, 0583 0152, 051, 0150.
27. SBB Dep. 38, M 0624 a-d.

sua maioria do editor Paul Wiegler, que aparece nas primeiras tiragens como responsável pela edição.[28] Wiegler, entre outros, ex-encarregado da divisão de romances na editora Ullstein, fazia parte dos fundadores da editora Aufbau e da revista *Sinn und Form*. Fallada reencontrou-o em outubro de 1945 e por seu intermédio conheceu Becher.

Wiegler dispunha daqueles pareceres que Wilhelm, chefe da editora, enviara, com comentários, a Fallada em 31 de dezembro de 1946. Em sua última carta para Fallada em 27 de janeiro, Wilhelm lhe perguntava se tinha lido os pareceres. Não há registro de resposta. Mesmo que Fallada tenha tomado conhecimento dessas leituras críticas, uma reação a elas é improvável, visto que passou a maior parte do tempo no hospital e nos curtos intervalos das internações tinha de lidar com seus colapsos e os da mulher.

Os pareceres[29] foram resumidos em "Observações sobre o romance de Fallada", identificados por nome[30]; também são listadas observações críticas sobre passagens isoladas. Não se sabe quem pediu esses pareceres e por quê. Também é possível que tenham sido feitos pela redação da *Neue Berliner Illustrierte*, visto que apontam para as condições específicas de um romance em fascículos. Provavelmente não devem ter tido importância para a aprovação de impressão, que à época era concedida a todas as obras da editora Aufbau pela administração militar soviética (SMAD).[31]

---

28. Uma comparação caligráfica com um texto manuscrito do arquivo Paul Wiegler no arquivo da academia de artes, Berlim, atesta a identidade na maioria dos casos; outras correções são de outra mão. A observação na primeira edição é a seguinte: "O exemplar foi disponibilizado por Paul Wiegler."
29. SBB Dep. 38, 0583 0122-0127.
30. Os nomes são: Kappus, Berghaus, Wohlgemuth, Nowak. No caso de Kappus, trata-se provavelmente de Franz Xaver Kappus; existem cartas suas no arquivo Wiegler (13/9/1943, 15/9/1948) que permitem concluir que havia um contato entre ambos. Em relação aos outros pareceristas, não foi possível descobrir outras informações. Possivelmente tratava-se, como no caso de Wiegler, de antigos funcionários da editora Ullstein ou da Deutscher Verlag, ou ainda que trabalhavam para a *Neue Berliner Illustrierte*.
31. Como se depreende da correspondência entre Fallada e Wilhelm, um oficial do setor cultural soviético analisou o romance para uma eventual reprodução no

Todas as avaliações foram negativas. Objetou-se que o romance não contemplava a classe média, que havia apenas personagens maniqueístas, que a família Persicke estava absolutamente caricata, que era um erro não existir nem ao menos uma pessoa honesta ali, que faltavam no romance pessoas reais, que os acasos e improbabilidades eram exagerados, que a realidade da Alemanha tinha sido ofuscada; resumindo — nos termos do veredicto mais negativo —, tratava-se de "um romance de caftinagem com polimento político. Ninguém na Alemanha vai querer ter qualquer tipo de contato com a obra".

A observação de Wilhelm de que os pareceres "ultrapassam de diversas maneiras os limites da crítica objetiva do romance contemporâneo" deve certamente ter se referido a essas críticas quanto à listagem de algumas imprecisões históricas ou lógicas. Wilhelm havia compreendido que seu autor não estava preocupado com a imagem factual "correta", mas com a impressão sensorial, com a transmissão da atmosfera. Dessa maneira, pouco interessava a Fallada se a sra. Häberle poderia saber os horários de partida dos trens de Munique de cabeça ou se a atarefada recepcionista do consultório era capaz inclusive de monitorar as idas de Enno ao banheiro, se as reuniões de trabalho eram encerradas com "*Heil* Hitler" ou não, se Hitler era filho ilegítimo ou do pai dele. A lista de reparos é longa. O editor Wiegler deixa algumas observações de lado, talvez sobretudo quando uma correção reduziria drasticamente a potência narrativa de Fallada.

Entretanto, as passagens em que Wiegler mexeu com consistência e, assim, também alterou o conteúdo lidavam quase sempre com aspectos políticos. Na época da criação do romance, valiam ainda nas zonas ocupadas da Alemanha as ações determinadas pelos Aliados para a "desnazificação", nas quais as relações com o regime nazista eram verificadas ou censuradas. Ao mesmo tempo, em sua concepção político-cultural para a editora Aufbau, Becher apostou no pensamento da reconciliação e insistiu na inclusão de representantes da migração

---

Tägliche Rundschau, cf. Hans Fallada a Kurt Wilhelm, 29/11/1946, SBB Dep. 38, 0583 0157.

interna[32], entre os quais Fallada também contava. Nesse contexto, é possível imaginar que se quisesse apresentar justamente um livro seu com pessoas que pudessem servir como exemplos e ideais. Personagens ficcionais como Anna e Otto Quangel, que ainda por cima tinham um fundo autêntico, eram perfeitos para esse propósito. Passou-se com o romance exatamente aquilo que Fallada tentara evitar. Sua sensibilidade literária havia se orientado na realidade e nos profundos conflitos humanos da época do nazismo, e de maneira muito consciente ele não quis apresentar os Quangels como pessoas inimputáveis, mas como simpatizantes que se livraram dessa condição. Isso está realçado em seu ensaio e concretizado na versão original de seu romance. Ali, os dois Quangels concordam que o emprego de Otto como encarregado de oficina numa fábrica de móveis se deve ao "Führer". E, de acordo com a vontade do autor, Anna Quangel não deveria ser apenas uma adoradora do "Führer", mas também membro da organização feminina da NSDAP, tendo assumido voluntariamente um pequeno posto ali. (Os pareceres dizem que em 1940 ela não poderia ter exercido essa função da maneira descrita.) Wiegler riscou todas as referências à antiga adoração de Hitler por parte de Anna e a seu cargo na associação feminina. Além de passagens menores, isso afeta de maneira mais grave principalmente o capítulo 17, que mostra Anna Quangel incomumente consciente de si mesma e perspicaz. Dali se manteve apenas o começo, que foi acrescido ao capítulo 18 original.

Além disso, Wiegler tornou anônima a célula de resistência à qual Trudel Hergesell pertencia ao cortar o adjetivo "comunista", supostamente pela sentença desumana do companheiro em relação a Trudel. Ele riscou passagens nas quais a carteira Eva Kluge é descrita como membro do partido. Seguindo os pareceres, relativizou a proposital dualidade do juiz Fromm, que deixou de ser chamado de "Fromm sanguinário" ou "carrasco Fromm", a fim de não diminuir a "simpatia por um juiz antifascista".

---

32. Cf. C. Wurm, *Jeden Tag ein Buch: 50 Jahre Aufbau-Verlag 1945-1995*, Berlim, Aufbau, 1995, p. 13 e seg.

É provável que cortes de expressões vulgares ou descrições drásticas como a de Escherich morto fizessem parte do conceito de revisão de Wiegler no sentido da correção político-cultural. Mas não é mais possível explicar por que ele modificou o nome do delator Barkhausen para Borkhausen.

O romance foi publicado no ano da morte de Fallada com a revisão de Wiegler[33] e recebeu, nessa versão, reimpressões ininterruptas tanto dentro quanto fora da Alemanha. A edição apresentada aqui, pela primeira vez em sua forma original, com todas as "infrações" contra a correção, fidelidade factual e questões de gosto, mostra o romance mais rude e pesado, mas também mais intenso, e provavelmente era esse o objetivo de Fallada.[34] Pois a real mensagem de seu romance não vem do centro, mas das margens da sociedade: mesmo o menor dos atos de resistência importa.

Almut Giesecke

---

33. Essa versão também era a base da cuidadosa versão de trabalho de Günter Caspar, de 1981, que foi usada apenas para correções de pontuação e ortografia.
34. Cf. Williams, op. cit., p. 343 e seg.

Sobre esta edição

Esta edição segue o original datilografado que foi a base da primeira impressão (editora Aufbau, 1947). Encontra-se no arquivo da editora Aufbau (Staatsbibliothek zu Berlin, Preußischer Kulturbesitz, depósito 38). Essa versão mostra o romance pela primeira vez na versão original sem cortes; principalmente o capítulo 17, completo, é inédito.

O estado original do texto foi reproduzido da maneira mais fiel possível, na medida em que as supressões feitas pelo editor Paul Wiegler, entre outras emendas, foram conservadas. Essas supressões não alteram o texto em sua essência, mas o tornam mais áspero e autêntico, como era a intenção de Fallada. De especial interesse são os cortes de motivação política, como a eliminação da filiação partidária da carteira Eva Kluge e da participação de Anna Quangel na organização feminina da NSDAP (mesmo que a partir da reconstrução do original surjam pequenas imprecisões históricas ou lógicas no que se refere à imagem geral).

Basicamente foram acatadas as seguintes supressões: corte de aspas em pensamentos e de travessões no final de frases, a redução do número de pontos de exclamação e de interrogação, assim como do excesso de reticências. Correções que completavam palavras omitidas foram incorporadas, assim como poucos casos justificados sintática ou gramaticalmente de maneira inequívoca ou que eliminavam erros evidentes de digitação, composição ou de lógica, mas que não significavam mudanças de conteúdo. Realces são indicados com o uso de itálico.

N.E. da edição original

Crédito das Imagens

Pharus Plan © www.pharus-plan.de (mapa histórico da cidade de Berlim de 1944), p. 10 e 11.

Arquivo da editora Aufbau na Staatsbibliothek zu Berlin, Preußischer Kulturbesitz, dep. 38, p. 621, 622 e segs.

Bundesarchiv, NJ 36 1-4, p. 615, 618 e seg.

Reno Engel, Berlim, p. 617.

Ullsteinbild/Easypix Brasil, p. 620.

Sobre a tradutora

Claudia Abeling é editora e tradutora literária, nascida em São Paulo em 1965 e formada em editoração pela Escola de Comunicação e Artes da Universidade de São Paulo. Traduziu obras de ficção e não ficção para diversas casas editoriais brasileiras. Entre os autores traduzidos estão Herta Müller, Walter Benjamin, Wolfgang Herrndorf, Christine Nöstlinger e Martin Buber.

ESTE LIVRO FOI COMPOSTO EM SABON CORPO 10,5 POR 15,5 E IMPRESSO SOBRE PAPEL OFF-WHITE AVENA 70 g/m² NAS OFICINAS DA ASSAHI GRÁFICA, SÃO BERNARDO DO CAMPO — SP, EM MAIO DE 2021